MARC TRAUT

BLUTMOND
ÜBER HAWAII

EIN AKEBONO – THRILLER

Bibliografische Information der Deutschen Nationalbibliothek: Die Deutsche Nationalbibliothek verzeichnet diese Publikation in der Deutschen Nationalbibliografie; detaillierte bibliografische Daten sind im Internet über dnb.dnb.de abrufbar.

© 2025 Marc Traut
Verlag: BoD · Books on Demand GmbH, In de Tarpen 42, 22848 Norderstedt, bod@bod.de
Druck: Libri Plureos GmbH, Friedensallee 273, 22763 Hamburg

Covergrafik: Darkfoxelixir/ Larry-Rains/ Shutterstock.com

ISBN: 978-3-7597-8560-2

Auch als eBook erhältlich.

Für meine Mutter, Jana und Maja.
Danke für alles.

Kepuhi Point

Hawi Kapaau
Halaula

Alanuihaha Channel

Kukuihaele

Hamakua

Kohala
5480 ft
(1670 m)

Honokaa

Ookala

Laupāhoehoe
Papaaloa

Ninole

Hakalau

Honomu

Pepeekeo

Papaikou

Wainaku

HILO

Waikea

Keaau

Kurtistown

Mountain View

Hawaiian Acres

Ainaloa

Fern Acres

Pahoa

Leilani
Estates

Waipuku Point

Kalapana

Pahala

Puuo Point

Waiohinu

Naalehu

Kahilipali Point

Ka Lae Cape
(South Point)

Kawaihae

Puako

Waikoloa
Village

Waimea

Paauilo

Kona Coast

Kailua-Kona

Kahaluu-
Keauhou

Honalo
Kealakekua
Captain Cook

Napoopoo

Hōnaunau

Keokea

Kailua

Kouluoa Point

Paakai Point

Mīloli'i

Kokio Point

Kauna Point

Hawaiian
Ocean View

Kohala Coast

Mana
Point

Kiholo
Bay

Kalaoa

Holualoa

Hualalai
8271 ft
(2521 m)

HAWAII
BIG ISLAND

Mauna Loa
13679 ft
(4169 m)

Mauna Kea
13796 ft
(4205 m)

Kīlauea
4091 ft
(1247 m)

Volcano

Hawaii Volcanoes
National Park

Alika Cone
7835 ft
(2388 m)

Pu'u O Keokeo
6877 ft
(2096 m)

Hilo Bay

Leleiwi Point

Keaukaha

Kaloli Point

Hawaiian Paradise Park

Orchidlands
Estates

Hawaiian Beaches

Cape
Kumukahi

Apua Point

Koena Point

PACIFIC

OCEAN

Auf der Insel Kauai wird ein Säugling mit einer Anomalie geboren. Die Ärzte können sein Leben nicht retten. Ein Jahr darauf verschwindet ein Mann beim Angeln vor der Küste Big Islands spurlos.

Major John Akebono und Leutnant Nick Toronga orten sein Boot nach langer Suche in einer Felsspalte. Auf dem Deck machen sie einen schaurigen Fund. Der Vermisste wurde mit einem Speer durch die Brust an die Steuersäule gepflockt.

Das Opfer handelte mit Grund und Boden auf mehreren Inseln des Archipels. Doch nicht alleine. Die Beamten decken weitere Namen auf. Bald merkt das Duo, dass der Täter sie alle kennt.

Der Fall gewinnt rasch an brutaler Dynamik. Es wird klar, dass jemand einen radikalen Plan umsetzt. Mittendrin: das Ermittler-Duo in ihrem ersten Fall auf der Suche nach dem Motiv und im Kampf gegen die Zeit.

1

Prolog
Hawaii – Kauai Island 2016

Dr. Steven Waika griff nach dem Diensthandy und drückte den Wecker aus. Ein Stich hinter der Stirn ließ ihn das Gesicht verziehen. Schmerzen. Mit einem Aufstöhnen senkte er den Kopf aufs Kissen.

Erst jetzt öffnete er die Augen. Sie erspähten einen Fleck an der Zimmerdecke, der in Zeitlupe schärfere Konturen annahm. Vom Gang drangen Schritte zu ihm durch. Das Linoleum dämpfte sie angenehm ab. Entfernt hörte er Stimmen, ohne die Worte zu verstehen. Der Arzt lauschte und sortierte seine Gedanken. »Noch ein paar Minuten, bitte«, sprach er zu sich selbst. Er atmete lange aus. Schaffte es, für eine kurze Zeit mit sich im Reinen zu sein.

Der Doktor arbeitete seit drei Jahren als Chefarzt im neu erbauten Zentrum für Geburten. Es gehörte zum Klinikum »Kauai-West«. Derzeit lag er auf dem bequemen Bett im Ruheraum. Die Pause war mehr als nötig. Nach einem Tag im Dauereinsatz musste er sich endlich ausruhen, und sei es für eine Stunde. Frau Norris, die Hebamme vom Dienst, sollte ihn nur im Notfall rufen.

Er tauchte wieder auf. Anfangs mühsam stemmte er sich hoch und sah aus dem Fenster. Der Ausblick war derart betörend, dass er spontan die Tür zur Terrasse öffnete. Er trat hinaus und atmete durch.

Am Horizont kündigte sich die Morgendämmerung an. Die letzten Sterne verschmolzen mit dem ersten Licht. Durch den Regen in der Nacht wirkte das Meer dunstig. Gerne hätte er noch einen Moment hier verbracht. Aber es zog ihn zu Frau Norris, die eine werdende Mutter betreute. Seufzend verließ er den Balkon.

Dr. Waika schritt zügig eine Etage tiefer. Er hielt vor der Schleuse, desinfizierte beide Hände und streifte umsichtig die Kopfbedeckung über die Haare. Rasch zog er frische Einweghandschuhe an. Der Gummi schnalzte.

Nach zwei Minuten erreichte er den Vorraum zum Geburtszimmer. Gegenüber flog eine Tür auf. »Ah, Dr. Waika, da sind sie ja wieder.«

Frau Norris sah erleichtert zu ihrem Vorgesetzten auf. »Ich mache mir Sorgen. Kommen Sie bitte. Sie hält ihre Schmerzen nur noch in der Seitenlage aus. Die Abstände zwischen den Wehen werden kürzer.« Der Arzt nickte stumm und eilte ihr hinterher.

»Wie geht es Ihnen?«, erkundigte sich der Arzt. Er legte eine Hand auf ihre Stirn. Sie schien an Kräften eingebüßt zu haben und schüttelte kaum merklich den Kopf. Er sah auf seine Uhr und tastete nach ihrem Puls. Die Geburt dauerte seit achtzehn Stunden. Der Muttermund hatte sich nur langsam geöffnet. Beide zogen sich diskret zurück.

»Immer noch drei Zentimeter, obwohl wir die Wehen eingeleitet haben. Sie hat keine Kraft mehr. Was meinen Sie?«, fragte Frau Norris besorgt.

Der Arzt zögerte, doch dann traf er eine Entscheidung. »Rufen Sie bitte das gesamte Team. Wir bereiten einen Kaiserschnitt vor. Mit Vollnarkose.«

Rasch kamen sie herbei. Jedem war bewusst, was zu tun ist. Wie Ameisen. Durch die Routine in der Truppe konnte es ein paar Minuten später losgehen. Er setzte zum Schnitt am Unterbauch an. Mit ruhiger Hand zog er das Skalpell. Kurz darauf hielt Frau Norris das blutverschmierte Neugeborene auf dem Arm. Sie trug es zum Waschbecken.

Beim sanften Reinigen fiel ihr die fahle Haut des Babys auf. Sie zuckte bei dem Anblick des Bauchnabels zusammen. Rechts des Nabels klaffte eine Spalte, aus der Teile des Darms und Gewebe ragten. »Oh, mein Gott«, stammelte sie, »nein. Dr. Waika, schauen Sie sich das an.«

Der Arzt unterbrach das Vernähen der Bauchdecke. Er sah sich nach der Assistenzärztin um und nickte ihr zu. Sie verstand sofort. »Danke, Frau Hendrix.«

»Was ist los?«, sagte er und eilte herbei. Der Doktor sah die Spalte und stockte. Mit besorgter Miene sprach er zur Hebamme.

»Frau Norris, das hier ist eine Gastroschisis bei Neugeborenen. Seit ich hier arbeite, ist das die fünfte Geburt mit dieser Fehlbildung.« Ein Gefühl der Ohnmacht breitete sich in ihm aus.

»Was geht hier vor?«, flüsterte sie.

»Das wüsste ich auch gerne. Seltsam für einen Zeitraum

von drei Jahren, nicht wahr?«, stellte er eine Gegenfrage. Den letzten Halbsatz sagte er unbewusst zynisch. Die Frau erblasste. Bedrückt sah sie zu Boden.

»Früher gab es hier so etwas nicht«, meinte sie trotzig. Der Arzt nickte ihr zu.

»Das glaube ich ihnen. Ich verstehe es nur nicht.« Er tippte auf dem Handy eine Elf. In der Zentrale hob direkt jemand ab. »Hallo Tom, hier Dr. Waika. Wir brauchen rasch einen Heli nach Oahu ins Klinikum »Kapiolani«. Melden Sie eine Gastroschisis bei einem Säugling, die sofort operiert werden muss, danke.«

»Der Heli kam eben von einem Einsatz zurück. Wann sind Sie fertig?«, forschte der Kollege.

»In drei bis vier Minuten können wir starten. Wir kümmern uns um die Notversorgung. Ich fliege mit.«

»Okay, ich halte den Piloten auf.«

»Danke«, sagte der Doktor erleichtert und legte auf.

Kurz darauf hob der Helikopter ab. Auf Oahu nahm der Chirurg Dr. Nils Hana den Eingriff vor. Der kleine Henry überstand die OP gut. Zwei Tage später entzündete sich die Wunde, worauf das Kind mit hohem Fieber reagierte. Sie fanden im Blut einen Keim. Einer von der resistenten Sorte. Kein Antibiotikum schlug an. Dafür stiegen die Entzündungswerte rasant. Das Team versuchte alles, doch die Natur setzte stur ihren Weg fort. Der Junge starb bei dem Noteingriff an einer Sepsis.

2

Akebono
Hawaii – Big Island 2018

John Akebono nippte an der Tasse. Der Kaffee vom Westen der Insel setzte ein herrlich erdig-würziges Aroma frei. Im Reinen mit sich und der Welt lehnte er im Sessel. Er genoss den Duft der Bohnen aus Kona. Das Leder knirschte leise.

Seit zwei Wochen hatte er den Rang eines Majors. Mit sechsunddreißig keine schlechte Bilanz, wie er fand.

Sein Kopf spiegelte sich in der Scheibe wider. Die mandelförmigen, dunklen Augen deuteten die japanischen Wurzeln an. Im Gesicht zeigte sich das Antlitz des Vaters. Hohe Wangenknochen, ein mäßiger Bartwuchs und volle Lippen. Auch die Größe von fast ein Meter und neunzig erinnerte an ihn. Die schwarzen, lockigen Haare hatte er von der Mutter. Genauso wie die strahlend weißen Zähne. Sie stammte aus Hawaii. Die Grübchen links und rechts vom Mund brachte er selbst mit.

Er lauschte, um die Quelle eines Geräuschs zu orten.

Erste Tropfen klatschten ans Fenster. Kurz darauf zuckte ein Blitz. Der Knall schallte über die Berghänge nach. Ein Tropenschauer setzte ein und goss das üppige Grün. Die Augen waren noch immer zu, er entspannte sich wieder. Er liebte das Prasseln von kräftigem Regen.

Er fuhr zusammen, als die Tür aufflog und Nick Toronga mit einem fröhlichen »Morgen, Chef« ins Büro platzte. Um ein Haar hätte der frisch ernannte Major den Kaffee verschüttet.

Die Tür warf den Papierkorb um. Der Hausgecko floh in Eile. Wenig später lugte er mit den Knopfaugen hinter der »F4-Taste« hervor.

Akebono sah auf und strich sich mit dem linken Zeigefinger eine Locke aus dem Gesicht. »Morgen Nick. Warum öffnest du die Tür wie ein Troll? Wenn das so weitergeht, zieht unser Gecko aus. Du hattest doch eine Woche frei. Entspanne dich.«

»Sorry Chef, ich habe um die Zeit einfach zu viel Energie. Gestern kam mir die Idee, vor dem Dienst eine Stunde zu surfen.« Ein seliges Lächeln überzog sein Gesicht. »Ich probiere das mal aus. Um sieben Uhr ist es ja hell genug. Abends wird es oft zu spät. Dann ist es bereits dunkel«, sinnierte er. »Gibt's frischen Kaffee?«

»Ja, den gibt es. Was bezweckst du damit, am frühen Morgen auf den Wellen zu reiten?«

»Um hier fitter anzukommen«, erklärte er. »Sei froh, dass ich auf meine Fitness achte«, fuhr er fort.

»Die Surferei hat dich einige Male ins Krankenhaus gebracht«, warf John ein. »Und mir eine Menge Mehrarbeit«, schob er nach. Dabei zog er die Stirn kraus und grummelte.

»Hey, ich bin ein Kind der Inseln. Ich muss surfen«, sagte Toronga voller Inbrunst.

»Ich bin Hawaiianer. Es geht auch ohne Surfen«, meinte der Major.

»Daran merkt man, dass du Vorfahren aus Japan hast. Du isst Fische, schwimmst aber nicht mit ihnen.«

Der winkte ab. »Du kannst ja surfen, so viel du willst. Pass einfach auf dich auf, okay?«

Nick sah um sich, pickte die Blätter auf und schloss die Tür. Ihm entging nicht, dass sein Chef lächelnd den Kopf schüttelte, bevor er einen Schluck Kaffee nahm.

Nick Toronga sah man an, dass er aus Hawaii stammte. Braune Haut bedeckte einen trainierten Körper. Dichte schwarze Locken tummelten sich auf dem Kopf. Die dunklen Augen samt breiter Nase hatte er geerbt. Nur die üblichen Tattoos der Insulaner suchte man vergebens an ihm. Der 31-Jährige diente seit fast sieben Jahren der Hawaiian Police auf Big Island. In der Zeit schaffte er es in den Rang eines Leutnants. Der Karrieresprung lag etwa vier Wochen zurück.

Der Gecko hatte sich entspannt. Mit wachen Augen kroch das Tier hinter der Tastatur hervor. Er legte sich in die Sonne neben der Computermaus. Ruhepuls dreißig.

Die Polizisten hatten ihn Andrea getauft, weil sie das Geschlecht der Echse nicht klären ließen.

Das Tier maß vom Kopf bis zum Schwanzende üppige zwanzig Zentimeter. Er schien somit genug Nahrung zu finden. Fünf Saugnäpfe rundeten jede Pfote ab. Auf dem Rücken glänzten längs drei rote Streifen. Diese Spezies wohnte auf Hawaii in allen Gärten, wo es Steine zum Verkriechen gab.

Nick kramte im Sideboard nach der Tasse mit den Surfbrettern. Er wischte sie mit einem Geschirrtuch aus und griff nach der Kanne.

»Sag mal, gab es Anrufe? Zurzeit ist es recht ruhig.« Der Leutnant kippte zwei Löffel Rohrzucker in die dampfende Tasse. Er sah seinen Chef erwartungsfroh an.

»Dass es bei dir entspannt zuging, glaube ich gerne. Letzte Woche ist außer ein paar Diebstählen nichts passiert; Autos und Bier, wie immer. Ich sage dir, genieße die Ruhe«, raunte er mahnend.

Den Zeigefinger noch in der Luft klingelte das Telefon. Beide starrten wie gebannt auf das klingelnde Etwas, als sei es ein Gegenstand vom Mars. Der Ältere erwachte zuerst aus der Lethargie. Er nahm den Hörer ab und schwang die Füße vom Tisch.

»Major John Akebono, guten Morgen.« Zu mehr kam er nicht. Er griff nach dem Kuli und schrieb mit. Toronga sah über den Monitor. Dabei hörte er aus zwei Metern Distanz eine laute Frauenstimme. Der Polizist hob die freie linke Hand und verharrte mit offenem Mund. In einer kurzen Pause nutzte er die Chance.

»Frau Sullivan, beruhigen Sie sich, wir beeilen uns.« Er legte rasch auf und seufzte. »Eine Vermisstenanzeige. Sie versucht seit gestern Abend, ihren Mann auf dem Handy zu erreichen. Er wollte zum Fischen. Bis jetzt ist er nicht zurück. Die beiden wohnen an der *Hamakua-Küste* in *Honomu-Town*.«

Der bis zum Ozean in dichtes Grün getauchte Landstrich hatte seinen Reiz. Durch den vielen Regen sah es dort aus wie in Eden. Er zog sich im Norden der Insel wie mit einem Zirkel gezogen um den Vulkan *Mauna Kea*. Die Fahrt dorthin verzögerte sich durch eine Baustelle. Nach zwanzig Minuten Stop-and-Go kamen sie zur Hauptstraße am Meer.

Mehrere Busse bildeten ungewollt eine Blockade. Sie klebten wie Kaugummis auf der Straße. Nichts ging mehr. Von den Sitzen am Fenster blitzte es in einem fort. Japaner und Koreaner mit der gleichen Anzahl an Canons und Nikons. Geschrei und wütende Slogans von den Leuten gab es in Asien kaum.

Einige bahnten sich laut den Weg quer über die Fahrbahn. Dabei schwenkten sie Plakate. Nick schätzte die Menge auf tausend Teilnehmer. John hörte Wörter wie Umwelt und Natur. An der Spitze des Zuges hielten zwei kräftige Männer ein recht großes Transparent in die Höhe. »Genfood zerstört unsere Natur und die Menschen« stand da auf hellem Grund in dicken, schwarzen Buchstaben. Viele Fahrer schalteten ihre Motoren ab. Sie stiegen aus. Alles wirkte entspannt.

»Das ist gewiss nicht der geplante Streckenverlauf«, meinte John Akebono ob des Chaos auf der Straße.

»Da ist eine Streife«, merkte Toronga an. »Wir werden nicht benötigt. Die bekommen das auch so hin.«

Der Major hatte keine Zeit, sich die Demo weiter anzusehen. Er ließ das Fenster herunter surren. »Nick, reichst du mir bitte mal die Sirene.«

Kurz darauf hievte er sie mit der linken Hand aufs Dach. Der Magnet im Boden klackte ans Blech. Mit Funksignal stellte der Leutnant das Blaulicht an. Zeitgleich gab John Gas. Zuvor hatte er geprüft, dass niemand den Weg kreuzte. Die 4-Liter-Maschine röhrte auf. Mit Tempo überholte er die Touristenbusse.

Im Spiegel sah Toronga eine blaue Dunstwolke. Etwas später nutzten einige Touristen ihre Canons. Es blitzte erneut. »Die halten dich doch nicht etwa für Magnum?«, warf er ein.

»Spaßvogel. Der trägt einen Schnauzer und ist heute über sechzig«, knurrte der frisch rasierte Akebono. »Außerdem fuhr er einen Ferrari.« Dabei nahm er eine Rechtskurve mit derart viel Schwung, dass es neben Nick staubte. In dem Moment sackte der Wagen spürbar ab, da die zwei rechten Reifen auf Sand rollten.

»Mensch, pass auf«, meinte der und hielt sich fest.

»Na, alles klar?«, fragte der Major entspannt.

»Nein, nichts ist klar, Kollege. Ich will noch ein paar Jahre leben, ok.« Er sah kritisch auf die Straße. Kurz darauf fixierte er John.

Die Sullivans wohnten in einem Haus, das massiv gebaut, von viel Grün umgeben lag. Vom Meer hörte man die Brandung gegen die Felsen klatschen. Das Salz in der Luft wehte herauf. Es kribbelte beim Einatmen.

Außer ein paar Vögeln sowie dem Ozean gab es keine Laute. Akebono atmete tief ein. Er liebte die Natur in ihrer Wildheit. Die zwei Polizisten sahen sich um. Sie schritten zum Eingang des Bungalows. Blumen rankten links der Tür empor. Nick klingelte. Entfernt näherten sich Absätze auf Parkett oder Fliesen. Eine Kette schnappte zurück. Die Tür glitt auf.

Vor ihnen stand eine hübsche Frau mit langen Beinen und wachen Augen. Sie trug ihre braunen Haare schulterlang. Ein edles Kostüm in hellem Blau betonte ihre Figur. Es zeugte von Wohlstand. John fielen Sommersprossen auf, die von ihrer Nase bis zu den Wangen reichten.

»Guten Tag, die Herren. Ich bin Jennifer Sullivan. So rasch habe ich Sie nicht erwartet.« Der Major schien verblüfft. Er empfand ihr Auftreten als äußerst beherrscht. Ihre Stimme wirkte auf ihn kühl. Sie streckte ihre Hand zur Begrüßung aus. Er schüttelte sie kurz und empfand sie als warm. Etwas an ihrem Verhalten ließ ihn aber stutzen.

»Guten Tag, Frau Sullivan. Ich heiße John Akebono. Das hier ist Leutnant Nick Toronga.« Sie musterte die Besucher mit einem Blick von oben bis unten. »Bitte treten Sie ein.« Sie setzte einen Schritt zur Seite.

Die Haustür gab einen Raum frei. Ein Snooker-Tisch hätte hier bequem Platz gefunden. Die Wände hingen voller Gemälde. John erkannte einige lokale Künstler. Das Thema schien stets Hawaii und das Meer zu sein.

Der Major zuckte, als er einen echten *Varez* entdeckte. Das glaubte er zumindest. Seine Frau besaß das Motiv als Druck. Das hier sah indes wie gemalt aus. Gegenüber hing ein Original von *Dawson*. Die Werke der Maler erzielten in den Galerien recht hohe Preise.

»Alles in Ordnung, Herr Akebono?« Frau Sullivan warf ihm einen besorgten Blick zu, der auf ihn etwas künstlich wirkte. Er winkte ab. »Ja, danke. Ich stehe nur unter dem Eindruck der Bilder, die Sie hier an der Wand haben.«

»Ach die«, sagte sie mit mäßigem Interesse. »Peter sam-

21

melt Werke der Künstler hier. Er hat noch mehr davon. Ich halte die Gemälde für nett, hänge aber nicht an ihnen.«

Der Polizist zwang sich, die Originale nicht weiter zu betrachten. Sein Kollege ignorierte die Kunst und schlenderte hinter Frau Sullivan her. »Bitte folgen Sie mir. Wir setzen uns am besten nach draußen. Das Meer und die Luft lenken mich ab.«

Die Terrasse sah hübsch arrangiert aus. Eine legere Sitzecke stand zwischen drei Pflanzen, die in Kübeln wuchsen.

Sie setzte sich und schlug ihre Beine übereinander. Die Beamten wählten Plätze auf der anderen Seite des Tisches.

Akebono schätzte die Frau auf Anfang vierzig. Ihm fielen ihre grünen Augen auf, die rastlos hin und her huschten. *Dass sie beunruhigt ist, ok. Warum aber ist sie so nervös? Als sei sie wachsam, nichts Falsches zu sagen,* schoss es ihm in den Sinn. Intuitiv rückte er den Stuhl etwas zurück, um ihr mehr Raum zu geben.

Sie bot den beiden frische Zitronenlimonade an, die sie gerne nahmen. Der Major nickte dem Leutnant zu. Der hielt kurz inne, bevor er anfing. »Erzählen Sie uns bitte der Reihe nach, was genau passiert ist, Frau Sullivan«, forderte er sie auf.

Sie holte tief Luft und atmete durch. Dabei fixierte sie einen Punkt hinter Akebonos Kopf.

»Gestern entschied mein Mann gegen Mittag spontan, dass er noch fischen wolle. Der Ozean sah friedlich aus. Insofern sprach nichts dagegen. Sein Boot lag im Hafen von Hilo. Er hat einen festen Anlegeplatz dort.«

»Was für eins fährt Ihr Mann? Eher klein oder eins, das für die hohe See taugt?«, forschte Nick.

»Peter besitzt ein Motorboot, mit dem man ohne Probleme zwischen den Inseln fahren kann. Es hat unter dem Deck eine Kabine mit einem Doppelbett. Ja, ich denke, dass es hochseetauglich ist. Wir sind früher am Wochenende oft aufs Meer gefahren. Wenn wir Zeit hatten, auch nach Maui. Abends haben wir manchmal in einer Bucht geankert. Ich fand das aufregend«, gab sie preis.

»Das hört sich an, als ob sich das zuletzt geändert hat?«, hakte Akebono nach. Sie sah ihn lange und durchdringend an, bevor sie antwortete.

»Wir leben im ersten Jahr getrennt. Peter wohnt die meiste Zeit hier. Wir verstehen uns zwar, machen aber privat nichts mehr zusammen. Es ist schwer, dies zu erklären.«

Frau Sullivan sah in die Ferne. Sie blinzelte durch feuchte Augen. Mit gesenktem Kopf fuhr sie leise fort. »Ich habe mich heute Vormittag am Hafen umgesehen, um zu prüfen, ob das Boot am Anlegeplatz liegt. Er war leer.«

Sie sah ihm direkt in die Augen. »Das alles nagt an mir«, sagte sie. Der Major nickte verständnisvoll. Er bereute die Frage und schwor sich, umsichtiger vorzugehen.

»Ist es denkbar, dass ihr Mann bei einem Freund zu Besuch ist? Dass er sich schlicht nicht gemeldet hat?«

»Das glaube ich nicht. Peter kennt hier niemanden, den er mit dem Boot anfahren könnte. Zudem habe ich vier oder fünf Mal versucht, ihn mobil zu erreichen, er meldet sich nicht.«

»Bitte geben Sie mir seine Nummer. Mit etwas Glück gelingt es uns, das Gerät zu orten, wenn die Batterie noch aktiv ist«, hoffte John. Er notierte sie im Handy und wandte sich erneut an sie. »Wie kam er zum Hafen? Mit dem Auto oder haben Sie ihn gefahren?«

Sie sah den Major an. »Er nahm den schwarzen Mercedes«, sagte sie rasch. »Wie immer«, setzte sie nüchtern hinzu.

»Sehen Sie uns die vielen Fragen nach. Wir brauchen ein komplettes Bild der Lage«, erklärte er. Frau Sullivan winkte ab. »Sie tun nur Ihre Pflicht und können ja nichts für unsere Trennung.« Ein kurzes Schweigen folgte. »Benötigen Sie den zweiten Schlüssel für den Mercedes?«, fragte sie an beide gewandt.

»Ja bitte«, erwiderte Toronga, der in den letzten Minuten nur zu beobachten schien. »Wir werden zuerst prüfen, ob das Auto am Hafen geparkt ist«, fuhr er fort.

Sie wandte sich bereits um, als dem Leutnant noch etwas einfiel. »Bevor Sie den Schlüssel suchen, eine Bitte. Haben Sie ein Foto Ihres Mannes und auch eines vom Boot? Das könnte uns helfen.«

Frau Sullivan dachte kurz nach. »Ja, unter den letzten Fotos müsste eines sein. Wir haben sie vor etwa einem Jahr gemacht. Ich bin gleich wieder da.«

Der Major nutzte die Zeit. Auf seiner Stirn erschien eine senkrechte Stirnfalte. Er wirkte angespannt.

»Nick, ruf bitte die Küstenwache an. Sie sollen ab hier in beide Richtungen suchen. Sollten sie in den nächsten drei Stunden nichts finden, fordern wir den Hubschrauber an. Wir hätten dann noch den Nachmittag bei Tageslicht.« Der Leutnant nickte und lief zum Pick-up, um alles Weitere zu klären.

In dem Moment kam Frau Sullivan zurück. Sie hielt dem Major zwei Fotos unter die Nase. Das eine zeigte ihren Mann mit Anfang vierzig. Er hatte kräftige Oberarme, dichtes Haar und strahlte in die Kamera. In der rechten Hand hielt er einen kleineren Marlin an der Flosse. Mit den Fingern der Linken formte er das Victoryzeichen. Die Haut glänzte durch das Sonnenlicht braun.

Auf dem anderen Foto saß er am Steuer. Es handelte sich um ein schnittiges Boot mit Drehstuhl im Heck. Rund neun Meter lang. Zwei Motoren ragten dahinter auf. Es glich einer Hochseejacht, nur kürzer. Akebono zog die Stirn in Falten.

»Sieht recht teuer aus. Was ist er denn von Beruf, wenn ich fragen darf?« Ihm fiel auf, dass Frau Sullivan's linkes Augenlid zuckte. *Die Frage nach seinem Beruf macht sie nervös. Warum? Sagt sie hier alles?*, notierte er im Geist.

»Mein Mann arbeitet mit Immobilien und Grundstücken.« Der Major sah perplex auf, was bei ihr ein Stirnrunzeln auslöste. Er überging dies und stellte noch eine Frage. »Womit verdienen Sie Ihr Geld?«, warf er ein.

»Wir besitzen ein Haus mit zwei Wohnungen. Ich vermiete es an Touristen. Das Gebäude steht über der Straße rechts von einer Hecke. Wir hatten uns geeinigt, dass das Geschäft nach der Trennung bei mir verbleibt.«

»Das ist aber großzügig«, merkte Nick an. »Lief der Job ihres Gatten derart gut?«, fragte er weiter.

»Details kenne ich keine«, sagte sie rasch. »In den letzten Jahren konnten wir nicht klagen«, gab sie zurück. Dabei hielt sie ihm die Hand hin.

»Hier ist noch der Schlüssel, nach dem Sie eben gefragt haben«, lenkte sie ab. An dem Bund hing ein Anhänger aus Metall mit der Aufschrift »*Aloha*«.

Dem Major fiel ein, dass er den Wetterbericht vom Vortag prüfen musste. Er notierte die Worte *Strömung* und *Meer*. Er griff nach dem Schlüssel.

»Sie bekommen ihn bald wieder. Wir fangen in Kürze mit der Suche nach dem Motorboot an. Wir melden uns, sobald wir präzise etwas sagen können.«

»Danke für Ihre Auskünfte«, sagte Nick, der sich anschickte, vor dem Chef das Haus zu verlassen.

»Auf Wiedersehen, Herr Toronga«, meinte sie knapp. Nick deutete in Johns Richtung die Hörergeste an und schloss die Tür.

Akebono fingerte in seiner Geldbörse. »Hier ist meine Karte, falls Ihnen noch etwas einfällt. Die Handynummer steht auf der Rückseite.« Frau Sullivan nahm sie entgegen und stand auf. Auch der Major erhob sich. Vor dem Ausgang hielt er inne.

»Eine Frage zum Abschluss. Hat ihr Mann Geschwister?«

Sie sah den Polizisten lange an.

»Ja, eine Schwester. Sie ist vierzig Jahre alt; glaube ich zumindest«, schob sie nach. Ist das von Bedeutung?«

»Das kann ich jetzt nicht sagen«, gab er zurück. »Aber ich wollte es wissen. Wir melden uns«, meinte der Major und gab ihr die Hand. »Danke«, sagte sie knapp und schloss die Tür. Der Beamte stand noch einen Moment da. Er ließ die letzten zehn Minuten in Gedanken ablaufen. Dann eilte er zu Toronga, der ihn herbeiwinkte.

»Ist alles geregelt, John. Ich habe den Kollegen die Fotos des Boots gemailt. Die Küstenwache rückt mit einem Schiff aus. Sie suchen die Küste ab. Das Meer ist gerade ruhig«, sagte er und sah auf den Notizzettel.

»Zudem prüft eine Streife die Parkplätze am Hafen. Mit ein wenig Glück kommen wir in den nächsten Stunden einen

Schritt weiter«, fuhr er fort.

»Danke. Wollen wir's hoffen?«, erwiderte der Major. Sein Magen knurrte. Er sah auf die Uhr und stellte fest, dass er lange nichts zu sich genommen hatte. »Nick, wann hast Du zuletzt gegessen?« Toronga überlegte. »Ich hatte erst einen Apfel. Ich könnte etwas vertragen.«

John wirkte verblüfft. Er fröstelte bei dem Gedanken, den Morgen mit nur einem Stück Obst zu beginnen.

»Wir können im Bistro vom botanischen Garten Pause machen. Wer weiß, was heute noch alles passiert.« Der Leutnant sah erstaunt auf. Er schätzte an ihm, dass das Essen nie zu kurz kam. »Daran merkt man, dass du Hawaiianer bist«, lächelte Nick.

Gegen vierzehn Uhr klingelte das Telefon. Der Major saß nicht am Platz. Er beeilte sich, ins Büro zu gelangen. Im Display sah er den Namen *Leif Gardner*. Küstenwache. Er grinste.

»Hallo mein Lieber, wie ist die Lage auf dem Ozean?«, sagte er.

»Hi John. Was das Boot angeht, Fehlanzeige. Das Einzige, was wir in Mengen gefunden haben, ist Dreck. Ich denke, von einem der Luxusliner.«

»Was für einen Dreck? Ist etwas dabei, was auf Herrn Sullivans Boot schließen lässt?

»Nein, das ist echter Müll. Plastik in allen Farben und anderes Zeug, das von Schiffen ins Meer gekippt wird.«

»Ich habe bislang keine Kreuzfahrt erlebt. Was für Sachen werfen die über Bord?«, fragte er im Detail.

John hörte ein Schnaufen. Er kam sich vor, wie ein Schuljunge. »Vieles von dem, was in der Küche anfällt. Aber auch

27

der sonstige Rotz, den die Leute jeden Tag produzieren. Becher, Plastikfolien, Windeln und was weiß ich.«

»Das landet im Wasser?«, sagte er entsetzt.

»Ja, weil die Entsorgung am Land fast überall teurer ist als die Strafe, wenn sie erwischt werden.« Gardner sprach den letzten Satz mit Verachtung aus, bevor er fortfuhr. »Das meiste von dem Zeug sinkt zu Boden. Nur ein Bruchteil wird an die Strände geschwemmt.«

»Woher weißt du das alles?«, fragte Akebono erstaunt. Es entstand eine kurze Pause. Leif holte Luft. »Ich fühle mich mit dem Meer verbunden und leide wie ein Hund in der Wüste. Deshalb bin ich bei Greenpeace.« Dabei beließ er sein Statement und kam zum Thema.

»Jetzt aber zurück zu dem vermissten Boot. John, es ist nicht einfach, mit dem Fernglas die Küste abzusuchen; wir kamen zum Teil nur bis auf rund 200 Meter heran. Für die nächsten Stunden ist Wellengang mit lokalem Regen angesagt. Der Wind dürfte recht heftig sein. Ich kann nur abraten, heute mit dem Heli hinauszufliegen«, winkte er ab.

Der Polizist bedankte sich für die Infos. Er legte auf, und zuckte zusammen. Sie mussten den Fall ins Netz stellen. Er konnte sich nicht daran erinnern, das erledigt zu haben.

»Nick, haben wir den Sullivan-Fall bereits ins System gestellt?« »Nein, haben wir nicht«, kam es prompt jenseits des Monitors.

»Lass uns das gleich nachholen. Ein Hinweis auf den Beruf mit dem Namen der Firma könnte helfen. Mit ein wenig Geduld meldet sich jemand, der Details liefern kann. Der ihn kannte. Hast du Zeit?« Akebono hörte die Tastatur klimpern.

»Bin schon dabei. Liest du dann noch mal gegen?«

»Ja, mache ich. Danke, Nick. Ich muss mich mal eben sammeln.«

Kurz darauf klingelte es erneut. Sergeant Harley teilte mit, dass der Benz am Hafen entdeckt worden war.

3

Am nächsten Morgen schien die Sonne. Ein leichter Wind trieb Wolken vom offenen Meer in Richtung Big Island.

Die Hawaiian Police verfügte seit ein paar Monaten über einen Heli. Standort war Hilo. Es gab Gründe für den Kauf. Geklaute Autos konnten so aus der Luft verfolgt werden.

John dachte mit Grauen daran. Er selbst hatte im Einsatz einen Ford zerstört. Vor seinem geistigen Auge fuhr ein gestohlenes Cabrio davon. Er raste mit Blaulicht hinterher. Die Fahrt führte durch drei Vorgärten. Obstbäume gingen zu Bruch. Das Auto krachte wenig später an eine Wand. Eine orangefarbene Schneise aus Früchten brachte ihm in der Presse den Namen »*Papayakiller*« ein.

Noch Wochen darauf fand Akebono immer montags eine Schale frischer Papayas auf dem Tisch. Dabei lagen kleine Zettel mit den Worten »bitte töte uns nicht«. Die Story hing ihm mehr nach, als ihm lieb war. Mit der Beförderung verflog sie aber im Nu.

Er schüttelte die Gedanken ab und suchte zwei Ferngläser. Nick stand etwas verloren im Flur. Er bekam eines in die

Hand gedrückt. »Hier, das werden wir brauchen«, sagte sein Chef. Rasch bahnten sie sich den Weg durch das Gebäude zum Hinterausgang. Dort gab es eine weite Fläche, die kreisrund zu einem Landeplatz umgebaut war. Manka wartete bereits ungeduldig im Heli.

»Na Ihr zwei. Kann's endlich losgehen?«

Manuel Manka war der Chef-Pilot. Bei der Air Force war er wegen »mangelnder Belastbarkeit bei Kampfeinsätzen« aussortiert worden. In Folge zog es ihn zur Polizei. In der Freizeit flog er Touristen über die Insel. An diesem Morgen kaute er auf einem Lolli, den er im Mund hin und her wandern ließ.

Er trug oft T-Shirts, um die Tattoos auf den Oberarmen besser zur Geltung zu bringen. Mit der auf Hochglanz polierten Glatze fiel er überall auf. Rein optisch glich er mehr einem Türsteher.

Der vordere Teil der Maschine bestand aus einer Kuppel. Sie bot eine perfekte Sicht, sofern es einem nicht übel wurde. Manuel saß vorn mittig, Akebono links dahinter und Toronga rechts. Der Pilot führte letzte Checks durch. Er las eine Liste ab und prüfte die Hebel und Knöpfe dazu. Die Rotoren liefen im Leerlauf. Wup-wup-wup. Wenig später dröhnte der Motor und es knatterte.

Beim Abheben zog es dem Major im Bauch. Er mochte das Gefühl nicht.

Leicht geneigt, donnerte der Heli nach Norden über das Wasser. Die Wolken glitten fast auf gleicher Höhe vorbei und sahen aus wie Zuckerwatte. Das Meer strahlte in kräftigen Farben. Sandige Stellen schimmerten in Türkis- und Grüntönen. John erspähte durch das Fernglas Fische und sogar eine Schildkröte, die ihren Kopf aus dem Wasser streckte. Er atmete tief ein. Das Salz in der Luft kribbelte in der Nase.

Manka ergriff das Wort und musste dabei fast brüllen. »Wollen wir bei Honomu anfangen? Macht Sinn, oder? Ich schlage vor, dass wir von dort die Küste nach Westen abfliegen, weil die Strömung oft so verläuft.«

John reckte den Daumen nach oben, weil er keine Lust hatte, den Lärm zu übertönen. Er würde noch genug schreien müssen.

Nach rund zehn Minuten Flug näherten sie sich dem Ort, der malerisch am Meer lag.

»Dort ist das Haus der Sullivans«, brüllte Toronga. Direkt beim Highway stand es. Terrasse zum Ozean, herrlich. Akebono bat den Piloten, die Maschine weiter zu senken. In rund zwanzig Metern über dem Wasser schwenkten sie zur Küste heran und drehten westwärts ab. Das Land sah aus der Luft wild und zerklüftet aus. Es gab viele vorgelagerte Felsen. Der Wind schien noch erträglich. Daher hatten die Wellen nur eine Höhe von zwei bis drei Metern. Dennoch hörte der Major die Brandung durch den Lärm des Motors hindurch. Man hatte das Gefühl, die Gischt reichte fast bis zum Helikopter.

An ein paar Stellen hatte das Meer im Laufe der Zeit das Gestein ausgehöhlt. Der Raum dahinter ließ sich nur erahnen. Beide Beamte spähten durch ihre Gläser. Manka hatte alle Hände voll damit zu tun, die Maschine stabil in der Luft zu halten. Nach einigen Minuten erreichten sie den »Kolekoi-Beach-Park« mit seinem schwarzen Sand. Wenig später tauchte die »Hakala Bay« auf.

»Manuel, können wir noch mal zurück? Die Sonne hat

sich im Wasser gespiegelt. Ich konnte kaum etwas sehen«, meinte Toronga. Akebono sah das genauso. Er rieb sich die tränenden Augen und wischte den Schweiß vom Fernglas, bevor es erneut losging. Der Wind nahm zu. Manka hatte alle Mühe mit dem Manöver. »Ich muss ein paar Meter hochziehen, das ist zu riskant.« Kurz darauf flog das Fluggerät ruhig.

»Fliege bitte so dicht an die Küste heran, wie es geht«, brüllte der Major. Ein flaues Gefühl hatte sich in ihm breitgemacht. Sein Puls stieg an. Er spähte durch das Fernglas. Die Aushöhlungen an dieser Stelle reichten viele Meter weit in das Massiv hinein. Der Pilot hielt den Helikopter stehend in der Luft, obwohl der Wind mit lautem Pfeifen an ihm rüttelte.

»Seht, dort spiegelt sich was in der Sonne«, schrie Akebono. Manka senkte den Heli behutsam, sodass die Stelle besser einsehbar war. Die Rückseite eines Boots war zu erkennen. Chrom glänzte in der Sonne, die durch eine Felsöffnung schien.

»Sieht so aus, als hätten die Wellen das Boot an die Felsen getrieben. Dann hat es sich unter dem Vorsprung verkeilt. Lasst uns die Küstenwache holen. An das Schiff kommen wir nur vom Wasser aus heran«, brüllte er ein wenig heiser. Er tippte die Nummer der Kollegen ein.

»Hallo Leif, hier John. Wir haben rund drei Meilen nördlich von Honomu eine Jacht entdeckt, die sich dank der Brandung in einen Felsvorsprung verkeilt hat. Habt Ihr ein Schlauchboot mit Motor an Bord?«

Leif Gardner lachte kurz auf und winkte scheinbar ab. »Lutsch mal ein Bonbon, Du krächzt wie ein Papagei.«

Akebono rollte die Augen und äffte das letzte Wort nach. Gardner fuhr fort. »Mach dir keinen Kopf, wir haben eins und können es sogar bei ordentlichem Wellengang ins Meer lassen. Die Dinger sind ja extra für übles Wetter gebaut. Westen und Neoprenanzüge haben wir auch genug; Ihr wollt ja vermutlich mit zum Wrack, wie ich euch kenne. Wir warten, bis ihr hier einschwebt.« Der Major bejahte und bedankte sich bei ihm. Leif Gardner sah mit der dunklen Sonnenbrille, den langen Haaren und dem 3-Tage-Bart wie ein moderner Pirat aus. Er wirkte dünn. Dabei hatte er viel Kraft. Bei jeder Bewegung sah man seine Muskeln und Sehnen arbeiten. Der Major schätzte ihn. Er war zuverlässig, kollegial und fand immer klare Worte. Und zäh war er. Wenn es Probleme gab, machte er einfach weiter. Einen besseren Einsatzleiter konnte man sich kaum wünschen.

Am frühen Nachmittag fuhren sie mit Gardner und dessen Team zum Fundort des Objekts. Dort musste das Schiff weit vor der Küste ankern, da es zum Land hin einige flachere Stellen gab. Vereinzelt ragten Felsen aus dem Meer. Zwei Kollegen ließen das stabile Schlauchboot mit dem Außenborder zu Wasser.

John und Nick suchten sich Neoprenanzüge aus. Sie zwängten sich hinein. Der Major verfluchte die Teile, weil sie jedes Kilo zu viel eiskalt bestraften.

Als Nick ihm den Titel »*Seegurke des Monats*« zusprach, hatte er genug. Angestachelt durch den Spruch, zog er den Reißverschluss fest nach oben. Dabei klemmte er sich ein paar Zentimeter Bauchhaare ein. Mit schmerzverzerrtem Gesicht zog er den Verschluss wieder auf und riss sich Dutzende Haare aus. Am Ende streiften sie sich Schwimmwesten über. Mit Leif und einem Matrosen, den John nur vom Sehen kannte, machten sie sich auf den Weg. Der Wind frischte auf und fachte die Brandung an. Sie mussten höllisch aufpassen. Als sie fünf Minuten später an der Stelle ankamen, löste sich das Boot. Die Wellen drückten es in eine tiefere Felsspalte. Vom Meer aus sah man nur Teile des Rumpfes, hörte aber das Knirschen.

»Ich bin mal gespannt, ob die nachher noch brauchbare Spuren finden«, meinte Nick beim Heranfahren. Gardner blieb im Schlauchboot zurück. Er hielt es mithilfe des Motors auf Position. »Na, dann mal los, Ihr zwei.« Sie sprangen in etwa hüfttiefes Wasser. Akebono fühlte felsigen Grund. Kurz darauf fand er festen Halt.

Toronga packte ein Seilbündel, streckte die Hand hindurch und schob es auf die Schulter. Er kannte das Meer und dessen Tücken besser als sein Chef. Der hatte schwimmend bereits das Boot erreicht. Er wirkte abgekämpft und wartete auf Nick.

In einer schläfrigen Sekunde wurde John unerwartet von einer Welle angehoben. Sie schlug über ihm zusammen. Als er glaubte, Fels unter den Füßen zu haben, rutschte er weg. Für einen Moment verlor er die Orientierung. Verwirrt tauchte er wieder auf. »Spielst Du Robbe, John?«

Nick grinste von einem Ohr zum anderen. Er war stürmisches Wasser vom Surfen gewohnt und genoss das Element. »Etwas mehr Respekt vor dem Alter, mein Freund«, blubberte Akebono. Er kämpfte sich erneut zum Rumpf vor. Toronga kraulte neben ihm und zog mühelos vorbei. Sie fanden eine felsige, aber ebene Stelle. Die Beamten standen im Wasser und konnten nicht sehen, wie es im Boot aussah.

Der Major streckte die Arme nach oben und klammerte sich an die Kante des Rumpfs. Mit aller Kraft zog er sich hoch. »Aargh«, entfuhr es ihm. Mit Mühe hievte er ein Bein quer auf die Rumpfkante. Jetzt sah er das Deck und leuchtete mit der Taschenlampe.

Er erstarrte. Eine Leiche lehnte mit dem Rücken am Steuer. Die Haare klebten nass am Kopf. Auf Höhe des Brustbeines ragte ein Speer heraus. Durch die Wucht des Einschlags hatte er den Oberkörper durchbohrt und steckte im Holz des Armaturenbretts dahinter fest. Eine Hand umklammerte die Stange.

»Das wirkt auf mich wie eine Hinrichtung«, sagte der Major. Er stand auf und sah sich ihn aus der Nähe an. Sullivans Gesichtszüge zeugten von Schmerz und der Einsicht, gleich zu sterben. »Der Tote ist unser Mann«, rief er zu Toronga, der sich auch ins Boot hievte.

»Ich glaube, der Täter hat den Speer noch mit Kraft gedreht«, meinte Nick. »Sieht so aus, als wollte er sichergehen, dass er im Holz stecken bleibt.«

Mord gab es in Hawaii, was Big Island anging, nicht oft. Ohne die Leiche aus den Augen zu lassen, zückte John sein Smartphone, um Fotos zu machen. Er hatte es in die Innentasche des Neoprenanzugs gesteckt.

Die Bergung des Wracks verlief ohne Probleme. Beide streiften sich griffige Wasserhandschuhe an. Flink sprangen sie über die Kante ins Meer. Toronga befestigte ein Seil an der Spitze des Boots. Dann schwamm er zügig zu dem Außenborder, um es dort zu befestigen. Der Major kämpfte sich mit Mühe hinterher. Dreimal musste er durch eine Welle tauchen.

Als er sich umständlich ins Boot gewuchtet hatte, gab Leif Gas. John ließ sich erschöpft auf den Boden fallen. »Na, die Woche brauchst du kein Wasser mehr, was?«, grinste Gardner. Er widmete sich der Winde, prüfte das Seil aus Stahl. Nachdem es sich gestrafft hatte, gab er Gas. Anfangs knirschte es metallisch, doch rasch gab der Felsen das Boot frei. Es klatschte ins Meer. Dann zog er das Wrack behutsam bis auf wenige Meter heran.

Sie hüllten es mit einer schwarzen Plane ein. Der Major fürchtete ein Foto des Toten auf der ersten Seite des Big Island Observers. Das war das Letzte, was er gebrauchen konnte. Zudem wollte er die Suchanzeige weiterhin nicht löschen.

Im Hafen zogen die Beamten das Wrack mit einer Winde in die Halle der Küstenwache. Die Leiche hing starr an der Steuersäule. Einzig die Haare bewegten sich leicht.

»Leif, die Spurensicherung kommt bald. Bitte führe sie zum Boot. Sie sollen sich auch unter dem Deck umsehen. Ich habe dich als Kontaktperson genannt.«

»Kein Problem, John, ich bin hier«, sagte er. Akebono überlegte kurz, dann hob er den Zeigefinger. »Ach, noch was, Leif. Wird das Gebäude abgeschlossen?«

Der winkte ab. »Die Halle wird immer verschlossen und du siehst ja den Zaun. Da kommt ohne Hilfe niemand rein. Außerdem haben wir ein paar Kameras.«

Der Major nickte. »Klingt gut. Wenn die Kollegen mit ihrer Arbeit fertig sind, wird die Leiche zur Obduktion freigegeben.«

»Hmhm, alles klar.« Gardner wandte sich zum Gehen. »Bis demnächst, ihr zwei.«

Die Beamten trafen sich eine Stunde später beim Boss zum Rapport. Der *Chief of Police* hatte das Oberkommando auf Big Island.

Brian Motonga hatte sich vom Officer nach oben gedient. Er lebte für die Polizei und genoss den Respekt der Truppe. Der Mann stammte aus einer Maori-Familie, die vor Jahrzehnten aus Neuseeland eingewandert war. Rein optisch wirkte er bullig. Mit der drei Daumen breiten Nase sah er aus wie ein Stürmer der All Blacks. Nur, dass er den Golfsport vorzog. Auf dem linken Arm zierte ihn ein filigranes Tattoo, das bis zum Hals reichte. Er trug es aus Tradition. Brian machte, wie sein Vater zuvor, Karriere beim Staat. Der Major schätzte an ihm, dass er hinter den Leuten stand und Rückgrat zeigte, wenn es nötig schien. Das kannte er aus Oahu auch anders.

John erläuterte präzise das Geschehene. Motonga hörte zu. Für eine kurze Zeit war es still.

»Jetzt müssen wir ihr den Tod ihres Mannes mitteilen«, schob Nick nach. »Ja, genau«, pflichtete ihm John bei. Wir werden Sie bitten, ihn zu identifizieren. Das wird ein harter Moment für sie.«

»Ich schlage vor, dass ihr euch rasch das Büro des Toten vornehmt. Dann solltet ihr das Boot auf Fingerabdrücke und sonstige Hinweise untersuchen lassen. Kümmere dich bald darum«, sagte der Chief mit Nachdruck. Sie hielten fest, sich für das nächste Treffen spontan zu besprechen.

»Wenn ihr Hilfe nötig habt, gebt mir eine Info. Ich bin

zwar in vielen Terminen, aber immer erreichbar«, schob er hinterher. Er wandte sich zu John um.

»Morde haben wir auf Big Island nicht oft; zudem ist dies dein erster Fall als Major. Ich halte dir die Presse vom Hals, solange ich kann. Für euch gilt dafür voller Fokus auf den Fall, ok?«

»Danke, Brian. Wir bleiben dran«, sagte Akebono nur.

Motonga knallte zum Abschied seine Pranke auf Johns linke Schulter und verabschiedete sich auch von Leutnant Toronga. Dann griff er zur Golftasche. In Gedanken schon auf dem Platz nickte er in die Runde und verließ das Büro. Wie so oft.

»Der hat Nerven«, meinte Nick und sah ihm nach.

Der Major dachte an die Anzeige, die ersetzt werden musste. Er nahm sich den Besuch bei Frau Sullivan für den gleichen Tag vor. Danach konnten sie die Presse informieren und den Todesfall ins Netz stellen.

Kurz vor der Tür zum Büro stoppte er und machte kehrt. Er hatte vergessen, sich am Automaten beim Eingang noch eine Coke zu ziehen. Dabei stieß John fast mit Commander Jason Matinka zusammen, der in Eile das Gebäude betreten hatte. Stets unwirsch und hektisch passte er für den Major nicht auf die Inseln.

Die beiden gingen sich aus dem Weg. Er hatte sich mit Akebono und zwei anderen auf die offene Stelle als Major beworben.

Der Mann stammte aus New York, hatte geerbt und zog dann nach Hawaii. Die Kollegen argwöhnten von Anfang an, dass er auf Karriere und Macht aus war.

Er war für die Abteilung »Verkehrsdelikte« verantwortlich. Das Team bestand aus vier Beamten. Sie hatten alle Hände voll zu tun, da es auf Big Island immer mehr Autos gab. Doch Matinka wollte raus aus dem Job, nach oben, was ihm bisher verwehrt blieb.

»Ah, Major«, entfuhr es ihm kühl. Er dehnte die Silben der Anrede betont langsam. Dabei zog er eine Grimasse. »Habt ihr allen Ernstes erst jetzt die Daten des Sullivan-Falls auf die Homepage gestellt? So wollt ihr die Sache lösen? Viel Spaß.«

Der Commander stellte sein linkes Bein nach außen und versperrte John indirekt den Weg. Er fixierte ihn aus schwarzen, eng stehenden Augen. Von vorn sah er aus wie ein Dachs, listig und nicht so hell. Er musste hochschauen und schnaubte unbewusst. Er reichte dem Widersacher nur bis zum Mund. Mit Oberkante Bürstenschnitt.

»Wir hatten unsere Gründe, aber die gehen dich nichts an.« Das ließ der Major ein paar Sekunden wirken.

»Mehr wirst du von mir nicht hören, Matinka. Ziehst du noch dein Bein zurück, dann bist du auch wieder ein Stück größer.« Er machte mit den Händen eine ausladende Bewegung.

Der lief vor Wut rot an. Zornig und etwas zittrig gab er den Weg frei. Akebono schritt an ihm vorbei. Mit einem Zischen öffnete er die Dose.

4

Auf dem Weg zur Pathologie ließ Akebono den Besuch bei Frau Sullivan Revue passieren. Der Fund des Opfers war keine zwei Stunden her. Nick saß neben ihm und hing seinen Gedanken nach. So wie er selbst.

Frau Sullivan fuhr mit einer Freundin hinter den beiden her. Er sah kurz in den Rückspiegel. Mit starrem Blick saß sie auf dem Beifahrersitz und sah zur Seite.

Der Major störte sich an einigem, konnte es aber nicht greifen. Nachdem er den Tod ihres Mannes bestätigt hatte, sah sie ihn und Toronga im Wechsel an. Sie verzog kaum eine Miene. Was dann passierte, weckte in ihm Misstrauen.

Frau Sullivan bemühte sich, ein aus den Tiefen ihrer Seele aufsteigendes Schluchzen an den Tag zu legen. Ihre Augen sollten Trauer ausstrahlen, aber etwas anderes schlich sich hinein. Kälte. Es wirkte, als hätte sie sich die zur Schau gestellte Emotion wie eine Kontaktlinse auf den wahren Ausdruck ihrer Augen gelegt. Doch das Kalte schimmerte durch und dem Major entging es nicht. Ihn beschlich das Gefühl, dass sie ihre Stimmung per Knopfdruck ändern konnte. Zuerst behagte es ihm nicht, so zu denken. Letztlich hörte er auf sein Bauchgefühl. Er kaufte ihr die Show nicht ab. Von dem Moment an betrachtete er sie wachsam.

Kurz darauf bat der Major darum, das Büro des Mannes durchsuchen zu dürfen. Er rief sich ihre Reaktion zurück. Völlig abgeklärt sagte sie, dass er dies ja früher oder später erledigen müsse. Warum denn nicht gleich. Sie entschuldigte sich mit dem Hinweis, eine Freundin anrufen zu wollen, die in der Nähe wohnte. Sie strahlte bei alledem Routine aus. Es wirkte alles, wie einstudiert. Als ob es ihr ein Leichtes sei, ohne ihren Mann zu leben.

Ihm fiel ein, dass die beiden im ersten Trennungsjahr lebten, bevor das Unglück geschah. Ihr Verhalten ließ für ihn nur den Schluss zu, dass sie ihn bereits vor längerer Zeit begraben hatte. Die Polizisten sollten indes etwas anderes glauben. »Doch warum?«, entfuhr es dem Major. Dabei knallte er eine Hand auf das Lenkrad und löste die Hupe aus. Mit einer Geste entschuldigte er sich bei der vor ihm fahrenden Frau.

Seine Gedanken flogen wieder zu dem Besuch. Das Büro glich dem Zimmer eines Teenagers. Kaum Fachbücher. Dafür säumten sich Werke über Jachten und teure Autos. Ein gehäufter Stapel Playboy-Hefte hinter dem Schreibtisch rundete das Bild ab. Er fixierte den Raum aus der Totale. Spärliches Mobiliar. Keine Pflanzen. Alle Möbel aus Metall. Es gab kein Holz, nichts Erdfarbenes. Selbst die paar Fotos von den Booten waren in Metallrahmen aufgehängt. Der erste Begriff, der sich einstellte: *Kühl*, gefolgt von *fokussiert* und *rücksichtslos*. Er notierte sich das letzte Wort. *Es könnte uns bei der Suche nach dem Motiv helfen,* sagte er sich.

Nirgends gab es einen Rechner. Ebenso wenig Sticks oder Disketten. Der Major schrieb *Misstrauen* auf. Er rief sich das Gespräch mit Frau Sullivan vor sein inneres Auge. Er trat aus dem Büro in den Flur. Sie stand da und wartete.

»Ich habe hier Daten von Klienten gesucht. Fehlanzeige. Hat ihr Mann noch einen Raum genutzt?«, forschte Akebono. Sie runzelte die Stirn.

»Nun, er hatte den Job als Makler vor sechs oder sieben Monaten aufgegeben. Er wollte etwas Neues machen.« John sah sie lange an.

»Das beantwortet nicht meine Frage«, Frau Sullivan. Ertappt, wich sie ein Stück zurück. »Nein, es gab kein weiteres Büro. Zumindest kenne ich keins«, sagte sie einen Tick zu rasch.

Er hing auch hier an ihrer Reaktion. Die Frage nach einem Arbeitsplatz an einem anderen Ort ließ sie nervös werden. Er notierte *zweites Büro*. Dann widmete er sich erneut dem Dialog mit ihr.

»Schauen Sie, ich habe mit Peter kaum über seine oder meine Karriere gesprochen. Jeder von uns machte sein Ding. Beim Thema Beruf gab es oft Streit. Daher vermied ich es, darüber zu sprechen. Sein Job war mir letztlich egal«, meinte sie und zuckte mit den Schultern.

»Was genau meinen Sie damit, dass Sie beide eigene Ziele verfolgten?« Die Frau stand auf. Sie fuhr sich mit den Händen durch ihre dichten, braunen Haare. Sie holte tief Luft und flunkerte ihn angriffslustig an, bevor sie spürbar aufgeregt loslegte.

»Peter nutzte jede Chance, an Grundstücke zu kommen. Wehe, ein Eigentümer oder Pächter hatte Probleme mit Geld

und er bekam Wind davon. Der Profit ging ihm über alles. Für ihn hatte es nichts Anrüchiges. Er sagte, dies gehöre zur Strategie erfolgreicher Makler.« Frau Sullivan fixierte einen Punkt und hielt inne. Dann wandte sie sich direkt an den Major. »Wir stritten uns wie noch nie. Daher habe ich das Thema in Zukunft gemieden. Es war mir zuwider.«

John drückte in Gedanken die Pausentaste. Kein Wunder, dass die Ehe in die Brüche ging. Das ergab wenig Sinn. Er notierte, *was verschweigt sie uns?* Auf der anderen Seite schien er nicht sicher, wie echt ihre Worte waren. Er legte den Kuli zur Seite und bog in die Einfahrt zur Pathologie.

Die Freundin der Witwe wartete vor der Tür zum Kühlraum. Sie saß auf einem der Stühle und las. Die Ermittler folgten Frau Sullivan hinein. Nick wollte sie auf sich wirken lassen. Vor einem Stahlregal stand der Pathologe Fred Moringa. Der Mann trug eine runde Nickelbrille und Glatze. Sein Blick wirkte abgeklärt und freundlich. Er lächelte ihnen zu.

»Guten Tag, Frau Sullivan. Bitte folgen Sie mir.«

Sie nickte und sah zu Boden. Die Gruppe schritt in den Raum. Es war kalt. Moringa überlegte und wählte rechts das zweite Schubfach von unten. Mit einem Ruck zog er am Griff. Auf Rollen surrte eine Bahre aus Stahl aus der Wand. Ein gleichmäßiges Geräusch von Kunststoffrollen auf Metall ertönte. Mit einem Einrasten kam die Trage zum Stehen.

Der Tote lag unter einem schneeweißen Tuch. Nur ein Fuß lugte hervor. Am großen Zeh hing eine kleine Karte, auf der eine schwarze Acht stand.

Er zog das Leichentuch nur bis zum Kinn zurück, da er

ihr die Brustwunde ersparen wollte. Ihre Augen weiteten sich. Gefasst sah sie auf das Gesicht und wandte sich ab. Der Major fragte sich, ob ihr der Anblick des ermordeten Mannes doch näher ging, als sie sich das insgeheim einstand. Er hoffte es.

Die Augen des Toten waren geschlossen. »Das ist Peter«, sagte sie nach einer Weile leise. Eine gefühlte Ewigkeit weilten sie vor der Bahre. Eine Uhr an der Wand tickte die Zeit herunter. »Vielen Dank für Ihre Stärke, Frau Sullivan. Wir begleiten Sie noch vor die Tür zu Ihrer Freundin«, flüsterte Toronga.

Sie nickte stumm. »Bitte teilen Sie uns bald mit, wann die Bestattung sein wird. Ich werde mich dann um die Freigabe der Leiche kümmern«, erläuterte Akebono das weitere Vorgehen. Sie verabschiedeten sich. Die Tür fiel hinter ihr leicht ins Schloss.

Am nächsten Tag trafen sich alle zum ersten Meeting im Fall Sullivan. Der Chief of Police lud in den Besprechungsraum ein. Er hatte dafür ein Treffen verschoben, auf das er gerne verzichten konnte. Für einen Moment grämte er sich, es nicht abgesagt zu haben.

Die zwei Ermittler saßen bereits im Büro. Nick tippte auf die Tastatur des Smartphones. Ein Summen ertönte. Der Chief verschränkte die Arme und räusperte sich. Nicks Samsung verschwand im Nu.

Lisa Dawson von der Spurensicherung fehlte. Frau Boston aus der Pathologie ebenso. Sie hatte John kurz davor eine SMS geschickt. »Unfall auf dem Highway, wir sind in ein paar Minuten da«, hieß es.

Akebono mochte die Kollegen von der »*SpuSi*«, wie er sie liebevoll nannte. Mit Lisa hatte er des Öfteren Fälle gelöst. Der Major legte viel Wert auf die präzisen Berichte.

Lisa war mit 33 Jahren für ihre Position als »Investigation Detective« noch recht jung. Sie hatte aber schon viel Berufserfahrung. Direkt nach der Highschool führte ihr Weg schnurstracks zur Polizei. So hatte sie bereits vierzehn Jahre auf dem Buckel. Der Major schätzte ihr scharfes Auge und ihre Fähigkeit, einen Tatort zu lesen. Umsichtig entging ihr kein Detail. Zu Beginn stand sie stets an einem Fleck und ließ alles auf sich wirken. Für ihn schien das jedes Mal aufs Neue ein Schauspiel. Ihm war bewusst, dass ohne sie und ihre Truppe viele Täter frei herumlaufen würden. Sie trug ihre blonden Haare schulterlang.

Julia Boston hatte sich nach dem Studium bei der Pathologie beworben. Mit ihr hatte John bisher nicht gearbeitet. Er war gespannt.

In dem Moment betraten die beiden das Büro. »Guten Morgen zusammen«, sagten Dawson und Boston fast im Duett. Letztere trug Jeans und eine helle Bluse. Mit den Händen strich sie sich ihre Haare hinter die Ohren. Sie sah sich kurz um und rückte ihren Stuhl zurecht. Konzentriert klappte sie ihren Ordner auf. Mit flinken Händen sortierte sie ihre Blätter und kam direkt zur Sache.

»Den Eintritt des Todes konnten wir recht exakt bestimmen. Vor zwei Tagen zwischen ein und vier Uhr am frühen Nachmittag. Der Speer schlug durch das Herz und die Wirbelsäule im Bereich des zwölften Wirbels. Das Opfer verlor durch die Wunde viel Blut. Der Tod trat rasch durch innere Blutungen sowie akutes Herzversagen ein.« Sie hielt einen Moment inne und sah in die Runde. Keiner hatte Fragen. Dann sprach sie weiter.

»Er muss des Öfteren Drogen konsumiert haben. Die Schleimhaut in der Nase wies auf beiden Seiten mehrere Löcher auf. Zudem fanden wir erste Schäden am Gehirn. Wir vermuten, dass der Mann lange Kokain geschnupft hat. Das finale Ergebnis hierzu steht noch aus.« Sie nickte Lisa zu.

Die übernahm und faltete die Hände auf den Tisch. »Ich möchte zu Beginn ein paar Fakten zur Tatwaffe sagen. Was wir haben, ist eine Spitze. Wir dachten an eine Harpune, die zur Jagd auf Fische wie den Marlin gedacht ist. Das allein schon wegen der Wucht des Einschlags. Die Spitze aus Eisen ging in einen Schaft aus Holz über, was auf eine wuchtige Handharpune schließen ließ.«

Lisa sah kurz in die Runde und fuhr fort. »Wir haben uns gefragt, wie jemand vom Wasser aus eine Harpune derart fest werfen kann. Frau Boston hat daher die Leiche nochmals genau unter die Lupe genommen. An der linken Hüfte fand sich ein winzig kleiner Einstich. Wir meinen, dass der Täter den Mann zuerst mithilfe eines Pfeils betäubt hat. Der Mann dürfte noch gestanden haben, aber eben eingeschränkt. Wir gehen davon aus, dass er an der Steuersäule Halt gesucht hat. Nach Betreten des Boots hat der Täter ihn mit der Harpune regelrecht aufgespießt. Angeschlagen, mit dem Steuer im Rücken, schien genug Widerstand vorhanden, um den nötigen Druck zum Durchbohren des Körpers zu erzeugen.« Einige am Tisch verzogen das Gesicht oder wandten sich in ihren Stühlen. Lisa nahm das zur Kenntnis. Sie sagte nur: »Ich bin nicht fertig, sorry.« Es folgte eine kurze Pause. Die meisten nickten. »*Dann lag ich mit der Hinrichtung richtig*«, ging es dem Major durch den Kopf.

Dawson fuhr fort. »Die Spitze war mit Widerhaken versehen. Solche Enden hat man früher auf Hawaii und im Pazifik zur Jagd benutzt. Sie hat sich durch die Wucht in der Holzsäule hinter dem Opfer verkeilt. Der Täter hat den Speer zudem mit Kraft weiter ins Holz getrieben.« Sie nahm einen Schluck Wasser.

»Fingerabdrücke fanden sich nicht. Das Boot trieb zu lange im Meer. Wir schätzen, dass daher keine Abdrücke mehr verwertbar sind. Gleiches gilt für andere DNA-Spuren.« Für einen Moment war es im Raum völlig still.

Akebono nutzte die Pause und ergriff das Wort. »Vielen Dank für eure Arbeit und die Details. Eine Frage, Lisa: Habt ihr an Bord eine Tasche oder ein Versteck entdeckt? Frau Sullivan sprach von einem Rucksack und einem Laptop.«

Sie runzelte die Stirn und schüttelte den Kopf. »In der kleinen Kabine gab es nichts davon. Wir haben ein paar Schubladen gefunden. Alle leer. Gleiches gilt für das Deck. Wir haben nach Hohlräumen gesucht. Sollte sich der Rucksack zum Zeitpunkt des Angriffs dort befunden haben, dürfte er über Bord gegangen sein.«

Oder der Täter nahm ihn mit, schloss Akebono für sich.

Er wandte sich erneut an Dawson. »Bitte sucht das Auto und das Büro von Sullivan nach einem USB-Stick, einer CD oder einem anderen Datenspeicher ab. Ich glaube, dass ein Mensch wie er einen oder mehrere als Backup besessen haben muss.« Der Major sah in die kleine Runde. »Wenn sonst keiner Fragen hat, war es das für heute, vielen Dank.«

Lisa schob ihre Papiere zusammen und erhob sich. Dann verließ sie mit einem kurzen Gruß das Büro. Julia winkte und folgte ihr.

Motonga, der allen zugehört hatte, nahm seine Schützlinge zur Seite. »Ich danke euch für die Arbeit an diesem Fall. Macht für den Rest des Tages frei. Ihr seht furchtbar müde aus. Unser Meeting nachher haben wir ja eben vorgezogen.«

Der Chief lächelte den beiden aufmunternd zu, bevor er ins Büro verschwand. Ihm war klar, was auf sie in den nächsten Tagen und Wochen zukommen würde.

Der Major schlich zum Pick-up, den er sich vor zwei Jahren gegönnt hatte. Der Chef konnte gut daherreden. Einfach die Festplatte im Kopf abschalten, den Fall im Büro lassen und sich um die Familie kümmern. Das fühlte sich für Akebono zu simpel an. Dazu dachte er als Vollblutpolizist zu viel nach. Ihm ging das Bild nicht aus dem Kopf, wie sie Peter Sullivan im Boot vorgefunden hatten.

Seine Frau redete immer wieder auf ihn ein, einen Ausgleich zur Arbeit zu schaffen. Sie empfahl Yoga, woraufhin er sich vor Lachen krümmte. Bei dem Gedanken huschte ein Lächeln über sein Gesicht. Kurz darauf fuhr er in die Auffahrt zu ihrem Haus.

Sofia rannte ihn zur Begrüßung fast über den Haufen. »Papa, da bist du ja endlich. Ich will mit dir knuddeln.« Sie schmiegte ihre Wangen an Papas Stoppelbart und zerzauste glucksend die Haare. »Ich hab' dich so lieb, Papa«, sagte die Kleine und grinste ihn an.

Sofia war sieben Jahre alt und sein Ein und Alles. Sie hatte mandelförmige, dunkelbraune Augen. Dichte braune Locken rahmten ihr Gesicht ein. Die hatte sie eindeutig von der Mutter.

»Ich hab' dich auch lieb, mein Herz«, flüsterte er und nahm sie hoch. Langsam stieg er die Steintreppe hinauf, die zum Haus führte. Seine Frau Tatjana hatte einen grünen Daumen. Den Vorgarten hatte sie apart angelegt. Durch das warme Klima war er in drei Jahren zu einem bunten Traum gereift. Eine Plumeria und mehrere Stauden sorgten für ein Blütenmeer. Dazu gesellten sich eine Banane, ein Mangobaum und ein Guavebaum.

Oben begrüßte sie ihn mit einem Kuss. Sie war eine von zwei Töchtern eines US-Soldaten, der in Deutschland gedient hatte. Jetzt genoss er die Pension. Ihre Mutter war Deutsche. Daher hatte sie beide Pässe.

Sie wählte ein Studium, das ihre Liebe zur Natur am besten spiegelte. Gartenbau in Tampa und Heidelberg. Danach zog es sie in die USA. Sie landete nach ein paar Jahren auf Oahu. Dort eröffnete sie mit einer Freundin ein Gartencenter. Durch die vielen Asiaten und ihren Sinn für Ästhetik lief der Laden von Anfang an.

Im Stau auf Oahu traf sie dann John, der einzelne Fahrer kontrollierte. Der Rest war Geschichte. Rasch zogen sie auf die große Insel. Seitdem lebte sie mit ihm in der Nähe von Hilo. Sie hatte ihr Glück gefunden und bereute nichts. Einzig sein Beruf störte sie manchmal. Sie betete täglich, dass er abends heil nach Hause kommen würde. Bis jetzt hatte es geklappt.

5

Am nächsten Morgen klingelte um 07:30 Uhr sein Smartphone. Er saß mit Tatjana und Sofia beim Frühstücken. Mit einem Ananasstück im Mund nahm er ab. »Hallo Lisa, was gibt's?«

»In Sullivans Auto haben wir einen Beleg gefunden. Es handelt sich um eine neun Millimeter Smith & Wesson plus 100 Schuss. Er hat sie mit Visa bezahlt. Das Kaufdatum war vier Tage vor seinem Tod. Die Waffe haben wir bis jetzt nicht finden können.«

»Könnte sein, dass er sie seit dem Kauf bei sich trug, zum Beispiel in dem Rucksack mit dem Laptop, der spurlos verschwunden ist«, meinte Akebono.

Er hatte Angst. Waffen kauft man nur aus Furcht.

»In jedem Fall vielen Dank, dass du mich sofort informiert hast. Bis demnächst.«

»Keine Ursache«, sagte Lisa. Der Major drückte die rote Taste und biss in ein Stück Papaya.

Er fragte sich, vor wem Peter Sullivan Angst hatte. Denn beim Mordmotiv gab es immer noch nichts Konkretes. Er musste Feinde gehabt haben. Echte Feinde mit Wut und Energie. Von seinem beruflichen Umfeld gab es jedoch zu wenig Informationen. Er stand auf, um sich die Hände zu waschen.

Im Büro nahm er sich die Daten im Handelsregister vor. Der Mann war als Inhaber der *Sullivan Consulting* gelistet. Mehr Infos gab es nicht. Die Website sprach Bände. *»PS-Consulting-HI« stand da in großen Lettern.* Die Seite war aktiv. Von oben sah man auf eine edle Jacht, Dollars und Villen. Dahinter Palmen und ein Foto von einem netten Strand. Wenn das mal keine Werbung war. *»Aloha – ich bin Batman. Mir können Sie vertrauen. Ich verzehnfache Ihr Geld bis morgen«,* spukte es in seinem Kopf. Von Interesse war der Reiter *»Werdegang«.* Der Major suchte den Namen eines alten Arbeitgebers.

Nach der Vita hatte er sowohl Jura als auch BWL in Chicago und Boston studiert. Spontan rief er Frau Sullivan an. Es tutete ein paarmal, bevor sie abhob.

»Entschuldigen Sie die Störung. Hier spricht John Akebono. Ich habe eine Frage: Auf der Homepage Ihres Mannes steht nichts von etwaigen Partnern in der Consulting-Firma. Hat er den Job ohne Hilfe gemacht? Wenn ich mir anschaue, was er für Dienstleistungen anbietet. Er muss ja ein Genie gewesen sein, um das alles zu leisten.« Es knackte kurz in der Leitung. Durch den Hörer rauschte die Brandung. Der Major sah vor dem geistigen Auge ihre Terrasse.

»Sie haben recht. Er hat zwei Studiengänge beendet. Ich habe Peter erst vor vier Jahren kennengelernt. Damals war er bereits länger in der Branche tätig. Wir sprachen nie über das, was hinter uns lag. Das galt auch für das Geschäft. Bei

Peters Terminen war ich nie dabei. Fakt aber ist, dass er sich alles aufgebaut hat und schlecht im Teilen war.«

»Haben Sie eine Info, für welche Firmen er früher gearbeitet hat?«, bohrte er weiter.

In der Leitung war es lange ruhig. Sie überlegte. »*Komisch, so etwas weiß man doch, wenn man verheiratet ist*«, warf sein Verstand ein.

»Nein, keine Ahnung«, kam es knapp. Er rieb sich die Stirn. Es schien ihr nicht einmal peinlich zu sein.

»Fühlte sich Ihr Mann in letzter Zeit bedroht?«

»Den Eindruck hatte ich nie. Er hatte das Talent, sich nichts anmerken zu lassen. Er trug immer eine Maske. Bildlich gesprochen. Warum fragen Sie?«

»Weil wir heute in dem Benz einen Beleg für eine Waffe gefunden haben. 100 Schuss waren auch dabei.«

»Davon hatte ich keine Kenntnis. Ich bin geschockt«, entfuhr es ihr prompt.

Er überlegte, wo er als Nächstes den Hebel ansetzen sollte. Ihm fiel aber nichts ein.

»Ich möchte Sie nicht länger aufhalten. Wenn Ihnen noch etwas einfällt, rufen Sie mich bitte an, okay?«

»Ja, das mache ich«, sagte sie und legte auf.

Er hielt kurz inne. Sah auf den Hörer. Wie auf Kommando klingelte das Telefon erneut.

»Hier Major Akebono, guten Tag.« Er setzte sich bequem hin.

»Hallo, hier spricht Jim Furtado. Ich wohne auf Oahu und melde mich auf Ihre Anzeige wegen eines Herrn Sullivan. Er wird doch vermisst. Sind Sie der leitende Ermittler?«

»Ja, da haben Sie Glück. Der bin ich.«

»Ich hätte da eine Information für Sie. Diese hat allerdings nichts mit seinem Verschwinden zu tun, sondern eher mit dem Geschäft, das er ausübte.« Der Mann hörte sich älter an. Die Stimme klang ein wenig zittrig und müde. Zudem sprach er langsam.

»Bitte warten Sie. Ich suche meinen Kuli.« Nach kurzem Wühlen fand er einen.

»Vor sechs Jahren überwies ich im Oktober viel Geld für ein Produkt von Sullivan Consulting. Es handelte sich um ein Windkraftprojekt auf dem Festland, das 20 % Ertrag pro Jahr abwerfen sollte. Er rief zuvor mehrere Male an. Fast schon zu viel des Guten. Am Ende schlug ich ein.« Er seufzte.

»Im Rückblick muss ich sagen, dass er mir das Produkt einfach verkauft hat. Kein Wort zu den Risiken.«

»Okay. Wie lief das weiter?«, fragte der Major.

»Vor vier Jahren meldete die Firma, in die ich investiert hatte, Konkurs an. Das Restkapital reichte aber nicht, um mich noch zu entschädigen. Ich hatte das Geld schlicht verloren. Es war weg.« Es folgte ein Moment des Schweigens.

»Von welcher Summe sprechen wir?«

»Ich bringe das kaum über die Lippen. Es handelte sich um mein erspartes Geld. Rund hunderttausend Dollar.«

John stellte sich die Scheine in Bündeln vor. Er grämte sich über die Naivität alter Menschen. Profis hatten hier leichtes Spiel.

Bevor er antwortete, holte er tief Luft. »Das tut mir leid, Herr Furtado.« Um ihn von dem Schmerz abzulenken, schob er die nächste Frage gleich hinterher. »Sagen Sie, gab es eine

Art Bonus, den Herr Sullivan zu seinen Gunsten verbuchen konnte?«

In der Leitung knisterte es. Der Mann blätterte in Papier. »Ja, so etwas gab es. Gleich habe ich es, Moment. Also, zu der Anlagesumme kamen noch 5 % Courtage hinzu. Die Provision für ihn betrug fünftausend US$. Die war sofort fällig.«

Akebono schüttelte den Kopf und rieb sich mit einer Hand die Stirn.

»Das ist viel Geld, zumal das Risiko komplett auf ihnen lastete. Er hatte ja nichts investiert. Offen gesagt, hatte er nur verkauft. Eine Leistung von ihm sehe ich hier nicht«, entfuhr es John. »Können Sie mir eine Kopie des Vertrags per E-Mail schicken?«, bat er.

»Das möchte ich sehr gerne, aber so modern ist meine EDV nicht. Haben Sie ein Fax?«

Er nannte ihm die Nummer. »Schreiben Sie bitte Ihre Adresse und Ihre Mobilnummer auf die letzte Seite?«

»Ja, das mache ich. Falls Sie noch Fragen haben.«

»Ja, genau, Herr Furtado. Vielen Dank für Ihren Anruf. Ich wünsche Ihnen alles Gute«, schloss der Major und legte auf.

Er blies rasch den Staub vom Faxgerät. In einem Sideboard fand er passende Papierrollen. Er schnappte sich eine und tauschte sie gegen die Alte aus.

Kurz darauf kam Nick ins Büro. Er trug ein Hawaiihemd in Dunkelblau. Aus dem Faxgerät hing einen Meter Papier. Er staunte.

»Hi John, machst du eine Zeitreise? Ich hatte keine Ahnung, dass das Ding noch funktioniert.«

Der grinste.»Ich musste erst eine Faxrolle finden und hatte Glück. Wir haben eine Menge Arbeit.«

»Was ist passiert?«, forschte der Leutnant.

»Eben rief ein Mann an. Ein älterer Herr. Er heißt Jim Furtado.«

Er riss das Papier ab, faltete es und griff nach einer Schere.»Sullivan hat neben Grund und Boden auch Finanzprodukte verkauft. Mal sehen, was wir finden.« Sie trennten die Seiten. Nick kopierte sie danach. Jeder fing für sich an, das Gedruckte zu lesen.

»Wie naiv muss man sein, solch einen Wisch zu unterschreiben«, fluchte Toronga wenig später. Er klatschte die Papiere auf den Tisch.»Ein Totalverlust sei möglich«, sprach er leise die Worte nach.

»Hier, schau dir das an. Hast du die Unterschriften gesehen?«, warf John ein.

»Äh, das Ende habe ich nicht gelesen«, meinte er. Der Major rollte die Augen.

»Also, außer den Herren Furtado und Sullivan hat den Vertrag eine dritte Person signiert. Ein Herr Dewey. Der Name steht unten in der Mitte getippt.«

»Ja, jetzt sehe ich es auch«, gab Nick zu.

»Es sieht so aus, dass er damals eine Art Teilhaber war, sprich bei dem Geschäft mitverdient haben könnte. Wir brauchen ein Foto von ihm. Mit etwas Glück lebt er noch in Hawaii«, drängelte der Major.

Toronga zog das Telefon zu sich heran. Er wählte nach kurzem Suchen die Nummer des Meldeamts. In der Warteschleife trommelte er mit den Fingern »*Highway to hell*«. John schien ungeduldig. Er prüfte die Fußnoten des Vertrags.

Bei den Bedingungen stolperte er über einen Satz. Er strich das Papier glatt und las.

Es mussten alle Teilhaber von Sullivans Firma signieren, wenn die Summe der Anlage 50.000 US$ überstieg. »*Henry Dewey war bei dem Gespräch dabei*«, schloss er. John kreiste die Stelle rot ein. Er lauschte. Nick sprach noch mit dem Amt.

Der Major nutzte die Zeit und tippte im Netz den Namen Henry Dewey ein. Nach zehn Minuten fand er einen Artikel über die *Sullivan Consulting*. Er stammte aus dem *Honolulu Star-Advertiser*. Es gab zwei Fotos. Das eine zeigte Peter Sullivan, ein paar Jahre jünger. Unter dem zweiten stand *Herr Henry Dewey, Associate*. Er hielt inne. Im selben Jahr legte Herr Furtado dort auch sein Geld an.

»Nick, ich habe hier ein Bild von Herrn Dewey«, rief er über den Bildschirm hinweg.

»Alles gut, John; ich habe jetzt drei Abzüge von Henry Deweys im Posteingang. Das sind all jene, die auf Big Island wohnen. Lass uns mal schauen, ob deiner aus dem Netz dabei ist. Übrigens habe ich hier keine eineiigen Drillinge.«

Akebonos Schlüsselbund flog knapp an Nicks Frisur vorbei. Er knallte an den Drucker hinter dem Schreibtisch. Kurz darauf gab er Geräusche von sich. Der Leutnant grinste und lugte aus der Deckung. »Daneben.«

Der Major rollte mit dem Bürostuhl um den Ficus, der neben Torongas Tisch stand. Er hob den Bund auf. Aufgeregt sah er die drei Fotos auf Nicks Bildschirm an.

»Da, der Mann in der Mitte, das ist der Henry Dewey aus dem Artikel. Damals schien er etwas schlanker, aber er ist es eindeutig«, stellte John fest.

»Mal sehen, wo er zu Hause ist«, murmelte Toronga leise und klickte mit der Maus. Wenig später fand er den Eintrag. »Er wohnt seit einem halben Jahr in der Ala Heiau Road 88, Hawaiian Paradise Park.« Akebono atmete durch und schloss die Augen. *»Den Ort kenne ich. Hier sind wir früher Streife gefahren, als es eine Einbruchsserie gab. Dort ist auch Sofias Schule. Viel Grün samt dichten Büschen. An einigen Stellen sieht es aus wie im Urwald. Nur, dass es Bürgersteige gibt. Ein perfekter Ort zum Verstecken«,* warf seine innere Stimme ein.

Der *Hawaiian Paradise Park* lag östlich von Hilo. Er reichte bis ans Meer. Die Planer hatten das Gebiet in Raster aufgeteilt. Es maß rund fünf mal sechs Kilometer. Aus der Luft sah man lauter Rechtecke in Grün.

Die gesuchte Adresse lag direkt am Ozean. Von der Hauptstraße musste man rund sechs Kilometer der Querstraße folgen. Am Ende bog die Straße ab und endete abrupt in der Wildnis. Rissiges, schwarzes Lavagestein prägte hier die Landschaft. Toronga kannte die Ecke auch gut. »Na, dann werden wir Henry Dewey einen Besuch abstatten und ihm einige Fragen stellen. Komm, Nick, auf jetzt.« Der Major stand auf. Er hatte es eilig.

Beide zogen sich Schusswesten an. Sie nahmen mit, was das Arsenal hergab. John dachte an Star Wars, als er den Taser in das Etui am Gürtel steckte. Er drehte sich um und sah zu Toronga. Ihre Blicke trafen sich. Jeder schien die Gedanken des anderen zu lesen. Es war völlig unklar, welche Rolle Henry Dewey spielte. Sie mussten mit vielem rechnen. Vor allem damit, dass er Feinde hatte.

6

Hawaii – Kauai Island 2017

Der Konvoi bog vom Kuhio-Highway ab. Von dort ging es rund zwei Kilometer über eine schmale Straße weiter. In langen Kurven bahnte sie sich den Weg zum Strand. Das Wetter am Kalihiwai-Beach auf Kauai Island war prächtig. Ein paar Wolken zogen langsam an der Küste entlang. Das Meer zeigte sich heute von der sanften Seite. Für das Ritual hätte sich James kein besseres Wetter wünschen können.

Der Priester wartete bereits. Sein helles Gewand blendete in der Sonne. Der Bruder des Witwers stieg aus dem ersten Auto des Konvois. Die Männer begrüßten sich stumm. Erst jetzt öffnete sich die Beifahrertür. Eine ältere Dame stieg langsam aus dem Wagen. Sie trug ein schwarzes Kleid. Eine große Sonnenbrille verbarg ihre Augen. Auch sie nickte dem Geistlichen zu. Sie drehte sich zu ihrem Sohn um, der mit dem siebenjährigen Francis gefahren war. Beide saßen noch im Auto.

Aus dem zweiten Wagen stiegen die Eltern der Toten. Herr

und Frau Kuopa sowie Madeleine, die jüngere Schwester.

James' Beine waren schwer. Eine wohlbekannte Leere breitete sich in ihm aus. Er sah nach rechts zu dem Jungen. Mit der rechten Hand streichelte er ihm sanft über das Haar. Behutsam zog er den Kopf seines Sohnes zu sich.

»Ich bin bei dir, mein Kleiner. Zusammen schaffen wir das.«

»Ja, Papa«. James küsste ihm auf das Haar. Er atmete den vertrauten Geruch des Kindes ein. Das entspannte ihn.

»Komm, Francis, erweisen wir deiner Mutter die letzte Ehre. So wie die Insel heute. Sieh nur, alles leuchtet.«

»Ja, Papa«, sagte er mit feuchten Augen.

»Wir fahren mit dem Ausleger hinaus. Magst du die Urne auf den Schoß nehmen?«

Francis nickte stumm. James stieg aus und öffnete den Kofferraum. Er kam mit einem Korb voller Blüten zurück. Sie strahlten in allen Farben, die es auf der Erde gibt. Allein der Anblick ließ die Seele vor Glück hüpfen. Die Blumen verströmten einen positiven, lebendigen Duft.

»Hier, Francis, atme tief ein. Das tut gut.«

Sein Sohn schnupperte an den Blüten. Ein Lächeln huschte in sein Gesicht.

In der Zwischenzeit hatten noch andere Autos geparkt. Einige Freunde und Nachbarn luden ihre Surfbretter von den Pick-ups. Langsam gingen sie zum Strand.

Zum Schluss erreichten James und Francis die Gemeinde.

Der Geistliche begrüßte die beiden. Er legte James, Francis und zuletzt den Eltern der Toten eine Blumenkette, den Lei, um den Hals. James' Bruder brachte einen Armvoll Leis.

Er bettete sie sanft in einen Ausleger. Mit ihm sollten die Angehörigen aufs Meer fahren.

Der Priester ergriff das Wort. Alle Menschen vor Ort bildeten zum Meer gewandt einen Halbkreis und nahmen sich bei der Hand.

»Karen, geborene Kuopa, du warst eine Blume des Meeres, ein Mensch, der sein Leben dem Schutz des Ozeans verschrieb.

Nicht weit von hier wurdest du vor 33 Jahren am 31. August 1984 geboren.« Er hielt einen Moment inne und sah in die Runde. »Ich gehe mit meiner Familie oft an diesen Strand, seit ich denken kann. Ich erinnere mich gut, wie du als kleines Kind hier deine ersten Schwimmversuche unternommen hast. Später bist du mit deinem Vater zu den Delfinen geschwommen. Mit zehn Jahren hast du dich rührend um eine verletzte Meeresschildkröte gekümmert, die du hier am Strand gefunden hast. Du hast alles Lebende geachtet und beschützt.

Später, als junge Frau, hast du Meeresbiologie studiert. Einige Jahre lang war es deine Aufgabe, junge Menschen zu lehren. Du hast ihnen das Leben im Meer mit Hingabe näher gebracht. Du hast ihnen Respekt vor dem Meer gelehrt und sie auf Exkursionen begleitet, die sie alle nie mehr vergessen werden.

In all den Jahren hast du immer gewusst: Ich komme aus dem Ozean und will alles tun, um ihn zu schützen. Das war dein Auftrag, wie du es einmal deiner Mutter erzählt hast.

Heute übergeben wir dich wieder in die Obhut der großen Mutter. Deine Asche wird sich im Meer auflösen und du wirst für immer Teil des Ozeans sein. Wer deinen Geist spüren will, findet ihn hier in der Bucht. Wir behalten dich als lebensbejahende, allseits fröhliche Frau im Herzen, die viel zu früh gehen musste.«

Der Geistliche stellte sich vor die Gemeinde zum Meer hin und streckte beide Arme zum Himmel empor. In dem Moment schob sich die Sonne neben einer Wolke heraus und hüllte die Bucht in gleißendes Licht.

Francis weinte und schmiegte sich an seinen Vater. Dieser drückte den Sohn innig. Kurz darauf kam ein Freund und umarmte James. Eine Frau aus dem Freundeskreis übernahm den Jungen liebevoll und legte den Arm um ihn.

»Francis, wir sind immer für dich da, hörst du. Julia hat gefragt, ob du nicht ein paar Tage zu uns kommen willst.« Julia wohnte um die Ecke. Sie beide besuchten die gleiche Klasse und spielten oft zusammen. Francis sah kurz auf und nickte. »Ich muss aber erst Mama zu den Delfinen bringen.«

»Ja, natürlich«, schluchzte die Frau und zog sich zurück.

Zwei lange Ausleger standen bereit. Die Älteren nahmen zuerst Platz. Es folgten die engsten Verwandten. Darunter James und sein Sohn, der jetzt einfach nur weinte. Viele Freunde und Nachbarn paddelten bäuchlings auf den Brettern neben den Booten.

Die Kalihiwai-Bucht war durch eine Einbuchtung gut geschützt. Der Tross ruderte mehrere hundert Meter hinaus. James und Francis streuten die Asche aus der Urne auf das Meer. Dann legten sie die Blüten aus dem Korb auf das Wasser. Die anderen Angehörigen legten ihre Blumenkränze um die Blüten. Dies galt als Zeichen des Respekts. Die nächsten zehn Minuten rührte sich keiner der Anwesenden. Alle schwiegen und gedachten im Stillen. Francis lehnte sich an seinen Vater und ergriff dessen rechte Hand. Er sah auf das Wasser und stellte sich vor, wie sich die Asche seiner Mutter mit dem Meer verband.

Etwas weiter weg bahnten sich Streifendelfine den Weg. Überall Flossen, die aus dem Meer ragten. Sie näherten sich den Menschen sanft, ohne Drang. James hatte das Gefühl, sie seien gekommen, um Karen auf die andere Seite zu geleiten.

»Papa, schau. Da sind sie.« Der Junge glaubte es nicht nur, er wusste es. In dem Moment tauchte eine Delfinschnauze direkt vor ihm auf. Der Junge sah James an und hielt still.

»Ich glaube, du darfst ihn berühren, Francis.«

Sein Sohn schaute ihn mit großen Augen an. Dann beugte er sich sachte aus dem Ausleger. Zuerst berührte er das Tier mit dem Zeigefinger an der Stirn. »Die Haut ist rau, wie Leder«, sagte er lächelnd. Der Delfin machte ein typisches Geräusch, das sich wie ein schrilles Lachen anhörte.

»Nur Mut. Er möchte dich näher bei sich haben. Ich halte dich fest.«

Francis' Augen strahlten. Er konnte sein Glück kaum fassen. Er schmiegte seine Wange an die ledrige Schnauze des Delfins und umarmte ihn. Mit der rechten Hand streichelte er den Rücken. Das Tier gurrte wie eine Taube. Francis saugte jede Sekunde auf wie ein Schwamm. Aus dem Nichts schoss Wärme in ihn hinein. Gänsehaut überall. Wie in einem Zeitraffer sah der Junge zahllose Bilder mit seiner Mutter. Sie lachten zusammen, fuhren Fahrrad, lagen auf einer Wiese und zählten die Wolken, kuschelten in einer Hängematte. Er drückte das Tier noch enger an sich. Wenn es ein Paradies gab, dann hier und jetzt mit dem Delfin.

»Danke, danke«, sagte er nach einer Weile mit Tränen in den Augen. Er küsste den Säuger zum Abschied auf die Wange. Jetzt musste auch James weinen. Wenig später gab der Junge den Delfin frei. Bevor er abtauchte, sah Francis ihn an. Es war, als würde er in die Augen seiner Mutter schauen. Der Junge war selig und um eine starke Erfahrung reicher. Er würde sie ewig in sich tragen.

James öffnete langsam die Augen. Er hatte geschlafen. Seine Arme lagen bleischwer neben ihm. Er hatte Mühe, zu atmen. Die Szene, in der seine Seele immer wieder badete, um sich zu trösten. Sein Gesicht war feucht von den Tränen, die er im Schlaf vergossen hatte.

Von draußen hörte er Vögel zwitschern. Eine letzte Träne lief ihm über die Wange. Immer wieder hatte er diesen Traum. Er vermisste sie so sehr.

Mit einem Seufzer stieß er die Luft aus den Lungen. Ein paar Minuten später rollte er sich zur Seite und setzte sich mühsam auf. Alles drehte sich. Mit den Händen stützte er den Kopf. Er hatte noch einiges zu erledigen. Es galt, den Plan umzusetzen, der sich wie aus dem Nichts in sein Inneres geschlichen hatte. James stand auf und ballte die Fäuste.

7

Akebono
Hawaii – Big Island / Paradise Park 2018

Draußen fing es an zu regnen. Vom Meer wehte ein kräftiger Wind. Der Regen klatschte John und Nick auf dem Weg zum Auto frontal ins Gesicht. Eine halbe Stunde später erreichten sie das Wohngebiet am Ozean.

Sachte fuhren die zwei Beamten den *Makuu Drive* entlang, der am Ende in die *Ala Heiau Road* mündete. Direkt nach dem Abbiegen parkte Akebono hinter einem Toyota. Er stellte den Motor ab. In dem Moment zuckte etwas vom Meer. Es folgte ein zischender Knall, gefolgt von einem lang anhaltenden Grollen. »Gott, was war das denn?, entfuhr es Nick.«

»Ich habe zufällig gerade aufs Meer geschaut. Das war ein Blitz. Er ist auf dem Wasser eingeschlagen.« Dicke Tropfen klatschten auf die Scheibe. »Lass uns ein paar Minuten warten. Der Wind treibt das Gewitter rasch fort, denke ich«, meinte John. Sie lauschten dem Regen. In Gedanken prüfte er die Checkliste. Hatten sie auch nichts vergessen? Fünf Minuten später öffnete er die Fahrertür und hielt inne. Dicke Regentropfen prasselten von den Bäumen auf das Pflaster. Kurz darauf stiegen sie beide aus. Leise klappten sie die Türen zu.

Die Nummer 88 entpuppte sich als rund fünftausend Quadratmeter großes Grundstück mit vielen Palmen. Das Haus hatte Zugang zum Meer. Die Vegetation endete zehn Meter vor einer Lavaküste. Diese fiel in Stufen zum Meer ab. An Baden war hier nicht zu denken.

Das Areal selbst war von einer flachen Steinmauer umgeben. Etwa in der Mitte gab es eine kleine Tür zum Garten. Links daneben zeigte sich eine in die Steine gebaute Klingel. Sie wies leider nicht aus, wer hier wohnte. Das Namensschild fehlte. Darüber prangte eine aus Holz geschnitzte und leicht geschwungene 88. John drückte die Klingel. Nach einer Minute klingelte er erneut. Das Geräusch war laut und deutlich zu hören. Keine Reaktion. Über dem Meer erhellte grelles Licht den Himmel.

»Schau mal da drüben zur Garage«, flüsterte Nick.

»Den Ford Mustang habe ich gesehen. Kann sein, dass er zu Fuß unterwegs ist. Wir sehen uns ein wenig hier um«, sagte Akebono leise und drückte den Griff des Gartentores. Der kalte, nasse Stahl gab knarrend nach. Das Tor schwang nach innen. Beide huschten rasch hindurch. Der Major versuchte, das Tor leise zu schließen, was ihm gelang.

Umsichtig näherten sie sich dem Haus. John kam sich dämlich vor, da er am Tag schlich wie ein Einbrecher in der Nacht. Im Garten wuchsen verteilt mehrere Kokospalmen.

66

Die Wedel ächzten rauschend im Wind.

Akebono nickte nach rechts. Dort schien es, um die Ecke herum weiterzugehen. Bis an die linke Seite der Hausecke ragten dichte Büsche. John sah vorsichtig um die Ecke und zuckte zurück. Ein Blitz erhellte den Himmel und tauchte die Silhouette des Gebäudes in ein diffuses Blaugrau. Etwa zwei Meter vor ihm stand ein Fenster weit zur Seite auf. Die Vorhänge wehten heraus. Sie flatterten im Wind. Vom Meer rauschte die Brandung. Mit einem dumpfen Knall krachte eine Welle gegen das Gestein. Sie hörten das Wasser aufklatschen. Das Meer schien aufgewühlt und unruhig.

Ein klagendes, lang gezogenes Knarren war aus dem Haus zu hören. Ihre Blicke trafen sich. Der Puls des Majors schoss in die Höhe. Alle Reize schalteten auf Alarm. Er lehnte sich an das Haus. Machte sich flach. Sein Herzschlag hallte innerlich von der Wand wider. Er schluckte und schloss die Augen. »Ruhig atmen«, sagte er sich. Vor ihm huschte Nick gebückt an ihm vorbei. Lautlos, wie eine Schlange, wandte er sich unter das offene Fenster. In Zeitlupe schob er den Kopf nach oben. Legte ihn schief, um nur mit einem Auge zur Kante des Fensters zu gelangen. Er spähte in den Raum. John verfolgte sein Auge, wie es den Raum scannte. Geschmeidig wie ein Reptil beugte er den Oberkörper über das Fensterbrett. Auf dem Parkett glänzte Regenwasser. Er tauchte wieder unter die Fensterbank ab.

»Hier stimmt etwas nicht«, zischte Nick. John zog die Glock aus dem Halfter. Kalt und schwer lag sie in der Hand. Ein Geräusch ließ sie erstarren. »Das ist ganz nah«, flüsterte Nick. John bewegte sich langsam zum Fenster und spähte mit dem rechten Auge hinein. Eine Minute schien er sicher.

»Die Quelle ist nicht in diesem Zimmer.«

Er nickte in Richtung Terrasse. Umsichtig bewegten sie sich weiter an der Hauswand entlang. Sie fanden einen mandelförmigen Pool. Zwei Liegen gab es auch. Auf einer lag ein nasses Badetuch. Daneben blendete auf einem Tisch ein volles Cocktailglas in der Sonne, die sich kurz zeigte. Eine Zitronenscheibe schwamm im Glas.

Ein peitschender Knall durchzuckte die Stille. Akebono fuhr rasch herum. Er richtete die Pistole auf eine Tür, die zur Terrasse hin offen stand. Sie knarrte im Wind hin und her. Adrenalin schoss durch seine Blutbahn. Es schärfte alle Sinne. Zwischen den Fingern und dem Stahl der Glock legte sich ein feuchter Film. Nick stand neben ihm. Er lauschte konzentriert.

Akebono fühlte sich unwohl. Sie standen ohne Deckung ein paar Meter vor der Tür.

Toronga deckte John den Rücken. Er nickte ihm zu. Das hieß, er solle sich keine Gedanken machen, was hinter ihm ablief. Der Major atmete durch. Er war erleichtert.

Im Hintergrund hörte er das Meer rauschen. Weiter entfernt brummte ein Rasenmäher eines Nachbarn, den er je nach Windrichtung kurz wahrnahm. Er scannte das Innere des Raumes vor ihm. Die Unterarme schmerzten, da er die Pistole mit beiden Händen fest umklammerte. Er fixierte einen Punkt im Raum, der sich zu bewegen schien. Der Major setzte zwei Schritte vor und ging in die Hocke. Die Tür stand jetzt in Griffweite vor ihm offen. Er sah einen Tisch, auf dem ein Flaschenöffner im Halbkreis hin und her rollte. Er sog die Luft tief ein und schloss für den Bruchteil einer Sekunde die Augen. Sein Puls schlug bis zum Hals. Als er erneut hinsah, bewegte sich der Öffner wieder. Sein Gefühl sagte, dass das Haus leer stand. Niemand im Hinterhalt. Er behielt die Waffe oben und sah kurz zu Nick.

Die Tür knallte in dem Moment erneut zu. Dabei klemmte sie den Vorhang ein, der im Wind flatterte. Eine Sekunde später schwang sie mit einem leisen Knarren zurück ins Innere. Der Major zuckte zusammen und erstarrte.

Durch die Geräusche kehrte die Anspannung zurück. Er schritt langsam in den Raum. Weiter hinten knallte heftig eine andere Tür. Akebono sah auf, ging in die Hocke und riss die Pistole hoch. Er umklammerte sie mit beiden Händen und zwang sich, nicht zu schießen. Er fixierte den Eingang und gab Nick ein Zeichen. Der nutzte die Gunst des Augenblicks und stürmte hinein. Mit ein paar Schritten schloss er auf. Er sah kurz zu John. Der gab ihm volle Deckung. Mit Wucht trat er unter die Klinke. Hier war das Holz dünn. Die Tür krachte aus den Angeln und flog ins Zimmer. Er brüllte »Hände hoch, Waffe weg.« Seine Haut glühte. Mit geübten Bewegungen schnellte er durch das Zimmer. Als er das offene Fenster sah, entspannte er sich schlagartig. Es hatte Durchzug gegeben. Dadurch war die Tür zugeknallt. Er senkte die Glock und schnaufte durch. »John, hier ist alles ok«, rief er und lief zurück, um nach dem Chef zu sehen. Der lockerte den Griff um die Waffe und richtete sich auf.

Im Wohnzimmer zeigte sich den beiden das totale Chaos. Ein paar Schubladen lagen auf dem Boden. Das Regal lag komplett ausgeräumt und umgestürzt auf dem Parkett. Der Raum war in Eile und mit Wut durchsucht worden.

Akebono nickte zur Treppe nach oben. Er schlich geduckt vor. Unter seinen Füßen knarrten die Stufen. Leise verfluchte er das Holz und zog erneut die Glock. Im Obergeschoss brannte Licht. Außer der Brandung und dem Wind gab es keine Geräusche. Sich gegenseitig absichernd stiegen die zwei Stufe um Stufe die Treppe hinauf.

Ab der Mitte klebte auf einer Seite des Geländers verschmiertes Blut. Es sah aus, als hätte sich jemand abgestützt. Oben prüften sie im Nu alle Zimmer. Sie achteten darauf, nichts anzufassen. Auch hier schien nach etwas gesucht worden zu sein.

»Lass uns im Garten weiter machen. Das ist alles für Lisa«, flüsterte der Major.

Rasch schritten sie die Treppe hinab. An der Tür angelangt beschlossen sie, hinter dem Pool in Richtung Meer zu suchen.

Jenseits des Beckens tauchten erneut Blutspuren auf. Diesmal einzelne, auf dem hellen Boden verstreute Tropfen. Toronga ging in die Hocke, um sie sich aus der Nähe anzusehen. »Die sehen fast getrocknet aus«, sagte er leise.

Akebono zückte die Waffe. Er näherte sich einer Plumeria, die auf einem Stück Wiese stand. Daneben gab es mehrere Palmen. Er duckte sich und streifte mit der Hand sachte über das Gras, ohne es zu berühren.

»Nick, hier ist Blut. Es führt zum Ozean«, flüsterte er.

Am Rand der Wiese bildete eine Mauer die Grenze. Direkt dahinter ebnete schwarzes Lavagestein den Weg zum Meer. Sie gaben sich Deckung, doch wich bei beiden die Furcht eines Angriffs aus dem Hinterhalt.

Hinter der Mauer gab es weiteres Blut. Der Major empfand die Gischt wie einen feuchten Salzfilm auf der Haut.

»Sieh mal, die Spuren enden hier«, warf er ein. »Wenn es

welche gab, hat sie vermutlich das Wasser weggespült«, meinte Toronga. Sie sahen sich um.

Mit einem Klatschen schlug eine Welle wenige Meter vor ihnen an Land. John sprang vor Schreck einen Satz nach hinten. Als das Wasser zurückfloss, zeigte sich rechts ein schmaler Pfad. Rasch huschten sie hindurch, bevor erneut eine Welle an die Felsen klatschte. Hier reichte die Lava landeinwärts wieder weiter. Die Einbuchtung stellte ein perfektes, umrahmtes Versteck dar.

Im hintersten Eck ragte ein Palmstumpf aus der Erde. Dieser war vor langer Zeit zwei Meter über dem Boden abgesägt worden. Ein furchtbares Detail ließ beiden den Atem stocken. An dem Stumpf lehnte eine männliche Leiche. Eine Harpune mit einem Schaft aus Holz steckte durch die Brust gerammt in der Palme fest.

Mit offenem Mund schien der Tote in Nicks Richtung zu schreien. Die Haltung des Körpers wirkte wie das Aufgeben nach einer Hetzjagd, die sich im Haus abgespielt hatte.

»Das ist Henry Dewey«, sagte er. Der nackte Oberkörper des Opfers wies Wunden und blaue Flecken auf.

»Sieh dir die Hose an«, entfuhr es dem Major, der geschockt wirkte.

»Meinst du wegen dem Salz?«

»Ja, die Salzränder beim Bund sind ein Indiz für die höchste Welle. Ich hoffe, dass Lisa und ihre Kollegen noch etwas finden«, schloss er.

Nachdem der erste Schock bei beiden verflogen war, setzte nun das pure Entsetzen ein. Akebono ging in die Hocke. Er schlug sich die Hände vor das Gesicht. Sein Gaumen schmerzte. Eine merkwürdige Schwere überkam ihn.

Nick ließ sich auf einen Lavastein fallen. Er wirkte abgekämpft und sah auf das Meer hinaus in die Ferne. Einige Minuten saßen sie dort. Jeder hing seinen Gedanken nach.

Mit einem Klatschen spritzte Wasser über Toronga hinweg. Es floss bis kurz vor den Stamm mit Dewey. Ein paar Sekunden später zog es sich wieder zurück. Der Leutnant hatte zwar einen Satz nach hinten gemacht, konnte der Gischt aber nicht ausweichen.

John blieb trocken. Er zückte sein Smartphone und wischte die Tropfen auf der Kamera mit dem Unterarm weg. Seufzend stand er auf. Aus mehreren Winkeln schoss er mit geübter Hand Fotos von der Leiche.

»Komm, weg von hier. Lass uns Lisa Dawson anrufen.« Doch Nick hielt ihn zurück.

»Warte einen Moment, John.« Der Leutnant schätzte das Meer ein.

»Jetzt«, rief er und sprang in den Pfad. Akebono folgte ihm rasch. Wenig später erreichten sie die Mauer zum Grundstück. Der Major setzte sich auf die sandfarbenen Steine. Ein paar Augenblicke sah er auf den Ozean hinaus. Schließlich schüttelte er den Kopf und wählte die Nummer der Spurensicherung.

8

Akebono stand vor dem Haus des toten Henry Dewey und sah die Kollegen in die Straße einbiegen. »Na endlich«, murmelte er vor sich hin.

Seit zwei Stunden warteten sie jetzt. In der Zeit bis dahin hatte er sich mit dem Erste-Hilfe-Kasten aus dem Pick-up verarztet. Auf dem Rückweg vom Tatort war er mit dem linken Arm an einem Lavafelsen geschrammt. Ab Mitte des Oberarms bis zur Hand blutete er an ein paar Stellen. Toronga hatte ihn auf die Verletzung hingewiesen, als er vom Café zurückkkam. Er ließ sich die Thermoskanne auffüllen, die John immer im Auto hatte.

Lisa Dawson wirkte gereizt. Wenn es etwas gab, was sie nicht mochte, dann gehetzt zu werden.

»Ich weiß, dass wir spät dran sind, John. Die Truppe in Kona hat heute Morgen unsere Hilfe benötigt. Drei Spurensucher haben sich letzte Nacht krankgemeldet. Drei, zum Henker.« Sie spreizte drei Finger und streckte die Hand nach vorn. Ihre sehnigen Muskeln traten deutlich hervor. Lisa hatte schöne Hände, an denen man trotzdem sah, dass sie hart arbeiten mussten.»In Waikoloa hat ein Nachbar zwei Tote vor ihrer Wohnung entdeckt. Es handelt sich um ein Ehepaar aus Seattle. Paul Mc Namara ist vor zwei Tagen auch noch erkrankt.« Erschöpft stützte sie sich am Gartenzaun ab.»Was fehlt ihm denn?«, forschte Akebono.

»Er hat Fieber und Husten.« Lisa hielt inne. Sie runzelte die Stirn und schien zu grübeln. Der Major hatte eine Ahnung, was kommen sollte. Dawson galt ohne Zweifel als brillante Spurenleserin. Sie hatte das Talent, einen Tatort derart präzise zu umreißen, dass beim Erzählen sofort Bilder im Kopf entstanden. John schätzte, dass sie auf diese Art das Erlebte verarbeitete.

»Ist alles ok mit dir?«, fragte John. Als keine Antwort kam, fügte er hinzu:»Was du hier gleich siehst, ist nicht angenehm. Trink erst mal einen Kaffee.«

Sie sah ihn verblüfft an, schwieg aber weiter.

John reichte ihr eine Thermoskanne. Sie nahm dankend an, bevor der Major fortfuhr.

»Hier erwartet euch viel Arbeit. Der Tatort ist quasi überall. Wir hatten den Eindruck, dass es im ersten Stock einen Kampf gegeben hat. Henry Dewey könnte von dem Mörder gestellt worden sein. Alles hier sieht nach immenser Wut aus. Am Geländer findet ihr Blut in Schlieren. Auch beim Pool haben wir rote Tropfen gefunden. Wir haben nichts angefasst. Alles, was auf dem Boden liegt, haben wir exakt so entdeckt.«

Dawson stöhnte auf und schüttelte den Kopf.

»Was für ein Tag.« Sie atmete durch und drehte sich erneut dem Major zu.

»Danke, John, wir melden uns«, sagte sie wie gelähmt.

Lisa fuhr mit den Fingern durch die Haare und wandte sich ab, um die Aufgaben zu verteilen. Zwei Beamte standen, mit Koffern bepackt, hinter ihr. Toronga fiel noch etwas ein.

»Der Mustang vor der Garage ist auf den Toten zugelassen. Die Schlüssel habe ich unten auf dem Tisch bei der Couch gesehen.« Lisa hielt den Daumen in die Höhe und verschwand zwischen den Palmen.

Fünf Minuten darauf saß das Duo im Pick-up. John startete den Motor. Er lauschte dem Brummen. Gemütlich fuhren sie die Querstraße durch die Siedlung in Richtung Hauptstraße.

An der dritten Straße kreuzte von links ein Honda den Weg. Der Fahrer nahm ihnen die Vorfahrt. Der Major bremste scharf und riss das Lenkrad herum. Er fuhr hinterher. Nick ließ das Fenster herunter surren. Er griff auf dem Rücksitz zur Kelle, während sie das Auto überholten. Die Frau am Steuer ignorierte die Aufforderung zum Stoppen. Sie bog ab und raste ungebremst durch einen Zaun in den Vorgarten einer alten Villa. Holz splitterte krachend nach allen Seiten. Vor dem Haus kam das Auto mit einem Knall zum Stehen, nachdem es gegen einen kräftigen Mangobaum gefahren war. Einige Früchte fielen aufs Dach. Mehrere Vögel flogen auf.

Ein Zischlaut unter der Motorhaube mahnte zur Eile. Akebono kam rasch zur Unfallstelle. Durch die Wucht des Aufpralls hatte sich die Haube zu einem A verbogen. Beide Scheinwerfer baumelten am Kabel. Auf dem Rasen lagen Scherben und Teile aus Plastik herum. Das Gesicht der Frau schien im Airbag versunken. Blut war keines zu sehen.

Der Major riss unsanft die Fahrertür auf und kramte nach

dem Feuerlöscher. Beim Beifahrersitz fand er ihn. Im Nu wechselte er auf die andere Seite. Mit Kraft drückte er das verbeulte A nach hinten und sprühte auf den aufsteigenden Dampf. Toronga sprach laut zu der Frau. Kurz darauf hob sie den Kopf. Einen Moment sah sie ihn nur an. Dann blubberte sie mit aggressiver Stimme durch fettige Haare »lassnsiemichweiterfahn, sonsknallts.« Ihre linke Hand schnellte vor. Sie verfehlte das Ziel.

Mit glasigen Augen sah sie durch ihn hindurch. Ein Schnarchen ertönte. Ihr Gesicht sank erneut in den Airbag. Die Frau hatte lange, brünette Haare und typische Merkmale einer Chrystal-Meth-Süchtigen. Der Leutnant bemerkte dicke, entzündete Pickel mit einem Durchmesser von einem Zentimeter. Ihre Haut sah bleich aus. Zudem schien sie reichlich Alkohol im Blut zu haben. Er schätzte ihr Alter auf Mitte dreißig. Sie konnte aber auch jünger sein.

»John, schau dir das mal an. Die Dame hat einen totalen Stromausfall. Völlig am Ende. Ich rufe den Notarzt. Wer weiß, was die alles drin hat.«

Toronga tippte eine Nummer. Dann erklärte er ihren Standort. Im Anschluss rief er eine Funkstreife und zählte die Vergehen der Frau auf. Er bat um Aufnahme des Unfalls. »Was ist denn zurzeit auf der Insel los, John? Morde, Drogendelikte wie nie zuvor. Wo soll das noch enden?«

Akebono dachte nach und sah in die Ferne. Dann wandte er sich herum.

»Du hast schon recht. Aber schau dir mal Oahu an. Dort gibt es fast achttausend Obdachlose, die sich über die Insel verteilen. Da es kaum Hilfe für die Leute gibt, rutschen viele in die Kriminalität. Die haben ein echtes Problem, weil die

Menschen wegen der hohen Kosten zum Leben und ohne Job gar keine Chance haben, die Insel zu verlassen. Wir haben jetzt zwei Tote, aber mit etwas Glück hängen die Morde zusammen. Und Drogen gibt es auf Oahu deutlich mehr als hier.« Toronga hörte aufmerksam zu.

»Wir haben doch auch Obdachlose hier«, warf er ein.

»Ja, das stimmt. Nur noch lange nicht Tausende, eher hundert.« Er hielt inne. »Ist es ok, wenn du weiter fährst?«

»Was? Ja, klar.« John warf ihm die Schlüssel rüber.

Hawaii galt seit jeher als Ort der Träume. Die Werbung servierte Fotos von Stränden, tropischen Früchten und schönen Frauen. Daher musste es sich einfach um das Paradies handeln. Es konnte nicht anders sein. Das glaubten die meisten.

Der stete Zuzug aus Übersee trieb aber die Preise für Immobilien in die Höhe. Das Land war endlich. Viele dieser Leute hatten Geld. Eine Entwicklung, der Normalverdiener zum Opfer fielen. Denn neben den Preisen für Häuser und Wohnungen stiegen auch die Mieten. Hawaii wurde mehr und mehr zu einem Ort für Reiche.

Der Verlust des Jobs reichte, um auf der Straße zu landen. Die bittere Erfahrung machten in Oahu Tausende Menschen. Manch einer wähnte sich nur ein Gehalt von der Straße entfernt.

Mit einem Ruck war Akebono wieder im Hier und Jetzt. Er schlug die Augen auf. Toronga musste scharf bremsen. Ein älterer Herr hatte die Vorfahrt ignoriert.

»So ein Vollidiot«, schimpfte er und zeigte ihm den Vogel.

»Bei den vielen Rentnern hier muss man mit allem rechnen«, tobte er und krallte beide Hände in das Lenkrad. Die zwei stoppten bei »Hilos Chicken Paradise« für einen Imbiss. Nick schüttelte den Stress ab, genoss den Burger und sah in die Ferne. Der Major sinnierte über das Treffen mit Brian. Er wollte vorbereitet sein, wenn er dem Chief berichtet. Auf einem Notizblock schrieb er die Eckpunkte auf.

Später im Büro sah ihn Motonga genauso ernst an, wie er dachte. Die Falte zwischen den Augenbrauen vertiefte sich in eine Schlucht, bevor er sprach.

»Es ist absolut sicher, dass er damals den Vertrag mit signiert hat?«, fragte er kritisch.

»Ja«, sagte Akebono knapp. »Aber der Reihe nach, Brian.« Er stand auf und lief im Büro auf und ab. Ein ums andere Mal spähte er auf den Zettel aus dem Block.

»Erstens: Wir haben zwei Tote. Beide haben früher im Team verkauft. Zweitens: Die Produkte bargen hohe Risiken. Mit Herrn Furtado aus Oahu haben wir einen Investor, der viel Geld verloren hat.«

»... und ein Motiv hatte«, warf Motonga ein.

Akebono legte den Kopf schief und hielt an.

»Hm, na ja. Ein Totalverlust der Summe könnte je nach Bonität und Nerven des Anlegers als Mordmotiv herhalten. Aber nur, wenn noch weitere Aspekte passen.« Der Major ging weiter und sah hinaus. Zwei Vögel stritten um eine Frucht. Er wandte sich wieder dem Chief zu.

»Im Grunde kämen Hunderte infrage. Sie müssen nicht zwingend auf Hawaii leben. Aus Rachsucht hätten sie je nach Fall ein Motiv, die Herren Sullivan und Dewey zu töten.«

»Das stimmt«, pflichtete ihm Toronga bei.

»Zudem könnte es sein, dass es viel krassere Verluste gibt als bei Herrn Furtado«, schob er nach. Der Major wartete, ob sein Leutnant noch etwas zu sagen hatte. Kurz darauf fuhr er fort.

»Wir haben bis heute weder Kundendaten noch Kopien der Verträge.« Er trank einen Schluck Wasser und rieb sich die Schläfen. »Zu guter Letzt verloren beide Opfer durch eine ähnliche Waffe ihr Leben. In beiden Fällen kam eine Art Handharpune zum Einsatz. Das deutet auf ein und denselben oder dieselben Täter hin.« John räusperte sich. Er hielt an und lehnte sein Gewicht an die Kante des Schreibtischs. Brian ermunterte ihn durch ein Nicken, weiterzusprechen.

»Ich kann mich nicht erinnern, dass je eine solche Mordwaffe benutzt worden ist. Es bedeutet, dass der Täter mit Zorn und Wut handelt. Beide Morde geschahen in kurzer Zeit. Warum erst jetzt, obwohl Sullivan und Co seit Jahren am Markt tätig waren?«

Der Chief legte die Stirn in Falten. »Wann ein Mörder sich letztlich entschließt zu handeln, hängt immer von vielen Faktoren ab.«

»Ja, es kann etwa sein, dass der Täter erst die Gewohnheiten der Opfer herausfinden musste«, warf Nick ein.

Brian nickte und sah zur Decke. Er sagte: »Ich glaube, dass es an der Zeit ist, die Hawaiianer um Hilfe zu bitten. Wir brauchen neue Hinweise. Frühere Kunden oder Geschäftspartner könnten in ganz Hawaii wohnen. Wir sollten auch in diese Richtung ermitteln. Was meint ihr?«

»Sehe ich genauso«, pflichtete ihm Akebono bei. Beide sahen zu Toronga, der Andrea mit einer Fliege fütterte.

Gierig hob er den grünen Kopf. Die Zunge schnellte hervor und holte das Essen.

»Ich habe keine Einwände. Die nächste Sendung steht bald an. Wir können bis zum Redaktionsschluss fertig sein«, sagte der Leutnant.

Motonga erhob sich. »Dann habt ihr ja noch Arbeit. Viel Erfolg. Ich muss jetzt zum Golfen nach Waikoloa. Das ist immerhin eine gute Stunde Fahrt.«

Der Chief rückte sich die Sonnenbrille zurecht und machte sich auf den Weg. Die Stirnfalte verschwand. Verblüfft sahen ihm John und Nick nach. Er hatte die Ruhe weg und ließ sich trotz zweier Mordfälle den Feierabend nicht verderben.

Kurz darauf klingelte das Telefon. Der Ältere nahm das Gespräch an.

»Ich habe ein paar Infos«, platzte Lisa heraus.

»Schieß los.« Der Polizist setzte sich aufrecht hin und lauschte. »Wir haben eine Reihe blutiger Spuren erfasst. Die werden jetzt im Labor geprüft. Das Ergebnis haben wir morgen früh.«

»Ok, und weiter?«, forschte der Major.

»Ich schlage vor, wir sehen uns um elf Uhr bei euch im Büro. Bis dahin müsste ich alles haben.«

9

Lisa Dawson erschien mit einem Stapel Papier sowie Fotos vom Tatort. Die Ermittler holten Kaffee und setzten sich an den Tisch. »Trink erst mal einen Schluck, Lisa«, sagte John.

»Danke. Habt ihr zufällig ein paar Kekse da? Ich hatte nur ein kleines Frühstück heute Morgen. Meine Tochter hat mir nichts vom Müsli übrig gelassen.«

»Na, das würde ich aber nicht so stehen lassen«, meinte der Leutnant. Er sah im Sideboard nach.

Ohne zu sehen, warf er der Kollegin die Rolle zu. Akebono entging nicht, dass im Schrank noch mehr Nahrung lag.

Lisa las das Gedruckte. »Mit Pekannüssen und Bitterschokolade, perfekt, danke. Hmm, der Tag ist doch nicht verloren.«

Nachdem sie einen zweiten Keks gegessen hatte, griff sie nach dem Notizblatt, um sich zu sammeln.

»Das Blut auf dem Geländer und das am Pool sind identisch. Es stammt von Henry Dewey. Zu weiteren Blutspuren von ihm komme ich noch.«

»Schade. Ich hatte gehofft, es sei Blut einer anderen

Person dabei«, sagte der Major. »Was ist mit Fingerabdrücken?«, fragte er. Lisa nahm sich einen dritten Keks. »Ja, auf dem Geländer fanden sich welche. Die haben wir mit den Datenbanken abgeglichen. Leider ohne Ergebnis. Herr Dewey schien einen Laptop zu besitzen. Auf dem Boden lag eine Anleitung. Von der Hardware selbst fehlt jede Spur. Gleiches gilt für sein Smartphone. Er besaß ein iPhone 6, das sich nicht orten ließ. Könnte sein, dass es verschwinden sollte.«

»Woher wisst ihr, dass er ein iPhone 6 hatte?«, forschte Toronga. Die Gefragte biss in den vierten Keks.

»Zwischen den Papieren auf dem Boden fand sich eine Rechnung auf seinen Namen«, sagte sie kauend.

Akebono hob die Hand, um eine Frage zu stellen.

»Lisa, gab es Hinweise auf einen PC in einem der Zimmer?«

»Ja, die gab es. Aber der fehlte auch. Genauso wie alle CDs. Wir haben leere Hüllen gefunden. Der Täter hatte das Haus gründlich und mit Handschuhen durchsucht.« Der Major runzelte die Stirn und rieb sich mit den Fingern die Augenbrauen.

»Du glaubst, dass es sich um eine Person handelt. Warum?«, fragte er und sah auf.

»Wegen all dem Chaos, das auf einen Kampf hindeutet. Bei zwei Leuten wäre das ohne viel Bohei abgelaufen. Ich komme gleich zu dem Punkt.«

Lisa blätterte in den Notizen, bevor sie fortfuhr. Sie holte eine Reihe Fotos hervor und reichte sie Toronga.

»Im ersten Stock gab es einen Kampf. Auf ein paar Glassplittern fanden wir Blut- und Hautspuren von Dewey. Die

Vase ist ihm von hinten über den Kopf gezogen worden. Oberhalb des Ohrs haben wir eine münzgroße Wunde entdeckt. Es gibt aber keine Fraktur.«

»Könnte es sein, dass der Mann etwas ahnte und ausgewichen ist?«, merkte Akebono an.

»Wie kommst du darauf?«, gab Lisa zurück.

»Du sagtest, die Wunde lag über dem Ohr. Normal erfolgt ein Schlag auf den Kopf von oben. Dies gilt vor allem, wenn er wie hier von hinten überrascht werden sollte. Da die Verletzung seitlich am Schädel entstand, spricht einiges dafür, dass es ihm gelang, auszuweichen.«

»Da ist was dran, John. Der Hieb hat ihn in jedem Fall nicht außer Gefecht gesetzt. Wir vermuten, dass er nach dem Angriff aus dem Haus geflohen ist. Um den Pool herum fanden wir Blut und fünf blutige Fingerabdrücke, die von der linken Hand stammen. Er könnte gestürzt sein. Beim Aufstehen hat er sich abgestützt.«

Lisa schüttelte sich, als ob sie eine Gänsehaut überkam.

»Jetzt noch ein Detail aus Julia Bostons Bericht. Du weißt schon, unsere neue Kollegin in der Pathologie.« John nickte.

»Ja, ich erinnere mich an ihre Worte zum ersten Mord.«

»Genau. Also, an Deweys rechter Hand fanden wir unter dem Nagel des Daumens Hautreste, die vom Täter sein könnten. Wir führen zurzeit eine DNA-Analyse durch. Dafür reichen die Mengen. Das Ergebnis ist mit etwas Glück morgen da.«

»Na, das ist ja eine gute Nachricht. Das heißt aber auch, dass es mit Pech Haut von ihm selbst sein könnte, oder?«

»Ja, leider. Das kann ich nicht leugnen«, gab die Beamtin zu.

»Gab es weitere Verletzungen bei Herrn Dewey?«, hakte der Major nach.

»Ja, die gibt es. Die Speiche des linken Unterarms war gebrochen. Zudem drei Finger der rechten Hand. Die Brüche scheinen von einem stumpfen, harten Gegenstand zu stammen.« Lisa wandte sich den Notizen zu.

»Ach ja, an der Tür zur Terrasse fanden wir keine Einbruchsspuren. Womöglich kannte er den Mann, was ich nicht glaube. Möglich ist, dass die Tür offen stand und das Opfer im ersten Stock überrascht worden ist.«

»Wir suchen also einen Mann?«, fragte Nick.

»Es spricht alles dafür. Zwar gibt es Frauen mit Kraft. Wenn ich mir aber die Schäden im Haus und die Wunden von Dewey anschaue, tippe ich zu 99 % auf einen Mann«, erklärte sie. »Julia tippt auch auf einen Mann. Sie äußerte sich in ihrem Bericht dazu«, schloss sie.

Sie biss in einen fünften Keks und spülte mit Kaffee nach. »Ich bin fertig«, murmelte sie und sah in die kleine Runde.

Nick fragte sich, wie sie beim Vorlesen eines solchen Falls Hunger haben konnte. Akebono dachte laut. »Eine offene Tür bedeutet, dass er sich sicher fühlte. Das Motiv des Täters kannte er somit nicht. Einzig der Mord an Herrn Sullivan hätte ihm eine Warnung sein können. Wenn er davon Kenntnis hatte«, mutmaßte er weiter.

»Sollte der Täter die IT der Herren Sullivan und Dewey geprüft haben, hat er Infos, die wir nie haben werden. Er scheint uns immer einen Schritt voraus zu sein«, schloss Toronga.

»Noch ist er ein Stück vor uns, Nick«, lächelte Lisa aufmunternd. Der grinste und hob den Daumen. »Gib mir bitte auch einen Glückskeks.«

Das Klingeln von Lisas Handy beendete das Gespräch. Sie erhielt den Auftrag, mit dem Team rasch nach Volcano zu fahren. Es gab einen Einbruch mit hohem Schaden.

Mit einem Seufzer drückte sie die rote Taste und erhob sich. »Danke für die Kekse. Ich muss weiter. Sobald ich etwas weiß, gebe ich eine Info.«

Akebono nickte. »Ich werde Brian mal fragen, ob euer Personalstand aktuell ist. Ihr hetzt von einem Tatort zum nächsten. Schön ist das nicht.«

Lisa grinste. »Gute Idee, John. Halte mich auf dem Laufenden.«

»Das mache ich gerne. Haben deine Leute das Haus von Dewey versiegelt?«

»Ja, das haben sie. Jetzt aber los. Tschüss.«

Der Major winkte ihr nach. Er wandte sich Nick zu.

»Lass uns noch die TV-Sendung vorbereiten.«

Der Leutnant erhob sich seufzend. Das hatte er verdrängt. Wenn es etwas gab, was er hasste, dann Schreibtischarbeit.

Sie fingen mit den Fotos an. Die Regie brauchte zudem einen Abriss der zwei Morde, damit Bilder und Worte perfekt passten. Zum Ende hin planten sie, dass dem Major live Fragen gestellt werden könnten. Die Erfahrung aus vielen Jahren zeigte, dass sich die Leute per Anruf eher aus der Reserve trauten.

Der Dreh sollte in Brians Krisenraum laufen. Das Format hieß »SiHaPa – Safe in Hawaiian Paradise«. Der Chief of Police sah den Raum als sein »Herzstück«. Er wurde einst als Lagezentrum bei Stürmen oder Vulkanausbrüchen gebaut. An der Wand hing ein 4 x 2 Meter Bildschirm. Er erinnerte an das »Holodeck« im Raumschiff Enterprise.

Pünktlich um 20:00 Uhr ging es los. Der Mord an Sullivan und Dewey kam als Erstes dran. Das lag auch an der Präsenz des Falles in der lokalen Presse aller Inseln. Eine bekannte Schauspielerin moderierte seit drei Jahren. Sachlich führte sie durch die Fotos der Tatorte.

Fünf Minuten später begann Akebonos Auftritt. Er mochte diese Live-Events nicht. Jedes Wort musste sitzen. Die Strahler brannten auf der Kopfhaut. Schweiß rann ihm den Rücken herunter. Er zwang sich, tief zu atmen.

Als das grüne Licht zum Zeichen des »on air« erschien, richtete er den Fokus auf den Job. Er schien froh darüber, dass die Redezeit kurz und die meiste Sendezeit für bereits gezeigte Fotos benötigt worden war.

Der Major stellte Fragen zu der Tatwaffe. Von Interesse war die genaue Herkunft. Auf einer Karte blinkten in Rot die Tatorte mit Zeitangaben. Den Wohnort Frau Sullivans ließ er bewusst aus, um sie vor Touristen zu schützen. Anders im Fall von Dewey, weil sein Haus ein Tatort war. John hoffte auf Hinweise und wachsame Nachbarn. Zudem hatte das Opfer alleine gelebt. Zwanzig Minuten später atmete er durch. Die erste Etappe war geschafft.

»Hier, nutzen Sie das Handtuch«, sagte die Moderatorin. Sie lächelte ihn an.

»Danke. Mein Gott, wie könnt ihr bei der Hitze arbeiten?« Er wischte sich den Schweiß aus dem Gesicht und vom Nacken.

Etwas nervös warteten sie auf Anrufe und Mails. Wie immer kam viel Schrott an. Der Schutz des Internets brachte Leute oft dazu, völlig emotionslos und hirnlos zu schreiben.

Selbst erfahrene Beamte zeigten sich oft sprachlos.

Nach zwei Stunden lesen, wollte das Duo nur weg. John trank von dem Mango Lassi, den Motongas Sekretärin serviert hatte, als das Telefon klingelte.

Er nahm den Hörer ab und schaffte noch zu sagen, wer er ist, als eine aufgeregte Männerstimme aus der Muschel plärrte.»Guten Abend, mein Name ist Martin Cromwell. Ich bin ein früherer Kollege von Sullivan und Dewey. Die ...«

Der Ermittler zuckte zusammen. Er griff nach dem Block. Etwas unwirsch stoppte er jetzt den Redefluss des Anrufers.

»Guten Abend. Ich bin John Akebono. Warten Sie bitte einen Moment. Ist es für Sie in Ordnung, wenn ich den Lautsprecher anschalte? Neben mir sitzt der zweite Beamte für den Fall. Nick Toronga heißt er.« Es knackte im Hörer.

»Jaja, das ist kein Problem«, wiegelte der Mann ab.

»Ok, dann lassen Sie uns anfangen. Wo hatten Sie mit den beiden Kontakt?«, fragte John.

»Na ja, die zwei hatten vor Jahren bei »Blourish & Watts« einen Vertrag. Die Firma ist eine der größten Beratungsfirmen auf Oahu.« Die Leitung rauschte. Dann hörten die Beamten ihn wieder. »Wir haben nicht direkt zusammengearbeitet. Ich betreute Kunden in einem anderen Team. Dafür aber auf dem gleichen Flur. Quasi Tür an Tür, wenn Sie so wollen. Herr Sullivan war einer dieser aalglatten Neulinge. Nur Karriere im Kopf, wissen Sie. Der stand ständig beim Chef in der Tür. Er hat den Laden aufgewühlt.«

»In welchem Jahr geschah das genau, Herr Cromwell?«, warf Nick ein. »Hmm ...«, der Mann überlegte.

»Ich spreche vom Jahr 2012. Wie lange Herr Sullivan und Herr Dewey dort gearbeitet haben, ist mir nicht bekannt.«

»Arbeiten Sie noch bei Blourish & Watts?«, forschte John.

»Oh ja. In ein paar Monaten feiere ich mein Dreißigjähriges dort«, sagte er mit Stolz in der Stimme.

»Wer leitet die Firma heute?«, fragte der Major weiter.

»Aktuell wird der Laden von Michael Blourish geführt. Das ist der Sohn des Gründers, Herr Don Blourish. Er verstarb vor zwei Jahren. Ich könnte mir denken, dass Ihnen der Junior helfen kann. Der Mann arbeitete damals bereits im Top-Management der Firma«, führte er weiter aus.

Akebono suchte den Block auf der Suche nach einem Stichwort ab. Sein Zeigefinger hielt an. Er hatte es gefunden.

»Sie sagten vorhin, dass Herr Sullivan den Laden aufgemischt hat. Wie äußerte sich das? Können Sie dazu etwas sagen?« Aus der Leitung knisterten Geräusche. Verkehrslärm. Ein Fahrzeug hupte. Der Anrufer schien in einem belebten Ort zu wohnen. Herr Cromwell kaute auf etwas herum. Der Major stellte sich vor, wie Krümel aus dem Hörer fielen.

»Herr Cromwell, sind Sie noch da?«, forschte John. Der Mann schien in Gedanken zu sein.

»Herr Sullivan lief hinter jedem Rock her«, tönte es auf einmal aus der Muschel. Nach einer kurzen Pause: »Dabei war ihm völlig egal, ob die Damen Partner hatten. Er hielt Frauen für Freiwild«, schob er nach.

»Haben Sie das Gefühl, dass es für ihn bei Blourish & Watts Feinde gab?«, fragte er dann. Herr Cromwell lachte laut auf. Er brauchte eine Minute, bis er sich beruhigt hatte.

»Na, was glauben Sie denn. Sie können sich nicht vorstellen, wie abgebrüht er war. Hinzu kommt, dass er in der

Firma Erfolg und dadurch auch viele Neider hatte. Er kam voran. Stieg in der Hierarchie auf. Zuletzt arbeitete er als Bereichsleiter und zog Dewey weiter hoch. Der schien so eine Art Wasserträger zu sein.«

Akebono horchte auf. »Mit ›zuletzt‹ meinen Sie gegen Ende, oder? Also, bevor er ausschied. Haben Sie eine Ahnung, warum er der Firma den Rücken kehrte? Er hatte doch stetig Erfolg?«

Herr Cromwell schwieg. Er rang mit der nächsten Aussage. »Darüber ist mir nichts bekannt, Herr Akebono. Ich weiß aber, dass ihm außer dem Vorstand kaum jemand eine Träne nachgeweint hat.«

Der Ermittler hatte das Gefühl, dass der Mann nicht mehr sagen wollte. Er ließ es dabei. Abschließend bat er ihn um die Telefonnummer für Rückfragen, die er zum Glück auch angab.

John dankte und verabschiedete sich. Er legte den Hörer auf und sah zu Nick, der mitgehört hatte. Die zwei Polizisten waren froh über die Hinweise des Anrufers.

»Ich suche mal die Anschrift des Ladens auf Oahu«, sagte der Leutnant. Er rollte zu seinem Tisch und vergrub sich hinter dem Monitor. Wenig später fand er die Nummer und rief an. Eine nette Stimme auf der anderen Seite bestätigte gerne einen Termin für den nächsten Tag gegen 10:00 Uhr.

Der Major nickte und rief Barbara an.

»Hallo, du Fee. Könntest du bitte für Nick und mich morgen früh einen Flug nach Oahu buchen?«, flötete der Major.

»Klar, ich versuche mein Bestes«, gab sie gut gelaunt wieder. »Ich gebe dir gleich Bescheid.«

Toronga stand auf und schickte sich an, das Büro zu verlassen. Er hatte noch einen Termin bei einem Zahnarzt.

»John, ich muss los. Schick mir bitte eine SMS, wann ich am Flughafen sein soll.« Er winkte beim Hinausgehen.

»Ja, Nick. Ich denke daran. Ciao.«

Akebono überlegte, wie er die Zeit nutzen konnte. Er fing an, sein Sideboard zu leeren. Kurz darauf lagen zwei Stapel auf dem Tisch. Der Rechte durfte weg. Er bestand aus Sportheften, einem Yachtheft sowie ein paar Zeitungen.

»Na, fast die Hälfte«, murmelte er zufrieden. Das Klingeln des Telefons beendete die Aktion.

»Hallo John. Also, ich habe euch morgen um 07:22 Uhr gebucht. Der Flug heißt HA 201.«

»Hört sich gut an. Und zurück?«

»HA 372 um 15:45 Uhr. Ist das zu spät?«

»Nein, das ist optimal. Dann müssen wir uns nicht stressen. Vielen Dank, Barbara.«

Er hörte sie lächeln. »Gerne. Ihr bekommt eine SMS«, sagte sie und legte auf.

Er schickte Nick eine SMS, bevor er es vergessen konnte. »Treffpunkt 06:30 Uhr am Flughafen« tippte er auf der Tastatur.

Auf dem Weg nach Hause hielt der Major bei einem Inder und orderte Huhn mit Kokosnuss zum Mitnehmen. Dazu einen Salat.

Wenig später setzte er die Fahrt fort. Regen trommelte an die Scheibe. Durch den Wind schienen die Tropfen waagerecht in der Luft zu liegen. Er hielt kurz an, um zu telefonieren. Tatjana hob nach dem zweiten Klingeln ab.

»Hallo, mein Schatz. Ich bin in zehn Minuten zu Hause

und bringe etwas vom Inder mit.« Ihr Lächeln sprang durch den Hörer.

»Ah, mein Cop meldet sich endlich. Das mit dem Essen ist nett von dir. Die Kleine liegt schon im Bett. Sie ist sofort eingeschlafen.«

»Gib ihr einen Kuss von mir. Bis gleich.« Akebono legte auf und reihte sich erneut in den Verkehr Richtung »Sattelstraße« ein. Nach zehn Minuten endete der Schauer und der Himmel riss auf. Am Horizont verschwand der letzte Rest des Tages im Meer.

Er lenkte kurz darauf den Ford in die Einfahrt. Die Reifen knirschten auf dem Kies. Tatjana stand bereits an der Tür.

Der Major schob sich beschwingt vom Sitz und sog die frische Luft ein. Das Haus lag in rund 400 Metern Höhe auf einer Anhöhe. Abends sanken die Temperaturen auf angenehme 22° C. »Wollen wir draußen essen?«, schlug er vor. »Ja, gerne.« Tatjana beugte sich vor und gab ihm einen Kuss. »Ich hole noch Besteck und etwas zu trinken.« Der Polizist sah ihr nach, bis sie im Flur verschwunden war. Entspannt schritt er rechts vom Eingang entlang durch das eiserne Rosentor zum hinteren Teil des Gebäudes. Sein Blick schweifte durch den Garten, der noch schemenhaft die Umrisse zeigte.

Tatjana huschte mit einem Tablett auf die Terrasse. Mit flinken Händen deckte sie den Tisch. In einer Karaffe schwammen Scheiben von je einer Zitrone und einer Orange. Sie rührte das Fruchtfleisch um und füllte zwei Gläser.

Sie aßen die ersten Minuten, ohne viel zu sprechen. Beide hatten Hunger. »Hmm, lecker«, entfuhr es John.

Sie lächelte. »Wie ist es heute gelaufen?«, fragte sie. »Ich habe mir vorhin eure Sendung angesehen. Im Studio schien es warm zu sein.«

»Hör mir bloß auf«, murmelte der Major. »Wenn du ohnehin nervös bist und auch noch schwitzt«, sagte er kauend, »dann willst du nur, dass es aufhört.«

»Hat sich bereits jemand gemeldet?«, bohrte sie weiter.

»Hm, ja, allerdings«. Akebono setzte das Glas ab und wischte sich den Mund mit der Serviette ab. »Ein Herr Cromwell rief an. Er hatte mehrere Jahre mit den beiden in derselben Firma gearbeitet.«

»Hier auf Big Island?«, forschte sie weiter.

»Nein, auf Oahu. Die Firma heißt Blourish & Watts.«

»Den Namen kenne ich«, sagte sie. »Die haben ihren Sitz in einem Glaskasten in der Nähe des ›Moana-Center‹.«

»Da müssen wir morgen hin. Ich hatte vorhin ein Gespräch mit einer Sekretärin von dort. Sie erwartet uns gegen zehn.«

»Bei wem habt ihr den Termin?«, fragte Tatjana.

»Bei Herrn Blourish«, meinte John.

»Ah, das dürfte der Junior sein. Ich meine, der Sohn von Blourish Senior«, korrigierte sie sich. Sie sah ihn nachdenklich an. »Was glaubst du? Wer könnte ein Motiv haben, zwei frühere Berater gezielt zu ermorden?«

Akebono horchte auf. »Du bist schon wieder heimlich am Ermitteln, was?«, entfuhr es ihm. »Willst du nicht doch bei uns anfangen? Motonga hält viel von dir.« Er strahlte sie an.

»Wer kümmert sich dann um die Kleine?«, flötete sie leise. Sie setzte sich auf und drückte den Rücken durch.

»Ich ermittle im Stillen und gebe dir die Tipps«, meinte sie lachend.

»Nein, Spaß beiseite«, raunte sie und rückte zu ihm. »Was geht in dir vor?« Er atmete durch und sah von der Tischplatte auf.

»Ich stehe nach wie vor unter Schock, wie wir Henry Dewey fanden. Das habe ich bisher nicht verarbeitet. Nick geht es ähnlich. Er überspielt es nur besser als ich.«

»Du meinst, du hast die Bilder im Kopf?«

»Eher den Film. Die Haare der Opfer haben sich ja durch den Wind bewegt. Manchmal wache ich auf, weil ich die Gesichter im Traum gesehen habe.«

Tatjana hielt sich die Hand vor den Mund. »Sprich bitte weiter«, sagte sie leise.

»Ich denke, dass ich das alles aushalte. Allerdings sagt mir mein Bauchgefühl, dass die Story nicht vorbei ist.«

»Was meinst du genau?«, fragte sie.

»Das Motiv ist größer. Die Habgier von zwei gierigen Beratern ist nur der Teil, den wir kennen. Das ist nur ein Baustein. Viel zu schwach für diese Wut. Geld ist nur ein Part. Da kommt noch mehr. Jemand hat einen Plan und setzt ihn um. Das fühle ich. Wir haben aber keine echte Spur.«

»Okay. Komm mal her.« Sie legte sanft die Hand auf seinen Nacken und drückte sein Gesicht an ihre Wange. Mit der rechten Hand streichelte sie über die schwarzen Locken. Er brummte und ließ sich kraulen wie eine Katze. Sodann merkte er, wie die Anspannung nachließ und einer bleiernen Müdigkeit wich.

Er war am Wegnicken, als sein Handy klingelte. Tatjana seufzte. »Du hast zurzeit nie frei. Wer ist das denn jetzt noch?«

»Das ist Lisa. Entschuldige bitte, aber es dürfte wichtig

sein.«

Er drückte die grüne Taste.

»Hallo Lisa, was gibt es?«

»Hallo John, ich störe nur ungern. Der Obduktionsbericht ist jetzt in Gänze da. Bisher hatten wir nur einen Abriss. Du bekommst ihn per Mail. Aber ich wollte dir die Eckpunkte sagen, da du ja morgen auf Oahu bist.«

Der Major rieb sich mit der Hand über das Gesicht, um die Müdigkeit zu vertreiben. Nach einem Schluck Wasser ging es ihm besser.

»Das ist ok, Lisa, danke. Schieß los.«

Papier knisterte durch den Hörer.

»Also, zu der Tatwaffe. Die Spitze der Harpune hatte Widerhaken. Genau das Gleiche wie bei Sullivan.«

»Das habe ich so erwartet«, meinte der Major.

»Zu Deweys Hautresten unter den Fingernägeln: Du wirst es kaum glauben. Sie stammen von ihm selbst.«

»Wie kann das sein?«, fragte John.

»Nun, er hatte ja eine Verletzung am Kopf, die von einem Schlag mit einem stumpfen Gegenstand herrührte. Ich denke, er hat sich direkt danach mit der Hand an die Stelle gefasst.«

»Ah, und dabei ist Kopfhaut unter die Nägel gelangt.«

»Ja, genau. Ich denke, er hat sich hektisch bewegt. Daher ist das denkbar. Zudem war er verletzt. Das heißt, seine Haptik könnte nicht mehr optimal koordiniert gewesen sein.«

Akebono fuhr sich mit der freien Hand durch die Haare. Er musste ins Bett.

»Was ist mit dem Blut am Pool?«, bohrte der Major weiter.

»Das ist der letzte Punkt. Es stammt von ihm. Er dürfte geflohen sein oder der Täter trieb ihn vor sich her. Dabei könnte er gestürzt sein. In jedem Fall ist kein anderes Blut dabei.«

»Hm, ok. Schade, dass nichts herauskam. Ich hatte auf fremde DNA gehofft, die wir mit etwas Glück im System haben«, sagte der Major.

»Ja, ich auch«, gab Lisa zurück. »Wir haben vor Ort kaum Fingerabdrücke gefunden. Die paar, die wir fanden, waren von Dewey oder anderen Leuten, die nicht erfasst sind. Ich denke, der Täter trug Handschuhe. Aber ich hoffe, ihr kommt morgen auf Oahu in dem Fall weiter«, zeigte sie sich optimistisch.

»Wir werden sehen. Danke für deinen Anruf, Lisa. Ich weiß das zu schätzen.« Sie vertagten sich und legten auf.

10

Der Major traf zuerst ein. Er parkte auf dem Parkplatz vor dem Terminal. Außer einer Handvoll Vögel war der Ort verlassen. Bis dahin.

Direkt vor dem Gebäude bremste ein Bus. Touristen aus Asien strömten aus dem Fahrzeug. Es folgte das übliche Geschnatter, gefolgt von Plastiklärm. In Eile wuchteten sie die Schalen aus dem Laderaum.

Akebono sah auf die Uhr. 06:18 Uhr leuchtete es ihm neongrün entgegen. Der Wind rüttelte an dem Pick-up. Im Rückspiegel sah er einen roten Mustang heranfahren. Der Sound aus den 80ern kündigte Nick Toronga an. *»Oh, I just died in your Arms tonight.*

It must have been something you said.« Mit einem Gurgeln verstummte die Maschine. Der Leutnant drehte sich aus dem Sitz und klappte die Autotür zu. Müde sah er sich um. Dann schlich er zu Johns Ford. Es konnte losgehen.

»Guten Morgen, Nick. Alles klar bei dir?«

»Ich brauche erst einen Kaffee. Kann mich nicht erinnern, wie ich hergekommen bin.«

»Autopilot?«, entfuhr es dem Major. »Dabei siehst du

echt fit aus.« Sie packten ihre Rucksäcke und warfen einen letzten Blick auf ihre Autos.

Nachdem sie die kleine Halle betreten hatten, sah Akebono zur Anzeigetafel. Ihr Flug HA 201 blinkte in Grün. Die Beamten schritten zügig zum Check-in. Sie reihten sich in die Schlange. Zwanzig Minuten später erfolgte eine kurze Ansage. Sie erklärte den Flug zum Einsteigen bereit.

Der Start mit der Boeing 717 verlief ruppig. Windböen ließen das Flugzeug mehrere Male durchsacken. Die Gäste auf der linken Seite lenkten eine klare Sicht auf die Nordküste Big Islands ab. Die beiden Vulkanmassive »*Mauna Kea*« und »*Mauna Loa*« zeigten sich wolkenfrei in ihrer Pracht, was nicht oft vorkam. Es dauerte einige Zeit, bis die Maschine auf gleicher Höhe mit den Gipfeln flog. Der Major sah aus dem Fenster. Er sah brechende Wellen, die Schaumkronen vor sich her schoben.

Die Passagiere auf der rechten Seite mussten sich ein wenig gedulden. Doch dann gaben auch sie lauter »Ahs« und »Ohs« von sich, als Maui langsam ins Bild rückte.

Smartphones und iPads blitzten. Seicht wie auf Watte flog die Boeing dahin. Objekt der Begierde war das 3055 Meter hohe »*Haleakala-Massiv*«. In Licht getaucht strahlte es mit wolkigem Hut.

Akebono tippte unterdessen auf dem Notebook. Alle paar Minuten nippte er an einem Mangosaft. Er hatte diese Motive oft gesehen. Mitunter sah er aus dem Fenster, wenn die »Ahs« der Leute lauter klangen.

Sein Kollege hingegen klebte an der Scheibe wie ein kleiner Junge. Beim Anblick einer Welle gluckste er jedes Mal.

»Da kommt wieder die Wasserratte durch, was?«, meinte

der Major grinsend, doch Toronga hörte ihn gar nicht.

Keine halbe Stunde später zeigte sich der Süden Oahus. Der »*Diamonds Head*« und die Gipfel im Osten der Insel ragten grün bewachsen empor. Von der Ebene aus fraßen sich die Vororte der Stadt wie eine Schlingpflanze immer weiter die Hänge hinauf. Über dem Eiland wölbte sich eine beigefarbene, transparente Dunstglocke. Jenseits der Häuser verschmolz sie mit den Bergen.

Für viele Asiaten stellte die Metropole trotzdem einen Kurort dar. In Peking und Tokio gab es mehr Smog.

Die Maschine ging in einen wackligen Sinkflug über. Der Trubel am »*Waikiki-Beach*« rückte ins Bild. Sanft rollten zwei bis drei Meter hohe Wellen heran. Sie schüttelten jene durch, die sie unterschätzten.

Hinter der leicht sichelförmigen Bucht reihte sich eine Betonburg an die nächste. Das Gleiche galt für die Straßen dahinter.

In bester Lage am Strand strahlte die stilvolle Fassade des »*Ala Moana Surfrider*«. Hier schien noch eine gewisse Eleganz spürbar. Die Mitarbeiter des Hotels liebten ihr Haus.

Zu gern dachte er an die Hochzeitsnacht, die er mit Tatjana dort verbracht hatte. Ein lautes Brummen würgte die Gedanken des Majors ab. Das Fahrwerk fuhr aus. Die Boeing schwenkte zum Landen auf die Bahn im Süden. Da die Piste auf einer Insel im Meer gebaut war, entstand der Eindruck, dass die Maschine eine Wasserlandung hinlegen könnte. Die Triebwerke heulten auf. Einige Touristen tauschten hektische Blicke.

Beim Ausrollen tauchten zur Rechten nicht weit entfernt fünf Golfer aus Asien auf. Alle trugen einen Mundschutz.

Einer sah dem Ball nach, den er zuvor geschlagen hatte. Vier winkten lachend zum Flugzeug. Ein Japaner in der Reihe vor den beiden tat es ihnen gleich.

»Jetzt schau dir das an«, meinte Akebono. »Golfen am Meer mit Atemmaske. Ich dachte, die halten mehr aus.« Sein Kollege grinste.

»Ich glaube, die machen eine Kur und müssen sich schonen«, witzelte Nick.

Die zwei Beamten nahmen kurze Zeit später ein Taxi ins Zentrum Honolulus. Sie hielten vor dem »Ala Moana Center«, das einer Mischung aus Einkaufszentrum und Bürokomplex glich. Auf dem Weg zum Eingang wedelte der Leutnant mit einer Hand vor dem Gesicht. »Mein Gott, der Smog hier ist echt übel«, stöhnte er.

Aus Johns Sicht hatte der Verkehr auf Oahu ein hohes Maß erreicht. Staus wie diese hatte er keine in Erinnerung. Rasch schritten sie in das mit Glas umrahmte Foyer von Blourish & Watts.

»Das ist ja wie im Eisschrank hier«, beschwerte sich Nick. Verteilt gab es einige Kokospalmen, die sogar Früchte trugen. Das Licht der Sonne warf die Schatten der Palmwedel auf den Marmorboden. Dem ersten Eindruck nach schien Blourish & Watts eine erfolgreiche Firma zu sein.

»Wow, das nenne ich Stil«, murmelte Toronga auf einmal. Weit vor der Info stand mitten im Raum ein Brunnen, in dem sich eine Marmorkugel langsam im seichten Wasser um sich selbst drehte. Verästelungen tauchten auf und verschwanden. John dachte sich, dass hier ein Feng-Shui-Spezialist die Finger im Spiel hatte. »Die Kugel misst etwa drei Meter«, schätzte der Major.

»Sie wünschen?«, fragte eine junge Frau mit sanfter Stimme. Nick stoppte abrupt vor einem Tresen. Die Dame trug ein Kostüm in Türkis, das ihre Figur zur Geltung brachte. Dem Leutnant huschte ein Strahlen über das Gesicht. Mit einem Lächeln musterte sie die beiden Beamten.

»Guten Tag, Frau Fischer. Ich bin John Akebono. Das hier ist mein Kollege Nick Toronga. Wir arbeiten für die Hilo-Police. In ein paar Minuten haben wir einen Termin mit Herrn Blourish.«

Sie nickte. »Dürfte ich bitte Ihre Dienstausweise sehen?«, fragte sie freundlich.

»Hier bitte«, sagte der Leutnant verlegen.

»Danke«, erwiderte sie lächelnd. »Bitte haben Sie einen Moment Geduld.« Sie griff zum Telefon und wählte eine Nummer.

»Hallo, Herr Blourish. Vor mir stehen zwei Beamte aus Big Island. Sie hatten sich für zehn Uhr angekündigt. Beim heutigen Tag steht aber kein Eintrag. Sollen sich die Herren noch gedulden, oder?« ... »In Ordnung, Sir. Ich begleite sie zu dem privaten Fahrstuhl.«

Die zwei tauschten einen kurzen Blick. Beide wunderten sich, dass sie nicht im Kalender standen. Sie schritt vorneweg.

»Bitte nehmen Sie den Aufzug ganz links. Er fährt Sie in den vierten Stock zur Vorstandsetage. Dort werden Sie an der Rezeption empfangen.«

»Vielen Dank, Mrs …«, entfuhr es Toronga und lächelte. Die Dame ließ ihre Augen einmal klimpern und wandte sich ab. Der Major glaubte zu sehen, dass sie leicht errötete.

»Mann, musst du immer wildfremde Frauen so in Verlegenheit bringen«, meinte John auf dem Weg zum Lift. Doch Nick blieb einen Moment stehen und sah ihr nach.

»Komm, wir haben einen Termin; flirten kannst du später noch.«

»Sag mal, woher hattest du ihren Namen?«, wunderte sich Nick. Der Major wirkte verblüfft.

»Von ihrem Namensschild, rechts vom Ausschnitt«, grinste er.

Der Aufzug bewegte sich nahezu geräuschlos. Er hielt mitten im Empfangsbereich des Büros von Herrn Blourish. Vor der Tür zu dem Büro stand ein Schreibtisch aus Glas. Dahinter saß eine Dame in Lila.

Nick mutmaßte, dass es sich um eine Referentin handelte. Sie erhob sich und empfing die beiden Gäste.

»Guten Tag, bitte nehmen Sie noch einen Moment Platz. Herr Blourish ist gleich für Sie da.«

Kaum saßen sie, öffnete sich die Tür mit Schwung. Der Chef des Hauses trat in Szene. Braun gebrannt, nach hinten gekämmte und mit Gel gezähmte Haare. Beigefarbener Anzug, Zahnpastalächeln. Vor ihnen stand ein Profi-Verkäufer der alten Schule. John fühlte sich in die 60er Jahre des letzten Jahrhunderts versetzt.

»Schönen guten Tag, die Herren. Sie müssen Herr Akebono sein«, strahlte er von einem Ohr zum anderen. Der Beamte schüttelte eine feuchte und warme Hand. Sie verriet eine gewisse Nervosität.

»Sie können nur Herr Toronga sein. Herzlich willkommen bei uns im Haus, bei Blourish & Watts.«

»Ein nettes Domizil haben Sie hier«, merkte der Major an.

»Ja, das ist wahr, absolut. Wir sind weiß Gott zufrieden, haben uns aber alles hart erarbeitet. Bitte treten Sie ein.«

Der Mann zeigte nach jeder noch so kleinen Bemerkung die grellen Zähne. Der Leutnant dachte an Werbung.

Das Büro wirkte auf John maßlos. Er schätzte es auf zweihundert Quadratmeter. »*Mein Gott, was für ein Prunk*«, schoss es ihm durch den Kopf. In einer Ecke ruhte ein dunkler Schreibtisch aus edlem Holz. Daneben erstreckte sich von Pflanzen eingerahmt ein gläserner Raum. Monitore hingen an einer Wand. Vier Uhren mit den lokalen Zeiten großer Städte glimmten in Blau. Honolulu, New York, London und Hongkong.

Zudem ließ eine Fensterfront viel Licht ein. Direkt davor stand eine Sitzgruppe aus Leder.

Jenseits davon breitete sich eine Terrasse mit Schirmen, Liegen, einem Pool und Grill endlos weit aus. In Richtung Ozean sah man entfernt »Waikiki«. Herr Blourish führte das Duo zu einer Gruppe Sofas.

»Darf ich Ihnen etwas zu trinken anbieten? Gin Tonic, Whisky oder Saft? Wir haben Orange, Tomate und Mango. Wasser gibt es ebenso. Bitte greifen Sie zu.« Der Major wunderte sich über die Reihenfolge. Er nahm ein Wasser. Nick wählte eine Dose Mangosaft.

Herr Blourish sah zu den gewählten Getränken. Mehr zum Schein mischte er sich ein Glas Tomatensaft mit Pfeffer.

Die Ermittler nickten sich zu. Sie wollten endlich zur Sache kommen.

»Herr Blourish, wir haben ein paar Fragen zu den Herren Sullivan und Dewey. Beide ließen Ihre Firma vor ein paar Jahren hinter sich.« Der Mann sah wie durch eine Maske und legte die Finger aneinander.

»Sie müssen wissen, dass Herr Sullivan einer der besten Außendienstler war. Er schied damals aus dem Nichts aus. Einen Grund enthielt er uns vor«, schob er enttäuscht nach.

»Hat Sie das misstrauisch werden lassen?«, fragte Nick und nahm einen Schluck.

Der Inhaber strich sich mit der rechten Hand über den feinen Bart, bevor er sprach.

»Nein, es gab keinen Anlass, das Vertrauen zu verlieren. Der Mann brachte uns so viel Umsatz, dass er nahezu alle Freiheiten hatte. Er nutzte sie«, fügte er hinzu. Dabei sah er aus dem Fenster und fixierte irgendetwas.

»Würden Sie sagen, dass er es damit übertrieb?«, forschte der Major.

»Wir räumten ihm ein, Homeoffice zu arbeiten, wann immer er wollte. Andere Mitarbeiter hatten dieses Privileg nicht.« Herr Blourish dachte kurz nach. »Ich denke, nicht in dem Umfang, wie er trifft es besser. Oft ließ er sich tagelang nicht im Büro sehen. Er arbeitete zu Hause oder auf dem Boot.«

Er strahlte in Johns Richtung, bevor er fortfuhr. »Aber gegen Ende des Monats lieferte er.« Der Inhaber rieb den Daumen und den Zeigefinger. Dabei lachte er. »Sullivan war eine ›Cashcow‹, verstehen Sie. Daher fuhr er auch einen Mercedes, den wir ihm stellten«, warf er ein.

»Hatten Sie noch Kontakt zu ihm?«, fragte Toronga.

»Anfangs haben wir telefoniert. Ein, zweimal die Woche. Das hörte aber auf. Ein Quartal später war das Thema durch.« Drei Falten zeigten sich auf der Stirn des Mannes. Ein Hauch von Bedauern schimmerte durch seine Mimik.

»Wer von Ihnen beendete die Verbindung?«, setzte Akebono nach. »*Jetzt raus mit der Sprache. Details bitte*«, dachte er. John merkte, dass der Inhaber nicht mehr so entspannt war wie zu Beginn.

»Ein Jahr darauf rief mich einer der besten Kunden an. Er erzählte, dass Herr Sullivan mit ihm ins Geschäft kommen wollte. Dafür pries er eine neue Anlage an. Es handelte sich um eine Beteiligung an Devisen mit Aussichten auf einen zweistelligen Ertrag.« Nick setzte sich auf. »Wie haben Sie reagiert?« Herr Blourish sah ihn lange an und atmete tief durch.

»Im Vorstand fassten wir den Beschluss, uns seine Praktiken genau anzusehen. Wir fanden heraus, dass er und Herr Dewey gezielt den Kontakt zu Investoren suchten.« Er trank einen Schluck. »Ziel schien zu sein, sie von uns abzuwerben. Für ihn hatte das einen Reiz. Er wanderte gerne auf dem Grat. Es ergab sich zudem, dass er nach Big Island gezogen war.«

»Ließ er interne Kundendaten mitgehen?«, bohrte Akebono weiter. Der Inhaber sah ihn an, als schätzte er ab, wie viel er mitteilen musste. Dann stand er auf. Mit den Händen hinter dem Rücken schritt er im Raum umher.

»Ja, das auch«, sagte er patzig. »Er hatte Zugriff auf die Daten der Kunden. Das Problem aber war, dass Sullivan sich an die Verträge hielt, die für alle gelten. Es galt, eine Frist von neun Monaten einzuhalten, bevor Klienten von Blourish & Watts umworben werden dürfen. Wir haben ja kein Exklusivrecht auf sie. Wir stehen im Wettbewerb mit anderen Anbietern.« Er verstummte und fixierte etwas in der Ferne. Der Mann setzte sich wieder hin. Er faltete die Hände zwischen den Knien und fuhr fort.

»Wir hatten vor allem die Sorge, dass die zwei versuchen könnten, uns die besten Berater abzuwerben. Die kannten sie natürlich.« Die Beamten sahen sich an. Beiden ging das Gleiche durch den Kopf.

»Also gab es außer ihrem Star-Duo noch mehr Leute, die zu der Zeit ihrer Firma den Rücken kehrten?«

»Ja, die gab es.« Er drückte eine Taste auf dem Tisch. Kurz darauf erschien die brünette Assistentin aus dem Eingangsbereich. »Sie wünschen, Herr Blourish?«

»Bitte drucken Sie mir eine Liste der Leute aus, die Blourish & Watts im Jahr 2014 & 2015 per Kündigung verließen.« Die Assistentin nickte und schritt geräuschlos aus dem Raum.

»Glauben Sie, dass Herr Sullivan im freien Markt Erfolg in seinem Job hatte?«, fragte der Major.

»Ja. Vergessen Sie nicht, dass er einen exzellenten Verkäufer abgab. Die Gier des Menschen kennt keine Grenzen. Fast jeder ist hier zu packen. Man muss nur wissen, wie der Schalter umgelegt wird. Kunden, auf der Suche nach Ertrag, handeln emotional. Sie denken in Bildern. Herr Sullivan war in der Lage, diese zu erzeugen. Der Rest ist simpel.«

Nick fiel es wie Schuppen von den Augen. *Mein Bankberater hat mich in die Falle gelockt. Er empfahl mir einen höheren Dispo. Von Wegen neues Surfbrett, das teure Auto und die Inflation. »Was, wenn Ihr Mustang mal kaputtgeht? Sie brauchen eine Reserve.«* Er sah ihn vor dem geistigen Auge. Immer am Grinsen, Krawatte und stets die Papiere griffbereit.

Rasch hatte der Leutnant das Bedürfnis für weiteres Geld.

Darauf hatte es der Berater von Anfang an angelegt. Letzten Endes hatte er signiert. Er rief sich das triumphale Gefühl in den Sinn. »Endlich genug Geld. Keine Sorgen mehr.«

Ihm stieg gefühlt die Temperatur an. Die blanke Ohnmacht, die einen befällt, wenn man sich ertappt fühlt. Wie dämlich konnte man sein, um sich so übers Ohr hauen zu lassen. Fast ernüchternd wirkte Blourish' Aussage, dass nahezu jeder Mensch dieses Gen in sich trug.

Wenig später kam die Assistentin mit der Liste herein. Lächelnd gab sie dem Mann das Papier.

»Ah, prima. Vielen Dank, Frau Brown.«

Er wedelte mit dem Ausdruck vor Johns Nase.

»Dann wollen wir mal sehen, wer seit 2014 gekündigt hat.« Der Inhaber studierte das Blatt Papier. Die Augen wanderten hektisch hin und her.

»Also, Herr Sullivan kündigte im Februar 2014. Es folgte Herr Dewey im Juni 2014. Dann haben wir Herrn Tim Oakland. Er verließ die Firma im Dezember des gleichen Jahres. Im März 2015 verließ uns ein Herr Cleveland.« Er schlug die Seite um. »Aus gesundheitlichen Gründen. Der Mann litt an Diabetes und musste mehrmals die Woche in eine Klinik. Zwei älteren Herren haben wir den Laufpass gegeben. Das war im Oktober 2015«, erklärte er lächelnd.

»Wieso?«, fragte der Major spontan.

Ein leidender Ausdruck legte sich auf Blourish' Gesicht. »Die zwei waren nur noch krank. Ihre Leistung ließ extrem nach. Wir unterstützen unsere Mitarbeiter stets. Also bei langen Krankheiten etwa, so ist es nicht. Aber es muss etwas zurückkommen.« Er formte beide Handflächen wie eine Schale. Sachte hob er sie an. »Return on Investment, wie wir sagen. Hier kamen nur die Zettel vom Arzt. Am Ende einigten wir uns im Rahmen eines Vergleichs. Wie oft in solchen Fällen.«

Er sah andächtig in die Runde. Der Mann war mit sich im Reinen.

»Tja, das war es auch schon, meine Herren. Wir haben nun mal kaum Abgänge. Aber wir kündigen Beratern, wenn sie die Erwartungen nicht erfüllen. Doch nur in der Probezeit.«

»Wie lange läuft diese bei Ihnen?«, fragte Toronga.

»In der Regel sechs Monate«, sagte Herr Blourish.

Der Major sah ihn nachdenklich an. »Was können Sie uns über Tim Oakland sagen?«, forschte er.

Der Inhaber wirkte abgeklärt, als er direkt auf die Frage antwortete. Er schien den Verlust des Kollegen verschmerzt zu haben. In einem arroganten Ton legte er seine Sicht der Dinge dar.

»Der Mann hatte Talent. Ich habe ihn als emsigen und hartnäckigen Mensch in Erinnerung. Er besaß den nötigen Fokus, um in der Branche Erfolg zu haben. Reicht das als Antwort, Herr Akebono? Mehr fällt mir nicht ein.«

»Fast. Auf welchem Gebiet galt er als Spezialist?«, fragte der Major unbeirrt weiter.

»Mit Devisen kannte er sich aus. Das nutzte uns, keine Frage. Wir bedauerten die Kündigung des Herrn Oakland. Aber letztlich ist jeder ersetzbar. Bei uns erst recht.« *Da schwingt einiges an Trotz mit,* dachte John, bevor er fortfuhr.

»Eine letzte Frage. Gab es Hinweise, dass er mit Herrn Sullivan ins Geschäft gekommen sein könnte?«

Herr Blourish überlegte kurz und schürzte die Lippen.

»Ja, die gab es. Sie können sicher sein, dass er bei ihm anfing.«

Der Beamte erhob sich und griff nach der Umhängetasche. Toronga eilte ohne Umweg direkt zur Toilette.

»Eines noch bitte. Haben Sie ein Foto von Tim Oakland aus der Personalmappe?«, fragte John.

Herr Blourish dachte nach. »Wir bewahren die Akten in der Regel zehn Jahre auf. Mit etwas Glück, ja.« Er drückte die Sprechtaste an der Telefonanlage.

»Frau Brown, prüfen Sie bitte die Datensätze nach einem Foto von Herrn Tim Oakland.« Der Mann drehte sich zu dem Major um.

»Ich sende Ihnen eine Mail, sobald wir etwas haben.«

»Danke für Ihre Mühe, Herr Blourish.« Akebono hielt inne. »Können Sie uns die Liste mit den Kündigungen ab 2014 überlassen? Sie könnte für die Ermittlungen wichtig sein.«

»Kein Problem«, sagte er und reichte ihm das Papier.

Nick kam um die Ecke zurück. Der Inhaber führte die beiden Beamten zum Aufzug.

»Wenn Sie weitere Fragen haben, stehe ich gerne zur Verfügung. Ich wünsche Ihnen einen guten Rückflug.« Er zeigte nochmals die Zähne.

»Vielen Dank für Ihre Zeit und die Informationen, Herr Blourish.« Der Major schüttelte die Hand, die sich noch immer feucht anfühlte. Er hatte nicht das Gefühl, dass der Mann ihm etwas verschwieg. Im Gegenteil. Die offene Art überraschte ihn vielmehr. Sein Hadern um den Verlust der Berater wirkte echt.

Die Aufzugtür öffnete sich im Parterre. Toronga sah auf

die Uhr. »Wir haben erst 11:30 Uhr. Unser Flug geht in knapp vier Stunden. Lass uns zum ›Waikiki-Beach‹ fahren?«

»Hört sich gut an. Dort finden wir ein nettes Café.« Die beiden einigten sich auf das »Ala Moana Surfrider«, eines der besten Hotels vor Ort.

Akebono winkte einem Taxi, das sie in fünf Minuten zum Ziel fuhr. Sie schritten quer durch die Lobby zur Beach-Bar, die sich um einen Banyan-Baum herum schmiegte. Sie bestellten sich je einen »Surfrider-Burger«.

Es wehte ein frischer Wind. Der Blick auf das Meer glich den gängigen Fotos des Strandes. Türkisblaues Wasser, so weit das Auge reicht. Dazu Asiaten wie in Tokio. Sogar die Karte zeigte das Angebot in zwei Sprachen an. Zudem hatte sich das Preisniveau im Laufe der Jahre an der Kaufkraft des japanischen Yen angepasst. Der Burger kostete zwanzig Dollar, schmeckte dafür extrem lecker. Das musste er auch, dachte sich John. Zum Dessert orderte er zwei »Kona-Kaffee«.

Die Zeit verging im Nu. Als sie es merkten, zahlten sie rasch und nahmen ein Taxi zum Flughafen. Sie erreichten ihren Flug nach Hilo ohne Eile. An Bord tauschten sich die beiden darüber aus, wie sie Tim Oakland finden konnten. Für eine Fahndung reichten die Fakten nicht aus. Der Chief dürfte das Papier zerrupfen.

»Je mehr er bei Herrn Sullivan im Geschäft mitmischte, desto gefährdeter ist er … da bin ich mir sicher«, sagte der Major.

»Lass uns klären, wo er gemeldet ist. Eine Großstadt ist ideal, um sich zu verstecken.«

»Du meinst, er könnte hier in Honolulu wohnen?«

»Ja, ich an seiner Stelle würde so handeln«, meinte Toronga, der es sich bequem gemacht hatte.

»Unklar ist nur, ob ihm das etwas nutzt?«, gab John zu bedenken.

»Wie meinst du das?«

»Ich denke, dass der Täter mit viel Energie bei der Sache ist. Er hat Herrn Dewey in Nu gefunden, vergiss das nicht«, sinnierte Akebono weiter. Und dann:

»Aber dein Gedanke ist gut. Dort zu leben, wo es keiner erwartet«, lobte John. »Erinnere mich bitte nachher im Büro, dass wir das Netz nach den Oaklands der Inselwelt absuchen. Das sollten wir heute erledigen.«

»Mach' ich«, brummelte der Leutnant und tippte sich mit dem Zeigefinger an die Stirn. Der Major sah ihn verdutzt an. Er registrierte einmal mehr die Gelassenheit, mit der Nick alles anging. Er schätzte an ihm, dass er stets die Ruhe behielt. Es konnte hektisch werden, Druck von außen aufkommen, was auch immer – es prallte an Toronga ab.

In Akebono hingegen regte sich eine innere Unruhe. Sie nagte an ihm, wie ein Biber an Holz.

Was, wenn wir wieder zu spät sind? Wo hält sich Tim Oakland versteckt? Lebt er noch? Welche Rolle spielte er bei Sullivan? Hatte er Infos über andere Personen, die in der Sache drin hängen könnten? Falls ja, ist er gezwungen worden, sie preiszugeben? Wer ist die treibende Kraft? Was ist das Motiv?

»Genug«, sagte er zu sich selbst und zwang sich zur Ruhe.

Es gab ihm Halt, dass er die Verantwortung trug. Denn nur dann gab er sein Bestes. Das schien aber nur die halbe

Wahrheit. Er empfand die eigene Rastlosigkeit als größte Schwäche, weil sie viel Kraft kostete und alle darunter leiden mussten. So wie jetzt. Die innere Unruhe nagte unbeirrt weiter.

11

Motonga wartete direkt vor der Halle im Pick-up. Es regnete in Strömen. Türen klappten zu. Er startete den Motor und fuhr zügig an.

»Nett, dass du uns abholen willst, aber wir haben unsere Autos hier«, merkte Nick an.

»Was? Na klasse, dann bin ich völlig umsonst hier?«, warf Brian ein und bremste.

»War euer Trip auf Oahu erfolgreich?«, platzte es aus ihm heraus. Akebono strich sich mit den Händen das Wasser aus den Haaren. Anschließend schüttelte er seine Locken wie ein Hund das Fell.

»Anfangs dachten wir, der Ausflug entwickelte sich zu einem Flop, doch dann fiel ein weiterer Name.« Er lockerte sein Shirt, um die nassen Stellen vom Körper zu bekommen.

»Was für einen Namen?«, entgegnete Brian schroff.

»Außer den Herren Sullivan und Dewey gab es einen dritten Mann. Er verließ die Firma nur wenige Monate nach den beiden. Herr Blourish ist sicher, dass Peter Sullivan ihn damals in sein Team geholt hatte. Es handelt sich um Tim Oakland«, sagte der Major.

»Was habt ihr über ihn? Wo wohnt er?« Motonga wirkte ungehalten, was auch Toronga nicht entging.

»Tim Oakland könnte noch auf Oahu gemeldet sein. Die Insel eignet sich wegen der vielen Menschen gut zum Verstecken. Das ist meine Meinung«, sagte Nick.

»Das klingt schlüssig. Ihr solltet dort anfangen. Mit etwas Glück können wir an Oahu einen Haken machen, was von Vorteil wäre«, stellte Motonga fest. »Ich fahre euch jetzt zu euren Autos. Dann fahren wir im Konvoi ins Büro«, gab er den Ton an.

John fuhr hinter Brian und sah, wie er die Einfahrt zum Präsidium mit Esprit nahm. In einer Staubwolke kam das Fahrzeug zum Stehen. Die drei Männer husteten auf dem Weg zum Büro.

Der Major startete gleich den Computer. Rasch suchte er die Nummer der Meldebehörde auf Oahu heraus. Er griff zum Hörer.

»Das kannst du dir sparen«, grinste Toronga. »Draußen wird es dunkel. Das sind Beamte. Ich versuche es online, John.«

Er fütterte den PC mit Schlagworten. Wenig später knisterte der Rechner leise vor sich hin. Nach und nach sah man mehrere Gesichter auf dem Schirm.

»Es geht nichts über eine digitale Behörde«, meinte Nick stolz. Auf Hawaii gab es siebzehn Oaklands. Sie hatten Glück. Bei vierzehn handelte es sich um Frauen. Die drei Männer lebten auf Maui, Oahu und Kauai.

Marco Oakland von Maui hatte 87 Jahre auf der Uhr. Er schied aus. Der Zweite aus Kauai arbeitete als Pater an der Baptistenkirche in Lihue. Nick versah ihn mit einem Fragezeichen, strich es aber wieder. Das konnten sie immer noch prüfen, wenn nötig. Er glaubte nicht daran.

»Tim Oakland aus Oahu scheint unser Mann zu sein«, rief Toronga am Monitor vorbei. Akebono stand auf und stemmte beide Arme in die Hüften. »Wo wohnt er? Wir fordern sofort die Kollegen in Honolulu an.«

»Der Mann ist in der »Oneawa Street 42, Kailua« gemeldet. Das liegt östlich von Honolulu, jenseits der Bergkette. Ein nobler Vorort, direkt am Meer.«

»Ich kenne die Gegend. Dort hatte ich jahrelang Streifendienst.«

Der Major wählte die Nummer der Polizei in Kailua. Sie zählte zum vierten Distrikt der »Honolulu-Police«. Wenig später hob eine Kollegin ab. Er ließ sich mit dem Commander verbinden, der um das Aktenzeichen bat. Am Ende dankte er und versprach, sich rasch zu melden.

In dem Moment kam der Chief mit mexikanischem Essen zurück. »Hier, nehmt mir das mal ab«, sagte er. Hungrig nahm er Platz.

Es puffte, nachdem Brian eine Tüte mit Maischips aufgerissen hatte. Würziger Maisgeruch zog durch den Raum. Nick schnupperte in Motongas Richtung wie ein kleiner Hund, widmete sich dann aber den Nachos. »Das Essen geht aufs Budget, greift zu«, erklärte der Chief.

»Mein Gott, ich kann nicht mehr«, stöhnte Toronga wenig später und streckte die Beine aus. Akebono knabberte ein paar letzte Chips, als das Telefon klingelte. Er wischte sich rasch die Hände an einer Serviette ab.

»Hallo John, hier Commander Miller. Wir waren in Kailua. Bei der Nummer 42 sah auf den ersten Blick alles normal aus. Auf der Rückseite fand ich ein eingeschlagenes Fenster. Aus dem Briefkasten quollen Prospekte. Ein paar Briefe an Herrn Tim Oakland waren auch dabei.«

Der Major stellte den Lautsprecher an. »Sprich bitte weiter«, forderte er ihn auf.

»Das Haus wird seit rund drei Wochen nicht bewohnt. Das geht aus Angaben der Nachbarn und den Daten der Werbung hervor. Niemand hatte in letzter Zeit Licht gesehen.«

»Ok, bei dem Mann ist eingebrochen worden. Wie sieht es im Haus aus?«, fragte Akebono.

Miller rief einem Kollegen nach. Dann hielt er den Hörer zu.

»Da bin ich wieder. Ich musste noch etwas klären. Wir hatten den Eindruck, dass gezielt nach wertigen Dingen gesucht worden ist. Der Einbruch passt zum Drogenmilieu. Die brechen meist so primitiv ein wie hier bei Herrn Oakland.«

»Was meinst du damit?«, unterbrach der Major. Miller atmete tief durch.

»Na ja, rustikal eben. Ellbogen in die Scheibe und gut ist.«

Der Major lachte. »Nein, das meine ich nicht. Ich will wissen, was fehlen könnte?«

Miller räusperte sich. »Na ja, Sachen mit einem gewissen Wert. Alles, was sich nicht sofort zu Geld machen lässt, landet auf dem Boden. So auch hier.« Damit schien der Major zufrieden.

»Gibt es Hinweise, wo sich der Mann aufhalten könnte? Prospekte mit Immobilien, Hotels oder so etwas in der Art?«

»Die Kollegen sind noch bei der Arbeit. Ich gebe deine Frage weiter.« Die Beamten vertagten sich auf eine Stunde später und legten auf.

Die Zeit verging wie im Flug. John kannte aus eigener Erfahrung, dass sich Recherchen leicht in die Länge ziehen konnten. Er wollte das Telefonat abwarten.

Das hatte der Chief nicht nötig. Er winkte den zwei gegen 21:00 Uhr, bot aber an, jederzeit erreichbar zu sein. Die beiden lauschten dem Röhren von Motongas Pick-up.

»Tja, Boss müsste man sein«, murmelte der Leutnant. Seufzend widmete er sich einem älteren Surf-Magazin, das im Sideboard lag.

Endlich rief Commander Miller an. John hob sofort ab.

»Hat eine Weile gedauert. Die Kollegen der Spurensicherung haben bis eben gebraucht«, sagte der Mann. Er rang nach Luft.

»Habt ihr noch etwas gefunden?«, forschte der Major.

»Ja, im Kamin haben wir Papier entdeckt, das fast vollständig verbrannt aus der Asche ragte.«

»Ist das so verdächtig?«, entfuhr es John.

»Nicht so hastig, mein Junge«, warf er ein. »Die Asche sah bewusst verscharrt aus. Sie war glatt gezogen worden. Das kam uns komisch vor. Herr Oakland muss die kleinen Fetzen übersehen haben.«

»Oder er glaubte, die Glut würde sie noch versengen«, merkte der Major an.

»Auch das ist denkbar«, pflichtete ihm Miller bei. »Auf jeden Fall schien er in Eile zu sein.« Er hielt kurz inne. »Wir haben uns die Schnipsel angesehen. Eine unterstrichene Nummer war zum Teil noch lesbar.«

»Wie lautet sie?«

»Auf dem lesbaren Stück stand 96740«, brummte er.

»Das hört sich nicht nach einer Telefonnummer an«, entfuhr es John.

»Sondern ...«?

»Das ist die Postleitzahl von Kona. Was ist mit dem Festnetzanschluss? Hat er den Apparat öfter benutzt?«, bohrte der Major weiter.

»Da sind wir dran. Ich melde mich wieder. Bis später.« Miller legte auf.

Akebono nutzte die Zeit, ein paar Akten zu bearbeiten. Neben dem Monitor stapelte sich das Papier. Er schrieb eine Stellungnahme zu einem Sergeanten, der sich intern auf eine Stelle beworben hatte. Unter zwei Dokumente musste er nur die Unterschrift setzen. »Ein Zentimeter weniger«, schoss es ihm durch den Kopf. Missmutig schob er den Stapel weg. Er drehte sich und sah nach Nick, der nicht im Büro war. Die Tür klappte unerwartet auf. Er fuhr zusammen. Sein Kollege kam mit einer Dose Cola herein.

»Warum so schreckhaft, John?«, grinste er.

»Ich war in Gedanken. Danke, dass du die Plastikschalen entsorgt hast. Ich hatte nicht daran gedacht.«

»Kein Problem. Nächstes Mal bist du halt dran. Was anderes. Du glaubst also, Tim Oakland hatte Kontakt nach Kona?«

»Ich glaube erst mal gar nichts. Es ist nur eine Option. Dass die 96740 Teil einer Telefonnummer ist, denke ich nicht. Warten wir es ab.«

Toronga wirkte ungehalten. Er schritt im Büro umher und

grübelte vor sich hin. Vor seinem Chef blieb er stehen.

»Was würdest du an Oaklands Stelle machen?«, fragte er.

»Mich auf die größte Insel verziehen und abwarten«, sagte der Major.

»Kona?«, forschte Nick keck weiter.

»Nicht zwingend. In Kona und Hilo gibt es die meisten Anlaufstellen. Hier würde ich Kontakte knüpfen. Zudem kann man in beiden Orten anonym leben und fällt kaum auf.«

»Kontakte? Was meinst du damit genau?«, bohrte der Leutnant.

»Ich tippe, dass er sich diverse Objekte zeigen ließ. Über einen Makler. Die gibt es hier zuhauf, darunter viele kleine Klitschen«, meinte Akebono.

Nick warf ihm einen prüfenden Blick zu.

»Ich hoffe, du hast recht. Das käme uns entgegen.«

»Aber nur, wenn wir nicht alle Makler abklappern müssen«, schloss der Major.

Das Telefon klingelte schrill. Beide fuhren herum. John griff zum Hörer. Es war Miller.

»Was hast du herausgefunden?«, platzte es aus ihm raus.

»Dass Oakland kaum Gespräche über das Festnetz geführt hat. Er schien Angst zu haben. Oder er rechnete damit, dass es abgehört werden könnte.«

»Was ja kein dummer Gedanke ist«, merkte Akebono an.

»Ein paar Anrufe gab es dann doch. Am Ende alle harmlos. Eine Behörde, eine Versicherung und ein Lieferservice. Ein Anruf aber ist sofort nach Annahme gekappt worden.«

»Du meinst, er hatte aufgelegt?«

»Ja, genau. So, als sei er einem Impuls gefolgt. Ihm

könnte eingefallen sein, besser das Handy zu nutzen.«

»Mach es nicht so spannend. Was ist das für eine Nummer?«

»Sie gehört zu einem Makler auf Big Island«, erklärte der Beamte. Akebono richtete sich auf. »Wo dort?«

»Der Makler hat seinen Sitz in Kona.«

»Kannst du mir bitte die Nummer des Maklers geben?« Er klemmte sich den Hörer an die Schulter und schrieb die Zahlen auf einen Zettel.

»Vielen Dank für eure Mühe und die gute Arbeit, Commander Miller«, erwiderte der Major zufrieden. »Wenn wir wieder etwas mehr Zeit haben, kommen wir euch besuchen. Ihr habt etwas gut bei uns«, schob er nach. Der Mann strahlte durchs Telefon. Dann legten sie auf.

Tim Oakland hatte das Haus Hals über Kopf verlassen. Unter Druck hatte er Fehler gemacht, die im besten Fall zu ihm führten. Selbst auf Oahu schien er sich verfolgt zu fühlen. Jemand war ihm auf den Fersen.

12

Hawaii - Kauai Island 2017

Francis stand vom Küchentisch auf. »Papa, ich gehe jetzt in die Schule. Wo ist die Dose mit dem Pausenbrot? Im Kühlschrank ist sie nicht.«

»Sie ist aber dort«, tönte es aus dem Bad. »Schau mal bitte im zweiten Fach von oben hinter den Käsepackungen.«

Er lief in die Küche, suchte erneut und fand sie.

»Tschüss, mein Sohn, bis heute Mittag«, sagte James, der mit einem Handtuch um die Hüfte kurz aus dem Bad gekommen war.

Er drückte den Jungen an sich und schnupperte an seinen Haaren. »Tschüss Papa«, rief Francis und schritt durch die Tür.

Die Grundschule war keine 500 Meter entfernt.

Vor dem Haus traf er auf Julia, die eine Straße weiter wohnte. Sie legten den Schulweg oft zusammen zurück.

Die »Na Pali-Schule« lag im Norden Waimeas, direkt am Stadtrand. Palmen und Pinien säumten den Campus.

Die beiden warteten dort. In den ersten zwei Stunden hatten sie Sport. Da die Sonne von einem blauen Himmel schien, fand er im Freien statt. Bei Regen hätte Herr Williams den Unterricht in das Hauptgebäude verlegt, wo es einen Raum gab, der sich zum Turnen eignete.

Das Besondere an ihm war, dass er eine Klimaanlage besaß. Als einziger in der ganzen Schule. Die Fenster ließen sich hier komplett schließen. Alle anderen Zimmer hatten auch welche, aber nur mit Lamellen aus Glas. Die konnten zwar verstellt werden, jedoch hörte man jedes Geräusch. Es zog immer ein wenig.

Francis mochte den großen Raum, weil die Luft so schön kühl war. Etwas missmutig folgte er den Anweisungen von Herrn Williams. Der legte Wert auf das Aufwärmen und die Kondition. So auch an diesem Morgen. »Auf Kinder, ihr läuft jetzt zehn Runden. *Die letzten beiden gebt bitte Gas.«*

Langsam schritten die Schüler zur Startlinie. »Hopp, hopp. Etwas mehr Elan, wenn ich bitten darf. Bei drei lauft ihr los. Eins, zwei und drei.« Er klatschte in die Hände. Zwanzig Mädchen und Jungen liefen los.

Francis rannte gerne, Julia auch. Beide setzten sich sofort an die Spitze und gaben das Tempo vor. Nach der vierten Runde hatte Francis ein Stechen in der Lunge. »Hast du auch dieses komische Gefühl in der Brust, Julia?«, fragte er.

Sie sah blass aus. »Ja, Francis. Und mir ist komplett übel. Ich muss aufhören.« Sie hielt an. Der Junge tat es ihr gleich. »Was ist das für ein Nebel hier?«, wunderte er sich.

»Was ist denn los, da hinten?«, raunte Herr Williams. »Könnt ihr nicht mehr? Ihr läuft doch sonst allen davon.«

»Heute nicht mehr, tut mir leid«, lallte Francis. Er sah

nur noch verschwommen.

Der Lehrer blieb stehen. Der Junge hatte recht. Alle Kinder hatten aufgehört, zu laufen. Einige saßen auf dem Boden, andere standen herum und stützten sich ab.

»Was ist denn los mit euch?«, rief er zornig. Dann begriff er. Urplötzlich schnürte es auch ihm die Lunge zu. Ein Stechen zog sich durch den Hals bis in die Brust. Voller Panik rannte er in Richtung Campus. Aus dem klimatisierten Gebäude kam gerade der Rektor heraus. Herr Williams schrie um Hilfe, doch er kam nicht weit. Nach wenigen Metern brach er zusammen.

Der Rektor lief sofort ins Haus zurück und wählte die 911. Kurz darauf holte er die Lehrer aus den Klassenräumen.

Sie trafen sich drinnen am Eingang.

»Bindet euch etwas um den Mund, atmet flach. Wer rennt mit mir raus? Wir müssen die Kinder hier ins Haus schaffen, und zwar schnell. Bis die Krankenwagen hier sind, kann es noch ein paar Minuten dauern.« Alle nickten. Niemand verweigerte die Hilfe.

Draußen stank es bestialisch. Selbst die Augen brannten. Der Rektor sah nach Norden zu den Feldern jenseits einiger Büsche. »Diese gottverdammten Schweine«, brüllte er durch das Halstuch. »Jetzt sprühen sie schon am helllichten Tag.« Wütend schüttelte er die rechte Faust zum Hang.

Ein Traktor bahnte sich den Weg über eines der Areale. Zwei Arbeiter in Schutzanzügen saßen vorn in der Kabine. Hinten raus verflog feiner, gesprühter Nebel, der träge in der Luft hing. Ein Teil setzte sich zum Boden hin ab. Böiger Wind trieb einen Teil jedoch bergab zur Schule. Das mochte Luftlinie etwa dreihundert Meter entfernt sein.

Der Rektor hatte keine Zeit, sich um den Trecker zu kümmern. Rasch lief er zu den Kindern. Zuerst schnappte er Julia. Sie lag gekrümmt auf dem Boden.

»Julia, kannst du mich hören?« Sie sprach nicht, nickte aber zaghaft. Sie war bei Bewusstsein. Er richtete sie auf und nahm sie auf die Arme. Dann lief er mit ihr zum Hauptgebäude zurück. Vor dem Eingang kam der erste Krankenwagen an. Zwei Sanitäter stürmten herbei.

»Schnell, Sauerstoff«, sagte der eine zum Anderen. Er übernahm das Mädchen und schaffte sie auf die Trage.

»Da hinten liegen noch einige Kinder auf dem Boden. Ein paar sitzen in der Hocke, können sich aber kaum rühren«, stammelte der Schulleiter, dem jetzt auch übel war.

Endlich. Lautes Geknatter kündigte den Heli an. Er kam aus dem Osten der Insel. Die Maschine landete neben dem Schulhof auf einer Wiese. Mehrere Notarztwagen und Ärzteteams trafen kurz darauf ein. Blau und rot blinkten die Lichter der Fahrzeuge. In Schwaden zog der Nebel um sie alle herum.

Etwa zu dieser Zeit klingelte bei James das Telefon. Er stand in der Küche. Mit einem Satz war er beim Hörer.

»Hallo James, Nancy hier. In der Schule muss etwas passiert sein. Ich war in der Nähe und habe überall das Blinken der Leuchten gesehen.«

»Bin schon auf dem Weg, Nancy. Danke.« Er stürzte aus dem Haus und hörte entfernt die Sirenen der Einsatzfahrzeuge. »Francis«, flüsterte er. »Ich bin gleich bei dir.« Mit aufheulendem Motor fuhr er los. Mit dem Auto waren es nur zwei bis drei Minuten Fahrzeit zur Schule. Er setzte den Pick-up in eine Parklücke und rannte wie von Sinnen auf den

Campus. Er fand den Rektor auf einer Liege sitzend.

»Herr Koa, haben Sie Francis gesehen?« Der Mann nahm einen Zug Sauerstoff und setzte kurz die Maske ab.

»Ihr Sohn wurde von Sanitätern geborgen. Er lag auf dem Sportplatz. Ich glaube, er liegt im ersten Krankenwagen dort vorn.« Er zeigte in Richtung Sportfeld.

Hektisch suchte der Vater mit den Augen die Umgebung ab. »Danke, Herr Koa. Ich muss zu ihm.«

Herr Koa ließ sich auf die Liege fallen und griff nach der Maske.

»Ist mein Junge bei Ihnen?«, fragte James den Sanitäter aufgeregt. Der nahm die Trinkflasche vom Mund, bevor er sprach.

»Ein Junge liegt im Wagen. Er muss einiges davon abbekommen haben. Um was auch immer es sich dabei handelt. Der Notarzt kümmert sich um ihn.«

»Kann ich zu ihm? Spricht er?« James schien der Verzweiflung nahe.

»Er ist bewusstlos. Ich denke aber, dass er durchkommt.«

»Durchkommt? Was zum Henker ist denn passiert?«

»Sehen sie die Schwaden? Wir glauben, dass die Kinder da rein geraten sind. Der Nebel dürfte von den Feldern her geweht sein. Die sprühen hier doch Pflanzengifte.«

James schüttelte den Kopf. »Die spritzen doch nur nachts.«

»Heute offenbar nicht. Sehen Sie dort oben am Hang.«

Der Sanitäter zeigte auf den hellen Traktor, der noch immer Kreise am Hang zog.

James zog sich das Shirt aus. Er wickelte es und band es sich als Maske über Mund und Nase. So stand er da und empfand eine tiefe Wut, die langsam in ihm aufstieg. Das Gefühl war brutal intensiv. Es ließ nicht nach. Er wachte im selben Moment schweißgebadet aus dem Traum auf. Es dauerte ein paar Sekunden, bis er realisierte, dass er im Bett lag.

Er holte sich die Szene auf dem Campus in sein Gedächtnis zurück. Das, was er selbst gesehen hatte. Seine Fantasie spielte das Drama nach, welches Francis, Julia und allen anderen zum Teil das Leben nahm. Zusammen ergab es diesen Film, der alle paar Tage in den Träumen ablief.

Die Gefühle, die er damals durchlebt hatte, kamen im Schlaf beängstigend real rüber. Es schauderte ihn.

»Francis, mein Junge«, flüsterte er leise. James schloss die Augen und legte sich beide Hände auf das Gesicht. Tränen bahnten sich den Weg über seine Wangen.

13

Akebono
Hawaii – Big Island 2018

»Guten Morgen, Kona-Realty, Stevens«, plärrte es aus der Muschel.

»Guten Morgen, ich bin John Akebono von der Polizei in Hilo. Wir haben ein paar Fragen an Sie. Wir könnten in gut eineinhalb Stunden bei Ihnen sein. Sie haben Ihr Büro doch in Kailua-Kona, oder?«

»Ja, das stimmt. Ich habe aber Termine. Kann ich Ihnen auch am Telefon behilflich sein?«

»Nein, besser vor Ort. Ich glaube kaum, dass Sie mir jetzt persönliche Daten verraten möchten«, sagte der Major.

»Oha, nein, auf keinen Fall, woher sollte ich auch wissen, dass Sie wirklich von der Polizei sind«, wiegelte er ab.

»Sie können auf unserer Website nachschauen. Dort finden Sie mich unter dem Reiter »Personal«. Bis nachher, Herr Stevens. Wir fahren gleich los, es eilt.« Akebono legte den Hörer auf und griff zur Sonnenbrille.

Der Major wählte die *Sattelstraße*. Sie führte über eine Hochebene zwischen den zwei Vulkanen hindurch. Sie verband den Osten der Insel mit dem Westen. Die Piste maß 85 Kilometer Länge. Nach rund einer halben Stunde erreichten die Beamten den höchsten Punkt der Strecke auf 2.030 Metern.

Von dort verlief die Straße bergab. Mit einem Mal kam Wind auf, der in Böen am Ford rüttelte. Typisch für die Gegend. Er bremste mehr, als ihm lieb war. Sie ließen das künstlich angelegte *»Waikoloa«* hinter sich. Weiter südlich fuhren sie am internationalen Flughafen vorbei nach Kailua-Kona.

Die beiden fanden die Räume des Maklers im *»Makala-Boulevard«*. Das Ende der Straße mündete in den Kuakini-Highway am Meer.

Am Ozean wehte eine leichte Brise. Der Himmel hatte diese intensiv blaue Farbe, die es sonst nicht mehr allzu oft auf der Erde gab.

Der Leutnant drückte die Klingel. Er zuckte wegen des Tons zusammen. Ein grelles Kreischen tönte aus der Wand. Als ob eine Todesfee nach ihrem Essen rief. Von innen drang das kratzige Schieben eines Stuhls, gefolgt von einem Schnaufen, aus dem Raum. Wenig später öffnete ein fülliger Hawaiianer mit breiter Nase und Bürstenschnitt die Tür.

Sein Hawaiihemd war kurz vor dem Platzen. Ein Blumenmeer spannte sich um den fassförmigen Körper. Nick grinste.

»Guten Tag, Sie sind Herr Stevens?«, fragte der Major freundlich.

»Ja, der bin ich. Dürfte ich bitte Ihren Ausweis sehen?«

Akebono hielt ihm seine ID hin. Herr Stevens musterte die Plastikkarte gründlich. Dann gab er ihm die Hand.

»Darf ich auch bitte Ihren Dienstausweis sehen?«, gab Herr Stevens forsch vor.

»Aber klar doch«, sagte der Leutnant gelassen. Er drückte ihm die Karte vor die Brust. Ein speckiger Zeigefinger strich über die Schrift. Zufrieden zog er die Hand zurück. Er richtete sich auf.

Der Mann tippelte in kleinen Schritten vorneweg. Dabei schwenkten die Arme ausladend und rhythmisch im Takt. Das Blumenmeer wogte mit. Sein Büro wirkte nüchtern und nicht aufgeräumt. In einer Ecke stand ein enormer Kühlschrank. Rechts daneben schloss sich eine Kochzeile an. In der Spüle stapelte sich das Geschirr.

Direkt nebendran türmten sich etwa zwanzig leere Kartons. »Pizza-Express« stand in Blau auf jedem Einzelnen. Es roch nach Käse und Tomaten. Ein Festessen für das Heer an Fliegen, das umher summte. Toronga überlegte, wie viele Tage der Mann von so vielen Pizzen leben könnte.

»Herr Stevens. Wir sind auf der Suche nach einem Tim Oakland und haben Hinweise, dass er sich mit Ihnen in Verbindung setzen könnte.« Der Befragte kratzte sich am speckigen Nacken.

»Der Name kommt mir bekannt vor. Wir haben viele Anfragen. Ich schätze, dass etwa dreihundert Objekte im Netz stehen.« Nick schlug nach einer Fliege, die ständig um seinen Kopf herumflog, bevor er sprach.

»Bitte prüfen Sie, ob Herr Oakland bei Ihnen ein Objekt gemietet oder gekauft hat?«, forderte er ihn auf.

»Wir glauben, dass er in den letzten drei Wochen eine

Anfrage an Sie geschickt hat«, ergänzte Akebono.

Herr Stevens wirkte etwas nervös. Er fing an, im Rechner Dateien zu suchen. Schweiß glänzte ihm auf der Stirn, obwohl das Büro gut temperiert schien. Ein paar Minuten später hielt sein Zeigefinger über einer Zeile inne.

»Hier, ich habe es gefunden. Ein Tim Oakland hat sich am 02. Oktober per Telefon bei mir gemeldet. Er interessierte sich für ein Haus im Südosten der Insel. Es steht mitten im Wald, unweit der Vulkankrater. In der Ecke gibt es Ferienwohnungen, aber außer den Vulkanen und dem Park ist da nichts. Ich wunderte mich noch, was zum Henker jemand dort unten wollte. Da wohnen viele Einsiedler.«

»Hat er das Haus erworben? Oder nur angefragt und sich nie wieder gerührt?«, hakte Toronga nach.

Herr Stevens wiegelte ab, indem er die Arme schüttelte.

»Doch, doch, er zeigte reges Interesse für dieses Haus. Er tauchte später am selben Tag hier auf, um es zu besichtigen.«

»Sie haben ihm das Objekt also gezeigt?«, forschte Akebono weiter. Herr Stevens legte die Stirn in Falten.

»Ja, wir fuhren direkt hin. Fast zwei Stunden haben wir gebraucht, da es in Strömen geregnet hat.«

»Wie verlief der Termin? Hat er sich für das Objekt entschieden?«, drängte der Leutnant.

Herr Stevens wich einen Schritt zurück, als ob er Angst hätte.

»Er hat es reserviert. Die Finanzierung steht inzwischen. Ob er bereits dort wohnt, kann ich Ihnen nicht sagen.«

»Wie kommen Sie darauf? Hat der Mann erkennen lassen, dass er sich auch an anderen Orten aufhält?«, fragte Nick.

Herr Stevens wuchtete beide Hände in die Luft. Dabei

wackelte sein Bauch bedenklich.

»Na ja, angedeutet hat er nichts, es ist eher so ein Gefühl. Ich habe schließlich täglich mit Menschen zu tun. Herr Oakland wirkte gehetzt. Auf der Fahrt hat er sich ständig umgeschaut. Er machte einen nervösen Eindruck.« Für einen Moment hielt der Mann inne, bevor er wieder sprach.

»Die Polizei sucht ja offenbar nach ihm. Ich war mir einfach nicht im Klaren, ob er das Haus sofort beziehen wollte.« Akebono zwang sich zu einem Lächeln. »Herr Stevens, bitte geben Sie uns die Adresse. Um den Rest müssen Sie sich keine Sorgen machen.«

Der Makler schrieb sie auf die Rückseite einer Visitenkarte. Er reichte sie dem Major.

»Eine Frage noch. Sie sagten, die Finanzierung des Hauses sei erledigt. Hat Herr Oakland etwas in bar angezahlt?«, fragte der Leutnant.

Er überlegte kurz, als hole er sich das Bild der Geldübergabe vor das geistige Auge. »Ja, das hat er. Völlig verblüfft sah ich, dass er mehrere Bündel 100 US$-Noten aus dem Jackett hervorholte. Er zahlte 40.000 US$ in bar an.«

»Ist das in der Branche normal, Herr Stevens?«, forschte Toronga weiter.

Er setzte ein gieriges Lächeln auf.

»Sagen wir mal so. Es kommt nicht allzu häufig vor. Aber es passiert eben. Japaner bezahlen oft den vollen Preis in bar. Insofern war das in Ordnung.«

»Vielen Dank für Ihre Auskünfte, Herr Stevens«, sagte der Major und reichte ihm die Hand zum Abschied.

Der Leutnant hatte bereits fast die Tür erreicht, drehte sich abrupt um und hob den Zeigefinger.

»Herr Stevens, sollte sich Herr Oakland noch einmal bei Ihnen melden, geben Sie uns bitte sofort Bescheid? Hier ist meine Karte.«

Er griff danach und deutete ein Nicken an. Mit einem Tuch tupfte er seine Stirn.

Im Auto fütterte der Major das Navi mit der Adresse.

»Das Haus ist in Volcano, Maile Avenue 38. Kennst du das?« Nick schob die Sonnenbrille nach oben, um sich eine Mücke aus dem Auge zu wischen.

»Die Ecke kenne ich. Da gibt es nur Hotspots und Wald mit Cottages für Outdoorfreaks. Der perfekte Ort, um unterzutauchen. Allerdings wäre mir das zu einsam. Zwischen den Häusern liegen teils mehrere hundert Meter dichte Wälder. Es gibt auch Ecken, wo ein Haus neben dem anderen steht.«

»Das klingt schlüssig«, entfuhr es dem Major. Toronga sah in die Ferne, als ob er sich die Gegend ins Gedächtnis rufen wollte. »Die Parzellen sind riesig. Zum Teil aber viel größer als im »*Hawaiian Paradise Park*«. Du erinnerst dich?« Dabei sah er nachdenklich aus.

»Erinnere mich bitte nicht daran«, kam es zurück. Die Bilder vom toten Henry Dewey hingen ihm noch immer nach.

»Ich glaube, wir sprechen uns kurz mit Motonga ab. Das klären wir per Telefon. Ich stelle den Lautsprecher an, dann hören wir beide. Wir haben keine Zeit zu verlieren.«

Akebono wählte die Nummer des Chiefs. Es tutete in der Leitung. Nach dem zweiten Klingeln startete er den Motor und fuhr los.

»Hallo ihr Rumtreiber, was gibt's?«, brummte es aus der Anlage.

»Was heißt das denn? Du hast dich gestern Abend aus dem Staub gemacht, nicht wir«, merkte der Major grinsend an.

Als Chief musste man nicht auf einen solchen Spruch antworten. Man saß ihn einfach aus. Motonga schwieg einen Moment und wiederholte schlicht die Frage.

»Also Leute, was gibt es Neues?«, fragte er nicht mehr ganz so freundlich.

»Wir haben den Namen eines dritten Mannes. Er arbeitete für Peter Sullivan. Seine Adresse ist hier auf Big Island«, sagte der Major.

»Wo soll er sich aufhalten?«, forschte der Chief.

»Er hat ein Haus in Puna gekauft«, kam es prompt von Toronga.

»Wo in Puna?«, hakte der Boss nach.

»Die Hütte steht in Volcano, Maile Avenue 38, warum fragst du?«

»Das kläre ich sofort. Bleibt bitte mal dran. Ich habe vorhin einen Notruf mitbekommen. Ich stelle auf laut.«

Der Chief drückte eine Taste auf dem Telefon und rief beim Notrufeingang an.

»Ja, hallo Porter, hier Motonga. Bitte schau einmal nach, wie die Straße in Puna hieß, aus der vorhin ein Notruf hereinkam.«

Der Boss lauschte dem Rascheln und wartete.

»Akakani Road in Volcano, mit dem Hinweis, dass es in einem Haus um die Ecke brennt, danke Porter.« Der Chief drückte erneut und klickte die Leitung zum Major frei.

»Habt ihr alles gehört?«, fragte er in den Hörer.

Toronga rief auf dem Navi die Landkarte auf. Rasch vergrößerte er den Ausschnitt. John warf einen Blick darauf und war im Bilde.

»Ja, haben wir. Brian, die Akakani Road ist eine Stichstraße, die in die Maile Avenue mündet. Wann ging der Notruf ein?«

»Vor einer Stunde. Die Feuerwehr ist bereits dort. Zudem eine Streife, die zuvor in der Gegend einen Einsatz hatte.«

»Okay. Wir fahren im Moment aus Kona zurück, brauchen aber noch eine Stunde«, sagte der Major.

»Fahrt vorsichtig. Ich schicke weitere Leute hin, damit die Straße vor dem Haus abgesperrt wird. Dann kann die Feuerwehr in Ruhe arbeiten.«

»Danke, Brian. Alles Weitere klären wir vor Ort.« Akebono wollte auflegen, da fiel ihm etwas ein.

»Rufst du bitte Lisa an. Ich möchte sie gerne als Spurensucher vor Ort.«

»Mach' ich.« Es klackte. Der Chief hatte aufgelegt.

Mit Blaulicht fuhren die beiden rasch in Richtung Waikoloa nach Norden. Ihre innere Unruhe stieg spürbar an.

»Nick, was glaubst du? Waren die Herren Oakland, Sullivan und Dewey ein Team?« Da keine Reaktion kam, drehte John den Kopf nach rechts, weil er insgeheim befürchtete, der Kollege sei eingeschlafen.

»Also, wir nehmen an, dass Oakland bei Blourish & Watts ein Ass war. Weiter sind sie alle in kurzer Zeit bei dem Laden abgesprungen. Beide Punkte sprechen dafür, dass sie ein Team bildeten. Allerdings frage ich mich, warum er nach Big Island kam, wo hier doch seine zwei alten Kumpels den

Tod fanden?«

Der Major dachte über die Worte nach. »Ja, das stimmt. Die Morde haben es in die Schlagzeilen geschafft. Welchen Grund hatte er also, dass er so dringend hierher musste?« Eine Gedankenpause später, fuhr er fort.

»Na ja, Big Island ist so groß, dass es einen gewissen Schutz bietet. Außerdem haben wir ja auch eine Weile gebraucht, um auf ihn zu stoßen. Er scheint sich hier relativ beschützt zu fühlen. Und warum nicht direkt in die Höhle des Löwen?«, fragte er in die Kabine hinein. »Er glaubte womöglich, dass ihn der Feind hier am wenigsten vermuten würde«, schob er nach.

»Ja, aber wir haben ja von Stevens gehört, wie nervös er zu sein schien. Entspannt klang das nicht. Ich denke, er lebt selbst hier in Angst«, meinte Nick.

Direkt über ihnen flog eine startende B-738 der United. Sie nahm Kurs auf Los Angeles. Sie näherten sich dem Flughafen.

Der Major knallte eine Hand aufs Lenkrad.

»Trotz allem haben wir nach wie vor kein Motiv. Wir kennen den Grund nicht, welcher den Täter dazu brachte, so brutal vorzugehen. Offen gesagt, macht mir das Sorgen. Wir müssen Tim Oakland finden. Dass er in Gefahr schwebt, ist jetzt klarer als zuvor.« Der Leutnant nickte zustimmend.

An der höchsten Stelle der »Saddle-Road« wurde es schlagartig kühl. Die Spitze des »Mauna Kea« schien mit einer dünnen Schneedecke bedeckt, was Ende August selten vorkam.

Nahe der »Hilo-Forest-Reserve« stieg die Temperatur spürbar an. Der Wald dampfte, weil es zuvor geregnet hatte.

Die Sonne schob sich durch die Wolken und erzeugte einen Regenbogen. Wie ein Einfahrtstor nach Hilo spannte er sich vor ihnen auf.

Der Leutnant sah auf die Uhr. »Fast eine Stunde haben wir bis hierher gebraucht.«

»Dann schnall dich jetzt an und schalte die Sirene ein«, kündigte der Major an. Mit einem Kick-down trieb er den Verkehr vor sich her.

»Im nächsten Leben werde ich Formel-1-Pilot«, knurrte Akebono und überfuhr die erste Ampel, die eine Sekunde zuvor auf Rot umgesprungen war. Schweiß rann über sein Gesicht, als er mit 60 Meilen durch den Süden Hilos raste. Die Lichtorgel auf dem Dach heulte auf. Nick hatte Mühe, sich auf dem Sitz zu halten.

»Na, Fahrlehrer wirst du nicht mehr, so viel steht fest. Eher Stuntman.« Der sah Toronga durch Augenschlitze an und grummelte etwas.

Wenig später erreichten sie endlich die 19, auf Big Island auch als »Hawaii Belt Road« bekannt.

»Von hier sind es noch 45 Meilen. Wir fahren fast die gesamte Strecke auf dem Highway«, brüllte der Major. Links verschwand zügig der Hilo-Airport, den sie soeben passiert hatten. Toronga fühlte sich wie auf einer verlängerten Startbahn. Er wünschte, sie könnten abheben.

Bei »*Keaau*« rasten sie am Abzweig vorbei, der zum »*Hawaiian Paradise Park*« führte. Dem Leutnant lief es eiskalt über den Rücken. Er überlegte, sich Hilfe zu holen. Die Bilder von dem toten Herrn Dewey am Ozean bekam er nicht mehr los.

Kurz darauf näherten sie sich dem Ort Volcano.

»Nick, nach dem *»Volcano Lava Rock Café«* müssen wir rechts in die Haunani Road.«

»Na, dann brems mal langsam, da hinten leuchtet die Reklame.« Akebono sah auf und nahm den Fuß vom Pedal. Dabei überschlug er, dass er die letzte halbe Stunde zigmal die Verkehrsregeln außer Acht gelassen hatte. Er dankte Gott, dass ihnen nichts passiert war. Wie normale Leute fuhren sie die *Haunani Road* entlang.

»John, die dritte Straße links ist unsere.«

14

Von Weitem bahnte sich eine Rauchsäule den Weg nach oben. Beim Heranfahren rochen sie die Glut. Flammen loderten aus dem Haus. Bei einem Baum glühten Äste, die einmal bis an die Fassade reichten.

»Ich wünschte, der Qualm käme von einem Vulkan«, meinte John. Er lenkte das Fahrzeug behutsam durch die Maine Avenue. Kurz darauf sahen sie rote und blaue Lichter der Einsatzfahrzeuge. Hinter einem Notarztwagen parkte er den Pick-up.

Sie legten die rund fünfzig Meter zu Fuß zurück. Überall flog beißender Ruß umher. Verkohlte Asche wehte durch die Luft und glühte zum Teil noch. Schläuche lagen ausgerollt und schlängelten sich über die Straße zum Hydrant. Der Major sah sich nach einem Beamten um. Er fand jemanden unweit einer Absperrung. Jenseits verdichtete sich der Rauch.

»Guten Tag, Officer. Ich bin Major John Akebono. Das ist Leutnant Nick Toronga.« Beide zeigten ihre ID-Karte. Der Mann salutierte zackig. Er wirkte wegen des hohen Besuchs nervös.

»Wusste hier niemand, dass wir kommen?«, fragte John irritiert.

»Doch, Sie sind angekündigt worden, aber nicht schon jetzt.« Nick grinste.

»Tja, gefühlt sind wir hergeflogen. Fragen Sie mal den Chefpiloten hier, wie er das gemacht hat. Mit etwas Pech müsste sein Auto jetzt auch gelöscht werden.« Der Polizist versuchte, ein Grinsen zu verbergen.

Akebono verdrehte die Augen, sagte aber nichts. Im Grunde hatte er ja recht.

»Können wir hinter die Sperre?«, fragte er.

»Nein, die Feuerwehr hat alles abgesperrt. Die sind mit dem Löschen bis jetzt nicht fertig. Fragen Sie bitte bei dem Brandmeister dort hinten, ob sie aufs Gelände dürfen.«

Der Beamte zeigte auf einen ins Funkgerät brüllenden Mann, der heftig mit den Armen ruderte. Sah ganz nach Befehlen aus, die nicht verstanden worden waren, schoss es Nick durch den Kopf. Der Brand schien nicht unter Kontrolle.

Die beiden Polizisten liefen rasch zu ihm hin, bevor er im Dunst zu verschwinden drohte. Der Major tippte ihm auf die Schulter.

»Sir, entschuldigen Sie bitte.« Abrupt drehte sich der Mann um. »Was gibt's?«

»Ich bin John Akebono von der Hilo-Police; das hier ist Leutnant Nick Toronga. Haben Sie Zeit für ein paar Fragen?« Der Brandmeister grunzte und wischte sich den Schweiß am Ärmel ab.

»Da habt ihr euch ja einen super Zeitpunkt ausgesucht«,

meinte er ironisch. »Ich heiße Brian Johnson und bin hier der Chief. Aktuell versuchen wir, das Feuer von dem Grundstück da links fernzuhalten. Das Haus steht relativ dicht an der Grenze. Der Wind weht ständig glühende Asche rüber.« Er zeigte mit dem Handschuh auf einen Bungalow, der Luftlinie etwa zwanzig Meter vom Feuer entfernt stand. Dann sprach er weiter.

»Das Haus selbst ist bald gelöscht. Es könnte jeden Moment zusammen stürzen.«

»Ok, danke für die Infos. Wann seid ihr hier angekommen, Brian?«, ging er zum Du über.

Der Mann zückte sein Smartphone. Mit dem Daumen scrollte er über die Anzeige.

»Hmm, warte; das ist zwei Stunden her. Der Notruf ging zwölf Minuten vorher ein.«

»Gibt es Tote oder Verletzte?«, fragte der Major. Er merkte, dass er mit der Fragerei nervte, behielt aber die Geduld.

»Hör mal, wir waren bisher nicht im Haus. Außerdem brennt eine Garage mit zwei Autos drin. Wir müssen abwarten. Jetzt könnt ihr dort nicht rein. Gib mir deine Nummer. Ich rufe dich an.«

Akebono gab sie ihm. Die beiden ließen ihn jetzt in Ruhe.

Toronga nutzte die Zeit und schritt an der Straße entlang. Er suchte den Briefkasten. An der Ecke zum Grundstück vor dem Absperrband fand er ihn. Mit einem kleinen Werkzeug, das er am Schlüsselbund hatte, drehte er im Schloss. Nach drei Versuchen klickte es und der Deckel sprang auf.

Neben der Werbung kam ein Schreiben von »Kona-Realty« zum Vorschein. Adressiert war es an Herrn Tim Oakland,

Maile Avenue 38, Volcano. Auf dem Umschlag prangte ein zwei Tage alter Stempel. Er wedelte damit zum Chef.

»Den hier nehmen wir an uns, bis klar ist, was mit Herrn Oakland passiert ist.« Aber John reagierte nicht. Er fuhr viel mehr herum und lief rasch zurück bis zur Absperrung. Ein paar Leute schossen eifrig Fotos vom Tatort. Dabei stiegen sie über das rote Flatterband, als sei es ein lästiges Hindernis.

Zwei rannten beim Anblick des Beamten wie von Sinnen weg. Ein Dritter kam nicht voran, weil er mit Flip-Flops an den Füßen strauchelte. Er verlor das Gleichgewicht und landete auf den Knien. Der Mann schien Schmerzen zu haben, wie Akebono feststellte. John holte ihn mühelos ein und hielt ihn unsanft an der Schulter, als er sich aufrappeln wollte.

»Geben Sie mir mal Ihren Fotoapparat«, herrschte er ihn an. Der Mann gehorchte. Einige Sekunden später fand der Major den Chip. »Den nehmen wir mit.« Die wuchtige Kamera reichte er ihm widerwillig zurück. Er hatte das Verlangen, sie in die Flammen zu werfen.

»Moment mal, das können Sie nicht machen; da sind alle Urlaubsfotos drauf«, sagte der Tourist erbost. Er zog eine Grimasse.

»Was kann ich nicht?«, fragte er drohend. »Das hätten Sie sich vorher überlegen sollen. Stehen Sie auf. Sehen Sie zu, dass Sie hinter die Absperrung kommen, aber flott.« Der Major klatschte in die Hände, gab ihm ein wenig Zeit, sich auf die Beine zu stellen, die noch zittrig wirkten.

»Können Sie mir den Chip ... «

»Schauen Sie, dass Sie Land gewinnen, aber rasch«, raunte er. Der Mann schüttelte den Kopf und schritt mit schmerzverzerrtem Blick davon.

John sah ihm eine Weile nach. Per Funk forderte er weitere Teams an, damit der Tatort besser gesichert werden konnte. Gaffer empfand er als Ärgernis. Er hatte dabei vor allem Touristen im Auge.

Etwas später trafen vier Beamte in zwei Fahrzeugen ein. Sie zogen beidseitig des Tatorts je ein Absperrband über die Straße. Diese verliefen rund zwanzig Meter vor dem Ersten. Davor stellten sie ihre Autos quer. »Das sollte als Warnung reichen«, rief einer der Kollegen. John zeigte den Daumen.

Der Major wirkte zufrieden. Er zuckte zusammen, als das Smartphone vibrierte und griff danach. Rasch drückte er die grüne Taste.

»Akebono hier«, sprach er ins Mikro.

»Hallo, Brian hier. Hier hinten im Garten ist so weit alles gelöscht. Wenn du willst, können wir uns etwas umsehen. Die Garage qualmt noch, das wird eine Weile dauern. Pass beim Unterqueren von Ästen auf. Laufe lieber ein paar Meter. Die könnten abbrechen«, warnte der Brandmeister.

»Wir sind gleich bei dir, danke.«

Er legte auf und rief Nick. Zu zweit liefen sie zügig zum Haus. Sie kamen an einer verkohlten Platane vorbei. Schatten gab sie leider nicht mehr. Einige Äste über ihnen glühten noch. Die Bäume wirkten in der Dämmerung in ihrer orangefarbenen Glut mystisch. Das Geknister hörten beide deutlich.

Mit Bedacht suchten sie einen Weg. Der Major spähte immer wieder nach oben. Er fragte sich, ob er ohne Johnsons Hinweis so vorsichtig agiert hätte.

Das einstöckige Haus kam zum Vorschein. Der Dachstuhl

aus Holz war im ersten Stock völlig ausgebrannt. Es standen nur noch die Außenwände bis auf rund zwei Meter Höhe. Der Boden davor war vom vielen Wasser matschig. Schwarzer Schutt bedeckte den Rasen. Hinter dem Haus erreichten sie einen Hof mit einer Garage.

Daneben stand Brian Johnson und schaute den Löscharbeiten zu. In der Garage flammten die letzten Glutnester auf, die sogleich ertränkt wurden. Mit einem Schlauch spritzten je zwei Feuerwehrleute in den Flachbau. Dunkler Qualm suchte sich den Weg.

Drinnen parkte eine Art Traktor, der nach dem Brand nur noch Schrott war. Nebenan ragten die Umrisse eines SUV hervor. An einer Stelle schimmerte bläulicher Lack hindurch. Es handelte sich um einen BMW. Nick versuchte, die Reste des Kennzeichens zu lesen. Dabei schoss er ein paar Fotos.

Er stand direkt am Heck des Fahrzeugs, als ein lauter Knall ertönte. Zeitgleich blitzte eine Stichflamme aus dem Motorblock. Mit einem Satz zur Seite entkam er der Gefahr.

Akebono eilte hinzu und griff ihm unter die Achseln. Dann zog er ihn hoch, bis er stand. Er schwankte und schien sich zu orientieren. »Alles ok? Hast du etwas abbekommen?«, fragte der Major.

Nick schüttelte verwirrt den Kopf. »Mann, das war laut. Ich muss mich erst mal sammeln.« John half ihm, die Hose vom Schmutz zu befreien.

»Da hat sich der Rest vom Sprit entzündet«, meinte der Major trocken. Der bückte sich vor dem Kennzeichen, weil er etwas entdeckt hatte.

»Schau mal hier, man kann es noch lesen. Mal sehen, auf wen die Zulassung lautet.« Toronga entfernte sich zur Aufklärung mit dem Handy.

»Glaubst du, dass wir den BMW schon aus der Garage ziehen können?«, fragte der Major Brian Johnson.

»So, wie er jetzt dasteht, erkennen wir kaum was, da Teile des Dachs über dem Fahrzeug hängen«, schob er nach.

»Ich denke, in einer halben Stunde könnten wir es versuchen. Bis dahin dürfte nichts mehr lodern. Habt ihr ein zugstarkes Auto?« Akebono nickte und lief zurück auf den Weg, um den Pick-up zu holen.

Er sah kurz zu den Polizisten, die das Grundstück sicherten. Sie schienen die Lage im Griff zu haben. Die Meute hatte sich verzogen.

Kurz darauf fuhr er rückwärts in die Auffahrt hinein. Zehn Meter vor der Garage hielt er an und wartete. Toronga kam etwas später vom Telefonieren. Er setzte sich neben den Major in den Pick-up.

»Der SUV ist seit fast drei Wochen auf Tim Oakland zugelassen. Womöglich wechselt er aus Angst alle paar Monate sein Auto?«, mutmaßte der Leutnant.

»Denkbar, aber warten wir es ab. In ein paar Minuten versuchen wir, den Wagen mit dem Seil zu ziehen.« Aus den Resten der Garage dampfte es nach wie vor. Außer dem Fahrzeugheck war nichts zu erkennen.

Johnson kam zu den beiden ans Fenster. Nick ließ es herunter. »Seht mal dort drüben. Hier wurde ein Brand gelegt.«

Der Mann wies auf eine Reihe schwarzer Flecken auf dem Boden hin, die vom Haus zu den Autos führten.

»Die verbrannten Tropfen zeigen an, dass hier in Eile mit Flüssigkeit hantiert worden ist. Nur durch die hohe Hitze konnten die Büsche brennen.«

»Das leuchtet ein, da hier sonst nichts Brennbares steht und die Rasenfläche trotzdem Feuer gefangen hat«, meinte Nick. Johnson nickte anerkennend und zeigte zum BMW.

»Ich glaube, wir können anfangen«, sagte er und entfernte sich vom Pick-up. Die Feuerwehrleute hatten das Löschen beendet. Sie rollten bereits einige der Schläuche auf.

Toronga befestigte das Abschleppseil an der Vorrichtung des SUV. Akebono fuhr langsam an, bis sich das Seil gestrafft hatte. Wenig später gab er mehr Gas. Erst geschah nichts, dann bewegte sich das Wrack in Zeitlupe.

Im nächsten Augenblick krachten Teile des Dachs auf das Auto. Von dort fielen sie links und rechts auf den Boden. Da alle Reifen geplatzt waren, gab es beim Ziehen metallische Geräusche. Kurz darauf kam das Wrack sechs bis sieben Meter weiter zum Stehen.

Zwei Feuerwehrleute befreiten die Reste des SUV von Gerümpel und abgebrannten Trümmern. Jetzt ließ sich ins Innere des BMWs sehen. Der Major atmete tief durch und schloss die Augen. Niemand saß auf den Sitzen. Er hatte befürchtet, dass sie eine Leiche finden würden. Erleichtert nahm er das Smartphone und tippte eine Nummer.

»Barbara, schön, dass du noch da bist. Ich stehe hier in Puna vor einem Autowrack. Wir brauchen einen Abschleppwagen mit Plane, damit der SUV komplett bedeckt werden kann.« John hörte ein Aufseufzen und sah im Geiste ihre Augen rollen.

»Ich hatte die Schlüssel in der Hand. Wollte gerade nach Hause. Ich kümmere mich darum. Gib mir bitte die genaue Anschrift.« Er kramte den zerknüllten Zettel aus der Hosentasche und strich ihn glatt.

»Volcano, Maile Avenue 38, hast du das?«, fragte er sie.

»Habe ich notiert. Ich melde mich gleich.« Der Major beendete das Gespräch und wandte sich an den Brandmeister.

»Brian, wir lassen das Gelände von zwei Cops bewachen, da mit Souvenirjägern zu rechnen ist. Wir hoffen, das ist in deinem Sinne?«

»Klingt gut, aber im Grunde ist mir das egal. Wir brechen die Zelte hier jetzt langsam ab. Das Feuer ist gelöscht. Ich schreibe noch den Bericht und fahre in etwa einer Stunde ins Büro.«

»Danke. Wir bleiben, bis das Wrack verladen worden ist.« Der Mann ging zu dem Dienstfahrzeug. Er grüßte Toronga von Weitem, der bei einem Beamten an der Absperrung stand.

Akebonos Smartphone brummte erneut. Er nahm es und drückte die grüne Taste.

»Hi John, hier Barbara. Der Schlepper ist unterwegs. Ich bin ab jetzt im Feierabend«, stellte sie fest, »habe mein Handy aber an.« »Danke, Barbara. Bis morgen«, sagte der Major.

Rund 40 Minuten später bog der Truck mit orangen Lichtern um die Ecke. Ein Polizist öffnete das Absperrband. Nick lotste es rückwärts bis vor den SUV.

Nach einer halben Stunde konnte es losgehen. Der BMW baumelte in der Luft. Der Trucker, ein bulliger Mann mit dem Namen Henley, steuerte die Greifarme eines Schwenkkrans. Sie hielten das Wrack über der Erde. Schwarzes Wasser lief ab. Einzelne Teile fielen durch den löchrigen

Boden in den Matsch. Sie glänzten im öligen Wasser. Herr Henley zog an einem Hebel. Das Fahrzeug setzte sich in Bewegung.

»Stopp«, schrie Akebono kurz darauf, nachdem eine kleine Box aus dem BMW gefallen war. Toronga nahm einen etwas längeren Stock zur Hand. Damit schnippte er das Gefäß zur Seite.

Der Major zog sich Handschuhe an, da er vermutete, sich beim Aufheben des Teils zu verbrennen. Dann gab er dem Trucker ein Zeichen, dass dieser fortfahren könne. Der Motor heulte auf.

John sah sich interessiert den Fund an. Die Box schien stabil. Sie hatte einen manuellen Verschluss. Er öffnete ihn problemlos mit dem Daumen. Zum Vorschein kam ein einzelner Schlüssel.

»Ein Sicherheitsschlüssel«, stellte Nick fest. Er drehte ihn in seinen Fingern und las die Inschrift. »Island-Secure« stand auf der Seite.

Der Major ließ ihn in einen Plastikbeutel fallen.

»Ich bin gespannt, was sich hinter der Tür verbirgt, sofern wir sie jemals finden.«

15

Akebono kurvte zügig auf den Kiesweg. Vor der Garage hielt er den Wagen an. Der Major stieg aus dem Pick-up und schloss die Tür. Aus dem Garten drangen Wortfetzen. Das Geraschel der Blätter löste die Worte jedoch auf.

Tatjana und Sofia trugen alte Klamotten für die Arbeit im Garten. Sie knieten auf den Polstern und wühlten in der Erde. John war sicher, dass sie ihn gehört hatten. Jetzt taten sie so, als sei er eben vom Himmel gefallen. Er musste grinsen.

»Hallo, meine Engel«, begrüßte er die beiden. Tatjana klopfte sich die Hose ab und gab ihm kurz einen Kuss, bevor sie sich lächelnd wieder der Erde widmete.

»Wie war es in der Schule, Sofia?« Er kniete sich neben sie auf eine Sitzunterlage.

»Toll, Papa. Willst du meinen Jahresspruch hören? Den habe ich heute von Frau Willis bekommen.«

Sabrina Willis war Sofias Lehrerin. Sie lehrte die zweite Klasse an der »Malamalama Waldorf School«. Die Kleine hatte sie von Anfang an. Sie mochten sich.

»Du hast einen Zeugnisspruch, nur für dich?«, freute sich John.

Sofia nickte stolz. Sie konnte es kaum erwarten, ihrem Papa den Spruch aufzusagen. »Hörst du jetzt zu?«

»Ich bin bei dir«, sagte Akebono. Er lauschte gespannt. Sofia stellte sich vor ihn hin und schloss kurz die Augen.

»Was immer ich tue,
Wohin ich auch schreite,
Mein Engel geht schützend
Und still mir zur Seite.
Vom lichten und leuchtenden Lande der Sterne
Geleitet zum schaffenden Tag er mich gerne.
Dass Kraft mir erwachse, die Hände sich regen,
zum fleißigen Lernen gibt er seinen Segen.«

Akebono fühlte sich wie Eis in der Sonne und schmolz dahin. Tatjana hatte leise ihre Hacke zur Seite gelegt und still gelauscht.

»Papa, die Schule ist schön. Darf ich da bleiben?«

»Aber sicher. Machst du dir Sorgen?«

»Na ja, in der Nähe ist doch etwas Schlimmes passiert. Alle Eltern reden davon und wir Kinder hören ja so gut. Außerdem sind viele Mütter doof. Die erzählen solche Sachen einfach laut«, erklärte Sofia empört.

»Nur die Mütter?«, fragte ihr Vater sanft.

»Hm, die Mamas holen die Kinder eben oft ab. Papas sehe ich nicht oft. Du bist ja auch nicht so oft da wie Mama«, sagte sie.

Akebono seufzte und nahm sie in den Arm.

»Du brauchst keine Angst zu haben. Dort bist du sicher. Hier übrigens auch.«

Die Schule lag im *Hawaiian Paradise Park*. Bis zum Mord an Henry Dewey hatte er nur gute Erinnerungen an den Ort.

Wenn John Zeit hatte, fuhr er Sofia vor der Arbeit dorthin. Die Schule lag zwar rund dreißig Minuten Fahrzeit von ihrem Haus entfernt. Dennoch hatten Tatjana und er sie gewählt. Sie vertrauten der Leitung. Beide fühlten, dass der Ort eine Oase des Friedens sein und sich positiv auf Sofias Entwicklung auswirken würde.

Doch dann geschah der Mord an Henry Dewey. Mit einem Mal tauchte der friedliche »Hawaiian Paradise Park« in den Schlagzeilen auf. Der Fall sorgte für Gespräche. Hysterie und Gerüchte folgten. Akebono behagte das nicht. Ihm war bewusst, dass nur die Aufklärung des Falls den Menschen ihre Ängste nehmen konnte. Daher nahm er sich vor, das Thema bei nächster Gelegenheit mit dem Chief zu besprechen. Brian hatte noch den meisten Einfluss auf die Presse.

Gegen halb neun schlief Sofia ein. John bekam einen Mangosaft in die Hand gedrückt. Tatjana nickte mit dem Kinn zur Terrasse, wo sie ungestört reden wollte.

Sie setzte sich auf ihre neue Gartencouch, zog ein Bein an und erzählte. Akebono hatte neben ihr Platz genommen.

»John, du kannst dir nicht vorstellen, was für Diskussionen von einigen Eltern geführt werden«, platzte es aus ihr heraus. »Heute sprach mich Nancy an, die um die Sicherheit ihres Kindes fürchtet. Nur, weil sie ein paar Straßen von dem Tatort entfernt wohnen.«

John mochte Nancys Tochter Nicole, die sich mit Sofia prächtig verstand. Sie spielten recht oft zusammen.

»Was hast du ihr geantwortet?«

»Ich habe mir ihre Sorgen angehört und erwidert, dass es immer ein Motiv für einen brutalen Mord gibt. Na ja, ich wollte ihr sagen, dass so eine Tat nicht einfach passiert. Zumindest nicht hier auf Hawaii«, schob sie nach. Sie atmete durch und zog auch das zweite Bein an.

»Na, da wäre ich mir nicht sicher, aber in den meisten Fällen dürfte es so sein«, stimmte er ihr zu.

Tatjana zog die Stirn kraus, sagte aber nichts. John fuhr fort.

»Viele Menschen neigen zu Panik, wenn so etwas in ihrem direkten Umfeld geschieht. Ich verstehe ihre Sorgen, denn in der Ecke passiert relativ wenig. Der Paradise Park ist ein Viertel mit Familien und Kindern«, stellte er fest. Er sah Tatjana in die Augen. Dann nahm er ihre Hand.

»Es war gut, dass du ihr zugehört hast.« Er rieb sich den Drei-Tage-Bart und fuhr fort.

»Ich werde mit ihr sprechen, alleine schon, um sie zu beruhigen. Außerdem kann ich mich dann nochmals dort umsehen. In aller Ruhe.«

»Danke, das ist lieb von dir.« Und nach einer Gedankenpause:

»Wie kommt ihr in dem Fall voran?«

»Na ja, wir ermitteln in vielen Richtungen ohne dringenden Tatverdacht. Für das Motiv haben wir nur Fragmente. Wir wissen nicht, was die Drei verbindet. Es ist völlig offen, ob es zwei oder drei Opfer gibt. Uns fehlt noch das verbindende Glied.«

Sie kuschelte sich an ihren Mann, rieb ihre Nase an seinem Hals und murmelte etwas.

»Was hast du gesagt?«, sagte er und streichelte ihre Nase. Sie nahm einen Schluck vom Saft.

»Sprich bitte rasch mit ihr. Alleine schon wegen Sofia«, wiederholte sie deutlicher. Und weiter: »Ich werde die beiden Mädels bei ihr verabreden. Wenn ich den Tag kenne, gebe ich dir Bescheid.«

»Ich spreche bald mit Nancy, versprochen«, brummte er.

»Wie geht es bei euch im Team weiter?«, forschte Tatjana. »Morgen bespreche ich mit Brian und Nick, wie wir weiter vorgehen. Ich habe das Gefühl, dass wir zwei einiges zu hören bekommen«, mutmaßte er und küsste ihr Haar.

»Mach dir nicht so viele Sorgen, John. Alles wird gut. Brian ist kein Unmensch.«

»Ja, das stimmt.« Er drückte sie zum Dank fester an sich.

Am nächsten Morgen saßen er und Nick beim Chief. Motonga wirkte geladen. Er lief mit den Händen hinter dem Rücken auf und ab. Dann legte er los.

»Gestern stand das Telefon nicht eine Minute still«, dröhnte er. »Redakteure von allen Blättern in Hawaii riefen an. Sie haben mir Löcher in den Bauch gefragt.« Er klopfte sich mit der rechten Hand auf denselben. Ein dumpfes Geräusch ertönte. »Island-Observer, Hawaiian Star, Maui-News, Kohala-Sunset und noch andere«, zählte er auf. Er warf bei jedem Namen einen Finger mehr in die Luft und fuhr aufgeregt fort. Seine Stirnfalte gewann an Tiefe.

»Sogar aus Seattle, Los Angeles und San Francisco riefen sie an. Die haben Dutzende Morde und rufen hier an!«, brüllte er in den Raum hinein. »Was ist denn bei euch im Paradies los?«, fragte ein besonders Schlauer aus Phoenix.« Seine Worte hallten von den Wänden. Aber der Höhepunkt kam noch: »Vorhin stand ein Kamerateam von Honolulu-TV vor der Tür. Verdammt, ich will nicht ins Fernsehen«, schrie er ein Gemälde an und drohte mit erhobener Faust.

Motonga wurde von Satz zu Satz lauter und ungestümer. Den letzten Satz schmetterte er mit echtem Zorn von sich, ließ sich in den Sessel fallen und knallte die flache Hand auf den Tisch. Drei Gläser hüpften und kamen klirrend zum Stehen.

Akebono runzelte die Stirn ob des Ausbruchs. Er zog die Presse den vielen Morden auf dem Festland vor. Es kam ihm normal vor, dass die Medien bei dem Fall hellhörig geworden waren.

Toronga fixierte einen Punkt an der Decke. Offenbar glaubte er, dies macht ihn unsichtbar. Der Major kannte die Launen des Chiefs und blieb entspannt. Sie hatten sich nichts vorzuwerfen. »Bis jetzt nicht«, korrigierte er sich kaum hörbar.

Motonga räusperte sich. Er stand kurz auf, um sich eine Fussel von der Hose zu streichen. Missmutig sah er auf die beiden. Mit einem Brummton pflanzte er sich in den Ledersessel. Mit einem leisen Zischlaut entwich ihm die Luft. Erwartungsfroh und angriffslustig zugleich wartete er auf eine Reaktion. Als keine kam, fragte er:

»John, was habt ihr noch ermittelt? Dein Bericht steht ja noch aus.« Den zweiten Satz betonte er für Akebonos Geschmack etwas zu bissig. Er sparte sich einen Kommentar.

»Wir haben einen Schlüssel gefunden. Er fiel beim

Anheben des SUV aus dem Boden.«

Motonga zog die Stirn kraus. »Einen Schlüssel?«

»Ja, ein Exemplar, wie er für Stahltüren in Safes benutzt wird. Wir fanden ihn in einer Metallbox. Und die fiel, wie gesagt, aus dem Wrack«, erklärte der Major.

»Der Schlüssel ist leicht mit Ruß überzogen, aber voll funktionsfähig ...«, meinte Nick. Er bereute seine Aussage sofort, als er den finsteren Blick des Chiefs sah.

»... und er könnte auch zu einem Schließfach einer Bank gehören«, warf Akebono ein. In Vorahnung der Frage des Chiefs schob er nach: »Wir hatten seit gestern Abend keine Zeit, uns darum zu kümmern. Wir klären das rasch.«

»Gut«, entwich es Motonga. »Klärt das bitte ab.« Er musterte die beiden Polizisten eindringlich. Eine senkrechte Stirnfalte zeigte sich. »Was noch?«, fragte er grimmig. Der Major setzte sich auf und blätterte in dem Block.

»Das Haus ist komplett zerstört. Es stehen nur noch die Außenwände. Die Decke ist im Laufe des Brandes eingestürzt. Gleiches gilt für die Garage. Auf der Wiese fanden wir kreisrund verkohlte Stellen. Der Täter hat Benzin oder etwas in der Art benutzt. Es roch überall danach. Er oder sie dürften in Eile einen Teil verschüttet haben.«

»Sie?« Glaubst du, es sind mehrere Täter?«

»Nein, das wissen wir nicht. Ich tippe eher auf einen Täter. Vergiss das *Sie*.«

»Was ergab die Befragung der Nachbarn?«, bohrte der Chief weiter.

»Die hat bisher nicht stattgefunden. Gestern nach dem Brand war es zu spät. Heute geht es vor Ort weiter.«

»In Ordnung«, brummte Motonga und sah vor der nächsten Frage erst zu Toronga, dann zum Major.

»Was ist mit Frau Sullivan?«

»Du meinst, ob es eine Verbindung zwischen ihr und Herrn Oakland gibt?«, fragte John mit neutralem Tonfall.

»Zum Beispiel. Ermittelt in allen Richtungen. Der Fall wird komplex.« Mit dem Zeigefinger an Akebono gewandt: »Ich möchte bis morgen Abend von dir den Bericht zum Fall Sullivan mit den Fakten.« Der Major nickte. »Gott, könnte ich mich aufregen«, raunte der Boss weiter und stand auf. Er stampfte mit den Händen hinter dem Rücken umher.

»Wann ist die Beisetzung von Peter Sullivan?«, warf er ein.

»Ich glaube morgen, Brian«, sagte der Major. »Willst du, dass einer von uns anwesend ist?«

»Was heißt, du glaubst? Warum weißt du das nicht, zum Teufel noch einmal?« Der Major äußerte sich nicht dazu. Motonga überlegte und ließ die rechte Hand durch die Luft zischen. Er schien seinen Ausbruch zu bereuen. »Ich denke, ihr habt im Augenblick anderes zu tun. Ich stelle es euch frei.«

»Sofern alles geklärt ist, machen wir uns jetzt auf den Weg nach Puna«, schlug Nick vor.

Der Chief sagte nichts und nickte zur Tür. Die Sitzung war beendet. Die beiden verließen rasch das Büro.

»Mann, hat der eine Laune«, entfuhr es Toronga auf dem Weg zum Pick-up.

»Tja, er muss ja auch den Kopf hinhalten. Nach außen darf er verkaufen, warum unsere Arbeit nicht immer sofort zum Erfolg führt«, nahm Akebono den Boss in Schutz.

»Man merkt ihm aber an, dass er kaum noch Geduld hat«,

meinte Toronga.

»Brian kann viel mehr Druck aufbauen, das war gar nichts.« Der Major überlegte.

»Was geht dir durch den Kopf?«, forschte Nick.

»Dass wir bald mit Frau Sullivan sprechen müssen. Und dass der Tag der Beerdigung kein guter Zeitpunkt ist. Was meinst du?«

»Heute ist in der Tat nicht der passende Moment. Aber wir sollten es nicht lange aufschieben.«

»Ja, höchstens einen Tag«, stimmte John zu.

Er zweifelte für ein paar Sekunden, ob er dem Fall gewachsen sei. Es nagte an ihm, dass sie nach dem zweiten Mord noch immer im Dunkeln tappten. Er dankte Motonga in Gedanken für die Geduld.

»Lass uns direkt nach Volcano fahren, Nick«, schlug der Major vor.

16

Anonymous
Hawaii – Big Island 2018

»Er ist mir entwischt«, sagte er leise in den Raum hinein – noch immer fassungslos.

Dabei hatte alles perfekt angefangen. Die Fotos, die er geschossen hatte, waren gut. Es war ohne Zweifel Oakland, den er vor der Linse hatte.

Noch immer kam er nicht darauf, was ihn gewarnt hatte.

»Er ist mir entwischt«, wiederholte er den Satz wie ein Mantra.

Er schloss die Augen und atmete tief durch. Als er sie wieder aufschlug, verfolgten seine Augen eine Fliege, die hektisch an der Decke hin und her flitzte.

Er hatte ihn unterschätzt. Nicht nur, dass er sich so lange versteckt halten konnte. Nein, er führte selbst etwas im Schilde. Und er hatte die eigenen Spuren verwischt.

Zuvor hatte er aber sein Auto entdeckt. Er hatte bemerkt, dass Oakland zwei Autos zur gleichen Zeit fuhr. Den BMW aber seltener. Daher entschied er sich für das andere. »Wenigstens das«, flüsterte er zufriedener.

»Das passiert mir nicht noch einmal«, änderte er das Mantra und schlug die linke Faust in die rechte Hand. Rastlos ging er in die Küche. Gierig trank er zwei Gläser kaltes Wasser. Erfrischt setzte er sich vor den Rechner. Er drückte die Leertaste, um den Bildschirm zu reaktivieren. Erleichtert atmete er langsam durch.

Auf dem Schirm stand in Grün nur ein Wort: »Connected«.

Gebannt starrte er auf die Karte Big Islands. Das Auto fuhr aus Hilo in die nördliche Richtung. »Ihr wart ein Team«, sagte er. Er ließ den Laptop an, klappte ihn aber zu. Dann eilte er zum Wagen.

17

Akebono
Hawaii – Big Island 2018

Eine Stunde später erreichten John Akebono und Nick Toronga den kleinen Ort Volcano. Sie bogen von der *Hauna-ni-Road* in die *Maile Avenue* ab. Dort parkten sie den Pick-up am Abzweig zur *Akakani-Road* kurz hinter einem Gasthof. Das Grundstück von Herrn Oakland lag in Sichtweite. Die Luftfeuchtigkeit drückte, da es aus dem Wald dampfte. Es musste erst geregnet haben. Trotz der Nässe stieg aus dem abgebrannten Haus noch Rauch auf. Ein Streifenwagen stand an der Zufahrt. In der Straße war es ruhig.

»Lass uns beim nächsten Haus in der Akakani-Road beginnen«, schlug der Major vor. Das Areal glich wegen der vielen Bäume und Büsche einem Dschungel. Rund dreißig Meter einwärts lugte ein Bungalow aus dem Grün.

Dr. Steve Miller prangte in dicken Buchstaben auf dem Klingelschild. John suchte in Gedanken nach der Melodie eines Songs der gleichnamigen Band. Klick. Da war sie:

»Every time you call my name,

I heat up like a burnin' flame,

Burnin' flame full of desire,

Kiss me baby, let the fire get higher,

AbraAbracadabra ...«

Sie klingelten dreimal, bis jemand die Tür öffnete. Ein älterer Herr stand vor ihnen. Er musterte die beiden Besucher voller Neugier. »Sie wünschen«?

»Guten Tag, Herr Miller. Ich bin Major John Akebono von der Hilo-Police. Das hier ist Leutnant Nick Toronga. Wir brauchen Ihre Hilfe zur Aufklärung des Brands bei Ihren Nachbarn. Haben Sie davon gehört?«

»Äh, ja, das habe ich. Aber warten Sie, ich muss meine Brille holen. Ich sehe Sie kaum.« Er drehte sich ungelenk. Der Mann verschwand kurz im Flur. Wenig später erschien er mit einer dickwandigen Brille. Seine Pupillen maßen jetzt zwei Zentimeter im Durchmesser. Beim ersten Lidschlag hatte der Major den Eindruck, die Brillengläser klappten auf und zu.

»Sagen Sie, können Sie auf Distanz scharf sehen?«, forschte Toronga. Er hatte eine Vorahnung von dem, was kommen sollte.

»Na ja, ich kann Sie beide jetzt gut sehen. Ansonsten wirkt hier in dem Urwald alles grün. Den Zaun sehe ich nur verschwommen.« Herr Miller zeigte auf einen Holzzaun, der den Garten auf der anderen Seite begrenzte.

»Sie wollen vermutlich erfahren, ob ich etwas bemerkt habe, stimmt's?« Bevor eine Antwort kam, sagte er: »Leider nein.«

Akebono bedachte ihn mit einem Lächeln und atmete

159

durch. »Das ist nicht weiter schlimm. Wir fragen bei Ihren Nachbarn. Gibt es jemanden, der uns Ihrer Ansicht nach helfen könnte?«

Der Mann überlegte. Dabei ließ er zweimal die Pupillen klimpern.

»Ja, drüben bei Frau Lewis gab es am Tag vor dem Brand einen Kindergeburtstag. Sie hat eine Tochter. Ich hörte sie den Tag über. Die Mädchen haben draußen gefeiert.«

»Vielen Dank für diese Auskunft, Herr Miller, wir werden unser Glück versuchen«, sagte Nick. Er gab ihm die Hand zum Abschied. Der Major schloss sich an. »Alles Gute für Sie, Herr Miller.«

Das Grundstück von Frau Lewis lag ebenso in der Akakani- Road. Eine Zufahrt führte zum Haus. Ein urig gebauter Spielplatz reichte bis zum Zaun. Nick sah sich eine Wippe aus der Nähe an. Dabei merkte er, dass man die rund fünfzig Meter entfernte Maile Avenue gut einsehen konnte.

Akebono klingelte. Von weiter weg näherten sich zügig Schritte. Die Tür öffnete sich. Vor ihm stand eine Frau um die dreißig, mit dunkelblonden Haaren, die auf ihren Schultern auflagen. Ihre Haut glänzte in einer milden Bräune. Sie sah ihre Besucher aus grau-blauen Augen an, die Intelligenz und Wachsamkeit versprühten. Ihre Lippen schimmerten sinnlich und voll im Licht. Links und rechts vom Mund zeigten sich zwei Grübchen.

»Guten Tag, kann ich Ihnen helfen?«, fragte sie lächelnd. Ihre makellos gepflegten Zähne strahlten in der Sonne. Toronga hatte längst die Wippe verlassen. Er stand jetzt neben seinem Chef. Ihr Anblick brachte ihn für einen Moment aus der Fassung. Sie sah hinreißend aus. Akebono stellte sich und Toronga kurz vor.

»Frau Lewis, wir haben ein paar Fragen an Sie. Es geht um den Brand gegenüber.«

»Da bin ich ja gespannt, ob ich hier helfen kann. Kommen Sie herein.« Sie wies zu einer Sitzgruppe auf der Veranda. Die beiden setzten sich.

»Darf ich Ihnen ein Glas Limo anbieten? Mit Zitronen aus dem Garten. Es ist noch einiges davon da«, erklärte sie.

»Danke, gerne«, sagte der Major.

»Für mich auch bitte«, warf Nick ein.

Akebono grinste. Er hatte den Eindruck, dass sein Kollege die Frau anders wahrnahm als er selbst. Kurz darauf erschien sie mit einer Karaffe und drei Gläsern. Toronga nickte ihr zu. Er übernahm das Servieren.

»Danke, das ist nett von Ihnen«, bedankte sie sich.

»Keine Ursache, mache ich gerne.« Er konnte kaum den Blick von ihr lassen. Mit voller Konzentration vermied er es, die Limonade zu verschütten.

»Frau Lewis, gestern hat das Haus auf dem Grundstück an der Ecke gebrannt. Herr Miller sagte uns, dass sie tags zuvor hier den Geburtstag ihrer Tochter gefeiert haben. Ist Ihnen in der Zeit irgendetwas aufgefallen?«, fragte der Major.

»War etwas anders als sonst?«, schob er nach, um es ihr leichter zu machen.

Frau Lewis überlegte. »Nein, ich hatte zwölf Kinder hier. Fast alles Mädchen«, ergänzte sie lächelnd. Sie strich sich dabei eine Strähne aus dem Gesicht hinter das Ohr. Toronga folgte gebannt ihren Fingern. Sein Atem stockte. Nur entfernt hörte er, wie sie weitersprach.

»Wir haben tagsüber im Garten gespielt und gegrillt. Am

Nachmittag spielten die Kinder in der Nähe der Straße. Später liefen sie zum Gasthof, um sich dort ein Eis zu kaufen.«

Nick hakte hier nach. »Haben Sie Fotos gemacht oder gefilmt?« Sie lächelte. »Ja, ich habe geknipst. Eine mir bekannte Mutter hat mit dem Camcorder auch gefilmt«, stellte sie freudestrahlend fest.

Der Major horchte auf. »Dürften wir die Fotos und den Film ansehen? Wir hoffen auf Hinweise, die uns helfen.«

»Was sollte das denn sein?«

John überlegte kurz, was er antworten könnte. Er hatte nicht vor, sie zu erschrecken. Freundlich fuhr er fort. »Hören Sie, wir stehen bei dem Fall erst am Anfang. Alles kann wichtig sein. Wir geben Ihnen unser Wort, dass Sie die Fotos heil zurückbekommen.«

»Also gut, ich hole die Aufnahmen. Den Film kann ich Ihnen später per Mail zukommen lassen, wenn das für Sie in Ordnung ist.« Der Major griff in die Geldbörse und holte eine Visitenkarte heraus.

»Das ist völlig ok. Hier ist meine Karte, auf der Sie die E-Mail-Adresse finden.«

Frau Lewis nahm sie, nickte den Beamten freundlich zu und stand auf. »Ich komme gleich zurück.« Sie lächelte Nick an. Ihre Haare fielen seidig über die Schultern. Torongas Augen folgten ihren Hüften. Nachdem sie im Haus verschwunden war, löschte er die Gedanken mit einem Schluck Limo.

»Soll ich sie fragen, ob sie mit ihrer Tochter alleine lebt?«, fragte der Major fürsorglich.

»Das ist kaum auszuhalten, wie du sie anstarrst«, fügte er

lächelnd hinzu, meinte es aber ernster, als es aussah. Der Leutnant sagte nichts. Verträumt sah er ein paar Vögeln nach. »Nick, du siehst aus wie ein Lego-Polizist, immer am Grinsen.«

Der holte Luft, um etwas zu antworten, als die Tür aufklappte. Frau Lewis erschien mit einem Umschlag. »Da stecken meine Fotos drin. Ich habe sie erst seit ein paar Stunden.« Sie reichte Akebono die Aufnahmen. Er schätzte sie auf rund sechzig Stück.

»Wir möchten Sie nicht länger aufhalten, vielen Dank für Ihre Hilfe.« Die Zwei erhoben sich. Sie bedachte beide mit einem Lächeln, das ihre Grübchen zum Vorschein brachte. Nick schenkte sie einen Augenaufschlag mehr, was ihm nicht entging.

Auf dem Weg zum Fahrzeug drehte sich Toronga um und winkte. Der Major ließ unabsichtlich den Motor röhren. Langsam fuhr er los. Kurz darauf bog er auf die Hauptstraße in Richtung Hilo ab.

Nick sichtete die Fotos. Bei einem hielt er inne. »Hier John, das Fahrzeug im Hintergrund scheint fast im Schritttempo zu fahren, es ist nahezu scharf abgelichtet.« Es handelte sich um einen blauen Pick-up. Er tauchte auf fünf weiteren Fotos auf.

»Sieht wie eine rasche Abfolge an Aufnahmen aus. Rufe Frau Lewis später bitte noch einmal an. Sie soll uns den Datensatz schicken. Dann können wir sie vergrößern. Mit etwas Glück sehen wir das Profil des Fahrers.«

18

Kaum saß Akebono auf dem Bürostuhl, schaltete er den Computer an. Er hoffte, dass Frau Lewis den Film bereits geschickt hatte. Im Posteingang blinkte ihre Mail. Sie hatte eine Datei mit 92 MB angehängt, was ihn auf längere Film-ausschnitte hoffen ließ.

Der Computer lud zäh und blinkend den Film hoch. Ake-bono gab dem Leutnant ein Zeichen, dass er dazu kommen sollte. Toronga rollte auf dem Stuhl heran.

Zuerst erschien Frau Lewis. Sie blies ein paar Luftballons auf. Die beiden Frauen lachten.

Auf einmal fuhr die Kamera herum. Sie erfasste Kinder, die in der Nähe des Zauns spielten. Ein Kind spritzte mit Wasser. Das Bild drehte sich nach unten. Die filmende Mutter schimpfte. Geknister und Wischgeräusche drangen aus dem Lautsprecher des Computers.

Auf der nächsten Sequenz rückte ein Gartenzaun in den Fokus. Der Major erkannte den Eingangsbereich zum Grund-stück. Das Bild schwenkte langsam über die Straße. Ein weiteres Kind stieg aus einem Auto. Frau Lewis' Tochter empfing das Mädchen voller Freude. Ein Vater schritt um das Fahrzeug. Er begrüßte die zwei Frauen herzlich und umarmte sie beide.

Toronga bekam einen Stich in der Herzgegend. Die Hand wanderte an die Stelle.

»Ich glaube, die Zwei sind nur Freunde, Nick«, erwiderte sein Kollege.

Im Film fuhr sachte ein Kombi vorbei. Die Kamera hielt still, weil die Kinder lachten und über schick verpackte Geschenke staunten.

Kurz darauf flogen Vögel heran. Sie landeten in kurzer Abfolge auf der Straße. Es handelte sich um drei Kalifasane. Mit ihrer roten Augenpartie bewegten sie sich umher, ohne Notiz von dem Rummel zu nehmen. Sie schienen Menschen gewohnt zu sein.

Die filmende Mutter machte die Kinder auf die drei Hennen aufmerksam. Dabei schwenkte sie die Kamera. Sie zoomte die Tiere heran. Die Maile-Avenue verlief etwa zwanzig Meter entfernt. Weit genug, dass die Fasane bei nahenden Autos stehen bleiben dürften. Im selben Moment fuhr langsam ein blauer Pick-up vor. Er hielt am rechten Bildrand.

»Bitte, schwenke ein wenig nach rechts«, bat Toronga, als handele es sich um einen Livemitschnitt.

Die Tiere hüpften in Richtung des Autos, das immer noch weit genug weg stand. Die Frau mit der Kamera hatte das Interesse an den Vögeln zum Glück nicht verloren. Sie folgte ihnen und zoomte erneut. Im Hintergrund erschien der blaue Pick-up im Bild. Die Konturen wirkten etwas unscharf.

Am Steuer saß ein Mann, dessen Profil im Halbschatten

zu sehen war. Die Vögel pickten an einer Guave herum. Das Bild hielt stand, weil zwei Fasane sich um ein Stück stritten. Jeder zog in eine Richtung. Der dritte Kalifasan war verwirrt. Das Tier hüpfte aufgeregt um die beiden Artgenossen herum.

Der Mann im Pick-up beachtete sie nicht weiter. Er sah in Fahrtrichtung zu Herrn Oaklands Haus, das ungefähr fünfzig Meter entfernt an der Kurve lag. Seine Konzentration war voll darauf gerichtet. Urplötzlich griff er nach rechts. Eine Kamera mit Tele kam zum Vorschein. Er drehte geübt am Objektiv und schien mit dem Gerät bestens vertraut. Zeitgleich bewegte sich der rechte Zeigefinger mehrfach auf- und abwärts.

»Schau dir das an, Nick. Er macht in raschen Abständen Fotos«, sagte der Major.

»Außer Oaklands Grundstückzufahrt mit der Linkskurve dahinter gibt es dort nichts. Es sei denn, Tim Oakland war im Bild oder am Zaun«, meinte Toronga. Sein Kollege sah ihn an.

»Ja, genau. Und das einen Tag vor dem Brandanschlag auf sein Haus.«

»Wohl wahr, und vor seinem Verschwinden«, fügte der Leutnant hinzu.

Wenig später schwenkte die Kamera nach links, weil die Vögel weiter hüpften. Kurz darauf endete die Sequenz.

»Schade, dass das Kennzeichen nicht erkennbar war«, sagte er leise. Der Major wischte das mit einer Geste beiseite. »Nick, wir haben ein Fahrzeug und unter Umständen das Profil des Täters … .«

»… das leider nur im Schatten zu sehen ist«, ergänzte sein

166

Kollege frustriert.

»Ja, du hast recht. Aber dies ist eine erste echte Spur. Das Verhalten des Mannes ist verdächtig. Lass uns versuchen, herauszufinden, um welchen Pick-up es sich hier handelt.«

»Das übernehme ich«, bot Nick an, der sich für Autos mehr interessierte.

»Okay, ich besuche in der Zwischenzeit Nancy Sledge. Sie wohnt im Hawaiian Paradise Park und ist eine Bekannte meiner Frau. Unsere Töchter gehen beide in die zweite Klasse. Heute spielt Sofia dort. Ich nehme sie danach mit nach Hause.«

»Was willst du von ihr?«, fragte Toronga.

»Sie ist besorgt. Vor kurzem lief sie Tatjana über den Weg. Es wird offenbar viel im Hawaiian Paradise Park über diese Morde geredet. Einige scheinen sich um die Sicherheit ihrer Kinder zu sorgen. Andere trauen sich kaum noch vor die Tür. Das Übliche bei solchen Fällen. Ich hoffe aber, dass jemand etwas gesehen hat. Wir haben jetzt ja einen Ansatz.«

19

Akebono fuhr ohne Eile in Richtung *Hawaiian Paradise Park*. Endlich hatten sie eine Spur, wenn auch nur eine vage. Es gab eine Person, die Tim Oakland im Visier hatte. Wenig später verschwand er. Die Umstände dazu bergen viele offene Fragen.

Zudem bestand die Gefahr, dass das Profil des Mannes im Pick-up nutzlos sein könnte. Für die Zeichnung eines Phantombildes reichte es nicht aus.

Er fuhr auf der Hauptstraße. Sie trennte den *Hawaiian Paradise Park* von den *Orchidlands Estates*.

Wenig später bog er links in den *Makuu Drive* ab und fuhr bis zur Ecke *Okika Avenue*, wo er rechts abbog. Ganz in der Nähe lag der Campus der »Malamalama Waldorf School.« Der Major beneidete Nancy um den kurzen Schulweg ihrer Tochter.

Manchmal bedauerte er, dass sich die beiden Mädchen nicht öfter zum Spielen trafen.

Er bugsierte den Pick-up in eine lange Parklücke und sah

auf die Uhr. Zehn Minuten zu früh. Von Weitem hörte er die Kinder. Nancys Tochter Nicole spielte mit Sofia im Garten. Aus den Büschen tönte »18, 19, 20, ich komme«. Dann ein leiser werdendes Kindergelächter. Eine Minute darauf nur noch Vogelgezwitscher.

Akebono hing einen Moment in Gedanken fest. Er fragte sich, wie die Polizei mehr Präsenz zeigen sollte. »Wir sind zu wenig. Wie soll das gehen?«, murmelte er vor sich hin. Jedes Mal, wenn er Kinder hörte, die unbedarft und völlig bei sich herumtollten, überkam ihn der Beschützerinstinkt. Er bewunderte die Kleinen für ihre Unbekümmertheit. Sie lebten in einer Welt, die es zu bewahren galt. Auf Hawaii sollte dies eher möglich sein als auf Oahu.

Kurz darauf klingelte er bei Nancy. Sie begrüßte den Major herzlich, indem sie ihm einen Schmatz auf die rechte Wange drückte. »Schön, dass du da bist, John. Die Kinder spielen im Garten verstecken.«

»Das habe ich draußen bemerkt. Ich konnte ihr Lachen hören.« Nancy war groß gewachsen und schlank. Ihre Augen leuchteten in den Farben des Bernsteins. Sie strahlten Wärme sowie eine gewisse Gelassenheit aus. Braune, schulterlange Locken wippten um ihr Gesicht.

Im Job als Anwältin trug sie meistens Kostüme, doch heute begnügte sie sich mit Shorts und einer luftigen Bluse.

Der Garten führte um das flach gebaute Haus herum. Es gab mehrere Palmen. Je ein Guaven-, Plumeria- und ein Mangobaum machten aus dem Areal einen Dschungel. Sie bildeten ein grünes Dach. Vereinzelt tanzten Sonnenstrahlen durch die Blätter.

Besonders die Krone des Mangobaums filterte die Sonne

und hüllte den Rasen in ein sanftes Licht. Das Grundstück erstreckte sich, wie so viele in diesem Viertel, praktisch in einem Wald. Für Kinder ein Paradies, vor allem wegen der Früchte. Dick und bunt hingen die Mangos am Baum. Einige wuchsen in Rot-orange, andere eher in Grün, mit einem Stich lila.

»Möchtest du einen Kaffee, John? Und dazu einen Bananenkuchen?« Da musste er nicht lange überlegen. Er sagte schnell »ja, gerne«, als ob es sich um das letzte Stück handeln würde.

Er nahm auf der erhöhten Veranda Platz, die direkt ins Haus führte. Nancy erschien mit einem Tablett. Sie servierte Kaffee und zwei Teller mit je einem Stück des leckeren Kuchens. Dann setzte sie sich dem Major gegenüber.

»Lass es dir schmecken. Den habe ich heute Morgen gebacken.« Akebono hatte bereits die Gabel im Mund und murmelte »köstlich«. Kurz darauf bekam er zu seiner Freude noch eine Scheibe. Zufrieden lehnte er sich zurück und nippte am Kaffee.

»Nancy, was erzählt man sich hier im Park über diesen Mordfall?«

Sie schien froh, sich endlich mitteilen zu können, und rückte ein Stück vor. »Viel. Offen gesagt weiß ich gar nicht, wo ich anfangen soll. Eine Familie in der nächsten Querstraße vom Tatort überlegt zum Beispiel, ob sie das Haus verkaufen sollte.«

Akebono glaubte, sich verhört zu haben. »Ist das nicht übertrieben? Es verschwinden ja keine Kinder von der Straße. Es spricht einiges dafür, dass es sich um einen geplanten Mord handelte. Zwar schrecklich, aber gezielt. Es besteht kein Grund, sich zu fürchten.«

Kaum gesagt, bereute er die Worte. Er musste zugeben, dass er nicht im Haus neben dem Tatort leben wollte. Das hätte seine Lebensqualität belastet. Demnach war es nur normal, dass die Leute auf solche Gedanken kamen.

Er drückte mit der Gabel die Krümel zusammen und lauschte in die Stille. Nancy wartete. Sie hatte viel auf dem Herzen, vertraute aber auf seine Fragen.

»Kennst du Menschen hier, die am Tag des Mordes oder in der Zeit davor etwas gesehen haben könnten?«

Sie überlegte. Ihre Augen folgten einem kleinen, roten Vogel. Geschickt schnappte er sich vom Boden die Krümel. Rasch hopste er weiter.

»Mit den üblichen Sprüchen der Mütter und Väter verschone ich dich. Die Polizei kommt dabei nicht gut weg.«

Nancy grinste bei dem letzten Satz.

Akebono sagte nichts. Er wollte diesen Punkt nicht vertiefen. Er würde sich nur aufregen. Es gab Leute, die glaubten, besser für die Sicherheit sorgen zu können als die Polizei. Und das in einem Land, wo man Gewehre kaufen konnte wie in Frankreich Baguettes. Sie fuhr fort. Er ließ seine Gedanken los.

»In den Straßen um den Tatort wohnen viele ältere Menschen mit Hunden. Viele von ihnen leben in Rente und sind oft zu Hause. Die gehen ein paar Mal am Tag mit ihren Tieren eine Runde. Ich sehe sie manchmal und denke, dass der eine oder andere etwas bemerkt haben könnte. Du wirst jemanden finden.«

»Wann sind sie deiner Meinung nach unterwegs?«

»Am Nachmittag gehen oft Leute mit ihren Hunden raus.

Versucht euer Glück, wenn ihr fahrt.«

»Gut. Dann werde ich das später versuchen.« Der Major nahm einen Schluck und hielt inne. Er spürte, dass Nancy etwas auf dem Herzen hatte. »Was sollten wir anders machen? Fühlst du dich sicher?« Nancy überlegte und zog die Stirn in Falten.

»Ich fühle mich sicher, ja. Nach dem schrecklichen Mord hier hätte ich mir mehr Aufklärung gewünscht.« Sie atmete durch und sprach weiter. »Ich weiß nicht, was genau ich erwartet hatte. Information durch die Presse? Einfach ein paar offene Worte.«

»Aber wir stellen doch einige Infos online«, rechtfertigte sich Akebono. In dem Moment war ihm klar, dass er dies nicht musste. Er sollte ja zuhören und nicht werten.

»Das ist ja auch gut, aber viele ältere Menschen hier lesen die Zeitung. Sie haben mit dem Internet wenig im Sinn. Das muss man sehen. Was ich mir noch wünsche, ist mehr Präsenz. Vor allem in den Abendstunden. Ich fühle mich besser, wenn ich mal eine Streife sehe, die nicht mit Blaulicht zu einem Einsatz unterwegs ist. Denn das ist die Regel«, fuhr sie fort. »So wie es jetzt ist, vermittelt es mir eher das Gefühl, sie rasen von einem Notruf zum Nächsten. Da bleibt gar keine Zeit mehr für die Arbeit an der Basis.« Nancy strich eine Haarsträhne aus dem Gesicht.

»Basisarbeit. Das klingt gut. Was genau meinst du damit?«

»Investiert mehr Zeit für die Menschen und ihre Sorgen. Nehmt euch Zeit zum Zuhören. Wenn du und Nick hier öfter vorbeikämet, wäre das echt klasse. Ein Stück Kuchen ist immer da.« Sie grinste schelmisch.

»Denkst du, es ist so einfach?«, forschte der Major.

»Ja, das glaube ich. Du hast mich nach meiner Meinung gefragt.«

»Na ja, die Aussicht auf Kuchen ist nicht zu verachten«, meinte er lächelnd.

Nancy lachte und drückte liebevoll den Arm des Majors.

»Ach John, du weißt genau, was ich meine.«

»Ja, ich denke schon«, brummelte er. »Wenn das alles vorbei ist, spreche ich mit Brian. Wir sollen bald neues Personal bekommen. Womöglich ist auch noch Budget für zwei, drei Fahrzeuge drin.«

»Na, das wäre doch mal ein Anfang. Schließlich wählen auch immer mehr Menschen Big Island als ständigen Wohnsitz. Viele von denen haben Geld. Sie locken Leute an, die keines haben.«

»Das stimmt«, bemerkte der Major. »Du machst dir viele Gedanken, und echt gute.«

»Ja, ich denke viel nach. Tatjana übrigens auch. Sie macht sich große Sorgen.«

»Ach, tut sie das?«, fragte der Major erstaunt.

»Ja, sie sorgt sich um dich. Du bist auf einmal in der Presse. Du könntest den Täter auf dich aufmerksam machen. Dein Gesicht kennt jetzt jeder auf der Insel.« Das stimmte. Er musste sich eingestehen, dass er gar nicht daran gedacht hatte.

»Das ist leider ein Risiko, mit dem sie leben muss. Mir ist aber nicht bewusst, dass sie sich dermaßen sorgt«, sagte Akebono.

»Hast du denn keine Angst?«, fragte Nancy leise.

»Nein«, stellte er fest. »Polizisten auf Streife laufen eher

Gefahr, Opfer einer Straftat zu werden. Früher auf Oahu war ich gefährdeter als hier. Kriminalbeamte wie ich oder Nick haben es da in der Regel viel besser. Auch wenn uns jetzt alle kennen.«

»In diesem Moment kamen Nicole und Sofia um die Ecke gerannt. Sie sahen aus wie zwei Wühlmäuse.

»Mein Gott, wie seht ihr denn aus?«, gluckste Nancy. Sofia schmiss sich in die Arme ihres Papas. Ihr Herz pochte wie wild und sie drückte ihre warme Wange an seine. Ihre Hände fühlten sich feuchtwarm und sandig an.

»Habt ihr Wildschwein gespielt und euch im Sand gewälzt?«, fragte Akebono. Sofia strahlte ihn an. »Nein, wir waren in Nicoles Geheimversteck. Da ist überall Erde und es ist kühl. Ein echtes Paradies für Wombats. Die buddeln nämlich.«

»Wombats? Na super. Ich glaube, zu Hause wirst du gleich gebadet.«

Er wandte sich an Nancy. »Ich denke, wir fahren jetzt. Zuerst bringe ich Sofia heim. Später komme ich noch einmal zurück, um deinem Tipp nachzugehen.«

»Macht das, John. Ganz liebe Grüße an Tatjana. Es wäre schön, wenn sich die beiden bald mal wieder über Nacht besuchen.«

»Ich richte es ihr aus. Danke für den leckeren Kuchen.« Nancy drückte ihm einen Schmatz auf die Wange und winkte von der Veranda.

Er verwarf den Gedanken, mit Sofia Nachbarn zu suchen, die ihre Hunde ausführten. Der Major fürchtete, dass sie Dinge zu hören bekäme, die sie nicht wissen musste.

Seufzend ließ er den Motor an und dachte an Tatjanas

Reaktion. Im Rückspiegel sah er die Zwei winken. Er warf eine Kusshand zurück.

Eine halbe Stunde später übergab er Sofia ihrer Mutter, die sich freute. Die Kleine rannte zuerst in ihr Zimmer, um ihre Bären zu begrüßen. Sand und Erdreste rieselten auf die Stufen der Treppe.

»Aha, dein Zoo steht höher im Kurs als die Mama«, protestierte Tatjana und sah ihr nach. Sie bemerkte, dass ihr Mann die Schuhe anbehielt, was sie nicht davon abhielt, ihm einen Kuss auf den Mund zu drücken.

»Was ist mit dir? Kommst du nicht herein?«

»Ich muss noch einmal zurück in den Paradise-Park. Nancy schlug vor, es bei den vielen Leuten zu versuchen, die Hunde haben.«

»Was zu versuchen?«, forschte seine Frau.

»Ich hoffe, jemanden zu treffen, der etwas gehört oder gesehen hat«, erklärte der Major. Er sah bei ihr eine senkrechte Stirnfalte, sagte aber nichts.

»Okay, dann bis später. Pass auf dich auf.«

»Ich gebe mein Bestes. Bis nachher. Ich lasse das Handy an.«

20

Auf Nancys Rat fuhr Akebono den *Makuu Drive* hinunter bis zur Kreuzung *Beach Road*. Hier bog er rechts ab und parkte das Auto. Die *Beach Road* führte am Pazifik entlang bis zur nächsten Siedlung. Sie hieß *Hawaiian Beaches*. Am Meer gab es dort nur ein paar Häuser. Von der Küste zog sich der Ort rund sechs Kilometer landeinwärts.

Die Sonne stand immer noch hoch am blauen Himmel. Der Major griff ins Handschuhfach und kramte nach der Sonnenbrille. Er klappte die Tür des Pick-ups zu und spazierte gemütlich in Richtung *Makuu Drive* zurück.

Sein sandfarbenes Hawaiihemd mit den Schwertlilien blähte sich im Wind. Am *Makuu Drive* bog er rechts ab und lief bis ans Ende der Straße. Hier verlief die *Ala Heiau Road*.

Keine zweihundert Meter weiter war Henry Dewey ermordet worden. Ihn beschlich ein mulmiges Gefühl. Er fragte sich, ob er vor Ort ein Detail übersehen hatte. Vor seinem geistigen Auge tauchte die Eingangstür auf, dann die Bilder der

Diele. Das umgestürzte Bücherregal, die Blutspuren auf der Treppe und am Geländer. Am Ende der Pool mit der Mauer zum Meer. Es fröstelte ihn.

Er wählte den Weg nach links und schritt die *Ala Heiau Road* entlang. Zur Rechten stand ein Haus neben dem anderen. Teils exklusive Villen mit Pool auf viel Land. Vereinzelt gab es kleinere Gebäude, die für ihn zwanzig Jahre zuvor bezahlbar waren, jetzt aber nicht mehr.

In der Nähe ertönte das Gebell eines Hundes. Der Major wandte sich um und sah einen Golden Retriever.

Das Tier hüpfte mit wedelndem Schwanz heran. Er ließ sich streicheln und leckte an seiner Hand. Eine etwa fünfzig Jahre alte Dame kam aus einem der Häuser. Sie winkte mit einer Leine und eilte herbei. Mit ihren Lederstiefeln und einer beigefarbenen Hose mit Bundfalten sah sie aristokratisch aus. Ein Sakko mit Fischgrat Muster verriet sie als Britin.

»Mach Sitz, Donald«, sagte sie barsch in feinstem Englisch. Der Hund setzte sich. Vor Freude auf den Spaziergang hielt er es kaum aus. Hechelnd ließ er sich die Leine am Halsband befestigen.

»Guten Tag, Frau Johnson. Ich heiße John Akebono und bin Major bei der Hilo-Police.«

Ihren Namen hatte er auf dem Briefkasten gelesen. Die Dame musterte ihn zögerlich. Nach einer Weile:

»Angenehm. Ich bin Elvira Johnson.« Sie ergriff die ausgestreckte Hand und drückte sie. Ein sanfter Schmerz breitete sich in seiner Hand aus. Für eine Frau besaß sie einen kräftigen Händedruck.

»Sie sind wegen des Mordes unterwegs, habe ich recht?

Der Tatort ist ja nur ein paar Häuser weiter. Furchtbar, das alles.« Sie schüttelte sich. Ihre braun-lockigen, grau gesträhnten Haare wippten im Wind. »Ja, und das hier in so einer Gegend«, schob sie nach.

»Nun, da haben Sie recht. Ich habe das Opfer zusammen mit meinem Kollegen letzte Woche entdeckt. Es gibt Schöneres, das dürfen Sie mir glauben. Darf ich Ihnen ein paar Fragen stellen, Frau Johnson?«

Donald zerrte an der Leine. Er forderte, dass ein Gespräch in jedem Fall beim Laufen stattzufinden hatte.

»Begleiten Sie mich doch ein Stück. Dann können wir gerne sprechen. Nach ein paar hundert Metern endet die Straße. Dann erreichen wir offenes Gelände.«

»Danke. Das ist nett von Ihnen«, gab er zurück.

Frau Johnson schlug die Richtung ein, aus der er zuvor gelaufen war. Sie spazierten die *Ala Heiau Road* entlang.

Kurz darauf liefen sie am Tatort vorbei. »Schrecklich«, sagte Frau Johnson. »Ich laufe hier jeden Tag. Wer hätte gedacht, dass so was passieren kann?«

»Das kann ich nachempfinden, Frau Johnson. Hier ist bislang wenig passiert«, pflichtete er ihr bei. Sie gingen wortlos ein paar Schritte weiter. »Ist Ihnen in letzter Zeit etwas aufgefallen?«, fragte er und sah sie von der Seite an. Auf ihrer Stirn tauchten zwei Denkfalten auf.

Sie überlegte. Dabei strich sie sich ein paar Locken aus dem Gesicht. Sie erreichten das offene Gelände. Auf einmal hörte der Major die Brandung deutlich. Vom Weg aus sah er das Wasser meterhoch aufspritzen.

Frau Johnson schärfte ihren Blick und kramte in ihrem Gedächtnis.

»Einmal erschien gegen Abend ein großes Auto, das ich hier noch nie gesehen hatte. Ich stand in der Küche und sah beim Abwasch aus dem Fenster. Der Fahrer stieg aber nicht aus, sondern schien nur zu beobachten.«

»Am Steuer saß ein Mann?«

»Ja, da bin ich mir sicher. Er trug eine Art Schirmmütze.«

»Sah der Fahrer in Richtung des Hauses von Dewey?«, fragte Akebono nach.

»Ja, eindeutig. Er konnte es gut einsehen.«

»Welche Farbe hatte das Fahrzeug, Frau Johnson?«

»Es war später als jetzt und es dämmerte. Ich würde sagen, dass es einen bläulichen Ton hatte. In jedem Fall dunkel.«

»Haben Sie ein Gefühl dafür, wie lange er dort gestanden und beobachtet hatte?«

»Nein, leider nicht. Zwischendurch lief ich in meinen Garten, um noch ein paar Kräuter zu ernten. Als ich später erneut aus dem Fenster sah, war das Auto weg.«

Donald jagte tapsig einer Möwe hinterher, die ihn auslachte und immer wieder in seine Nähe flog.

»Verstehen Sie etwas von Autos, Frau Johnson?«

Sie sah ihn sprachlos an. Er bemerkte ihre Mimik und musste spontan lächeln.

»Ich meine das rein visuell. Könnten Sie sich vorstellen, den Autotyp zu erkennen? Mir schwebt vor, Ihnen ein paar Fotos vorzulegen.«

»Das hängt von den Fotos ab. Es handelte sich, glaube ich, um einen Japaner. Das war kein Hummer oder Mercedes. Nicht so wuchtig.«

Der Major sah sie erstaunt an. Sie bemerkte seine Verblüffung.

»Sie schauen wie mein Hund, wenn ich versuche, ihm etwas zu erklären.« Sie gluckste vergnügt auf.

Akebono verdrehte die Augen. »Eins zu null für Sie«, sagte er und lachte mit. »Dann komme ich auf Sie zurück.«

Donald hatte das Interesse an der Möwe verloren. Er jagte durch Pfützen, die es auf den Lavafelsen reichlich gab.

»Sagen Sie, Frau Johnson. Gab es seit dem Mord etwas, das Ihnen sonst noch aufgefallen ist? Ich habe das Gefühl, dass Sie immerzu am Nachdenken sind.«

»Vorletzte Nacht schlug er an. Zuvor hatten andere Hunde aus der Straße angefangen zu bellen«, sagte sie plötzlich.

»Wann war das in etwa?«, forschte Akebono, der auf einmal hellwach schien.

»Als ich auf die Küchenuhr sah, zeigte sie Viertel vor drei in der Nacht an.«

»Passiert das oft, oder ist es eher die Ausnahme?«

»Nein, das haben wir nicht oft. Manchmal bellt ein Hund, wenn er ein Tier wittert. Vorgestern haben aber sieben oder acht Hunde gebellt. Donald wirkte unruhig. Das war seltsam.«

»Wie lange ging das ungefähr?«

»Ich würde sagen, eine halbe Stunde.«

»Haben Sie in der Nacht überlegt, die Polizei anzurufen, Frau Johnson?«, fragte der Major.

Sie hielt inne und sah ihn an. »Nein, es war zwar komisch, aber es waren ja keine Geräusche zu hören. Am nächsten Tag sprach ich mit meiner Nachbarin. Sie hatte das Bellen auch gehört, sich aber nichts weiter gedacht.«

Er beschloss spontan, sich gleich nach der Rückkehr den

Tatort nochmals anzusehen. Er wechselte das Thema, um sie nicht zu ängstigen.

Langsam liefen sie zurück zum *Paradise Park*. Er begleitete die Dame bis zu ihrem Haus.

»Frau Johnson, vielen Dank für Ihre Mühe. Falls Ihnen noch etwas einfällt, hier ist meine Karte.«

Sie griff danach und überflog den Text. »Es war mir ein Vergnügen, Sie kennenzulernen.« Sie schenkte ihm ein Lächeln. »Wissen Sie, es hilft, mit einem Beamten darüber zu sprechen. Da fühlt man sich gleich sicherer.«

Akebono lächelte zurück. Er dachte an das Gespräch mit Nancy. Das war genau der Punkt, den sie bemängelt hatte. Prompt bekam er es bestätigt. »Auf Wiedersehen, Frau Johnson, und danke für Ihre Zeit.«

21

Kurz darauf stand er vor dem Gartentor zu Henry Deweys Haus. Es war noch hell, aber die Sonne senkte sich langsam Richtung Horizont. Das Tor war nur angelehnt.

Der Major öffnete es. Umsichtig lief er den Weg zum Eingang des Hauses. Die Nachbarn schienen verreist zu sein. Im Gebäude nebenan sah er dunkle Fenster ohne Vorhänge. Es sah unbewohnt aus. Er vermutete, dass es die Bewohner nicht mehr ausgehalten hatten, direkt neben einem Tatort zu wohnen.

Sein Blick wanderte an der Fassade des Hauses nach oben. Auf der Höhe des Obergeschosses war ein Schild an der Wand befestigt.»For Sale« hieß es da. Darunter stand die Nummer eines Maklers. *Ein Mord verändert mehr Leben, als man denkt,* ging es ihm durch den Kopf.

An der Eingangstür fuhr er zusammen. Das Siegel wies einen Riss auf. Jemand hatte die Tür geöffnet und sich Zutritt verschafft.

Er zückte das Smartphone, um Lisa Dawson anzufordern.

Der Major erreichte sie im Büro. Sie saß mit einem Kaffee vor dem Laptop und sortierte Fotos von einem Tatort.

»Man kann in diesem Job nicht einmal fünf Minuten in Ruhe eine Tasse Kaffee trinken«, sagte sie monoton.

»Dir bleibt nur, das Handy auf stumm zu stellen.«

Gespannt wartete der Major auf die Kollegen. Er lauschte den Geräuschen und sah nach rechts zum Meer.

Irgendetwas zog den Polizisten weiter auf das Grundstück. Im Laufe der Jahre hatte er gelernt, auf sein Bauchgefühl zu hören. Er stellte es nicht mehr in Frage.

Umsichtig schlich er Schritt für Schritt von der Eingangstür weg. Es zog ihn hinter das Haus. Hier lag im Steinboden eingebettet der Pool. Der Wind kräuselte das Wasser. Einige verwehte Blätter tanzten auf dem Boden. Der Major hielt an und atmete flach. Er horchte. Langsam drehte er sich um die eigene Achse. Alles war still.

Ein kleines Detail jagte ihm einen Schauer über den Rücken. Jenseits der Mauer zum Meer leuchtete etwas. Es flimmerte grell und rot.

Mit einem Satz sprang er über die Steine. Er landete auf Lavafelsen. Mit einem Kribbeln am Körper näherte sich der Major der rötlichen Quelle. Seine Augen weiteten sich. Ihn überkam eine Gänsehaut. »Was zum Henker ist das?«, flüsterte er.

Mit Vorsicht umrundete er das Gebilde. Auf dem Gestein vor ihm zeichnete sich ein in Rot aufgesprühter Stern ab. Die Farbe erinnerte ihn an arterielles Blut. Er maß etwa drei Meter im Durchmesser. Ein Stern mit fünf Zacken. Es handelte sich nicht um ein Pentagramm. Eher um einen Stern mit fünf gleich langen Zacken, der nicht auf dem Kopf stand. Im oberen stand *PS*, im zweiten *HD*, im dritten *TO*. Der vierte und fünfte Zacken war jeweils leer.

Peter Sullivan, Henry Dewey, Tim Oakland. Von Letztem fehlte jede Spur.

Tim Oakland. Jemand hat ihn entführt oder ihn bei der Flucht aufgespürt? Bedeutet die Nennung der Initiale seinen Tod? Oder könnte es bedeuten, dass ein Mensch die Macht hat, ihn zu töten?, fragte er sich. Er ist in den Händen des Täters, sprach es zu ihm. »Oder er weiß immer, wo Oakland sich befindet«, murmelte er.

Das Weitere schien nach wie vor offen. Was Akebono beunruhigte, waren die zwei leeren Zacken. Plant der Täter noch mehr Morde? Und wenn ja: Wer sollte sterben? Und vor allem: Warum? Bei drei Opfern hätte er ja auch einen Dreizack malen können.

Akebono fröstelte es. Der Wind frischte kühl auf. Eine Welle brach sich am Felsen. Er sprang nach hinten. Das Meerwasser schäumte über das Gestein. Durch das Wasser hindurch leuchtete in grellem Rot die Botschaft. Ihm war bewusst, dass sie ihm galt, dass er sie finden sollte.

Der Major wandte sich um. Jenseits der Mauer zum Grundstück sah er erneut das Meer. Kopfschüttelnd drehte er um.

Rasch verließ er den Ort und suchte sich auf dem Bürgersteig einen Platz zum Warten.

Lisa Dawson kam wenig später mit zwei Kollegen an. Das Licht im Fahrzeug erlosch. Türen wurden geöffnet. Es dämmerte. Die feuchte Luft hüllte die Umgebung in milchiges Licht. Feine Tröpfchen tanzten im Wind. Eine Straßenlampe erhellte die Straße nur dürftig.

Das Gerumpel der Leute übertönte das Meer. Der Major staunte immer wieder, was sie alles aus dem Auto schleppten. Als ob ein Rudel Alchemisten umziehe. Der Polizist atmete tief durch. Lisa näherte sich. Sie genoss auf Hawaii hohes Ansehen. Der Major betete bei jedem Fall, dass sie die Spuren sichern würde.

»Hallo Lisa, schön, dass du da bist«, begrüßte er sie herzlich. Die ergriff lächelnd die ausgestreckte Hand.

»Hallo John, da sind wir. Wir mussten noch auf den Fotografen warten. Sonst wären wir schon hier.«

»Keine Ursache, Lisa. Ich kenne euch doch und hatte ohnehin mit einer Stunde gerechnet. Die habt ihr ja unterboten«, sagte er lächelnd. Zudem wollte ich dir Zeit zugestehen, deinen Kaffee zu trinken.

»Ach, den habe ich schon vergessen. Was ist hier los?«, fragte Dawson forsch.

»Eine Nachbarin aus dieser Straße erzählte mir, dass vorletzte Nacht mehrere Hunde inklusive ihres eigenen angeschlagen hatten. Sie meinte, das kommt selten vor. Das zog sich rund eine halbe Stunde hin.«

Lisa hörte zu. Sie wirkte ungerührt, weil sie durch den Job einiges gewohnt war. Sie sah ihn an und wartete. John atmete durch.

»Nach dem Spaziergang bin ich bis an die Eingangstür gelaufen. Ich wollte sehen, ob alles in Ordnung war. An der Tür fiel mir das zerrissene Polizeisiegel auf.«

»Du warst nur vor dem Haus und die Tür war verschlossen?«

»Ja, genau. Ich nehme an, sie ist nur zugezogen. Angefasst habe ich natürlich nichts.«

»Das hätte ich von dir auch nicht erwartet, John.«

»Mal sehen, was ihr im Haus vorfindet. Es erstaunt mich, dass jemand zum Tatort zurückkehrt.«

»Du glaubst, dass der Täter erneut hier war?«, fragte Lisa.

»Ein Einbrecher wäre Hals über Kopf getürmt und hätte die Tür aufgelassen. Hier wurde nach etwas gesucht. Zudem gibt es noch einen sicheren Hinweis auf den Täter.«

»Ach, welchen denn?«, meinte Dawson.

»Seht euch hinter dem Pool, jenseits der Mauer, einen grellen, roten Stern an. Er wurde gesprüht. Prüft bitte den Bereich ringsum, wo das Wasser nicht hinkommt. Womöglich findet ihr noch etwas.«

»Was für einen Stern?«, sagte Lisa mit gefurchter Stirn.

»Du wirst ihn sehen. Ein paar Meter hinter der Mauer zum Meer hin. In roter Farbe auf dem Boden.«

»So eine Schweinerei. Glaubst du, da finden wir noch was?« Dawson stieß ein Grummeln aus.

»Ich weiß auch nicht«, sagte Akebono unwirsch. »Ich möchte einfach, dass du ihn dir ansiehst und vor allem den Bereich auf dem Weg dahin. Mache ein paar Fotos. Ich will deine Meinung hören.«

»Alles klar, John. Am besten, du kommst erst mal mit.«

»Ja, gerne«, sagte der Major.

Er gab den Leuten ein Zeichen, dass es losging. Sie zogen sich Tyvek-Anzüge und Einweghandschuhe an. Ihre Köpfe bedeckten sie mit Hauben. Die Eingangstür inspizierten sie zuerst. Lisa schien frische Abdrücke zu sehen. Einzig auf ihren Job fokussiert, legte sie los. Sie sicherte alle mit einem Laser.

»Gib mir später bitte Bescheid, wenn ich hereinkommen darf.«

»Ja, mache ich. Bis nachher«, murmelte Lisa abwesend.

Der Major teilte in der Zeit Tatjana mit, dass er es zum Essen nicht schaffen würde. Über die Anzeige des iPhones gab er Sofia einen Gutenachtkuss.

Als Nächstes rief er seinen Kollegen auf dem Handy an. »Toronga«. Im Hintergrund summte Musik. Brian Adams sang vom »*Summer of 69*«.

»Bist du im Büro oder auf einer Ü-30-Party?«, fragte er grinsend.

»Scherzkeks, ich sitze vor dem PC und tippe mir die Finger wund.«

»Warum denn das?«, erkundigte sich der Major.

»Ich hatte das Glück, noch eine Mitarbeiterin der Zulassungsstelle im Büro zu erwischen. Sie versprach, ihr Laptop mit nach Hause zu nehmen, weil ich eine Info so rasch wie möglich benötige. Das hat zum Glück geklappt.«

»Was schreibt ihr euch so?«

»Das, mein Freund, geht dich gar nichts an«, sagte er verschmitzt und wartete auf eine Reaktion. Als keine kam, sprach er weiter. »Nein, im Ernst. Ich habe ihr Fotoausschnitte gemailt, in denen sichtbare Merkmale des Fahrzeugs vergrößert sind. Es geht vor allem um die Farbe. Sie tippt auf Ozean-Blau. Anschließend sucht sie passende Fahrzeugtypen heraus, die auf Big Island zugelassen sind.«

»Auf wie viele Typen bist du gekommen?«

»Auf drei. Ich bin mir zu 99 % sicher, dass es ein Nissan ist.«

»Dann weiter viel Glück. Lisa Dawson winkt gerade.«

»Lisa, was macht die denn bei dir? Wo bist du überhaupt?«

»Das, mein Freund, geht dich gar nichts an«, gab er zurück. »Nein, im Ernst jetzt. Ich stehe vor Deweys Haus. Details erzähle ich dir morgen im Büro.« Sie wünschten sich das Übliche und legten auf.

Akebono steckte sein Smartphone weg und eilte zu Lisa, die am Hauseingang stand und auf ihn wartete.

»Am besten wäre es, du ziehst dir diese Überschuhe hier an. Damit zerstörst du keine Spuren.«

Wenig später tappte er Lisa hinterher. Im Wohnzimmer räumten die Kollegen ihren Kram zusammen. »Hier vor der Treppe ist ein kompletter Abdruck eines Schuhs, Größe 43; das Profil stach auf den Dielen hervor.«

Dawson schritt zu einer Wand, wo einmal Bücherregale standen. »Hier, schau dir das an.« Die Frau bückte sich und zeigte auf die Fußleisten. »Die waren beim letzten Mal noch an der Wand. Der Täter hat sie mit einem Schraubenzieher weggebogen und letztlich entfernt. Die Dübel hat er dabei ausgehebelt.«

Sie blieb in der Hocke und tippelte einen Schritt weiter. Lisa verharrte an einer Stelle. Hinter der Leiste gab es in der Mauer eine schmale Lücke. Es sah aus, als ob in Handarbeit kleine Stücke entfernt worden waren.

»An der Stelle hatte sich Henry Dewey offenbar ein Versteck gebaut. Es reicht für einen USB-Stick.«

»Oder für einen Schlüssel«, murmelte der Major. »Habt ihr noch etwas gefunden?«, forschte er weiter.

»Ein paar Haare. Wir klären, ob sie von Dewey sind. Haare von ihm haben wir ja im Labor. Ansonsten ist hier nicht viel verändert«, fuhr sie fort. »Merkwürdig«, meinte Akebono. »Der Täter wusste exakt, wo er zu suchen hatte. Ich habe leider eine Vorahnung, von wem er die Lage des Verstecks haben könnte.« Der Major schritt im Raum umher. Er fuhr mit den Gedanken fort. »Es ist denkbar, dass der Täter nach dem Mord gestört worden ist. Die Zeit reichte womöglich nicht mehr, all dem nachzugehen, was er noch vorhatte.«

»So könnte es gewesen sein«, meinte Lisa. »Sag mal, warum sprichst du immer von einem Einzeltäter?«, schob sie nach.

»Wir haben Hinweise, die dafür sprechen. Sowohl bei Oaklands Haus als auch hier ist ein Pick-up gesichtet worden. Am Steuer saß jeweils ein Mann.« Lisa nickte und schien mit der Antwort zufrieden.

Die Spurenleser räumten mit viel Lärm ihre Sachen aus dem Haus. Zuletzt versiegelte Lisa die Tür erneut. Dann suchten sie und John die Stelle hinter der Mauer auf.

Akebono schritt voran. Er leuchtete mit der Taschenlampe den Weg. Am Horizont glühten letzte und rote Streifen vom Tag. Der Wind frischte auf. Die Wellen schlugen bis wenige Meter vor dem Steinwall. Sie sahen den roten Stern durch schäumendes Wasser hindurch. Die Umrisse zeichneten sich ab.

»Enthält der Stern ein Rätsel?«, fragte Dawson.

»Nein, eher eine Botschaft. Keine Schöne.«

»Für wen? Doch nicht etwa für dich.«

»Ich glaube schon«, sagte John direkt.

»Hast du sie verstanden?«, fragte Lisa.

»Sie ist eindeutig. Sie sagt mir, dass wir nicht viel Zeit

haben, den nächsten Mord zu verhindern«, fuhr er fort.

»Na klasse«, schloss Lisa bitter. »Ah, jetzt sehe ich es auch. Du meinst die zwei leeren Zacken und fragst dich, wie die Initialen lauten sollen?«

»Ja, genau«, pflichtete der Major ihr bei.

»Das würde aber bedeuten, dass der Täter einen Plan hat, wer noch sterben muss.«

»Ja, den Gedanken hatte ich auch. Er ist uns voraus und hat einen Plan. Er hat Infos, die wir nicht haben.«

Lisa bohrte weiter. »Warum hat der Täter das getan? Was glaubst du?«

Der Major sah sie ratlos an.

»Ich weiß es nicht. Er scheint sich sicher zu fühlen, oder aber ...« Hier hielt er inne.

»Oder?«, fragte Lisa noch einmal, wie um John zu ermuntern, den Satz zu Ende zu sprechen.

»Oder aber er möchte das alles beenden.«

»Wie meinst du das?«, forschte Lisa.

»In dem Sinne, dass wir den Abstand verkürzen, dass wir ihn stellen.«

Den Gedanken ließ sie sacken. »Du meinst, er hält das alles kaum noch aus, kann aber nicht aufhören?«

»Ich glaube, er kann nicht stoppen, weil die Sache nicht beendet ist.«

»Ab hier wird es neblig, John.«

»Ja, und an Nick und mir liegt es, Licht in die Sache zu bringen.«

Einen Moment schwiegen beide. »Ich helfe, wo ich kann.« »Danke dir. Ich weiß das zu schätzen. Deine Hilfe ist immer willkommen.«

Lisa nickte ihm aufmunternd zu. »Du weißt, wo du mich findest. Aber hier am Stern brauche ich gar nicht erst anzufangen, John. Hier sind keine Spuren mehr. Das Wasser steht zu hoch.«

»Ja, das sehe ich ein. Ich wollte eher, dass du ihn siehst, Lisa.«

Sie nickte kurz. Dann umarmten sie sich, bevor sie ging. Der Ermittler stand noch an Ort und Stelle nahe der Mauer. Er hörte den Tross davonfahren und fühlte die feuchte Gischt im Nacken.

Die Geräusche verstummten. Das Haus lag fast vollständig im Dunkeln. Ein paar Grundstücke entfernt bellte ein Hund.

Akebono drehte sich zum Meer. Nachdenklich sah er auf den Stern, der schemenhaft zu erkennen war. Er fragte sich, warum der Täter die Botschaft nicht auf den Boden neben dem Pool oder auf eine Wand gemalt hatte. Sollte sie nicht sofort entdeckt werden? Gab es erneut einen Bezug zum Wasser? Wieso starben Peter Sullivan und Henry Dewey auf oder am Meer? Wohin war Tim Oakland verschwunden? Wer sollte das vierte Opfer sein? Warum jetzt? Was war der auslösende Faktor? Vor allem: Welches Motiv steckte hinter alledem?

Der Major fühlte sich erschöpft und einfach nur platt. Er wollte nach Hause. Eine Welle schwappte über die Felsen und begrub die Botschaft des Sterns. Mit diesem Bild wandte sich der Beamte um. Er knipste die Taschenlampe an und schlich zum Auto.

Gedankenverloren fuhr Akebono durch den Paradise Park. Die Straßen wirkten leer. Rasch bog er auf die Hauptstraße und gab Gas. Er kam zügig voran und suchte im Radio nach guter Musik. Er fand *Streets of Philadelphia* von Bruce Springsteen. Der Song passte zu seiner Stimmung. Bedrückt gab er sich dem Song hin. *At night I could hear the blood in my veins*....

Auf dem Weg durch Hilo fing es zu regnen an. Dicke Tropfen trommelten aufs Dach. Er stellte das Radio lauter. *It was just as black and whispering as the rain, on the Streets of Philadelphia* ...

Die Armbanduhr leuchtete ihm um 20:45 Uhr entgegen. Leise parkte er den Pick-up vor der Garage, ließ den Motor noch einen Moment laufen. Er lauschte den letzten Worten Springsteens ... *or will we leave each other alone like this on the Streets of Philadelphia* ... Er drehte das Radio aus und zog den Schlüssel.

Die Schritte knirschten auf dem Kies. Langsam schloss er auf und betrat das Haus. Im Wohnzimmer brannte Licht. Auf der Couch lag Tatjana mit Sofia im Arm. Sie schliefen tief und fest. In ihrer rechten Hand hielt sie das Buch »*Der kleine Prinz*« von Saint-Exupéry. Vorsichtig legte er es auf den Couchtisch.

Akebono betrachtete die beiden eine Weile und genoss sein Glück. Er deckte sie mit einer Wolldecke zu. In der Küche trank er ein Glas Wasser, schlich dann ins Schlafzimmer und schlüpfte ins Bett. Kaum hatte sein Kopf das Kissen berührt, war er eingeschlafen.

22

Akebono lag auf einer Wiese. Hoch über ihm kreisten Vögel. Auf die Entfernung ließen sie sich nicht zuordnen. Es schienen Greifvögel zu sein. Alles wirkte friedlich. Das Einzige, was ihn von dem Gras trennte, war eine kuschelige Picknickdecke. Links neben ihm krabbelte ein kleines Mädchen. Es gluckste, wenn es ihn sah, und rief »Baba«. Er fragte sich, warum Sofia auf einmal so winzig aussah. Und überhaupt: Was brummte da in der Bauchgegend derart penetrant. Das monotone Vibrieren drohte, sich nicht durchzusetzen. Aber es hörte nicht auf. Was auch immer diesen Krach von sich gab, es wollte gehört werden.

Die Konturen des Himmels samt den Vögeln verschwammen zu einem satten Blau. Langsam schob sich eine Hand unter den Bauch, um die Quelle des brummenden Geräuschs zu orten. Sein Arm kribbelte und nahm dankbar das fließende Blut auf. Verschlafen erwachte Akebono. Anfangs sah er alles milchig, wie durch eine Gardine. Suchend bewegte er die Finger.

Dann begriff er, dass sein Smartphone in der Hosentasche steckte und unangenehm auf den Hüftknochen drückte. Die Finger tasteten sich vor. Er trug noch die Jeans. Mit der rechten Hand fingerte er über die Decke. Es klirrte metallisch. Der Schlüsselbund! Er hob den Kopf und blinzelte. Jetzt sah er endlich schärfer. Die Schlüssel lagen neben ihm und reflektierten das Licht der Nachttischlampe. Sie brannte. Wach war er bis jetzt nicht.

Für einen Moment hielt er inne, um die Umgebung wahrzunehmen. Das Brummen hörte einfach nicht auf.

Er schlug die Augen auf. Sein Puls jagte in die Höhe. Das Diensthandy! Umständlich wühlte sich die Hand in seine Hosentasche und griff nach dem iPhone. An einer Stelle riss der Stoff, da er zu ungestüm vorging.

»Akebono«, brachte er mühsam hervor. Alles drehte sich. Er ließ den Kopf sinken und rollte sich auf den Rücken. Er sah zur Decke. Die Lampe bewegte sich im Kreis.

»Entschuldigen Sie die Störung mitten in der Nacht …«

»Wer zum Teufel spricht denn da?«, raunte der Major in das Mikrofon. Er schüttelte den Kopf. Die vier Ecken drehten sich etwas langsamer. Nach und nach gewann der Kreislauf des Körpers die Oberhand. Er lauschte auf den Herzschlag.

»Officer Tad Williams vom Nachtdienst, Major. Vor ein paar Minuten ging hier ein Notruf ein. Ein Haus direkt am *Mamalahoa Highway* brennt.«

»Wo dort, ich meine in welchem Ort? Der Highway ist lang.«

»In Honomu, Major«, kam es prompt.

»Honomu? Wo dort?« Er hatte eine dunkle Vorahnung,

die sich sogleich bestätigte.

»Das Haus der Firma Sullivan. Die Feuerwehr ist auf dem Weg. Ich habe auch eine Streife sowie einen Krankenwagen dorthin beordert. Es scheint lichterloh zu brennen.«

»Vielen Dank, Officer Williams. Verzeihen Sie meine gereizte Reaktion eben«, brummte er. Mühsam wuchtete er den Oberkörper aufrecht. »Sagen Sie, wie viel Uhr ist es jetzt?«

»Wir haben 04:15 Uhr, Major.«

»Danke, ich bin auf dem Weg.« Er legte auf und rief Toronga an, der wesentlich schneller abhob als er. John fragte sich, ob das an den paar Jahren lag, die er mehr auf dem Buckel hatte.

Auf dem Weg zum Bad stieß er mit dem linken großen Zeh an den Türrahmen. Leise schrie er auf und verzog das Gesicht. Einen Moment war er unfähig, sich zu bewegen. Er hielt den Fuß still. Die Schmerzen ließen nach.

Humpelnd und vor sich hin fluchend erreichte er das Waschbecken. Akebono ließ sich eiskaltes Wasser über die Handgelenke laufen. Er wusch das Gesicht, trank zwei Gläser und fühlte sich gleich viel besser. Rasch schrieb er seinen zwei Engeln einen Zettel und platzierte ihn mit einem Streifen Tesa am Kühlschrank. »Bin in Honomu, bei Sullivans brennt es. Melde mich.« Er hatte auch schon nettere Botschaften hinterlassen. Leise schlich er zu den beiden und zog die Decke zurecht.

Sofia seufzte im Schlaf und griff nach dem Zipfel der Decke.

John lächelte und schloss wenig später die Tür zum Haus.

Kaum saß er am Steuer, öffnete sich vor seinem geistigen

Auge die Landkarte. Er schätzte, die Strecke in dreißig Minuten zu schaffen. Beherrscht fuhr John die Ausfahrt herunter.

Erst auf der Straße gab er Gas, nachdem er sich vergewissert hatte, dass niemand an der Fahrbahn stand.

Mit sechzig Meilen pflügte sein Auto durch die menschenleere Stadt. Kurz darauf erreichte er die 19 in nördlicher Richtung. An einer Kreuzung blitzte es von vorn. Da könnte sein Erzfeind Matinka wieder etwas zum Reden haben, schoss es ihm durch den Kopf.

»Na, Akebono. Hast du morgens um 5 eine Fahrstunde gehabt, oder was?« , tauchte Matinkas Visage auf. In Gedanken hob er ihn sachte hoch und hängte ihn wie einen Kalender an die Wand. Bei dem Bild musste er grinsen. Dann platzte die Blase.

In einer Linkskurve vor Honomu sah er von Weitem den Schein am Himmel. Fast wie in Kilauea, wenn der Vulkan aktiv ist. Das Feuer sah er bis jetzt nicht. Der Major hielt rund fünfzig Meter vor dem Anwesen. Es gab eine Straßensperre. Er wies sich aus. Der Officer winkte ihn durch.

Akebono stellte den Pick-up ein paar Meter entfernt ab und stieg aus. Er hielt nach Toronga Ausschau und sah ihn mit einem Beamten reden.

John lehnte sich an den Kotflügel, atmete durch und verschaffte sich einen ersten Überblick. Die Luft roch stickig und warm. Asche flog durch die Gegend. Das Knistern und Knallen des Feuers hallten durch die Nacht. Der zweite Brand in kürzester Zeit. Das war kein Zufall.

Frau Sullivans schwarzer Mercedes stand nicht vor dem Haus.

Ein Löschzug parkte vor dem Gebäude. Viele Schläuche zogen sich über den Boden. Ein Notarztwagen wartete auf den Ernstfall. Akebono fragte sich, ob es Verletzte gab.

Das Feuer loderte meterhoch im Nachthimmel. Das, was der Major anfangs als Wärme empfand, verwandelte sich rasch in Hitze. Sie fühlte sich auf der Haut beißend heiß an.

Das Ferienhaus samt den Wohnungen darin brannte zum Glück nicht. Dahinter führte ein schmaler Weg weiter auf das Grundstück. Er endete vor einer drei Meter hohen Hecke. Jenseits davon stand ein Bungalow in Flammen.

Er sprang ein paar Schritte zur Seite. Zwei Feuerwehrleute rollten einen Schlauch über den Weg und versuchten, den Flachbau zu erreichen. Mit einem Fahrzeug der Feuerwehr schien dies nicht machbar.

Der Major erinnerte sich vage an die Hecken. Dass sie ein Haus verdeckten, erstaunte ihn. Er fragte sich, ob es noch zum Grund der Sullivans gehörte. Sie hatte ihnen beim ersten Besuch nur das Ferienhaus vorn an der Straße gezeigt.

Die beiden Brandherde trennten rund einhundert Meter. Aus seiner Sicht sprach daher vieles für Brandstiftung. Nick beendete das Gespräch mit dem Polizisten und kam zu ihm.

»Hallo John. Alles klar? Du siehst müde aus.«

Er sah den Leutnant durch Augenschlitze an, verkniff sich aber einen Spruch.

»Danke, dass du gleich hergekommen bist, Nick. Hast du eine Ahnung, wer den Notruf abgesetzt hat?«

»Das habe ich den Officer gefragt, der hier zuerst eintraf. Er sagte, die Mieter der linken Haushälfte hätten angerufen. Es handelt sich um eine Familie aus Kanada.«

»Ist ihnen gesagt worden, dass sie sich zur Verfügung

halten sollen?«

»Ja, alle vier sind im Haus. Es bestand aber keinen Grund, es zu evakuieren. Sie sollen nur Fenster und Türen zulassen«, sagte der Leutnant.

»Gute Arbeit, Nick, danke. Wir werden sie bei Bedarf befragen. Warten wir erst einmal die Löscharbeiten ab.« Der Major sah zum Bungalow hinter der Hecke.

»Komm, lass uns zu dem Flachbau gehen.« Die zwei liefen den schmalen Weg entlang und stoppten vor der Hecke. Je zwei Feuerwehrleute zielten mit insgesamt drei Schläuchen auf die Flammen.

Akebono wunderte sich, wie gierig das Feuer loderte. Es schien, als ob das Wasser in der Hitze direkt verpuffte.

Ein Mann stand abseits und brüllte Anweisungen in sein Funkgerät. Als er die Polizisten wahrnahm, zuckte er zusammen und kam rasch auf sie zu. »Was haben Sie hier zu suchen?«, herrschte er sie an.

Der Major kramte den Ausweis aus der Innentasche und hielt ihn dem Mann unter die Nase. »Major John Akebono, guten Morgen. Das hier ist Leutnant Nick Toronga. Wir sind von der Hilo-Police und ermitteln in dem Fall.«

»Wieso Fall? Das hier ist ein Feuer.«

»Ja, das sehen wir«, grinste er. »Wir sind an einer Sache dran, die auch die Eigentümer hier betreffen.«

»Ah, und ich dachte schon, Sie sind Touristen, die einen Film für YouTube drehen. Solche Spinner gibt es immer mehr. Drehen fürs Internet und geilen sich an den Likes auf. Alles Vollidioten, wenn Sie mich fragen.«

»Da möchte ich Ihnen nicht widersprechen«, sagte der Major.

Der Mann hielt inne und sah in die Gesichter der müden Beamten.

»Ich bin Brandobermeister Jack Holstein.« Die Zwei schüttelten eine dick verpackte Hand. Der Leutnant wischte die berußten Finger an der Hose ab.

»Haben Sie einen Moment Zeit für ein paar Fragen, Herr Holstein?«

»Aber nur kurz. Dann muss ich rüber zu dem anderen Brandherd. Sie sehen ja, was hier los ist.«

»Wie fanden Sie die Lage nach Eintreffen vor?«, fragte der Major.

»Ich kam mit dem ersten Löschzug. Das Haus an der Straße stand bereits voll in Flammen. Dieser Brand hier« – Holstein zeigte in Richtung Hecke – »war frischer. Das Feuer hatte noch mehr Nahrung.«

»Gibt es Hinweise auf die Brandursache?«, fragte Toronga.

In dem Moment gab es ein dumpfes, klirrendes Geräusch direkt hinter ihnen. Es hörte sich an, als ob etwas aus Glas barst. Die Polizisten zuckten zusammen. Instinktiv zogen sie die Köpfe ein.

»Das war ein Bildschirm oder eine Glasscheibe«, schloss Holstein gelassen, der kaum reagierte. Er schien das gewohnt zu sein.

»Zu Ihrer Frage. Ich vermute, dass die Brände gelegt worden sind. Als wir ankamen, roch die Luft wie an einer Tankstelle, wenn zwanzig Autos auf einmal Sprit nachfüllten. Es stank derart intensiv nach Benzin, dass ich meine Leute angewiesen hatte, ihre Masken aufzusetzen.«

»Ach, das ist ja spannend«, meinte Toronga.

»Geben Sie uns bitte Bescheid, wenn keine Gefahr mehr besteht. Die Kollegen der Spurensicherung müssen später noch ihre Arbeit machen«, sagte der Major.

»Ich rufe Sie an.« Akebono steckte ihm eine Visitenkarte in die Brusttasche. Holstein nickte und lief zügig zum Brand des Wohnhauses.

Über dem Ozean kündigte das zarte Licht den Tag an. Der Wind vom Meer fachte die Flammen beständig an. Unermüdlich schossen die Feuerwehrleute Wasser in das Feuer.

Der Major rief bei Dawson an. Die hob verschlafen ab.

»Guten Morgen, Lisa, John hier«, begrüßte sie der Major. »Könnt ihr in einer Stunde zum Sullivan-Anwesen kommen? Es gibt zwei Ruinen zu untersuchen. Keine Toten und keine Verletzten«, schloss er voreilig.

»Oh Mann, du bist echt schlimm.« Schweigen in der Leitung. John sah sie im Geiste ihre Augen reiben, die Haare wild durcheinander. »Das Haus in Honomu?«, fragte Dawson leise.

»Ja, genau.«

»Wir waren doch vorhin erst bei Henry Dewey im Haus«, klagte die Kollegin, noch immer nicht wach.

»Es tut mir leid, Lisa, aber das ist unser Los. Ich wäre auch lieber in meinem Bett«, erklärte der Major.

»Bis später. Ich muss jetzt zwei Leute wecken.« Dann Stille. Sie hatte aufgelegt.

Akebono drückte die rote Taste. Für den Moment gab es nichts zu tun, außer zu warten. Beide zogen sich in ihre Fahrzeuge zurück, um ein wenig zu ruhen. Der Major stellte den Wecker des iPhones auf 45 Minuten später, drehte den

Sitz nach hinten und legte sich seufzend ab.

Es klopfte an der Scheibe. Er erschrak und stieß mit dem rechten Knie gegen die Mittelkonsole. Er fluchte und rieb sich das pochende Gelenk. Kurz darauf ließ er das Fenster herunter. Draußen stand Toronga mit zwei Bechern Kaffee.

»Hier, John, damit du wach wirst.«

Er rieb sich die Augen und griff nach dem Becher, den er beim ersten Versuch verfehlte.

»Danke. Sind Milch und Zucker drin?«

Toronga grinste. »Ich weiß doch mittlerweile, wie du deinen Kaffee trinkst.«

Der Major schnupperte zufrieden am heißen Getränk und nippte. Er rieb immer noch sein Knie.

»Wie lange habe ich geschlafen?«, fragte er schläfrig.

»Keine Ahnung. Nach 20 Minuten bin ich los, um Kaffee zu holen. Eine knappe halbe Stunde schätze ich.« Nick trank einen Schluck und fuhr fort.

»Ich habe eben mit Herrn Holstein gesprochen. Die Brandherde sind am Abkühlen. In zwei Stunden können wir die Kollegen in die Ruinen lassen. Häuser sind das keine mehr«, erklärte er.

»Ist er in der Nähe?«, fragte der Major.

»Ich glaube ja, warum?«

»Ich werde versuchen, für uns etwas mehr Zeit herauszuholen.« Der Major öffnete die Tür und schob sich von dem Sitz. Sein Rücken schmerzte und er streckte sich.

Vor dem Eingang zum Haus der Sullivans fanden sie ihn. Er stand entspannt da und rauchte eine Zigarette.

»Haben Sie noch nicht genug Rauch und Dampf intus?«, fragte Akebono scherzhaft und ließ dies durch ein Lächeln erkennen. Herr Holstein lächelte zurück.

»Reine Gewohnheit. Ich frage mich selbst oft, warum ich nicht mit dem Mist aufhöre.«

»Der Brand ist doch gelöscht, oder? Zumindest sieht man keine Flammen mehr«, fühlte der Major vor.

»Sie können es kaum erwarten, da drin herumzustochern, was?«, sagte er lächelnd. Er nahm einen Zug von der Camel und fuhr fort. »Klar sind die Flammen weg, aber es sind Glutnester vorhanden, die das Feuer beim kleinsten Windzug anfachen.« Der Mann zog erneut an der Zigarette und sah zum Major.

»In einer Stunde dürfen Ihre Leute in das hintere Gebäude. Scheint ohnehin von größerem Interesse zu sein.«

»Wie kommen Sie darauf?«, fragte Toronga.

»Weil uns beim Löschen auffiel, dass der Eingang aus einer Stahltür besteht. Die ist so stabil, dass man sie vermutlich noch einmal nutzen könnte.«

Akebono dachte an den Schlüssel aus Oaklands BMW. Er hatte ihn rasch noch eingesteckt, bevor er losgefahren war.

Holstein drückte die Kippe aus und verabschiedete sich zur Arbeit.

Eine Stunde später schlurfte eine müde Lisa Dawson mit der Truppe an. Sie brummte ein »Guten Morgen« in Akebonos Richtung. Der Major zeigte in Richtung des hinteren Baus. Lisa verstand und zog mit den Leuten direkt dorthin. Das Gerumpel ebbte rasch ab.

John hatte ihr zuvor per Telefon mitgeteilt, wo sie anfangen könne. Herr Holstein bot an, für Rückfragen noch eine Stunde vor Ort zu bleiben. Die Beamten wollten sich im Zweifel mit ihm abstimmen, bevor Lisas Leute sich in

Gefahr brachten.

Nachdem die zwei bei der Stahltür angekommen waren, zückte der Major den Schlüssel. Die Tür hing schräg in den Angeln. Das Schloss knirschte wegen Asche- und Rußpartikeln. Der Schlüssel passte, wie beide vermutet hatten. Seufzend steckte er ihn wieder ein. Oakland und Sullivan schien etwas enger zu verbinden.

Wenig später brüllte Lisa aus einem der hinteren Räume – ohne Dach, aber mit Wänden – nach Akebono. Er möge sich doch bitte einen Fund ansehen.

John eilte, gefolgt von Nick, in den Raum. In einer Ecke stand ein verrußter Tresor, der das Inferno überstanden hatte. Er besaß einen klassischen Drehverschluss und ließ sich nur mit Gewalt öffnen.

»Tja, jetzt müssen wir noch prüfen, ob das Haus hier zum Sullivan-Anwesen gehört, John.«

»Ich rufe Barbara an. Sie soll das anhand der Anschrift checken.«

Der Major rief sie an und wartete ab. »Die Mailbox«, rief er zu Toronga. Und dann: »Ich hinterlasse ihr eine Nachricht.« Nick wartete einen Moment, bis sein Chef fertig war.

»Was machen wir mit dem Tresor?«, fragte er ratlos.

Akebono griff nach dem Schlüssel und hielt ihn ihm vor die Nase. »Der Schlüssel passt in die Stahltür hier. Er war im Besitz von Tim Oakland. Er hat mit den Sullivans Geschäfte gemacht. Wir kennen zwar keine Details, aber das reicht mir. Sollte der Flachbau nicht den Sullivans gehören, käme ich damit vor Gericht durch.«

»Wir lassen das Ding also knacken?«, fragte Nick.

John nickte und tippte Herr Holsteins Nummer in das

Smartphone. Nach dem zweiten Klingeln hob er ab.

»Hallo, noch einmal. Wir haben einen Tresor gefunden. Der ist aus Stahl und wirkt intakt. Wir müssen an den Inhalt ran. Habt ihr Schweißgeräte dabei?«

»Was für eine Frage. Die liegen immer im Wagen«, meinte Holstein in einem Ton, als spräche er zu einem Zwölfjährigen am Tag der offenen Tür. »Ich schicke euch zwei Leute, die den Tresor aufschweißen« und legte auf.

»Ich suche Barbara mal die Anschrift heraus«, sagte Toronga und zückte sein iPhone. »Hier ist es. Sullivan-Consulting, 2988-90 Hawaii Belt-Road, Honomu«, murmelte er wenig später.

In dem Moment klingelt Johns Handy. Es war Barbara. Er gab ihr die Adresse durch.

»Ich bin beim Frühstück. Aber ich habe mein iPad hier. Mit den Daten geht das rasch. Bleib am besten dran.«

»Das ist lieb, danke Barbara.« Ihn beschlich ein wohliges Gefühl. »Was wären wir nur ohne unsere Fee?«, sagte er zu Nick.

»Das habe ich gehört, John«, kam es freudestrahlend aus dem Mikro. »Warte. Ich bin auf der Seite des *Kreises von Hawaii, Büro Steuern von Grund und Boden.*«

Der Major lauschte dem Geknister.

»Also, das Grundstück erstreckt sich linker Hand der Belt-Road bis jenseits einer Hecke. Von dort etwa vierzig Meter nach hinten. Rechts der Belt-Road umfasst sie nur das Haus der Sullivans. Die Parzelle ist groß. Da passen noch ein paar Häuser drauf.«

»Ist hinter der Hecke ein Gebäude vermerkt?«

»Ja, hier steht Sullivan-Consulting, 2990, Hawaii Belt

Road. Das gehört dazu. Man sieht es, weil hier ein Foto von Google aus dem Jahr 2015 eingescannt ist.«

»Ist links an der Straße auch ein Doppelhaus vermerkt?«

»Ja, mit der Nummer 2989. Zwei Condos. Die sind als Ferienwohnungen drin.«

»Ja, genau. Frau Sullivan vermietet sie an Urlauber. Danke Barbara, das reicht mir. Lass es dir schmecken.«

»Danke, mein Lieber. Viel Glück.« Sie legten auf.

Zehn Minuten später kamen zwei Feuerwehrleute mit Schweißgerät und Schutzbrillen den Weg entlang. Toronga lotste sie zu dem Tresor. Die beiden fingen ohne viel Worte mit ihrer Arbeit an. Gleißend helles Licht erhellte den Raum. Nick drehte sich weg.

Nebenan schlich das Team um Lisa umsichtig durch die mit Schutt und Trümmern übersäten Räume. Neben einem Regal fanden sie einen nassen Büroordner. Er stand auf feuchtem Boden. »John, schau doch bitte mal hier«, rief sie.

Der Ordner lag in einer Nische an einer Stelle, die von den Flammen verschont geblieben war. Rundherum lagen dicke Glasscherben. Es roch nach verbranntem Fisch. Ein Holzbalken hing quer von der Decke herunter. Das untere Ende hatte offenbar etwas aus Glas zerschlagen. Akebono trat zwei Schritte zurück. »Hier stand mal ein Aquarium. Vorhin gab es doch das berstende Geräusch. Da waren ein paar Hundert Liter Wasser drin. Die armen Fische.«

»Ja, aber es hat den Ordner gerettet«, meinte Dawson. Er hob ihn auf. Die gewellten Blätter fühlten sich durch seine Handschuhe feucht an. Er packte ihn in eine Tüte und reichte sie John.

»Die Seiten sind nass. Sie kleben aneinander. Das Papier

muss sachte getrocknet werden. Mit etwas Glück könnt ihr sie dann trennen«, erklärte Lisa mit geschultem Auge. »Stelle ihn am besten im Büro in den Trockenraum.«

Akebono klemmte sich die Tüte unter den Arm. Die Arbeiten am Tresor kamen voran. Kurz darauf setzte der Mann das Gerät ab. Mit einem Knacken fiel ein eher ovales Stück Stahl ins Innere. Nick leuchtete mit einer Lampe in den Safe hinein. In einem Fach lagen mehrere Mappen. Einzelne Blätter lugten hervor. Zudem lag dort ein Schlüssel, der dem Aussehen nach zu einem Bankschließfach gehörte.

Lisa packte den Fund in Folien. »Ihr bekommt die Sachen nach der Spurensuche.«

»Wie lange benötigt ihr dafür?«, fragte der Major.

»Ich denke, heute Abend könnt ihr sie zur Auswertung haben.« »Klingt gut. Wollt ihr auch einen Kaffee und eine Kleinigkeit zu essen?«, fragte er in die Runde.

»Ja, und ob«, erwiderte Lisa. Überall sah der Major nickende Gesichter. Er fuhr zu einem Starbucks, ein paar Kilometer weiter. Nick fuhr mit, um zu helfen.

Gestärkt und spürbar wacher setzte Lisa mit ihrem Team die Arbeit fort. John klärte mit ihr ab, dass die Unterlagen aus dem Tresor zuerst geprüft werden sollten.

Er konnte es kaum erwarten, sich dem Ordner und den Papieren zu widmen. Die Dokumente sollten durch das Feuer zerstört werden.

Auch hier stießen sie wieder auf die Frage nach dem Motiv. »Wir hatten diesmal Glück und es geht voran, John«, meinte Nick in die Gedanken hinein. »Ja, das glaube ich auch.

23

Anonymous
Hawaii – Big Island 2018

In Gedanken ließ er die letzten zwanzig Minuten Revue passieren. Oakland war in allem, was er tat, getrieben von Angst. Er drehte sich ständig um, obwohl er im Dunkeln kaum etwas sehen konnte. Zuerst hatte er seinen roten Japaner hinter einer Hecke entdeckt. Er beschloss daher, in sicherer Distanz zu warten.

Aus dem Nichts sah er ihn einen schmalen Weg entlang huschen. In gebückter Haltung kam er kurz darauf mit einer Umhängetasche zurück. Rasch hatte er die Straße überquert, die Tasche auf dem Rücksitz verstaut und das Auto erneut verschlossen. Im Nu hatte ihn die Dunkelheit wieder verschluckt. »*Spuren verwischen wird dir auch nichts mehr nützen*«, *resümierte er still. Ihm war nicht entgangen, dass Oakland dabei kaum Geräusche gemacht hatte. Lautlos, wie eine Katze.*

Wenig später flackerte das erste Feuer auf. Es leuchtete von oberhalb des Pfades, den Oakland genommen hatte. Mit offenem Mund stand er staunend in dem Versteck. »Schau an, Feuer kann der auch«, gestand er sich ein.

Er zuckte zusammen, als das Glas splitterte und ein dumpfes Knallen, das sich nach einer Verpuffung anhörte, zu ihm schallte.

»Zeit, von hier zu verschwinden«, flüsterte er. Umsichtig hatte er den Weg zu dem blauen Nissan gesucht und sich ans Steuer gesetzt. Oakland musste jeden Moment den Honda erreichen, um das Weite zu suchen.

»Ich habe ihn unterschätzt«, hatte er anfangs noch sinniert, bevor er sich auf die eigenen Stärken besann. Er hatte rasch geprüft, ob er das Wichtigste bei sich trug. Im Dunkeln tastete er danach. Alle drei Schätze waren da. Sein Puls hatte sich beim Ertasten des Werkzeugs wie von selbst reguliert. Die Kälte des Stahls beruhigte ihn.

Ein Motorgeräusch holte ihn aus der Ruhe. Der Honda war gestartet worden.

Voll im Hier und Jetzt fuhr er ihm nach. »Diesmal entwischst du mir nicht.« Er tastete nach seinem Puls und atmete lang und tief ein. Dann beschleunigte er. Der Honda raste etwa einen Kilometer vor ihm nach Norden. Jenseits von Waimea, rund eine Stunde später, bog er ab.

»Was willst du denn in Kohala?«, überlegte er. Als er kurz darüber nachdachte, entspannte er sich. Die Kohala-Halbinsel war dünn besiedelt und es gab nur wenige Straßen. Ein Lächeln umspielte seinen Mund. Zum Glück hatte er getankt. Ein Blick auf die Uhr beunruhigte ihn. Die Zahlen zeigten 04:10 Uhr. Bald würde es hell werden.

Er holte bis auf rund siebenhundert Meter auf und hielt den Abstand. »Alles wird gut. Heute Nacht wird alles deutlich besser«, beruhigte er sich selbst.

Am Wasser kam der rote Japaner zum Stehen. Das Bremslicht leuchtete grell auf, bevor es erlosch. Dann verschluckte die Nacht das Auto.

Rasch parkte er neben einem Busch und schaltete den Motor aus. Er griff nach dem Rucksack und schloss kaum hörbar ab. Die paar hundert Meter wollte er zu Fuß zurücklegen. Mit dem Nachtsichtgerät kein Problem. Er aktivierte es. Auf leisen Sohlen joggte er los. Nach einigen hundert Metern tauchte vor ihm in leuchtendem Grün Oakland auf.

24

Akebono
Hawaii – Big Island 2018

Verstaubt und nach Asche riechend, trafen die zwei Beamten im Büro ein. Sie rubbelten sich vor dem Eingang Reste aus dem Haar und klopften ihre Kleidung ab.

Nach einer Dusche und mit frischen Sachen am Körper fühlte sich die Welt viel besser an. Brian ließ Kaffee, Orangensaft, belegte Sandwiches und Obst kommen.

Er sah den beiden an, dass sie kaum Schlaf bekommen hatten. Ihm schien es zudem ein Bedürfnis zu sein, sich erkenntlich zu zeigen. Die Kollegen der »SpuSi« erwartete er etwas später. Sie würden sich über gutes Essen ebenso freuen.

»Wie ist die Lage?«, forschte der Chief nach ein paar Minuten Stille. Der Major hatte eher mit einem fahrigen Boss gerechnet und sah erstaunt auf. Dieses Mal ließ er die Beamten zwar in Ruhe essen. Das bedeutete für ihn aber, dass dabei gesprochen werden konnte.

Akebono kaute und erzählte in Kürze den Ablauf der Nacht.

»Den nassen Ordner versuchen wir zu retten«, schloss er und biss in sein Sandwich.

»Kümmert euch schnellstens um die Funde aus dem Tresor«, forderte der Chief. Der Major nickte kauend, wollte das Thema aber nicht vertiefen. Ihm ging es um das Feuer und andere Themen. Er holte tief Luft und fing an.

»Ob es sich um Brandstiftung handelte, werden wir noch erfahren. Herr Holstein ist sich dessen aber auch so sicher«, erläuterte er.

»Woraus schließt ihr den Zusammenhang zwischen den zwei Bränden, dem in Volcano und dem hier?«, stocherte Brian weiter.

»Aus dem zeitlichen Aspekt und der Tatsache, dass zu 99 % Brandbeschleuniger verwendet worden sind. Das springt schon ins Auge«, warf Nick ein.

Nach einem Biss in das zweite Thunfisch-Sandwich sprach der Major ein anderes Thema an.

»In Herrn Deweys Haus ist noch einmal eingebrochen worden.«

»Davon weiß ich ja noch gar nichts«, protestierte der Chief. Auf seiner Stirn vertiefte sich die senkrechte Stirnfalte.

»Deswegen erzähle ich es dir ja jetzt. Es ist nach etwas gesucht worden. Wir fanden ein kleines Versteck hinter einer Fußleiste. Es war so klein, dass nur ein Schlüssel oder ein USB-Stick gepasst hätten.«

»Was schließt du daraus?«, bohrte der Chief nach.

»Ich vermute, dass der Täter den Schlüssel gesucht hat, der aus Oaklands Wagen herausgefallen war. Er oder sie könnte davon gewusst haben.« Er drehte sein Sandwich ein Stück weiter und biss herzhaft zu.

»Oder der Täter hatte Kenntnis von dem Tresor und hat nach dem Schlüssel gesucht«, schob Nick nach.

»In jedem Fall muss sich in dem Flachbau etwas befunden haben, was das Interesse des Täters geweckt hatte«, meinte der Major.

»Wieso in dem Flachbau?«, hakte der Chief nach.

»Entschuldige, weil dort der Schlüssel aus dem Auto in eine Panzertür gepasst hatte.«

»Aha«, meinte Brian, ohne weitere Fragen zu stellen.

Akebono hielt inne und sah nachdenklich drein, bevor er fortfuhr. Er erzählte von seiner Begegnung mit Frau Johnson und was er von ihr erfahren hatte. Er schloss mit dem Satz: »Auf den Lavafelsen fand ich eine Botschaft des Täters.«

»Was für eine Botschaft?«, fragte ein konfuser Motonga.

»Ein mit roter Farbe auf die Felsen gesprühter Stern. Er hat fünf Zacken, in zwei davon standen die Initialen der bislang Ermordeten. Im dritten stand *TO*, was für Tim Oakland stehen dürfte. Die beiden letzten Zacken waren leer.«

»Wie kommst du darauf, dass sie für dich war?«

»Das habe ich nicht gesagt. Ich halte es für eine Botschaft. Ich glaube, dass die zwei leeren Zacken für noch kommende Morde stehen. Das ist für den Täter ein Spiel. Jemand hat Spaß daran, uns ständig einen Schritt voraus zu sein. Für uns ist es ein Wettlauf gegen die Zeit.«

»Oder er möchte, dass ihr aufholt. Die Frage ist, warum?«, sinnierte Motonga. Durch ein Nicken bat er den

Major, weiter zu sprechen.

»Das Schlimmste aber ist, dass von Frau Sullivan jede Spur fehlt. Ihr Wagen ist fort. Wir sollten nach ihr und dem Fahrzeug fahnden, auch wenn sie längst über alle Berge ist. Sie ist der Schlüssel in dem Fall, dessen bin ich mir sicher.«

»Haltet ihr es für denkbar, dass sie selbst in den Fall verwickelt ist?«, fragte Motonga.

»Wir müssen beide Optionen verfolgen, dass sie uns etwas verschweigt oder auch Opfer ist. Sie ist erst einmal verschwunden und hat uns einiges vorenthalten. Die Frage ist, warum? Um jemanden zu decken, oder weil sie Angst hat? Hat sie ein Motiv? Mag sein, aber es ist für uns nicht sichtbar. Sicher ist, dass sie mehr weiß, als sie bislang gesagt hat«, führte der Major seine Gedanken zu Ende.

Er warf die Stirn in Falten. »Was mich umtreibt, ist die Frage nach dem Verbleib von Tim Oakland. Ist ihm etwas zugestoßen? Musste er fliehen? Das wird beides meiner Meinung nach durch den Mann in dem blauen Nissan bekräftigt, der auf dem Video zu sehen war.«

»Und der einen Tag vor dem Brand in Volcano aufgetaucht ist«, ergänzte sein Kollege. John nickte ihm zu und fuhr fort.

»Zudem erzählte Frau Johnson, dass sie eines Abends einen dunklen, parkenden Pick-up gesehen hatte. Er stand so, dass der Eingang zu Henry Deweys Haus gut einsehbar war. Das geschah vor dem Mord«, führte der Major weiter aus.

Bei dem Gedanken sah er zu Nick. »Was hast du über das Auto aus dem Video herausgefunden?«

Der drückte den Rücken durch und legte los.

»Es handelt sich um einen Nissan-Navarra. Die Farbe

stellte sich bei hoher Auflösung als Ozeanblau-Metallic heraus. Avis, Hertz und Alamo haben dieses Jahr weit über hundert der Reihe hier in Dienst gestellt. Sie sind je zur Hälfte an den Flughäfen in Kona und Hilo stationiert. Weitere siebzig werden privat gefahren«, schloss der Leutnant. Nach einem Blick in ratlose Gesichter fuhr er fort.

»Es gibt drei Motorvarianten. Der Typ lässt sich aber nicht auf dem Video erkennen. Von daher kommen alle Autos in Betracht.«

»Wie viele waren an diesem Tag vermietet?«, bohrte der Chief nach.

»Bis auf vierzehn alle«, sagte Toronga prompt. »Zudem könnte eines der Fahrzeuge gestohlen worden sein.«

»Bitte verfolgt die Sache weiter. Es ist aktuell unsere einzige Spur, die zum Täter führen könnte«, drängte Motonga. Damit war die Sitzung beendet.

»Okay, wir treffen uns spätestens morgen. Bis dahin haben wir mit Glück die Ergebnisse der Spurensicherung. Und jetzt esst weiter. Wozu habe ich all das Zeug bestellt.«

Der Chief schenkte Kaffee ein und reichte ihnen die Tassen. Der Major biss in ein drittes Sandwich. Er hatte gar nicht bemerkt, wie hungrig er war.

Kurz darauf setzten sich die Zwei an ihre Computer. Nick filterte die Datenbank nach Nissan-SUVs in Ozeanblau. Es zeigte sich, dass drei Autos aufgebrochen und die Delikte zu Anzeigen geführt hatten. Alle tauchten wieder auf. Das eine ausgebrannt, die zwei anderen demoliert.

Gestohlen war nur ein Exemplar in Rot-Metallic. Er rollte die Augen, nachdem er das gelesen hatte.

Der Major stand auf und holte sich den Ordner aus dem Trockenraum. Den Moment hatte er sehnsüchtig erwartet. Er fing an, die welligen Blätter vorsichtig zu trennen. Das Papier fühlte sich warm und trocken an. Die Schrift war lesbar.

Zwei Stunden später hatte er einen Überblick. Es ging um Pachtverträge von Grundstücken. Sie waren an Firmen aus der Chemiebranche vermittelt worden. Es handelte sich um Grund und Boden auf Maui, Kauai und vor allem Oahu. Dort waren die Sullivans dick im Geschäft. Die Verträge liefen fünf bis zehn Jahre. Sie schlossen die landwirtschaftliche Nutzung im Rahmen der lokalen Gesetze mit ein.

Die ältesten Kontrakte stammten aus dem Jahr 2014. Insgesamt fand er mehr als fünfzig Verträge.

In den ersten Fällen traten Sullivan und Partner als Vermittler auf. Sie kassierten hohe Beträge, die mit dem Wort *Provision* vermerkt waren. Der Major wunderte sich über die Bezüge. Er blätterte um und las. »Sieh mal einer an«, murmelte er vor sich hin.

Auch das Beschaffen weiterer Grundstücke zählte zu den Aufgaben. Er fand markierte Karten von Maui und Kauai. Akebono hielt inne und pfiff leise durch die Zähne.

Viele Areale standen im Eigentum des Staates Hawaii. Wer hat die Macht, Grund und Boden gegen hohe Summen einfach zu verpachten?, ging es ihm durch den Kopf.

Die Dokumente trugen anfangs die Unterschrift von Peter Sullivan und Henry Dewey. Tim Oakland folgte erst später. Allerdings nicht so, wie der Major dies erwartete. »Nick, schau dir das mal bitte an«, rief er ihm zu.

»Tim Oakland und eine Jennifer Omaha haben ab 2015

Verträge unter *O & O – Realty* gezeichnet. Was sagst du dazu?«

Der Leutnant legte seine rechte Hand auf die Stirn und dachte angestrengt nach. »John, hast du die Liste mit den Kündigungen?«, fragte er.

»Die von Blourish & Watts? Ja, die habe ich noch, warte.« Er schob Papiere auseinander und wieder zusammen. Dann fand er das Dokument.

»Eine Frau Omaha gibt es hier nicht. Aber mir kommt da ein Gedanke.« Der Major ahnte etwas, schnappte sich das Telefon und reichte es Nick.

»Hier, ruf bitte bei Blourish an. Frage nach, ob eine Frau Jennifer Omaha, in welcher Form auch immer, angestellt war oder dort ein Praktikum absolviert hat? Sie könnte Herrn Oakland von dort kennen. Das war doch dein Gedanke, oder?«

»Ja, stimmt. Warum denn ich?«, stammelte der Leutnant.

»Weil du besser Kopfkino kannst als ich«, grinste Akebono.

»Was versprichst du dir davon?«

»Dass sie mit etwas Glück noch ein Foto von ihr in den Akten haben, sollte sich deine Theorie bestätigen.«

»Du scheinst dir ja sicher zu sein, was?«

»Ja, sie muss Sullivan vor ihrer Ehe getroffen haben. Wenn sie ihn dort getroffen hat, dann auch die engsten Kollegen. Warum nicht im Rahmen eines Praktikums oder durch freie Mitarbeit? Die Wege der beiden haben sich ja gekreuzt. Außerdem bist du ein heller Kopf und ich denke, du hast recht.«

Nick seufzte. Er schnappte sich den Hörer. In Google

suchte er die Nummer von Blourish & Watts. Eine wohlbekannte, vermutlich in Türkis gekleidete Frau Brown hob ab. Sie hauchte dem Leutnant etwas ins Ohr. Er sah sie sofort vor sich.

Leicht verwirrt brachte er das Anliegen vor. »Bitte warten Sie einen Moment, Herr Toronga.«

Er bedauerte, die Musik der Warteschleife zu hören. Nach zwei Minuten Esoterik meldete sie sich erneut. Vor seinem geistigen Auge massierte sie ihn, allerdings nicht in Türkis, sondern nackt. Es machte Plopp, und der Traum war geplatzt. Nick schüttelte den Kopf.

»Hören Sie, Herr Toronga. Eine Frau Jennifer Omaha hat in der Tat mit uns zusammen gearbeitet. Sie hatte hier ein *Training on the Job* im Frühjahr 2014. Danach arbeitete sie kurz als freie Mitarbeiterin, bevor sie kündigte. Wir haben ihre Akte noch. Ein Foto ist auch dabei. Ich lasse Ihnen alles per Mail zukommen. Das wird aber bis heute Nachmittag dauern. Ich habe vorher noch einiges zu tun.«

Der Leutnant wiegelte ab. »Das ist völlig in Ordnung, Frau Brown. Vielen Dank.«

Sie schenkte ihm ein virtuelles Lächeln. »Gerne«, hauchte sie in den Hörer. Der Major sah ihn verblüfft an und widmete sich erneut dem Text. Toronga hob den rechten Arm in Siegerpose. Dann küsste er seinen Bizeps und sagte »*Yes*«.

Akebono rollte die Augen. »Schieß los.«

»Sie hat bei Blourish & Watts 2014 ein *Training on the Job* absolviert. Und das Beste: Tim Oakland hat auch im Jahr 2014 gekündigt. Die ersten Verträge der beiden stammen aus dem Jahr 2015«, sprudelte es aus ihm heraus. »Das passt zusammen.« Nach einer Pause: »John, manchmal erstaunst du mich echt, weißt du das?«

Akebono grinste nur. Für sich dämpfte er die Erwartungen, obgleich auch er hoffte, dass sich eine heiße Spur ergeben könnte.

»Warten wir es ab«, sagte er schlicht.

25

Nick schaltete den Computer an. Ein nervöses Kribbeln überzog seine Haut. Er hoffte, die E-Mail vor dem Nachmittag zu bekommen. Und er hatte Glück. Ihre Nachricht leuchtete im Posteingang. Sie bestand aus einer netten Anrede, allen Zeugnissen und drei Zertifikaten. Im Anhang fand er ein Foto von Frau Jennifer Omaha. Er öffnete das Dokument.

»Sieh dir das mal an, John.«

»Was denn?«, kam es von jenseits des Monitors.

»Na hier. Schau dir das Foto von Frau Omaha an.«

Der Major kam herum und sah sich ihr Gesicht an. Dann sagte er erst mal nichts mehr.

»Du schaust, als ob draußen Elefanten grasen«, feixte Nick.

John sah gebannt auf das Foto.

»Jennifer Omaha ist Frau Sullivan. Hier aber ein paar Jahre jünger«, brachte er hervor.

»So viel zu ihrer Aussage, sie wisse nichts von den Geschäften ihres Mannes.« Er winkte ab und seufzte.

Akebono sah sich das Foto erneut an. »Sie ist attraktiv. Könnte sein, dass sich zwischen ihr und Oakland die letzten Jahre etwas angebahnt hat. Das taugt auch als Ansatz eines Motivs für die Morde an ihrem Mann und Dewey. Aktueller Stand ist, dass Herr Oakland und Frau Sullivan verschwunden sind. Wir müssen nach ihnen fahnden, Nick.«

Er rief den Chief of Police an, berichtete alles und bat ihn, die Presse zu informieren.

»Ich kümmere mich um die Presse. Setzt du die Fahndung auf? Du sitzt doch vor dem Computer, oder?«, fragte der Chief.

»Ja, ich mache das«, meinte der Major und legte auf. Eine Stunde später leuchtete auf dem Bildschirm das Fahndungsschreiben. Er klickte die Enter-Taste und schaltete sie scharf. Damit erreichte es über eine gesicherte Leitung die Medien des Archipels. In den Nachrichten sollte eine Meldung erscheinen.

Als Nächstes wandten sie sich den Unterlagen aus dem Tresor zu. Auf dem Tisch lagen Papiere und ein schwerer Umschlag. Er wog rund drei Pfund. Nick kippte den Inhalt auf ein Tablett. Dutzende Goldmünzen, darunter American Eagle und südafrikanischer Rand, blinkten im Licht.

»Sieht wie eine Sammlung aus. Viele Motive«, stellte John fest.

Ein Papier der Scheidungspolice wies den Sullivans je die Hälfte des Grundstücks sowie eine Immobilie zu. Nick Toronga fand zudem eine Police, die es in sich hatte. Sie sicherte dem jeweils Überlebenden im Todesfall 750.000 US$ zu. Auszahlbar sofort ab Eingang der Urkunde, die den Tod bescheinigte.

Die monatlich fällige Prämie schien mit 250 US$ für Akebonos Gefühl recht hoch. Die Police lief über zwanzig Jahre und stammte aus dem Jahr 2012. Das Logo eines bekannten US-Versicherers prangte oben in der Mitte.

»Das ist aber eine hohe Summe, zumal die Immobilie der Sullivans abbezahlt sein könnte«, bemerkte der Major. Er wendete das Blatt und las auf der Rückseite weiter.

»Die Filiale liegt in Hilo, Nick.« Er griff nach dem Papier und gab dem Leutnant ein Zeichen. Es deutete auf Autofahren hin.

Die Filiale lag in der Kapiolani-Street 25, keine zwei Kilometer entfernt.

Der Major öffnete die Tür zum Gebäude und verlangte den Leiter zu sprechen. Die verdutzte Dame am Empfang wählte eine Nummer. Sie bat die Beamten um Geduld.

»Herr Smith wird gleich für Sie da sein. Nehmen Sie doch bitte im Büro Platz. Warten Sie bitte in dem letzten Raum auf der linken Seite«, entgegnete sie freundlich.

Die Wände des Büros glichen jenen eines Kinos. Überall hingen Plakate. Der Major blieb vor einem stehen und sah es sich in Ruhe an.

Ein von Palmen umranktes und zwei Meter hohes Logo der Firma stand im Sand. Davor ein Tablett mit bunten Cocktails. Hinten ein Windsurfer. Fünf Meter entfernt lugte eine Flosse aus dem Wasser. Sie sollte einen Hai andeuten.

Über der Szene prangte der Slogan *Glück im Unglück mit einem Premium-Kontrakt.*

»Die Werbeleute hatten auch schon bessere Ideen«, meinte Nick neben ihm.

»Ja, fehlt nur noch eine Hulakette um die Haifischflosse.«

Auf einmal platzte die Tür zum Nebenzimmer auf und Herr Smith rollte herein. Akebono fragte sich, ob er jemals einen dickeren Menschen gesehen hatte. Er trug einen Haarkranz. Die feuchte Stirn glänzte wie Speck im Neonlicht. Der Mann wirkte nicht auf sein Äußeres bedacht.

»Smith, mein Name, ich bin erfreut.« Der Major schüttelte eine lauwarme Hand, die sich fischig anfühlte.

»Was kann ich für Sie tun? Wir bekommen quasi nie Besuch von der Polizei.« In den letzten Satz warf er eine Portion Entrüstung, die sich theatralisch anhörte.

»Wir ermitteln in einem Fall und möchten gerne von Ihnen wissen, ob die Police hier bereits zur Auszahlung angewiesen worden ist?«, erklärte der Major. Er legte ihm die Kopie des Scheins auf den Tisch.

Herr Smith zuckte kurz zusammen und nahm das Papier.

»Einen Moment bitte. Ich sehe in der Datenbank nach.« Seine Augen überflogen das Blatt. »Oha, das ist ein Premiumkontrakt«, entfuhr es ihm. »Verträge dieser Art sind rar«, merkte er noch an.

»Das haben wir uns bei der Summe gedacht«, sagte Toronga.

Zwei Minuten klimperte die Tastatur. »Ja, jetzt erinnere ich mich. Nach Eingang des Totenscheins durch die Behörden wies ich die Summe zur Auszahlung an. Die Bedingungen des Vertrags waren leider erfüllt«, sagte der Mann mit verzerrtem Gesicht. Es sah aus, als hätte er Schmerzen.

»Wann war das?«, forschte der Major.

»Das Geld ist vor vier Tagen ausgezahlt worden. Bei

Kontrakten der Klasse hier geschieht das sofort.«

»Was heißt das konkret?«, fragte der Major.

»Dass das Geld in ein paar Stunden verfügbar ist«, kam es prompt. Er sah die beiden Polizisten über den Rand der Brille an.

»Vielen Dank für die Information, Herr Smith. Könnte ich die Kopie der Police haben? Wir benötigen sie unter Umständen noch«, erklärte Toronga.

Der Mann fühlte sich ertappt. Ohne aufzusehen, schob er sie dem Beamten zu. Dabei räusperte er sich verlegen. Die Ermittler nickten beim Hinausgehen und wandten sich rasch ab.

Im Pick-up überflog der Major das Dokument erneut. Auf der Police prangte eine Kontonummer. Er rief sofort bei der Bank an und verlangte die Auszüge der letzten vier Wochen.

Die Dame verweigerte sich. Sie verwies auf eine gerichtliche Anordnung, die vorzulegen sei. »Da kann ich Ihnen leider nicht helfen«, flötete sie zum Abschied. Sie wollte schon auflegen.

»Moment. Haben Sie das Formular vor Ort?«

Ein paar Sekunden war es still. »Ja, das haben wir hier. Aber es muss vom Dienststellenleiter unterschrieben sein«, schob sie pikiert nach.

»In Ordnung, wir sind in zehn Minuten bei Ihnen. Ich bin einer der Leiter. Bitte halten Sie das Dokument parat. Wie ist Ihr Name bitte?«

»Mein Name ist Nancy Anderson«, kam es etwas zittrig.

»Gut, Frau Anderson, bis gleich.«

Er klickte sie weg. Die *Polynesian-Islanders-Bank* hatte ihre Filiale im Zentrum von Hilo. Nach einer rasanten Fahrt bremste er den Pick-up wenig später vor dem Gebäude.

Am Schalter trafen die Beamten auf eine Dame in grünem Kostüm. Sie wirkte nervös.

»Guten Tag, die Herren. Ich bin Frau Anderson. Hier ist das Dokument. Wenn Sie sich bitte als Leiter ausweisen und dann hier unterschreiben«, bat sie freundlich.

Der Major kramte den Dienstausweis heraus und gab ihn ihr. Dann unterschrieb er das Dokument an drei Stellen mit Kreuz.

»Ich kopiere kurz ihre ID-Karte, Herr Akebono. Meine Kollegin bringt gleich die Ausdrucke der letzten zwölf Monate. Unser Zentraldrucker arbeitet momentan nicht so, wie er soll«, erklärte sie vielsagend.

Nach weiteren zehn Minuten tauchte eine Dame mit dem Papierstapel auf. Der Leutnant nahm ihn mit einem Nicken entgegen. Frau Anderson reichte die ID-Karte zurück.

»Besten Dank. Zum Glück hat das geklappt.« Nick lächelte zum Abschied. Zügig schritten die beiden zum Pick-up.

Der Major startete den Motor, stieg wieder aus und ließ die Klimaanlage ein paar Minuten laufen. Drinnen stand die Hitze. Es war zwar ein herrlicher Tag mit blauem Himmel und lauem Wind, aber auch heiß. Sie hielten auf dem Weg ins Büro beim *Big Island – Big Burgers*.

Dort deckten sie sich mit Essen ein, das sie bereits beim Fahren zur Hälfte aufaßen. Dies führte bei einer Fahrzeit von fünf Minuten dazu, dass beide froh waren, sich in den Bürostuhl fallen lassen zu können. Nick gab vor, noch hungrig zu sein. John schob ihm eine Schale mit Pommes hin. Dabei brummelte er etwas Undeutliches.

Er dankte und machte sich über die Kartoffeln her.

Kurz darauf widmete sich der Major den Auszügen. Wie erwartet fand sich die Gutschrift der vollen Prämie in Höhe von 750.000 US$. Frau Sullivan hatte zeitnah drei Beträge auf mehrere Konten in Auckland überwiesen.

Innerhalb von ein paar Stunden hatte sie an fünf Automaten in und um Hilo rund 35.000 US$ abgehoben. Am Folgetag die gleiche Summe in Kona am Flughafen und im Umland.

»Dann hat die Buchung nach Auszahlung der Geldprämie nicht mal einen Tag gedauert«, stöhnte der Major. »Das Geld war am selben Tag verfügbar.«

»Ja, Herr Smith hat uns das ja angedroht«, gab Nick zu Bedenken.

»Sieht so aus, als sei Frau Sullivan Hals über Kopf geflohen, nachdem sie sich mit Geld versorgt hatte«, dachte Akebono laut.

»Die Frage ist, ob sie aus Angst vor wem auch immer floh oder ob sie in dem Bewusstsein als Täterin das Weite suchte«, merkte Toronga an.

»Aktuell ist beides denkbar.« Einen Moment später hielt der Major inne. Etwas hatte ihn aufhorchen lassen. Er griff zum Telefon und ließ sich mit der Auskunft verbinden. Da er die Augen nach oben rollte, vermutete Nick eine Warteschleife.

»Guten Tag, Major Akebono aus Hilo. Im Zuge einer Ermittlung benötige ich eine Personenauskunft«, sprach er deutlich in den Hörer. »Ob ich Ihnen eine Kopie meiner ID-Karte mailen kann? Ja, kein Problem, ich rufe gleich zurück.«

»Mit wem sprichst du denn?«, fragte Toronga.

»Mit der Hawaiian Airlines. Ich muss mich erst ausweisen, bevor sie mir etwas sagen darf.«

Der Polizist scannte den Dienstausweis ein und schickte ihn per Mail. Kurz darauf wählte er erneut die Nummer. Er fragte, ob eine Frau Jennifer Sullivan, wohnhaft in Honomu, in der Datenbank registriert sei.

Der Major notierte auf einem Stück Papier, bedankte sich und legte auf.

»Frau Sullivan ist vor drei Tagen via Honolulu und Sydney nach Auckland geflogen. Das war Glück. Sie hätte auch mit anderen Airlines fliegen können. Ich dachte nur, dass Hawaiian am ehesten Sinn macht. Sie haben das größte Streckennetz von hier aus«, erklärte er.

»Vermutlich hatte sie Angst, auf einer der Inseln zu bleiben. Für mich fühlt es sich so an«, mutmaßte Toronga.

»Dass sie Angst hatte, unterschreibe ich sofort. Wenn man sich anschaut, was sie mit Oakland alles angestellt hat, kein Wunder«, stellte Akebono fest.

Er ließ Andrea das Salz von der Hand ablecken. Kurz darauf kroch die Eidechse zu einem sonnigen Platz neben der Tastatur.

»Wir werden einen Schritt weiter kommen, sobald wir Tim Oaklands Schicksal kennen. Später beraten wir uns mit Brian.

Doch jetzt muss ich zur Beerdigung von Peter Sullivan«, sagte der Major und stand auf.

»Ich werde weiter im Netz ermitteln«, seufzte der Leutnant und drehte sich zum Bildschirm.

26

Der Major fuhr nach Hause und zog sich um. Er beeilte sich, die Bestattung von Sullivan pünktlich zu erreichen. Im Auto dachte er daran, dass die Zeremonie jetzt ohne seine Witwe stattfinden würde.

Mit einer gewissen Neugier parkte der Beamte den Pick-up auf dem Parkplatz. Die Gemeinde traf sich nördlich von Honomu nahe dem *Kolekole*-Fluss. Oberhalb schmiegte sich der Friedhof in üppigem Grün an den Fluss. Rundherum gab es 3 Baumschulen. Reihe an Reihe standen viele Baumarten und Büsche zum Verkauf.

Akebono erreichte die Menge etwas zu spät. Er atmete tief durch und schloss kurz die Augen, um den Herzschlag zu beruhigen. Dann sah er nach oben. Einzelne Wolken zogen vorbei. Ansonsten war der Himmel blau. Er senkte den Blick und sah sich um. Der Priester trug ein schlichtes Gewand. Die Trauergemeinde bestand aus etwa zwanzig Personen. Er hatte mit mehr Menschen gerechnet.

Die Ansprache des Geistlichen endete mit einem Gebet. Im Anschluss bewegte sich die Schar aus der kleinen

Kapelle hinaus zu dem Ort, an dem Herr Sullivan die letzte Ruhe finden sollte.

Er hatte eine Schwester, die ihre gebrechliche Mutter unterhakte. Akebono schätzte sie auf vierzig Jahre, was sich so weit mit den Angaben Frau Sullivans deckte. Beide folgten dem Priester. Herr Sullivans Vater schien nicht anwesend zu sein.

Der Major entdeckte Herrn Blourish und grüßte freundlich. Klar, Peter Sullivans früherer Chef durfte nicht fehlen. Alle anderen Leute hatte er noch nie gesehen.

Vor einem prächtigen Lichtnussbaum war ein Erdloch gegraben worden. Ein Gong hallte nach. Der Geistliche flüsterte ein Gebet.

Es folgte eine Zeremonie, die etwa fünfzehn Minuten dauerte. Ein Gefäß mit Weihrauch verströmte ein wohliges Aroma. Vor dem Erdloch stand ein Gesteck aus Blumen. In eine Schale konnte Geld für Obdachlose in Hawaii gespendet werden. Nach einer Minute des Schweigens ließen zwei Männer die Urne in das Erdreich. Eine Glocke ertönte.

Akebono sprach den Angehörigen sein Beileid aus. Die Schwester des Toten wirkte gefasst, aber abwesend. Sie schien ihn nur am Rande zu bemerken und murmelte ein leises »danke«. Wenig später erhob der Priester seine Stimme. Die Trauergemeinde sei in das *Honomu-Stream-Cafe* eingeladen. Der Major mochte das Café, aber nicht den Anlass. Den typischen Leichenschmaus lehnte er ab. Rasch zog er sich zurück.

Er zog es vor, sich zu Hause umzuziehen und zur Besprechung ins Büro zu fahren. Er drehte sich ein letztes Mal um und nahm das Bild in sich auf.

Gegen Abend trafen sich die Beamten bei ihrem Chef. Motonga erläuterte die letzten Berichte in der Presse. Ihm war klar, dass den Ermittlern nicht die Zeit blieb, die Medien zu verfolgen.

Der Chief las die Nachrichten aller Inseln mit Argusaugen. Falls nötig, galt es, Schaden von seinen Leuten und der Polizei im Keim zu ersticken. Im Laufe der Jahre entwickelte er ein feines Gespür dafür.

Verbrechen auf Big Island fanden auf Oahu oder Maui kaum Beachtung. Vor Ort gab es meist mehr und Schlimmeres zu berichten. Der aktuelle Fall jedoch könnte noch weite Kreise ziehen. Darauf stellte sich Brian Motonga intuitiv ein.

Er saß im Ledersessel und wippte mit ineinander gelegten Händen auf und ab. Forsch sah er zu den zwei Beamten.

»Ich möchte mir einen Blick in die Zukunft verschaffen. Daher habe ich euch zu der kurzen Besprechung gebeten. Wo plant ihr, ab jetzt anzusetzen? In der lokalen Presse ist der Fall auf die zweite und dritte Seite gewandert, was sich aber jederzeit ändern kann. Wie ist der Sachstand, John?«

Der Major atmete durch und ergriff das Wort.

»Jennifer Sullivan hat sich nach Auckland abgesetzt. Zuvor hatte sie die Versicherungsprämie in Höhe von 750.000 US$ auf mehrere Konten im Ausland überwiesen. An das Geld kommen wir nicht heran. Sie scheint in Panik geflohen zu sein. Von Herrn Oakland fehlt uns jede Spur.«

Der Chief hörte auf zu wippen. Auf der Stirn erschienen drei waagerechte Falten. Die senkrechte Zornesfalte blieb diesmal fern. Nach einer kurzen Pause glättete sich die Haut. Er war mit der Antwort nicht zufrieden. Daher fuhr der

Major fort. »Na ja, um Frau Sullivan mache ich mir keine Sorgen. Wir finden sie früher oder später. Das hält sie nicht ewig aus, mit viel Geld auf der Flucht. Zudem muss ihr klar sein, dass nach ihr gefahndet wird«, schloss Akebono. Damit schien der Chief einverstanden, denn er schnitt ein anderes Thema an.

»Was ist mit den Verbindungen nach Oahu?«, forschte er.

»Dort könnten sich weitere Spuren ergeben. Ich hatte dir ja gestern eine Liste von Herrn Oaklands und Frau Sullivans Geschäften geschickt«, kam es prompt.

»Ja, stimmt.« Ein Lächeln huschte über Motongas Gesicht. »Danke für die detaillierte Landkarte mit den markierten Feldern, John. Den Ansatz, sich vor Ort ein Bild zu machen, halte ich für sinnvoll. Wann fliegt ihr?«

»Am besten gleich morgen früh. Kann Barbara die Flüge buchen, Brian?«, fragte Toronga.

»Ja, sie ist noch da.« Der Chief verschwand kurz nach draußen. Drei Minuten später kam er zurück ins Büro.

»Ihr fliegt morgen um 08:50 Uhr. Wo wollt ihr genau hin?«

»An die Nordküste. Dort haben die beiden einen Teil ihrer Geschäfte abgewickelt. Ich bräuchte für den Trip die markierte Karte von Oahu zurück, Brian? Geht das?«

Der Chief horchte auf. »Die von gestern mit den Feldern? Ja, die ist in meiner Schublade unter dem Aquarium. Ich hatte mir die Karte auf mehreren Seiten kopiert. Ich hole sie.« Motonga wuchtete sich aus dem Sessel. Auf dem Weg hielt er inne.

»Ach, noch was. Ich werde den Kollegen vom zuständigen Quartier in *Kahuku* Bescheid geben. So habt ihr den

Rücken frei.« Der Major atmete auf. Er möchte es auch nicht, wenn Beamte der Inseln nebenan ohne sein Wissen ermitteln.

»Wie heißt der Kollege? Für den Fall der Fälle?«

»Der Name des Captains ist Steve Miles, John. Er leitet die Polizeistation dort oben. Ich kündige euch an und gebe deine Handynummer durch. Damit dürfte er zufrieden sein.«

»Hast du ihm erzählt, worum es genau geht?«, hakte Nick nach. Der Chief überlegte kurz. »Ja, aber nur grob. Ich hatte den Eindruck, dass er genug andere Probleme am Laufen hat. Er hat seine Hilfe nicht angeboten, sofern du darauf hinaus willst.«

Der Leutnant winkte ab. »Nein, lass mal. Wir werden ihn anrufen, wenn wir ihn brauchen.«

Der *Chief of Police* verschwand aus dem Büro und kam sogleich mit der Karte von Oahu zurück.

Akebono nahm sie und breitete das Papier auf dem Tisch aus. »Danke Brian. Wir müssen noch ein paar Parzellen aus den Verträgen in die Landkarte übertragen. Damit hätten wir den Status quo.«

»Macht das. Was habt ihr genau vor?«

»Wir wollen prüfen, was auf den Feldern geschieht. In allen Kontrakten stand explizit etwas von landwirtschaftlicher Nutzung. Die gezahlten Beträge waren stets hoch. Es geht um viel Geld. Die Art und Weise des Anbaus könnten einer der Gründe dafür sein.«

»Fraglich sind auch die langen Laufzeiten«, ergänzte Nick. »Denn sie sorgen für jahrelange Einnahmen. Sie machen das für die Firmen erst attraktiv, da sie planen können«, schob er nach.

Der Major nickte und fuhr fort. »Dann möchten wir uns gerne mit Anrainern unterhalten. Die bekommen oft mehr mit, als man denkt. Wir werden Fotos von der Umgebung dort machen«, erklärte John.

»Gut. Wenn ihr nichts weiter von mir hört, viel Glück morgen.« Er nickte den beiden zu und verließ das Büro.

27

Die Zwei flogen am nächsten Tag um 08:50 Uhr mit Hawaiian Airlines nach Oahu. Der Major saß am Fenster. Er genoss die Aussicht auf den Archipel.

Die Boeing flog in nördliche Richtung und drehte mit westlichem Kurs ab. Da er links saß, sah er die Nordküste Big Islands in ihrer Pracht. Im Hintergrund thronte majestätisch der Schildvulkan *Mauna Kea*. Weiter südlich ragte der noch breitere *Mauna Loa* aus den Wolken.

Er drückte die Stirn ans Glas und sah direkt nach unten. Die im Nordwesten Big Islands gelegene Halbinsel Kohala kam zum Vorschein. Das üppige Grün der Wälder leuchtete in der Sonne. Wenig später erreichte die Boeing das offene Meer.

Nach einer halben Stunde drehte die Maschine südöstlich von Oahu eine Runde in der Schleife. Kurz darauf setzte sie zur Landung an.

An der Südküste zeigte sich ein herrlicher Blick auf das *Hanauma-Naturreservat*. Die kreisrunde Bucht war bei Tauchern beliebt, da es kaum Wellen gab. John dachte, dass sogar er dort das Schnorcheln lernen könnte.

Ein paar Kilometer weiter klebten die Vororte der Stadt wie eine klebrige Masse an den Berghängen. Das Flugzeug schaukelte im Wind und landete hart auf der Piste.

Vor Ort suchten sie das Büro von *Budget*. Barbara hatte einen Allrad-SUV gebucht. John hatte darum gebeten, da sie durch das Gelände fahren und mit allem rechnen mussten. Nick fuhr und nahm die H1 vom Flughafen nach Norden. Sie passierten *Pearl Harbor* sowie die Vororte der Metropole. Die Häuser fraßen sich auch hier wie ein Virus in die Hänge der Berge.

Kurz hinter *Pearl City* mündete der H1 in den H2, der Richtung Nordküste verlief.

Bei *Waipio* tauchten links Zeltstädte auf. Sie waren in den letzten Jahren auf Oahu wie Pilze aus dem Boden geschossen.

Die globale Finanzkrise aus dem Jahr 2008 hatte auch auf Hawaii gewütet. Tausende Menschen aus der Mittelschicht verloren von heute auf morgen ihren Job. Viele von ihnen waren über Jahre hinweg stets nur ein Gehalt von der Armut entfernt, da sie keine Rücklagen bilden konnten. Ohne finanzielle Reserven fanden nur wenige eine neue Arbeit. In Folge konnten sie ihre Wohnung nicht mehr zahlen. Am Ende blieb der Gang auf die Straße.

Eine sanitäre Versorgung gab es nicht. Slums auf Hawaii schienen bis dahin nicht denkbar. Lokale Politiker mieden das Wort *Slum*. Touristen sowie Aktivisten indes nicht. Sie legten den Finger in die Wunde. Durch ihre Aktionen gaben sie den Leuten eine Stimme. Manchen auch eine neue Chance.

Oberstes Ziel ist seitdem, Familien mit Kindern von der Straße zu holen. Es gab erste staatliche Projekte. Mit festem Wohnsitz gelang den Eltern der Einstieg in den Job eher. Zudem konnten die Kinder wieder eine Schule besuchen. Sie hatten es so in der Hand, das Elend zu beenden.

Nahe der *Schofield Baracks* in der Inselmitte endete der H2 und mündete in die Route 99, die entlang der *»Dole-Plantation«* nach Norden führte.

Ein paar Meilen weiter fing ein Gebiet an, das für den Anbau von Getreide genutzt worden war. Es lag zwischen den Orten *Haleiwa, Waialua* und *Mokuleia*. Drei kleine Dörfer, die von Feldern umgeben waren.

»Warum wird hier so viel angebaut?«, fragte Akebono, der die Gegend geschätzt 3- bis 4- Mal mit dem Auto erkundet hat. Er hatte den Feldern damals keine Beachtung geschenkt.

»Weil hier das Klima optimal ist und die Erde fruchtbar. Jede Frucht gedeiht«, erklärte Nick. »Außerdem regnet es oft. Immer nur kurz, aber eben oft.«

»Ey, das ist doch nicht alles?«, meinte der Major stirnrunzelnd und legte den Kopf schief.

»Nein, natürlich nicht«, sagte der Leutnant nachdenklich. »Aber schau. Die Felder am Hang sehen abgeerntet aus. Du siehst nur rot-braune Erde.« Er zeigte in Fahrtrichtung rechts nach oben.

»Die Felder zum Meer hin sind bewachsen. Offenbar werden hier mehrere Ernten pro Jahr gemacht. Das liegt nicht nur an den paar hundert Metern Höhenunterschied. Da oben ist es ähnlich warm wie hier unten.«

»Ich habe die Unterlagen ja dabei«, sagte der Major und

fing an zu blättern. »Halte doch bitte da vorn mal an, Nick.«

Neben der Fahrbahn erschien ein Rastplatz zwischen Bäumen. John legte den Stapel auf den Tisch.

»Lass uns die Dokumente aus dem Tresor noch einmal ansehen«, schlug er vor.

Sie breiteten die Papiere vor sich aus. Toronga sammelte ein paar Steine zum Beschweren der Seiten. »Hier, sieh mal. *Pacific-Seed* taucht oft als Vertragspartner auf. Tim Oakland und Frau Sullivan haben alle Verträge gezeichnet.«

Der Leutnant brummte etwas. Der Wind zerrte an den Blättern. »Warum haben die Behörden nicht direkt mit Pacific-Seed oder anderen Firmen ihre Verträge verhandelt?«, fragte er mehr sich selbst.

Akebono grinste. »Das kann ich dir erklären. Der Staat darf nicht einfach Land verpachten, um den Profit zu erhöhen. Der Korruption wäre Tür und Tor geöffnet. Daher ist ein Makler als Instanz dazwischen zwingend nötig.«

»Und wenn der Staat eine Firma gründet?«

»Die Makler müssen privat sein. Keine direkte staatliche Beteiligung ist erlaubt«, meinte John.

»Ok, und weiter?«, sagte Nick mit verschränkten Armen. Er wirkte nicht überzeugt.

»Na ja, durch Einschalten von Maklern nimmt man den Druck von den Behörden. Man verpasst sich einen legalen Anstrich. Die Bösen sind dann eher die Mittler«, überlegte er laut. »Das würde auch die hohen Gewinnspannen bei Sullivan und Partnern erklären«, schloss er.

»Aha«, entfuhr es Nick, immer noch nicht einsichtig.

»Worin liegt jetzt der Unterschied? Zwar darf der Staat

nicht selbst den Profit maximieren. Auf der anderen Seite aber haben wir Makler, die genau das tun«, schimpfte Nick.

»Da hast du recht«, pflichtete ihm John bei. »Aber es ist auch so, dass Makler ein Teil ihrer Honorare zweckgebunden abführen müssen. Der Staat finanziert auf diese Art die Pflege der Naturschutzgebiete. Zudem fallen Steuern an.«

»Woher weißt du das alles?«, raunte Nick.

»Hab viel gelesen.« Und nach einer kurzen Pause: »Allerdings ist das Konstrukt noch kein echter Schutz gegen Korruption, wenn du mich fragst. An der Ecke hast du einen Punkt.«

»Was ist mit den Gesetzen? Dürfen die Pächter auf dem Land einfach machen, was sie wollen?«

Der Major runzelte die Stirn. »Die Gesetze auf jeder Insel werden zu einem gewissen Anteil vom Insel-Rat geprägt. Der besteht aus sieben Leuten. Gibt es eine Mehrheit, die etwa den Einsatz von Giften lockert ...«

»... kommt die Korruption wieder ins Spiel«, sagte Nick grinsend.

»Womit wir im alten Rom wären. Politik und Intrige.« Beide schwiegen einen Moment. »Wie dem auch sei. Wir müssen prüfen, was genau diese Firmen davon haben, hier oben Land zu pachten«, gab der Major die Marschroute vor.

Der Leutnant war ungeduldig. »Komm, John, lass uns fahren. Wir haben einiges vor uns.«

Der fixierte einen Punkt in den Bergen. In Gedanken suchte er nach einem Bild, konnte es aber noch nicht zuordnen. Dann drehte er den Kopf zu seinem Kollegen. »Du hast recht, Nick. Wir fahren weiter.«

Etwas später fuhr Toronga vor Haleiwa die Route 83

herunter. Die Straße wechselte nochmals die Nummer. Neben der Fahrbahn verlief ein schmaler Fluss mit dem Namen *Poamoho-Stream.* Das Wasser schimmerte braun in der Sonne. Er schlängelte sich durch Felder und mündete mit einem Bach in die *Kaiaka Bay.* Kurz darauf lenkte Nick den SUV auf den *Farrington Highway,* der parallel zum Meer verlief. Auf beiden Seiten reichten die Flächen bis wenige Meter ans Wasser.

Er hielt an einer Einbuchtung und wandte sich dem Major zu.

»Hast du die Karte zur Hand, wo wir die Areale eingezeichnet hatten?«

John griff in den Rucksack und zog das gefaltete Papier heraus.

»Lass uns das noch einmal genau ansehen«, schlug Nick vor. Auf der Randfläche der Motorhaube faltete er die Karte auf. Hier schien sie nicht so warm wie in der Mitte über dem Motor zu werden. Er platzierte je eine Wasserflasche auf den Ecken des Papiers. Mit dem Unterarm strich er es glatt. Sein Zeigefinger wanderte über die Karte. »In rund 200 Metern geht es links in die *Mt. Kaala Road.* Weiter oben sind auch noch Anbauflächen, die über *O&O - Realty* gelaufen sind«, erklärte er.

»Haben wir eine Ahnung, wer die Parzellen gepachtet hatte?«

»Ja, primär die Firma *Pacific-Seed.* Die sind hier scheinbar gut vertreten«, sagte Nick.

»Dann lass uns dort beginnen«, schlug John vor.

28

Das Duo fuhr die *Mt. Kaala Road* bergauf. Rasch verschwand der *Farrington Highway* hinter ihnen. Akebono drehte sich um. Er sah auf die Nordküste. Sie lag majestätisch zu ihren Füßen. Die Strände leuchteten im grellen Sonnenlicht. Das Meer schimmerte an sandigen Stellen in Türkis. Auf den ersten Blick ein Traum.

Mit zunehmender Höhe nahm auch die Zahl der Felder ab.

Toronga hielt auf einem kleinen Bankett. Er schaltete den Motor aus. Totale Stille umgab sie.

Von hier aus führte die Straße steinig und uneben bis zum Wald, dem *Mokuleia Forest Reserve*. Das Gebiet umfasste einen Bergrücken. Mit drei weiteren Arealen bildete der Forst die westliche Mitte der Insel.

John Akebono packte den Rucksack und setzte ihn auf. Sie liefen den Weg zurück. Nach rund zweihundert Metern bergab standen je links und rechts Warnschilder. Sie markierten den Beginn zweier Felder, die frisch gepflügt worden waren. Rot-braune Erde bis zum Weg.

»Schau dir das an. Es gibt nicht einmal eine Pufferzone zum Weg hin«, stellte der Major fest.

»Betreten verboten. Gefahr für Leib und Leben!« Unter dem Spruch prangte ein Totenkopf samt Knochen. »Fluch der Karibik, oder was?«, meinte der Leutnant trocken. Er schoss Fotos und malte ein Kreuz an die Stellen auf der Karte. »Lass uns weitergehen. Mal sehen, ob es davon noch mehr gibt«, sagte er.

»Komisch, dass wir die Schilder beim Fahren nicht bemerkt haben«, wunderte sich John.

Nick brummte etwas, das er nicht verstand.

Eine Weile gingen sie weiter und ließen die Umgebung auf sich wirken. Es war bis auf das Knirschen der Sohlen still.

Der Leutnant drehte sich zum Major. »Sag mal, fällt dir auch auf, dass es hier keine Insekten gibt? Das ist doch nicht normal.«

Der lauschte in die Stille und betrachtete das Land.

»Jetzt, wo du es sagst, fällt es mir auf. Keine Insekten. Kaum Naturgeräusche. Alles steril.«

Ein paar Minuten später erreichten sie die nächsten Areale. Wieder mit drohenden Schildern. Zwischen beiden Feldern mäanderte ein Bach hindurch. Hier und da gab es kleine Büsche. Leise gluckernd bahnte er sich den Weg zum Meer.

»Die Felder hier sind bepflanzt«, stellte der Major fest.

»Ja, mit Mais«, meinte Toronga. »Sieh mal dort drüben«, sprach er weiter und zeigte mit dem Finger.

Mitten auf der Fläche kippten zwei Männer eine Flüssigkeit in einen Tank. Dieser hing an einem Traktor. Von dort führten Schläuche in mehrere Düsen, die die Mischung, wovon auch immer, auf den Boden bringen sollten. Der Kanister wirkte schwer. Sie mussten sich anstrengen, um ihn zu bewegen.

Die Beamten sahen verblüfft zu den Gestalten. Beide trugen helle Overalls. Ihre Köpfe steckten in Helmen, in denen vorn eine halbrunde Sichtfläche aus Glas gefasst war.

»Die sehen aus wie Forscher aus einem Labor«, sagte der Leutnant.

»Ja, aber das hier ist freies Feld. Der Weg hier ist öffentlich«, knurrte der Major.

»Die lassen sich durch uns aber auch nicht stören, was?«

»Ja, das liegt an den Schalen auf dem Kopf. Vermutlich hören sie Geräusche nur gedämpft«, sagte John.

»Ja, und sie fühlen sich durch ihre Anzüge beschützt«, schob Nick nach.

Kurz darauf setzte sich einer von ihnen ans Steuer und startete den Motor des Traktors.

Die Maschinerie kündigte sich mit einem Zischen an. Feiner Nebel strömte aus vielen Düsen. Der Wind blies leicht aus Richtung des Treckers, der bedächtig auf die zwei Polizisten zufuhr. Es war eine Frage von Sekunden, bis der Dunst die Beamten einnebeln sollte.

»Weg hier!«, brüllte der Major.

Beide rannten bergauf, so schnell sie konnten. Sie versuchten, ihr Auto zu erreichen.

Akebonos Muskeln brannten nach kurzer Zeit. Doch das Adrenalin zeigte Wirkung. Es betäubte den Schmerz. Er biss sich auf die Zähne.

Wenig später hörte er den Traktor und hielt an. Mit einem

Griff in den Rucksack zog er ein Schlauchtuch hervor. Beim Wandern hatte er immer eines dabei. Zum Glück auch jetzt. Rasch zog er es sich über das Gesicht und fixierte die Sonnenbrille. Es dauerte keine zehn Sekunden. Wie von Sinnen spurtete er weiter den Berg hinauf. Hinter ihnen wirbelte der Wind den Nebel auf. In Zeitlupe stieß er auseinander. Für einen Moment war der Major eingehüllt. Er sah Nick durch einen Schleier, wie er vor ihm lief und zu straucheln anfing. Nach zwei Schritten versagten ihm die Beine.

Zeitgleich erreichte der Trecker das Ende des Feldes an der Straße. Er wendete zügig. Der Leutnant trug zwar eine Sonnenbrille. Mund und Nase aber hatte er nicht bedeckt.

Akebono atmete flach. Er legte sich Nicks linken Arm um den Hals und hielt mit der rechten Hand den Gürtel des Kollegen fest. Mit einem Ruck zog er ihn weiter bergauf.

Schweiß rann ihm vom Gesicht. Seine Zellen benötigten dringend Sauerstoff, doch er vermied zu atmen. Mit reiner Willenskraft schleifte er ihn den Weg hoch. Nick wog geschätzt 85 kg. Der Major hatte alle Mühe, ihn den Hang hinaufzuzerren.

Das Brummen des Traktors entfernte sich. Kurze Zeit später schien die Luft klarer. Er zerrte ihn mit letzter Kraft ein paar weitere Meter hinauf. Hier streifte er den Rucksack ab und riss die Wasserflasche heraus.

Er setzte sie an Nicks Mund und kippte die Flasche. Mit einem Reflex erwachte er zum Leben und griff gierig danach. Als er sie endlich fühlte, spülte er den Mund sowie die Augen aus.

»Komm, wir müssen weiter nach oben. Die Luft stinkt immer noch bestialisch. Das Zeug ist hier überall.«

»Kann nicht alleine«, stöhnte er.

Erneut legte sich der Major Nicks linken Arm um den Hals. Doch wenig später brach er erneut zusammen. John stülpte ihm sein Schlauchtuch über den Kopf und zog es bis über die Nase. Er tastete nach dem Schlüssel in der Hose und fand ihn zum Glück rasch.

»Ich hole das Auto«, flüsterte er ihm ins Ohr und rannte los. Er warf sich vor, nicht ein zweites Tuch eingepackt zu haben. Mit jedem Meter wurden seine Schritte schwerer und langsamer. Er nahm die Umgebung wie durch einen Filter wahr. Endlich sah er den SUV. Auf einmal stolperte er und knallte mit dem Knie auf den Boden. Fast zeitgleich krachte er mit dem Kopf gegen die Tür des Wagens. Mit letzter Kraft zog er sich hoch und öffnete die Tür. Seine Knie pochten und die Welt drehte sich.

Mit brennenden Schmerzen im Körper startete er den Motor. Ihm schlug das Herz bis zum Hals. Er gönnte sich zwanzig Sekunden, um die Atmung zu regulieren. Gott sei Dank hatte er noch eine Flasche Wasser, die er halb leerte. Er gab Gas und hielt kurz darauf neben Toronga. Sein Puls raste erneut, als er ihn mit einem Ruck auf den Beifahrersitz hievte. Er drehte den Sitz in Liegestellung und schnallte ihn an. Nach einem weiteren Schluck Wasser fuhr er los. Seine Hände zitterten und der Körper tat ihm weh. Er fragte sich, was sie da alles eingeatmet hatten. Im Rückspiegel sah er den Traktor, der sich entfernte und eine Wolke hinter sich her zog.

»Verdammte Giftmischer«, fluchte John und rieb mit der freien Hand sein Knie.

Auf dem Hinweg hatte er ein Schild zur Klinik gesehen.

Er rief sich den Weg ins Gedächtnis und kam eine halbe Stunde danach im *Wahiawa General Hospital* an. Mühsam schleppte er ihn bis zur Notaufnahme.

Dort zückte er die Dienstmarke. »Bitte helfen Sie meinem Kollegen. Er hat ein Gift abbekommen.«

»Über die Luft?«, fragte ein Sanitäter.

»Ja«, sagte John. »Er ist in einen Nebel geraten.«

Die zwei Sanitäter vor Ort hoben ihn auf ein Bett und legten ihm sofort eine Sauerstoffmaske an. Er atmete ruhig ein und aus. Nach ein paar Minuten schlug er die Augen einen Spalt breit auf und hustete. Er zerrte mit wenig Kraft an der Maske.

»Wasser«, flüsterte er. Gierig trank er das Glas leer. Nach drei weiteren fiel sein Kopf ins Kissen. Ein Pfleger zog ihm rasch die Maske über die Nase.

»Das ist normal bei Vergiftungen dieser Art«, sagte der Mann. »Was?«, fragte John.

»Der übermäßige Durst. Sein Körper möchte das Zeug loswerden. Das ist ein gutes Zeichen. So blöd das auch klingen mag.

29

Wie aus dem Nichts nahte ein in Weiß gekleideter Arzt. Er trug eine Nickelbrille. Seine dunklen, wachen Augen musterten die zwei Beamten. Eine tiefe Stirnfalte senkrecht über der Nasenwurzel ließ das Gesicht streng wirken. Es sah aus, als hätte sie sich im Laufe der Jahre durch zig Überstunden ins Gesicht gegraben.

»Guten Tag, mein Name ist Steve White. Ich bin Assistenzarzt hier. Was ist passiert?«

Der Major erzählte in Kürze, was geschehen ist.

»Herr Toronga, können Sie mich hören?«, fragte White laut und deutlich. Der Leutnant nickte. Er zeigte mit dem Daumen nach oben und auf sein Ohr. Die Maske ließ er dennoch auf dem Gesicht.

»Rede ich zu laut?«, fragte der Arzt. Erneutes Nicken.

»Haben Sie Schmerzen in der Brust?«, wollte er als Nächstes wissen. Dieses Mal schüttelte er den Kopf. Das feurige Gefühl in den Lungen schien verflogen zu sein.

»Brennen Ihre Augen?«, forschte der Doktor weiter.

Nick bewegte den Kopf, nahm aber die Maske ab. »Ich

245

habe die Zeit in der Wolke die Augen zusammen gekniffen und so lange es geht, die Luft angehalten«, flüsterte er mit belegter Stimme.

»Wie konnten Sie so lange die Luft anhalten?«, fragte der Arzt überrascht.

»Ich surfe bisweilen auch hier an der Nordküste. Bei den Wellen da draußen muss man in der Lage sein, bis zu zwei Minuten die Luft anzuhalten.«

»Ok. Das erklärt, warum Sie am Ende kollabiert sind. Haben Sie Beschwerden oder Schmerzen?«

»Meine Zunge fühlt sich taub an und der Hals brennt. Das ist momentan alles.«

Der Arzt knipste seine Stirnlampe an und holte ein Holzstäbchen hervor. »Bitte öffnen Sie den Mund. Ich möchte mir ihren Hals ansehen.«

Nick öffnete den Mund und sagte »Ahhhh«.

Herr White tastete mit dem Stäbchen den Rachenraum ab. »Können Sie frei atmen?«, fragte der Doktor als Nächstes.

»Na ja«, meinte Nick. »Offen gesagt, kommt nicht viel in der Lunge an. Ich atme tief ein. Es fühlt sich aber so an, als ob ich normal atmen würde.«

»Ok, danke. Das reicht mir fürs Erste. Wir müssen Sie für einen Tag zur Beobachtung hierbehalten. Der Hals ist bei Ihnen geschwollen, als litten Sie unter einem oralen Allergiesyndrom.«

»Was ist denn das?«, flüsterte Nick.

»Dieses Syndrom tritt auf, wenn Sie Früchte essen, die sie nicht vertragen. Der Rachen schwillt in Sekunden extrem an. Das kann zu akuter Atemnot führen. Im Extremfall auch zu einem allergischen Schock.«

Der Arzt klickte die Stirnlampe aus. »Sie haben einen Pestizidcocktail eingeatmet und sich quasi vergiftet. Die Reaktion des Körpers kann hier ähnlich heftig sein wie bei einer Allergie durch Früchte oder Nüsse. Manchmal allerdings auch deutlich stärker. Daher behalten wir Sie im Auge. In der Zeit trinken Sie drei bis vier Liter warmes Wasser am Tag, um zu entgiften. Morgen können Sie mit etwas Glück hier raus.«

»Was meinen Sie mit Gift?«, krächzte Nick. Der Arzt bedachte ihn mit einem Lächeln.

»Ich kann Ihnen das erklären. Einige Firmen nutzen im Norden der Insel Felder zum Anbau. Sie säen gentechnisch verändertes Saatgut. Nach dem Keimen behandeln sie es. Sie spritzen oft mehrere Male am Tag Gifte aus ihren Labors. Dabei werden Mittel gespritzt, für die es kaum Tests unter freiem Himmel gibt.«

»Na, ganz toll. Man kennt den Einfluss auf das Ökosystem also nicht?«, fragte der Major, der die Zeit über daneben stand und zuhörte.

»So könnte man es ausdrücken, ja«, pflichtete der Doktor bei. »Den Einfluss auf die Menschen hier kennt man zudem auch nicht«, schob er nach.

»Das Gemüse ist also nicht zum Verzehr gedacht?«, forschte er weiter.

Der Arzt lächelte milde. »Nein. Hier wird im Grunde eine Art Feldforschung betrieben. Der Eintrag in die Natur ist durch hohe Grenzwerte enorm. Wir hatten des Öfteren Patienten hier, mit ähnlichen Symptomen wie ihr Kollege heute. Bei einigen war es noch viel übler.«

»Wie kommt das?«, wollte Akebono wissen. »Ich meine,

da draußen niemanden gesehen zu haben«, merkte er an.

Der Arzt kratzte sich am Kinn. Er schien nachzudenken.

»Die Felder reichen teils bis an die Orte heran. Es gibt keine Pufferzonen. Wenn ein Traktor dreht und seine Ladung versprüht, ziehen die Schwaden hunderte Meter weit. Dies passiert mehrmals die Woche.« Er räusperte sich und fuhr fort.

»Können Sie sich denken, was das für die Leute hier bedeutet?« John zuckte mit den Schultern. Der Arzt nickte und erklärte. »Die Menschen leiden unter allerlei Beschwerden. Viele Anwohner begeben sich zu uns in Behandlung. Einige von ihnen sind schwer erkrankt.«

»Was meinen Sie damit genau?«, fragte der Major.

»Die volle Bandbreite. Geschwülste. Krebs. Entzündungen schwerster Art«, sagte Herr White. »Sie müssen sich vorstellen, dass die Grenzwerte hier zum Teil 15 – 20 Mal so hoch sind wie auf dem Festland.«

»Warum denn das?«, entfuhr es Nick mit einem Zischlaut, der das alles nicht wahrhaben wollte. Seine Lethargie war wie verflogen.

»Je besser die Anreize für die Industrie, desto länger bleiben sie vor Ort und schaffen Jobs. Das haben die Politiker hier im Griff«, schob er zynisch nach.

»Warum kennen Sie sich so gut mit den Fakten aus?«, fragte der Major.

»Weil mich das Thema umtreibt«, kam es prompt. Emotional berührt holte der Arzt aus.

»Ich werde mit den Folgen wie Leid, Krankheit und Tod konfrontiert. Tag für Tag. Die Leute verrecken regelrecht. Ich lehne daher die perverse, aggressive Art und Weise der

Saatgutfirmen ab. Sie zerstören die Fauna auf Jahrzehnte. Zudem vergiften sie das Grundwasser und damit auch das Meer in Küstennähe. Außer Profit ist ihnen alles egal«, schloss er.

Der Arzt wirkte authentisch. Wenn die Vorfälle ihn selbst als Außenstehenden so aufwühlten, wie musste es dann bei Dr. White sein, fragte sich der Major.

»Ist alles in Ordnung, Herr Akebono?«, fragte Dr. White und riss ihn aus den Gedanken.

»Ja, entschuldigen Sie. Ich versuche, all das zu begreifen, was Sie uns hier erzählen. Es ist furchtbar.« Hier holte er erst einmal tief Luft. »Kennen Sie jemanden, der uns mehr über die Lage hier berichten kann?«

»Warum möchten Sie das so genau wissen?«, stellte der Arzt eine Gegenfrage. Er fixierte den Beamten.

»Weil wir in einem Fall ermitteln, der gut ins Bild passt. Ich darf Ihnen keine Details nennen. Es tut mir leid«, sagte der Ermittler ausweichend. »Im Übrigen sind wir beide hier heimisch. Ich selbst habe lange auf Oahu gelebt. Es interessiert mich daher auch persönlich, was hier vorgeht«, fügte er hinzu.

Der Arzt legte die Stirn in Falten und überlegte. Es dauerte lange, ehe er sprach. Er schien mit sich zu ringen. Endlich wandte er sich dem Major zu.

»Sprechen Sie mit Jack Polo. Er betreibt Öko-Landbau hier in der Nähe. Er hat sein Landstück in der *Opaeula Road* nahe *Haleiwa*. Ich habe ihn mehrfach behandelt.«

»Das kenne ich«, brummte Toronga im Hintergrund und räusperte sich.

»Sagen Sie, Dr. White. Das ist jetzt rein spekulativ«, fing

der Major an.

»Ja«, ermutigte ihn der Arzt.

»Können Sie sich ausmalen, dass ein Mensch, der hier lebt und schwer erkrankt ist, die Firmen verklagen würde?«

Dr. Steve White lachte auf, als hätte Akebono einen Witz erzählt.

»Entschuldigen Sie bitte. Nein, das glaube ich nicht. Die Leute sind nur darauf bedacht, zu überleben. Sie hätten weder die Kraft noch das Geld, die Firmen vor Gericht zu bringen.«

»Verstehe. Ich dachte nur, die Leute wehren sich gegen die Zerstörung ihrer Insel.«

»Das tun sie auch. Friedlich und harmlos demonstrieren sie. Sie prangern die Korruption an. Am Ende sterben jene, die krank werden«, fügte er zynisch an.

Eine Weile sagte keiner etwas. Der Leutnant rührte sich.

»Was passiert jetzt hier mit mir?«

»Wir werden Ihren Urin auf Atrazin und S-Metolachlor prüfen. Beide Stoffe finden sich hier oft.«

»Was ist das für Zeug?«, bohrte er nach.

»Hier oben wird viel Gen-Mais angebaut. Atrazin ist einer der Stoffe, die hier zum Einsatz kommen. S-Metolachlor wird zusammen mit Atrazin versprüht. Es hemmt die Bildung von Wachstumshormonen bei Unkräutern.« Damit schloss er.

Dr. Steve White wartete einen Moment, ob der Leutnant noch Fragen hatte. Dann griff er nach der Türklinke.

»Ich schicke Ihnen eine Kollegin. Sie wird alles Weitere auf den Weg bringen.« Er verschwand durch die Tür und klappte sie zu.

Toronga atmete mühsam ein und aus. »Nick, ich mache dir einen Vorschlag: Du ruhst dich hier einen Tag aus. Ich nutze die Zeit und schaue mir das alles einmal aus der Luft an.«

»Was hast du vor?«, fragte Nick erstaunt.

»Ich fahre zum Flughafen und nehme für eine Stunde einen Heli. Wenn ich das von oben sehe, kann ich es besser einordnen. Ich weiß nicht, wie viel Land betroffen ist.«

Der Leutnant saugte hörbar Luft durch die Nase. »Ok, John, dann bis morgen. Ich wäre echt gerne dabei.«

»Vergiss es. Wenn du Glück hast, fahren wir morgen zu Jack Polo. Ruhe dich aus und komme wieder auf die Beine. Bis morgen.« Nick hob die rechte Hand zum Victoryzeichen.

30

Akebono fuhr direkt nach Honolulu. Südlich des Flughafens direkt am Meer gab es ein Dutzend Firmen, die Helis betrieben. Er hätte nach Absprache mit dem Chief vor Ort auch einen der Polizei-Helis bekommen. Das wollte er indes nicht. Am Flughafen nahm er die Ausfahrt und fuhr eine Weile am Zaun entlang. Eine Meile später bog er in den *Lagoon Drive* ab. Diesem folgte er bis ans Meer.

Hier reihten sich die Areale wie an einer Schnur gezogen am Ozean. Bei der Firma *Rainbow-Helis* bog er ab. Bunt lackiert parkten drei Maschinen in der Sonne. Er kannte einen der Piloten aus seiner Zeit auf Oahu und hoffte, dass er im Dienst war. Zweifel hatte er keine, da Steve die Fliegerei als Hobby ansah. Er konnte nur hier, in der Luft oder am Strand sein.

Kaum hatte er geparkt, kam Steve aus der kleinen Baracke. »John, du alter Halunke. Was machst du denn hier?«, freute er sich. Die zwei Männer umarmten sich kurz.

Der Major erzählte, was ihnen passiert war und was er vorhatte. »Ich hatte gehofft, dass einer deiner Helis gerade frei ist«, schloss er.

»Da hast du Glück. Mein nächster Flug ist erst am späten Nachmittag. Ein Pärchen aus Japan hat die *Sundowner-Tour* gebucht. Du bekommst einen Spezialpreis.« Sie einigten sich auf 200 US$ und eine Quittung für Johns Spesen. Steve holte zwei Flaschen Wasser und schritt voran. »Setz besser die Sonnenbrille auf. Das Licht ist jetzt gleißend hell. Du ruinierst dir sonst die Augen.« Der Major gehorchte. Beide setzten sich das Headset mit Intercom auf. Fünf Minuten später hoben sie ab.

Sie flogen durch die schmale Passage zwischen der Landebahn des Flughafens direkt am Wasser und dem »*Mamala Bay Golf Course*«.

Nach ein paar Kilometern zog Steve die Maschine nach rechts über den *Hawaii-Prince-Golf-Club*. Sie flogen jetzt nach Norden. Kurz zuvor sah John links einer 777 der United nach, die zur Landung ansetzte. Der Heli wackelte leicht. »Das kommt von der Wirbelschleppe der Boeing«, erklärte der Pilot. »Sie ist zum Glück weit genug weg, daher merkst du das kaum«, endete er.

»Du hast vor, dir die Felder im Norden der Insel anzusehen?«, fragte der Mann. »Ja, ich möchte mir einen Überblick verschaffen. Hast du eine Idee, wie viele Flächen die Saatgut-Industrie da oben vorhält?«

Steve rümpfte die Nase. »Nein, keine Ahnung. Bei Flügen in der Dämmerung siehst du aus der Luft recht gut, dass es einige sind. Die liegen links und rechts von Waialua. Wenn es dunkel wird, fahren sie mit ihren riesigen Traktoren über die Felder und spritzen ihr Gift.«

»Woher weißt du, dass es Gift ist?«

»Es kann nichts Gutes sein. Sie tragen Mondanzüge und Schutzbrillen, sie spritzen das Zeug abends und nachts. Das machen nur Leute, die etwas zu verbergen haben, die nicht gesehen werden wollen. Elende Ratten sind das.«

Akebono merkte, wie die Wut in ihm aufstieg. »Wir sind gleich da«, bemerkte der Pilot.

Südlich von Waialua flog er in einem weiten Bogen über das Land. »Ist das die Ecke, in der ihr zu Fuß gelaufen seid?«, fragte Steve.

Akebono verfolgte die Straße und sah die Stelle, an der sie geparkt hatten. Vom Gasgeben war die Erde auf fünf Metern Länge aufgewühlt. Daher war er sicher. »Ja, das ist hier.«

»Glückwunsch, mein Lieber. Das ist das Labor von Pacific Seed. Ich habe im Büro eine Karte, auf der die Flächen der Großgrundbesitzer auf Oahu eingetragen sind. Daher weiß ich das.«

»Diese Karte kenne ich«, meinte der Major. Steve sah zu ihm herüber und nickte anerkennend. »Siehst du die Halle da drüben? Direkt oberhalb der Straße?«, fragte er und zeigte in die Richtung. John spähte dorthin. Wenig später sah er die Halle mit den Traktoren davor. Das Areal war mit einem stabilen Zaun gesichert und glich einer Kaserne. »Da laufen Leute mit weißen Anzügen herum.« Die Szenerie wirkte surreal. Alle trugen einen Helm mit großem Visier aus Glas oder Plastik. Die Overalls wirkten dick und undurchlässig. Tapsig hantierten die Arbeiter an Schläuchen und Geräten.

»Auf der anderen Seite, im Osten vor dem Gebirgszug, gibt es das noch einmal«, sagte Steve. »Willst du das sehen?«

John zeigte den Daumen nach oben. Der Pilot zog die Maschine geradeaus.

Im Norden ragte das Bergmassiv auf. Es kam langsam näher. An den Ausläufern in der Ebene gab es viele braune und grüne Flächen. »Das Gelände gehört auch Pacific-Seed«, meinte Steve. »Da die Felder zu weit auseinander liegen, haben sie zwei Basen.«

»Kannst du tiefer fliegen?«, fragte der Major.

»Ja, etwas tiefer geht. Landen kann ich dort nicht. Das wäre keine gute Idee. Die Herren da unten arbeiten lieber alleine, weißt du. Hier, nimm mein Glas. Sonst erkennst du keine Details.«

Auch hier fuhren schwere Traktoren. Bei einem füllten zwei Arbeiter eine Flüssigkeit in Tanks. Sie trugen dicke Overalls und Helme mit Glasfront. Die Felder waren zum Teil abgeerntet, zum Teil bewachsen. John erkannte Mais mit Früchten, die komisch aussahen. Er justierte das Fernglas nach. Jetzt sah er die Kolben präzise und scharf. Gelb und wulstig leuchteten die Maiskörner in der Sonne. Die Maiskolben sahen mutiert aus. Von der natürlichen Ordnung und Harmonie war nichts mehr übrig. Einige Körner hatten die Größe von Haselnüssen, andere wirkten winzig klein. John legte das Fernglas beiseite. »Na, genug gesehen?«, fragte Steve.

»Gesund sieht der Mais nicht aus, den sie da unten anbauen.«

»Ja, das ist aber nur Versuchsmais. Den wirst du so nie kaufen können. Die testen womöglich, wie der Mais auf Gifte reagiert.«

»Ja, mag sein«, sagte John. »Sie vergiften dabei aber das

Land. Die sind nicht umsonst hier. Ich meine, so weit weg vom Festland«, mutmaßte John.

An den Hängen oberhalb ragte eine Reihe Windräder auf. Zudem glänzten die Panels eines Solarparks in der Sonne.

»Zum Glück gibt es die auch noch. So breitet sich die Giftküche nicht weiter aus«, raunte der Pilot.

»Wie groß sind die Flächen etwa?, also alle zusammen genommen?«, fragte John.

»Ich schätze fünf Meilen im Quadrat. Das Problem ist, dass es am Ortsrand keine Pufferzone gibt. Du siehst ja selbst, wie dicht das Labor an den Ort heranreicht.«

»Können wir oberhalb der Felder landen?«, bohrte der Major.

Steve sah ihn von der Seite an und runzelte die Stirn. »Du hast wohl noch nicht genug, hm? Was soll das bringen? Die haben uns ohnehin schon bemerkt und wären schnell bei uns. Ich weiß zudem nicht, ob das Buschland ringsum noch denen gehört.«

»Ok, das leuchtet mir ein«, meinte John gedämpft. Er machte sich klar, dass er eine Mordserie aufklären musste und keine Umweltsünden. Auf der anderen Seite bekam er ein Gefühl dafür, dass die Vorgänge da unten mit dem Fall in Verbindung standen. Steve flog jetzt über den Strand an der Nordküste nach Westen. In einem großen Bogen zog er den Heli nach Süden. John genoss die Silhouette der Insel, die in Licht getaucht an ihnen vorbeizog.

31

Am nächsten Morgen tauchte der Major gegen 10 Uhr im Krankenhaus auf. Im Zimmer fand er Nick nicht vor. Eine Schwester klärte ihn auf, dass sein Kollege auf eigene Verantwortung gehen könne und gerade im Bad sei.

In dem Moment kam Toronga mit einem Handtuch um die Schultern herein. »Wie geht's dir?«, fragte John. »Gut, danke. Schön, dass du schon da bist. Ich muss hier raus. Dr. White ist auch da.« Der grüßte John aus dem nächsten Raum. »Füllen Sie bitte das Formular aus, das auf dem Tisch liegt«, sagte er an Toronga gewandt. Der gehorchte.

Nach dem Ausfüllen gab Nick dem Arzt das Formular. Der prüfte kurz die Unterschrift und faltete das Papier.

»Bitte rufen Sie mich an, wenn Ihnen noch Fragen einfallen«, sagte Dr. White und reichte ihm seine Visitenkarte.

»Danke, das werde ich tun.«

»Wenn Sie sich unwohl fühlen, gehen Sie bitte sofort zum Arzt«, mahnte der Doktor.

»Ja, keine Sorge«, gab Nick zurück.

»Vielen Dank für die Infos gestern, Doktor. Jetzt sind wir

um einiges schlauer«, meinte der Major.

»Keine Ursache«, antwortete der Arzt lächelnd. »Es tut mir gut, über das Thema zu sprechen.«

Nick setzte eine Wasserflasche an. Dr. White verließ derweil den Raum.

»John, hast du noch ein paar Münzen?«

Der kramte in seiner Hosentasche. »Hier, wofür denn?«

»Ich ziehe mir noch zwei Flaschen Wasser. Dr. White sagte doch, dass ich viel trinken muss.«

»Stimmt. Gerade jetzt musst du viel trinken. Die Gifte sind ja erst seit gestern in dir.«

Kurz darauf fuhren sie nach Haleiwa. Eine halbe Stunde später erreichten sie den Ort.

Die *Opaeula Road* verlief kurvig um viele kultivierte Flächen herum. Der Major sah die Felder jetzt mit frisch genährtem Argwohn. An Umweltgifte in der Menge hatte er kaum gedacht. Für ihn stellte Hawaii das Paradies auf Erden dar. Daran sollte sich auch nichts ändern. Er fühlte sich machtlos und wie gelähmt.

Sie parkten vor Jack Polos Öko-Landbau. Er klappte die Tür zu. Nick blieb noch sitzen, um etwas zu trinken. Akebono hielt einen Moment inne, um den Ort auf sich wirken zu lassen.

Ein mit der Hand gemaltes Schild mit Papaya-Pflanze verriet dem Besucher, dass hier Bio-Obst mit Fokus auf Papayas und Mangos vertrieben wurde. Ein lauer Wind wehte vom Meer herauf. Das Rascheln der Blätter wirkte beruhigend. Auf den ersten Blick sah die Natur intakt aus.

Aber was wissen wir schon? Wer weiß, wie viel Gift in den Böden steckt, dachte der Major und seufzte. Wütend trat er gegen ein Stück Holz, das auf dem Boden lag. In hohem Bogen flog es gegen ein Plastikschild, das an einem Zaun hing.

Polos Papango-Paradise stand in Gold auf Holz. *Papango* schien aus den Worten Papaya und Mango gebildet worden zu sein. Ihm gefiel das. Er lächelte.

Akebono fiel auf, dass Flächen mit Feldfrüchten das Areal nahezu umringten. Er tippte auf Weizen und sah noch Mais. *Der Mais sieht mutiert aus. Und wie verformt der Kolben aussieht. Wie aus dem Heli durchs Fernglas. Einige Pflanzen sehen tot aus.* Er strengte sich an, den Mais schärfer sehen zu können. Aber er wuchs zu weit weg von ihm. *Im Grunde möchte ich mir das jetzt nicht ansehen,* schloss er in Gedanken. Die Felder reichten bis an den Waldrand, der sich weiter oben rund einen Kilometer entfernt erstreckte.

Der Major holte die Oahu-Karte aus dem Rucksack. Er faltete sie auf der Motorhaube auf. Dann verglich er die Lage mit den Parzellen, die Frau Sullivan und Herr Oakland einst vermittelt hatten.

Er drehte sich um. Bergauf gab es eine Reihe Äcker. Akebono tippte, dass sie von *O&O-Realty* erst in den letzten Jahren Zug um Zug an eine Firma namens *Corn-Synergy* verpachtet worden waren. Es gab mehrere Verträge, die sie im Tresor gefunden hatten. *Der Laden hat sich die Rechte viel Geld kosten lassen,* dachte der Major beim Betrachten der Hänge.

Das Gebiet umfasste etwa fünfzehn bis zwanzig Hektar. Es lag ideal in der Hanglage nach Westen. Die Höhe über dem Meer schätzte er auf rund zweihundert Meter.

Einige der Felder schimmerten braun, auf Zweien wuchs

zartes Grün heran. Daneben verliefen schmale Bäche, die aus dem Wald bergab flossen. Sie bildeten natürliche Grenzen zwischen den Flächen. Auf der Karte verästelten sie sich talwärts bis zur Mündung ins Meer.

Der Leutnant hatte noch beide Augen zu. Er erholte sich ein wenig von den Strapazen. Nach ein paar Minuten stieg auch er aus und bemerkte die Karte. »Hast du etwas entdeckt?«, fragte er.

»Allerdings«, sagte John und zeigte mit dem Finger auf eine Stelle der Karte.

»Hier stehen wir. Direkt oberhalb ziehen sich mehrere hundert Meter breit die Felder von *Corn-Synergy*. Das alles unter Mitarbeit von O&O-Realty«, erklärte er.

»Tja, die Zwei haben gut daran verdient, wie wir gesehen haben«, sagte Nick.

Der Major faltete die Karte und steckte sie ein. Sie brachen auf zu *Polos Papango-Paradise*. Den Eingang säumten Pflanzen, die beidseitig die Wand hinauf krochen. Die Grenze des Areals bildeten Bambuspflanzen und dichte Büsche. Toronga umriss die Größe des *Papango* auf zwölf Hektar.

Auf einem Stück Wiese standen in Reihen prächtige Papayas. Daneben wuchsen etwa zehn Jahre alte Mangobäume. Einige hingen so voll, dass es anfing, sich zu lohnen. Dick und rot-gelb hingen die Mangos an den rund vierzig Bäumen. Nebenan gab es Ananas in vier Reihen.

An einem Ende des Grundstücks gab es ein flaches Gebäude aus Holz. Durch Pflanzen eingerahmt, sah man es erst auf den zweiten Blick. Auf der Veranda saß jemand. Er stand auf und näherte sich. Der Major schätzte ihn auf 30

Jahre. Er hatte einen Vollbart. In der Mitte des Gesichts prangte eine zu große Nase. Die Lippen sahen voll, aber geschwollen aus. Der Polizist tippte auf eine Entzündung.

Er trug ein T-Shirt mit dem Aufdruck *Fight for your Right*. Auf beiden Armen gab es rote, teils offene Stellen. Seine Haut war blass. John war geschockt, als er vor ihm zum Stehen kam.

»Mein Name ist Jack Polo, was kann ich für Sie tun?«

»John Akebono, sehr erfreut.« Der Major schüttelte die Hand des Mannes. Dann stellte sich Toronga vor.

»Wir kommen von Big Island und ermitteln in einem Fall, der uns bis Oahu geführt hat«, erklärte er.

»Wir interessieren uns für die Nutzflächen um ihr Anwesen herum. Hatten Sie ihre Obst-Plantage bereits, bevor diese Äcker bepflanzt worden waren?«, fragte Akebono. Er zückte einen kleinen Notizblock und hielt einen Stift parat. Eine Unsitte, da er sich selten etwas notierte. Toronga hielt Polo den Dienstausweis vor die Nase. Der nickte kurz und sah beide im Wechsel an.

»Ich habe das Grundstück vor drei Jahren erworben und hatte von den Feldern da oben keine Ahnung. Das heißt, ich kannte sie, wusste nur nicht, was dort kultiviert wird. Man sieht sie auch kaum. Zwischendrin stehen Büsche und noch weiter den Berg hinauf verläuft die Erde fast eben. Zumindest die paar hundert Meter vor dem Wald«, korrigierte er sich. Er holte hörbar Luft und fuhr fort. »Das Grundstück hier schien günstig und für mein Vorhaben wie geschaffen«, setzte er hinzu. »Die Felder ringsherum habe ich anfangs nicht beachtet. Tagsüber passiert da auch nicht viel.«

»Wie meinen Sie das?«, forschte der Major.

»Nachbarn erzählten mir eines Tages, dass dort in der Nacht gespritzt wird. Am Tag lässt sich niemand sehen. Ich konnte das nicht glauben, bis ich es mir eines Nachts ansah«, führte er weiter aus.

»Sie waren im Dunkeln da oben?«, fragte Toronga nach.

»Ja, einmal. Am nächsten Tag ging es mir sehr schlecht. Ich musste mich übergeben. Es war windig in jener Nacht. Ich habe vermutlich einiges an Gift abbekommen. Ich konnte die Schwaden ja nicht sehen. Das war eine Scheißidee damals«, seufzte er.

Akebono hätte gerne mehr erfahren. Aber er hatte das Gefühl, dass die Fragerei den Mann viel Kraft kostete. Er gab Nick ein Zeichen, ein anderes Thema zu wählen.

»Haben Sie das Grundstück privat erworben oder lief das über einen Makler?«, fragte der.

Jack Polo atmete tief durch. Die Locken wippten im Wind. Er sah nachdenklich aus. Seine Miene verfinsterte sich. »Ich erwarb das Areal über einen Makler. Genau genommen über eine Maklerin. Sie war freundlich, hat mir aber nicht alles gesagt.«

»Was hat sie Ihnen verschwiegen?«, fragte der Major.

»Na ja, ein paar Monate später bin ich sehr krank geworden. Mir war ständig übel und ich bekam eitrige Ausschläge am Körper, die bis heute mit Cortison behandelt werden.« Herr Polo strich über die roten Stellen auf den Unterarmen. »Ich Idiot glaubte, hier im Norden Oahus sei ich im Paradies.« Er hielt inne und starrte in die Ferne.

»Woran sind Sie erkrankt?«, bohrte Toronga nach, der sich nicht wohl dabei fühlte.

»Ich leide seit einem halben Jahr an Hautkrebs. Die Ärzte

meinten, ich sei zu viel in der Sonne. Mittlerweile ist der Krebs nach zwei Eingriffen beseitigt, aber ich habe Angst, dass er wiederkommt.«

Der Major kam auf seine Frage zurück. »Welche Fakten hat Ihnen die Maklerin verschwiegen?«

»Ich fand heraus, dass manche der Felder hier in der Gegend das Jahr über mit Pestiziden besprüht werden. Die ernten hier viermal im Jahr. Quasi alle drei Monate. Ich hatte anfangs keine Ahnung, dass das hier Versuchsfelder sind.« Sein Blick verfinsterte sich. »Das passiert meistens in der Nacht. Also das mit dem Bespritzen der Äcker. Ganze Kolonnen von Traktoren kriechen hier vorbei, die Berge hinauf. Genaues weiß aber niemand. Als ich oben war, kam ich nicht bis an die Flächen heran. Es stank und brannte in den Augen.« Er sah den Major direkt an. »Keiner weiß etwas und keiner tut etwas, verstehen Sie?«

»Woran haben Sie noch bemerkt, dass hier Gifte versprüht werden?«, fragte Toronga, der wütend und leidend zugleich wirkte.

Jack Polo räusperte sich und sah die beiden an. Eine Träne lief ihm über die Wange. Er wischte sie mit dem Handrücken weg. Nach einem tiefen Luftzug fuhr er fort.

»Hier regnet es öfter sehr heftig, wenn sich die Wolken in den Bergen festsetzen. Dann laufen die Bäche über und das Wasser fließt auf Umwegen ins Meer. Ich war am Strand und bin von dem Regen überrascht worden. Ich stand da und sah das rot gefärbte Wasser in den Ozean fließen. Da ist mir schlagartig klar geworden, dass etwas aus der Erde gewaschen worden ist, was vorher fehlte. Es sah aus, als ob die Insel blutete.« Einen Moment schwiegen alle.

»Sind Sie sich dessen absolut sicher?«, fragte John vorsichtig. Nick rollte die Augen. Auf ihn wirkte der Mann integer.

»Hören Sie, ich bin auf Oahu geboren. Das ist mein Zuhause. Ich kenne die Farbe der Erde und den Geruch, der von ihr ausgeht. Vor zwanzig Jahren war das anders. Da die Gesetze hier in Hawaii aber wie aus Gummi sind, können die Firmen ohne Probleme ihre Versuche machen. Der Teil von Oahu ist nur noch ein einziges Labor.« Mit hängenden Schultern und etwas krumm stand er vor den beiden und hielt inne.

»Was ist mit den Bewohnern von Haleiwa? Die ersten Häuser sind doch nur ein paar hundert Meter von hier entfernt, wenn überhaupt«, sagte Akebono und zeigte mit dem Finger in Richtung des Ortes.

Keine Antwort. Offenbar musste sich der Landwirt erst sammeln. Die Unterhaltung strengte ihn an. Er kratzte sich am roten Ellenbogen und sah zum Major.

»Gute Frage. Ich kann Ihnen nur sagen, dass es jetzt Krankheiten gibt, die es hier vorher nicht gab. Die Leute erkranken an Krebs. Man erfährt mal etwas, wenn man sich mit den Nachbarn austauscht. Ich habe mit meiner Gesundheit genug zu schaffen. Außerdem kosten die Behandlungen viel Geld. Ich weiß oft nicht, wie das alles weitergehen soll.«

Eine beklemmende Stille machte sich breit. Es war zum Heulen.

»Haben Sie schon einmal daran gedacht, das alles hier aufzugeben?«, fragte Nick leise.

Er merkte Polo an, dass er sich die Frage selbst bereits gestellt hatte. Er schien in Gedanken die Optionen erneut durchzuspielen. »Ja, klar, oft sogar. Aber wissen Sie, langsam kommt die Schweinerei ans Licht.« Er ballte die Fäuste. »Die Leute ziehen weg, wenn sie es stemmen können. Ich müsste in jedem Fall mit Verlust verkaufen.«

»Warum das denn?«, fragte der Leutnant.

»Weil die Preise hier in der Ecke unter Druck geraten. Ich bin sicher, dass das alles gewollt ist.«

Akebono bewegte das Schicksal des Biobauern. Tränen füllten seine Augen. Es schmerzte, einen so jungen Menschen mit den Leiden eines 80-Jährigen zu sehen. Es tat weh, weil sie alle drei Kinder der Inseln waren. Mit der Hand wischte er sie sich aus dem Gesicht. Jack Polo lächelte. Es war ein bitteres Lächeln.

Um von den Krankheiten abzulenken, stellte der Major rasch die nächste Frage. »Hatten Sie nochmals Kontakt zu den Maklern?« Er betonte die Frage mit Wut zwischen den Worten, wie ihm auffiel.

Der Mann wirkte nicht überrascht über die Frage.

»Ja, die Dame kam noch einmal vorbei. Diesmal aber in Begleitung eines Herrn. Warten Sie, ich habe noch die Visitenkarte.« Er zog die Brieftasche aus der Jeans und kramte darin, bis er sie fand.

»Hier, das ist sie.« Er reichte sie Akebono. Der ahnte, welcher Name darauf stand.

Dem Major fiel dabei auf, dass zwei Finger Polos geschwollen und rissig zugleich aussahen. Er wandte den Blick ab und sah sich die Karte an.

Sie sah aus, wie für Touristen gemacht. Bunt, mit Sonne am Horizont und den Farben der Dämmerung. Vorn die Gesichter von Tim Oakland und Jennifer Omaha. Links und rechts Blumen – »*Jennifer Omaha, O&O-Realty, Oahu & Kauai.*«

Der Polizist zuckte zusammen. *Was für ein tüchtiges Duo die beiden abgaben,* schoss es ihm durch den Kopf. Was man mit Lächeln und viel Farbe alles bewirken konnte, staunte er. *Man muss nur wollen und fähig sein, über Leichen zu gehen,* vollendete er zynisch die Gedanken.

Dazu passte ja auch das Handeln der Zwei. Drehten sie doch einem Hawaiianer ein Areal an, von dem sie gewusst haben mussten, dass es für seine Pläne nicht geeignet ist. Schließlich hatten sie das Labor auf der Insel mitgestaltet.

»Darf ich die Visitenkarte behalten?«, fragte er sogleich. Jack Polo zögerte kurz und verzog den Mund zu einem nicht deutbaren Grinsen. »Von mir aus, ich brauche sie nicht mehr. Wenn doch, dann weiß ich ja, an wen ich mich wenden muss.« Akebono zückte eine Karte von sich und reichte sie ihm, als ob sie Murmeln tauschen wollten.

»Wie sah der männliche Begleiter aus?«, forschte der Leutnant.

»Das war ein älterer Herr. Er dürfte so Mitte sechzig gewesen sein.«

Der Major nickte und schrieb eine Notiz. Toronga übernahm. »Mit welchem Namen stellte der Mann sich vor? Können Sie sich daran erinnern?«

»Sie stellte ihn vor und ließ den Namen Omaha fallen. An den Vornamen kann ich mich nicht erinnern, tut mir leid.«

»Das ist okay. Keine Sorge. Aber warum waren die beiden hier? Sie haben das Areal doch längst bezahlt, oder?«, bohrte Nick weiter. Ihm war unwohl dabei, aber dies war ein wichtiger Punkt.

»Sie erkundigten sich nach dem Saatgut«, sagte Jack Polo.

»Das verstehe ich nicht. Sie meinen, woher Sie es beziehen?«, präzisierte der Leutnant.

»Ja, sie wollten wissen, von wem ich die Saaten einkaufe. Ich sagte ihnen, dass ich sie aus den Früchten selbst heranziehe.«

»Was noch?«, fragte der Major.

»Na ja, ich erklärte, dass ich die Pflanzen stets prüfen lasse.«

»Prüfen? Worauf denn?«, forschte Nick.

»Auf gentechnische Spuren in den Früchten. Sollte dies einmal der Fall sein, verliere ich die Bio-Lizenz.«

Hier warf Nick den nächsten Punkt ein. »Nicht nur das. Wenn das eintreten sollte, machen Sie sich angreifbar.«

»Angreifbar? Wofür denn?«, fragte der Major.

»Für Klagen der Saatgutfirmen«, kam es prompt.

»Ich habe davon gehört. Glauben Sie mir. Das macht mir Angst«, setzte Polo hinzu.

»Was folgte weiter? Bisher klingt das mehr nach Ausfragen. Kam noch etwas Nettes von den beiden?«

Hier musste er lachen. »Nein, ich hatte eher das Gefühl, dass sie mir Ihr Saatgut andrehen wollten.«

»Ok, oder Ihnen durch die Blume sagen, dass Sie sich ruhig zu verhalten haben«, beendete der Major den Gedanken. »Das zumindest halte ich für denkbar.« Er merkte, dass dem Mann die Fragerei zusetzte.

Akebono reichte ihm die Hand. »Wir möchten Sie nicht länger aufhalten. Vielen Dank für Ihre Geduld und Ihre Mühe, was unsere Fragen betrifft. Rufen Sie mich an, wenn

Ihnen etwas einfällt. Sollte jemand auftauchen: Lassen Sie sich auf nichts ein.«

»Keine Ursache. Es hilft mir, über meine Sorgen zu reden«, sagte Polo. »Falls ich dabei noch helfen kann, umso besser«, schloss er.

»Welche Früchte bieten Sie denn zum Verkauf an?«, fragte der Leutnant. Über Polos Gesicht huschte ein Lächeln. Er führte sie in das flache Gebäude. In Regalen lagen Mangos, Papayas, Ananas und Guaven auf Stroh gebettet zum Verkauf. Zudem bot der Laden in spärlicher Auswahl diverse Bio-Produkte an.

Akebono wählte sechs Mangos, die rot-orange glänzten, und eine Flasche Rotweinessig von Maui. Toronga nahm zwei Ananas und ein Dutzend Papayas. Sie rundeten beim Zahlen großzügig auf. Nick packte einen Teil der Ware in Johns Rucksack, der kurz vor dem Platzen schien. Die Kiste mit den Papayas lud er direkt in den Kofferraum.

Jack Polo winkte den beiden nach, als sie durch das grüne Tor schritten. Keine dreißig Meter entfernt grenzte ein Versuchsfeld an.

Der Major fragte sich, ob sie ein paar Kilos Gift eingekauft hatten. Er verwarf die Sorgen daran aber wieder.

Den Rucksack verstaute er auf dem Rücksitz. Toronga schien in Gedanken. Er sah zum Meer, das zwei-, dreihundert Meter entfernt war. Hohe Wellen schoben sich heran. Die Gischt spritzte meterhoch.

»Ist mit dir alles in Ordnung, Nick?«

»Hm, mir ist soeben etwas bewusst geworden.«

»Was?«, fragte der Kollege besorgt.

»Als Jack Polo von dem rot gefärbten Meer sprach. Vor

einem Jahr war ich hier an einem Wochenende zum Surfen. Das war im Mai. Es war ein herrlich windiger Tag mit traumhaften Wellen.«

»Okay, und weiter«, sagte der Major.

»Als ich mit einigen Surfern auf dem Wasser in der Sonne wartete, fiel mein Blick auf die Berge im Osten Oahus. Um den Gipfel braute sich etwas zusammen. Die Wolken hingen schwer und grau über dem Land. Unten am Meer aber brannte die Sonne.«

Toronga hielt inne. Er sammelte sich. Es schien, eine längst vergessene Sache tauche erneut auf. Der Major lauschte und nickte ihm zu.

»Ich nahm wahr, wie es zuerst in den Bergen heftig anfing zu regnen. Zwei Wellen später fiel mir auf, dass die Wolkenwand sich um die Gipfel ausdehnte und damit auch der Regen. Bald darauf regnete es auf der Ostseite der Insel in Strömen und die Sonne verschwand.« Er nahm einen Schluck aus der Flasche.

»Das Wasser aus den Bergen ergoss sich in die Bäche. Teilweise traten sie über das Bachbett und flossen auf die Felder, die Wiesen. Das sah man vom Meer aus ganz klar.«

»Was war dieses Mal anders als sonst?«, fragte Akebono.

»Früher gab es das auch. Allerdings hatte die Erde immer eine braun-schlammige Farbe, die sich nach Kontakt mit dem Meer verflüchtigte, verstehst du?«

Der Major nickte stumm. Toronga sprach weiter.

»Letztes Jahr aber hatte das Wasser aus den Bergen einen künstlichen Rotstich, der nach und nach das Meer in Küstennähe einfärbte. Es sah aus, als ob ein Dutzend Wale verblutete. Der Ozean verfärbte sich blutrot«, flüsterte er. »Das rote

Zeug reagierte auf der Haut«, schob er nach.

Der Major lauschte gespannt. »Was habt ihr gemerkt?«

»Uns allen fingen die Augen zu tränen an. Die Haut brannte wie Feuer. Damals wusste ich nicht genug, warum. Jetzt schon. Polo hat ja das Gleiche erzählt.«

»Das ist ja gruselig«, brachte John leise hervor.

»Ja, allerdings. Wir sahen zu, dass wir rasch aus dem Wasser kamen, da der Regen nicht aufhörte. Ganz im Gegenteil. Das Regenwasser löste immer mehr von den Giften aus dem Boden und suchte sich den Weg ins Meer.«

»Habt ihr euch nicht gefragt, woher dieses Zeug kam?«

»Ja, klar. Aber wir mussten erst mal sehen, dass wir aus dem Meer kommen. Dann kam die Sonne raus. Meine Haut brannte dadurch noch brutaler. Überall Quaddeln. Es war schrecklich. Ich bin gleich in die Ohana und habe fast eine Stunde geduscht.«

»Wie ging es weiter?«, fragte John.

»Nach dem Duschen bin ich kurz in die Sonne, aber das war keine gute Idee.«

»Warum? Hast du eine Vermutung?«

»Ja. Bei Regen blutet die Insel. Bei Sonne brennt die Luft. Es wirkte, als ob direkt über der Haut alles verglühte. Ich hatte den ganzen Tag Schmerzen und suchte einen Arzt auf. Der hat mir Cortison verschrieben. Ich habe nach dem Lesen der Nebenwirkungen die Packung weggeschmissen und mich mit Kokosöl eingerieben. Das half.« Er strich sich mit den Händen über die Unterarme.

»Bist du noch einmal zum Strand? Ich meine, um zu sehen, ob sich etwas verändert hat?«

»Ja, am nächsten Morgen. Die Sonne schien und der

Himmel leuchtete strahlend blau. Das Meer sah aus wie immer, türkisblau und glasklar. Der Spuk vom Vortag war auf den ersten Blick wie weggeblasen.«

»Ok, da kommt also noch was?«

Toronga sah seinen Chef an. Dann sah er zum Meer.

»Auf den zweiten Blick gab es etwas, das anders war. Der Strand war mit toten Seesternen, Schnecken und Seeigeln übersät. Hunderte oder sogar Tausende. Echt grausam.«

John schüttelte sich. »Gibt es eine Erklärung dafür?«

»Ja, durchaus. Die Fische konnten, genauso wie wir Surfer, dem roten Gift entfliehen. Die Seesterne und Seeigel konnten dies nicht. Sie sind an dem Giftcocktail gestorben, der sich ins Meer ergossen hatte. Aber weise das einmal nach. So viel Gutachten kann kein Mensch bezahlen. Zudem haben diese Tiere keine Lobby.«

Akebono legte den rechten Arm um Nicks Hals und klappte mit der Hand auf seine Schulter. »Komm, lass die schweren Gedanken los. Wir fahren besser zum Flughafen.«

Toronga sah wehmütig und traurig auf die Nordküste. Dann schritt auch er zum Wagen. Der Major wartete mit laufendem Motor. Beide wollten nur noch heim, um die Eindrücke des Tages zu verarbeiten.

Das Letzte, was Nick wahrnahm, als er in den Rückspiegel sah, war eine riesige Welle. Sie bäumte sich leuchtend blau im Sonnenlicht auf und fiel in einer weißen Schaumkrone zusammen. Vorn weg wuselten zwei Surfer um die Wette. Sie konnten sich gerade noch auf den Brettern halten und freuten sich.

32

Hawi
Hawaii – Big Island 2018

Jeff Palmer erwachte aus einem tiefen Schlaf. Er drehte sich zur Seite und sah auf den Wecker. Draußen dämmerte es. Er stand in der Regel früh auf.

Der Kalender zeigte Dienstag. Passend zum Wochentag musste er heute einen Dienst verrichten. Herr Palmer lebte als Rentner in der Nähe der Kleinstadt Hawi auf dem Land. Der Ort lag an der Nordspitze Kohalas, die zugleich als nördlichster Punkt Big Islands galt.

Seit einem Jahr hatte er einen Nebenjob, um die Rente ein wenig zu erhöhen. Rund um die Landebahn des *Upolu-Airports* mähte er einmal pro Woche den Rasen. Je nach Wetterlage hieß dies, dass er viel Arbeit haben würde.

Der Flughafen bestand aus nur einer Bahn, die parallel zur Küste verlief. Sie sah aus wie mitten in die Landschaft gemalt.

Die Piste maß einen Kilometer Länge. Nur kleine Flugzeuge wie Cessnas konnten dort starten und landen.

Der Betreiber hielt es für ratsam, den Rasen um die Bahn stetig mähen zu lassen. Im Gras sollte es für Bodenbrüter keine Chance zum Nisten geben. »Aus Gründen der Sicherheit ... ,« wie er im Freundeskreis immer gerne betonte. Flögen ein paar Vögel in den Propeller einer Cessna, könnte das zum Absturz führen.

Jeff Palmer schlurfte ins Bad, um sich zu duschen. Danach wollte er in Ruhe frühstücken und sich später mit dem Fahrrad auf den Weg zum Flughafen begeben. Zum Glück hatte er die Freiheit, selbst zu entscheiden, wann er die Arbeit ausübte. Es musste nur geschehen.

Beim Duschen dachte er an den Wind, der ihn erwartete. An dem Morgen rüttelten die Böen kräftig an Jeffs kleinem Haus. Es lag inmitten von kargen Wiesen nahe dem *Puakea-Point*.

Durch die Lage erlebte er an manchen Tagen alle Witterungen auf einmal. In der Mitte der Kohala-Halbinsel teilte sich sowohl das Wetter als auch die Landschaft.

Das Landschaftsbild entsprach dem Klima. Der Boden schien karg und trocken, typisch für den Nordwesten der Insel. Daher sah es oft aus wie in einer Steppe. Je mehr man jedoch nach Osten kam, desto üppiger wuchs die Vegetation. Es regnete dort schlicht häufiger.

Jeff wohnte im Norden. Es gab wenig Bäume, dafür viele Gräser und flache Büsche. Sein Weg führte entlang der Küste in einem weiten Bogen zur Landebahn. Die Route maß knapp fünf Kilometer, was für seine 64 Jahre ein Sportprogramm bedeutete, dass es in sich hatte. Heute blies der Wind aus dem Westen, sodass er auf der Strecke mit Gegenwind rechnen konnte.

Bei dem Gedanken schnaubte er auf wie ein Walross, dem man einen Fisch vor der Nase weggeschnappt hatte. Nach dem Frühstück fütterte er Kater *Carlo*. Die Katze hatte ein schwarzes Fell mit weißem Bauch. Brummend ließ er es sich schmecken.

Gegen 11:30 Uhr verließ er das Haus. Behäbig radelte er den schweren Weg. Zuvor musste er den Vorderreifen aufpumpen, da er recht platt wirkte.

Er trug einen dicken Pullover mit Schlauchtuch um den Hals, damit er keine Erkältung bekam. Wie immer hatte er den Rucksack gepackt. Er wollte auf alles gefasst sein. Mit Regenjacke, einer Thermoskanne Kaffee und einer Keksdose fuhr er los.

Wie so oft fühlte sich der Wind durch den Chillfaktor relativ kühl an, obwohl es in der Sonne 25 °C warm war.

Ja, das Land hier oben verlangte den Bewohnern einiges ab. Es gab indes auch viel Reizvolles. Eine intakte Natur und wenig Verkehr zum Beispiel. Die Luft wehte stetig frisch und roch nach Salz. Jeff zog so ein Wetter dem Tropenklima in Puna vor. Zudem traute er den Vulkanen nicht.

Er radelte die *Old Coast Guard Road* bis zum Meer entlang und bog nach rechts ab in die *Upolu Point Road*. Von hier würde er der Küste bis zum *Upolu-Airport* folgen. Die Straße sah aus wie eine Mischung aus Feldweg und Landstraße. Mit dem Fahrrad aber kein Problem.

Nach rund einem Kilometer rollte er am Geburtsort *King Kamehamehas* vorbei. Heute gab es dort nur noch einen Steinwall in Form eines Quadrats.

Der Wind frischte jetzt spürbar auf und Jeff musste absteigen. Er schaffte es nicht, dagegen anzukommen. Der Schweiß in seinem Gesicht trocknete sofort, aber sein Rücken fühlte sich kalt und feucht an. Da er nicht unter Zeitdruck stand, suchte er sich an den Felsen eine geschützte Stelle, um ein paar Schlucke Kaffee zu trinken.

Mitsamt dem Rucksack stieg er über die Steine zum Meer hinab. Er hörte die Brandung. Die Wellen krachten vier bis fünf Meter unterhalb der Straße an das Gestein aus Lava. In dem Gebiet empfahl es sich, die Strömung und das Wasser nicht zu unterschätzen.

Auf einmal blieb der Wind weg. Die Temperatur fühlte sich gleich spürbar wärmer an als oben auf dem Asphalt. Zufrieden setzte er sich auf einen dunklen Lavablock mit idealer Höhe.

Er rückte die Sonnenbrille zurecht und schraubte die Thermoskanne auf. Nach dem ersten Schluck genoss er die wohlige Wärme im Körper und hielt inne. Er blickte zur Küste in Richtung des Rollfeldes, das er zwar nicht sah, aber erahnte. Jeffs Augen verweilten an etwas, das senkrecht aus dem Meer ragte. Es schien kein Treibgut zu sein. Herr Palmer war ein umsichtiger Mensch, der das Risiko scheute. Ihn lockte jedoch die blanke Neugier zum Wasser.

Bedächtig und mit größter Vorsicht setzte er einen Fuß vor den anderen. Er rutschte ab und landete mit einem Fuß fast im Meer. Sein Puls schlug bis zum Hals. Er schätzte den Weg bis zur Stelle auf rund sieben Meter.

Mit festem Stand hielt er inne und lauschte. Die Wellen beruhigten sich. Er überlegte, die Schuhe abzustreifen, verwarf den Gedanken aber. Mit Sohlen unter den Füßen glaubte er, besseren Halt zu haben.

Jetzt bewegte er sich nur wenige Meter von der Stelle entfernt, wo ein Ast oder Stock aus dem Meer ragte. Der Ozean hatte das Treibgut näher ans Ufer getrieben. Fransen hingen daran herab. Das mochte Seetang sein.

Plötzlich schwappte eine Welle aus dem Nichts über den Stock und die Felsen davor. Er sprang nach oben, um dem Wasser zu entfliehen. Als er den Boden berührte, hechtete er hastig mehrere Schritte zurück. Er landete letztlich auf einem Steinhaufen. Der Mann stellte zufrieden fest, dass er nur ein paar Spritzer abbekommen hatte.

Er starrte sogleich zu dem Etwas, konnte es jedoch nicht sehen. Hektisch suchte er den felsigen Untergrund ab. Erstarrt blieben seine Augen an einem Punkt hängen.

Zuerst sah er es nur verschwommen. Er nahm die Sonnenbrille ab und rieb sich mit zwei Fingern die Nasenwurzel. Dann setzte er sie wieder auf. Jetzt sah er schärfer. Die Welle hatte das Undefinierbare gelöst und ein paar Meter weiter in Richtung Ufer gespült, wo es auf trockenen Felsen zum Liegen kam.

Jeff blieb die Luft weg. Der Stock entpuppte sich als Rest eines knochigen Armes, der verdreht an dem zugehörigen Körper hing. An der Stelle, wo er den Kopf vermutete, schien der Rest eines Schädels mit Haaransätzen erkennbar. Die Beine des Menschen nahm er nicht mehr wahr. Panik überkam ihn.

Er drehte sich abrupt um, rannte den Abhang hinauf, nur weg von dem schrecklichen Ort. Hektisch kramte er nach dem Prepaidhandy, das im Rucksack steckte.

Er wählte den Notruf 911. Es meldete sich ein Sergeant Timberland der *Kapa'au Police Station*. Nachdem er alles notiert hatte, gab er die Information an den Commander weiter. Der schickte eine Streife zu der von Jeff genannten Stelle.

Sie traf nach dreißig Minuten Fahrt ein. Sergeant Hendricks und Officer Pa'olo streiften sich lange Handschuhe an. Mit geübten Griffen zogen sie ihre Masken über das Gesicht. Vereint zerrten sie den Leichnam aus dem Meer. Man sah beiden an, dass sie sich schwertaten. Sie machten Fotos und riefen die Spurensicherung an.

Herr Timberland schrieb eine Stunde später den Text und lud ihn mit Fotos ins interne System der Polizei. Major Akebono saß zu der Zeit am Computer. Er biss in ein frisch belegtes Brötchen und trank einen Schluck Kaffee hinterher. Die Meldung poppte auf. Er setzte die Tasse ab und las.

Ein Stechen in der Wade unterbrach den Lesefluss. Seine Beine schmerzten von dem Kraftakt am Tag zuvor. Er verfasste eine kurze Mail an den Commander in Waimea und bat um Rückruf.

»Nick, hast du die Nachricht aus Kohala gelesen?«

»Nein, ich füttere Andrea. Was gibt's denn?«, kam es von jenseits des Monitors.

»In der Nähe von Hawi ist eine Wasserleiche angeschwemmt worden. Die Meldung ging vor etwa einer Stunde ein.«

»Was ist mit der Spurensicherung? Sind die vor Ort?«

»Die fahren zurzeit hin. Es geht um die Kollegen aus Waimea.«

»Dann warten wir ab, was die noch an Text einstellen, oder?«, meinte der Leutnant.

»Abwarten? Ich glaube nicht. Hier steht, dass in der

Leiche ein speerartiges Stück steckt.« Er rollte vom Computer zurück, als das Telefon klingelte.

»Major Akebono, guten Tag.« Er glaubte, den Wind durch die Leitung zu hören.

»Hallo, hier spricht Commander Murray aus Waimea. Ich habe eine Meldung ins System gestellt? Hast du den Text gelesen?«

»Hallo. Danke, dass du dich gleich gemeldet hast. Ja, ich habe den Eintrag bemerkt und frage mich, ob es sich um den vermissten Tim Oakland handeln könnte.«

Es knirschte in der Leitung. Als ob der Hörer zwischen Schulter und Kinn eingeklemmt steckte.

»Sorry, ich bekam einen Anruf auf dem zweiten Telefon. Die Leiche ist jetzt im *Waimea-Hospital*. Sie führen bald eine Obduktion durch.«

»Das klingt doch gut«, entfuhr es dem Major. »Eine Frage habe ich. Gibt es ein Foto der Speerspitze, sofern es es denn eine ist?«

»Ich habe fünf Fotos ins System gestellt. Das waren aber längst nicht alle. Ich glaube, dass eines mit Nahaufnahme der Wunde dabei ist. Wenn das stimmt, lade ich es gleich hoch.«

»Danke, das hilft«, freute sich Akebono.

»Dann noch etwas anderes. Ich wollte eben beim Chief abklären lassen, ob wir den Fall direkt übernehmen können. Wir haben zwei Tote und das hier könnte der passende Dritte sein. Was hältst du davon?«

Commander Murray hielt kurz inne. »Ja, daran habe ich auch gedacht. Wir kennen den Fall. Insofern sehe ich da kein Problem«, sagte er freundlich.

»Ach, echt?«, konterte der Major im Spaß. »Wir machen

uns bald auf den Weg. Den Toten möchte ich mir rasch ansehen.«

»Das glaube ich dir gerne. Wenn ihr Unterstützung braucht, rufe bitte an.«

»Einen Punkt hätte ich. Kannst du etwas bei den Jungs der Spurensicherung nerven? Je früher wir den Bericht haben, umso besser«, drängte der Major.

»Ja, ich kläre das, John«, sagte er nüchtern. Beide legten auf.

»Nick, die Kollegen dort stimmen dem zu, wenn wir den Fall an uns ziehen«, meinte der Major.

»Na, das hätte mich auch gewundert«, kam es prompt. John nahm einen Schluck Kaffee und schloss die Augen.

»Einfach mal kurz abtauchen«, murmelte er leise und merkte, dass er fast einschlief. Ein paar Minuten später klingelte das Telefon erneut. Brian, der Chief, war in der Leitung.

»Murray rief mich eben an. Er sagte, du übernimmst die Sache aus Hawi?«

»So, hat er das?« Akebono lachte laut auf. »Ja, er hat in der Tat angerufen. Ich fragte ihn direkt, ob wir übernehmen können.«

»Dann ist gut. Mir ist das mehr als recht. Ich habe so ein Gefühl, dass das unser Mann ist.«

»Ich dachte zuerst, die wollen den Fall unbedingt«, raunte der Major im Scherz.

Der Chief grinste durch den Hörer. »Na ja, nach allem, was bisher vorgefallen ist, glaubst du das nicht im Ernst?«

»Nein, absolut nicht. Mir fällt da etwas ein, was ich zu fragen vergaß. Was ist mit dem Mensch, der die Leiche gefunden hat? Weißt du was über ihn?«

»Laut Murray ist er befragt worden. Vom Gespräch gibt es ein Protokoll. Er meinte, das sei so gut wie im Netz.«

»Mein Gott, wie fleißig die werden, um den Fall los zu sein«, rutschte es Akebono raus.

Brian ging darauf nicht mehr ein. »Wann fahrt ihr los?«, fragte er stattdessen.

»Lass uns die Daten laden und durchlesen. Ich denke in einer Stunde«, sagte der Major. Er nahm einen kräftigen Schluck Kaffee.

»Gut. Dann viel Glück euch beiden.« Motonga legte auf.

John atmete tief durch. »*Eine dritte Leiche, die zu neunzig Prozent zu dem Fall passt. Wer vollzog da sein Werk? Was musste geschehen, damit jemand die Energie und die Wut aufbrachte, drei Menschen zu töten?,*« nagte die innere Stimme an ihm.

Seit dem Vorfall auf Oahu hatten die beiden Polizisten noch keine Zeit, das Erlebte zu besprechen. Jeder verarbeitete die Sache für sich. »Verdrängen trifft es besser«, murmelte er vor sich hin. Sie kamen ja kaum zum Durchatmen.

Er seufzte und lud die Datensätze vom Computer. Es gab mehrere Fotos des Toten. Der Körper schien mit Wasser vollgesogen zu sein. Zudem war er mit Bissspuren übersät. Anhand des Gesichts konnte er nicht erkennen, ob es sich um Herrn Oakland handelte oder nicht.

Murray hatte auch das Foto mit der Speerspitze geladen. Er zoomte sie zur maximalen Größe. Ein Teil davon ragte aus der Brust. Deutlich sah der Beamte die kleinen Widerhaken.

Mit einem Gefühl der Leere schaltete er den Rechner aus.

Er gab Nick ein Zeichen, dass er bereitstand. Der Leutnant fuhr den PC herunter. »Lass uns fahren, John.«

33

Als die beiden Polizisten losfuhren, standen die Zeiger bereits auf 11:00 Uhr. Die Fahrt nach Waimea dauerte in der Regel 90 Minuten. Sie fuhren von Hilo aus nordwärts. Die Straße mündete in den Highway, der an der Nordküste entlang Richtung Waimea führte. John zog die Strecke der eher tristen *Saddle-Road* vor. Sie glich einer Fahrt durch einen üppigen Garten.

Nach kurzer Zeit erreichten sie den *»Wailoa River State Park«*.

Später passierten sie an der Küste gelegene Vororte von Hilo. In Honomu hielten sie beim Anwesen der Sullivans. Stille überall. Die Mauern der Ruinen ragten wie faule Zähne in den Himmel.

Sie standen schwarz und eingezäunt hinter Gittern. Der Schutt lag in großen Haufen davor. Die Wohnungen für die Gäste waren leer. Vor Ort gab es keinen Verwalter mehr. Ein Schild mit der Aufschrift *»closed«* hing an einem der Zäune. Zudem sah es rund um das Haus nicht sehr einladend aus.

»Hat Lisa den Bericht eingereicht?«, fragte der Leutnant.

»Ja, hat sie. Als Brandursache nannte sie vorsätzliche Brandstiftung. Sie fanden auch Reste von Benzin«, ließ der Major fallen.

»Wie bei Tim Oakland«, warf Nick ein.

»Ja, genau. Der Brand hier trägt die gleiche Handschrift«, stimmte John zu. »Offen gesagt hatte ich stets Zweifel, dass das hier eine andere Person verübt hat«, schob er nach. »Wer weiß, vielleicht hat Tim Oakland beide Feuer gelegt?«, sinnierte er.

»Wie kommst du denn darauf?«, staunte Nick.

»Er hatte mit etwas Fantasie jeweils ein Motiv, die Feuer zu legen.«

»Nun, wir werden sehen. Ich bin nicht sicher, ob wir das beweisen können«, erwiderte sein Kollege.

Nach ein paar Minuten fuhren die zwei von Honomu aus weiter. Links von der Fahrbahn stieg das Land zum *Mauna Kea* hin an. In kurzen Abständen tauchten Wasserfälle auf, die sich tosend ihren Weg zum Meer bahnten.

Sie kamen an den Orten *Papa'aloa* sowie *Laupahoehoe* vorbei. Es gab eine Polizeiwache. Eine wehende Fahne des Staates Hawaii wehte vor dem kleinen Haus. Keiner der beiden hatte je Kontakt zu den Kollegen hier gehabt. »Hier ist es so ruhig, dass die Beamten quasi mit Kaffeetrinken ihr Geld verdienen«, mutmaßte Nick.

»Ach komm, tauschen wolltest du mit denen aber nicht«, warf John ein.

Wenig später erreichten sie den Ort *O'okala*. Jenseits des Dorfes dehnte sich der Wald bis ans Meer aus. Inmitten der Bäume stoppten sie bei *Donnas Cookies*. Hier gab es guten Kaffee und eine Auswahl an frischen Keksen.

Akebono kaufte drei Keksdosen. Eine davon für Motonga, der sie genauso mochte wie er selbst. Mit je ein paar Keksen für die Hand fuhren sie weiter.

Waimea lag an der Südgrenze zweier Schutzgebiete, die sich entlang der *Kohala-Coast* zogen. Die Polizeistation lag unweit des »*North Hawaii Community Hospitals*.« John lenkte den Pick-up in eine freie Lücke. In einer Staubwolke kam der SUV zum Stehen.

Commander Don Murray begrüßte die zwei wenig später herzlich. Er trug eine Brille mit runden Gläsern und einen Spitzbart. Dazu eine Glatze. Der Major schätzte ihn auf Mitte vierzig.

»Habt ihr die Leiche bereits obduziert?«, forschte er.

»Ja, haben wir. Unser Pathologe rief vor zwanzig Minuten an.«

»Na, dann mal los«, sagte Toronga und rieb sich die Hände. »Wo müssen wir hin?«

»Die Klinik ist um die Ecke. Wir können zu Fuß laufen«, meinte Murray.

Auf dem Weg überquerten sie eine Kreuzung. Nick harkte sich bei einer älteren Dame unter und begleitete sie über den Zebrastreifen. Gegen Ende der Grünphase hatten beide erst die Mitte der Straße erreicht.

Ein Autofahrer schimpfte, während er auf seine Uhr tippte. Er verstummte jedoch, als Toronga ihn böse anstarrte. Die Frau bedankte sich bei dem Leutnant. Der wiegelte ab und schloss rasch zu den zwei Polizisten auf.

»Die Pathologie ist im Keller. Wir müssen durch die hintere Tür«, erklärte Don Murray.

Er stellte die Gäste dem Pathologen William Sherlock vor.

Er war ein großer, etwas schlaksig wirkender Mann mit wachen Augen, die durch eine runde Nickelbrille sahen.

Er bat alle, ihm in den Kühlraum zu folgen. Herr Sherlock rollte die Bahre aus dem Kühlfach und schlug emotionslos das Tuch zurück. Er streifte sich Latex-Handschuhe über und ließ die Knochen knacken.

Vor ihnen lag eine blutleere Leiche, der ein Teil des Gesichts fehlte. Wirr hingen einige letzte Haare vor dem linken Auge. Toronga sah geschockt auf den Leichnam. Er hatte nie zuvor eine Wasserleiche zu sehen bekommen. Der Leutnant sah verstohlen zu John herüber. Ihm war übel.

»Alles klar, Nick?«, fragte der besorgt.

»Na ja«, murmelte er. »Ich habe so etwas noch nie gesehen.«

»Atme flach und stelle dich einen Meter nach hinten«, riet ihm der Major. Herr Sherlock wartete, bis die beiden fertig waren.

»Der Tote ist männlich und 45 bis 50 Jahre alt. Vom Gesicht ist leider nur die Hälfte erhalten. Wir dürfen davon ausgehen, dass Fische – vorrangig Haie – von dem Blut angelockt worden sind. Daher auch die vielen Bisswunden an den Beinen und am Rumpf.«

Sherlock schritt um den Leichnam herum und sah die Beamten an. »Wenn Sie Fragen haben, bitte nur zu«, sagte er und fuhr fort.

»Der Mann ist durch einen Speer oder durch eine Handharpune getötet und dadurch direkt ins Meer befördert worden. Im Brustkorb steckte ein Teil der Waffe. Es könnte sich um eine Harpune handeln, wie sie Fischer in Polynesien heute noch nutzen. Ich tippe auf eine zum Werfen. Sie sehen aus wie ein Speer, haben aber Widerhaken.«

Herr Sherlock klappte mit einem gezielten Griff die Bauchdecke des Opfers auf. »Hier, sehen Sie sich das an.« Er drehte sich um und sah drei blasse Gesichter. Der Pathologe nahm darauf keine Rücksicht.

»Das Fleisch ist um den Eingangskanal des Speers extrem zerfurcht. Daran sehen Sie, dass die Spitze Widerhaken besitzt«, sagte er und klappte die Bauchdecke wieder zu.

Dachte ich es mir doch. Wie ich es auf dem Foto mit der Speerspitze gesehen hatte. Dewey und Oakland sind mit der gleichen Art von Speer ermordet worden, schoss es Akebono durch den Kopf.

Der Mediziner streifte die Handschuhe ab und ersetzte sie durch neue. Der Latex quietschte. Nach einem Schluck Wasser wandte er sich an die Beamten.

»Der Tote trieb drei bis vier Tage im Meer. Papiere oder eine Geldbörse fanden wir keine. Einige der Verletzungen am Körper stammen vermutlich von der Brandung, als die Leiche auf Felsen traf«, schloss er. Der Major fand als Erster seine Stimme.

»Gab es DNA-Spuren wie Abdrücke der Fingerkuppen? Wir haben ein paar gefunden, konnten sie aber nicht zuordnen«, erklärte er.

Herr Sherlock griff nach der linken Hand des Toten. »Sehen Sie, der Daumen hier hat noch einen Großteil des Rillenprofils der Haut. Wir lassen die Daten und Bilder einlesen. Ich denke, Sie haben Glück.«

»Wie groß war der Mann?«, fragte der Leutnant. Sein Teint war in den letzten Minuten merklich verblasst.

286

»Er hatte eine Größe von 182 Zentimetern«, sagte Sherlock. »Das entspricht exakt den Maßen von Herrn Oakland«, warf der Major ein. »Blourish & Watts hatte in den Akten alle Körpergrößen ihrer Mitarbeiter erfasst. Wir können nur hoffen, dass sich der Abdruck der Daumenkuppe bei den Daten findet«, fuhr er fort.

»Hatten wir nicht in der Box DNA-Material gefunden?«, meinte Toronga. »Die, in der wir den Schlüssel fanden.«

»Ja, das stimmt«, bejahte Akebono und notierte sich den Punkt. Ihm war der Gedanke auf der Fahrt nach Waimea auch gekommen. Er hatte ihn aber verworfen oder einfach nicht mehr daran gedacht.

Don Murray, der den Dialog aus dem Hintergrund verfolgt hatte, meldete sich zu Wort. »Habt ihr ein Foto von diesem Herrn Oakland?«

»Ja, ein etwa fünf Jahre altes aus der Akte von dem früheren Arbeitgeber, warum?«, erklärte Nick.

»Es gibt da ein Programm, mit dem es möglich ist, den Rest eines Gesichts zu rekonstruieren, wenn ein Teil noch intakt ist. Es heißt *Face-Pixel*. Wir müssten den Kopf von vorn ablichten und das System mit den Daten füttern. Mit etwas Glück klappt es«, schlug Don vor.

»Die Software kenne ich. Wir sollten es in jedem Fall versuchen. Danke für den Hinweis, Don«, lobte Akebono. »Das Foto ist in der Datenbank abrufbar. Wir hatten es mit anderen Infos als Datei hinterlegt«, sagte er weiter.

Und dann an Herrn Sherlock gewandt: »Können Sie uns einen Abzug des Leichnams per Mail schicken? Wir benötigen das Gesicht von vorne«, fragte er den Mediziner.

»Das sende ich gerne«, erwiderte dieser freundlich.

Das Programm, von dem Don Murray sprach, hatte der Chief vor ein paar Jahren eingeführt. Ziel war es, die Daten eines Falles jeder Polizeistation zugänglich zu machen.

Anfangs gab es Bedenken, weil eine große Anzahl Beamter Zugriff hatte. Das System musste also angepasst werden. Es gab die Option, Teile der Daten zu sperren oder sie nur für einen kleinen Kreis abrufbar zu halten.

Bislang hatte es sich vollends ausgezahlt. Mehr Fälle als je zuvor waren mit seiner Hilfe gelöst worden. Die Quoten gingen durch die Presse. Auf Oahu führte man das gleiche Programm nur ein Jahr darauf ein. Die Kollegen auf Maui, Molokai und Kauai zogen wenig später nach.

»Wenn weiter keine Fragen bestehen, gehe ich jetzt zurück in den Saal. Drüben liegt noch ein Opfer des Verkehrsunfalls in Waikoloa letzte Nacht«, stellte Sherlock fest. Er schlug das Tuch über die Leiche und schob sie erneut in das Kühlfach. Der Leutnant atmete leise durch den Mund. Er verließ als Erster den Raum. Draußen schien die Sonne. Die Beamten genossen das Leben um sie herum.

Eine lärmende Schulklasse lief über den Zebrastreifen. Zwei Lehrer versuchten, die Klasse zu steuern. Wild mit den Armen fuchtelnd, redete einer von ihnen auf drei Schüler ein.

»Wir unterstützen euch, wo wir nur können«, rief Don Murray in den Lärm hinein.

»Das ist perfekt, Don«, sagte der Major. »Sobald wir das Foto haben, versuchen wir, das Gesicht des Toten mit dem Programm zu zeichnen.«

»Ich sage es Sherlock noch einmal«, meinte er.

»Danke für alles«, sagte der Leutnant.

»Keine Ursache. Kommt gut nach Hause.« Der Commander verschwand ins Gebäude. Akebono merkte, dass er froh war, den Fall nicht lösen zu müssen.

Kurz darauf verließen sie Waimea. Für die Rückfahrt wählten sie die Bergroute. Hier konnte er das Auto rollen lassen und etwas Ruhe finden. Mit Schwung bog er auf die Hauptstraße ab.

Sie fuhren an der *Wishard Gallery* vorbei, einem Klotz von Center, das nicht in diesen Ort passte. 1,5 Stunden später tauchte die Silhouette von Hilo auf. Die Zeiger standen auf 16:00 Uhr. Keiner hatte vor, nach Hause zu fahren. Es ging mit ein paar Burgern direkt ins Büro. Sie mussten jetzt dran bleiben.

34

Akebono warf unsanft die Tür auf und fuhr den Computer hoch. Dr. Sherlock hatte das Foto des Toten und den Abdruck des linken Daumens per Mail geschickt.

Er lud das Foto in das Programm *Face-Pixel*. Die Verarbeitung erfolgte ohne weiteres Zutun. Die fehlenden Gesichtszüge tauchten nach und nach auf dem Bildschirm auf. Wie von Geisterhand bildete sich ein Gesicht mit präzisen Zügen. Nach elf Minuten zeigte das System »Ende« an.

»Das sieht nach Tim Oakland aus«, merkte der Leutnant an. Der Mann hatte eines dieser Gesichter, das nur wenige Merkmale aufwies. Einzig zwei Falten zwischen den Augenbrauen und der Augenpartie selbst wiesen ihn eindeutig aus. Es gab zwar die Option, das Ergebnis manuell zu schärfen, das schien hier jedoch nicht nötig.

»Gut. Wir warten aber noch auf den DNA-Abgleich mit den Abdrücken aus der Schlüsselbox«, schlug der Major vor.

»In Ordnung. Ich schicke in der Zeit den Daumenabdruck ins Labor«, sagte Toronga und fuhr den Computer hoch.

Der Major nutzte die kurze Pause und ging auf den Flur.

»Hallo Barbara«, begrüßte John die Assistentin des Chiefs und lächelte ihr zu. »Ist Brian im Büro?«

Sie lochte gerade ein paar Dokumente und heftete sie ab. »Hallo John. Brian ist vor einer halben Stunde gefahren. Er hat einen Termin in der Stadt«, erklärte sie.

»Wenn ich für euch nichts mehr tun kann, bin ich auch gleich weg«, sagte sie forsch.

»Geh nur. Wir fragen noch ein paar Daten ab, dann sind wir für heute durch. Die Fahrerei nach Waimea war anstrengend.«

Akebono war schon auf dem Weg in sein Büro, als ihm die Kekse einfielen. »Barbara, ich habe Brian Kekse von Donnas Cookies mitgebracht. Die mag er doch so gern. Kann ich sie dir auf den Tisch stellen?«

Sie protestierte. »Die mag ich auch. Wusstest du das nicht?«

Der Major errötete. »Nein, das war mir nicht bewusst. Aber weißt du was. Ich hatte für mich zwei Dosen gekauft. Eine davon bekommst jetzt du.«

Sie strahlte. »Danke. Das ist echt okay für dich?«

»Ja klar. Nimm sie bitte.« Er stellte sie ihr auf den Tisch, bekam zum Dank einen Kuss auf die Wange und holte sich einen Kaffee.

Kurz darauf kam er mit der Tasse ins Büro zurück und schaute Nick über die Schulter. »Tja, sieht ganz danach aus, dass wir den dritten Toten in dem Fall haben. Wenn noch der Daumenabdruck passt, haben wir unseren Mann.«

Er nahm einen Schluck aus der Tasse und biss in einen Keks. Schweigend sah er aus dem Fenster. Die Sonne senkte sich hinter einer dunstigen Wolkendecke, die wie ein tropfender Lappen über dem Pazifik hing.

Beiden war bewusst, dass der Tod Tim Oaklands hieß, dass Jennifer Sullivan in Gefahr schwebte. Das könnte auch ihre Flucht erklären. *Was passiert als Nächstes? Dass sie als Täterin in Betracht kommt, glaube ich einfach nicht. Jetzt nicht mehr ...* ging es dem Major durch den Kopf.

Ihre Reise nach Oahu hatte viele neue Aspekte ergeben, die es zu ordnen galt.

Klar schien, dass alle drei Opfer und Frau Jennifer Sullivan skrupellos agierten. Es gab nur ein Ziel: Das Maximale an Geld herauszuholen, und das um jeden Preis. Dabei bewegten sie sich bis dahin im Rahmen der geltenden Gesetze. Nur, was hieß das schon?

In Oahu kam ansatzweise heraus, dass es durchaus Menschen mit Motiv gab. Das kam ihm aber zu simpel vor. Zudem sah er die Indizien als zu schwach an.

Akebono fehlte die zündende Idee, wo er den Hebel ansetzen konnte, um den nächsten Schritt zu machen. Selten kam er sich so unsicher vor, wie in diesem Moment. Der Tag hatte ihn mit allem, was passiert war, verwirrt.

Wenn doch einfach mal ein wenig Zeit wäre, alles sacken zu lassen. Einen Tag nur, haderte er mit sich selbst.

Er verabschiedete sich von Nick und klappte die Tür zu. Der Leutnant sah ihm verblüfft hinterher, sagte aber nichts. *Der kommt schon wieder,* ging es ihm durch den Kopf.

Auf dem Weg heimwärts hing er vielen Gedanken nach und drehte sich weiter im Kreis.

Die Presse ist schwer einschätzbar. Wie reagiert sie auf einen dritten Toten?, fragte sich der Major im Stillen. Er konnte mit Interviews durch die Regenbogenpresse rechnen. Bei Chief Motonga hatte er ein gutes Gefühl. Er ruhte in sich und stand hinter ihm. Den Kredit wollte er auf keinen Fall verspielen. In seiner Laufbahn hatte er es noch nie mit einem Serientäter zu tun gehabt.

Und was machte er: Fuhr nach Hause. Groll stieg in ihm auf. Es gab ja nicht nur drei Opfer, es gab auch zwei Brände. Weitere Morde nicht auszuschließen. *Du bist bisher nie weggelaufen, also stelle dich gefälligst zum Henker.* Er schlug mit der flachen Hand auf das Lenkrad.

Spontan bremste er ab. Mit quietschenden Reifen drehte er den Pick-up und gab Gas. Er raste zurück ins Büro und meldete sich bei Tatjana zu ihrem Leidwesen für heute Abend ab.

Zehn Minuten darauf öffnete er mit Schwung die Tür zum Büro. Nick fuhr zusammen. »Mann, musst du mich so erschrecken. Ich habe jetzt einen Puls von zweihundert und eine Gänsehaut dazu.«

»Entschuldige, ich muss etwas herausfinden. Ich war eben derart frustriert, dass ich mal an die Luft musste.«

»Das hat man gemerkt. Ich habe mir trotzdem gedacht, dass du zurückkommen wirst.«

Akebono sah erstaunt auf. »Echt, warum denn das?«

Sein Kompagnon stand auf. »Weil ich dich lange genug kenne. Wir sind in einer kritischen Phase. Ausgerechnet dann meldest du dich ab und fährst heim. Das kannst du deinem Friseur erzählen, aber nicht mir, mein Freund.« Beim letzten Satz tippte er ihm mit dem Zeigefinger auf die Brust.

Der Major fühlte sich ertappt und elend. Sein schlechtes Gewissen meldete sich bei ihm. Nick hielt die Stellung im

Büro und er fuhr frustriert nach Hause.

»Willst du auch einen Kaffee?«, fragte Toronga.

»Ja, gerne.« Akebono öffnete die Dose und nahm einen Keks.

Während der Leutnant den Kaffee holte, schaltete er den PC ein und startete den Browser. Das Internet schien an diesem Abend etwas langsam. Er trommelte nervös mit den Fingern einen wilden Takt. Es klang so ähnlich wie *Highway to hell*.

»Sag mal Nick. Es kann doch nicht sein, dass O&O-Realty ohne viel Tamtam an die Aufträge kam. Da ist ein Haken dran, meinst du nicht?«

»Woran denkst du genau?«, fragte er zurück.

Der Major rieb sich die Schläfen und schloss die Augen. »Bei so einem lukrativen Geschäft gibt es stets Wettbewerb. Hier habe ich den Eindruck, dass Frau Sullivan und Herr Oakland ein besonders großes Stück vom Kuchen abbekommen haben. Alles easy. Völlig entspannt. Keine Mühe. Das halte ich für undenkbar. Es muss ein Konstrukt geben, das aus dem Dunkeln steuert.« Jetzt drehte er sich samt Stuhl um. »Wenn das so ist, dann existiert jemand, der andere Interessen vertritt. Das könnte dieser ältere Herr sein.«

Nick klimperte auf der Tastatur. Beim Zuhören kam ihm eine Idee. Er suchte dazu auf der Homepage des Staates von Hawaii nach Stichpunkten. Die Suchfunktion erwies sich als nicht brauchbar. Dutzende PDFs erschienen nach Eingabe eines Stichworts. Er löschte den Suchbegriff und widmete sich dem Aufbau der Seite. Unter dem Reiter *Estates* ließ sich weiter nach *North*, *South* und *Kauai* filtern. Er klickte den Link *North* an. Eine Minute später hatte sich die Seite der *Hawaiian-Estate-Authority* aufgebaut. »Ich habe dir zugehört, John. Roll mal rüber. Ich habe etwas gefunden.« John sah ihn perplex an und sah auf den Schirm.

Hawaiian-Estate-Authority - HEA?, »Was ist das für ein Laden?«, rutschte es ihm heraus. Er biss in den Keks.

Nick zögerte einen Moment, da er noch las. »Das ist eine Art Behörde, die auf Oahu und Kauai Grund und Boden verwaltet, der dem Staat gehört«, erklärte er.

»Was ist die Zielsetzung dabei? Schutz der Umwelt nicht, oder?«, frotzelte der Major.

Der Leutnant las den Text und klickte dann auf Wiki. »Ziel ist es nicht, Land ganz simpel zu erhalten. Der Auftrag scheint eher zu sein, Grund und Boden mit Aussicht auf Gewinn für den Staat Hawaii zu vermarkten.«

Johns Augen funkelten zornig. »Man sollte meinen, dass der Tourismus auf den zwei Inseln genug Geld abwirft. Außerdem kommen die Leute nur wieder, wenn das Land intakt ist«, entfuhr es ihm. Er las den Text selbst. Naturschutzgebiete setzten die Grenzen und deckten auf jeder Insel recht große Areale ab.

Kommerziell nutzbarer Boden war rar. Der Staat suchte daher nach Optionen. Wenn das Geld dann noch über mehrere Jahre floss, umso besser. Er las und murmelte leise: *»Ziel des HEA ist es, langfristige Pachtverträge mit Investoren oder privaten Nutzern auf Oahu und Kauai zu schließen.«* Er las den Satz noch einmal, um sich der Tragweite bewusst zu werden.

Ihn beschlich das Gefühl, dass es aus der *HEA* heraus gezielt Hilfe für die *»Sullivan-Consulting«* und später die *»O&O-Realty«* gab. Das würde die vielen Geschäfte erklären, die Frau Omaha und Herr Oakland im Norden Oahus und auf Kauai an Land ziehen konnten.

Nick forschte bei der »*Hawaiian-Estate-Authority*« unter dem Reiter *History* nach den Namen *Sullivan, Oakland* und *Dewey*. Er fand indes nichts. Auch über Google kam er nicht weiter. Er wandte sich erneut der *HEA* zu. Nachdem er den Namen *Omaha* ins Suchfeld getippt hatte, drehte sich die Eieruhr etwas länger. Es poppten Verweise auf diverse Artikel auf, wo von einem Herrn Arthur Omaha die Rede war.

Der Mann schien ein höheres Amt zu besetzen. Die Texte wurden zwei Jahre zuvor verfasst. Bei einem gab es drei Fotos. Groß und hager stand er da. Mit den wellig nach hinten gekämmten, grauen Haaren wirkte er adelig. Sie zeigten ihn auf einer Baustelle de*r HEA*. Er griff nach einem Spaten und grinste in die Kamera. Die anderen Abzüge lichteten ihn bei der Einweihung eines Hotels in Waikiki und auf einer Konferenz im *Ala Moana Center* ab. Beim letzten Foto dachte John an *Blourish & Watts*, die genau dort ihren Sitz haben.

Etwas später kramte der Leutnant über diverse Links ein älteres Organigramm aus dem Netz. Hier glänzte Herr Omaha als Vorstand *Operations & Land-Management*. Es trug als Datum das Jahr 2013. Die Fotos zuvor reichten bis ins Jahr 2014. Nick pfiff leise durch die Zähne.

Akebono hatte genug. Er rollte wieder zurück. Mit frischer Energie suchte er nach einer Grafik neueren Datums. In einer Diplomarbeit über die HEA strahlte ihn Omaha erneut vom Bildschirm aus an. Hier war zudem sein Geburtsjahr mit dem 11.08.1950 vermerkt. Demnach musste er etwa seit 2015 in Rente sein. John überkam der Verdacht, dass der

Mann weiter als Berater tätig sein könnte. Er fand zwar keinen Hinweis für diese These, stieß aber auf ein Komitee. Dort hieß es, dass es sich um ein Gremium der »Hawaiian-Estate-Authority« handelte. Sie bestand aus fünf Personen unter dem Vorsitz von Herrn Arthur Omaha. Der Major druckte die Seite aus.

Wenn etwas so vage und versteckt im Netz stand, dann gab man bewusst nur das Minimum an Information preis. Die Essenz sollte indes verborgen bleiben. John kribbelte die Haut. Der Ausschuss oder wie auch immer der illustre Kreis sich nannte, war absolut relevant. »Wir müssen klären, ob Herr Omaha mit Jennifer Omaha verwandt ist«, rief er in den Raum.

»Hmhm, ja«, kam es zurück.

Akebono streckte sich. Er griff nach dem Kaffee, den Toronga ihm hingestellt hatte, und der dampfte nicht mehr. Er probierte einen Schluck. Mit verzerrtem Gesicht stellte er die Tasse ab. Er stand auf, um sich einen frischen Kaffee zu holen.

»Nick, willst du auch noch einen Kona-Kaffee?«

»Hmhm, ja bitte«, nuschelte er hinter dem Monitor.

»Was hast du da auf deinem Schirm?«, fragte der Major.

»Das ist eine Karte von Oahu mit allen Parzellen, die der *HEA* Geld bringen oder in deren Eigentum stehen.«

»Das umfasst geschätzt wie viel der Fläche Oahus?«

»Ungefähr 5 %. Man kann von Glück sagen, dass die Insel so gebirgig und zum Teil unwegsam ist«, schloss der Leutnant.

John schüttelte den Kopf und schritt zur Küche. Kurz darauf kam er mit zwei dampfenden Tassen zurück. Er setzte seine ab und schraubte erneut die Keksdose von *Donnas Cookies* auf. Wenn jetzt keine Zeit für eine Insulindosis war, wann denn dann, fragte er sich und biss herzhaft zu. Er verschloss die Dose und schob sie unter den Schreibtisch in ein Fach. Alles andere schien ihm zu gefährlich. Just in dem Augenblick sah Toronga von dem Bildschirm auf und nahm den Duft der Kekse in der Luft wahr. »Reichst du mir mal bitte die Dose, John?«

Seufzend griff er in das Fach und warf sie auf die dunkle Seite der Macht.

Gestärkt stürzte sich der Major erneut in das Netz. Nach einiger Zeit stieß er auf den Reiter *Events*. Es stellte sich heraus, dass Herr Arthur Omaha an mehreren Abenden als Gast aufgeführt war. Verwandte gab es hier aber nie.

Er wollte die Seite verlassen, als ihm in der letzten Zeile zwei Links ins Auge sprangen. Einer davon führte zu Fotos von einer Feier: *Hawaiian-Estate-Authority – Rekordjahr 2012*. Neben jedem Foto standen ein paar Worte. Sie konnten vergrößert werden.

Herr Arthur Omaha, Frau Miriam und laut Text »*die einzige Tochter Jennifer Omaha*« wählten am Buffet ihre Speisen. Sie trug ein schickes Abendkleid in Schwarz. Dazu einen grünen Schal, der perfekt ihre Augen betonte, wie John fand.

Die Dame hieß nicht zufällig Frau Jennifer Omaha. Das Foto zeigte sie ein paar Jahre vor ihrer Heirat. Auf sein Zeichen kam Nick mit dem Stuhl herum zu ihm. »Hübsch sah sie schon damals aus«, meinte Toronga.

»Deine Regierung im Großhirn besteht zu 99 % aus Testosteron, Kollege. Lass uns prüfen, wo ihr Vater lebt«, gab er die Richtung vor.

Der Leutnant rollte zurück. Kurz darauf klimperte er Befehle auf die Tastatur. Er hatte das Talent, aus legalen Quellen rasch Infos filtern zu können. Zwanzig Minuten später wedelte er mit der Hand. John flitzte um den Ficus herum und platzierte seinen Stuhl so, dass er den Bildschirm gut sehen konnte.

Nick hatte recherchiert, dass es auf Hawaii nur einen Arthur Omaha gab. Sieben weitere lebten auf Oahu und anderen Inseln. »Da hatten wir ja einmal Glück«, stellte der Major lapidar fest.

Der Gesuchte wohnte in *Waikoloa-Village*. Die Anschrift lautete *Akaula Place 3*. Toronga tippte die Adresse in Google-Maps ein. Der Ort baute sich auf der Seite als Stadtplan auf.

Waikoloa-Village sah aus der Luft charmant aus. Um einen Golfplatz herum gab es schicke Häuser. Drumherum gab es nur Steppe. Einzelne Büsche wuchsen aus dem Sandboden.

Der Ort lag leicht erhöht rund vier Meilen westlich von *Waikoloa-Beach*, einem Hotel samt Golfplatz und Pool-Landschaft. Brian Motonga golfte dort gerne mit Bekannten. Er hielt den Ort für exklusiv. Häuser waren selbst für hawaiianische Preise teuer. Und das, obwohl die Parzellen im Vergleich eher klein ausfielen.

Das Klima in dem Teil der Insel galt als trocken-heiß. Daher musste immens viel Wasser verteilt werden, um den Boden grün aussehen zu lassen. Dazu zählte vor allem die Bewässerung der Greens rund um die Löcher der Bahnen. Von Natur aus grünte es nur nah am Meer, wo Büsche und karge Bäume wuchsen. Das oftmals gute Wetter in der Gegend zog dennoch solvente Käufer an.

Akebono verstand das nicht. Zwar wohnte er in der Sauna Hawaiis, aber in der Sonne hielt er es maximal neunzig Minuten aus. Nur die nahen Strände der Westküste und die Slogans der Makler konnten die Preise erklären.

Gegen 23:00 Uhr fuhren die zwei Beamten zufrieden ihre Computer herunter. Er war froh darüber, umgekehrt und sich in die Arbeit gestürzt zu haben. Ihm wurde klar, dass Nick mehr Motivation hatte, wenn Dinge ins Stocken gerieten. Er schätzte es, mit solch einem Kollegen ein Team zu bilden. Sie vertagten sich auf 09:00 Uhr vor dem Büro.

»Sieh zu, dass du noch ein wenig Schlaf bekommst. Morgen wird es anstrengend«, gab er Nick mit auf den Weg.

»Acht Stunden dürften es noch werden«, meinte der und brauste davon. Johns Instinkt sagte ihm, dass Arthur Omaha eine Schlüsselrolle spielte. Am nächsten Tag sollten sie erfahren, ob das stimmte.

35

Nach rund zwei Stunden Fahrt erreichten die Beamten Waikoloa-Village. Auf dem Weg gab es eine Baustelle, an der es
eine Weile nicht vorwärtsging.

Sie fuhren auf der *Paniolo-Avenue* am Golfplatz entlang
und bogen links in die Laie-Street ein. Kurz darauf parkten
sie schräg vor dem Akaula Place 3.

Das Haus fiel auf den ersten Blick etwas aus dem
Rahmen. Waikoloa-Village bestand primär aus soliden Häusern, die einer Familie Platz boten. Dieses hier sah mehr aus
wie eine Villa, die, mit Pflanzen eingewachsen, einer Bastion
glich. Im Grunde passte sie nicht hierher. Hier stand sie indes
anonymer als exklusiv am Hang. Gespannt, wie weit das
Grundstück hinters Haus führte, lugte der Major um die
Ecke.

Nick klingelte. Von innen näherten sich leise Schritte.
Eine schlanke Asiatin im Sarong öffnete die Tür. Es schien
sich um die Haushälterin zu handeln. Sie trug ihre schwarzen
Haare zu einem engen Knoten gebunden. Ihre dünnen
Augenbrauen verliehen ihrem Gesicht etwas Strenges. Aus

dunklen Augen musterte sie die zwei Männer vor der Tür.

»Sie wünschen, meine Herren?«, fragte sie neutral.

»Guten Tag, ich heiße John Akebono. Das hier ist Nick Toronga. Wir sind von der Hilo-Police und möchten gerne Herrn Arthur Omaha sprechen. Ist er zu Hause?«

»Ja, er ist im Arbeitszimmer. Bitte warten Sie. Ich frage nach, ob er Sie jetzt empfangen kann.«

Anmutig und völlig geräuschlos entfernte sie sich ins Haus zurück. Nick fuhr zusammen, als sie wie aus dem Nichts wieder an der Tür erschien.

»Bitte folgen Sie mir. Herr Omaha wird gleich bei Ihnen sein.«

Sie betraten eine Diele, die einem Saal glich. Der Boden war mit dunklem Marmor gefliest. An den Wänden standen eine Reihe asiatischer Figuren. Aus Ebenholz geschnitzt ragten sie bis zu zwei Meter hoch auf.

Akebono fühlte sich wie in einem Möbelhaus in Malibu, ohne ein solches je betreten zu haben. Von der Diele zweigten breite Flure ab.

Sie folgten der Frau in ein ausladendes Zimmer mit Bücherregalen, die bis zur etwa vier Meter hohen Decke reichten. »Bitte nehmen Sie Platz.« Die Dame wies auf eine Sitzgruppe, die für acht Personen langte.

»Darf ich Ihnen etwas zu trinken bringen?«

»Für mich gerne ein Wasser«, sagte Akebono. Toronga winkte dankend ab. Er hatte im Auto eine halbe Flasche Wasser geleert.

Der Major sah sich in dem rund 100 Quadratmeter großen Raum um. Zur Gartenseite ließ eine Fensterfront Licht herein. Sie schloss bündig mit der Decke ab. Im Garten gab es einen ovalen Pool, der inmitten von üppigem Grün verbaut war.

Hinter dem Zaun erstreckte sich eine Steppe bis hinunter zur Waikoloa-Küste. Das Haus stand also am Rand der Siedlung. Die Grenze zum Sand bildete eine locker gesetzte Reihe mit Büschen. Dahinter grenzte ein etwa einen Meter hoher Zaun das Grundstück ab. John schätzte die Größe des Areals auf 4000 Quadratmeter.

Er sah sich den Garten gerade im Detail an, als sich hinter ihm jemand räusperte. Er fuhr herum. Arthur Omaha hatte lautlos den Raum betreten. Auch Toronga bekam nichts mit. Er sah sich im Regal die Bücher an. Mit schiefem Kopf las er die Titel.

»Wie ich sehe, ruht Ihr wachsames Auge nie«, sagte der ältere Herr mit einem Seitenblick auf den Leutnant. An Akebono gewandt, setzte er abrupt ein Lächeln auf, das irritierend wirkte. »Einen schönen guten Tag. Ich bin Arthur Omaha.«

»Major John Akebono, guten Tag.« Der Beamte ergriff eine warme Hand mit normalem Händedruck.

Sein Kollege drehte sich von der Bücherwand weg und kam näher. »Leutnant Nick Toronga, guten Tag.« Als Arthur Omaha ihm die Hand gab, würdigte er ihn kaum eines Blickes.

Der Mann schenkte nur jenen Menschen Beachtung, die etwas zu sagen oder schlicht Macht zu haben schienen. Er war groß gewachsen und schlank. Die Nase ragte schmal und lang aus dem Gesicht. Sie hatte in der Mitte einen leichten Knick. Die grauen Augen passten zum Gesamtbild.

Durch das markante Antlitz und die grau gegelten Haare

wirkte er wie ein römischer Imperator. Es fehlte freilich noch ein Helm mit roter Bürste auf dem Kopf. So stellte ihn sich Nick zumindest vor. Ein Grinsen konnte er sich nicht verkneifen.

Omaha sah ihn abschätzig an. John war auf der Hut.

»Was führt Sie zu mir?«, gab er sich ahnungslos. Er machte keine Anstalten, sich zu setzen. Die zwei Beamten blieben daher auch stehen.

»Sind Sie der Vater von Frau Jennifer Sullivan?«, fragte der Major direkt.

Arthur Omaha betrachtete seine Fingernägel und schwieg. Nach einer Weile sah er auf und sagte »ja, der bin ich.« Der Major nickte. Er verschränkte die Hände hinter dem Rücken und schritt langsam umher.

»Hat sich Ihre Tochter seit der Ausreise aus den USA gemeldet?«

Der Befragte sah Akebono lange und regungslos an. Dann senkte er den Blick, als er merkte, dass der Beamte ihm standhielt. »Ja, sie rief einmal an. Ich weiß allerdings nicht, wo sie sich genau aufhält. Aber es scheint ihr den Umständen entsprechend gut zu gehen.«

»Das ist schön zu hören«, sagte der Major leise. »Zumindest hat sie reichlich Taschengeld für diese Reise«, schob er nach. Omaha runzelte die Stirn. Ihm lag etwas auf der Zunge, doch er zog es vor, zu schweigen. »Ihnen ist bekannt, dass ihr Ehemann Peter Sullivan, ein Mann namens Henry Dewey sowie ihr späterer Geschäftspartner Tim Oakland getötet worden sind?«, fuhr John fort.

Arthur Omaha zögerte erneut mit der Antwort, diesmal wirkte er irritiert. Der Major mutmaßte, dass er vom Tod

Oaklands noch nichts wusste. Er ging das Risiko bewusst ein. Er glaubte nicht, dass der Tote jemand anderer, als der bisher Vermisste sein könnte. Der Befund zum Daumenabdruck des Toten stand ja noch aus.

»Von dem Mord an Peter Sullivan wusste ich, was glauben Sie denn?«, herrschte er ihn an. »Dass Tim Oakland auch getötet worden ist, konnte ich kaum ahnen.« John glaubte, in den Augen des Mannes einen Hauch von Panik erkannt zu haben. Am Ende des Satzes riss der Befragte abrupt den Kopf herum. *Pure Abneigung, gepaart mit Nervosität,* dachte der Major und blieb kurz stehen. Der Mann hatte Angst. Drei Tote aus dem direkten Umfeld schienen etwas zu viel für ihn.

Dann setzte John den Weg im Wohnzimmer fort. Dem Gastgeber gefiel das nicht. Als Akebono hinter ihm vorbei schritt, stellte er die nächste Frage. Nick lehnte an einer Wand und beobachtete die Szenerie.

»Herr Omaha, wir fragen uns, warum jemand so viel Hass auf die Herren Sullivan, Dewey und Oakland hatte. Haben Sie eine Erklärung dafür?«

Der lachte laut und achtete darauf, dass der intonierte Spott beim Major ankam. »Das zu klären ist doch genau Ihr Job, oder etwa nicht?« Omahas Augen funkelten vor Zorn.

Der Beamte ignorierte den Unterton und wanderte weiter im Kreis umher. Im Raum war es komplett still. Nur das Klacken seiner Schuhe war zu hören. Er verlieh seiner Stimme mehr Kraft, bevor er fortfuhr.

»Herr Omaha. Wir haben Kenntnis, dass Sie bei der »*Hawaiian-Estate-Authority*« die Verantwortung hatten. Ihre Aufgabe war es, staatlichen Grund und Boden mit hohem

Gewinn zu verpachten bzw. zu veräußern.« Der Befragte fixierte einen Punkt an der Wand und rührte sich nicht. John ließ die Worte sacken und fuhr fort.

»Wie durch ein Wunder war ihre Tochter in den letzten Jahren massiv an Deals mit Chemiefirmen aus dem In- und Ausland beteiligt. Es ging um eben jene Grundstücke im Eigentum des Staates Hawaii.« Jetzt blieb er stehen und wandte sich direkt an Omaha.

»Sie schloss die Geschäfte aber nicht solo ab, sondern mit Tim Oakland, der tot ist. Wie sind die beiden an ihre Aufträge gekommen?« Er wanderte weiter und hob die Hand zur nächsten Frage. »Warum so zahlreich? Wettbewerb scheint es in der lukrativen Sparte offenbar nicht zu geben. Anders ausgedrückt könnte man glauben, dass ihre Tochter stets einen Vorteil hatte.« Er ließ Omaha nicht aus den Augen, um den Druck zu erhöhen. *Du wirst schon noch weich, mein Freund. Du weißt viel mehr, als du hier erzählst.* In der Hosentasche ballte er eine Faust.

Er ließ die Fragen erneut wirken, bevor er laut »Sagen Sie mir jetzt bitte nicht, das sie über eine öffentliche Ausschreibung an die Geschäfte kam« nachschob.

Der Mann sendete zum ersten Mal Signale von Unwohlsein. Dem Major entging nicht, dass sein rechtes Auge leicht zuckte. Ein nervöses Lächeln umspielte die schmalen Lippen. Dem Leutnant fiel dies ebenso auf, wie er John mit einer Geste verriet.

»Wir mussten die Aufträge dem Markt anbieten«, sagte Arthur Omaha. Er hatte die Fassung wieder erlangt und mauerte. »Offen gesagt ... ,« doch der Major unterbrach ihn. »Sieh mal einer an, was meinen Sie mit ›dem Markt‹, Herr

Omaha? Geht es um einen, der für alle offen ist? Reden Sie von einem geheimen, einem Black Market? Oder haben wir hier einen fingierten Markt?«

Der Mann wirkte irritiert. Die Souveränität war dahin. Er wich aus. »Mich stört Ihre Methodik. Das ist ein Verhör. Ich werde meinen Anwalt einschalten.«

Akebono hielt direkt vor ihm. Er sah ihn durchdringend an. »Sie haben einiges zu verbergen. Klar gefällt Ihnen das nicht. Holen Sie sich einen Anwalt. Sie werden einen brauchen, so viel steht fest«, sagte der Major. »Aber haben Sie bitte Verständnis dafür, dass ich Ihr Haus komplett auf den Kopf stellen lasse, und zwar noch heute.« Beim letzten Halbsatz riss er die Augen weit auf und machte einen Schritt auf den Mann zu.

Dabei legte er den Kopf schief und sprach weiter. »Sollten wir auch nur einen Hinweis auf Unterschlagung von Beweismaterial finden, werde ich Sie in Beugehaft nehmen, ist das klar?« Omaha verfolgte ihn mit finsterem Blick. Er knirschte mit den Zähnen vor Wut. Die Hände zu Fäusten geballt, traten seine Knöchel weiß hervor. In ihm arbeitete es.

Der Major dehnte die drei letzten Worte. Er ließ ihn erst einmal schmoren. Nach einer gefühlten Ewigkeit setzte er die Befragung fort. Er war sicher, dass der Mann bereit war, noch Fragen zuzulassen.

»Welche Funktion hatten Sie in dem Gremium, das über die Vergabe entschied?«, schoss er mit fester Stimme einen neuen Pfeil ab. Auf diesen 5-köpfigen Ausschuss verwies das letzte Organigramm, das er im Netz gefunden hatte.

»Ich war der Vorsitzende«, sagte er nach einer längeren Pause.

»Gab es weitere Mitglieder mit Stimmrecht?«, fragte Toronga, der den Platz an der Wand verließ und auf ihn zuschritt.

Herr Omaha schwieg, obgleich der Major glaubte, die Antwort zu kennen. Möglich schien auch, dass er einem Leutnant keine Frage beantworten wollte. Doch auf einmal sprach er.

»Außer mir gab es vier Personen. Sie hatten alle Stimmrecht. Michael Gorm, Anastasia Lewinski, Peter Sullivan und Henry Dewey.« Bei jedem Namen warf er einen Finger nach vorn. Er sah dabei aus dem Fenster. Der Mann wirkte genervt.

»Ach, sieh mal einer an«, entfuhr es John. »Es gab somit des Öfteren oder sollte ich besser sagen, bei lukrativen Aufträgen, eine Mehrheit für die O&O-Realty? Eine Goldgrube haben Sie sich da erschaffen«, sagte der Major zynisch. Hier zuckte der Befragte zusammen. Der Major fragte weiter. »Dies endete aber mit Ausscheiden der beiden Ermordeten, nehme ich an?«

»Ja«, sagte Omaha trocken. Monoton fuhr er fort. »Nach Peters und Henrys Tod rückten zwei andere Mitglieder in den Ausschuss. Die Mehrheit war damit erst einmal weg.«

»Nun, bis dahin hatten Sie doch zig Geschäfte an ihre Tochter und Oakland vermittelt, oder?«

Der schnaufte tief durch. »Ja, das waren mindestens 70 Deals mit einigen wenigen Kunden.«

»Von wie vielen insgesamt?«, hakte Nick nach.

»Ich denke, das waren in etwa 100.«

»Also in der Zeit 2014 bis 2017?«, forschte Akebono nach.

»Ja«, seufzte der Befragte vor sich hin. Er schien kooperativ.

»Sie sagten eben, dass die Mehrheit nach Aufnahme zweier neuer Mitglieder *erst einmal* hinfällig war. Was meinten Sie mit erst einmal, Herr Omaha?«, fragte der Leutnant.

Der Mann drehte den Kopf zu ihm hin. »Ich kannte die beiden nur flüchtig. Mir war unklar, wie sie tickten und ob ich sie beeinflussen konnte.«

»Wie haben Sie es geschafft, dass die Geschäfte zu ihren Gunsten weiter liefen?«, provozierte Nick.

Herr Omaha schnaubte. »Was fällt Ihnen ein?«

»Was mir einfällt? Erzählen Sie mir nicht, dass Sie nach dem Tod zweier Vertrauter einfach die Felle davon schwimmen ließen. Also, was haben Sie getan?«

»Ich werde diese Frage nicht beantworten«, zischte er zurück.

»Kein Problem«, sagte Toronga. »Wir werden es ermitteln. Verlassen Sie sich darauf«, schob er energisch nach. Die Luft war zum Schneiden. Der Major nickte und riss ein neues Thema an.

»War Ihnen klar, was die Pächter oder die Eigentümer mit den Arealen vorhatten?«, fragte er neutral.

»Nein, nicht direkt«, antwortete er einen Tick zu rasch.

»Was soll denn das heißen?«, fragte Nick genervt und laut. Der Leutnant war mit der Geduld am Ende. Der Major gab ihm ein Handzeichen, mit dem er mehr Zurückhaltung einforderte.

»Was das heißt? Ganz einfach, dass ich es nicht weiß. Es war mir auch egal. Solange die Gesetze befolgt wurden, war die Sache für mich in Ordnung.« Der Mann ergriff die Initiative und fuhr fort. »Bei Erwerb eines Grundstücks ist es nötig, dass der Grund und Boden bis zum vollen Eigentumswechsel nicht genutzt wird.«

»Warum denn das?«, sagte Akebono vorschnell. Er ärgerte sich, da ihm im selben Moment die Antwort einfiel.

Omaha fühlte sich jetzt überlegen und setzte alles daran, die Karte zu seinen Gunsten zu spielen. Sein Terrain, seine Regeln.

»Nun, die Übertragungsurkunde regelt alles, was mit der Zahlung zu tun hat. Die Rechte am Eigentum sind in dem Stadium noch nicht geregelt. Soweit alles klar?«, fragte er ironisch.

»Reden Sie weiter«, forderte der Major.

»Nutzt der Käufer die Grundstücke zu dem Zeitpunkt aber bereits, ist der Vertrag noch anfechtbar.«

»Wieso das?«, fragte der Leutnant.

»Weil der finale Wechsel des Eigentums erst später im Rahmen des »Closing« erfolgt. Das kann einige Zeit dauern. Erst danach können die Inhaber mit ihren Vorhaben beginnen. Nur so haben sie Rechtssicherheit.« Und nach einer kurzen Pause:

»Bei uns war es immer Ziel, anhand der Gesetze eine maximale Nutzung der Areale von Anfang an zu erzielen. Wir hatten gute Verträge auf den Weg gebracht. Zudem haben wir uns so einen Vorteil am Markt verschafft. Andere hielten die Regeln zum Closing ein.« Als Omaha dies fallen ließ, grinste er heimtückisch.

»Das bedeutet, Sie haben die Kunden dazu bewogen, bei ihnen zu kaufen und nicht nur zu pachten?«, fragte Nick von der Seite.

»Ganz genau«, gab ihm der Mann recht. »Zudem ist der Gesetzgeber sehr loyal, wenn ich das mal so ausdrücken darf«, schob er hinterher.

»Das heißt im Detail?«, fragte der Major.

Omaha rieb sich die Hände und grinste verschmitzt. »Je mehr Areale in der Hand eines Eigentümers sind, desto mehr darf er sie bereits vor dem Closing nutzen. Da unsere Kunden auf Oahu Investoren aus der Chemie sind, kommt da einiges zusammen.«

»Mit anderen Worten: Sie könnten gleich nach Abschluss des Vertrags loslegen«, sagte John.

»Sie sind ein kluger Kopf. Ja, genau, so ist es. Daneben haben solvente Käufer einen weiteren Vorteil«, führte er aus.

»Ok, wir hören. Welcher ist das?«, fragte Nick.

»Ein juristischer Kniff. Die Käufer mussten mehr als 50 Prozent der Kaufsumme anzahlen. So ließ sich die Wirkung des Closings quasi vorverlegen. Außer uns bot das niemand an. Sie wissen doch: Geld regiert die Welt.«

»Und wenn ein Anwohner doch klagen sollte?«, fragte John.

»Wird er von den Firmenanwälten sofort in die Zange genommen«, sagte er mit einer Ruhe, die dem Major zusetzte.

Er glaubte ihm jedes Wort. Arthur Omaha war es völlig egal, was auf dem Grund und Boden passierte. Und noch schlimmer: Ihm war egal, ob Anwohner und Nachbarn litten. Der Mann ging über Leichen und war stolz darauf. Einfach unseriös, aber effizient, ging es dem Major durch den Kopf.

Omahas Offenheit erklärte sich John damit, dass er sich auf legalem Grund zu bewegen glaubte. Er setzte Gesetzestreue und Moral gleich. Es war sein Metier. Hier tobte er sich aus. Akebono widerte das an.

»Kannten Sie Details von den Vorhaben der Konzerne oder nicht?«, fragte der Major ein zweites Mal.

»Ich wusste, dass sie dort Dinge ausprobieren und für den Markt auf dem Festland forschten. Aber natürlich ging ich immer davon aus, dass all das legal ist.« Beim letzten Satz legte er eine Portion Ironie hinein und schloss die Augen.

»Ich dachte immer, geforscht wird nur im Labor?«, platzte es aus Toronga raus.

»Herrgott, dann beweisen Sie mal, dass das Zeug giftig ist. Woher soll ich das wissen?«, sagte er gereizt.

»Na, immerhin war Ihnen klar, dass dort Zeug verwendet wird, das giftig sein könnte und für den Markt auf dem Festland getestet worden ist. Es freut mich, dass Sie sich doch an etwas erinnern«, meinte der Major mit einer Prise Ironie und klatschte in die Hände. »Zudem muss Ihnen klar sein, dass die Konzerne dringende Gründe haben, weit vom Festland ihre Tests zu machen. Ihnen und ihrer Kundschaft geht es nur ums Geld.«

Herr Omaha hob den Finger. »Ein Argument der Firmen ist, dass sie hier vier Ernten pro Jahr einfahren können. Auf dem Festland sind es meistens nur zwei.« Hier hängte sich Nick ein.

»Da Sie alles so gut im Kopf haben, fällt mir noch eine Frage ein, wenn Sie gestatten.«

»Kommt darauf an ...«, zischte er leise.

»Die Grenzwerte für nahezu alle Pestizide sind auf Oahu zehn bis fünfzehn Mal so hoch wie auf dem Festland. Wird so etwas in dem 5er-Ausschuss beschlossen, oder wie haben

Sie das geschafft?«, fragte der Leutnant.

Der Mann sah ihn fassungslos und mit offenem Mund an.

»Nein, dort wird so etwas nicht entschieden, denn das 5er- Gremium erlässt keine Gesetze. Insofern habe ich das auch nicht erreicht, wie Sie eben vermutet haben.«

»Ok, ok«, sagte Nick betont gutmütig. »Aber als Vorsitzender hatten Sie doch eine Meinung zu dem Thema *Grenzwerte*, oder? Ich meine, je niedriger diese liegen, desto mehr Firmen klopfen hier an, habe ich recht?«

»Dazu werde ich mich nicht äußern«, brach er jäh ab. Torongas Fragerei nervte ihn.

»Aber eine Frage habe ich noch«, sagte Nick verschmitzt. »Gab es niemanden aus einer Partei oder der Organisation, der Ihnen Fragen gestellt hat?«

Der Mann sah Toronga durch Augenschlitze an. *Du kleiner Scheißer hast nicht das Recht, mir eine solche Frage zu stellen,* ging es Omaha durch den Kopf.

»Ich habe Ihnen auch hierzu nichts zu sagen, Mr. ... Toronga«, sagte er zischend.

»Wie steht es mit dem ›Kreis-Rat‹ von Oahu. War die Regional-Verwaltung der Insel in die Vorgänge eingeweiht?«, fragte Akebono.

Omaha dachte kurz nach und grinste verschmitzt. »Nein, nicht direkt. Dafür gab es ja das 5-er-Gremium. Von uns gab es aber eine Empfehlung an den Rat des Landkreises. Die wurde nie infrage gestellt. Man vertraute unserer Expertise. Dem Kreis-Rat war somit bekannt, wer die Pächter der Areale waren.«

»Ok, und der gab sich wie durch Zauberhand damit zufrieden, da die Geschäfte Jobs im Norden Oahus brachten?«, schob der Major nach.

»Was meinen Sie damit?«, fragte er nicht sehr freundlich.

»Dass ich Ihnen nicht glaube«, kam es vom Major leise und bedrohlich. »Glauben Sie mir, wir knacken Sie«, schloss er.

Er blieb vor dem Mann stehen. »Wissen Sie was Herr Omaha. Ich glaube, wir beenden das Gespräch für heute. Denken Sie darüber nach, ob Sie uns noch etwas mitteilen wollen. Sie können auch warten, bis wir es beweisen können. Und dann, das verspreche ich Ihnen, kommen Sie bis an ihr Lebensende nicht mehr aus dem Knast.« Akebono reichte ihm seine Karte und schritt wortlos an ihm vorbei. Toronga folgte ihm, ohne den Mann weiter zu beachten.

Als die Tür zuklappte, stand er noch immer an der gleichen Stelle und rieb Akebonos Visitenkarte zwischen den Fingern. Dann zerknüllte er die Karte und warf sie in den Kamin.

Im Auto wählte der Major die Nummer des Chiefs.

»Motonga hier«, plärrte es aus Johns iPhone.

»Hallo Brian, hier John. Wir sind mit der ersten Vernehmung von Arthur Omaha fertig. Ich brauche einen Durchsuchungsbeschluss, und zwar sofort.«

»Oh, ich dachte nicht, dass Herr Omaha so unkooperativ sein würde«, wunderte er sich.

»Du kennst ihn?«, sprach Akebono in das Mikro.

»Nur vom Sehen. Der Mann scheint gut vernetzt. Tauchte ein paar Mal auf Charity-Events in Honolulu auf, an denen ich auch teilnahm. Er kennt alle Mächtigen der Inseln.«

»Aber er lebt in einem Landhaus auf Big Island«, sagte John.

»Warum denn nicht?«, kam es zu seinem Erstaunen zurück.

»Also, was ist jetzt mit dem Beschluss?«, drängte der Major. »Der Mann hängt bis zum Hals da drin und wir können ihn bald versenken.«

»Tu, was du tun musst. Aber ich brauche einen genauen Bericht. Ich vertraue euch.«

»Danke, Brian.« Akebono drückte die rote Taste.

»Nick, du gehst bitte noch einmal rein und bleibst einfach bei ihm, bis die Truppe da ist. Ich möchte nicht, dass er die Zeit nutzt, um Beweise zu vernichten.«

»Das mache ich gerne«, sagte er und klingelte direkt.

Herr Omaha öffnete die Tür. »Was wollen Sie denn noch?«

»Ihnen eine Weile Gesellschaft leisten, bis unsere Kollegen da sind«, grinste der Leutnant. »Darf ich eintreten?«, fragte er provokant. »Ich habe auch was zum Lesen dabei.« Er wedelte mit dem Smartphone. Der Mann gab die Tür frei.

36

Eine Stunde später rückten sechs Beamte in Zivil an. Der Major klappte die Tür des Pick-ups zu und wartete auf Jack Johnson, der die Truppe anführte.

»Hallo Jack«, tönte Akebono und drückte den Rücken durch, um seine Muskeln zu entspannen. Der Mann maß zwar nur 1,80 Meter, besaß aber ein Kreuz wie ein Schrank. Er hatte eine Glatze, keinen Hals und nickte ihm freundlich zu.

»Wo wohnt denn der Kerl?«, fragte er sogleich.

»Dort vorn, Akaula Place 3«, sagte er und zeigte mit dem Finger in die Richtung. »Nick ist bei ihm und passt auf, dass er keine Dummheiten macht.«

»Sehr gut. Was suchen wir?«, wollte er wissen.

»Nehmt alle Ordner, Computer und USB-Sticks mit«, erklärte der Major. »Auch lose Papiere, die ihr findet.«

»Sollen wir auch hinter die Schränke schauen und so?«, forschte er mit schief gelegtem Kopf.

»Ja, aber sachte«, mahnte der Major. »Lasst das Haus

ganz, okay?«

»Ok, verstanden«, sprach der Glatzköpfige ein wenig unglücklich. Er winkte seine Leute heran. Zusammen schritten sie zum Eingang. Nach zwei Mal klingeln öffnete Nick. Er war der Haushälterin zuvorgekommen. »Na, da seid ihr ja. Willkommen.«

»Hallo«, meinte Jack. »Wir haben einen Auftrag?«, grinste er.

Bevor Nick etwas sagen konnte, brüllte Omaha von weiter hinten: »Was ist denn da vorn los?« Er kam rasch herbei und baute sich vor dem Besuch auf.

»Was wollen Sie mit all den Figuren hier?«, herrschte er den Major an, der vor der Tür stand.

»Die Herren durchsuchen jetzt Ihr Haus«, kam es prompt.

»Haben Sie ein Papier, das Sie hierzu befugt?«, fauchte der Mann mit hochrotem Kopf. Eine Ader zeichnete sich auf Omahas Stirn ab. Er hatte das offenbar für einen Bluff gehalten.

»Ja, den haben wir.« Er hielt ihm das Tablet von Toronga unter die Nase. Brian hatte das Dokument in die Datenbank laden lassen.

»Sie bekommen das noch einmal per Post«, merkte Nick an. »Das nächste Mal können Sie mir ruhig glauben. Ich habe Ihnen doch gesagt, dass gleich Leute von uns hier sein werden«, schob John nach.

Omaha sah ihn durch Augenschlitze an, schwieg aber.

»Jetzt treten Sie bitte zur Seite«, forderte der Major nicht mehr ganz so freundlich.

Der trat nach hinten. Sechs Männer strömten in die Weite des Hauses. Zwei blieben draußen bei den Fahrzeugen.

»Das wird Konsequenzen für Sie haben, das schwöre ich«, knurrte er und schwang die geballten Fäuste.

»Wenn Sie mir drohen wollen?«, erwiderte der Major trocken, »können wir Sie gerne festnehmen. *»Widerstand gegen Staatsbeamte«* gibt es auch hier auf Big Island. Ich schlage vor, Sie halten jetzt den Mund und lassen uns arbeiten.«

Der Mann schien kurz vor dem Platzen. Mit rotem Kopf zog er sein Handy aus der Tasche. Er wählte eine Nummer.

Der Major griff danach und drückte die rote Taste. »Das nehmen wir auch mit«, sagte er kühl. Er reichte das Smartphone an einen Beamten weiter. »Rufen Sie Ihre Anwälte doch von dem Telefon dort an«, schlug er vor.

Herr Omaha ließ sich in einen Stuhl fallen und begrub sein Gesicht in beiden Händen.

»Ich hole Ihnen ein Glas Wasser«, sagte die Haushälterin besorgt und verschwand.

Eine Stunde später hatten die Beamten außer dem Handy einen Computer, ein Laptop, ein Tablet, zwölf Kisten voll mit Ordnern und zwei USB-Sticks verladen. »Sie hören von uns, Herr Omaha«, sagte der Major. »Jetzt wollen wir doch mal sehen, ob Sie die zwei neuen Mitglieder des 5er-Gremiums bearbeitet haben, um sich deren Schweigen zu sichern«, sagte er und wartete auf eine Reaktion. Der Beschuldigte stand mit offenem Mund da, brachte aber kein Wort heraus. John zog die Tür zu.

Sie fuhren aus Waikoloa hinaus und bogen links ab. Dabei gab er derart Gas, dass rechts Kieselsteine wie ein Meteoritenschauer an Nicks Scheibe flogen.

»Jetzt spiele bitte nicht wieder Ferrari-Pilot, sonst steige ich aus«, drohte er.

John nahm seufzend den Fuß vom Gaspedal.

»Schon gut. Ich bin nur sauer auf die Art und Weise, wie er mit uns sprach. So ein Idiot«, beschwerte er sich.

»Jetzt finden wir heraus, was er wusste«, meinte Nick nur. Der Major seufzte. »Noch haben wir kaum etwas in der Hand. Es gibt keinen Gesetzesverstoß. Das Meiste, was er eben unter Druck von sich gegeben hat, würde er in einem offiziellen Verhör nie wiederholen.«

»Das glaube ich auch«, schloss Toronga. »Ich glaube dennoch, dass er uns nicht alles gesagt hat. Gründe für eine Durchsuchung hatten wir trotz allem genug.«

»Ja, das schon«, meinte John. »Ich hatte die Hoffnung, dass wir hier etwas über ein Motiv herausfinden. Es gab ja nie Gelegenheit, den Ermordeten auf den Zahn zu fühlen. Wir wissen nur, dass Omahas Tochter gierig und raffiniert ist - genau wie er selbst.«

»Beiden ging es nur um Profit. Diesem Ziel haben sie alles untergeordnet. Dass sie sich im Rahmen der Gesetze bewegten, macht es nicht besser«, fuhr er fort.

Die »Saddle-Road« zeigte sich auf dem Rückweg im Nebelkleid. Gegen 13:30 Uhr erreichten sie Hilo im Dunst. Eine Wolkendecke, aus der es beharrlich nieselte, hatte sich wie eine Decke über die Stadt gelegt.

Die Zwei hielten im *Hilos Garden-Restaurant* zum Essen. John mochte die frischen Speisen dort.

Das Beste aber war der tropische Garten, der unter einer hohen Glaskuppel wucherte. Direkt über den beiden hing kopfüber ein Chamäleon. Es klammerte sich an einen Ast und ließ die Augen kreisen. In Zeitlupe nahm es die Farbe des Gummibaums an. Nach dem Essen kam der Major erneut auf den Fall zu sprechen.

»Nick, was meinst du, sollten wir die früheren Eigentümer der Grundstücke … .« In dem Moment summte sein Handy. Lisa Dawson stand auf dem Display.

»Hallo John. Ich habe zwei Abdrücke von Oaklands Daumen auf einer Folie entdeckt. Von jedem Daumen einen.«

Ein Blitz durchzuckte den Major. Das war eine sehr gute Nachricht. »Was sagst du da? Wo, wenn ich fragen darf?«

»Auf einer Hülle, in der ein von ihm signierter Vertrag steckte«, sagte sie stolz.

»Lisa, das war eine geniale Idee, in den Papieren gezielt nach der Unterschrift von ihm zu suchen.«

»Danke, John. Das Beste kommt aber noch. Ihr habt doch den Daumenabdruck der Leiche ins Labor geschickt. Ich habe die Kollegen um einen Abgleich gebeten. Und siehe da, der Abdruck stimmt mit dem linken Daumen von der Hülle überein. Sie sind identisch. Jetzt haben wir den Beweis, dass es sich bei der Leiche um Tim Oakland handelt.«

»Perfekt, Lisa. Danke für die brillante Arbeit.« Der Major bedankte sich abermals für die Information und legte auf. »Jetzt ist es amtlich. Der dritte Tote ist Tim Oakland«, sagte er zu Nick.

37

»Also, wo waren wir eben?«, fragte Akebono mehr sich selbst. Dann fiel es ihm wieder ein.

»Ah ja, ich hab's. Was denkst du über den Schritt, frühere Eigentümer auf Oahu ausfindig zu machen? Ich meine jene, die an Omaha verpachtet oder verkauft haben?«

Nick hatte die Hände in den Hosentaschen und sah ihn an. »Was bezweckst du damit?«, horchte er nach.

»Ich hoffe auf Infos, wie der Mann vorgegangen ist, was er den Leuten erzählte. Wie die betroffenen Menschen über ihn und seine Tochter dachten.« Nach einer kurzen Pause sprach er weiter. »Von Interesse ist auch, ob ihnen klar war, was mit den Grundstücken geschah.«

»Du meinst, was mit ihnen nach dem Verkauf geschehen sollte?«

»Ja, genau«, pflichtete John bei. »Wir haben nach wie vor kein Motiv, geschweige denn einen Verdächtigen.«

»Das hört sich schlüssig an. Ich glaube in jedem Fall, dass der Ursprung der Geschichte, das ureigene Motiv in Oahu zu finden ist. Dann rufen wir am besten nochmals Jack Polo an«, schlug Toronga vor und schnippte mit zwei Fingern.

»Der hat uns, glaube ich, alles gesagt, was er weiß«, warf Akebono ein.

»Aber der Arzt im Krankenhaus weiß mit Glück noch etwas. Er hatte ja keine Zeit mehr, mit uns zu sprechen. Bei ihm bin ich mir sicher, dass er uns helfen würde«, sagte Nick voller Elan.

»Das wäre eine Option, aber mir fällt da eine Person ein, die eine Hilfe sein könnte«, meinte John und kratzte sich am Kopf.

»Und wer ist das?«, horchte Toronga auf.

»Melinda Welch. Sie ist eine alte Freundin aus Tatjanas und meiner Zeit in Honolulu. Die beiden telefonieren recht oft. Sie kennt die Aspekte des Falls, die sie kennen darf.«

»Was ist sie von Beruf?«

»Sie verdient ihr Geld als Beraterin. Sie berät kleine und mittlere Firmen. Ich glaube, dass sie auf Oahu gut vernetzt ist. Bei ihr könnten wir anfangen. Was denkst du?«, forschte er. John wollte Nick nicht das Gefühl geben, überstimmt zu werden. Aber er hielt die Idee für lohnend.

»Wenn du einen guten Draht zu ihr hast, dann lass uns bei ihr beginnen«, meinte Toronga, der nicht beleidigt wirkte. Er schien froh, dass sich eine weitere Option auftat.

John sah auf die Uhr und signalisierte dem Personal, dass sie zahlen wollten. »Die Rechnung geht heute aufs Spesenkonto, Nick. Noch kannst du etwas ordern«, erklärte der Major und grinste ihn an.

Das ließ er sich nicht zweimal sagen und nahm einen Kaffee mit einem Stück *Nuss-Nugat-Tarte à la Hilo.*

Da Akebono ihm dabei nicht zusehen wollte, zeigte er der Bedienung seufzend das Victoryzeichen. Die junge Dame lachte hörbar auf und hob den Daumen.

Eine Stunde später saß er wie eine gemästete Gans auf dem Bürostuhl. Er verfluchte seine Schwäche für Leckereien, der er manchmal erlag. Zwar fühlte er sich nicht dick, aber zu schwer, was das Dilemma perfekt umschrieb. Toronga war ein paar Jahre jünger und trieb einfach mehr Sport.

Er griff nach dem Hörer und wählte Melindas Nummer, die er zuvor gesucht hatte. Es tutete viermal, bevor sie abhob.

»Melinda Welch, guten Tag«, klang es wach aus dem Hörer.

»Hallo meine Liebe, hier John aus Big Island. Wie geht es dir?«

»Hallo John. Na, das ist ja eine Überraschung. Ich habe erst vor ein paar Tagen mit Tatjana telefoniert. Sie hat mir erzählt, dass du an dem Fall arbeitest, der sogar hier im *Observer* auf der Titelseite stand.«

Der Major setzte sich stramm auf. »Was? Das kann doch nicht wahr sein. Wann war das?«

»Vor zwei Tagen, wenn ich mich recht erinnere. Darin stand auch, dass du mit einem Kollegen zu Ermittlungen nach Oahu angereist bist. Stimmt das?«

»Ja, das ist korrekt«, gab er kleinlaut zu. Akebono überlegte, von wem die Zeitung den Tipp bekommen hatte, verwarf den Gedanken aber wieder. Es ließ sich ohnehin nicht ändern. Als Chefermittler mit drei Mordfällen stand er im Fokus, ob er wollte oder nicht.

»Kommt ihr denn voran, wenn ich fragen darf?«, wagte sie sich vor.

»Du darfst. Uns ist bekannt, dass viel Land über eine mit der »*Hawaiian-Estate-Authority*« verzweigte Firma weiter verkauft worden ist.«

»Also, die Sache mit der Vermittlung über die *HEA* stand hier mehrfach in der Presse. Von den früheren Eigentümern weiß ich nur, dass einige der Gebiete dem Staat Hawaii gehören. Dabei wird es sich primär um jene Fälle handeln, in denen das Land verpachtet wurde. Ein Teil dürfte veräußert worden sein. Ich könnte mich aber mal umhören, John. Mit etwas Glück erfahre ich mehr.«

»Danke, Melinda, genau das war meine Hoffnung. Vielen Dank für deine Mühe.«

»Nicht dafür. Ich rufe dich zurück oder schreibe dir eine Mail. Passt auf euch auf.« Er wunderte sich, wie detailliert die Presse Oahus über diese Sache schrieb. Er beschloss, sich die Artikel anzusehen.

Dazu loggte er sich direkt auf der Seite des *Oahu-Observers* ein. In seinem Rang hatte er durch ein spezielles Passwort Zugriff auf das Archiv, ohne dass er sich extra ein Nutzerkonto einrichten lassen musste. Er filterte in der Such-Leiste nach Grundstück, Pestizid, Oahu, Nordküste, Krebs, Saatgut und Bio-Bauern.

Während der Rechner die Ergebnisse lud, stand der Major auf, um sich einen Kaffee zu holen. Die dampfende Tasse stellte er neben den Rechner. Nick suchte parallel in einem Archiv der *Pacific-US-News*.

John sah gespannt auf den Monitor. Er las die Überschriften der Reihe nach. Ihn erstaunte, wie lebhaft und facettenreich das Thema in der Presse diskutiert und publiziert worden ist.

»Bio-Bauer krank durch Pestizide?«,

»Spuren von Anthrazin im Grundwasser«,

»Saatgutkonzerne entern den Norden Oahus«,

»Krebsrate auf Oahu erreicht Höchstwert«,

»Wanderer fiel in Ohnmacht«, an der Stelle lief ihm ein Schauer über den Rücken,

»Lehrer klagen über Schmerzen und Übelkeit«,

»Saatgutkonzern tränkt die Felder mit Glyphosat«,

»Pacific-Seed klagt sich durch die Instanzen«,

»Zentrale Demo gegen GMO-Food in Waikiki«,

»Pacific-Seed schafft neue Jobs im Süden Kauais«.

So lauteten die ersten zehn Überschriften, die aus Artikeln der letzten drei Jahre stammten. Es schockte ihn, was er auf dem Schirm sah.

»Nick, hast du auch so viele Horror-Schlagzeilen wie ich?«, fragte er und streckte den Kopf in die Höhe, um den Kollegen besser sehen zu können.

Der rollte wortlos herum, um die Titel beim Chef zu lesen.

»So ähnlich klingen meine auch, aber zum Teil noch heftiger. Die *Pacific-US-News* will offenbar die Grenzen der Pressefreiheit testen«, meinte Nick. Er begab sich zurück an seinen Platz.

»Hör dir das mal an: ›Nordküste Oahus versinkt im Chemiemüll‹.« »Oder hier, die ist auch nicht schlecht: *»Tumore durch Getreide – Mutieren die Bewohner Waimeas zu Laborratten der Saatgutmafia«?«*

Der Major wirkte überrascht. »Na, das ist ja mal eine

Aussage«, sagte er heiter. Er verstummte aber sogleich, da das Thema nicht zum Lachen war. »Offen gesagt habe ich davon nie etwas mitbekommen, selbst drüben auf Oahu nicht«, gestand er mit finsterem Blick.

»Na ja, die Frage ist ja, ob du von dem Mist in irgendeiner Form betroffen bist«, meinte Nick. »Wenn du nicht dort wohnst, schwebt das an dir vorbei. Du weißt doch, wie Menschen ticken. Sobald etwas aus der Presse verschwindet, vergessen sie es. Egal, wie schlimm es war. Zudem betrifft die letzte Hammer-Schlagzeile Kauai. Auch dort häuften Frau Sullivan und Oakland ihr Geld.«

Der Major nickte zustimmend. »Was bedeutet denn GMO?«, fragte der Leutnant, das Thema wechselnd.

»GMO ist die Abkürzung für »*Genetically Modified Organisms*«,« sagte der Major. »Im Bioladen gibt es Produkte, die den Status ›GMO-frei‹ haben. Steht nichts auf der Verpackung, musst du mit dem Schlimmsten rechnen.«

»Du meinst, wenn kein Hinweis auf der Packung steht, kann selbst Bioware gentechnisch betroffen sein?«, forschte Nick.

John sah Löcher in die Luft. Nach einer Weile wandte er sich ihm zu. »Ja, so in etwa. Auf dem Festland wird fast nur noch genetisch verändertes Getreide angebaut. Wird davon etwas verweht, ist das doch denkbar.«

Weitere zwei Stunden bildeten sich die beiden zum Thema weiter.

Akebono fiel auf, dass es private Organisationen gab, die sich gegen die Saatgutfirmen stemmten. Er freute sich über den Mut dieser Leute. Er stellte ebenso fest, dass es Menschen gab, die als Lobbyisten der Branche mit Macht mehr Einfluss verschaffen wollten. Verbal schien dabei mit allen Mitteln gekämpft zu werden. Die Lobby glaubte, durch ihr vieles Geld im Vorteil zu sein. *Das dürfte im echten Leben auch leider so sein, denn Korruption gab es schon im alten Rom,* ging es ihm durch den Kopf. Er klickte den letzten Beitrag weg.

»Klingt echt zynisch«, murmelte der Major nach einer Weile.

»Aber die Sache scheint ernster zu sein, als uns allen lieb ist«, erwiderte Nick.

»Für unseren Fall bedeutet das zig Optionen, die in Betracht kommen. Ich glaube, dass wir keinen Täter haben, der die Branche an sich treffen will. Es muss ein anderes Motiv geben, das ihn oder sie zu den Taten motiviert hat«, argwöhnte John kritisch. »Etwas mit Gewicht«, sagte er leise.

Nick stand auf. »Ich mache mich nach Hause, John. Bis morgen.«

Er zuckte kurz, als das Telefon klingelte, und griff nach dem Hörer. Er winkte Nick und drehte sich dann mit Hörer zum Fenster.

»John Akebono, guten Tag«.

»Nicht so förmlich, junger Mann. Hier ist Melinda.«

»Danke, dass du zurückrufst. Wir haben bei zwei Zeitungen aus Oahu das Archiv gesichtet. Bei euch wird ja mächtig Wind gemacht wegen des Themas.« In der Leitung rauschte es. Sie saß offenbar auf der Terrasse.

»Ja, das kann man so sehen. Im Alltag merkst du hier nichts davon. Wenn du aber an der Oberfläche kratzt, tun sich Abgründe auf. Das Thema *Gentechnik* und vor allem die vielen Feldversuche hier spalten die Gesellschaft.«

»Wie ist das zu verstehen?«, horchte er nach.

»Na ja, es gibt Menschen, die in der Nähe der Felder wohnen und einfach zuerst da lebten. Zum Teil seit Generationen. Einige ziehen weg, andere aber wehren sich mit allen legalen Mitteln. Sie wollen wieder ihr altes, intaktes Oahu haben.«

»Was genau meinst du damit, Melinda?«

Durch die Leitung brummte ein leises Seufzen.

»Es gibt Bio-Bauern dort oben, die seit vielen Jahren ihr Obst anbauen und verkaufen. Jetzt droht ihnen der Verlust ihrer Lizenz, weil in ihrem Obst gentechnisch veränderte Spuren gefunden worden sind.« Es folgte ein Moment Stille, bevor sie weitersprach. »Weißt du, was das Beste ist?«

»Nein, sag schon«, forderte er ein.

»Die Nachbarfelder eines Bio-Bauern werden von *Pacific-Seed* bepflanzt. Sie geben offen zu, dass sie Gentechnik anwenden und Versuche durchführen. Wie im Freiluftlabor. Das können sie auch, da das die Gesetze hier in Hawaii zulassen. Selbst die Grenzwerte für Pestizide sind im US-Vergleich extrem hoch. Jetzt haben sie den Bio-Bauern verklagt, weil er angeblich, ohne deren Erlaubnis, ihr Saatgut nutzt!« Es folgte eine Pause zum Durchatmen, bevor sie wütend fortfuhr.

»Das musst du dir mal vorstellen. Sie machen sich selbst zum Opfer und versuchen, daraus Kapital zu schlagen.«

»… Und vernichten nebenbei die Existenz des Bio-Bauern«, schloss der Major. Ihm ging Jack Polo durch den Kopf, der genau vor diesem Szenario Angst hatte. Dabei war er durch seine Krankheit schon gestraft genug.

»Ja, genau. Ich habe Teile der Anklage gelesen. Mir wurde schlecht, als ich es las«, platzte es aus ihr heraus.

»Wie kommst du zur Anklageschrift?«, kam es vom Major.

»Mein Mann arbeitet als Anwalt. Er hat Kontakte zu Staatsanwälten. Er sagt, rein juristisch gesehen stehen deren Chancen gar nicht so schlecht, Recht zu bekommen.«

Akebono griff sich an die Stirn. Er fühlte einen kühlen Schweißfilm. Das Schicksal des Bauern nahm ihn mit.

»Was hat der Bio-Landwirt unternommen?«

»Sein Geld zu Anwälten geschleppt, um eine Chance zu haben. Der Mann steht unter immensem Druck und hat nichts verbrochen. Er ist dort geboren und will einfach nur sein Bio-Obst verkaufen, so wie Jahrzehnte zuvor auch.«

»Gibt es denn Menschen, die ihn unterstützen?«, bohrte der Major weiter.

»Ja, die gibt es zum Glück. Neben Privatleuten auch einige Öko-Verbände.«

»Glaubst du, dass so jemand … ?«

»Nein, John, er würde eher daran zugrunde gehen. Zudem hat er ja auch noch ein dichtes Netz an Helfern. Dein Fall geht tiefer. Der Bio-Bauer hier läuft Gefahr, seine berufliche Existenz zu verlieren und mit einem Berg an Schulden da zustehen. In deinem Fall aber muss nach meinem Gefühl noch mehr passiert sein. Da verfolgt jemand einen Plan, ohne dass sich mir das Motiv erschließt. Das ist ein spannender Fall, den du da lösen musst«, schloss Melinda. »Ich möchte trotzdem nicht mit dir tauschen«, schob sie hinterher.

Den letzten Satz ignorierte er. »Spannender Fall?«, fragte

er lapidar. »Die Mordserie setzt uns massiv unter Druck. Sie passieren auf Big Island, nicht auf Oahu.«

»Ja, weil einige der Leute im Hintergrund dort gelebt haben. Die leben oft abseits des Trubels, weit weg vom Geschehen«, sagte Melinda. Einen Moment schwiegen beide.

»Da hast du recht, liebe Melinda«, meinte John. »Aber sag mal, weißt du, wer die Eigentümer der Grundstücke sind oder waren? Einige sind ja nur verpachtet worden.«

»Die meisten gehören dem Staat Hawaii. Also vor allem jene, die verpachtet worden sind. Aber du hast ja gesehen, was für Laufzeiten die Verträge haben, oder?«

»Ja, sehr lange. Herr Oakland zeichnete vor Kurzem noch einen Vertrag mit einer Nutzungsdauer über fünfzehn Jahre«, erklärte er.

»Aber gibt es auch Privatleute, die ihre Areale an diese Firmen abgaben?«, fragte er hinterher.

»Du musst dir mal die Karte von Oahu ansehen, John. Die Firmen sind gerissen. Sie versuchen zuerst, weit oben am Hang zum Zug zu kommen.«

»Warum das? Da ist der Zugang doch erschwert.«

»Ja, das stimmt. Aber wenn es regnet, werden die verseuchten Böden ausgewaschen. Das Wasser fließt in Bächen bergab. Bei starkem Regen auch auf den Wegen. Hast du schon mal ein Foto betrachtet, wie so etwas aussehen kann?«

»Nein, aber Nick hat es mir beschrieben. Er hat das beim Surfen vom Meer aus gesehen.«

»Blutrot gefärbt fließt das Wasser ins Tal. Vor allem, wenn es mal ein paar Tage nicht geregnet hat. Was, glaubst du, machen Privatleute, die weiter unten Areale haben und sich das bei jedem Regenguss ansehen müssen?«

Akebono seufzte. »Ich weiß nicht, durchdrehen? Das ist doch krank.«

»Ja, das ist es. Aber es ist auch perfide. Die Menschen verkaufen. Sesshafte Verpachten. Es gibt nur wenige, die sich wehren. Denke ja nicht, dass die Grundstückspreise durch die Umstände steigen. Im Gegenteil. Sie fallen eher.«

»Und dann schlagen die Firmen zu«, flüsterte der Major.

»Das ist widerlich, Melinda.«

»Ja, das ist es. Aber es ist leider real. Und unsere Politiker halten sich zurück.«

»Korruption?«, schoss es aus seinem Mund.

»Denkbar. Aber beweise das mal.« Melinda schien zynisch durch die Leitung zu lächeln. »Denke mal in die Richtung, was dein Motiv angeht.«

»Das werde ich. Falls du noch etwas hören solltest ...«

»... rufe ich dich sofort an, versprochen. Besucht mich bitte bei eurem nächsten Trip auf die Versammlungsinsel, ja.«

John schossen zig Gedanken durch den Kopf. Da waren Jack Polo, all die Berichte in den Medien, die er und Nick gelesen hatten. Das alles war viel größer, als er erwartet hatte.

»Machen wir. Vielen Dank, Melinda. Hätte ich dich doch früher angerufen.« Sie lächelte durch die Leitung.

»Tschüss, Grüße Tatjana und Nick von mir.«

»Ich richte es aus«, sagte der Major und legte auf.

Akebono schnaufte durch. Es sah so aus, als ob Jack Polo mit seiner Ansicht recht hatte. Melinda hatte es bestätigt. Erschöpft ließ er sich in den Sessel fallen. *Denke mal in diese Richtung, was dein Motiv angeht,* sinnierte er. *Arthur Omaha war auf Oahu gut vernetzt. Warum nicht auf den anderen Inseln? Gut möglich, dass er mit seinen Methoden noch weitere Leute an sich gebunden hatte. Die Frage war, ob er dabei Spuren hinterlassen hatte. Er wirkte so unnahbar, als ob alles an ihm abperlen würde. So, als ob ihm nichts passieren könnte; wenn er sich da mal nicht täuschte.*

Unruhig verließ er das Büro. Draußen schlug ihm heftiger Wind ins Gesicht. Es fing zu regnen an. Am nächsten Tag stand ein Treffen mit Brian bevor. Die Frage nach dem Motiv nagte auch an den Nerven des Chiefs. Zu Hause ließ er sich seufzend auf das Bett fallen. Erst eine Stunde später war er eingeschlafen.

38

Hawaii
Oahu – Nordküste 2018

Sammy und Bono standen in der Umkleide. Sie bereiteten sich auf ihren Dienst bei Pacific-Seed vor, der um 09:30 beginnen sollte. Beide wohnten in Haleiwa ganz in der Nähe. Ohne die Büsche vor dem Gelände hätte man den Ort gut sehen können. Das Areal der Firma lag etwas höher. Zum Ort verlief das Land leicht abschüssig.

Sammy nannten sie in der Firma nur noch *die Rakete*. Der Leiter Joshua Epstein hielt viel von ihm. Denn er war willig, Karriere zu machen. Er ordnete dem Ziel alles unter. Zuletzt warb der Boss dafür, ihn als freien Kandidaten zur Rats-Wahl antreten zu lassen. Er glaubte fest, dass er die Interessen der Firma bestens vertreten würde. So kam eines zum anderen. Sein Gesicht kannten auf Oahu nun alle, da er an jeder Kreuzung von einem Plakat strahlte. Im Nu war er zu einer Talkshow nach Honolulu eingeladen worden. Dort pries der Mann die Vorzüge des »Genetic-Engineering« an. Er fragte sich in dem Moment, wie man die zwei Wörter schrieb. Dass sein Arbeitgeber indirekt für den Wahlkampf zahlte, bestritt er. Sammy ließ keine Chance aus, den Vorwurf ins Leere laufen zu lassen.

»Wissen Sie, wir Kandidaten haben stets Leute, die uns fördern. Was ist daran falsch? Ich habe ein Spendenkonto, das gut gefüllt ist. Es kann ja nicht verkehrt sein, sich für den Erhalt von 800 Arbeitsplätzen einzusetzen, oder?«

Kritiker nannten ihn auch gerne die »Teflon-Rakete«, weil er alles an sich abperlen ließ.

Bono stammte aus Kauai und hatte die Insel verlassen, um auf Oahu Arbeit zu finden. Er heuerte aus Not bei Pacific-Seed an. Seine Mutter wohnte noch auf Kauai und war schwer erkrankt. Er sah sich in der Pflicht, zu helfen und Geld zu verdienen. Ihm war klar, dass hier geforscht wird. Den Grund dafür hatte er nie kapiert. Epstein erklärte ihm, dass die Firma zur Bekämpfung des Hungers in der Welt ihren Beitrag leistet. Das müsse er doch verstehen. Er verstand am Ende und signierte den Vertrag, der ihm rund 2800 $ im Monat zusicherte. Das war viel Geld. Vor allem, wenn man wie er nicht studiert hatte.

»Reichst du mir bitte die Latexhandschuhe?«, bat Bono. Sammy gab sie ihm. Es war extrem warm an diesem Morgen. Die Luft flimmerte schwül in der stärker werdenden Sonne. Beide mussten ihren Overall tragen, der sie vor den Chemikalien schützen sollte. Nach oben schloss der Anzug in einem Helm ab, der durch die Wölbung gute Sicht bot. Bono fand, das Teil ähnelte einem Raumanzug. Sammy schritt voran. Sie hatten die Aufgabe, einen der Tanks mit Pestiziden zu befüllen. Er war an einen Traktor geschweißt und fasste etwa 300 Liter. Die Anlage nutzte vier der Fahrzeuge. Zwei waren bereits auf den Feldern, einer war defekt. Drei Mechaniker schraubten an ihm herum. Sie fluchten wie die Spatzen.

Der vierte Traktor stand in der prallen Sonne. »Warum steht der nicht in der Garage?«, motzte Sammy.

»Das wüsste ich auch gerne. Lass uns den Trecker in die Halle fahren«, meinte Bono. Ihn störte, dass täglich einer aus der Truppe gegen Regeln verstieß. Er hoffte jeden Tag, dass alles gut gehen würde. Der Mann stieg in die Kabine und wollte den Motor starten. Der gab nur ein würgendes Geräusch von sich. Weitere Versuche schlugen fehl.

»Verdammt, was machen wir denn jetzt?«, fragte er Sammy.

Der schüttelte den Kopf. »Komm erst einmal runter von deinem Sitz.«

Zu zweit schritten sie langsam um das Fahrzeug herum. Hinten an dem riesigen Auspuff sah etwas anders aus als sonst. Das Rohr war von außen nahezu dicht. Jemand hatte es mit einer Masse gefüllt. Kein Wunder, dass der Motor nicht ansprang.

»Na klasse«, sagte Bono. »Das hatten wir bisher nicht, oder?«

»Nein, nicht, dass ich wüsste«, pflichtete ihm Sammy bei. »Das sieht nach Sabotage aus«, fügte er hinzu.

»Lass uns erst mal umziehen, ich hole danach den Schlepper«, sagte der Mann und verschwand. Bono folgte ihm. Er war froh, aus dem Anzug herauszukommen.

Der Schlüssel hing an einem Brett im Büro. Dieses mündete in ein Zimmer, das mitunter für Meetings genutzt wurde. Eine Tür trennte beide Räume.

Als Sammy das Büro mit dem Blaumann über dem Arm betrat, hörte er Stimmen aus dem anderen Raum. Er trat näher und begrüßte die Leute. An einem Tisch saßen Epstein und drei seiner Kollegen aus dem Management. »Was ist denn los da draußen? Wo ist dein Overall?«, fragte der Leiter.

»Einer der Trecker fährt nicht. Jemand hat den Auspuff verstopft. Wir müssen ihn erst mal in Gang bringen.«

»Zieht ihn in die Halle. Das schauen wir uns gleich mal an«, sagte einer der Manager. Er funkelte angriffslustig mit den Augen, als er dies sagte.

Zwanzig Minuten später stand das Fahrzeug unter dem Dach. Die Männer hatten die Reparatur des zweiten Traktors beendet. Sie schritten zu den Managern und Sammy, die sich den Auspuff ansahen. Epstein hatte die Krawatte abgelegt und stocherte mit einem Schraubenzieher in der Masse herum. Zäh und klebrig, ließ sie sich kaum lösen. »Was auch immer das ist, hier hat jemand ganze Arbeit geleistet«, sagte er. Bono stand in der Grube. Von unten leuchtete er den Boden ab. »Hier sieht alles normal aus. Am besten nehmen wir den Auspuff samt Krümmer ab. Dann lässt er sich besser reinigen.«

»Ruft uns, wenn ihr fertig seid«, brummte einer der Manager. Die vier liefen zum Büro zurück.

Die Hitze in der Grube war kaum zu ertragen. Es musste um die vierzig Grad heiß sein. Links und rechts waren

Ablagen verbaut, auf denen alles Mögliche stand. Viele Flaschen trugen das Zeichen mit der Flamme. Es wies den Inhalt als leicht brennbar aus. Bono hatte die Muttern mit einem Lösemittel eingesprüht. Zuvor hat er es nicht geschafft, sie zu lösen. In Schweiß gebadet, gab bald die letzte der Schrauben nach. Mit einem Knacken ließ sich das Teil abtrennen. Einer der Mechaniker war zu ihm in die Grube geeilt und half, den etwa 2 Meter langen Krümmer abzulegen. »Ich muss hier mal kurz raus«, sagte Bono. »Ok, ich warte«, sagte der Mechaniker, der neben ihm in der Grube stand. Bono lief aus der Halle und um eine Hausecke. Er zündete sich eine Camel an und zog gierig daran. Das wiederholte er dreimal, bevor er wieder zurückging. Die Kippe hielt er gedankenverloren in der rechten Hand, mit dem Filter nach außen. Er klemmte sich die Kippe zwischen die Lippen und sprang in die Grube.

Aus dem abgetrennten Rohr strömte ein beißender Gestank. Sogar der Rauch war zu sehen. Feine Tröpfchen waberten in der Luft. Erst jetzt machte er sich bewusst, dass seine Camel noch im Mundwinkel hing. »Mach die Kippe aus, Mann. Willst du uns umbringen?«, schrie Sammy von oben. Vor lauter Arbeit hatte keiner bemerkt, wie sich die Luft in der Grube mit allerlei Gasen angereichert hatte. Er nahm einen letzten Zug. Die Glut leuchtete auf. Ein tödlicher Fehler.

Mit einem Zischlaut entlud sich eine Explosion, die zuerst alle Dosen und Flaschen auf den Ablagen der Grube hochgehen ließ. Der Bruchteil einer Sekunde später detonierte der Traktor samt 100 Litern Benzin und das Doppelte an Pestiziden in den Tanks. Funken und glühende Teile flogen durch die Luft. Die Brunst umwand weitere 20 Fässer mit toxischem Inhalt. In den Farben des Regenbogens bahnten sie sich ihren Weg. Die Chemie in der Luft reagierte miteinander. Sie wütete berstend und krachend.

Epstein und seine Kollegen sahen in einer Millisekunde, wie die Wand in Tausend Teile barst und sie alle in einem Feuerball explodierten. Das Meer aus Flammen griff final auf die Tankstelle der Firma über. Sie stand 100 Meter hinter der Werkstatt, wo das Unglück den Anfang nahm. Hier tankten die Arbeiter jeden Tag ihre Trecker und den Rest des Fuhrparks. Unter der versiegelten Fläche aus Beton waren zwei große Tanks verbaut. Zum Zeitpunkt der ersten Explosion füllte ein Mann Diesel in seinen Pick-up. Er sah die Walze aus feuriger Hitze auf sich zurasen, bevor sie in einem Inferno barst. Rot und Gelb raste alles mit Tempo auseinander. Die Wand aus Feuer und Rauch maß im Radius 200 Meter und mehr. Trümmer regneten bis auf die Häuser am Ortsrand von Haleiwa. Neue Brände wurden geboren. Sie fraßen sich in den Ort hinein. Das Echo des Lärms hallte in einem dumpfen, apokalyptischen Knall über die Insel.

Als das Donnern langsam abebbte, erhob sich über dem Gelände eine graue, dichte Wolke. Sie dehnte sich in alle Richtungen aus. In etwa dreihundert Metern Höhe driftete sie ab und zog dynamisch nach Norden. Sie bestand aus einer Vielzahl toxischer Stoffe, die an der Luft weiter reagierten. Dort war das Meer, der Ort und viele Hütten. Ein Surfer, der rund sechs Kilometer entfernt im Ozean schwamm, rieb sich die Augen. Er dachte, Oahu ginge unter.

39

Akebono
Hawaii – Hilo – Polizeistation 2018

John Akebono und Nick Toronga saßen im Büro. Gleich würden sie einen Termin beim Chief haben. Doch der kam zuvor und platzte ins Büro.

»Kommt sofort rüber. Schaut euch das an, das darf alles nicht wahr sein«, brüllte er. Wütend stapfte er zurück. Die Beamten eilten hinterher. Motonga setzte sich und knallte eine Faust auf den Tisch. Gläser fielen um.

Im Krisenraum füllte ein irrsinniges Feuer den Schirm aus. Das war live aus einem Heli gefilmt. Brian hatte CNN eingeschaltet.

In dem roten Laufband flimmerten die News:

»Explosion auf dem Areal von Pacific-Seed. Inferno im Norden Oahus. Giftgas an der Küste. Feuerwehr im Einsatz. Eine nicht bekannte Zahl von Opfern am Tatort. Gift über Haleiwa. Der Gouverneur ruft Notstand für Oahu aus. Wie

durch ein Wunder nur Verletzte in Haleiwa. Dutzende Rettungskräfte vor Ort.«

Brian saß mit versteinertem Gesicht in seinem Sessel. »Wenn das euer Vogel war, dann gute Nacht«, zischte er.

»Lass uns erst mal abwarten, was die Gründe für diese Katastrophe sind«, meinte John. Er sprach leise, um den Chief zu beruhigen. In Gedanken wähnte er sich bei den Opfern und Leuten wie Jack Polo, die ganz in der Nähe wohnten.

»Wer ermittelt auf Oahu?«, fragte Nick.

»White ist es definitiv nicht. Das wird von einem Major geleitet, wenn nicht noch höher«, flüsterte John.

»Ich habe bald ein Telefonat mit den anderen Chiefs und dem Gouverneur«, merkte Brian an. »Ich fürchte, es wird mächtig Druck geben. Ich will, dass ihr beide dabei seid«, fügte er hinzu. »Es könnte zu Fragen kommen.«

Kurz darauf streckte Barbara den Kopf herein. »Brian, es geht gleich los. Ich habe die Sekretärin von Herrn Parker am Telefon.

»Danke, Barbara, wir schalten uns dazu.« Sie huschte aus dem Türspalt und schloss die Tür lautlos.

Der Chief gab einen Befehl in die Tastatur. Das Meeting lief über MS-Teams. Im Nu waren alle Chiefs der Hawaii-Inseln auf dem Schirm. Herr Parker kam als letzter hinzu. Er wirkte ernst, aber nicht panisch.

»Guten Tag, meine Damen und Herren. Danke, dass Sie sich so rasch eingefunden haben. Vor etwa einer Stunde hat sich im Norden Oahus eine Katastrophe ereignet. Das Ausmaß lässt sich bis jetzt nicht absehen. Herr Bob Ohana, der Chief of Police aus Oahu, hat mir eben den Stand der Dinge erläutert. Er wird die Ermittlungen leiten. Falls ich etwas vergesse, Herr Ohana, bitte ergänzen Sie.«

»Das mache ich gerne«, kam es von ihm prompt. Brian rutschte unruhig auf dem Sessel herum.

Parker fuhr fort. »Gegen 10:15 gab es eine extrem heftige Explosion auf dem Gelände der »Pacific-Seed«. Die Firma testet dort neue Pestizide zum Schutz der Pflanzen.« John fand, dass das eine freundliche Umschreibung war. Der Mann fuhr fort.

»Was dort im Detail vorgefallen ist, wissen wir bisher noch nicht. Wir müssen die Löscharbeiten abwarten. Diese gestalten sich schwierig, weil stets giftige Gase in die Luft strömen. Zudem gab es weitere, wenn auch kleinere Detonationen.« An der Stelle räusperte er sich und hielt kurz inne.

»Das größte Problem ist, dass sich eine Wolke aus Giftgas gebildet hat. Die Anzahl der Stoffe kennen wir nicht. Sie stieg anfangs auf, ist dann aber nach Haleiwa abgezogen. Dort sind bislang 142 Menschen verletzt worden. Der Ticker auf CNN und den anderen Kanälen wird ständig mit Daten gefüttert. Der Ort wird zur Stunde evakuiert. Das Gleiche gilt für Waialua. Das Dorf grenzt im Westen an Haleiwa. Alle Straßen nach Süden sind gesperrt. Um das Gelände der »Pacific-Seed« wurde eine Sperrzone eingerichtet. Ich habe den Notstand für Oahu verhängt. Das Militär wird uns vor allem die medizinischen Ressourcen zur Verfügung stellen. Zur Gaswolke: Bis rund 200 Meter vom Strand entfernt ist es nahezu windstill. Daher verflüchtigt sie sich nur langsam. Sie hat in etwa eine Länge von drei- bis vierhundert Metern. Sie müssen sich das wie eine Nebelwand vorstellen. Die Anzahl der Verletzten ist zurzeit wie hoch, Herr Ohana?«

»Wir liegen jetzt bei 212 Personen. Darunter 65 Kinder, Herr Parker.«

»Oh mein Gott. Danke, Herr Ohana. Ich habe, wie eben bereits erklärt, Hilfe bei der US-Navy angefordert. Die Anzahl der Schutzanzüge reicht für die Rettungskräfte nicht aus. Sie bringen, was möglich ist. Das sind die Fakten. Gibt es hierzu Fragen?«

Die Chiefs wirkten geschockt. Keiner sagte etwas.

»Was ist mit dem Luftraum über der Sperrzone?«, fragte Brian.

»Sie sehen ja selbst, dass sich jeder Sender einen Heli gechartert hat. Alle Firmen habe die Auflage, eine Flughöhe von 500 Metern einzuhalten. Verstöße haben den direkten Entzug der Lizenz zur Folge.« Der Mann wandte sich an Brian. An Sie habe ich noch eine Frage: Sie klären aktuell eine Mordserie in Big Island auf. Halten Sie eine Verbindung zu dem Fall hier für denkbar?«

Brian zuckte kurz, gewann aber rasch die Kontrolle. »Herr Parker, mein leitender Ermittler, Major John Akebono wird auf die Frage antworten.«

»Hallo Herr Parker. Ich denke, die Frage lässt sich jetzt nicht beantworten. Die Toten auf Hawaii waren bisher Leute, die im Hintergrund die Fäden gezogen haben. Sollte es sich heute um einen Anschlag handeln, wäre dies für mein Empfinden eine andere Handschrift. Ich glaube nicht, dass wir es bei uns mit einem Massenmörder zu tun haben. Das Motiv liegt indes noch im Dunkeln.«

»Danke für Ihre Einschätzung, Herr Akebono. In der Tat hoffe auch ich, dass es sich hier auf Oahu um einen Unfall handelt.«

An Brian gewandt: »Bitte halten Sie mich persönlich auf dem Laufenden, was Ihren Fall angeht, Herr Motonga.« Dann richtete sich Parker an alle: »Meine Damen und Herren, die Ereignisse hier werden im ganzen Land auf jedem Kanal gesendet.« Seine Stimme schwoll hier etwas an. Man merkte, dass er massiv unter Druck stand.

»Der Vorfall heute wirkt sich immens auf die Buchungen im Tourismus aus. Zurzeit gehen viele Storno ein. Der Schaden wird zig Millionen US-Dollar kosten. Das sehen wir bereits jetzt. Wir müssen daher Maßnahmen zum Schutz einleiten. Wie sie im Detail aussehen, erfahren Sie zeitnah. Ich danke für Ihre Teilnahme und wünsche Ihnen Erfolg. Sollte ich weitere Schritte erwägen, tagen wir erneut in der Runde hier.«

40

Anonymous
Hawaii – Waikoloa – Big Island 2018

Der Himmel war noch schwarz, als sich der dunkle Nissan Waikoloa näherte. Am Horizont kündigte sich ein neuer Tag an. Ein mit Purpur durchsetzter rot-orange-farbener Streifen schmückte ihn.

Das Auto bog rechts nach Waikoloa ab. Wenig später hielt der Wagen abrupt an. Der Fahrer setzte zurück und fuhr westwärts die Waikoloa Road weiter. Am Ortsende erschien auf der rechten Seite eine noch unbefestigte Abbiegung. Diese nahm er.

Zu spät fiel ihm auf, dass er nicht in einer Straße, sondern besser am Feldrand parken sollte. Er atmete tief ein und aus, um die aufkeimende Nervosität zu zerstreuen. Langsam fuhr er die Straße entlang.

Hier entstanden viele neue Häuser an der Westgrenze des Golfplatzes. Nach rund 500 Metern endete der ausgebaute

Teil des Asphalts. Es gab keine Straße mehr. Auf dem Sand ging es weiter. Dafür kannte er die Gegend an der Westgrenze Waikoloas mittlerweile so gut, dass er sich bestens im Dunkeln orientieren konnte.

Am Ende der Sandpiste wendete er den Nissan und parkte ihn in Fahrtrichtung. Im Kreis angeordnet standen bereits Straßenleuchten. Sie spendeten noch kein Licht.

Leise öffnete er die Tür und stieg aus. Dem Kofferraum entnahm er einen länglichen Rucksack sowie ein Klebeband. Er rollte das widerspenstige und stark klebende Isolierband auf und riss ein zehn Zentimeter langes Stück ab. Die Prozedur wiederholte er dreimal, um sich die Zeigefinger zu tapen. Dabei musste er die Zähne zur Hilfe nehmen. Anschließend setzte er sich den Rucksack auf. Zum Schluss streifte er profilierte, dünne Fingerhandschuhe an. Sie schmiegten sich an die Hände wie eine zweite Haut.

Er war zum Loslaufen bereit. Von hier aus musste er rund fünfhundert Meter durch die sandige Steppe nach Norden joggen. Der Golfplatz verlief weiter östlich der Route. Wegen grasender Ziegen auf dem Rasen dort mahnte er sich, Abstand zu wahren. Es bestand die Gefahr, dass sie ihn witterten oder ihm gar folgten.

Er verschloss das Fahrzeug, zog den Reißverschluss der schwarzen Jacke hoch und lief leichtfüßig los. Die Strecke führte über sandige Hügel, wobei seine Stiefel ein wenig einsackten. Nach zwei Minuten erschien jenes Grundstück, das er in den letzten Tagen mehrere Male beobachtet hatte. Er schlich den rund einen Meter hohen Zaun entlang. Die optimale Stelle zeigte sich ein paar Meter weiter. Hier stieg er lautlos über den Zaun und lauschte. Er vermied es, den

Bambus zu berühren.

Von hier ließ sich das Ziel perfekt ins Visier nehmen. Zugleich schützte die dichte Bambuspflanze nach hinten zum Feld. Er ging in die Hocke und wartete. Sein Puls pochte in den Schläfen. Er hielt sich das linke Ohr zu und hörte sein Blut rauschen. Ruhig, ganz ruhig, mahnte er sich.

Die Nachbarn sollten noch etwa eine Stunde schlafen. Er aber müsste jeden Moment erscheinen. In der Küche brannte ein Licht. Bald dürfte es erlöschen und die Tür zur Terrasse im ersten Stock zur Seite geschoben werden. So wie jeden Morgen. Er kannte die Rhythmen des Mannes.»Na, komm schon, zeige dich«, flüsterte er vor sich hin. Ein Windstoß raschelte durch den Bambus.»Den Wind musst du im Auge behalten«, sagte er sich.

Er öffnete langsam den Reißverschluss des schmalen, langen Rucksacks und zog behutsam den Bogen heraus. Aus dem Köcher legte er zwei Pfeile beiseite. Er berührte mit dem Zeigefinger die Pfeilspitzen. Der kalte Stahl strahlte durch die Handschuhe. Eine Gänsehaut überkam ihn. Er hatte lange geübt und kannte die Tücken des Bogens. Es konnte losgehen. Er fixierte den Balkon.

Arthur Omaha war zeitig aufgewacht, bevor der Wecker klingelte. Ein letzter Vormittag als Strohwitwer wartete auf ihn. Heute würde seine Frau von ihrer Reise nach Hause kommen. Sie war zu Besuch bei einer Freundin in Seattle.

Er blieb noch ein paar Minuten im Bett liegen und streckte sich. Unentschlossen rollte er sich auf den Bauch. Bei den Gedanken an die Hüften der Haushälterin bekam er eine Erektion, für die er sich nicht schämte. Im Gegenteil: Es juckte ihn, mit ihr eine Affäre zu beginnen. Wenn er nur mutiger wäre. Schließlich arbeitete sie in dem Haus, das auch seiner Frau gehörte. Er knuffte in das Kissen und vergrub das Gesicht. Dann entspannte er und schwelgte in Träumen. »So wie früher bei der *HEA* mit der Sekretärin, das wäre es doch«, murmelte er und rollte sich auf den Rücken.

Mein Gott, hatte die sich anfangs mokiert und seine Anmachen sanft abgewehrt. Nach ein paar Monaten wurde auch sie schwach oder ergab sich ihrem Schicksal. Das hatte er nie heraus- gefunden. Es war ihm vermutlich auch egal.

Sie befriedigte das Verlangen ihres Chefs und startete eine Karriere, weil er die Macht besaß, sie zu fördern. Arthur Omaha lachte auf. Dabei gluckste er. Langsam, wie ein Reptil, atmete er tief ein und wieder aus. Mit einem Seufzer wuchtete er sich auf die Seite. Dann schwang er die Beine aus dem Bett.

Kurz darauf schlurfte er in die Küche und knipste das Licht an. Draußen war es noch dunkel. Nach dem Kaffee wollte er sich auf die Terrasse begeben und im Schneidersitz meditieren.

Seit eine Yogalehrerin ihm die simple Technik erklärt hatte, konnte er nicht genug davon bekommen. Er schaffte es nie, alle Gedanken zu stoppen. Meist liefen nackte Frauen durch das Bild. Jeden Morgen vor Sonnenaufgang meditierte er seither auf dem Balkon.

Er nahm zwei Löffel Zucker für den Kaffee und kippte etwas Milch nach. Behutsam schritt er zur Terrassentür, machte das Licht aus und schob sie zur Seite. Er stellte die Tasse auf den Tisch und ging kurz hinein, um ein rundes Kissen zu holen. Den Schneidersitz bekam er zwar hin, aber nicht ohne die etwa zwanzig Zentimeter hohe Sitzunterlage. Kurz darauf erschien er wieder und setzte sich mit Blickrichtung zum Ozean auf das Kissen. Er drückte den Rücken durch und legte die Unterarme auf den Knien ab. Nach zwei Minuten schloss er die Augen und achtete bewusst auf seinen Atem.

Der erste Pfeil schlug hart neben dem Herz ein und durchbohrte die linke Lungenhälfte. Er riss die Augen auf, vermochte sich aber nicht zu bewegen. Schmerz überall. Er schielte an sich herab. Dafür musste er extrem viel Energie und Kraft aufwenden. Eine Handbreit unter dem Kinn steckte der Pfeil im Oberkörper. Mit beiden Augen starrte er auf die Stelle. Er glaubte, bei jedem Pulsschlag bewegte sich der Pfeil ein wenig. Stetig drang Blut aus der Wunde und floss am Bauch herab. Es sammelte sich in seinem Schoß und durchtränkte die Hose. Die Hände lagen wie gelähmt auf den Knien. Von innen heraus schien es ihn zu zerreißen. Das konnte nur die Hölle sein. Er kämpfte mental gegen die empor kriechende Dunkelheit. Es kostete ihn alle Kraft, die rechte Hand zu bewegen. Seine Finger krümmten sich zittrig. Links schien der Arm wie gelähmt, komplett taub. Schweiß drang aus allen Poren. Ihm wurde heiß. Wenig später glaubte er zu kochen. Doch einen Moment darauf verlor er die Kontrolle über den Körper. Es setzte einen zweiten Stich, der sein Leben beendete. Noch ein Pfeil. Er traf direkt ins Herz. Alles fiel von ihm ab. Omaha kippte vornüber ins Schwarz.

Etwas später öffnete Herr Malcolm Baker die Haustür. Er war ein Rentner, der jeden Morgen eine Stunde mit seinem

Hund spazieren ging. Heute war er früh dran. Das lag an Apollo, der dringend ins Freie musste. Seit zehn Minuten hatte er gewinselt. Der Mann war 65 Jahre alt, mit stämmiger Statur. Er hatte sich zum Renteneintritt mit seiner Frau ein Haus in Waikoloa gekauft. Der Umzug von San Diego auf die Insel fiel ihm daher nicht schwer. Seit zwei Jahren lebten sie hier und fühlten sich wohl.

Der Retriever winselte und schlich nervös um seine Beine. »Was ist denn los mit dir, mein Kleiner«, sagte er und tätschelte Apollo am Kopf.

Der Feldrand erstreckte sich rund einhundert Meter entfernt. Herr Baker musste an vier Häusern vorbeilaufen, bevor er Apollos Leine lösen konnte. Der Hund liebte es, über den sandigen Boden zu flitzen. Er jagte allem hinterher, was sich nicht bei drei in einem Erdloch versteckt hatte. Manchmal buddelte er wie besessen, um eine frisch gewitterte Maus zu fangen.

Heute aber schien das Tier nicht laufen zu wollen. Er zog wie wild an der Leine, als Herr Baker das Haus von Arthur Omaha passierte. Der Horizont glühte orange. Ein paar Wolken tanzten am Himmel. Der Hund blieb abrupt stehen und knurrte.

Apollo zerrte an der Leine, als der Mann ihn gegen seinen Willen antrieb, weiter den Weg zu laufen. Schließlich bellte der Hund vor lauter Verzweiflung, was er bis dahin fast nie getan hatte.

Herr Baker hielt inne und schaute in die von Apollo gebellte Richtung. Sie führte direkt auf Omahas Grundstück.

Er sah über die gepflegte Wiese, sämtliche Fenster des Erdgeschosses hinauf zum ersten Stock. Bei der Terrasse blieb sein Blick nur hängen, weil zwischen den Streben eine Hand nach unten hing. Er rieb sich kurz die Augen und strengte sich an, scharf zu sehen. Er folgte der Hand nach oben. Ein Kopf lehnte zur Seite, geneigt an den Eisenstreben. Rote Rinnsale liefen von der Terrasse die Fassade herunter.

»Mein Gott«, entfuhr es dem geschockten Malcolm Baker. Nach einem Moment fasste er sich. »Komm, Apollo, wir müssen die Polizei anrufen.« Der Hund folgte ihm winselnd. Hätte er doch nur gleich auf ihn gehört. »Brav, Apollo«, lobte Baker. So schnell wie es nur ging, lief er den Weg zurück nach Hause. Sein Handy lag natürlich in der Küche, so wie jeden Morgen. Im Haus stützte er sich an der Wand ab und rang nach Luft. Er fragte sich, warum er nicht an einem der Häuser geklingelt hatte, fand aber keine Erklärung. Das war jetzt auch egal. Er griff zum Telefon und tippte 911, die Notrufnummer auf Hawaii.

41

Akebono
Hawaii – Big Island 2018

Der Anruf ging um 06:35 Uhr bei der Polizei in Waimea ein. Eine Streife machte sich sofort auf den Weg zum Tatort. Wenig später teilte Sergeant Kahau mit, dass auf der Klingel am Hauseingang *Arthur & Miriam Omaha* stand. Der Name ließ Commander Jim Pohili aufstöhnen und zum Hörer greifen. Er wählte die Nummer von John Akebono.

Dem Beamten war der Fall aus dem internen Infosystem und der Presse ein Begriff. Den Major selbst kannte er aus zwei Lehrgängen.

Der fuhr beim zweiten Klingeln zusammen und sprang auf. Für einen Moment wusste er nicht, wo er war und stieß mit dem Kopf an die Schrankwand. Nach einer halben Minute hatte er das Telefon gefunden und konzentrierte sich darauf, die grüne Taste zu treffen.

»Akebono«, krächzte er in den Hörer.

»Guten Morgen John, hier Pohili aus Waimea. Sorry für

die frühe Störung.«

»Hallo Jim, wie geht's dir? Wie viel Uhr haben wir denn?«, sagte der Major. Er war froh, endlich aufgewacht zu sein. Fürs Erste hielt er sich an dem Schrank fest, da sich alles drehte.

»06:58 Uhr. Hier kam eben ein Notruf rein. In Waikoloa lehnt eine Person leblos an einem Balkongeländer. Am Eingang des Hauses steht der Nachname *Omaha*. Sieht so aus, dass dein Fall in die nächste Runde geht. Ich dachte, ich rufe dich direkt an.«

Akebono konnte es nicht fassen. Sein Puls raste noch immer. Er zwang sich zur Ruhe.

»Omaha sagst du! Ich bin in fünf Minuten auf der Straße. Kannst du bitte hinfahren und die Spurensicherung anrufen? Äh, lebt die Person auf dem Balkon noch? Wie kommt ihr ins Haus?«

»Unser Sergeant klingelt zurzeit bei den Nachbarn, um zu klären, ob ein Schlüssel hinterlegt ist. Der Notarzt ist auf dem Weg. Mehr Infos haben wir nicht. Ich fahre hin und regele alles, bis du ankommst. Wir sehen uns dort.«

»Danke, Jim. Ich bin in einer Stunde da.«

Akebono rief Toronga an, der nach dem zweiten Klingeln abhob und sofort im Bilde war. »Hol mich in zehn Minuten ab. Ich stehe an der Straße.« Sie legten auf.

Wenig später trieb der Major den Pick-up die »*Saddleroad*« hinauf. Ein Militärkonvoi vor ihm zwang ihn zum Überholen in Etappen. Auf dem Scheitel der Hochebene hatte es 10 °C, was für einen Hawaiianer echt kalt war.

Den Starbucks ließen sie aus. »Auf dem Rückweg halten wir hier aber«, knurrte Nick.

Eine halbe Stunde später kurvte John in die Einfahrt nach Waikoloa. Vor Omahas Haus stand Jim Pohili. Er sprach zu einem Kollegen der Spurensicherung. Der war so bepackt, dass er erst einmal absetzen musste, um sich zu sammeln. Der Major kurvte an den Straßenrand und bremste scharf. Sie stiegen aus.

»Guten Morgen, Jim.« Die beiden gaben sich die Hand.

»Das ist Nick Toronga, unser frisch ernannter Leutnant.«

»Hallo Nick, ich habe schon viel Gutes von dir gehört«, lobte Pohili.

»Das freut mich«, gab er lächelnd zurück.

»Na, und ob. Aber auch, dass du der erste Echsendompteur in Hilo bist«, schob Pohili grinsend nach.

»Das kannst du nur von dem Rennfahrer hier gehört haben«, meinte er und klopfte Akebono auf den Rücken.

In dem Moment öffnete sich die Tür zu Omahas Haus. Die Notärztin trat heraus. Von einer Begrüßung konnte keine Rede sein. Die Dame wirkte so nüchtern wie die Fassade eines Finanzamtes. Der Major bemerkte scharfe Gesichtszüge und eisblaue Augen. *Heimatplanet Uranus,* ging es ihm durch den Kopf. Er musste grinsen.

»Guten Morgen, die Herren, ich bin Dr. Michaela Goldblum. Wer von Ihnen leitet die Ermittlungen?«, fragte sie kühl.

»Das bin ich«, sagte Akebono und trat vor. »Was haben Sie zu berichten?«, forschte er sogleich.

»Am besten wäre es, wir gehen kurz auf die Terrasse im ersten Stock. Der Mann ist tot«, erklärte Frau Goldblum knapp.

Schweigsam folgten ihr die drei Beamten die Treppe

hinauf. Die Haushälterin huschte im Hintergrund vorbei. Sie hielt die Hände vor ihr Gesicht und schien um Fassung bemüht.

Oben öffnete der Major die angelehnte Terrassentür. Er hielt inne und ließ die Szene auf sich wirken. Direkt vor ihm lag auf dem gefliesten Boden ein Meditationskissen. Omaha saß im Schneidersitz nach vorn gebeugt. Der Kopf hing seitlich an den Metallstreben des Geländers. Dadurch stand der Mund offen. Sein Oberkörper wirkte seltsam verdreht. Er sah auf die Brust des Opfers. Aus zwei Wunden hatte sich das Blut auf den Fliesen in einer Lache gesammelt.

Beide Pfeile ragten aus der Herzgegend. Er schätzte, dass der Vater von Frau Sullivan rasch gestorben war.

»Können Sie uns etwas zum Tathergang sagen, Frau Goldblum?«

»Da gibt es nicht viel zu erzählen. Der Mann saß zum Meer hin auf dem Kissen hier.« Sie zeigte mit dem Finger nach unten. »Die Pfeile sind von schräg links abgefeuert worden«, fuhr sie fort.

Das leuchtete ein. Der Major bedachte die Sitzrichtung, sah sich den Eintrittswinkel an und verfolgte den Weg zurück.

»Der Links war der Erste«, schloss der Major.

»Ja, Herr Akebono. Das denke ich auch, ohne der Obduktion vorgreifen zu wollen. Er verfehlte das Herz, bohrte sich aber in die Lunge. Der Zweite traf tödlich.«

»Sie meinen, dass dem Täter bewusst war, dass der erste Pfeil sein Ziel nicht getroffen haben könnte?«, hakte John nach.

»Ja, genau«, bejahte die Ärztin.

»Woran erkennen Sie, dass der erste Pfeil das Herz verfehlt hatte?«, fragte er weiter.

»An der Menge des Blutes, das aus der Wunde floss«, antwortete sie prompt. Er folgte dem Blutfluss bis zu den Lachen. Die Frau hatte recht.

Akebono betrachtete erneut die Sitzrichtung Omahas. Er merkte sich eine etwa fünf Meter breite Stelle anhand eines Busches. Dort machte er eine Lücke in dem Beet aus.

»Jim, sind die Kollegen der Spurensicherung noch da? Ich muss dringend mit Lisa sprechen.«

»Ja, John. Sie sitzen im Auto und warten auf Anweisungen. Auf der Terrasse waren sie im Nu fertig.« Pohili zeigte zu dem Wagen auf der anderen Seite der Straße.

»Ah, ich sehe Lisa. Sehr gut«, meinte der Major.

»Hat sie etwas zu den Pfeilen gesagt?«, fragte er weiter.

»Sie hat sie so belassen, damit ihr ein komplettes Bild bekommt.«

»Gut. Die Pfeile werde ich vor der Obduktion entfernen und auf DNA-Spuren prüfen lassen.«

Alle drei Polizisten und die Ärztin verließen die Terrasse. Wortlos schritten sie die Treppe hinab und aus dem Haus.

»Wenn Sie noch Fragen haben, hier ist meine Karte«, sagte die Ärztin und reichte sie dem Major.

»Danke, Frau Goldblum. Ich melde mich bei Bedarf. Einen schönen Tag für Sie.«

Ein Lächeln zeigte sich auf ihrem Gesicht. Dann wandte sie sich mit einem Nicken an Pohili und Toronga, bevor sie ging. Alle drei sahen ihr kurz nach.

»Wer hat den Schlüssel zum Haus, Jim?«

»Der Nachbar links nebenan.« Er zeigte mit dem Daumen

355

in die Richtung. »John, brauchst du mich hier noch?«, erkundigte sich der Beamte. »Ich habe heute einiges zu tun.«

Der Major klopfte ihm mit der flachen Hand auf die Schulter.

»Danke, dass du hier die Stellung gehalten und alles angeschoben hast, Jim. Melde dich, wenn dir noch etwas einfällt, ja?«

»Mache ich, versprochen. Freut mich, dass ich helfen konnte. Euch beiden noch viel Glück bei dem Sullivan-Fall. Und Nick, lass dich von deinem Chef nicht ärgern.«

Nick grinste. »Keine Sorge. Ohne mich kommt er eh nicht klar«, lachte er. John knuffte ihm dafür in die Seite und entfernte sich zum Wagen von Lisa Dawson.

»Hallo Lisa«, rief der Major der Chefin der Spurensucher zu.

»Habe ich ein Glück, dass du hier bist. Ich dachte schon, du hättest frei.«

»Hallo John. Ich habe nie frei«, scherzte sie. »Na ja, fast nie. Das hier darf ich mir jedenfalls nicht entgehen lassen. Dein Fall ist auch mein Fall.«

Der Beamte schob sie sachte vor sich her. Nick folgte ihnen. »Na, dann komm mal mit. Ich habe einen Verdacht wegen der Abschussstelle.« Lisa sah nach oben zum Balkon. »Danke, dass du die Pfeile noch nicht herausgezogen hast. Sonst hätte ich das nicht bemerken können.«

»Das war mein Plan«, gab der Major zurück.

Zwei Grundstücke weiter führte ein schmaler Feldweg an den Rand der Siedlung. Dort wandten sie sich nach rechts und liefen die gleiche Distanz zurück. Sie stoppten an der Grundstücksgrenze zu Omahas Haus. Ab hier verlief ein rund 25 Meter langer Grenzzaun zur Steppe.

»Vor diesem Zaun hier müssen Fußspuren sein. Ich vermute, dass der oder die Täter zu Fuß angerückt sind«, legte der Major seine Theorie dar. Lisa ging in die Hocke. Umsichtig sah sie sich den Radius von zwei bis drei Metern an.

»Du meinst, es wäre zu auffällig, hier in einer der Straßen zu parken?«, fragte Nick.

»Ja, das glaube ich. Hier wohnen viele alte Leute, die zeitig aufstehen. Ich denke, das hatte der Täter auf dem Radar«, meinte der Major.

Eine Weile sagte keiner etwas. Lisa hatte die ersten drei Meter abgesucht. Sie kniete wenige Meter weiter und suchte dort. John drehte sich langsam um die eigene Achse und lauschte. Er nahm alles in sich auf. Den Wind, die nähere Umgebung, den sandigen Boden. Drehte langsam den Kopf und sah sich um. Ein leichtes Kribbeln machte sich in ihm breit, als er nach Süden sah. Er verharrte und stellte seine Augen so scharf, wie er nur konnte. Jenseits der Steppe, ein paar hundert Meter entfernt, nahm er etwas wahr. »*Das da hinten sieht doch sehr nach einem Wendehammer aus*«, sinnierte er in Gedanken. »*Ein Wendekreis, der in die Steppe hineingebaut war. Ohne Nachbarn weit und breit, das ist ideal.*«

»Nick, siehst du die drei Leuchten da unten?«, fragte John und zeigte mit dem Finger auf die Stelle.

»Ja. Sieht aus wie ein Kreis. Da wird noch gebaut«, stellte Nick fest.

»Wir sollten das in jedem Fall prüfen. Lass uns dorthin fahren, sobald wir hier fertig sind, okay? Das könnte ein Ort sein, um unbemerkt ein Auto zu parken.«

»Klingt logisch«, meinte Nick zufrieden.

Akebono drehte sich zu dem Grundstück der Omahas um. Fast in der Mitte stand der Busch, den er von der Terrasse aus als idealen Punkt ausgemacht hatte. Lisa winkte mit der Hand.

»Kommt mal bitte her. Hier sind Abdrücke von Stiefeln.«

Die zwei Beamten näherten sich behutsam der Stelle. Sie zeigte auf eine perfekte Spur auf dem sandigen Boden. Sie stellte sich mit der Kamera direkt darüber und schoss ein Dutzend Fotos.

»Am Bildrand ist ein Lineal, womit die exakte Länge des Abdrucks gemessen wird«, erklärte sie.

Hinter dem Zaun auf dem Grundstück gab es weitere Spuren von Profilsohlen. Sie sahen verwischt aus. Die Ermittlerin sah sich die Büsche genau an.

»Hier sind einige kleinere Äste abgebrochen«, führte sie aus. »Und hier ist eine eher runde Stelle auf dem Boden. Der Sand sieht gestaucht aus. Könnte von einem Knie sein.«

Lisa funkte ihre Kollegen an. Sie kamen rasch herbei und machten sich an die Arbeit. Einer wühlte in einem Koffer. Ein anderer stellte ein Stativ auf.

»Lisa, wir gehen zurück zum Haus. Bitte halte dich bereit, wenn ihr hier fertig seid. Wir brauchen euch später an dem Wendekreis dort hinten«, sagte der Major. Er zeigte nach Süden zu den drei Leuchten, die er entdeckt hatte.

»Das wird einen Moment dauern. Ich muss nochmal kurz hoch zur Leiche«, führte Lisa aus.

»Alles klar«, schloss John und wandte sich ab.

Vor dem Eingang wartete eine Frau, die der Major als

jene Nachbarin vermutete, die den Schlüssel verwahrte.

»Guten Tag, mein Name ist John Akebono. Ich leite die Ermittlungen hier.« Er reichte der verdutzten Frau die Hand. Toronga tat es ihm gleich und nickte ihr zu.

»Ich bin Luisa Fitzgerald. Ich wohne nebenan. Wenn die Omahas außer Haus sind, nehme ich den Schlüssel.«

»Aha. Und was ist mit der Haushälterin?«, fiel ihm ein.

Sie schenkte ihm einen entrüsteten Blick. »Die ist normal immer da. Also tagsüber. Ich habe aber dennoch den Schlüssel. Falls sie mal weg ist oder etwas passiert«, erklärte sie weiter.

Der Major nickte und deutete zum Gebäude.

»Können wir hinein und kurz sprechen, Frau Fitzgerald?« Sie wirkte auf ihn redlich. Er traute ihr.

»Ja, gerne. Unten neben der Küche ist das Esszimmer. Dort ist es ideal.« Die zwei Beamten folgten der Dame ins Haus.

Von oben hallten Stimmen. Dem Wortlaut nach waren die Kollegen der Pathologie bei der Arbeit. Sie standen auf der Terrasse. Sie sollten den Transport des Leichnams vorbereiten. »Wartet noch einen Moment. Lisa kommt gleich noch einmal zu euch hoch«, rief John. Die Kollegen zeigten den Daumen und gingen rein.

Akebono hatte auf eine rasche Obduktion gedrängt. Er hatte verlangt, dass die beiden Pfeile getrennt eingetütet werden, um sie vom Labor prüfen zu lassen. Ihm tat es leid, das Team unter Druck gesetzt zu haben. Er gestand sich ein, dass es nur der eigene war, den er weitergegeben hatte.

Drinnen nahmen sie Platz. Sie saß vor ihm auf einem hellen Sofa. Nick setzte sich neben sie.

Der Major schätzte ihr Alter auf etwa fünfzig Jahre. Sie war schlank und trug längere braune Haare, die sie zu einem losen Knoten hochgesteckt hatte. Einzelne, graue Strähnen durchzogen die Frisur, was ihr aber gut stand.

Aus dem Treppenhaus ertönte das Gepolter der Pathologen. Lisa huschte in dem Moment herein und schritt nach oben.

Frau Fitzgerald wischte sich eine Träne aus dem linken Auge. »Was möchten Sie von mir wissen, meine Herren?«

»Haben Sie eine Nummer von Omahas Frau zur Hand?«, fragte Toronga.

»Ja, die habe ich.« Sie öffnete ihre Geldbörse und entnahm eine Visitenkarte von Herrn Omaha, die sie ihm reichte. Auf der Rückseite war eine Handynummer vermerkt. *Miriam Omaha* stand dort in Handschrift.

»Bitte rufen Sie sie bald an«, bat Frau Fitzgerald. Sollte sie sich in der Zwischenzeit melden, weiß ich nicht, ob ich es fertig- bringe, ihr die Nachricht zu überbringen.« Sie sprach nervös und wirkte angeschlagen, was nicht weiter verwunderte.

»Wir werden Sie in der nächsten Stunde anrufen, Frau Fitzgerald«, sicherte Nick zu. Ihm und Akebono graute es davor. Die Mitteilung vom Tod eines Menschen zählte für beide zu den übelsten Aufgaben des Berufs.

»Haben Sie heute Morgen oder gestern Abend etwas bemerkt, das anders war als sonst?«, fragte der Leutnant mit Bedacht.

Sie starrte aus dem Fenster und schien zu überlegen. »Ich bin gegen 05:30 Uhr aus einem Traum erwacht und lag ruhig im Bett. Innerlich fühlte ich eine Unruhe. Keine Ahnung, woran das lag. Vollmond war heute Nacht zumindest keiner. Das wäre in meinem Fall eine Erklärung.«

Die Frau strich sich eine Haarsträhne von der Stirn und fuhr fort. »Da ich nicht einschlafen konnte, stand ich auf und ging in die Küche, um ein Glas Wasser zu trinken. Draußen sah ich die ersten Vorboten des Tages. In der Nähe bellte ein Hund, was hier aber recht normal ist. Kurz darauf habe ich mich wieder hingelegt und bin noch einmal eingeschlafen.«

»Wann sind Sie später wach geworden?«, fragte Toronga weiter.

»Nach etwa vierzig Minuten. Ich ging dann runter in die Küche. Beim Frühstück klingelte ein Polizist und fragte nach dem Schlüssel für das Haus nebenan. Da war mir klar, dass etwas passiert sein musste.«

Der Leutnant glaubte ihr und quälte sie nicht weiter mit Fragen.

In dem Moment hörten sie von oben Geräusche. Zwei Kollegen trugen den Leichnam umsichtig die Treppe herunter. Lisa folgte den beiden. Sie trug die Pfeile in der Hand. Jeder steckte in einer durchsichtigen Hülle. »Wir melden uns, Herr Akebono«, sagte der eine Träger keuchend beim Hinausgehen.

»Danke«, erwiderte der Major kurz.

Nick hatte in der Zeit die Haushälterin gesucht und gefunden. Sie saß in einem Zimmer, mit den Händen vor dem Gesicht.

»Erkennen Sie uns?«, fragte Nick leise.

»Ja, sicher«, meinte die Frau etwas unsicher.

»Wie heißen Sie?«, fragte der Major.

»Kaori Okinawa«, sagte sie verlegen. Als habe sie noch

nie jemand nach ihrem Namen gefragt.

»Frau Okinawa, ich muss Sie kurz wegen heute Morgen befragen. Ist das für Sie in Ordnung?«, forschte Nick.

»Ja, sicher.« Sie fuhr sich über die hochgesteckten Haare. Wie, um zu tasten, ob alles am Platz ist.

»Gut, danke.« Der Leutnant ließ ihr einen Moment Zeit. »Haben Sie heute Nacht etwas bemerkt? War etwas anders als sonst? Heute Morgen womöglich?«

»Nein. Herr Omaha steht immer sehr früh auf. Ich beginne meinen Dienst meistens gegen 08:00 Uhr. So auch heute. Als ich ins Haus kam, waren Sie alle schon da. Ich habe mich daher gleich hierhin zurückgezogen. Ich hatte Angst.«

»Wie lange haben Sie für Herrn Omaha gearbeitet?«, fragte der Beamte.

»Ich bin jetzt im zwölften Jahr hier«, sagte sie.

»Daraus schließe ich, dass Sie sich hier wohlgefühlt haben?«

Sie räusperte sich und sah aus dem Fenster.

»Ja, die Omahas waren immer sehr gut zu mir. Vor allem seine Frau.«

»Wie würden Sie ihr Verhältnis zu Herrn Omaha beschreiben?«, forschte er weiter.

»Er war immer sehr fordernd«, sagte sie direkt.

»Aber er war stets korrekt und hat mich gut behandelt. In letzter Zeit aber fühlte ich mich manchmal beobachtet«, schob sie hinterher.

»Sie meinen, von ihm beobachtet?«

»Ja, ich fühlte immer seine Augen in meinem Rücken. Das war früher nicht so.«

»Sie meinen, als Frau Omaha hier noch öfter lebte? Sie scheint ja nicht mehr ständig hier zu sein.«

»Ja, genau«, sagte sie und lächelte unsicher.

»Vielen Dank für Ihre Zeit«, sagte Nick. »Bitte schreiben Sie mir Ihre Telefonnummer auf, falls wir noch weitere Fragen haben sollten.«

Er reichte ihr seine Visitenkarte und eine Zweite, auf der sie die Nummer schreiben sollte.

»Sie melden sich bitte sofort, wenn Ihnen noch etwas einfällt.«

Die Frau nickte. »Darf ich jetzt nach Hause gehen?«, fragte sie.

»Ich denke ja. Frau Fitzgerald wird hier alles verschließen. Melden Sie sich doch bei Frau Omaha, um alles Weitere zu besprechen.« Frau Okinawa stand auf, verbeugte sich und ging.

Die Beamten warteten, bis Frau Fitzgerald alle Fenster und Türen verriegelt hatte. Zu dritt verließen sie wenig später das Haus und sie schloss die Tür ab. Beide sahen ihr nach, bis sie in ihrem Bungalow verschwunden war.

»John, lass uns zu dem Wendekreis fahren, den du vorhin entdeckt hast.

42

Sie ließen den Ort über die einzige Ausfahrt hinter sich. Dann bog Akebono zweimal nach rechts ab. Kurze Zeit später tauchten Baustellen und unfertige Straßen auf.

Sie fuhren bis ans nördliche Ende des Ausbaustückes. Aus der Ferne sahen sie Lisa mit ihrer Truppe bei der Arbeit.

Der Major parkte, da etwa zwanzig Meter weiter der Wendekreis anfing. Hier standen jeweils um 45 Grad versetzt jene drei Leuchten, die er zuvor bemerkt hatte.

Sein Instinkt sagte ihm, dass dies der ideale Ort zu sein schien, um ein Auto unbemerkt zu parken. Nein, da war noch mehr. Er spürte stärker als zuvor am Feldrand, als dass der Täter hier geparkt hatte.

Sie stiegen aus und klappten die Autotüren zu. Nick sah sich um. John ließ die Umgebung auf sich wirken. In kurzen Schritten bewegte er sich vorwärts. Sie hielten in der Mitte des in den Sandboden gefrästen Wendehammers. Die Planierraupe stand ein paar Meter entfernt.

Der Boden war eben, aber noch mit Sand und Erde

bedeckt, die der Wind verweht hatte. Das frische Profil von Reifen sowie Fußabdrücken kam zum Vorschein.

Es sah aus wie von einem Pick-up. Die Rillen folgten dem Kreis. An einer Stelle waren sie unterbrochen. Hier gab es Fußspuren, die den Reifenweg kreuzten und ziellos wirkten.

»Hier, Nick. An der Stelle kam ein Auto zum Stehen. Da in etwa muss sich die Fahrertür befunden haben.« Er deutete mit dem Arm in die Richtung, bevor er fortfuhr. »Die Spuren verlaufen zum Heck, kreuzen da und dort die Reifenspur. Mittig hinter dem Fahrzeug wirken sie verwischt.«

»Sieht so aus, als wäre hier etwas entladen worden. Jemand stand am Kofferraum«, meinte der Leutnant.

Der Major suchte den Boden ab. Nick tat es ihm gleich. Fast gleichzeitig zeigten beide auf Spuren, die nach Norden führten.

»Da, John. Dort laufen die Schritte in die Steppe hinein. Genau in Richtung von Omahas Haus.«

Akebono wählte eine Nummer. Nach dem dritten Tuten hob sie ab. »Ja« schrillte es aus dem Mikro.

»Hallo Lisa, hier spricht John. Ich sehe euch an der Grundstücksgrenze. Wie ist die Lage?«

»Wir sind fertig und packen noch zusammen.«

»Gut, dann drehe dich mal um und schaue nach Süden. Rechts vom Golfplatz fangen Leuchten an, die entlang einer nicht befestigten Straße stehen. Von dir aus gesehen, links der letzten Leuchte, blinkt jetzt eine Taschenlampe. Siehst du sie?«

»Äh, warte.« Sie sah angestrengt nach Süden. »Ja, ich sehe das Licht. Sollen wir kommen?«

»Ja, bitte. Wir haben Reifen- und Fußspuren entdeckt. Die

Schritte verlaufen durch die Steppe genau in deine Richtung. Das könnte unser Mann sein.«

Die Fahnderin schnaufte. »Wir sind in zwanzig Minuten bei euch.«

Der Major erklärte ihr den Weg und legte auf. Im Anschluss schoss er mit dem Smartphone Fotos des Reifenprofils. Zum Abgleich knipste er auch zwei frische Schuhabdrücke. Beim Fixieren durch die Linse hielt er inne. »*Das sind doch dieselben Abdrücke wie bei Omahas Haus. Das gezackte Profil, die Länge des Schuhs und der Name des Herstellers sind identisch*«, bemerkte er.

Kurz darauf erreichte die Truppe den Ort. John winkte sie heran und lotste sie hinter den Pick-up. Die Kollegen sollten nicht unbewusst die Spuren vernichten.

Lisa stieg aus und sah sich das Profil des Reifens an. Zeitgleich räumten die Beamten das Werkzeug wieder aus. Um die Abdrücke herum stellten sie die Kisten ab. Wortkarg fingen sie mit ihrer Arbeit an.

Zuerst schossen sie hochauflösende Fotos. Einer von ihnen maß die Tiefe des Profils. Da mehrere Meter der Reifenspur zu sehen waren, ergab es eine Menge Bilder.

Die Aufnahme des Schuhprofils erfolgte mit einem Spezialfilm. Der Fotograf las am Rand die Länge des Schuhs in Millimetern ab. In der Software waren gängige Profile von Firmen wie *Vibram* hinterlegt. Mit etwas Glück konnte das Schuhwerk samt der Größe präzise benannt werden. Lisa sah sich die Fotos an und verglich sie direkt mit jenen bei Omahas Haus. »Das ist eindeutig derselbe Schuh«, sagte sie. »Das Profil weist an zwei Stellen Schrammen auf. Die sind absolut identisch.«

366

Der Major jubelte innerlich. *Der Täter hat hier geparkt, wusste ich es doch.*

Im Anschluss suchte Lisa den Boden akribisch ab. »John, schau bitte einmal«, rief sie abrupt. Sie bückte sich und schob mit einem Spachtel vorsichtig den Sand beiseite. An der Stelle, wo ungefähr das Heck des Fahrzeugs gestanden haben musste, lugte ein Stück Kunststoff heraus. Mit einer Pinzette hob die Ermittlerin es auf und drehte den Fetzen vor der Nase. Es hatte nur minimal aus dem Sand geragt. »Sieht aus wie ein Stück Klebeband zum Isolieren oder zum Verstärken.« »Hier ...«, Lisa zeigte an die Unterseite des Klebestreifens, »...ist das Band zackig abgebissen worden und noch feucht. Mit ein wenig Glück finden wir Speichelreste. Es kann sein, dass hier jemand etwas fixiert hat und keine Schere zur Hand hatte. Den Rest könnte er verloren oder einfach fallen gelassen haben«, erklärte sie.

Die beiden Beamten sahen sich verblüfft an. Toronga fand als erster Worte. »Wie ist es möglich, dass sich Feuchtigkeit so lange an dem Stück Klebeband hält?«, fragte er.

»Unter dem Sand ist es durch die hohe Luftfeuchtigkeit recht kühl. An bedeckten Tagen wie heute hält sich die Nässe daher länger. Scheint die Sonne prall, verdunstet sie eher«, sagte Lisa. »Allerdings ist die Feuchtigkeit auf Dauer nicht günstig. Wir werden den Schnipsel jetzt sanft trocknen. Mit den Molekülen passiert im trockenen Zustand dann nichts mehr. Bleibt das Band indes feucht, setzen rasch Zersetzungsprozesse ein. Die Probe hier ist aber derart frisch, dass ich guter Dinge bin.« Sie nahm den Fund und legte ihn vorsichtig in eine Trockenbox.

»Zum Glück hat dein Auge den Fitzel entdeckt«, lobte

Akebono. »Ich hätte ihn übersehen«, schob er nach.

»Daher bin ich Spurensucherin und nicht du«, meinte sie mit dem Auge zwinkernd.

Nick sah den Kollegen weiter bei der Arbeit zu. Dawson verfolgte die Spuren nach Norden und erkannte, dass sie bald an Schärfe verloren.

John nutzte die Zeit, um Frau Omaha anzurufen. Es tutete dreimal, bis sich jemand meldete. Sein Pulsschlag nahm mit jedem Tuten zu.

»Miriam Omaha«, tönte es aus dem Mikro.

»Guten Tag, Frau Omaha. Mein Name ist John Akebono von der Hawaiian Police in Hilo. Können Sie mich hören?«

»Ja, ich sitze im Garten und bin auf Oahu. Ich kann sie gut verstehen. Polizei? Was um Himmels willen ist denn passiert?« Der Major holte sanft Luft und sammelte sich.

»Es tut mir sehr leid, aber ich muss Ihnen sagen, dass Ihr Mann tot ist. Er ist heute Morgen im ersten Stock gefunden worden. Er saß ermordet auf der Terrasse.«

Die Leitung war bis auf Geräusche aus dem Hintergrund still. Er hatte die Erfahrung gemacht, dass beim Mitteilen von Todesfällen der direkte Weg immer der Beste war. Dennoch kam er sich jedes Mal skrupellos und wie ein Anfänger vor.

Erst jetzt hörte der Polizist ein leises Schluchzen. Sie hatte den Hörer offenbar abgelegt und nach ein paar Sekunden wieder in die Hand genommen. »Mir war klar, dass das eines Tages passieren würde«, schluchzte sie. »Ich wusste es und auch, dass ihn nichts davor bewahren könnte. Oh mein Gott.« Der Major ließ eine Weile verstreichen, bevor er weiter sprach. Er zwang sich zur Ruhe.

»Wie lange haben Sie vor, in Oahu zu bleiben, Frau Omaha?«

»Wie bitte? Ach, ich weiß nicht, höchstens noch drei oder vier Tage. Ich komme rasch nach Big Island zurück, Herr Akebono.«

»Können Sie mich bitte anrufen, wenn Sie auf Big Island sind, Frau Omaha? Es ist wichtig.«

»Ja, ich melde mich bei Ihnen.«

»Haben Sie jemanden, der Sie in Kona abholen wird?«

»Ja, Frau Fitzgerald. Sie ist meine Nachbarin und macht das immer. Auf Wiederhören.« Die Nachricht hatte ihr zugesetzt. Sie hatte aufgelegt.

Er schaute auf das Meer und kam sich elend vor. Lisa samt Team schien mit ihrer Arbeit fertig. Sie packten alles zusammen.

»John, ich rufe dich an, sobald wir Resultate haben«, rief sie aus dem Auto. Der Major hob den linken Daumen zum Zeichen, dass er verstanden hatte. Er sah das davonfahrende Fahrzeug, das in den aufwirbelnden Sand eintauchte.

»Komm, lass uns fahren. Hier gibt es im Moment nichts mehr zu tun«, sagte Nick.

Kurz darauf standen sie im Süden Waikoloas an einer Ampel. John sah eine Linse, die den gesamten Bereich im Blick hatte. Er tippte Barbaras Nummer. Vor ein paar Wochen hatte er endlich die Freisprechanlage einbauen lassen. Es tutete. Mit etwas Glück hockte sie am Platz.

»Chief of Police, Barbara Hastings, guten Tag«, hauchte es durch das Handy.

»Nicht so förmlich, junge Dame. Hier spricht dein

Traum.«

Sie seufzte. »Wo treibt ihr euch denn wieder herum?«

»Wir sind noch in Waikoloa. Mir fiel eben auf, dass die Kreuzung hier per Kamera überwacht wird. Kannst du bitte heraus- finden, wer sie betreibt? Wir müssen wissen, ob heute Morgen zwischen 04:30 – 06:00 Uhr gefilmt worden ist.«

»Warte, ich schreibe mit. Glaubst du, dass sie von der Stadt oder einer privaten Firma betrieben wird?«

Das war eine gute Frage. Er schätzte Barbaras Scharfsinn.

»Versuche es bei der Gemeinde. Die können dir in jedem Fall die Kontaktdaten geben.«

»Ich melde mich bei dir, John.«

»Danke, Barbara, du bist ein Schatz.«

»Ich weiß, bis später«, sagte sie erfreut und legte auf.

»Wollen wir so lange warten? Nicht, dass die Zentrale hier im Westen liegt«, regte Nick an.

»Gute Idee. Ich parke da hinten vor dem Supermarkt.«

Keine zehn Minuten später rief sie zurück.

»Also, der Betreiber ist ein privater Schutzdienst mit dem Namen »*Island Surveillance*«. Die betreuen Dutzende von Kameras auf der Insel. Sie haben ihren Sitz in Hilo. Willst du ihre Adresse?«

»Warte, ich suche noch etwas zu schreiben.« Er wühlte in der Mittelkonsole und fand ein Stück Papier.

»Die Firma hat ihren Sitz im Wailuku Drive 22. Ganz in unserer Nähe.«

»Ok, habe ich. Haben sie heute Morgen gefilmt?«

»Ja, haben sie. Das Beste ist, dass sie ihre Daten digital erfassen. Sie können den Film von heute Nacht also sofort abrufen.«

»Das hört sich gut an. An wen sollen wir uns wenden?«, forschte der Major weiter.

»An Herrn Henry Flowers«, sagte sie prompt.

»Danke, Barbara. Wir fahren direkt hin.«

Etwas mehr als eine Stunde später erreichten sie den *Wailuku Drive 22*. Die zwei eilten zielstrebig zur Anmeldung. Dort fragten sie nach dem Namen.

»Dritte Tür links«, sagte die Dame am Empfang und widmete sich wieder ihrem Magazin. *Papayapaste gegen Cellulite* las Nick im Vorbeigehen. Er zog die Stirn kraus.

Kurz darauf klopfte er an die Tür zu Herrn Flowers, der sofort »herein« brüllte.

»Ah, guten Tag. Die Herren von der Polizei, nehme ich an«, platzte es aus ihm heraus. Der Mann schob einen imposanten Bauch vor sich her und trug Träger, die eine altmodische Hose am Herunterrutschen hinderte. Er hatte wache Augen und trug eine Nickelbrille. Seine Mimik strahlte Gerissenheit und einen Hauch Strenge aus.

»Sie wollen die Filmsequenz aus Waikoloa sehen, nicht wahr? Frau Hastings deutete dies an.«

»Ja, genau. Vor allem die Sequenzen zwischen 04:00 Uhr und 06:00 Uhr«, sagte Toronga.

»Na, dann mal los. Darf ich noch kurz um Ihre Ausweise bitten?«

»Aber klar.« Er sah kurz darauf und tippte Befehle in den Computer. Dann wandte er sich zu den Polizisten.

»Die Kamera nimmt erst auf, wenn sich ein Fahrzeug oder auch ein Fahrrad in die Bildfläche schiebt. Die Aufnahmerichtung ist Westen. Sie zeigt also den Verkehr auf der

Waikoloa-Road zum Meer hin. Rechts geht es nach Waikoloa ab. Da gegen 05:00 Uhr auch mal keine Autos unterwegs sind, gibt es nicht erfasste Zeitfenster«, erklärte er geduldig.

Die beiden setzten sich hinter ihn, damit sie alles besser sehen konnten. Gespannt lugten sie über seine Schultern.

Die erste Sequenz war mit 04:20 Uhr angegeben und zeigte ein Motorrad, das viel zu schnell über die Kreuzung raste.

Dann geschah 25 Minuten gar nichts. Die zweite Sequenz zeigte um 04:50 Uhr einen Pick-up, der sich langsam näherte. Im letzten Moment bog der Wagen rechts nach Waikoloa ab. Kurz darauf hielt er an, setzte ein paar Meter zurück und fuhr geradeaus die Waikoloa-Road weiter in Richtung Westen.

»Können Sie das Auto zoomen, Mister Flowers?«, forschte der Major, der es vor Spannung kaum aushielt.

»Ja, das geht. Hoffentlich kann man etwas erkennen. Es war ja noch dunkel.« Er tippte erneut Befehle ein. Wenig später erschien das Fahrzeug vergrößert.

Toronga strengte seine Augen an. »Das ist ein Jeep von Nissan, John.«

»Mag sein. Aber das Kennzeichen ist leider nicht lesbar. Es ist abgedunkelt worden. Oder es war verschmutzt.«

»Dafür sieht man beim Wegfahren einen Teil des Gesichtsprofils. Es saß ein Mann am Steuer. Der Platz hinter ihm sieht leer aus«, erkannte Nick.

Der Major war verblüfft. Auf so viele Details hatte er beim ersten Betrachten nicht geachtet.

»Herr Flowers, können Sie die Sequenz bitte noch mal zeigen?«, fragte er daher.

Er tippte erneut. Kurz darauf lief der Film ab. »Stopp«, sagte John. Es war der Moment, als das Fahrzeug nach rechts abbog. Kurz vor Ende des Bildausschnitts sah man den Beifahrersitz. Er war leer. Das Gleiche galt für den Rücksitz. Der Mann fuhr alleine.

»Gab es noch andere Aufnahmen?«, bohrte Nick.

»Ja, gegen 05:10 Uhr, 05:35 Uhr, 05:50 Uhr. Ich lasse sie kurz ablaufen.« Wenig später sah man Autos, die abbogen oder weiterfuhren. In den Sequenzen gab es nur Pkw oder Kombis mit schmaleren Reifen. Auf keinen passten die Reifenspuren.

Der Major wertete dies als Indiz dafür, dass der Abschnitt um 04:50 Uhr das gesuchte Auto zeigte.

»Lässt sich die Farbe von dem Nissan bestimmen, Herr Flowers?«, fragte er.

»Wegen der Uhrzeit und des künstlichen Lichts leider nicht«, bedauerte der Mann.

»Können Sie uns die Filmsequenz bitte per Mail zukommen lassen?«, bat der Leutnant.

»Das mache ich gerne. Ich muss mir aber aus formalen Gründen ihre Dienstausweise kopieren.

Die Ermittler reichten sie ihm. Kurz darauf verließen sie die Räume von »*Island Surveillance*«, nachdem sie sich von ihm verabschiedet und für seine Hilfe gedankt hatten.

Auf dem Weg zum Auto schwiegen beide. Im Pick-up platzte es aus Akebono heraus.

»Nick, wenn die Sequenz unseren Mann zeigt, ...«

»... haben wir es mit einem Einzeltäter zu tun.«

»Ja«, sagte der Major und ließ den Motor an. *Ich hatte es im Gefühl. Jetzt ist es sicher,* schoss es ihm durch den Kopf.

43

Der nächste Morgen begann mit einer Farbexplosion über dem Pazifik. Akebono seufzte, weil er vom Büro aus nicht das Meer sehen konnte.

Tatjana fuhr Sofia noch zur Schule. Sie hatte ihn zuvor vor dem Büro abgesetzt. Derzeit teilten sie sich ein Auto. Tatjanas Golf war bei der Inspektion und würde erst einen Tag später fertig sein.

Mit den Füßen auf dem Tisch und einer Tasse Kaffee in der Hand lümmelte er dem Tag entgegen. Kurz zuvor hatte er sein Smartphone angeschaltet, was sich als Fehler erwies. Kaum lag es auf dem Tisch, dudelte es los.

»Hallo John, hier Nick«, quakte es aus dem Mikro.

»Guten Morgen, was gibt es? Du hörst dich so leidend an«, sagte der Major.

»Ja«, brachte Nick gequält hervor. »Ich habe mir einen Magen-Darm-Virus eingefangen.« Akebono hörte die Spülung und hielt das Handy vom Ohr weg.

Bloß keine Bilder, dachte er, und schüttelte den Kopf.

»Ich werde heute fasten, Tee trinken und mich ins Bett

legen«, zählte er mühsam auf.

»Das wird das Beste sein. Melde dich, sobald du wieder fit bist. Ich arbeite lieber im Team«, schob er aufmunternd nach. Er spürte, wie Toronga unter Schmerzen lächelte. Dann legte er mit einem »Gute Besserung« auf.

John schnaufte. *Tja, da musst du jetzt durch*, ging es ihm durch den Kopf, als das Telefon erneut klingelte.

Er stellte die Tasse etwas zu fest auf den Tisch und griff beherzt nach der Quelle des Terrors.

»Major Akebono, guten Morgen«, bellte er in den Hörer.

»Hi John, hier Lisa. Es gibt Neuigkeiten.«

»Ich höre dir zu?«, sagte er aufgeregt. »Das Isolierband?«, kam er rasch zuvor.

»Ja«, sagte die Beamtin. »Genau darum geht es. An dem Stück Band klebte eine kaum sichtbare Menge Speichel. Zudem hing ein winzig kleines Stück Haut am Rand des Streifens.« Sie ließ das Gesagte einen Moment wirken und fuhr fort. »Das Allerbeste aber ist: Auf der Klebeseite des ungefähr zwei cm breiten Bands ist mittig der Abdruck eines Daumens gut erkennbar. Der Mann hatte sich wohl die Handschuhe abgestreift und keine Schere parat. Daher musste er es abbeißen. Das erklärt auch das gezackte Gesamtbild des Isolierbandstücks und den Speichel.«

»Du meinst, wir haben etwas in der Hand, Lisa?«, fragte der Major.

»Wir haben durch die Haut- und Speichelreste einen genetischen Fingerabdruck. Wir machen zurzeit einige Tests im Labor. Danach kann ich dir sagen, ob die Proben als Beweis taugen oder nicht.«

In Lisas Stimme schwang eine gehörige Portion Stolz mit.

»Das alles haben wir deinem geschulten Auge zu verdanken«, lobte der Major. »Bitte erkläre mir kurz die nächsten Schritte? Wie geht ihr mit dem Fund um?«

»Danke für die Blumen, John.« Sie wirkte etwas verlegen. Nach einem Räuspern fuhr sie fort. »Den Täter haben wir dadurch noch lange nicht. Wenn die DNA-Spuren identisch und verwertbar sind, können wir sie mit der Datenbank abgleichen.«

»Du meinst, mit denen, die im System abgelegt sind?«

»Ja, genau. Wir haben zurzeit etwa zweihundert Millionen DNA-Profile, nur in den USA. Dass ein ganzer Abdruck des Daumens dabei ist, könnte ein Vorteil sein«, erklärte die Beamtin. »Denn das ist quasi ein persönliches Merkmal.«

»Zweihundert Millionen DNA-Profile haben wir?«, rief Akebono aus. Und dann: »Wann hast du die Ergebnisse?«

Aus dem Hörer drang ein Schnaufen. »Mit etwas Glück übermorgen«, rang sie sich zu einer Antwort durch. »Wir haben alles andere hinten angestellt. Dein Fall hat Priorität. Einer von uns meldet sich, sobald wir ein Resultat haben.«

»Bestens, Lisa. Danke für eure gute Arbeit«, lobte er.

Lisa Dawson schien sich zu freuen und dankte für die netten Worte.

Als der Major das Gespräch beendet hatte, legte er nicht gleich auf. Es arbeitete in ihm. Einer inneren Eingebung folgend wählte er die Nummer von Miriam Omaha. Dabei kam er sich ungemein taktlos vor.

Auf den Trauerzustand Frau Omahas konnte er in der aktuellen Lage keine Rücksicht nehmen. Er brauchte drei Anläufe, bis er die Nummer ganz getippt hatte. Die ersten beiden Versuche kam er nicht umhin, die rote Taste zu drücken. Ihm war der kalte Schweiß ausgebrochen.

Es tutete viermal, bis jemand abhob.

»Miriam Omaha«, ertönte es kühl aus dem Smartphone.

»Guten Tag Frau Omaha, hier spricht Major John Akebono. Es tut mir leid, dass ich Ihnen zuvorgekommen bin.« Hier legte er eine Pause ein. »Ich muss Sie dringend sprechen.« Einen Moment herrschte Stille in der Leitung.

»Kann das nicht warten, Herr Akebono? Mir geht es nicht gut.«

»Das verstehe ich, Frau Omaha, aber wir sind in Eile, was den Fall angeht. Wann wollten Sie denn nach Big Island zurück?«

»Frühestens in zwei Tagen«, entfuhr es ihr schroff. Sie wirkte verärgert. Für Akebonos Empfinden klang sie zu wenig nach Trauer. Er machte bei ihr eher ein Gefühl zwischen Ohnmacht und Distanz aus.

»Kann ich Sie auf Oahu treffen?«, bohrte der Polizist beharrlich weiter.

»Und wann bitte?«, gab sie eintönig nach.

»Am besten noch heute«, schlug er vor.

In der Leitung war es für eine gefühlte Ewigkeit still. Im Hintergrund rauschte die Brandung. Er überlegte, wo Frau Omaha auf Oahu ihr Domizil haben könnte. Nach allem, was er bislang wusste, tippte er auf »Lanikai Beach« im Osten Oahus.

»Na gut«, stimmte sie widerwillig zu.

»Wo ist es Ihnen recht, Frau Omaha?«

»Kennen Sie das Blue Orchid im Royal Hawaiian Center?«, fragte sie in einem Ton, als lebe er dort.

»Ich kenne die Ecke der Stadt. Ich werde das Blue Orchid

schon finden. Keine Sorge. Sagen wir gegen 15:30 Uhr. Ich versuche, einen der Mittagsflüge zu nehmen«, bekräftigte der Major.

»15:30 Uhr hört sich gut an. Ich werde da sein.«

»Vielen Dank. Verraten Sie mir bitte noch, woran ich Sie erkenne?«

»Ich reserviere einen Tisch am Fenster. Fragen Sie nach meinem Namen«, sagte sie.

»In Ordnung. Dann bis später, Frau Omaha. Und vielen Dank noch einmal.« Er legte auf und trank einen Schluck Kaffee. Insgeheim hoffte er, dass sie ihr Gewissen entlasten und etwas preisgeben würde.

Akebono spähte durch die Tür, ob Barbara am Platz saß. Am späten Vormittag hatte sie oft Termine. Er hatte Glück. Sie sortierte den Schreibtisch. »Kannst du mir bitte für heute Mittag einen Flug nach Oahu buchen und gegen Abend wieder zurück?«

»Da hast du aber Glück. Ich wollte eben den PC herunterfahren.«

»Tja, ich hatte eine Vision«, gab der Major grinsend zurück und warf ihr einen Schmatz zu.

Sie seufzte und tippte ein paar Befehle in ihren Computer. »HA 331 um 13:35 Uhr hin und mit HA 360 um 18:05 Uhr zurück. Ist das okay für dich? Beide Flüge haben noch Platz.«

»Perfekt. Dann habe ich noch ein wenig Zeit. Danke, Barbara.«

»Keine Ursache. Ich schicke dir alles per Mail.« Nach kurzem Tippen auf der Tastatur hielt sie inne. »Was ist denn mit Nick?«, erkundigte sie sich vorsichtig.

»Er hat sich krankgemeldet und liegt mit Magen-Darm-Virus im Bett.«

»Oh weh, der Ärmste. Sag ihm gute Besserung, wenn du ihn heute noch sprichst.« Sie erhob sich und griff nach der Handtasche. »So, jetzt muss ich aber weg. Ich bin zum Mittagessen verabredet. Bis morgen, John.«

»Bis dahin, du Engel«, meinte der Major voller Hingabe und breitete die Arme aus.

»Du Schmeichler«, sagte sie lächelnd.

Er nutzte die Zeit und widmete sich dem Stapel Papier, der sich über die Tage angehäuft hatte. Darunter eine Mappe mit Vorschlägen zur Beförderung vom *Officer* zum *Sergeanten*. Sein Interesse hielt sich jedoch in Grenzen. Er kannte die Kollegen primär nur vom Sehen, konnte ihre Arbeit daher nicht optimal beurteilen. Der Major beschloss, erst ein Feedback zu geben, wenn er wieder einen klaren Kopf dafür hatte.

Er griff nach dem Smartphone und rief zu Hause an.

»Tatjana hier«, kam es prompt aus dem Mikro.

»Schön, deine Stimme zu hören. Alles in Ordnung bei euch?«

»Soweit schon. Machst du heute pünktlich Schluss?«

»Leider nicht. Ich habe Frau Omaha Senior überredet, sich mit mir zu treffen.«

»Du fliegst nach Honolulu?« Akebono sah verblüfft auf das Handy. Woher sie wusste, dass sich die Frau zurzeit auf Oahu aufhielt, konnte sie ihm später erklären.

»Ja, um 13:35 Uhr. Kannst du mich nachher zum Flughafen fahren? Dann hättest du das Auto, um Sofia heute Nachmittag abzuholen. Ich nehme gleich ein Taxi.«

»Gute Idee. Wir zwei holen dich gegen Abend am Flughafen ab. Du kommst doch heute zurück, oder?«

»Ja, ich fliege um 18:05 Uhr. Um 19:00 Uhr kommt der Flieger in Hilo an.«

»Okay. Was ist mit Nick? Kommt der nicht mit?«

»Nein, er hat sich krankgemeldet.«

»Oh, der Arme. Was fehlt ihm denn?«

»Er hat sich den Magen verdorben.«

»Oh. Sag ihm bitte gute Besserung, wenn du ihn noch einmal sprichst.«

»Klar. Mache ich.« Sie legten auf.

Akebono fragte sich, ob die Damen zu Hause und im Büro auch um ihn so in Sorge wären. Den Gedanken behielt er aber für sich. Nach kurzem Nachdenken bejahte er den Punkt. Wenig später griff er zur Sonnenbrille und verließ das Büro.

Er rechnete mit dem Taxi in zehn Minuten. In dem Moment kam Brian aus dem Büro und winkte ihn heran.

»Wie läuft's John?«, fragte er mit stechendem Blick.

»Besser, als ich vorhin dachte«, gab er zurück. »Wir haben eine DNA-Spur, die gerade geprüft wird.«

»Was für eine DNA-Spur?«

»Einen perfekten Abdruck des Daumens und ein Stück Haut. Ich denke, morgen weiß ich mehr.«

Brian zog eine Augenbraue hoch. »Ich hoffe, dass ihr dem Täter bald einen Namen geben könnt. Der Gouverneur ruft zweimal am Tag an. Ich weiß kaum noch, was ich dem sagen soll.«

»Stell ihn das nächste Mal zu mir durch.«

Brian sah ihn verblüfft an.

»Ich meine es ernst, Brian. Er soll sich ruhig mal anhören, wie schwierig es ist, bei Druck zu ermitteln.«

»Ja, ich weiß«, gab er zurück. »Bis morgen.«

»Bis morgen. Dann habe ich hoffentlich gute Nachrichten.«

Eine halbe Stunde später erreichte der Major sein Zuhause. Er umarmte Tatjana liebevoll, die in der Küche hantierte. »Gibt es zufällig noch etwas zu Essen?«, fragte er mit dem Blick eines Dackels, der einen Knochen sucht.

»Im Ofen steht eine Form mit Süßkartoffellauflauf«, sagte sie.

»Der mit Käse, Nüssen und Ananaswürfeln?«, forschte er.

»Ja, genau«, meinte sie lächelnd.

Er schaute auf die Uhr und stellte fest, dass sie erst in dreißig Minuten fahren mussten. Genug Zeit für ein deftiges Mahl.

44

Satt und zufrieden schob er sich auf den Beifahrersitz. Er nickte nach dem Anschnallen ein. Sie ließ ihn ein wenig dösen. Beim Überfahren der Hubbel kurz vor dem Flughafen wachte er auf.

»Ich melde mich, sobald das Einsteigen für den Rückflug beginnt, okay?« Sie küssten sich zum Abschied. Akebono sah ihr nach, bis sie um die Ecke abgebogen war. Er drehte sich um und trottete gemütlich in die Abflughalle. Dort reihte er sich in die Schlange zur Sicherheitskontrolle ein.

Der Flug schien fast ausgebucht. Unter den Gästen vermutete John etwa achtzig Asiaten. Nachdem er im Flieger am Gang Platz genommen hatte, schlief er sofort ein. Als die Boeing 717-200 von Hawaiian Airlines satt aufsetzte, öffnete er die Augen. Er hatte sich etwas erholt.

Vom Terminal aus nahm er ein Taxi. Er erreichte das »Royal Hawaiian Center« fünf Minuten vor dem Termin.

Am Eingang des Blue Orchid stand eine Empfangsdame an einem Pult. »Ich bin mit Frau Omaha um 15:15 Uhr verabredet. Sie hat einen Tisch am Fenster reserviert«, erklärte der Major.

Die Dame in blauem Kostüm ging ihre Liste mit dem Finger durch und nickte. »Bitte folgen Sie mir, Herr Akebono. Sie ist bereits hier.« Die Location entpuppte sich als schickes Café-Restaurant, das sowohl Tische im Innenraum als auch auf der Terrasse vorhielt. Um die Stühle und Tische herum gab es viele tropische Pflanzen. Draußen saßen die Gäste unter einem grünen Blätterdach. Mehrere Kokospalmen standen locker verteilt im Garten.

Zu Akebonos Leidwesen hatte sie im Innenraum reserviert. Eine ältere Dame erhob sich von einem Tisch am Fenster. Die Angestellte hielt an. Sie nickte ihm kurz zu und zog sich diskret zurück.

Er hoffte, dass sie ihm den ersten Anruf verziehen hatte. Zum Glück war der Tod ihres Mannes bereits ein paar Tage her. Sein Eindruck war, dass es ihr besser ging, als er es beim Telefonat geahnt hatte. Sie hatte einen gesunden Teint. Ihre Augen strahlten Wärme und Zuversicht aus.

»Guten Tag Frau Omaha, ich bin Major John Akebono. Schön, dass Sie zugesagt haben, danke.«

»Sie haben ja nicht locker gelassen. Jetzt habe ich endlich ein Gesicht. Ich bin Miriam Omaha. Wollen Sie lieber im Freien sitzen? Sie sehen so betrübt aus.«

»Sieht man mir das an?«, fragte er überrascht. »Offen gesagt glaube ich, dass wir uns im Garten besser unterhalten können.«

Sie wählten einen Tisch neben einer Palme. Eine Seite war durch einen Hibiskus mit roten Blüten begrenzt, der ein wenig Schutz bot.

Sie entschied sich für einen Cocktail ohne Alkohol, aber

mit Früchten. Der Major nahm einen Mangosaft. Bis dahin schenkte er beiden von dem Wasser ein, das stets gereicht wird.

Frau Omaha wirkte gefasst, aber nicht abweisend. Da war noch etwas, was er nicht sofort in Worte fassen konnte. Doch dann kamen die Gedanken. *Es ist kaum zu glauben, wie entspannt sie da sitzt. Sie ruht in sich wie ein Fels. Völlig geerdet und mit sich im Reinen.*

»Wie geht es Ihnen, Frau Omaha?«, eröffnete er das Gespräch. Sie musterte ihn vor ihrer Antwort eindringlich. »Mir geht es von Tag zu Tag besser«, sagte sie leise. »Auch wenn sich das für Sie komisch anhören muss«, schob sie nach.

»Nein, überhaupt nicht«, versicherte er. »Es imponiert mir, wie Sie mit der Lage umgehen. Sie scheinen einen Weg zu kennen, den Tod ihres Mannes hinter sich zu lassen. Das ist gut.«

Sie lächelte, schwieg aber dazu. »Wann wird die Leiche meines Mannes zur Beerdigung freigegeben?«, fragte sie vorsichtig.

»Die Ergebnisse der Spurensicherung erwarten wir morgen. Dann kann es nicht mehr lange dauern. Ich werde mich um die Freigabe kümmern.«

»Danke, das ist nett von Ihnen.«

»Frau Omaha, am Telefon merkten Sie an, dass Sie mit einem Unglück gerechnet haben. Was meinten Sie damit genau?«, forschte er. Er sah ihr an, dass sie die Gedanken sortierte und wartete.

»Nun, Sie hatten ja vor ein paar Tagen ein Gespräch mit

384

Arthur. Sie haben sicher bemerkt, dass er auf die Belange anderer wenig Rücksicht nimmt. Das Geschäft ging ihm über alles.«

»Wollen Sie damit andeuten, dass Ihr Mann Feinde hatte?«

Sie schloss kurz die Augen, bevor sie zur Antwort ansetzte. »Wissen Sie, es gab viele Menschen, die durch sein Handeln litten. Es gibt Leute, die noch heute leiden. Lesen Sie die Berichte, die immer mal wieder auftauchen? Dann werden Sie zu verstehen beginnen, was ich meine«, sagte Frau Omaha nebulös.

Der Major nickte. Er dachte an all die Schlagzeilen.

»Wir waren fleißig und haben bereits einige gelesen. Offen gesagt, ergab sich daraus aber bisher kein direktes Vergehen. Wir fanden heraus, dass er einem Ausschuss in der »*Hawaiian-Estate-Authority*« vorstand. Dadurch hatte er Einfluss bei den Geschäften mit Saatgutfirmen. Ich denke da an jene, bei der es um die Vergabe von Grund und Boden ging.« Hier stoppte er kurz. Er sah sie an und schwieg. »*Wir haben unsere Hausaufgaben gemacht. Jetzt helfen Sie uns bitte, die Lücken zu schließen, okay?*«, ging es ihm durch den Kopf.

Sie wirkte überrascht. Er tippte, dass sie nicht mit ihrem Mann über seinen Besuch gesprochen hatte. In das Schweigen kamen die Getränke.

»Danke«, sagten beide und tranken von dem frisch gepressten Saft, bevor er wieder den Faden aufnahm.

»Was mich umtreibt, ist die Frage, warum der lokale Widerstand gegen diese Geschäfte relativ wenig Wirkung zu haben scheint. Zumindest kommt es mir so vor«, schränkte er ein. »Können Sie mir mehr über die Rolle Ihres Mannes in dem Kontext sagen?«, fragte er dann. Der Major merkte, dass er auf unsicheres Terrain stieß. Sie sah den Ermittler durchdringend, aber mit offenem Blick an.

Vertrauen Sie mir doch endlich. Geben Sie sich einen Ruck. Es wird auch Ihnen helfen. Er ahnte, dass sie viel mehr wusste. Nach einer gefühlten Ewigkeit sprach sie weiter.

»Sie müssen wissen, dass ich Arthurs Verwicklung in die Geschäfte von Anfang an mit Sorge verfolgt habe.« Sie hielt kurz inne und fuhr schroff fort. »Nein, das sind die falschen Worte. Mich störte vor allem sein aktives Wirken darin.« Oberhalb ihrer Nase zeigte sich eine senkrechte Falte. »Ich bin hier geboren worden und tief mit den Inseln verbunden. Die letzten Jahre habe ich mich von ihm mehr und mehr entfremdet. Die Basis war weg. Rein ethisch betrachtet verkümmerte er zusehends. Er war der Macht des Geldes komplett erlegen und ordnete ihr alles andere unter. Für Moral hatte er nichts übrig.« In dem Moment rollten ihr Tränen über die Wangen.

»Entschuldigen Sie bitte«, sagte sie.

»Kein Problem. Bitte sprechen Sie weiter.«

Sie tupfte sich ihre Augen trocken und holte Luft. »Seit einem dreiviertel Jahr habe ich ernsthaft über eine Scheidung nachgedacht. Trotz meiner Angst war ich bereit, den Schritt zu wagen.«

»Wovor fürchteten Sie sich?«, forschte der Beamte.

»Ich wusste einfach zu viel. Je länger ich wartete, umso bedrohlicher wurde die Lage für mich. Also, es fühlte sich für mich so an.«

Es folgte eine kurze Pause, die er begrüßte. Er hatte

Mühe, seine Gedanken zu sortieren. Ihre Offenheit überraschte ihn insofern, dass er schlicht nicht damit gerechnet hatte. Als er nichts sagte, fuhr sie fort.

»Es kam ihm zugute, dass er mehr wie ein Pate wirkte. Er stand nie in der ersten Reihe, hielt aber die Zügel in der Hand. Natürlich musste alles auch politisch begleitet und geebnet werden. Mein Mann hatte enge Kontakte zu ranghohen lokalen Politgrößen mit Einfluss.« Sie holte tief Luft und wischte sich erneut die Tränen aus dem Gesicht. Die Furcht kehrte in ihre Augen zurück. Sie zitterte.

»Sie müssen sich das wie einen Kreis von vertrauten Menschen vorstellen. Als hätten sie einen Eid geschworen. Jeder unterstützt den anderen. Zu dem Netzwerk zählen auch Leute aus den Medien. Das mag Ihnen als Hinweis dienen, warum es die Themen bei diversen Blättern nicht so oft auf die erste Seite schaffen. Und wenn doch einmal, dann lange Zeit nicht mehr. Eine scharfe Schlagzeile, aber nichts dahinter.«

Sie nahm einen großen Schluck. Dem Major ging das Gesagte durch den Kopf. Es verwirrte ihn. Als sie ihr Glas abgesetzt hatte, sah sie ihn durchdringend an, bevor sie sprach.

»Der normale Bürger blickt hier nicht durch. Wenn einer versucht, sich juristisch gegen diese Leute zu wehren, wird es gefährlich.«

John machte sich ein paar Notizen. Er ließ seinen Gedanken freien Lauf. *Mein Gott. Wie wenig du im Prinzip von den Strippenziehern weißt, die im Dunkeln wirken. Mit am schlimmsten ist, dass sie allen schaden. Es sind nur wenige, die daraus Nutzen ziehen. Aber sind sie glücklich?*

Das nicht, aber gierig. Dein Job ist nicht nur, einen Mörder zu finden. Den korrupten Sumpf kannst du gleich mit trocken legen. Aber wo fängt der an? Bei der Polizei? Bei Behörden? Wer geht dagegen vor? Er zwang sich aus der Gedankenwelt, da er zornig geworden war. Zum »*mal eben die Welt retten*« hatte er keine Zeit.

»Ich habe eine Frage zu den Politgrößen, von denen Sie sprachen?«

»Ja, bitte. Fragen Sie nur«, entfuhr es Frau Omaha.

»Handelt es sich um Personen aus Oahu, oder auch um Leute von anderen Inseln?«

»Soweit ich weiß, stammen sie vor allem aus Oahu, Kauai und Maui. Arthur wirkte für Projekte auf den ersten beiden. Hier gab es die laxesten Gesetze und auch die größten Flächen, obwohl die Inseln relativ klein sind.«

»Aha. Warum kam Ihr Mann auf Big Island nicht zum Zug?«, wunderte sich der Major.

»Dort ist der lokale Widerstand am größten. Die Politiker wirken weniger korrupt. Sie setzen exakt den Willen der Wähler um. Sie scheren sich nicht um Firmen. Zudem sehen sie sich dem Volk verpflichtet. Aber das kann sich nach der nächsten Wahl ändern«, äußerte sie besorgt.

»Wie meinen Sie das?«, horchte er auf.

»Die lassen nicht locker. Beim nächsten Mal werden sie wieder angreifen. Die Leute müssen auf der Hut sein.« Der Major merkte, wie der Groll in ihm aufstieg. Einen Moment später kam er zum Thema zurück.

»Der Ausschuss tagte doch stets auf Oahu, oder?«

»Ja, das stimmt. Es spielt aber nahezu keine Rolle. Die *HEA* entschied über jeden Antrag, wo auch immer auf

Hawaii. Dieser musste an die jeweiligen Gremien auf den Inseln zur Abstimmung weitergeleitet werden. Arthur kannte die Entscheider auf Oahu und Kauai. Man war sich einig. In der Presse gab es dann nur einen Einzeiler auf der letzten Seite. Sie ließen die Kontakte arbeiten«, sagte sie mit einer Portion Ironie in der Stimme.

»Klingt nach Korruption«, schloss der Major.

»Ja, so kann man das nennen. Es ist viel Geld im Spiel.«

»An wen kann ich mich noch wenden? Gibt es Kontakte, die Sie mir gefahrlos geben können?«, fragte er ohne Scheu. Er hatte nichts zu verlieren.

»Sprechen Sie mit Dr. Steven Waika in Kauai. Er arbeitet als Kinderarzt im »*West Kauai Medical Center*«. Er kann Ihnen auch etwas über die Lage dort sagen. Zudem hat er Kontakt zu Forschern. Zu Menschen, die den Einfluss von Pestiziden auf die Umwelt erforschen.«

Er sah sie überrascht an und notierte sich den Namen.

»Wie beurteilen Sie das Ansehen Ihres Mannes auf Oahu? War den Leuten bewusst, welche Rolle er spielte?«

»Wissen Sie, viele haben Probleme, ihren Alltag auf die Reihe zu bekommen. Es gibt eine Menge Arbeitslose. Sie haben Sorgen, kaum Zeit und wenig Interesse an Politik. Obwohl Oahu eine reiche Insel ist, ist die Armut da. Arthur war von daher eher unbekannt. Sein scheues Wesen tat ein Übriges. Er wirkte nicht an der Front, dafür ist er zu feige. Sein Platz war dahinter im Nebel.«

Beide nahmen einen großen Schluck. Ein kleiner Vogel mit rotem Bauch hopste neben dem Tisch. Frau Omaha sah ihn milde an und fuhr fort.

»Zu ihrer anderen Frage nach den Kontakten nur so viel:

Es gibt Leute, die aufklären, die wach rütteln. Sie investieren ihre Kraft. Aber bisher nur mit mäßigem Erfolg. Die Menschen lassen sich zu leicht von den Firmen einlullen und abspeisen. Die Konzerne mögen das Spiel mit der Angst. Alles Psychologie. Das ist meine Meinung dazu.«

»Haben Sie ein Beispiel für mich?«, forschte der Major.

Frau Omaha atmete durch. Das Gespräch strengte sie an. »Ja, durchaus. Auf Kauai hat eine Firma vor Kurzem gedroht, Jobs zu streichen, wenn der lokale Widerstand anhält. Was, glauben Sie, haben die Leute gemacht? Ich sage es Ihnen. Sie sind mit hängenden Köpfen nach Hause. Die haben es geschafft, die Gesellschaft zu spalten.« Sie schnaubte, bevor sie fortfuhr.

»Am Ende haben sie einen der ihren zu den Wahlen des Kreis-Rats nominiert«, schob sie zornig nach. Sie wirkte wütend und emotional belastet, was ihm nicht entging. »Es kann sein, dass der Mann bei den Opfern in Oahu dabei ist. Das wird sich zeigen. Es ist ja erst ein paar Tage her.«

»Erinnern Sie mich bitte nicht daran«, bat der Major.

»Woher kennen Sie so gut die Lage auf Oahu und Kauai?«, lenkte der Polizist ab.

»In den letzten Jahren fing ich an, meine Kraft dem Erhalt der Inseln zu widmen. Arthur habe ich dies bewusst verschwiegen. Ich hatte das alles so satt. Ich wollte nicht länger mit ansehen, wie sich eine Handvoll gieriger Leute auf Kosten der Natur die Taschen vollmacht. Und am Ende den Kindern giftige Erde hinterlässt«, ergänzte sie.

»Ich verstehe das so, dass Sie so oft wie möglich nicht zu Hause wohnten.«

»Das sehen Sie komplett richtig. Jeder Tag, an dem ich

dort weiter wohnte, war ein verlorener Tag für mich.«

Er horchte auf. Endlich kamen sie zum Konflikt.

»Was ist mit ihrer Tochter Jennifer? Wusste sie davon?«, forschte er.

Frau Omahas Stimme wurde laut. Mit der flachen Hand schlug sie auf den Tisch.

»Ach, hören Sie mir mit der auf. Das geldgierige Miststück. Sie und Arthur haben sich so was von angestachelt. Es war widerlich.« Sie schwang ihre Hände durch die Luft, schnaubte und zog eine Grimasse. Nach einem tiefen Luftzug sprach sie zornig weiter.

»Ich bin zwar froh, dass sie noch lebt, trotzdem kann sie ruhig wegbleiben. Jetzt ist sie in Asien. Sie hat ihre Heimat genauso verraten wie ihr Vater. Ich schäme mich für beide. Im Prinzip müsste ich die Inseln verlassen. Das dachte ich relativ lange. Eine enge Freundin hat mir aber Mut gemacht, dagegen anzugehen. Sie sagte, ich solle das Licht sein.« Der Major nickte anerkennend.

»Glauben Sie, dass ihre Tochter aus Angst geflohen ist, sie könnte das nächste Opfer werden?« Die Frage ließ Frau Omaha zusammen zucken.

»Ja, das denke ich. Sie steckte so tief in den Geschäften wie alle anderen, die ermordet worden sind. Meine Tochter hat in dem Glauben nichts Falsches zu tun, viele Spuren hinterlassen. Sie hat Grund, ängstlich zu sein. Aber das geschieht ihr Recht. Bitte sehen Sie mir das nach, mein Mitleid hält sich in Grenzen.« Hier lächelte sie kurz – ein verbittertes Lächeln.

Der Major hielt inne und ließ den Moment wirken.

»Ich kann Sie gut verstehen, Frau Omaha. Nach allem,

was ich von ihrer Tochter weiß, ist sie raffiniert. Sie hat ein gutes Gespür für Gefahren. Ich glaube, sie wird das überleben.«

Sie trank einen Schluck und setzte verschmitzt hinzu: »Sie wird den Rest ihres Lebens Angst haben. Das hat sie sich verdient, wenn sie mich fragen.«

Akebono hatte Respekt vor dem Mut dieser Frau. Es war zwar hart, eine Mutter so von ihrem Kind sprechen zu hören, doch die Verbitterung saß bei ihr tief. Sie war über Jahre gewachsen. Von Geld und Macht geleitet, haben sich ihr Mann und die einzige Tochter von ihr entfremdet.

Ihm war klar, dass Frau Omaha ein Motiv für alle Morde gehabt haben könnte. Ihr körperlicher Zustand sprach indes gegen eine Täterschaft. Zudem traute er es ihr schlicht nicht zu. Sie hatte das Herz am rechten Fleck.

Der Major schätzte sie auf siebzig Jahre oder älter. Sie wirkte gebrechlich und hatte einen leicht gebeugten Rücken. Er glaubte ihr, dass sie mit ihren Mitteln einen Wechsel zum Besseren bewirken wollte. Er sah sie an. »*Sie ist völlig erschöpft. Lass sie bitte in Ruhe. Beende das Gespräch jetzt*«, bat seine innere Stimme.

»Frau Omaha, vielen Dank für Ihr Vertrauen. Sie haben mir sehr geholfen. Ich sehe aber auch, dass Sie das aufwühlt und möchte Sie damit nicht noch mehr belasten.«

Sie schloss die Augen und lächelte. »Ja, das stimmt. Es strengt an. Auf der anderen Seite ist es schön, Dinge loszulassen. Wenn Sie weitere Fragen haben, dann rufen Sie mich jederzeit an. Ich bin Ihnen nicht böse.«

Miriam Omaha erhob sich und griff zur Geldbörse. »Nein, lassen Sie nur. Ich zahle gleich«, sagte er und verabschiedete sich von ihr. Sie nahm dankend an und verließ das Café.

Der Beamte sah ihr nach und saß noch eine Weile dort. In Gedanken ließ er das Gespräch Revue passieren. Er fragte sich, ob die vielen Menschen um ihn herum etwas von dem ahnten, was auf ihren Inseln vorging.

Er zahlte und kaufte ein Exemplar des *»Oahu Observer«*. An der Straße hielt er ein Taxi an. Beim Lesen fiel ihm eine Schlagzeile auf: *»Gentechnische Spuren in Papaya aus Öko-Anbau entdeckt«*, hieß es da.

Heute stand es auf der ersten Seite. Morgen könnte es vergessen sein. Es geschah schlicht zu viel, in zu kurzer Zeit. Eine halbe Stunde später erreichte er den Flughafen.

45

Akebono saß mit einem Kaffee im Büro. Er ließ den Tag zuvor Revue passieren. Frau Omaha hatte sich als kluge Frau entpuppt, die eine klare Idee davon hatte, was ihr ermordeter Mann im Schilde führte.

Er konnte nur nicht verstehen, was sie all die Jahre, außer der einzigen Tochter, noch verbunden hatte. *Dass er je anders getickt hat, glaube ich nicht. Und dass sie dies über Jahre geleugnet hat, ist einfach nur bitter.* In seinen Gedanken hinein klingelte das Telefon. Nach dem zweiten Klingeln nahm er ab.

»Guten Morgen, Lisa hier. Ich habe etwas Neues zu den Spuren vom Tape.«

Der Major setzte sich aufrecht hin. Er machte ein Kribbeln auf der Haut aus, das sich vom Rücken nach oben ausbreitete.

»Hallo meine Liebe, auf dich habe ich gewartet. Was gibt's?« Er klemmte sich den Hörer zwischen Backe und Schulter, um die Hand freizubekommen. Papiergeraschel breitete sich in Akebonos Ohr aus.

»Es ist uns gelungen, eine der DNA-Spuren zu isolieren. Das Beste daran: Sie ist verwertbar. Wir gleichen sie jetzt mit allen bislang gesicherten DNA ab.«

Der Major horchte auf. Er überlegte, was das hieß. Die Sicherung einer DNA-Spur führte zum Erfolg, wenn ein Täter im System erfasst war. Es konnte sich hier um Haare, Fingerabdrücke, Hautfetzen, Speichel und mehr handeln. Zwei identische Spuren von zwei Orten ließen sich so einer Person zuordnen. Viele DNA hielten sich dabei über Jahre hinweg. Hoffnung keimte in ihm auf.

Er erinnerte sich an Verhöre. Oft wirkten Täter verblüfft, durch welche Methoden die Ermittler ihnen auf die Schliche gekommen sind. Sie begriffen nicht, durch was genau sie sich verraten hatten. Das galt vor allem für Leute, die sich klüger als die Polizei wähnten. Wie das Amen in der Kirche kam aber der Moment, wo dieses Gefühl zu Leichtsinn führte.

»Wann rechnet ihr mit einem Resultat?«, fragte er in die Stille hinein.

»Heute im Laufe des Tages«, sagte Lisa.

»Was ist mit dem Daumenabdruck? Gibt es hier schon etwas?«, forschte er weiter.

»Nein, bisher nicht. Das dauert auch länger, da sich manche Abdrücke nur in Nuancen unterscheiden. Bis die präzise Zuordnung erfolgt ist, hat sich die Erde mindestens einmal um sich selbst gedreht«, mutmaßte sie.

Sie versprach, sich - so rasch es eben geht - mit einem Ergebnis zu melden und legte auf.

John hatte gehofft, bereits jetzt mehr Infos zu bekommen. In dem Moment klingelte es erneut.

»Major Akebono, guten Morgen«, sagte er und rieb sich ein Auge.

»Warum so genervt?«, krächzte Toronga durch die Muschel.

»Nick, guten Morgen. Wie geht es dir? Bist du schon fit?«

»Nein, ich klebe auf dem Klo. Außerdem habe ich Fieber. Ich versuche alles, nur ich kann nichts versprechen. Schlaf ist zurzeit das Beste.« Nach einer kurzen Pause fuhr er fort. »Ich hoffe einfach, dass ich bald schmerz- und fieberfrei bin. Dann komme ich sofort ins Büro«, kündigte er an.

»Töte bitte zuerst alle Viren und Bakterien? Hauptsache, du kurierst dich aus. Gute Besserung«, meinte John. Er ahnte die Neugier des Leutnants, ließ sich aber nicht locken. Ins Licht rücken konnte er ihn auch noch später. Erst sollte er wieder fit sein, entschied er im Stillen.

»Danke. Bis ... morgen«, sagte Nick und hängte ein.

Der Major spielte mit dem Gedanken, das Telefon im Teich des Gartens zu versenken, verwarf ihn aber rasch. Er legte den Hörer auf den Tisch und verschränkte die Arme hinter dem Kopf.

Er kniff die Augen zusammen und strengte sich an. Ein Gedanke, der schon ein paar Mal angeklopft hatte, hatte sich wieder in Luft aufgelöst.

Als sich nach ein paar Minuten kein Erfolg einstellte, stand er auf und holte sich einen frischen Kaffee. Beim Umrühren der Milch sah er zu, wie sie sich in Spiralen auflöste und mit dem Gebräu vereinte. Zufrieden schnupperte er an der Tasse und schritt zurück ins Büro. Als er das Getränk neben den Computer gestellt hatte, hielt er inne.

Ein Hauch der Eingebung ließ sich kurz erahnen. Etwas,

das unbewusst an ihm nagte und aufschrie. Es wollte gehört werden. Er sah eine dunkle Straße. Wenige Autos fuhren umher. Ein Flugzeug dröhnte in der Nähe. Um welchen Flughafen mochte es sich handeln? Vom Gegenverkehr huschte das Licht vorüber. Hinter einer Kuppe erschien ein Verkehrsschild. Beim Heranfahren sah er, dass es das Tempo beschränkte.

Akebono setzte sich hin und rieb sich mit der rechten Hand die Schläfe. Er schloss erneut die Augen und tauchte in die Erinnerung ein. *Ich sitze am Steuer und fahre. Aber wohin? Der Asphalt wirkt wie an der Schnur gezogen. Das ist es: Ich bin auf dem Weg nach Volcano. Nick beschwert sich über den Fahrstil, wie so oft. Wir haben es eilig, da wir zu einem Einsatz gerufen wurden. Ein Haus brannte. Jenes von Tim Oakland. Ich sehe aus dem Fenster. Etwas erregt meine Aufmerksamkeit. Da parkt ein Fahrzeug auf der Gegenseite. Versteckt, halb hinter einer Hecke. Ein Mann sitzt am Lenkrad und liest auf einem Notepad. Das Bild flimmerte herüber. Er bewacht einen Blitzer. Die Stelle ist wie geschaffen,* ging es ihm in dem Moment durch den Kopf. *Die Straße ist an den paar Metern durch eine Kuppe nicht einsehbar. Viele Autos fahren hier deutlich zu schnell. Das ist es John, der Blitzer.* Er schickte einen Dank zum höheren Selbst und sprang auf. Rasch verließ er das Büro.

Er eilte durch den Flur zur Treppe nach unten. Eine Etage tiefer saßen die Beamten der Verkehrsüberwachung in ihren Büros. Dass er zu Jason Matinka musste, ließ sich kaum vermeiden. Er mochte schlicht seine Präsenz nicht. Ihm fiel aber keine andere Option ein. Er war der Leiter. Er trug die Verantwortung. Daher galt es, genau ihn damit zu konfrontieren.

Er klopfte an den Türrahmen der offenen Tür zum Büro des Commanders. Der mühte sich mit einer Unterschrift ab. Die linke Hand hielt derweil das Papier fest.

In Matinkas üppigem Büro gab es zwei weitere Plätze. Er tippte auf die Sergeanten. Er kannte die Hierarchie nicht, ahnte aber, dass die beiden unter einer straffen Führung zu leiden hatten.

»Matinka, hast du einen Moment Zeit? Ich habe ein Anliegen.« Der Major warf so viel fordernde Autorität in den Tonfall wie nur möglich. Er verfehlte sein Vorhaben nicht.

Der Gefragte sah auf und musterte Akebono mit bohrendem Blick. Die eng stehenden Augen funkelten. Nach einer Weile räusperte er sich und wies auf einen Stuhl, der quer vor dem Tisch stand. »Danke, ich stehe lieber«, sagte der Major auf die Geste und fuhr fort.

»Vor einer Woche sind wir zu einem Brand nach Volcano gerufen worden. Dabei fiel mir auf der Strecke ein Pkw auf, der verdeckt neben einem Gebüsch parkte.«

Matinka lächelte müde und gab sich Mühe, ihn zu ignorieren. »Ok, und weiter?«, entfuhr es ihm gereizt. John schob den arroganten Ton des Commanders sachte zur Seite.

»Zwanzig Meter davor stand ein Blitzer. Einer der Sorte, wie ihr sie verwendet. Zählt das Gebiet südlich von Hilo nicht zu deinem Bereich?«, fragte der Major freundlich.

»Ja, das tut es. Was willst du jetzt von mir?«, sagte er mit mehr als nur einem Anflug von Ironie in der Stimme. Für Akebonos Geschmack eine Spur zu abschätzig.

John betrat Matinkas Büro und schritt vor dem Schreibtisch auf und ab. Dabei sprach er langsam.

»Matinka. Nach dem Brand bei Herrn Oakland hatte ich

in dem internen Bericht alle Commander und Sergeanten um etwas gebeten. Erinnerst du dich?«

»Ich kann dir leider nicht folgen«, entwich es ihm genervt.

»Ihr solltet prüfen, ob es Hinweise gibt, die uns dem Täter einen Schritt näher bringen könnten.«

»Ja, und? Ist das ein Verhör, oder was?« Er ließ seine Hand auf den Tisch knallen. Der Sergeant rechts von ihm erschrak. Offenbar betrachtete der Befragte die Sache als belanglos. *Gleich wirst du staunen und schwitzen wie ein Bär in der Wüste,* murmelte John in Gedanken und sprach weiter.

»Als Beispiele nannte ich Kontrollen, Autodiebstähle und Vorfälle, wo zu schnell gefahren worden ist.« Dann beugte er sich zu dem Mann und sagte leise. »Der letzte Punkt betrifft Fälle unter Einsatz des Blitzers, Commander.« Dessen eng stehende Augen zuckten rasch hin und her. Er schien den Ernst der Lage nicht zu erkennen.

Akebono wartete. Er hoffte auf eine Reaktion, wurde aber enttäuscht. Mit etwas mehr Aggression in der Stimme setzte er nach.

»Es ging mir dabei vor allem um jene Fahrer, die in einem blauen Nissan Pick-up unterwegs waren«, schloss er wütend.

Der Major blieb stehen und sah auf den erstarrten Kollegen hinab. Der starrte einen fernen Punkt an und schwieg. Total verspannt saß er nur da.

»Commander?«, rief plötzlich der Sergeant von hinten. Der drehte sich um und sah den Beamten abfällig an. »Hm, was gibt's?«, blaffte er ihn an.

Hilfesuchend wandte er sich an den ranghöheren Major.

»Hören Sie. Der Zeitraum, von dem Sie da sprechen, wird seit gestern bearbeitet.«

John entging nicht, dass es ihn Überwindung gekostet hatte, sich zu Wort zu melden. Verstohlen sah er zum Chef. Matinka funkelte ihn an, zog es aber vor, zu schweigen.

»Danke, Sergeant«, sagte der Major erleichtert über die Information. »Wie heißen Sie?«, fragte er.

»Entschuldigen Sie bitte. Ich bin Sergeant Michael Hooper.« Nervös sah er zu ihm auf.

»Michael Hooper? Sehr erfreut.« Akebono grinste ihn an und reichte ihm die Hand zum Gruß.

»Können Sie bitte gezielt auf blaue Nissan-Pick-ups achten, die am Dienstag auf der »Belt-Road« in Richtung Hilo geblitzt worden sein könnten? An dem Tag ist Oaklands Haus abgebrannt. Einen Tag zuvor tauchte ein Pick-up in der Nähe auf. Die Chance, dass er überstürzt den Tatort verlassen hat, ist real«, erklärte der Major.

»Steht aber auch alles im internen Bericht«, schob er leise nach. Er warf Matinka dabei einen strengen Blick zu.

Der Sergeant notierte sich etwas. »Wird sofort erledigt, Major«, sagte er eifrig und wandte sich dem Bildschirm zu.

»Vielen Dank, Herr Hooper«. Zufrieden und mit Hoffnung drehte er sich zu Matinkas Schreibtisch. Er fixierte ihn einen Moment. »Du erklärst mir bitte in Schriftform, warum du erst auf Nachfrage Dinge erledigst, um die ich mehrere Tage zuvor gebeten hatte? Es gab seitdem weitere Morde. Es gab einen Unfall auf Oahu mit zig Toten. Wir können nicht ausschließen, dass hier ein Zusammenhang besteht. Du weißt, dass der Fall extrem dynamisch ist. Dir ist klar, was das heißen kann. Also lasse dir nicht allzu lange Zeit.«

Er wartete auf eine Reaktion des Beamten. Ihm schwante, das Matinka nie einen Fehler zugeben würde. Wenn er sich alternativ den kleinen Finger abzwicken könnte, wäre das die Wahl. Gefangen in seiner Wut, überließ er ihn sich selbst. Sollte er doch zur Hölle fahren.

Akebono verließ das Büro. Ob und wie er den Vorfall verwenden wollte, war ihm bisher nicht klar. Er ärgerte sich maßlos über den Commander. Ohne den Hinweis des Sergeanten hätte der ihm, wer weiß was für eine Geschichte aufgetischt. So aber kam er aus der Sache nicht mehr raus, was beim Major eine seltsame Genugtuung auslöste.

John öffnete die Tür zum Büro und suchte die Tasse. Er fand sie bei der Spüle. Entspannt schritt er in Barbaras Büro, wo eine Kaffeemaschine stand. Motonga hatte sie letztes Jahr spendiert. Er und Nick nutzten sie seitdem wie eine Flat-Rate.

Kaum hatte er den Tisch erreicht, klingelte das Telefon. Er stellte die Tasse vorsichtig ab und griff zum Hörer. Mit einem Plumps ließ er sich in den Ledersessel fallen. »Major Akebono, guten Tag.«

»Hallo John, Lisa hier. Der Computer hat etwas gefunden«, platzte es aus ihr heraus.

Der Major seufzte laut. »Mache es nicht so spannend. Um wen handelt es sich?«

»Die exakt gleiche DNA wurde vor zwei Jahren bei einem Einbruch gesichert. Der Tatort war eine Apotheke in Lihue.«

»Auf Kauai?«, stöhnte Akebono laut. »Wie heißt der Mann? Es handelt sich doch um eine männliche Person, oder?«, forschte er.

»Erinnerst du dich noch an den Daumenabdruck? Der konnte nur von einem Mann stammen. Ich schicke dir die Mail mit den Daten. Alles Weitere ist dein Job«, sagte sie erleichtert.

»Hm ja, jetzt fällt es mir ein«, sagte der Major etwas kleinlaut. »Ich setze mich sofort an den Computer, um die Datei zu lesen. Vielen Dank für deine rasche Antwort, Lisa.«

»Keine Ursache. Melde dich, wenn du Fragen hast.« Lisa ließ ein paar Sekunden verstreichen. »Endlich kommen wir dem Täter näher, John«, setzte sie voller Hoffnung hinzu.

»Ja. Dank deines Adlerauges gibt es eine Fährte. Ich bin gespannt, wohin sie uns führt.«

Er hörte noch das Klicken, als die Kollegin auflegte. Einen Moment starrte er ziellos nach draußen. »*Wir haben eine echte Spur*«, schoss es ihm durch den Kopf. Sein rechter Zeigefinger tastete unbewusst nach dem Knopf zum Einschalten des Computers.

46

Akebono genoss die Ruhe. Matinka würde sich nicht in seine Nähe wagen. Barbara war kurz zuvor zum Lunch aus dem Büro gestürmt. Brian sagte, »dass er dringend eine Pause brauche« und ist zum Golfen im Westen der Insel gefahren. Nick lag zu Hause auf dem Sofa und fastete sich gesund.

Er teilte sich das Büro daher nur mit Andrea, die neben der Tastatur lag und Sonne tankte. Einziges Lebenszeichen war der alle zwei bis drei Sekunden sichtbare Pulsschlag der Echse. Sie entspannte.

Der Computer knisterte gegen die Stille an. Er lud Lisas Datei herunter. Wenig später begann er zu lesen.

Kontakt auf Kauai war ein Commander Jack Nicholson. Die DNA aus der Apotheke stammte von zwei Fingern der rechten Hand. Der des Daumens und der des Zeigefingers.

Die Tat datierte vom 12. Dezember 2016. Bargeld fehlte keines. Dafür eine Menge Arzneien aus dem Lager. Ein eher untypisches Verhalten für einen Einbrecher, wie er fand.

Der Einbruch hatte die Alarmanlage in Gang gesetzt. Die Nachbarn wurden vom Lärm geweckt. Einer von ihnen sah aus dem Fenster. Er hatte den Mann zu einem Pick-up rennen und später davonfahren sehen.

Das Auto fuhr auf extrem breiten Reifen. Die Chrom-Felgen blitzten nach Aussage des Zeugen im Licht der Straßenlampe.

Wenige Tage darauf endete die Fahndung nach dem Mann mit einem Teilerfolg. Einem Residenten fiel der Pick-up auf, der nebenan parkte. Er rief direkt die Polizei an.

Das Fahrzeug war auf Herrn James Wutinga angemeldet. Der hatte seine Adresse in Waimea, also im Süden der Insel. Dort trafen ihn die Beamten jedoch nicht an. Das Haus war fluchtartig verlassen worden. Persönliche Dokumente gab es vor Ort keine mehr. Die Identität des Mannes blieb vorerst im Dunkeln.

Die Polizei konnte dafür einige DNA sichern. Es gab viele Wischspuren, aber eben nicht überall. An einem Schrank fanden sie den Abdruck eines Daumens. Jener entsprach exakt dem vom Tatort. Zum Glück war er nicht im Kundenbereich entdeckt worden, sondern im Lager der Apotheke. Dass er die DNA als Kunde hinterlassen hatte, war dadurch überholt. Er hatte kurz den Handschuh abgestreift, um eine Tür besser öffnen zu können. Der Major zog den Schluss aus einem Foto vor Ort. Ein typischer Fehler, der unter Druck entsteht. Er hatte dies oft erlebt und dankte im Stillen.

Weiter schloss er, dass in dem Moment der Alarm losging. Der Mann musste rasch entscheiden, wollte er nicht ohne Beute den Ort verlassen. Er notierte sich: »*Kein Geld, dafür Medikamente?*«

In ihm reifte der Entschluss, sich den Wohnort des James

Wutinga anzusehen. Er fragte sich, ob sich das Haus noch in dessen Besitz befand. Seit dem Einbruch dürfte er abgetaucht sein. Der Akte war nur ein älteres Foto der Behörden angehängt. Sie konnten damit rechnen, dass er sein Äußeres geändert hat.

Dem Ermittler entging nicht, dass jemand das Dossier vor über einem Jahr zum letzten Mal ergänzt hatte. Man maß dem Fall also nicht die höchste Priorität zu. Er schätzte wegen des nur geringen Schadens.

Ohne die DNA aus Waikoloa wäre der Fall mit dem Vermerk »nicht aufgeklärt« ad acta gelegt worden. Er folgte einem Impuls und wählte die Nummer vom Commander auf Kauai. Es tutete viermal, bevor er abhob.

»Jack Nicholson, guten Tag«, tönte es in einer tiefen Stimme aus dem Hörer.

»Hallo, Herr Nicholson. Ich heiße John Akebono und bin von der Hilo-Police auf Big Island. Ich habe Ihren Namen aus einer Akte, die für Sie kaum noch von Bedeutung sein dürfte.«

»Ach, und welche ist das?«, fragte er amüsiert.

»Die eines Einbruchs in die Na Pali-Apotheke in Lihue.«

Der Beamte schien zu überlegen. »Ist das der Fall, bei dem Arzneien für ein paar hundert Dollar gefehlt haben?«, fragte er unsicher.

»Ja, genau. Geld fehlte laut der Mappe nicht. Ist es denkbar, dass Sie den Fall ad acta gelegt haben?«

»Das kann sein. Der Mann war abgetaucht. Wir hatten keine weiteren Anhaltspunkte, was den Aufenthaltsort anbelangte«, erklärte er. Und nach einer Pause: »Aber dennoch steht er auf der Fahndungsliste. Das Verfahren ist nicht eingestellt worden. Das wäre erst in zwei, drei Jahren passiert. Jetzt ist der Fall für euch von Interesse?«

»Und wie«, entfuhr es dem Major. »Sagen Sie, Herr Nicholson. Ist es machbar, sich sein Haus anzusehen? Besitzt er es noch? Entschuldigung, dass ich so vorschnell danach frage. Die Infos stehen doch alle in der Akte, oder?«

»Warten Sie. Ich rufe mir das einmal auf. Da ich die Akte angelegt habe, werde ich die Stelle rasch finden.« Er legte den Hörer neben sich auf die Tischplatte. Akebono lauschte den monotonen Geräuschen, die der schaukelnde Telefonhörer durch die Leitung schickte.

»Also. Den Flachbau hatte er gemietet. Aber er hat den Vertrag wenige Wochen vor dem Einbruch in der Apotheke gekündigt. Daher haben die Beamten vor Ort keine Dokumente entdeckt. Den Schlüssel schien er noch besessen zu haben. Hier steht, dass der Vermieter kurze Zeit später das Schloss wechseln ließ.« Das Rascheln des Papiers kam durch die Leitung, bevor er fortfuhr.

»Was eher von Interesse sein könnte, ist der Punkt, dass der Mann bis vor zwei Jahren eine Tauchschule in Waimea betrieb. Ich glaube, das Schild hängt noch am Strand. Möchten Sie sich einmal umsehen? Ich begleite Sie gerne.«

Akebono dachte nach. *Wer weiß, mit etwas Glück treffen wir Menschen, die ihn kannten. Wir müssen mehr über seine Geschichte erfahren*, schoss es ihm durch den Kopf. Die Idee gefiel ihm.

»Das ist nett. Nur müsste es bald sein. Am besten morgen.«

»Morgen!«, rief der Mann in den Hörer. Er blätterte im Kalender. »Okay, vormittags habe ich Zeit. Rufen Sie mich an. Ich hole Sie dann am Flughafen ab.«

»Sehr gut, Herr Nicholson. Also bis dahin.« Akebono legte auf. Als Nächstes rief er Brian an.

»Hallo John! Gut, dass du anrufst. Was gibt es Neues?«

»Hallo Brian. Hast du Zeit? Es wird langsam spannend.«

»Dafür nehme ich mir immer Zeit. Warte, ich lege meinen Schläger ab und suche mir einen Platz im Schatten.« Aus dem Hörer drangen Windgeräusche.

»Scheint nicht das beste Wetter für eine Golfpartie zu sein, oder?«, fragte der Major mit mäßigem Interesse.

»Hör mir bloß auf«, krächzte Motonga. »Heute hätten selbst die Vollprofis ihre Probleme. Einen Ball habe ich bereits im See versenkt.«

John überlegte, ob das Glück bringen könnte, wechselte dann aber das Thema. Er erzählte von der Wende im Fall Sullivan. Er nannte die identische DNA vom Tatort in Lihue und im Sand von Waikoloa. Die Begegnung mit Matinka und dessen Schlamperei bei den Blitzerfotos sagte er ihm ebenso. Leid tat ihm das nicht. Der Chief hätte es durch den Akteneintrag ohnehin erfahren.

»So ein Depp«, schimpfte Motonga. »John, mache in der Sache Dampf. Sollte ein Blitzerfoto auch nur annähernd mit dem älteren Foto aus der Akte dort Ähnlichkeit haben, besteht dringender Tatverdacht. Da spielt es keine Rolle, ob wir ein Motiv haben oder nicht.«

»Das erledige ich gleich, Brian. Der Sergeant hatte ja gerade mal zwei Stunden Zeit.«

»Das sollte reichen«, polterte der Chief. »Diese Nachlässigkeit wird uns am Ende weitere Leben kosten«, fuhr er lautstark fort. Akebono hielt sich den Hörer vom Ohr weg.

Vor dem geistigen Auge sah er den Chief mit dem Golfschläger gen Himmel drohen.

»Du weißt ja, dass der Gouverneur jeden Tag anruft.«

»Ja, das hattest du erwähnt. Wie ist die Lage auf Oahu?« Brian hielt kurz inne. »Es gibt keine weiteren Toten, das ist noch das Beste. Im Krümmer des Traktors wurde eine Dichtmasse gefunden. Sie ist in festem Zustand nicht brennbar. Die Ermittler vor Ort gehen zur Zeit von einem Unglück aus.«

»Dennoch war die Sabotage am Traktor der Auslöser für das Inferno«, gab John zu bedenken.

»Ja, das stimmt. Ich denke indes nicht, dass unser Mann hier etwas damit zu tun hat. Der kümmert sich eher um die dicken Fische.«

»Ja, das macht mir Sorgen. Ich hoffe, wir sind beim nächsten Mal schneller.« Es folgte eine kurze Pause.

»Brian, ich fliege morgen früh nach Lihue und hoffe, etwas über Wutingas Leben zu erfahren. Wir müssen seine Geschichte kennen, um das Motiv zu finden.«

»Ja, das klingt gut. Richte deinem Kollegen aus, dass er eine Dienstreise nach Lihue hat! Er kann auch im Flugzeug fasten.«

Der Major vermied an der Stelle, für Nick in die Bresche zu springen. Es würde nichts nützen.

»Ich kümmere mich darum«, sagte John einlenkend. Sie beendeten das Gespräch. Er atmete durch und sah nach Barbara, um sich die Flüge buchen zu lassen.

»Schön, dass du wieder da bist«, begrüßte er sie.

»Wo soll es denn diesmal hingehen, John?«, grinste sie und sah ihn herausfordernd an.

»Nicht so stürmisch, junge Frau. Wir müssen morgen früh nach Lihue.«

»Nach Lihue? Na, viel Spaß. Da müsst Ihr über Oahu. Lass mich mal schauen.« Sie tippte in rasendem Tempo Befehle in den Computer. Verblüfft folgte er ihren Fingern.

»Ihr könnt morgen früh um 08:00 Uhr mit HA 337 nach Honolulu fliegen, und mit HA 509 weiter nach Lihue. Dort würdet ihr gegen 10:24 Uhr landen. Wäre das okay?«

Sie sah ihn mit ihren braunen Augen an und wartete.

»Das klingt gut. Wie sieht es zurück aus?«, forschte Akebono.

»Kommt darauf an, wann. Soll das abends sein?«, fragte sie zurück.

»Also vier bis fünf Stunden werden wir brauchen, schätze ich.«

»Hm, dann nehmt HA 240 um 18:15 Uhr von Lihue nach Honolulu. Und von dort HA 268. Um 20:55 Uhr landet ihr wieder hier.«

»Wir hätten rund sieben Stunden. Die Entfernungen auf Kauai sind ja nur gering. Das reicht aus. Kannst du uns bitte buchen?«

»Mache ich. Ich schicke euch die Bordkarten aufs Smartphone.«

»Danke, Barbara, du bist ein Schatz.«

»Ach John, für dich mache ich doch fast alles«, grinste sie frech. Dabei drehte sie sich eine Locke um den Zeigefinger. Er überlegte, was das jetzt psychologisch bedeutete, kam aber zu keinem Ergebnis.

Zurück im Büro sah er auf der Anzeige, dass jemand versucht hatte, ihn intern anzurufen. Er griff zum Hörer und wählte.

»Sergeant Hooper, guten Tag.« Der Beamte sprach leise.

»Hallo, hier spricht Major John Akebono. Was gibt's?«

»Ja, in der Tat. Ich habe ein Foto gefunden, bei dem das Kennzeichen auf einen blauen Nissan Pick-up zugelassen ist.«

Der Polizist horchte auf und setzte sich gerade hin. Er kramte nach einem Kuli.

»Wie lautet die Nummer?«

»HAZ 085.«

»Wie viel fuhr der Halter zu schnell?«, wollte der Major wissen.

»Erlaubt waren 30 Meilen. Der Fahrer ist mit 44 geblitzt worden. Da sind knapp 250 US$ fällig«, meinte der Mann.

»Ist der Fahrer gut zu erkennen?«

»Es müsste reichen. Er hat noch versucht, den Arm hochzureißen. Ein Teil des Gesichts ist verdeckt, aber die rechte Gesichtshälfte ist gut erkennbar. Ich bringe Ihnen das Foto hoch.«

»Vielen Dank, Sergeant Hooper.« Er legte auf.

Kurze Zeit später kam der Beamte mit einem Blatt Papier. Rechts oben war ein Farbfoto zu sehen, das ungefähr neun x neun cm maß. Trotz der Dunkelheit und der leicht körnigen Auflösung war sein Profil gut erfasst.

»Hier ist der Eintrag aus dem Register. Es handelt sich um einen Nissan Navara.«

»Ist das ein Mietwagen?«, forschte der Major weiter.

»Ja, das Auto gehört der Firma Alamo in Kona«, sagte er.

»Können Sie mir einen Gefallen tun, Herr Hooper?«

»Ja, gerne«, sagte er freundlich.

»Finden Sie bitte heraus, wer das Auto zu der Zeit angemietet hatte und wie lange.«

»Wird erledigt, Major.« Der Mann huschte nickend und mit grüßender Geste aus dem Büro. Man merkte ihm an, dass er etwas gutmachen wollte.

Akebono nahm sich das Foto zur Hand, um es mit dem Bild der Akte aus Kauai zu vergleichen. Der Arm des Mannes verdeckte rund ein Drittel des Gesichts. Er trug einen kurzen Vollbart, wie er weltweit in Mode kam. Die Augenpartie ähnelte sich, die Nase war schmal und die Lippen voll. Auch das Alter stimmte überein. Die Fotos lagen rund zwei Jahre auseinander, zeigten aber beide einen Mann um die vierzig Jahre. »*Das ist er. Alles passt hier. Die Fahrtrichtung aus Volcano, der Zeitpunkt, die Eile*«, sinnierte er.

Er glaubte nicht, dass die Ermittlung des Kfz-Mieters die wahre Identität des Fahrers zutage bringen würde. Er musste es dennoch prüfen. So hätten sie gleich noch einen zweiten Namen für die Fahndung.

Das Telefon riss ihn aus seinen Gedanken. Er griff zum Hörer.

»Major Akebono, guten Tag.« Er legte die linke Hand hinter den Kopf, machte es sich bequem und lauschte.

»Hallo John. Habe eben eine Buchung für die morgige HA 337 nach Honolulu bekommen. Was geht hier vor?«, fragte Toronga.

»Hi Nick. Du hörst dich viel besser an. Geht's dir auch so?«

»Hmhm, es geht. Ich habe Hunger, traue mich aber nicht, zu essen.«

»Mach langsam und fange mit einem geriebenen Apfel an. Trinke Tee dazu.«

»Hört sich lecker an«, meinte er ironisch. »Erzähle mir lieber, warum wir morgen nach Oahu müssen.«

»Wir fliegen von dort weiter nach Lihue, Nick.«

»Nach Lihue?«, stieß er hervor.

Der Major erzählte ihm von Lisas Anruf und der DNA.

»Der Abdruck vom Isolierband stimmt mit dem in der Apotheke überein?«, rief er aus.

»Ja, das tut er. Ich habe mir die Akte schicken lassen. Commander Nicholson holt uns in Lihue ab. Ich hoffe, dass wir in Kauai Antworten für ein Motiv finden.«

»Das hoffe ich auch.« Nick hielt inne und gähnte. »Wir treffen uns dann am Flughafen, John. Ich lege mich wieder hin, um Kraft zu tanken.«

»Tu das, Nick. Weiterhin gute Besserung. Bis dahin.«

Er legte auf und mühte sich zur Kaffeemaschine. Drumherum suchte er nach etwas zu essen. Mit einer Handvoll Nüssen, ein paar Keksen aus Barbaras Vorrat und einer Tasse frischem Kaffee kam er zurück ins Büro.

Er biss in den fünften Keks, als das Telefon klingelte.

»Hallo, Major Akebono. Hier spricht Hooper. Ich habe den Mieter des blauen Pick-ups«, platzte es aus ihm heraus.

»Und wie heißt er?«, fragte der Major.

»Michael Spencer, wohnhaft in der Canal Street 14, Hilo.«

»Haben Sie geprüft, ob der Mann dort gemeldet ist?«, forschte er weiter.

»Ja, habe ich, Sir. Fehlanzeige. Allerdings hat mir die Firma eine Kopie des Ausweises gemailt. Das Foto stimmt mit dem des Blitzers überein.«

»Schicken Sie mir bitte die Mail. Alles Weitere kläre ich. Vielen Dank für Ihre gute Arbeit. Ich werde das lobend bei Ihrem Chef Matinka erwähnen«, freute sich Akebono.

»Keine Ursache, Major. Ich tue nur mein Bestes«, sagte Hooper bescheiden.

Kurz darauf sah er in den Maileingang. Der Sergeant war fix. Wichtiger schien ihm, dass er gründlich vorging. Im Anhang fand er Fotos vom Vertrag, der ID-Card und vom Führerschein. Herr Wutinga nutzte gefälschte Papiere als zweite Identität. Jetzt aber hatten sie sein Gesicht.

Er setzte rasch die Fahndung auf und prüfte am Ende alles. Sie würde online an alle Stationen in Hawaii gehen. Die Freigabe auf der Homepage in Hilo erfolgte in der Regel wenig später.

Durch Wählen der höchsten Priorität gab es per Zwangsmail eine Kopie an die TV-Anstalten Hawaiis. Er bat mit Verweis auf den Chief um eine Info in den Nachrichten. Das Foto Wutingas sollte an diesem Abend überall zu sehen sein.

Fahndungen wie diese waren in Hawaii gängige Praxis. Der Major hoffte auf Leute, die der Sache aufmerksam zuhörten und sie verfolgten. Zudem wollte er den Mann unter Druck setzen. Menschen wissen nicht, was es heißt, mit Foto gesucht zu werden. *Das könnte hier anders sein. Auf Kauai wurde nach ihm gefahndet, wenn auch nicht mit der höchsten Stufe. Aber immerhin. Und die Insel ist viel kleiner als Big Island,* sinnierte er.

Zufrieden widmete er sich dem letzten Keks und trank den Kaffee aus. Kurze Zeit später fuhr er den Computer herunter und verließ das Büro.

47

HA 509 landete vor der Zeit um 10:20 Uhr in Lihue und rollte sanft aus. Das Rollfeld des kleinen Flughafens sah bis auf ein paar Propellerflugzeuge verwaist aus.

Es war ein windiger Tag auf Kauai. Einzelne Wolken fegten zum Greifen nahe über die Insel hinweg. Die beiden schritten zügig durch die kleine, zu den Seiten offene Halle. Davor warteten sie auf Jack Nicholson. Keine zwei Minuten später fuhr ein Jeep vor, der abrupt anhielt.

Der Beamte war etwa 45 Jahre alt, normal groß und trug eine kakifarbene Outdoorhose. Er hatte eine braun gebrannte Glatze. Eine eng anliegende Sonnenbrille klebte wie eine zweite Haut am Kopf. Den Major erinnerte er an Bruce Willis. Der Mann kam vor ihm zum Stehen und reichte seine Pranke.

»Ich bin Jack. Ich hoffe, es ist okay, wenn ich John zu dir sage?«

»Das ist es. Freut mich, dich kennenzulernen.«

»Ich bin Nick, ganz meinerseits«, sagte er und gab ihm die Hand. Die raue Haut von Jacks Hand kam ihm wie der noppige Belag eines Tischtennisschlägers vor.

»Na, dann steigt mal ein. Wir schauen uns am besten zuerst in Waimea den Strand an. Dort betrieb James Wutinga eine Tauchschule.«

Er fuhr zügig vom Terminal weg. Nach ein paar Minuten erreichten sie eine Schnellstraße, die sie bis Kekaha führte. Der Ort lag etwa dreißig Kilometer entfernt. Lihue lag im Osten der Insel. Jack chauffierte sie quasi in einem Bogen an die Südwestküste des Eilands. Spontan beschloss Nicholson, den Ort zu passieren. »Wir sind gleich da. Der Strand ist hier um die Ecke«, erklärte er. »Wir hätten somit die Insel fast durchquert«, fügte er hinzu.

»Was sind das für rote Felder oberhalb des Ortes?«, fragte Nick.

»Die gehören Chemie- und Saatgutfirmen. Sie bauen hier Gen-Pflanzen an. Die werden jeden Tag mit Gift besprüht«, sagte er. Dem Tonfall nach klang es, als redete er über das Wetter.

»Soweit ich weiß, sind das die größten Versuchsfelder auf den Hawaii-Inseln«. Er seufzte. »Welcome to the lab.« Er breitete kurz die Arme aus.

»Du klingst frustriert«, bemerkte der Major.

»Das ist es ja auch. Die Äcker reichen ein paar Kilometer weiter und schließen die Orte komplett ein. Zudem ist Kauai eine der kleinsten Inseln. Warum hier, wieso überhaupt?«, fragte er.

John sah sich um. Soweit er sehen konnte, erstreckten sich hinter Kekaha links und rechts neben dem Highway noch mehr Felder. Einige waren bepflanzt, andere lagen brach. »Schau mal dort drüben, Nick«, sagte er plötzlich.

»Wie auf Oahu.«

Männer in hellen Overalls mühten sich an einem grauen Fahrzeug ab. »Sieht aus wie ein Traktor mit Spritzvorrichtung«, meinte er.

»Ja. Jeden Morgen stinkt die Südküste nach Bubblegum.«

»Nach Bubblegum?«, sagte Nick perplex. Jack sah kurz in den Rückspiegel, bevor er etwas sagte.

»Ja, genau. Sie mischen Aromen in die Pampe, um den scharfen Geruch zu übertünchen. Vorher hatten sich die Leute über den Gestank beschwert, wenn nachts gespritzt worden war. Jetzt haben sie Luft, die nach Kaugummis riecht. Toll, nicht wahr?«, fragte Jack zynisch.

Er fuhr weiter, ohne noch ein Wort über die Felder zu verlieren. Zwei Minuten später bremste er ab und bog links in den *Tartar-Drive* ab.

Nach ein paar hundert Metern kamen sie an den Strand. »*Welcome to Waiokapua Bay*« stand auf einem Holzschild. Akebono fiel auf, dass die Küste hier sachte nach Norden drehte. Nur wenige Häuser lugten aus der dicht bewaldeten Landschaft ringsherum.

Jack parkte am Ende der Straße, die nahe dem Ozean endete. »Von hier müssen wir ein paar Minuten nach Norden laufen. Rechts direkt am Wald steht das ehemalige Gerätehaus der Tauchschule«, erklärte er.

John und Nick trugen robuste Sandalen, die sie auszogen. Barfuß lief es sich im Sand deutlich besser.

Etwas später erreichten sie eine kleine Holzhütte. Durch den üppigen Bewuchs war sie von außen kaum zu sehen. Um die Hütte gab es vereinzelt Palmen. Der Wind ließ die Wedel hin und her tanzen.

Akebono sah zum Strand. Etwa zehn Meter weiter mischte sich immer mehr Sand in den zuvor grasigen Boden. Salzige Luft wehte vom Meer herauf. Sein Blick wanderte zurück auf die einfach gebaute Hütte. An zwei Ketten hing ein Holzschild. Es baumelte quietschend im Wind über einem Türrahmen. Der Major las die Inschrift: *Wutingas Tauch-Oase Kauai.* Eine Tür fehlte.

In dem Raum standen Holzbänke. Tische waren keine mehr da. An der Rückwand gab es eine Tafel. Hier fand vermutlich der Theorieunterricht statt. Von außen drang das Geknirsche der Palmwedel durch.

An der Außenwand hing ein Plakat. Hinter dem Glas wies es farbig auf die Tauchregeln hin. Eines der Fotos erklärte, wie die Ausrüstung anzulegen war.

Oben rechts prangte ein Foto des Inhabers. Ein Mann posierte im Taucheranzug am Strand. Vor ihm stand eine hübsche, braun gebrannte Frau im Bikini und lehnte an seiner Brust. Sie strahlte in die Kamera. *»James & Karen Wutinga«* hieß es darunter.

John zog das Smartphone und machte drei Aufnahmen. Toronga umrundete die Hütte. Dabei entdeckte er eine Tür, die mit einem Schloss gesichert war. Langsam ging er herum und tauchte vor Jack auf, der neben dem Major vor der Hütte stand.

»Sieht verwaist aus, die Tauchschule«, meinte Nick. Mit geschultem Auge und Zeigefinger tastete er das Plakat ab. »Es ist vor fünf Jahren gedruckt worden. Zumindest steht das hier in der Ecke. Die Farbe wirkt auch etwas verblichen.« Er nickte in Richtung Rückwand. »Das Schloss an der Tür hat Rost angesetzt. Weißt du was davon, Jack?«

»Nein, Tauchen ist nicht mein Ding. In der Akte stehen keine Details über die Schule. Weiter oben gibt es ein kleines Geschäft, das alles Mögliche verkauft. Lasst uns den Inhaber fragen. Der hat den Laden schon lange«, schlug er vor. Die Beamten verließen den tristen Ort, dessen Zeit abgelaufen schien.

Ein paar Minuten später kamen sie an einem flachen Haus mit Schaufenstern an, die zu groß wirkten. Auf dem Weg dahin hingen sie ihren Gedanken nach. Schwer lastete die Stimmung der Tauchschule auf jedem, ohne dass sie dies hätten erklären können. Es war eher ein Gefühl.

An der Tür klebte ein schlampig gemaltes Schild mit der Aufschrift »Open«. Der Major drückte die Tür nach innen. Ein über dem Eingang hängendes Klangspiel kündigte mit Gebimmel Kundschaft an.

Muffige Luft schlug ihnen entgegen. Sofort huschte ein älterer Mann durch einen Vorhang aus Plastik. Jener trennte den vorderen Raum von einem anderen. Als er mit dem Bauch den Tresen berührte, blieb er stehen.

»Guten Tag, die Herren. Was kann ich für Sie tun?«

Jack reagierte als Erster. »Guten Tag, Mister …«

»Muffin, Tim Muffin«, platzte es aus dem Inhaber heraus.

»Jack Nicholson.« Die beiden gaben sich die Hand.

Der Beamte bereute es sogleich, da sich dessen Hand schwitzig anfühlte. Er ließ es sich aber nicht anmerken.

»Das hier sind John Akebono und Nick Toronga von der Hilo-Police auf Big Island«, stellte er seine Gäste vor.

»Oh, Polizei von der großen Insel«, entfuhr es dem Mann ehrfürchtig. »Was führt Sie zu uns nach Kauai? Dazu noch in den tristen Süden der Insel?«

Die drei lächelten ob des netten Empfangs. »Wir ermitteln in einem Fall und stießen dabei auf den Namen James Wutinga. Kennen Sie ihn?«, forschte John.

Herr Muffin atmete hörbar ein und aus. »Ja, ich kannte ihn. Er hatte eine Tauchschule etwas weiter da unten am Meer.« Er fuchtelte mit dem Arm in Richtung Strand. »Nach dem Drama hat er die Schule dichtgemacht und ist von heute auf morgen verschwunden. Ich habe ihn seitdem nie wieder gesehen.« Er erzählte dies mit Trauer in der Stimme.

»Was für ein Drama war das? Können Sie uns hierzu etwas sagen?«, fragte der Major mit Bedacht und wachsender Neugier.

Herr Muffin sah ihn lange an, bevor er anfing, zu sprechen. »Seine Frau ist plötzlich schwer krank geworden. Sie starb vor einem Jahr an Blutkrebs.« Er hielt inne und wischte sich eine Träne aus dem rechten Auge. »Das müssen Sie sich mal vorstellen. Krebs mit Anfang dreißig. Es ist furchtbar. Jeder hier liebte sie. Sie war ein Kind der Insel.«

Eine betrübte Stimmung erfasste den Raum. Jack stand mit versteinertem Gesicht abseits. Er atmete hörbar tief ein.

»Gab es Kinder?«, fragte Nick in die Stille hinein.

»Ja, es gab einen Jungen. Sein Name ist Francis.«

»Kannten Sie die Familie näher?«, fragte der Major.

»Na ja, was heißt näher. Er gab ja oft Tauchkurse. Seine Frau kam manchmal mit ihrem Sohn vorbei. Ich mochte die beiden.«

»Wie alt war Francis, als seine Mutter verstarb.«

»Francis war sieben Jahre alt«, gab Herr Muffin zurück. »Für James brach die Welt zusammen. Die Tauchschule lief von da an auch nicht mehr so gut. Oft schien er nicht in der

Lage, die Kurse zu geben«, sagte er weiter.

»Sie hatten also Kontakt zu ihm nach dem Tod der Frau?«

»Ja, weil er des Öfteren herkam und reden wollte. Ich glaube, das war seine Art, den Schicksalsschlag zu verarbeiten. Einfach darüber sprechen. Ich setzte mich mit ihm vor das Haus und wir haben etwas getrunken. Das war mein Angebot, ihm zu helfen. Er hatte es angenommen.«

»Verstehe«, nickte ihm der Major freundlich zu.

»Können Sie uns sagen, in welcher Klinik Karen Wutinga versorgt worden ist?«, forschte er.

Er zog die Stirn kraus und überlegte.

»Versuchen Sie es im West Kauai Medical Center«, schlug er vor. »Die Klinik ist die größte auf der Insel. Vor allem kümmern sie sich dort um Leute mit Krebs.«

Der Major wirkte erstaunt. »Woher wissen Sie das?«

»Mein früherer Nachbar ließ sich da bis zum Tode versorgen.«

»An was für einer Krebsart litt er?«, fragte Toronga geschockt.

»Er hatte Leukämie«, sagte Herr Muffin leise.

Die Polizisten ahnten, dass die Fragerei an dem Mann zehrte. Akebono wollte ihn nicht weiter quälen. Er stand auf und reichte ihm die Hand zum Abschied.

»Besten Dank für Ihre Hilfe, Herr Muffin. Sie haben uns sehr geholfen. Es tut mir leid, dass wir Sie mit den vielen Fragen gequält haben.«

Über sein Gesicht huschte ein Lächeln. »Ist schon in Ordnung, Herr Akebono. Es freut mich, wenn ich Ihnen helfen konnte.«

Kurz darauf saßen die drei Beamten im Jeep. Jack Nicholson fuhr direkt zu der Klinik, die nur ein paar Kilometer entfernt lag.

Er parkte im Schatten eines Baumes. Sie folgten den Schildern zum Eingang. Der Commander trocknete seine Glatze mit einem Tuch, bevor sie das wie ein Eisfach gekühlte Foyer betraten.

Der Major wandte sich an eine Bedienstete, die hinter ihrem PC saß. »Sie wünschen?«, sprach sie ihn freundlich an.

»Guten Tag, Frau Kokona, mein Name ist John Akebono von der Hilo-Police. Wir möchten gerne Dr. Waika sprechen?«

Die Dame am Empfang nickte diskret. »Wen darf ich noch bitte anmelden, Herr Akebono?«

»Leutnant Nick Toronga sowie Jack Nicholson von der Polizei in Lihue«, teilte er mit. Sie tippte alles ins System.

»Der Doktor dürfte von der Visite zurück sein. Warten Sie bitte einen Moment. Ich versuche, ihn zu erreichen.«

Sie drehte sich kurz weg und griff nach dem Telefonhörer. Wenig später wandte sie sich dem Major erneut zu. »Er hat in zehn Minuten Zeit, aber nur eine Viertelstunde. Im Anschluss muss er sich auf eine Operation vorbereiten. Bitte nehmen Sie den Fahrstuhl in den ersten Stock. Dann die dritte Tür links. Klopfen Sie an, er erwartet sie.«

»Vielen Dank für Ihre Mühe, Frau Kokona«, bedankte er sich. Sie strahlte. »Gern geschehen.«

Sie suchten den Weg und klopften nicht zu früh an die besagte Tür.

»Herein«, schallte es von drinnen.

Toronga öffnete sie. Sein Vorgesetzter huschte zuerst in den Raum. Dr. Waika stand noch am Fenster, wandte sich aber prompt in Richtung des Besuchs.

»Guten Tag, die Herren. Sie müssen Herr John Akebono sein.«

Dr. Waika ergriff dessen Hand und schüttelte sie.

Der Major stellte die beiden Begleiter vor.

»Was führt Sie zu mir?«, fragte er direkt.

»Ein akuter Fall aus Big Island. Im Zuge der Aufklärung sind wir auf einen Herrn James Wutinga gestoßen. Er betrieb hier auf Kauai eine Tauchschule.«

Der Mann überlegte. »Ich erinnere mich. Er hat seine Frau letztes Jahr an Krebs verloren. Schrecklich«, erinnerte sich der Doktor. »Sie hatte uns einige Male in der Klinik aufgesucht. Sie litt an Leukämie.«

»Das heißt, sie ist jedes Mal wieder nach Hause gefahren?«, forschte Nick Toronga.

»Eine längere Versorgung vor Ort können sich nur wenige leisten. Sie musste alles privat zahlen. Das geht in die Tausende. Aber warten Sie.« Der Arzt sah die Beamten ernst an. »Mir ist da etwas eingefallen.«

»Ja?«, meinte der Major fragend.

Dr. Steven Waika schritt zu dem Rechner und tippte. Kurz darauf hielt er inne. »James Wutinga hatte einen Sohn namens Francis.«

»Das haben wir vorhin erfahren. Wieso »hatte«? Was ist mit Francis?«, fragte John.

»Er ist nur ein paar Monate nach dem Tod seiner Mutter verstorben. Der Mann hatte 2017 sein Seuchenjahr. Anders kann man das nicht mehr nennen.«

48

Steven Waika sah in starre Gesichter. Der Major setzte sich. Die Nachricht ging an keinem der drei spurlos vorbei. Einen langen Moment schwiegen alle. Akebono fand als erster Worte. »Was war Ihrer Ansicht nach die Ursache für Francis' Tod?«

»Das ist nicht so leicht zu beantworten«, meinte Dr. Waika. »Zuerst ist er mit akuter Atemnot hier eingeliefert worden. Er war auf dem Schulhof in Waimea kollabiert. Auch viele andere Schüler hatten sich an dem Tag übergeben. Unweit der Schule sind an dem Tag Chemikalien auf die Felder versprüht worden. Dutzende Anwohner klagten über Schmerzen in der Brust und gereizte Augen.« Der Doktor blätterte in der Akte auf dem Schirm und fuhr fort.

»Bei Kindern aber ist das Immunsystem sehr sensibel. Eine toxische Belastung wie hier wirkt sich deutlich stärker aus als bei einem Erwachsenen.« Der Arzt sah zu den Männern auf.

»Seine Psyche litt seit dem Tod der Mutter immens. Mir tat das Kind unendlich leid, und sein Vater im Übrigen auch.

Meiner Ansicht nach hat das Gift in Verbindung mit dem seelischen Kummer zum Tod von Francis geführt.«

»Ist der Junge bei Ihnen behandelt worden?«

»Ja, mehrfach. Es traten ständig neue Symptome auf. Zuletzt mussten wir ihn stationär versorgen. Sein Vater hatte alles Mögliche verkauft, um die Behandlung zu bezahlen. Am Ende konnten wir ihn leider nicht retten«, schloss der Arzt. »Am Tag seines Todes habe ich mich mehrfach gefragt, was das für eine Welt ist.«

Die Stimmung im Büro des Doktors fühlte sich blei-schwer an. »Wie halten Sie das nur aus, Dr. Waika?«, entfuhr es Akebono.

Der Mann sah aus dem Fenster, wandte den Kopf und lächelte den Major nur an. »Mein Beruf beschert mir häufig Momente des Glücks. Zum Beispiel nach der Rettung eines Menschenlebens. Auch der Ausblick auf die Dämmerung nach einer bewegenden Nachtschicht spendet mir Kraft und Zuversicht. Das Leben geht weiter. Aber der Fall mit Francis und seiner Mutter hat mir zugesetzt, keine Frage. Ich trauerte einige Tage. Der Fall wollte mir anfangs nicht mehr aus dem Kopf. Ich konnte nicht loslassen. Es ist so, dass ich immer wieder an die beiden denke.«

Nach diesem Satz hielt Dr. Waika inne, drehte sich um und setzte sich erneut vor den Rechner. »Ich hatte gerade ein Déjà-vu und muss dem kurz nachgehen, entschuldigen Sie mich ein paar Sekunden.« Der Arzt vertiefte sich in die Dateien und sah wenig später auf. »Oh mein Gott. Ich wusste es.«

»Was wussten Sie?«, fragte der Major wachsam.

»Sie hatte im Herbst 2016, knapp ein Jahr vor ihrem Tod,

ein zweites Baby auf die Welt gebracht.« Der Doktor wirkte geschockt und verwirrt zugleich. »Sie war zu dem Zeitpunkt bereits verheiratet. Hier steht Karen Wutinga mit Verweis auf die Leukämie-Akte.«

»Was war mit dem Kind?«, fragte der Leutnant.

»Es handelte sich um keine normale Geburt. Ich hatte hier an der Klinik mehrere dieser Art, wobei eine Häufung an dem Ort hier sehr auffällig ist.«

»Ich verstehe den Kontext nicht, Dr. Waika«, mischte sich jetzt auch Nicholson ein. Akebono nickte zustimmend in seine Richtung.

»Entschuldigen Sie bitte die Verwirrung. Ich war in Gedanken schon weiter und werde es Ihnen erklären.« Der Arzt nahm einen Schluck Wasser.

»Die Hebamme bemerkte beim Waschen des Säuglings einen Spalt neben dem Bauchnabel. Durch diesen ragten Teile des Darms und Gewebe. Man spricht hier von einer Gastroschisis. Das ist eine Fehlbildung der Gefäße in der Bauchwand. Dadurch wird sie durchlässig.«

»Kann man sie heilen?«, fragte der Major.

»Theoretisch ja. Hier ist der Kleine nach Honolulu zur OP ausgeflogen worden. Die OP selbst verlief gut. Nach zwei Wochen aber entzündete sich das Gewebe um die Narbe. Man fand einen Keim. Einer von der Sorte, die gegen alles resistent sind. Sämtliche Antibiotika schlugen nicht an. Es war zum Verzweifeln. Es folgte eine zweite OP, bei welcher der Säugling verstarb«, schloss Dr. Waika bewegt und mit versteinerter Miene.

Der Arzt sah auf seine Uhr.

»Eine Frage habe ich noch, wenn Sie gestatten«, sagte der

Major.

»Zwei Minuten habe ich noch. Was möchten Sie wissen?«

»Sie sprachen davon, dass eine Häufung der Fehlbildungen an dem Ort hier eher rar ist. Können Sie mir das bitte erläutern?«

»Ja, das kann ich. Hier auf Kauai haben wir das sauberste Wasser, die klarste Luft und wenig Strahlung. Das ist einer der reinsten Orte auf dem Planeten Erde. Warum, frage ich Sie, sollten hier solche Fälle gehäuft vorkommen?«

»Atomtests?«, streute Jack Nicholson ein.

»Kaum, das Bikini-Atoll ist tausende Meilen entfernt«, winkte der Arzt ab.

»Die Äcker, auf denen getestet wird?«, fragte der Major.

Dr. Waika lächelte. »Das wäre eine Erklärung, die es aber zu beweisen gilt«, sagte er. Nach einer kurzen Pause: »Ich spreche als Lobbyist, verstehen Sie?«

»Ja, ich kann Ihnen folgen«, meinte John resigniert.

Er warf einen Blick auf die Uhr an der Wand und erhob sich. »Vielen Dank, Doktor Waika, dass Sie sich für uns Zeit genommen haben. Wir lassen Sie jetzt in Ruhe, damit Sie sich auf Ihre Operation vorbereiten können.«

»Das ist sehr freundlich. Bitte rufen Sie mich an, wenn Ihnen noch Fragen einfallen sollten.«

Die zwei Männer gaben sich die Hand. Der Arzt wandte sich auch an Toronga und Nicholson per Handschlag.

Draußen atmete Akebono tief durch und streckte beide Arme in die Luft. Die Knochen knackten dabei. Der frische Wind tat gut.

Nicholson stellte zufrieden fest, dass sein Jeep noch im Schatten stand. »Sag mal Jack, gibt es hier in der Nähe einen netten Ort zum Einkehren. Ich muss mich kurz entspannen und nachdenken«, sagte der Major.

Er überlegte. »Ich kenne einen auf halber Strecke zum Flughafen. Im *Grand Hyatt Kauai* gibt es eine »*Seaview Terrace*«, die um 16:00 Uhr wieder öffnet. Dort können wir eine Kleinigkeit essen, bevor ich euch zum Airport fahre. Das Café liegt etwas erhöht, mit Blick auf den Ozean. Außerdem weht immer eine Brise. Wie hört sich das an?«

»Du klingst wie ein Reisekatalog«, meinte John.

Toronga nickte eifrig, als er das Wort »Ozean« hörte. »Na, dann mal los«, schlug er vor und setzte sich in den Wagen. Der Gastgeber fuhr den Weg zum Hotel in weniger als zwanzig Minuten. Sie parkten direkt neben der Anlage.

Ein weitläufiger Pool reichte bis in die Nähe des Strandes. Die »*Seaview-Terrace*« war zum Meer hin offen gebaut. Man saß etwa auf Höhe der Palmwipfel. Das Geräusch der Brandung wirkte belebend.

Der Major wählte einen bequemen Holzstuhl. Die zwei Kollegen rückten Stühle heran. John zog ob der Preise die Stirn kraus. Aber die drei hatten Hunger. Sie orderten Burger und frisch gepresste Säfte bis auf Nick. Er nahm einen Tee, wollte aber trotz seiner Magenprobleme auf den Burger nicht verzichten. »Warum ist Kauai so teuer?«, raunte er.

Nicholson grinste. »Weil hier zig Konzernbosse ihren Zweitwohnsitz haben. Zudem ist die Anzahl der Betten begrenzt. Da langen die Hoteliers hin. Dann sind da noch die Japaner mit ihrem vielen Geld. Es gibt genug Leute, die sich das leisten können. Die denken gar nicht darüber nach.«

Nick schloss indes Urlaub auf Kauai aus. »Zu teuer«, meinte er salopp.

John kam zum Fall zurück und ergriff das Wort. »Also, ich zähle erneut auf, was wir bis jetzt wissen. James Wutinga verliert zuerst seine Frau, die an Leukämie starb. Ein paar Monate später muss er mit ansehen, wie der einzige Sohn stirbt. Eineinhalb Jahre vor ihrem Tod hatte sie einen Säugling entbunden, bei dem der Bauch offen war. Das Baby verstarb zwei Wochen danach bei einer Not-OP. Dieser Schock war für die beiden vermutlich am ehesten zu verkraften. Zu der Zeit erfreuten sie und Francis sich bester Gesundheit. Die Familie gewährte Rückhalt. Den Tod von Karen und Francis aber konnte er nicht verarbeiten. Nicht in so kurzer Zeit.«

Hier hielt er inne und sah die Kollegen eine gefühlte Ewigkeit an. »Das zu verdauen, übersteigt meine Vorstellungskraft. Tut mir leid. Ich könnte für mich keine Hand ins Feuer legen. Ich glaube eher, dass er komplett den seelischen Halt verloren hat. In ihm zerbrach etwas und er fing an, die aus seiner Sicht Schuldigen zu bestrafen«, schloss Akebono.

»Womit wir das Motiv hätten. Wie ich finde, ein sehr starkes«, ergänzte Nick. Es folgte ein Moment des Schweigens.

In die Pause hinein kamen die Getränke. Eine zweite Kellnerin servierte die Sandwiches. Das Essen war absolut den Preis wert. Es schmeckte köstlich. Zwanzig Minuten später kam der Major auf den Fall zurück.

»Jack, kannst du uns die Akte von dem Vorfall in der Schule besorgen? Es ist sicher eine Anzeige gegen wen auch immer gestellt worden, oder? Mit Glück hat es eine Pressenotiz gegeben«, mutmaßte er.

»Ich kümmere mich darum. Der Fall ist mehr als ein Jahr her, aber es gab meines Wissens immer wieder Vorkommnisse in der Art.«

»Wo, in Waimea?«, wunderte sich der Major.

»An der Schule dort, John.«

»Bitte schicke uns alles, was du finden kannst, Jack. Wir brauchen mehr Infos.«

»Wo wohnte die Familie auf Kauai?«, fragte Nick.

»Direkt in Waimea. Der Junge konnte zu Fuß in die Schule laufen.«

»Das bedeutet, dass sie alle den Gestank auch zu Hause ertragen mussten, oder?«, wähnte John.

»Das ist denkbar. Einer der Mitglieder im *Kauai-Rat* ist sehr engagiert, was Umweltfragen angeht. Es könnte helfen, mit ihm zu sprechen. Dann bekommt ihr ein Bild der Probleme hier und wie sie sich auf das Leben der Leute auswirken.«

»Ja, das ist eine gute Idee. Aber uns rennt die Zeit davon. Wir haben eine Fahndung. Daher müssen wir heute nach Big Island zurück. Bei Bedarf nehmen wir das gerne in Anspruch«, schlug Akebono vor.

»Wir rufen ihn am besten von Hilo aus an. Wie heißt das Rats-Mitglied denn?«, erkundigte sich Toronga.

»Ken Summerfield lautet sein Name. Die Nummer findet ihr im Netz auf der Website von Kauai«, erklärte Nicholson.

»Jack, du lebst doch hier. Hast du noch nie was von dem Pestizidproblem in der Gegend um Waimea gehört?«, wunderte sich Akebono.

»In der Presse kam manchmal etwas. Kurz darauf erschien aber oft ein Artikel, in dem das Thema verharmlost wurde. Die haben offenbar ein paar Leute in den Medien. Ich persönlich glaube, dass die Firmen nach dem kleinsten Aufmucken sofort die Arbeitsplätze ins Spiel bringen. Das sind hier rund dreihundert, was für uns recht viel ist. Sie regieren daher leider mit. Ob uns das passt, oder nicht?«, schloss er grimmig.

»Was ist mit dem 7-köpfigen Rat. Was sagen die denn?«

»Glaubt mal nicht, dass alle dort mit den Chemiefirmen auf Kriegsfuß sind. Im Gegenteil. Vor der letzten Wahl hat einer der Läden gezielt einen ihrer Angestellten aufgebaut. Der hat sich dann auch gestellt.«

»Und? Den kannte doch keiner, oder?«, erkundigte sich der Major.

»Ja schon. Aber durch die Werbung bekam er am Ende einige Tausend Stimmen. Der Typ ist dumm wie Brot. Das ist im Prinzip ein Witz und nichts anderes als Korruption. Die Firmen haben alle viel Geld. Sie zeigen das auch.« Nicholson trat wütend gegen das Tischbein. Die Gläser klirrten, blieben aber stehen. »Entschuldigt, aber das Thema wühlt mich auf. Nach der Geschichte von Dr. Waika umso mehr«, brummte er weiter.

»Der Mann sitzt jetzt im Rat von Kauai?«, rief Toronga aus.

Jack nickte stumm und grummelte.

»Was ist mit dem Vorsitzenden des Gremiums?«, fragte der Major.

»Nun, schau ihn dir mal im Netz an, dann weißt du sofort Bescheid. Die Menschen hier nennen ihn *Wendehals*, aber er wurde gewählt. Keiner konnte das glauben. Niemand will es gewesen sein. Böse Stimmen behaupten, die Wahl ist gefälscht worden.« Nicholson verzog gequält sein Gesicht.

»Hältst du das für denkbar?«, bohrte John.

»Sagen wir mal so. Ich halte es nicht für unmöglich.« Er

sah in die kleine Runde. »Da schaut ihr jetzt was?«, sagte er und winkte der Bedienung.

Wenig später lenkte er den Jeep vor das Gebäude des Flughafens in Lihue. Der Major hatte die Fahrt über gegrübelt. Er hatte daher kaum etwas von der Schönheit Kauais gesehen.

»Ihr habt knapp fünfzig Minuten bis zum Abflug.« Jack stieg aus.

»Danke für die Tour nach Waimea und die vielen Hinweise«, sagte John. Er schüttelte seine Hand. »Wir bleiben in Kontakt«, schob Nick hinterher. »Es gibt ja noch ein paar Fragen.«

»Ja, die gibt es. Haltet mich auf dem Laufenden. Ich schicke euch die Akte von dem Vorfall an der Grundschule.«

»Sehr gut, danke«, lobte der Major.

Der Polizist stieg wieder in den Jeep und grüßte, bevor er Gas gab.

Akebono winkte und sah ihm nach, bis er um die Ecke verschwunden war. *Er lebt im Paradies, keine Frage. Aber die Insel hat offene Wunden. Kranke Menschen leben hier. Einer von ihnen fing an, sich zu wehren. Auf eigene Rechnung und gnadenlos wie die Peiniger, die ihre Heimat vergiften. Finde ihn, das ist dein Job,* schloss er in Gedanken.

49

Motonga passte am nächsten Tag um 09:00 Uhr die beiden ab, als sie im Büro ankamen. John teilte mit ihm alles Neue, was sie erfahren hatten. Nick ergänzte, wenn ihm etwas auffiel.

In dem Moment flog die Tür auf und Sergeant Wokoia stand im Raum. »Oh, guten Morgen, Chief Motonga«, stammelte er bei dem Anblick und salutierte. »Major Akebono, da ist ein Anrufer, der versucht hat, Sie zu erreichen. Ich habe mir die Zahlen vom Bildschirm notiert. Kurz darauf brach die Verbindung ab.«

»Geben Sie mir die Nummer. Ich kümmere mich darum.«

Der Sergeant reichte ihm den Zettel. Er war um Abstand zum Chief bemüht.

»Danke«, sagte der Major und wählte. Er nickte dem Kollegen zu, dass er den Raum verlassen könne. Nach viermal Tuten hob jemand ab. »Moras, guten Tag.«

»Hallo, Herr Moras. Ich heiße John Akebono und bin von der Hilo-Police. Sie möchten mich sprechen?«

»Ja, genau. Gut, dass Sie so rasch angerufen haben. Ich

vermiete in der Maikai Street 12 einen kleinen Bungalow, wohne aber nicht selbst im Haus.« Er räusperte sich und hustete. »Mein Untermieter wohnt dort seit rund fünf Wochen unter dem Namen *Michael Spencer*.« Der Major hielt inne. Das hatte er schon einmal gehört. Er vermochte es nicht mehr zuzuordnen.

»Ihre Aussage deutet an, dass Sie Zweifel haben?«, forschte er.

»Ja, das kann man so sehen«, sagte der Mann gequält. »Ich möchte Ihnen auch verraten, warum. Er sieht ihrem Fahndungsfoto sehr ähnlich. Er trägt zwar einen Drei-Tage-Bart, aber er ist es. Ich bin absolut sicher.«

»Von welchem Foto reden Sie? Wir haben Dutzende, nach denen zurzeit gefahndet wird.«

»Ja, aber es gibt nur einen, der wegen des Mordes an Peter Sullivan gesucht wird. Ich spreche von James Wutinga.« Akebono zuckte und ruderte auf dem Stuhl. »Was sagen Sie da? Ihr Mieter mit dem Namen Spencer sieht aus wie James Wutinga!«

»Ja, genau«, sagte Herr Moras leise.

»Wo wohnen Sie?«, forschte er.

»Ganz in der Nähe. In der Anela Street 22, warum?«

»Wir benötigen den Schlüssel. Ich möchte Sie nicht in Gefahr bringen.«

»Was schlagen Sie vor?« Der Mann wich ihm aus, ging es dem Major durch den Kopf.

»Ich denke, das Beste ist, wir kommen bei Ihnen vorbei. Gibt es einen Ort, an dem Sie sich für ein paar Tage aufhalten können?«

»Meine Schwester wohnt im Süden Volcanos. Sie hat

stets ein Zimmer für mich frei.«

»Das ist gut. Bitte packen Sie Sachen für eine Woche. Wenn wir den Schlüssel holen, geben Sie mir bitte die Adresse Ihrer Schwester. Ich werde dafür sorgen, dass ab sofort eine Streife immer mal die Straße abfährt.«

»Ist das nötig?«, fragte er unwirsch.

»Ich möchte die Risiken für alle gering halten. Daher leider ja.«

»Nun gut. Wann sind Sie hier?«

»Gleich. Anela Street 22, wir sind quasi auf dem Weg. Geben Sie uns bitte eine Kopie seines Ausweises, wenn wir bei Ihnen sind. Als Vermieter müssen Sie eine haben.«

»Ja, die ist in der Tat hier.«

»Gut. Ich brauche noch Ihre Mobilnummer.« Er notierte sie direkt ins Smartphone, verabschiedete sich und legte auf.

Nick kramte im Sideboard nach der Dienstwaffe.

»Liegt ihre Glock immer zwischen Chipstüten, Riegeln und Surfheften herum, Leutnant?«, fragte der Chief, der die ganze Zeit dastand und zuhörte.

Er starrte mit den Augen weit auf. Der Kontrast der schwarzen Iris, die in Weiß schwamm, sah furchterregend aus. Nick indes ließ sich davon nicht beeindrucken.

»Ja, heute zur Abwechslung einmal. Aber in der Regel nicht. Ich erkläre dir das später.«

Er schwang sich das Schulterhalfter um und verließ das Büro. Motonga sah ihm mit offenem Mund hinterher. John fuhr draußen den Pick-up vor. Als Nick beim Fahrzeug erschien, telefonierte der Major noch. »Gut, dann bis in einer halben Stunde. Danke, Lisa.«

Kaum hatte er Platz genommen, gab John Vollgas. Sand

und Steine wirbelten auf. Nebel hüllte den Parkplatz ein.

Zügig und laut bog er auf die wenig befahrene Straße ein.

»Lisa kommt mit zwei Beamten zum Spurenlesen. Was zum Teufel ...« Abrupt wich er einem Radfahrer aus, der einen Schlenker zur Mitte der Fahrbahn hinlegte.

»Nicht zu fassen. Wutinga hat echt Nerven. Er nutzt einen falschen Namen und hat den passenden Ausweis dazu. Er wohnt in Hilo«, polterte er.

»Wenn er es denn ist?«, warf Nick ein. Akebono wechselte das Thema.

»Sag mal, hattest du deine Glock im Sideboard zwischen den Snacks liegen?«

»Grmpf, ja. Ich weiß, dass sie eher in die abschließbare Schublade oder den Spind gehört.«

»Dann ist ja gut. Der Boss wirkte recht bedient. Ich habe ihn von draußen gehört.«

Nick lief rot an. Dass er ausgerechnet vom Chief ertappt worden war, ist ihm unangenehm, das merkte John sofort.

Keine zehn Minuten später fuhren die zwei bei Moras vor. Sie parkten unter einem Baum und liefen die paar Meter zu Fuß.

Der Mann öffnete nach dem ersten Klingeln. Er trug ein bequemes Hawaiihemd mit roten Lilien. Die Haut war relativ dunkel. Sein Haar glänzte speckig schwarz. Auf einer breiten Nase ruhte eine Brille mit dunklem Rahmen. *Er könnte aus Indien oder Pakistan stammen,* ging es dem Major durch den Kopf.

»Guten Tag, Herr Moras. Ich bin John Akebono.«

»Und ich bin Nick Toronga, hallo.«

»Kommen Sie bitte herein.« Er schloss die Tür und wies

auf eine Sitzgruppe im Zimmer nebenan.

»Na, da haben Sie mir ja einen Schrecken eingejagt«, begann er.

»Womit?«, fragte der Beamte perplex.

»Dass ich für ein paar Tage abtauchen soll«, sagte der Mann unstet.

»Das ist zu Ihrer Sicherheit. Wir stufen Michael Spencer alias James Wutinga als gefährlich ein«, meinte Nick, der es eilig hatte.

»Zeigen Sie uns das Foto aus dem Ausweis«, forderte er ihn auf. Moras faltete eine Kopie auseinander und hielt sie ihm hin. Das Papier zeigte eindeutig den Gesuchten. »Es könnte aus der Zeit stammen, wie das Foto auf der Holzhütte in Kauai«, mutmaßte der Leutnant.

»Bitte geben Sie uns seine Festnetznummer«, bat er weiter.

Er diktierte sie. Der Leutnant speicherte sie ab.

»Haben Sie mit Ihrer Schwester gesprochen?«, fragte der Major.

»Ja, das habe ich. Sie freut sich, mich ein paar Tage um sich zu haben. Ich fahre jetzt gleich los.«

»Gut«, meinte Akebono. »Wo ist der Schlüssel zum Haus?«

Moras zog ihn aus einer Tasche des Sakkos. »Hier«.

»Ich rufe Sie an, sobald wir mehr wissen«, kündigte der Major an.

»Danke nochmals für Ihr Verständnis in dieser Sache«, bat er um Nachsicht.

»Das ist schon in Ordnung, Herr Akebono«, sagte er und nahm die gepackte Reisetasche. »Es gab, weiß Gott schon genug Tote«, merkte er an und schritt zum Auto. Die Beamten sahen ihm hinterher, bis er um die Ecke abgebogen war.

Kurz darauf forderte Nick zwei Streifen an. »Bitte haltet euch bereit. Wir fahren erst einmal langsam am Haus vorbei.« Aus dem Pick-up wirkte die Straße verschlafen. Ein Hund bellte. Vor der Nummer 12 stand kein Auto. Der Parkplatz war leer. Die Rollläden waren zu.

»Das sieht gut aus. Er scheint unterwegs zu sein«, stellte Toronga fest.

»Sag den Streifen, sie sollen sich an jeder Seite der Maikai-Street postieren. Dann brauchen wir noch Kollegen hier vor Ort, die uns den Rücken freihalten«, sagte John.

»Ich kümmere mich darum.« Nick zog das Telefon aus der Jeans.

Fünf Minuten später trafen zwei Beamte ein. Ein Officer und ein Sergeant. Sie postierten sich jeweils an der Ecke des Hauses. Von dort hatten sie den Garten im Auge.

»Bist du bereit, Nick? Ich schließe jetzt auf. Gib mir Deckung.«

Die Tür war abgesperrt. Nachdem der Major sie einen Spalt geöffnet hatte, trat der Leutnant sie auf. John stürmte mit der Waffe im Anschlag in die Diele. Der andere direkt hinterher. In Windeseile sicherten sie geübt die Räume. Das Haus war leer. Aus den Zimmern drang verbrauchte Luft nach draußen. Staub wirbelte vom Boden auf.

Der Major knipste Licht im Flur an. Sie ließen die Räume auf sich wirken. Einfache Möbel und nahezu keine Bilder an den Wänden. Man merkte, dass hier niemand für die Ewigkeit eingezogen war. »Nur ein Unterschlupf. Nicht mal die

Wände sind gestrichen«, meinte Nick und zeigte auf eine Stelle.

Akebono wirkte angespannt. Erleichtert sah er Lisa, die im Kombi die Straße entlangfuhr. Toronga winkte ihr. Sie parkte direkt neben dem Haus. So konnte sie mit dem Team rasch die Koffer abladen.

Völlig außer Atem ließ sie im Flur zwei schwere davon fallen und begrüßte die beiden. »Bleibt hier im Flur, bis wir euch in die Zimmer rufen, okay. Wir wollen vor allem gute Fingerabdrücke. Zieht euch so lange die Handschuhe an.« Sie warf ihnen zwei Paar Chirurgenhandschuhe zu.

»Geht klar, Lisa. Wenn Ihr Ordner sichtet, prüft diese bitte zuerst, damit wir sie durchsehen können.

»Die Schuhabdrücke an der Tür sind von mir«, zeigte Nick an. Lisa rollte die Augen.

Der Major ging hinaus und um das Haus herum. Er verschaffte sich einen Überblick im Garten. Am hinteren Zaun schlossen sich mehrere Bäume an, die zum Haus nebenan gehörten. Er sah durch das Grün einen Mann beim Rasenmähen. In einer Ecke stand ein kleines Gartenhaus. Er drehte sich um. Die Terrasse wirkte unscheinbar und wenig benutzt. An der Hauswand lehnte ein Surfbrett. Daneben lagen Tauchflossen auf dem Boden. Ansonsten gab es nur einen Stuhl. Von der Sitzfläche spiegelte sich mittig die Wand in einer Pfütze. *Hier lebt ein Mann, der sich den Nachbarn kaum gezeigt hat.*

»Kein Wunder«, murmelte er und schritt zurück zum Haus. Der Officer salutierte zackig, als er sich näherte. Im Flur gab es eine Sitzbank. Er und Nick setzten sich und warteten.

Kurz darauf lugte Lisa aus einem der Zimmer. Sie reichte zwei Ordner. »Hier, damit könnt Ihr anfangen.« Toronga ergriff sie.

Sie waren nicht beschriftet. Der Erste enthielt viele Folien mit Papieren darin. Akebono nahm ihn und fing an zu blättern. Er fand eine Stromrechnung sowie ein paar Mietverträge über Immobilien und Autos. Kontrakte zu Booten gab es nicht. Dafür ein Kredit über 15.000 US$ bei der Bank of America. Der Vertrag lief seit fünf Jahren und endete in zwei. Er fragte sich, ob man für den Betrag ein kleines Schnellboot bekam.

Nick fand im Zweiten mehrere Zeugnisse. Sie wiesen den Gesuchten als Tauchlehrer aus. Er hatte vier Prüfungen abgelegt.

Auf einmal stutzte Toronga und hielt inne. Er hatte Fotos in der Hand. Sie zeigten die Tauchschule am Tag der Eröffnung. Ein strahlender James Wutinga mit Sohn auf dem Arm. Er mochte zwei oder drei Jahre alt gewesen sein. Neben ihm stand eine ältere Dame, die ihm bekannt vorkam. Sie hatte ihre Haare zu einem Knoten gebunden und trug eine Sonnenbrille. Er klebte einen Streifen auf die Seite. Wiedervorlage. Er blätterte um und widmete sich den Dokumenten.

Vor ihm lag ein Zeugnis aus Wutingas Schulzeit. Es stammte aus der dritten Klasse. Oben war der Name des Schülers vermerkt: James Wutinga. Mit dem Zeigefinger strich er über die Zeilen.

Er schlug die Seite um. Nick hoffte, etwas Spezielles zu finden. Im hinteren Teil fand er es endlich. Er schloss kurz die Augen und dankte den höheren Mächten.

Er hielt einen flachen, braunen Einband in den Händen, der nach Leder roch. Es knackte beim Umklappen. Diverse Urkunden kamen zum Vorschein.

Die Erste lautete auf Francis Wutinga, die Zweite auf den Namen Karen Kuopa. Das schien der Geburtsname von Francis' Mutter zu sein. Sein Finger wanderte an den Rand des Papiers zu einem Foto. Toronga sah es sich lange an. Er war sich sicher, dass es die spätere Ehefrau von Wutinga zeigte.

Er schloss die Augen und erinnerte sich. *An der Hütte auf Kauai stand »Karen Wutinga«*, dachte er im Stillen.

»John, kannst du mir bitte mal dein Smartphone geben. Ich brauche das Foto von Karen Wutinga aus der Hütte in Kauai.«

Der Major griff in die Hosentasche und zog das Samsung heraus. »Hier, du findest das Foto in der Galerie.«

»Danke, John.«

Ein paar Klicks später hatte er das Foto gefunden und verglich es mit dem aus der Hütte. Es handelte sich um die gleiche Frau.

Er blätterte weiter und fand eine dritte Urkunde. Er überflog sie. Noch einmal. Ihm stockte der Atem.

»John, hast du einen Moment. Ich habe etwas entdeckt.«

»Hmhm, was gibt's denn, Nick?«

»Hier schau dir zuerst das Zeugnis aus Wutingas dritter Klasse an.« Er gab dem Major das Papier und wartete, bis er es gelesen hatte.

»Sie stammt aus dem Jahr 1986. Waimea-School, 3. Klasse, okay. Unten links steht die Unterschrift des Klassenlehrers und rechts die der Eltern.«

Akebono las die Namen und stutzte. »Wie geht es weiter?«

»Warte«, sagte Nick und klappte den Stapel auf seinem Schoß zurück.

»Sieh dir mal die Geburtsurkunde hier an.« Er reichte ihm das Papier.

In der Urkunde, es handelte sich um eine Kopie, stand »Miriam Wutinga«. Sie kam 28 Jahre vor dem Jungen auf die Welt. Rechts oben war ein Foto angeheftet. Es zeigte Frau Wutinga als Frau um die Dreißig. Man sah es auf den zweiten Blick. Der Major riss die Augen auf. »Miriam Omaha ist die Mutter von James Wutinga«, entfuhr es ihm. Mit offenem Mund saß er da.

»War sie im achten Lebensjahr ihres Sohnes bereits mit Omaha liiert?«, fragte John.

»Du meinst, wegen der Unterschrift auf dem Zeugnis?«, sagte Toronga.

»Ja, genau, da steht Frau Miriam Wutinga.«

»Das sollten wir sie fragen«, entgegnete Nick. »Aber spielt es eine Rolle? Fakt ist, dass sie die Mutter unseres Gesuchten ist. Der leibliche Vater dürfte jemand anderes sein.« John nickte und sah Nick von der Seite an.

»Das heißt, dass er den Partner seiner Mutter ermordet hat.«

»Den jetzigen Mann«, präzisierte Nick. »Also den Stiefvater«, schob er nach.

Die zwei saßen drei, vier Minuten da, ohne etwas zu sagen. In Akebonos Kopf arbeiteten wieder die grauen Zellen. Den Finger noch in der Luft hielt er inne. Ihm fiel es wie Schuppen von den Augen.

»Nick, kannst du dich an unsere Befragung von ihm erinnern?«

»Das Verhör von Herrn Omaha vergesse ich nicht mehr, warum?«

»Gut. Am Ende haben wir doch klären wollen, ob der Kreis-Rat darüber im Bilde war, was der 5-köpfige Ausschuss so trieb.«

»Ja und?«, drängelte der Leutnant.

»Wer, glaubst du, hat vom Kreis-Rat am ehesten ein Gremium unter Kontrolle, wenn es darum geht, andere gewähren zu lassen?«, fragte John.

Der sah ihn mit großen Augen an. »Bei einer 7er-Besetzung meiner Meinung nach jener mit dem Vorsitz.«

»Genau«, sagte Akebono lächelnd. »Mal sehen, was wir hier noch finden. Mit etwas Glück weist ja eine Spur in diese Richtung.«

Nick bat ihn um die Schlüssel des Pick-ups. »Ich habe mir vor ein paar Tagen ein Tablet gekauft. Mal sehen, wie die Chefs der Kreis-Räte von Kauai und Oahu aussehen.«

Fünf Minuten später kam er zurück. »Draußen ist alles ruhig. Das Haus ist quasi umstellt«, erklärte er zufrieden.

»Das habe ich eben schon gesehen«, meinte John und rückte ein Stück.

Nick setzte sich wieder hin. Er klappte das iPad auf und suchte in Google nach den Bossen der zwei Kreis-Räte. Kauai und Oahu waren jene Inseln, wo die O&O-Realty am meisten Geschäfte vermittelt hatte.

In Kauai hatte ein kleiner, verschlagen dreinblickender Mann mit dem Namen Roberto Caulati den Vorsitz. Er hatte schwarze, gegelte Haare. Sein Lächeln wirkte breit. Perfekte Zähne grinsten in die Kamera. Die Hände lagen gekreuzt vor dem Bauch. An den Fingern hingen bunte, protzige Ringe, wie man sie eher aus den Siebzigern kannte. Sein Körper steckte in einem Anzug mit Nadelstreifen. »Sieht wie der Chef eines Clans aus«, stellte Toronga fest.

»Ja, der Boss steht ihm ins Gesicht geschrieben«, murmelte Akebono. »Lass uns noch prüfen, wer in Oahu das Sagen im Rat hatte«, bat er weiter.

Nick gab Befehle in den Computer. Es dauerte einen Moment, bis er das Ergebnis vor sich hatte.

»Der Posten des Kreis-Vorsitzenden von Oahu muss erst neu besetzt werden«, teilte er mit. »Auf der Homepage gibt es einen Verweis.«

»Ist dort auch ein Hinweis auf den alten Vorsitz?«, fragte John ungeduldig.

»Mal sehen«. Er ließ die Finger gekonnt über die Tastatur klimpern. Das Tablet klickerte vor sich hin. Zwei Minuten später erschien ein Foto. »Ich glaube es nicht«, entfuhr es ihm. »Hier, schau dir das an. Den kennen wir.«

Der Major traute seinen Augen nicht. Ehemaliger Boss des Kreis-Rats von Oahu war Arthur Omaha. John tippte mit dem Zeigefinger unsanft auf den Bildschirm. »Aber hier steht, dass er den Vorsitz nur bis zur Wahl im letzten Herbst hatte.«

»Was ist mit dem Vorherigen?«, fragte er mehr sich selbst.

»Der alte Chef hieß Steven Terenzi. Er trat aus privaten Gründen zurück«, erklärte der Leutnant.

»Jetzt weißt du, warum Omaha am Ende der Befragung so schelmisch grinste. Ihm war klar, dass wir nicht überprüft hatten, wer für wenige Monate der Boss des Rats von Oahu war«, stellte Toronga fest.

»Jetzt verstehe ich, wie die hohen Grenzwerte dort zustande kamen. Das hat der Hund gesteuert«, schob er nach.

Akebono rieb sich die Schläfen und gähnte.

»Nick, wir hatten kein Indiz dafür. Hellsehen können wir ebenso nicht. Omaha war einfach nur bewusst, wie weit er uns voraus ist«, sagte der Major. Eine kurze Pause später: »Aber er hat die Rechnung ohne den Stiefsohn gemacht.«

»Ja«, seufzte Nick. »Der wusste mehr, als ihm lieb war.«

»Ich glaube, dass die Kreis-Bosse der anderen Inseln davon Kenntnis hatten«, fuhr John fort. »Vor allem jene, die in ähnliche Geschäfte verstrickt sind oder waren. Ich denke da in erster Linie an Kauai. Die müssen stets wissen, wer Entscheider ist.«

»Wenn das stimmt, dürften einige seit Omahas Tod in großer Angst leben. Was ist mit dem aktuellen Vorsitz des Oahu-Rats?«, warf Toronga ein.

»Was genau meinst du? Der ist doch zurzeit nicht besetzt.«

»Ich weiß. Aber es gibt oft eine Liste mit den Anwärtern. Viele können das ja nicht sein. Denn er oder sie könnte aus den übrigen sechs gewählt werden.«

»Schau einfach nach, wer der rechtmäßige Vertreter ist. Das ist meistens auch der Favorit auf die direkte Nachfolge«, tippte John.

»Das ist eine gute Idee. Die ergibt Sinn«, lobte Nick.

Der Major sah gespannt auf den Bildschirm und wartete.

Eine Minute später leuchtete der Name auf der Home-page. Der Mann hieß Tony Patakka.

444

»Nie gehört«, meinte John enttäuscht.

»Hier steht, dass er das Amt bis zur Wahl kommissarisch leitet«, ergänzte Nick.

»Na, bis zur Wahl hat er sich eine Mehrheit locker organisiert«, sagte John mit einer Prise Galgenhumor. »Wer weiß, wann die nächste Wahl ist?«, schloss er.

In dem Moment ging eine Tür auf und Lisa lugte herein. Sie reichte einen USB-Stick. Nick nahm ihn und drehte ihn in den Fingern.

»Wo hast du ihn gefunden?«, fragte der Major.

»In einer Ablage mit Stiften und Bürokram. Unscheinbar, aber wer weiß? Die Abdrücke haben wir.«

Lisa zog den Kopf zurück und schloss die Tür. »Steck ihn bitte gleich mal an. Jetzt bin ich schon neugierig«, meinte John.

Der Datenträger schien nicht verschlüsselt zu sein. Das letzte Update fand am Tag zuvor statt. Er enthielt Dutzende Foto-Dateien, die akkurat beschriftet waren. Bei »*Oakland*« hielt der Major inne. »Öffne bitte den Ordner.«

Es poppten viele Fotos von Tim Oakland auf. Daneben gab es zum Teil Notizen. Es ging um Gewohnheiten und Rituale. Offenbar hatte der Mann sein Opfer einige Male beschattet und ein Profil erstellt. Der Gesuchte hatte großen Wert auf jene Tage gelegt, an denen Herr Oakland scheinbar zu Hause weilte.

»Hier, das sind alles Abzüge aus Volcano. Rechts vom Fahrer führt die Straße zum Garten der Familie Lewis«, sagte John aufgeregt.

Auf den Fotos war Tim Oakland deutlich zu sehen. Er stand am Zaun zur Maile-Avenue. Am Bildrand lugte bei einem Foto Gefieder hervor. Das mussten die Vögel sein, die nur wenige Meter von James Wutinga entfernt auf der Straße umher gehüpft waren.

»Alles gesehen?«, fragte Nick. Daumen hoch. Er scrollte die Ordnerliste weiter.

»Hier«, sagte der Major plötzlich. »Öffne bitte den Ordner »Caulati«,« forderte er.

»Ich bin dabei«, flüsterte Toronga, der sich flink an die Arbeit machte.

Die Abzüge schienen mehrere Monate alt zu sein. Sie zeigten den »Rats-Chef« Kauais bei einer Rede. Sie wirkten grobkörnig, als seien sie aus Distanz mit einem Tele gemacht worden.

»Oh mein Gott, was hat der Mann noch vor?«, stöhnte Akebono. Er hielt inne. *Eins nach dem anderen,* ermahnte er sich. Leicht blinzelnd hob er die Hand. »Nick, wir waren eben beim Namen Patakka. Lass uns hier weiter machen.«

»Kein Problem. Die Fotos von Caulati sind alt. Vielleicht hat er ihn auf die lange Bank geschoben?«, hoffte er.

Der Leutnant gab wieder Befehle ein. »Der Mann ist ein Republikaner. Er ist ein Manager aus Kalifornien. Er hat es offenbar weit gebracht. Mal sehen, was die Vita so hergibt.«

Die beiden überflogen die Zeilen. Patakka schien ein erfolgreicher Leiter zu sein. Toronga schreckte auf. »Hier, schau dir das an. Er war bis vor drei Jahren im Aufsichtsrat der *Pacific Seed Corporation*, legte dann aber sein Amt nieder. Über zwei Jahre später zog es ihn nach Oahu. Dort trat er bei den Wahlen zum *Rat* an. Er verlor zwar, schaffte es dennoch zum Stellvertreter«, entfuhr es ihm.

Er sah zu John. »Arthur Omaha hatte zu dem Zeitpunkt

bereits den Vorsitz aufgegeben. Rats-Boss und Chef des 5-köpfigen Ausschusses waren selbst ihm zu heiß«, meinte er weiter.

»Das darf doch alles nicht wahr sein. Was geht hier vor? Das riecht nach Politik und Intrige, findest du nicht auch?«, fragte der Major.

»Ich denke, die Haltung Wutingas zu Amtsträgern kommt nicht von ungefähr«, sagte Nick trocken.

Er suchte den Inhalt des Sticks rasend schnell ab und fand wenig später eine Datei »*Patakka*«. Toronga klickte auf den Namen. Fotos poppten auf. Patakka auf einer Terrasse, am Mikro bei einer Rede.

»Hier, schau dir das an. Sieht so aus, als hätte unser Mann Patakka beschattet«, meinte Nick. John hatte genug gesehen und sah nach dem Smartphone. Rasch tippte er Motongas Nummer.

Brian hob sofort ab. »Motonga«, schallte es aus dem Mikro.

»Hallo Brian. Eine Frage: Sind dir die Herren Tony Patakka und Roberto Caulati ein Begriff?«

»Den Ersten kenne ich, er ist der neue Rats-Chef in spe auf Oahu. Der Zweite ist ein echt dicker Fisch. Er war bis vor ein paar Jahren Senator von Hawaii in Washington. Jetzt ist er im Rat von Kauai. Er bringt die Bürger dort zur Weißglut. Aber keiner will ihn gewählt haben. Wie immer. Dem steht die Korruption ins Gesicht geschrieben. Was ist mit den beiden?«

»Die Zwei sind von Wutinga überwacht worden. Auf einem Stick sind massig Fotos«, schloss der Major düster.

»Wo habt ihr den Stick her?«

»Den hat Lisa in einem der Zimmer hier in dem Haus gefunden. Wir schauen uns die Dateien an.

»Was für ein Haus? Habt ihr Wutingas Reich entdeckt?«, kam es unwirsch aus dem Hörer.

»Ja, haben wir. Dazu später mehr. Wir haben auch Abzüge von Herrn Oakland, die kurz vor seinem Tod entstanden. Alle Daten sind nach Namen sortiert. Wir befürchten, dass einer der Rats-Bosse zeitnah dran ist.«

»Wie kann ich helfen?«, bot Motonga an.

»Wir haben keine Zeit zu verlieren. Ist Barbara da?«

»Ja. Soll sie mit den Büros der beiden Kontakt aufnehmen, um die Termine zu klären?«, fragte der Chief.

»Das war mein Gedanke«, sagte Akebono lächelnd. »Wir müssen seinen Plan lüften«, schloss er.

»Mache ich. Seid ihr in der Nähe? Wo ist denn das Haus?«

»Hier in Hilo. Wir sind keine drei Kilometer vom Präsidium entfernt. Das ist alles kaum zu glauben. Wir kommen jetzt ins Büro.«

John sah mit Bedacht in den Raum, in dem er Lisa vermutete. Sie und ihre Kollegen hantierten in hellen Overalls mit Laser und Pinsel. »Wir fahren los. Vier Beamte wachen hier«, sagte der Major. Lisa sah ihn verdutzt an.

»Wir suchen hier weiter. Wenn wir noch etwas finden, rufe ich dich an.«

»Gut«, dankte er und winkte kurz. »Bis später oder morgen im Büro.«

Toronga wies zwei Officer an, sich vor dem Eingang zu postieren. Drei Beamte sicherten den Garten um das Haus. Als der Major vortrat, salutierten sie zackig.

Er grüßte im Vorbeigehen und schritt rasch zum Pick-up. Mit röhrendem Motor fuhren sie zügig nach Norden. Am Ende bogen sie links in die *West Puainako Street* ein.

Nick setzte die Sirene auf das Dach. Keine fünf Minuten später kamen sie am *Hawaii Police Department* an.

Motonga wartete im Büro. Barbara saß im schicken Kostüm mit Stenoblock da. Sie begrüßte beide mit einem Kuss auf die Wange.

»So, was habt ihr für uns?«, fragte Akebono, noch bevor er saß. Sie warf einen Blick auf ihre Notizen.

»Roberto Caulati ist auf dem Festland. Er hat Urlaub und weilt an der Ostküste. Laut der Sekretärin wohnte er bis vor zwei Tagen in Boston. Weitere Infos hat sie nicht.«

»Das hört sich ganz ok an. Er dürfte außer Gefahr sein. Was ist mit Patakka?«

Barbara sah kurz zum Chief, bevor sie sich an John wandte.

»Tja, Herr Tony Patakka könnte bereits auf Big Island sein. Die Assistentin sagte, dass er ein paar Tage in seinem Ferienhaus weilen wollte, um Kraft zu tanken.«

»Der hat eine Hütte auf Big Island?«, meinte Nick schockiert.

»Ja, warum denn nicht?«, fragte Barbara und legte den Kopf schief.

»Maui ist doch weiß Gott auch schön und näher. Es wundert mich einfach, dass ein Anwärter auf den Chefposten des Oahu-Rats auf Big Island ein Ferienhaus unterhält«, erklärte er. »Als ob ihm die Luft dort nicht mehr behagt«, schob er zynisch hinterher.

»Wo ist das Haus genau?«, unterbrach John.

»Nicht weit entfernt vom ersten Tatort«, sagte Brian besorgt. »Direkt hinter dem Hakalau Beach Park, in der Nähe des *Highway*.«

Akebono sah aus dem Fenster. Er musste ein paar Mal durchatmen. Dann schloss er die Augen und rief sich die Landkarte ins Gedächtnis.

»Welches Gebäude dort?«, fragte er. »Jenseits der kleinen Bucht gibt es drei Villen. Etwas nördlich liegt das *Lai-Nani-Resort*.«

»So weit ist es nicht«, meinte Barbara. »Laut Frau Hilton ist es das erste Haus hinter der Hakalau-Bay.«

»Also das Erste der Gemäuer, die ich meine. Honomu-Town liegt gerade einmal zwei Kilometer südlich. Wutingas Schwester oder Halbschwester lebte dort mehrere Jahre. In der Ecke kennen sich die Leute. Wutinga wird wissen, wo Herr Patakka wohnt, wenn er auf Big Island ist. Vor allem weiß er, wie man sich dem Anwesen am besten nähert, ohne gesehen zu werden«, schloss der Major. Er vergrub sein Gesicht in die Hände und griff sich dann in die Haare. In Gedanken fuhr er die Strecke ab.

»Hat Frau Hilton gesagt, ab wann er hier sein dürfte?«, fragte Nick.

»Nein, sie wusste nur, dass Herr Patakka vor zwei Tagen eine Woche freigenommen hat. Erreichen konnte sie ihn bisher nicht. Das wollte sie weiterhin versuchen. Sein Handy war aus.«

»Verdammt«, rutschte es John raus.

»Wir haben schon Streifen losgeschickt, als wir davon erfahren haben. Das war vor ein paar Minuten«, fügte der Chief hinzu. »Allerdings sind aktuell alle Kräfte im Einsatz.

450

Ihr könntet die Ersten sein. Verstärkung trifft in jedem Fall zeitnah ein«, schob er nach.

Akebono klatschte die linke Faust in die andere Hand.

»Gut, Brian, danke. Wir haben keine Zeit zu verlieren. Nick, lass uns fahren. Wir brauchen mehr als eine halbe Stunde bis da hoch.« Der Major setzte sich abrupt in Bewegung, rannte ins Büro und riss den Spind auf. Er suchte und fand die Schussweste, die er lange nicht getragen hatte. Er zog sein Hemd aus und legte sie an. »Du legst deine auch an. Das ist ein Befehl«, sagte er barsch.

»Ja, mache ich, John.« Nick zog sie sich rasch an und nahm Munition für die Glock mit. »Noch einmal wegen eben. Wie kommt ein Politiker zu so einem Haus?«, echauffierte sich der Leutnant. Der Major hatte sein Hemd wieder angezogen. Die Weste fiel kaum auf.

»Das will ich gar nicht wissen. Es spricht wenig dafür, dass er sein Geld immer redlich verdient hat.« Sein Tonfall schwankte zwischen Abscheu und Resignation. Der Chief und Barbara warteten draußen.

»Passt auf euch auf. Kein Risiko bitte«, bat Motonga.

Akebono saß bereits am Steuer und startete den Motor. Er öffnete das Fenster einen Spalt. »Was hast du gesagt, Brian?«

»Dass ihr auf euch aufpassen und kein Risiko eingehen sollt«, meinte der Chief geduldig.

»Wir werden sehen. Das gehört leider zu unserem Job. Du hast nur keine Lust, dir neue Leute zu suchen, wenn uns etwas passiert, oder? Sag den Kollegen, sie sollen präsent sein und die Zufahrt zum Haus zustellen. Bis nachher.«

Brian stand mit offenem Mund da. Der Major gab Gas.

Sie ließen ihn fluchend und mit den Händen fuchtelnd in einer Staubwolke zurück.

Der Pick-up schnurrte zügig durch Hilos Norden. Wenig später hatten sie den Highway an der Küste erreicht. John schaltete die Lichtorgel an und beschleunigte.

50

Wutinga
Hawaii – Big Island 2018

Eine Stunde zuvor hatte sich Wutinga der schmalen und recht spitz zulaufenden »*Hakalau-Bucht*« mit einem Sportboot genähert. An einem kleinen Stück Strand mit schwarzem Sand verzurrte er es an zwei Felsen. Die Stelle lag im Schatten der steilen Böschung. Ein paar vorgelagerte Felsblöcke ragten aus dem Meer. Sie schützten den Ort vor der Brandung. Das Boot wogte seicht in den Wellen. Er hatte nochmals geprüft, ob die Sauerstoffflaschen gut gesichert waren. Auch die Tarierjacke mit den Bleigewichten war an ihrem Platz. Ein letzter Blick auf die Tauchermaske. *Alles ist gut, James.* Mit einem Ruck warf er die Plane über die Flaschen.

Mit dem schmalen, sehr langen, wasserdichten Rucksack schwamm er in einem Neoprenanzug durch die Meerenge. Am Ufer drehte er sich um. Das Boot war durch die olivgrüne Farbe kaum zu sehen. Zufrieden wandte er sich ab.

Er kletterte den Abhang hinauf und lief ein paar Meter durch das Buschland. Dann hatte er die Grenze zu Patakkas Grund und Boden erreicht. Friedlich lag das aus Stein und Holz erbaute Haus vor ihm. Der Rasen roch frisch gemäht.

Mit welchem Recht darf dieser Mensch an einem so schönen Ort wohnen? Weit weg von verseuchten Böden, weit weg von Luft, die nach Bubblegums riecht, schoss es ihm durch den Kopf.

Wenig später saß er am Rand des Grundstücks. Um ihn herum wuchsen zwei Meter hohe Büsche. Sie bildeten eine dichte und natürliche Grenze.

Der Wind raschelte durch die Äste. Er wehte angenehm warm. Wutinga wartete, bis er sicher sein konnte, dass Patakka alleine zu Hause war.

Jetzt schien es an der Zeit, dass er auf der Terrasse Platz nehmen sollte, um Tee zu trinken. Den Moment wollte er abpassen. Er überlegte, wie er sich ihm lautlos nähern konnte.

Das Grün wuchs rechts in einem Bogen bis an das Gebäude heran. Geduckt schlich er behutsam in Richtung Haus. Er achtete penibel darauf, dass der Rucksack nicht an den Zweigen hängenblieb.

Wenig später erreichte er einen geschützten Platz, rund drei Meter unter einem offenen Fenster. Er beruhigte den Atem und sah sich um. Durch die Äste hatte er den Highway im Auge. In der Minute näherten sich von links einige Radler. Ein Mann mit zwei Kindern. Der Jüngste fuhr etwas unsicher. Seine ältere Schwester bewegte das Rad recht gut.

»Francis, du lässt dich beim Fahren zu leicht ablenken. Du bist auf der Straße. Da kannst du nicht jeder Katze nach-

schauen.«

»Aber Papa, die hatte drei Farben. Das war eine Glücks-katze. Der muss man nachschauen. Dann hat man Glück, verstehst du.«

»Ich verstehe, mein Sohn. Aber zehn Meter vor dir ist eine Ampel. Die ist jetzt rot. Hättest du der Katze noch länger nachgeschaut, wärst du auf die Kreuzung gefahren. Dann brauchst du gleich das ganze Glück auf, um heil zu bleiben.« *Er merkte, dass Francis darüber nachdachte. Seine Locken tanzten im Wind. Ein Auto fuhr vorbei.*

In der Nähe läutete auf einmal ein Telefon. Wie könnte das sein? Er war doch hier mit Francis auf der Straße. Er sah sich um. Da war nichts.

Er zuckte zusammen. Das Mädchen rief etwas zu ihrem Vater. Man hörte sie nur noch entfernt. Er sah an sich herab. Dann nach oben. Dort klingelte das Telefon in dem Raum über ihm. Mit dem Handrücken wischte er sich eine Träne von der Wange. Er lauschte.

Schritte näherten sich auf dem Parkett. Ein Knautsch-Geräusch verriet, dass sich jemand hingesetzt hatte. Wutinga atmete flach. Er drehte sein linkes Ohr nach oben. Dann hörte er die verhasste Stimme von Patakka. Er ballte die rechte Hand zur Faust und schloss die Augen.

»Patakka, guten Tag.«

»...«

»Ah, hallo, Herr Jennings. Wie ist es gelaufen?«

»...«

»Was soll das heißen, die Konzession für das Land wird nicht erteilt? Wofür bin ich denn Kreis-Chef in spe, zum Henker.« Eine Hand knallte auf Leder. So hörte es sich zumindest an.

»...«

»Es gab Vorbehalte, weil die Entscheidung im 7er-Gremium nur 4:3 ausging? Die sollen gefälligst eine Mehrheit akzeptieren. Wie ich die zusammen bekomme, ist doch meine Sache, oder etwa nicht? 4:3 ist besser als 3:4, nicht wahr?«

»...«

»Wie, ich sei bisher nicht zum Rats-Chef gewählt? Es war geklärt, dass ich als Stellvertreter ...«

»... ach, ein rein unternehmerischer Beschluss. Die Proteste der Menschen in Oahu hätten auch eine Rolle gespielt. Man wolle nicht auf Dauer das Image der Firma gefährden«, äffte er einen Satz nach dem anderen nach. Dann, laut und aggressiv: »Weißt du, was mich die Demo der Leute interessiert? Einen Scheiß, denn mit 4 zu 3 Stimmen hätten wir das Geschäft nach Hause bringen können. Aber nein ...«

Ein heftiges Geräusch ertönte. Es klang für ihn, als habe Patakka eine Hand mit Wucht auf den Tisch geknallt. Ein Scheppern tönte nach draußen.

»...«

»Ich verstehe, der Vorstand ist sich einig. Na, vielen Dank, Jennings«, sagte er bissig. »Das wäre mit Abstand der größte Deal auf Oahu geworden, das ist dir hoffentlich klar. Aber gut. Man sieht sich immer zweimal im Leben, merke dir das.«

»...«

»Ob das eine Drohung ist? Nein, es ist eher eine Feststellung. Für mich zumindest.« Er lachte. Es war ein irres Lachen, das lauter wurde.

Den Mann wirst du in diesem Leben nicht mehr sehen, mein Freund, dachte Wutinga.

Dann hörte er ein Piepen, gefolgt von einem dumpfen Knall. Er schien das Gespräch beendet zu haben. Das Telefon war offenbar durch das Zimmer geflogen und auf dem Parkett zerschellt. Da, viele Laute zugleich. Der Hörer war durch den Aufprall zerstört worden. Stille. Das Gelächter ebbte ab.

Wutinga sah zum Himmel. Er hielt den Atem an. Etwas Besseres konnte ihm kaum passieren. Ein Lächeln umspielte seinen Mund. *Es ist an der Zeit.*

Er schlich an die Ecke der Außenwand. Vorsichtig sah er herum. Er versuchte, durch das Fenster zu spähen. Ein Schatten erhob sich. Keine drei Meter vor ihm verriet ein leicht rollendes Geräusch, dass die Terrassentür zur Seite geschoben worden war. Mit einem Klicken rastete die Tür ein.

Herr Patakka schob sich auf die traumhafte Veranda, die in weitem Bogen rund fünfzehn Meter ins Grundstück hinein führte. *Geschmack hat er. Das muss man ihm lassen,* erkannte er im Stillen. Aber wie so viele Menschen mit Einfluss und Macht schien auch er den Bezug zur Realität verloren zu haben. Wie er an Patakkas Gesicht ablesen konnte, vermochte die Eleganz des Hauses nicht, seine Laune zu heben. Die Gier nach immer mehr stand ihm im Weg.

»Verdammte Scheiße«, brüllte er aufs Meer hinaus. Er trat wuchtig gegen ein Tablett, das auf dem Boden stand. Gläser flogen durch die Luft. Splitter landeten auf dem Rasen. Das klirrende Geräusch ging im Donnern der Brandung unter. Niemand würde es gehört haben.

Dann setzte er sich hin, zog den Tisch heran. Auf der

unteren Ablage stand eine kleine Holzkiste. Der Mann griff danach und legte sie auf den Tisch. Er packte sie aus. Ein kleines Glasbrett, eine kleine Tüte mit weißem Pulver und ein Glasröhrchen.

Sorgsam rieselte er zwei schmale Linien auf das Brett und zog sie mit einer Rasierklinge gerade. Nach einer Runde Koks würde es ihm gleich besser gehen, schoss es ihm durch den Kopf.

Wutinga sah ihm voller Abscheu zu, wie er sich die erste Linie ins Hirn zog.

Er setzte blitzschnell den Rucksack ab. Entnahm den Bogen. Entschlossen vollzog er die Griffe. Er blendete alles andere aus. In Sekunden kniete er schussbereit da. Er kam sich vor wie auf der Jagd und völlig im Recht, das zu tun, was sogleich geschehen sollte.

Wutinga erhob sich, zielte auf sein Opfer. Er sprach deutlich und ruhig:

»Na, Patakka. Ist eines deiner Geschäfte geplatzt? Hat endlich einer gemerkt, was für ein gieriges Schwein du bist?« Etwas mitleidiger fuhr er fort. »Das Kokain wird dir kaum nützen. Besser wird dadurch nichts. Du bist ein Versager, Patakka. Ein koksendes, gieriges Stück Dreck obendrein.« Er trat ein paar Meter aus dem Gebüsch. »Gibt es unter euch etwa noch welche mit Gewissen? Den Leuten der Firma ist wohl ein Licht aufgegangen, perfekt«, schob er nach. Den Bogen hielt er leicht gespannt auf sein Opfer.

»Wer sind Sie? Was fällt Ihnen …?«

»Stopp. Keinen Schritt weiter. Die Fragen stelle ich hier«, sagte er scharf. Langsam, mit Abstand zwischen den Worten: »Ahnst du, warum du jetzt sterben wirst, Patakka?«

»Nein, woher soll ich das wissen?«, stammelte er. »Die Polizei wird bald hier sein«, rief er und sah sich verstohlen um.

»Das wird dir nichts nützen«, sagte Wutinga leise und brachte sich in Stellung. »Kannst du dich an Arthur Omaha erinnern?«

»Ja, aber was hat der …?«

Er warf sich mit einem Sprung zur Seite ins Gebäude. Wutinga drehte den Bogen minimal, spannte im Nu den Bogen, zielte und schoss. Der Pfeil zischte durch die Luft und traf. Patakka umklammerte ihn mit den Händen. Er versuchte, ihn aus dem Hals zu ziehen, aber die Kräfte schwanden rasch. Die Sehnen traten hervor. Blut rann ihm über die Brust.

Der Mann trat drei Schritte zur Seite. Er zog einen zweiten Pfeil aus dem Köcher. Sirenen heulten auf. Sie kamen von beiden Seiten des rund fünfzig Meter entfernten Highways.

Mit ruhiger Hand zielte er auf die Brust. Behutsam spannte er den Bogen und ließ los. Ihm blieb kein Moment mehr, sich vom Tod Patakkas zu überzeugen. »Zeit zu gehen«, flüsterte er und verschwand in den Büschen, die den Weg zum Meer verdeckten.

51

John und Nick erreichten Tony Patakkas Haus von Süden. Von Norden raste eine Streife heran. In einer Staubwolke kamen die Fords vor der Villa zum Stehen.

»Ich bin Sergeant Paul«, begrüßte ihn der Fahrer. Das hier ist Officer Gileda.« Der Mann nickte.

»Major Akebono und Leutnant Toronga«, sagte John. Er wirkte erleichtert, dass sie nicht zu zweit auf das Areal mussten.

»Kommen noch mehr Kollegen?«, fragte Nick.

»Eine Streife ist in einen Unfall verwickelt worden. Es gibt Verletzte. Wir sind die einzigen freien Kräfte«, winkte Paul ab.

Das Gemäuer glich eher einer Villa am Meer. Rechts wuchsen dichte Pflanzen. Hier gab es kein Durchkommen. Es blieb nur der längere Weg links des Gebäudes. Die Tür mit Gewalt zu öffnen, war zu riskant. Vor dem Haus standen ein paar Palmen. Einzelne, kugelförmige Hecken boten für einen Angreifer Deckung. Man konnte nur ahnen, ob sich hinter dem Grün jemand verbarg.

Aus Akebonos Sicht der wahre Albtraum. Zu viert deckten sie sich gegenseitig. Sie bewegten sich Schritt für Schritt an den Büschen und Palmen vorbei in Richtung Garten. Dieser entpuppte sich als Park. Er maß etwa fünfzig Meter in der Breite.

John sah um die Ecke. Er sah eine bogenförmig gebaute Terrasse, die nicht zu enden schien. Er suchte geübt die Umgebung ab. Bei der offenen Terrassentür blieb er hängen. »Wir sind zu spät«, raunte er. Im Inneren des Raumes lag ein menschlicher Körper, mit den Füßen voran auf dem Boden. Unter dem Mann hatte sich eine Blutlache gebildet.

Mit der Waffe im Anschlag schritt er langsam auf dem Terrain entlang. Seine Augen huschten hektisch hin und her.

Den olivgrünen Tarnanzug Wutingas in den rund zwanzig Meter entfernten Büschen nahm er nicht wahr. Dafür aber Nick, der dem Chef Deckung gab und keine Sekunde zu früh »runter« schrie. John ließ sich nach rechts fallen. Der Pfeil traf ihn auf der Höhe der Brust. Er stellte sich tot.

Der Leutnant feuerte fünfmal in die Richtung, aus der er zuvor etwas hatte aufblitzen sehen. Flankiert von den beiden anderen Beamten eilte er zum Major, der reglos am Boden lag.

Er bückte sich zu ihm hinunter. Der grinste ihn schmerzverzerrt an. »War doch eine gute Idee, die Schusswesten anzuziehen. Seht erst nach Wutinga. Ich komme klar. Hier, nimm meine Waffe.«

Toronga nickte und nahm die Glock an sich. Rasch fanden sie die Stelle, an der er sich versteckt hatte. Frisches Blut leuchtete an hellgrünen Blättern im Licht. »Getroffen«, sagte Nick zu sich selbst. Einen Meter weiter führte die Böschung in ein steiles, felsiges Durcheinander. Ein trainierter Sportler kam hier zu Fuß ohne Probleme hoch und runter. Salzige Luft wehte herauf.

Aus der Bucht ertönte auf einmal ein röhrendes Geräusch. Der Gesuchte hatte sich auf das Schnellboot gerettet. Er fuhr aufs offene Meer hinaus. Mit der einen Hand hielt er das Steuer. Die Linke lag an der rechten Schulter. Dort hatte er offenbar eine Verletzung.

Toronga schätzte die Entfernung auf rund neunzig Meter. Zu weit zum Schießen. Er senkte die Waffe und griff nach dem iPhone. Rasch wählte er die Nummer der Einsatzzentrale. Es hob direkt jemand ab. Er forderte den Helikopter an.

»Manuel hat Bereitschaft«, sagte die Kollegin. »Wohin soll er fliegen?«

»Zwei Kilometer nördlich von Honomu-Town zum »*Hakalau-Beach-Park*«. Dahinter ist eine große Wiese zum Landen. Er kennt die Ecke. Ich schieße früh genug Leuchtspurmunition ab. Dann wird er mich sehen.«

»Verstanden, Nick, Ende«, sagte die junge Frau.

Der legte auf und eilte zu Akebono. Vorsichtig drehte er ihn um. Der Pfeil war nicht durch die Schussweste gedrungen. John hatte eine Wunde, die er sich beim Fallen zugezogen hatte. Der Rasen glitzerte an der Stelle. Überall lagen Glassplitter herum. Einer davon hatte sich unterhalb der Weste in die Leiste gebohrt.

Er lag auf dem Rücken und stützte den Oberkörper auf die Ellenbogen. »Bloß das Bein gestreckt lassen«, ermahnte er sich. Der Splitter sollte sich nicht tiefer ins Fleisch bohren. Einer der beiden anderen Beamten eilte mit dem Erste-Hilfe-Kasten herbei.

»Hallo Major. Ich schaue mir das mal an, wenn es für Sie okay ist. Der Notarzt wird gleich da sein.«

»Prima. Ich lege mich mal hin.« Er ließ sich ins Gras sinken.

Dann wandte er sich an Toronga. »Du hast doch den Heli angefordert. Wann wird er hier sein?«

»Hellseher, oder was? Sie nannte keine Zeit. Manuel hat Bereitschaft. Er wird bald hier sein. Wo im Wagen liegt die Leuchtspurmunition, John?« Sein Kollege wirkte aufgedreht, was den Major aber nicht weiter wunderte. Er musste jetzt ran.

»Im Kofferraum links. Da ist ein roter Koffer.« Akebono verzog das Gesicht. »Hier, der Schlüssel«, sagte er. Nick nahm ihn und rannte rasch zum Pick-up.

Der Officer hantierte mit Desinfektionsspray und einer Pinzette. Auf einmal schien der Schmerz weg. Er zeigte ihm einen rund drei Zentimeter langen Splitter. »Hier, der hat zur Hälfte in Ihrer Leiste gesteckt«, meinte der Beamte.

Im selben Moment kam der Notarzt an. Zwei Sanitäter sprangen aus dem Ford und liefen zu Tony Patakka. Sie konnten wenig später nur noch dessen Tod feststellen. Sie gaben dem Arzt ein Zeichen. Der nickte. Er sah sich die Verletzung beim Major an.

»Glück gehabt. Eine reine Fleischwunde. Es ist kein Blutgefäß verletzt. Ich wasche die Stelle aus, desinfiziere und klammere sie. In zehn Minuten bin ich fertig.« Mit geübten Handgriffen vollzog er sein Werk und verklebte die Wunde.

»Hier, nehmen Sie die Tablette. Sie sollten bald keine Schmerzen mehr haben. Bitte melden Sie sich morgen bei der Ambulanz in Hilo. Machen Sie langsam, sofern Sie das steuern können.«

»Vielen Dank, Doktor«, sagte der Major und setzte sich mit Bedacht auf.

»Gerne. Wir müssen jetzt weiter. Ein Notfall in Kona. Alles Gute und auf Wiedersehen.«

»Besser nicht«, scherzte Akebono. Das hörte der Notarzt schon nicht mehr.

Kurz darauf nahte der vertraute Lärm eines Helikopters. Nick rannte zur Wiese vor dem Haus. Dort hielt er an und feuerte rot leuchtende Munition in die Luft. Der Glühball erlosch in einem Bogen.

Manka folgte der Leuchtspur. Er sah Nick auf der Grünfläche stehen und winken. Er setzte sanft auf. Den Motor ließ er laufen. John bat die Beamten, der Spurensicherung Bescheid zu geben sowie den Tatort zu sperren.

»Wir kommen später wieder zurück, wissen aber nicht wann«, deutete er vage an. Paul nickte und schritt zu Patakkas Haus. Nick lief geduckt zum Heli und stieg rasch ein. John hatte sich in der Zeit dazwischen aufgerafft. Er humpelte hinterher und zuckte zusammen. Ein Ziehen durchzog die Leiste. Er ließ sich auf den Sitz fallen und schnallte sich an. Kaum saßen sie, zog Manka die Maschine nach oben. Ein mulmiges Gefühl machte sich in Johns Bauchgegend breit. Donnernd flogen sie aufs Meer hinaus.

52

Hawaii
Big Island – Hilo – Anela Street 22

Sergeant Akoja stand mittig auf dem Grundstück. Zwei seiner Kollegen bewachten die Tür. Die beiden anderen Beamten nahmen mehr den Bereich zum Garten hin. Er lief quasi immer im Kreis ums Haus herum. Er hasste es, an einem Fleck zu stehen. Jetzt sah er nach hinten zur Wiese. Er fragte sich, ob jemand in der Eile Zeit gefunden hatte, sich die Hütte anzusehen. Die schmale Tür war zu. An der Seite hatte sie ein kleines Fenster. Das konnte er sich ja mal ansehen, ging es ihm durch den Kopf. Die Kollegen schenkten ihm keine Beachtung. Sie zappten gerade auf ihren Smartphones herum.

An der Tür angekommen, lugte er ins Innere. Er sah kaum etwas. Ein Geräteschuppen kam wegen der Maße der Tür nicht infrage. Er setzte ein paar Schritte zurück. Eine Kletterpflanze hatte das halbe Dach zugewuchert. Es handelte sich um ein Flachdach. Etwa in der Mitte wuchs die Pflanze senkrecht empor. Bei längerem Hinsehen fiel ihm auf, dass ein paar Antennen der Grund dafür waren. Das fand er bizarr. Er beschloss, sich Zutritt zur Hütte zu verschaffen. Notfalls mit Gewalt. Die Türklinke konnte gedrückt werden, schwenkte aber nicht auf. Sie war abgesperrt.

Er trat mit Wucht direkt unter die Klinke. Hier war das Blatt am wenigsten stabil. Holz splitterte. Die Tür flog nach innen und knallte gegen die Wand. Durch die Stärke des Tritts schwang sie zurück. Der Raum bot Platz für einen Schreibtisch mit Stuhl davor. An der Wand hingen und standen allerlei Geräte. »Das ist eine Abhörstation«, flüsterte er. Mit Bedacht sah er sich den Tisch an. Eine Karte lag darauf. Sie stellte den Norden Hawaiis dar. Nahe dem Ort Honomu war ein Kreuz gesetzt. Das musste die Villa sein, von der Major Akebono sprach, bevor sie losgefahren sind. Er zog die Taschenlampe vom Gürtel, klickte sie an und ließ den Strahl über die Karte wandern. Auf dem Wasser weiter im Norden gab es ein zweites Kreuz. Das dürfte rund 30 Meilen vom Ersten entfernt sein. Komisch war nur, dass es auf dem Meer markiert war. Zwar recht nahe an der Küste, aber dennoch auf See. Ein Versehen? Ihm kam gerade noch in den Sinn, ein Foto der Karte zu machen.

Er sah sich auf dem Tisch um. Diverse Papiere lagen verstreut. Bei einem lag ein Bleistift. Die Seite war bis auf ein Wort leer. Dort stand *KANANI*. Das hieß auf Hawaiianisch »Die Schönheit«. Es wirkte, wie in Eile notiert. Hals über Kopf schien hier jemand die Hütte verlassen zu haben. Der Hinweis auf das vergessene Blatt glich einem Geschenk. Akoja hielt inne. Er dachte krampfhaft nach, wofür der Name stehen könnte. Dann sah er es. Das musste ein Schiff sein. Er nahm den Zettel und rannte los. Im Fahrzeug gab es ein Funkgerät. Er kam nicht umhin, dies Motonga mitzuteilen, ob er wollte oder nicht. Der Chief war ihm unheimlich. Nein, er fürchtete ihn gar. Er gab sich einen Ruck und wählte die Nummer.

»Motonga«, bellte es durch die Muschel.

»Hallo Chief of Police, hier Sergeant Akoja. Ich bin zum Bewachen des Hauses in der Anela Street 22 abgestellt.«

»Ok, und weiter«, brummte der Boss.

»Im Garten ist eine Art Hütte. Darin fand ich eine Abhörstation. Auf dem Dach sind unter Pflanzen versteckt Antennen zu sehen.«

Stille in der Leitung. »Was haben Sie entdeckt?« Brian ahnte etwas. Er hatte sich erhoben und streifte wie ein Tier durch sein Büro.

»Eine Landkarte mit zwei Kreuzen. Eines bei Honomu, das ist ja bekannt. Das Zweite lag eher im Norden.«

»Was heißt das? Drücken Sie sich präzise aus«, bellte er.

»Jawohl, Chief. Das Zeichen ist auf dem Meer. Ein paar Meilen vor der Küste. Ich habe ein Foto.«

»Dann her damit, aber schnell.« Er gab ihm die Nummer. »Schicken Sie eine WhatsApp, das geht rasch.« Datenschutz hin oder her. Er brauchte das Foto.

»Chief, da ist noch etwas?«

»Machen Sie es nicht so spannend, Herrgott«, platzte es aus ihm heraus.

»Auf der Landkarte lag ein Zettel. Nur ein Wort. *KANANI.*«

»KANANI«, sprach Motonga nach. »Schönheit, was soll das sein?«

»Das muss ein Schiff sein, Sir«, schloss er. Vor Aufregung hätte er das fast vergessen. Er klatschte sich mit der freien Hand auf die Backe, um sich zu wecken.

»Danke für Ihr gutes Auge und diese Info, Sergeant Akoja!«, brachte der Boss hervor. Er schien durchs Telefon zu lächeln.

»Danke, Chief. Ich gehe wieder auf meinen Posten.« Ihm fiel ein Stein vom Herzen. Er durfte auflegen.

Brian schickte das Foto gleich zum Major und fügte den Namen hinzu. Dazu ein paar Sätze mit der Erklärung. Er hoffte, die drei konnten ihn aufhalten. Zudem bat er die Küstenwache, mit der Kanani Kontakt aufzunehmen. Sie sollten so schnell wie möglich die Motoren starten und aufs offene Meer fahren.

Doch Gardner sagte, dass auf der Kanani niemand dran ging. Er würde es weiter versuchen. »Die sind bestimmt am Feiern«, brummte er.

53

Wutinga

Dieser verdammte Nebel bringt mich noch ins Grab, schoss es ihm durch den Kopf. Er sah die Umrisse von *Paokalani* vor sich. Etwas versetzt machte er zwei kleinere Inseln aus. *Pa'Alalea* und *Mokupuku*. Die Gegend kannte er gut. Wutinga musste höllisch aufpassen. Er zog es vor, sie zu umfahren. Die schmale Fahrrinne schien ihm bei dem Wetter nicht geheuer. Der Mann lenkte scharf nach rechts und zog aufs Meer hinaus. Mit Vollgas donnerte er an den Felsen vorüber. Zur Linken sah er den größten Fels, der milchig aus dem Ozean aufragte. Er wagte einen Blick nach oben. In dreißig Metern Höhe tauchte der Koloss im Dunst ein. Hoch über sich hörte Wutinga Vögel kreischen, die hier nisteten. Jetzt war der Nebel sein Freund.

Das Schiff dürfte bald zu sehen sein. Er machte sich Sorgen um den Arm, der wie Feuer brannte. Ein stechender Schmerz durchzog die Muskeln bei jeder Bewegung. Der Neoprenanzug scheuerte auf der nackten Haut. Vom Gefühl her schien es ein Streifschuss zu sein. Ein schmaler Streifen des Anzugs war weg. Darunter leuchtete es rot. Anstelle heiler Haut glühte das rohe Fleisch. Er griff erneut zum Desinfektionsspray und schrie auf, als es wirkte.

Egal. Das Adrenalin schoss durch seinen Körper. Er wusste, sich zu helfen. Er hatte keine Zeit zu verlieren.

Das Boot pflügte leicht über das Wasser. Der Ozean lag ruhig da; ganz anders als sonst. Wutinga kam gut voran. Nach einigen Minuten mit Vollgas sah er entfernte Lichter aufblitzen. Der Nebel ließ dies nur für den Bruchteil einer Sekunde zu. Er drosselte den Motor und fuhr langsam heran. Er schaltete rasch alle Lichter aus. Da, jetzt konnte er mehr sehen. Ein großes Schiff tauchte vor ihm auf. Er schätzte es auf 35 Meter Länge. Eine Jacht. Im Oberdeck waren viele Leute zu sehen. Ein in helles Licht getauchter Raum zeigte sich. Es gab etwas zu feiern. Er kramte sein Nachtfernglas aus dem Rucksack. Der Nebel war dicht. Erst sah er gar nichts, dann auf einmal den Mann, den er so hasste. Roberto Caulati stand am Fenster. Neben ihm sein Bruder. Auf einmal gesellte sich ein weiterer Mann zu ihnen. Wutinga hielt die Luft an. »Ist das wahr?«, flüsterte er zu sich selbst. »Dr. Steve Quinn. Der Boss von Pacific Seed«, murmelte er. Langsam setzte er das Fernglas ab und grinste in sich hinein.

Gut, dass sein eigenes Boot schwarz lackiert war. Selbst die Chromteile hatte er mit mattem, schwarzem Lack übermalt. Die Silhouette des Bootes verschmolz mit dem Schwarz der Nacht. Er war perfekt getarnt. Einzig die Sauerstoffflasche glänzte schwach. Sie stand vor ihm an der Innenseite des Rumpfs, von außen nicht zu sehen. Mit der linken Hand tastete er nach der langen Tasche. Er fühlte nach dem Bogen und den Pfeilen. Alles war da. Er lächelte.

54

KANANI

Roberto Caulati wähnte sich auf Wolke sieben. Er stand an der Reling auf der dritten Ebene der Jacht. Hinter ihm eine Glaswand, die den Konferenzraum vom schmalen Balkon trennte. Vor zwei Tagen weilte er in Boston. Ein Anruf von Jim änderte alles. Den umtriebigen Bruder kannte er nur so. Sprunghaft und frenetisch. Insofern hätte er gewarnt sein müssen. Er hatte bei »Pacific-Seed« eine neue Stelle an Land gezogen. Mit einem kleinen Team sollte er auf Hawaii reizvolle Gebiete ausloten. Als »Direct-Report« zum Vorstand. Besser ging es nicht. Das Projekt trug den Slogan »Fokus Hawaii – 4 Ernten pro Jahr.« Als Roberto das hörte, hatte er gelacht, wie lange nicht. Zwar hatte er dem Management der Firma Jim ans Herz gelegt. Dass sie ihm indes eine Chance geben würden, schien offener denn je. Das lag an Robertos Job. Er war frisch gewählter Vorsitzender des Rats auf Kauai. Daher musste er größte Vorsicht walten lassen. Er konnte es sich nicht leisten, zu eng an die Firma gebunden zu werden. Zudem schien ein potenter Geldgeber wichtiger denn je, um an der Macht zu bleiben. Wahlkämpfe kosteten Geld. Eine klassische Win-win-Situation. Er liebte so etwas.

Am Tag zuvor hatte Jim ihn auf eine Jacht eingeladen. Das Schiff gehörte der Pacific Seed Corporation. Es wurde gerne als Tagungsort genutzt. Das Schiff bot Vorteile. Kaum jemand kannte es. Es war anonym. Ideal für Treffen in erlauchtem Kreis fernab der Kritik von den Inseln.

Jim Caulati hatte als neuer »Direct« gute Kontakte in die Spitze der Firma. Bis auf den Vorstand des Resorts »Vertrieb« waren alle an Bord. Doch sie kamen nicht alleine. Die Referenten nutzten die Bühne ebenso wie die Leiter der Stäbe. Mit anderen Worten: Das gesamte Top-Management gab sich die Ehre. Mehr als vierzig Leute. Das Zentrum der Macht an einem Ort. Riskant, aber effektiv. In der letzten Sitzung des Vorstands hatten sie den Standort für heute besprochen. Drei Meilen vor der Kohala-Coast.

Dr. Steve Quinn sah in die Runde. Als Vorsitzender des Vorstands leitete er die heutige Sitzung auf dem Meer. Der Raum lag auf dem dritten Deck. In einem großen Oval bildete der schwarz lackierte Tisch den Ankerpunkt. Er war der Form des Raumes angepasst. Der Raum selbst hatte auf zwei Seiten einen Ausgang. Beidseitig spannte sich eine riesige Glasfront um den Tisch herum. Quasi von einer Tür zur anderen. Am Tisch sitzend hatte man das Gefühl, über den Ozean zu schweben. Auf jeder Seite saßen zwölf Manager und sahen gespannt zu ihrem Chef auf. In einer zweiten Reihe saßen weitere Leute. Referenten, aber auch wenige

Gäste wie Mr. Roberto Caulati. Er hatte sich direkt hinter seinen Bruder gesetzt.

»Meine lieben Kollegen, liebe Gäste. Ich heiße euch alle im Namen des Vorstands auf der KANANI willkommen. Die meisten von euch kennen das Schiff. Sie ist unsere Festung. Hierher ziehen wir uns stets zurück, wenn es gilt, wegweisende Schritte zu beraten.« Er stand auf und schritt mit den Händen hinter dem Rücken umher. Der Mann genoss das Bad in der Menge und den Raum. Einzig das tragende Gerüst aus Stahl unterbrach je zweimal auf jeder Seite die Fronten aus Glas. Zwischen den Stahlrahmen waren beidseitig zwei Balkone eingelassen. Von diesen hatte man bei Tageslicht aus 12 Metern Höhe einen unsagbar schönen Blick aufs Meer.

»Wie ihr alle wisst, betreut Jim Caulati ab sofort unser Projekt ›Hawaii – 4 Ernten pro Jahr‹, für das wir mehr Flächen benötigen. Sein Bruder Roberto ist gewähltes Ratsmitglied auf Kauai. Wir hoffen daher auf raschen Zugang zu mehr Grund und Boden im Besitz der Insel. Völlig legal, versteht sich. Da die Inseln Kauai und Oahu recht klein sind, werden wir in Zukunft den Fokus auf Maui erweitern. Dort sind wir noch dabei, den Rat enger an uns zu binden.« Der Mann blieb stehen. Er grinste die ihm zugewandten Leute an.

»Als Erstes werden wir die Menschen mit einer großen Kampagne auf die Seite der Vernunft ziehen. Weitere 200 Stellen gilt es zu besetzen.« Er hielt inne, sah von Platz zu Platz. In den Gesichtern des Kernteams sah er Stolz und den Willen, Dinge zu entwickeln. Zufrieden mit dem, was er sah, setzte er den Weg im Oval fort.

»Heute bekam ich aus dem Forscherteam grünes Licht. Eine neue Generation von Weizen wird zeitnah getestet. Wir bringen die Saaten bei Haleiwa an der Nordküste aus. Sie sind gegen nahezu alle Pilze resistent, die wir zurzeit kennen. Das Beste daran: Die Körner lassen sich nicht als Saatgut nutzen. Das Weizen kann verarbeitet werden, ja.« Hier legte Quinn den Kopf schief und lächelte eine Referentin an, die es ihm angetan hatte. »Nach der Ernte müssen die Bauern die Saaten bei uns einkaufen. Da mit etwa 20 % Mehrertrag zu rechnen ist, haben wir hier einen guten Ansatz fürs Marketing.« Er sah in die Richtung, wo die Leute aus der Forschung saßen. Sie reckten keck das Kinn hervor.

»Gibt es bis hierhin Fragen?« Eine Frau aus dem Vertrieb meldete sich. »Welche Länder kommen als Märkte infrage?«

»Danke für diese Frage. Sie erinnern sich an die Finanzkrise?«

Die Frau nickte, verstand die Frage aber nicht.

»Wir haben damals viele Länder mit Saatgut versorgt. Es bestand akuter Mangel an allem. Hunger machte sich breit. Die Staaten hatten Schulden. Argentinien war fast pleite. Sie haben sich bereit erklärt, mit uns eine Allianz zu schmieden. Ein Teil der Verträge umfasste das Testen neuer Sorten, bei denen Gentechnik zum Einsatz kam. Die Bauern sind sich dort darüber im Klaren, dass sie ihre Saaten bei uns beziehen müssen. Jetzt, liebe Leute, ist es endlich so weit. Wir werden durch diesen Schachzug den Gewinn massiv steigern. Zudem sind die Bauern viele Jahre an uns gebunden. Das Beste aber kommt zum Schluss: Ein zweiter Staat der Region zeigt zunehmend Interesse. Ich spreche von Brasilien.« Ein

Raunen geht durch die Menge.»Ja, da schaut ihr, was? Die zwei Länder haben rund 262 Millionen Einwohner, Tendenz steigend. Die Gesetze zum Schutz der Umwelt sind lax, was uns hilft. Wir haben die Chance, zum Big Player zu werden. Wir müssen und werden sie nutzen. Alle im Vorstand werden mit voller Kraft darauf hinarbeiten. Vielen Dank. Ein Hoch auf die Gentechnik.«

Applaus brandete auf. Alle erhoben sich und klatschten. Ein paar Minuten später ebbte er langsam ab. Quinn ergriff erneut das Wort.»Lasst uns eine Etage tiefer feiern. Wir haben allen Grund dazu.« Das Team schritt auf beiden Seiten zum Ausgang. Gute Laune überall.

Einzig das Wetter spielte nicht mit. An der Kohala-Küste hing eine Nebelwand, die den Boss an »The Fog« erinnerte. Es wehte eine Brise, die sich in den Böen kühl anfühlte. Die zur Firma gehörende Crew gab sich Mühe, den Abend zu retten. Das Honorar dürfte üppig sein, bei all den leckeren Sachen. Es gab Shrimps, Trüffel, Steaks vom Thun und Marlin, diverse Salate, Kaviar und vieles mehr. Der Alkohol trug dazu bei, dass sich die Gäste immer besser fühlten. Zumindest wurde überall gelacht.

Roberto Caulati stand am Fenster und sah aufs Meer hinaus. Eine Hand auf der Schulter ließ ihn zusammen zucken.

»Nicht so schreckhaft, Bruderherz. Na, was sagst du zu der kleinen Party hier? Mir war klar, dass der Boss sich nicht lumpen lässt.« Er roch nach Whisky und biss in einen mit Lachs belegten Happen.

»Deine Stelle muss ja gut bezahlt sein. Wenn Quinn so viel Wert darauf legt, dich beim Namen zu nennen?«

»Ja, ich war selbst erstaunt«, meinte Jim. »Aber deinen hat er auch genannt. Welche Ehre. Du bist einer von draußen.«

Roberto grinste. »An die Nacht werden sich alle lange erinnern. Sie wird dir zudem Türen öffnen. Mann, Jim.«

»Ja, es sieht gut aus. Das Geschäft brummt. Das sollte man doch feiern, oder?« Er griff zu einem Glas Champagner und reichte ihm auch eins. In dem Moment stieß Quinn zu den beiden. »Das ist ein schönes Foto. Die Brüder, Seite an Seite und Hand in Hand mit uns. Prost, Ihr zwei. Auf die Margen in der Genforschung. Wir bauen Hawaii zu einem Gensaat-Paradies aus. Dazu brauchen wir noch mehr Land. Falls ihr etwas hört, wir sind gleich da«, alberte der Vorstand.

Sie stießen an. Quinn zog ein Etui aus der Innentasche seines Sakkos. »Zigarre«, sagte er zu den beiden. Roberto strahlte und griff sich eine. Jim lehnte indes ab. »Danke, nein. Ich gehe runter. Ihr zwei kommt bald nach, ja?«

»Aber sicher doch. Die Party lassen wir uns doch nicht entgehen. Zuerst aber gehe ich mit deinem Bruder eine rauchen. Wir sind auf dem Balkon«, sagte Quinn.

Mit ihren Zigarren schritten die beiden nach draußen. Frische Luft umgab sie. Die Reling war recht niedrig. Sie standen rund 12 Meter über dem Wasser und genossen den Tabak. Bei jedem Zug flammte die Glut auf. Zwei Männer auf dem Höhepunkt ihrer Karriere.

»Was ist das für eine Sorte?«, fragte Caulati neugierig. »Die schmeckt ja sensationell gut«, lobte er. Quinn lächelte.

»Das ist eine Upmann Magnum 50. 25 Stück zu 700 Dollar«, gab er an.

»700 Dollar?«, meinte Caulati und runzelte die Stirn. »Nicht schlecht. Ich schmecke Holz, Vanille und Schokolade. Kann das sein?«, fragte er ungläubig.

Quinn sah Caulati von der Seite an. »Du bist ein echter Feinschmecker, weißt du das. Das sind exakt die Aromen, die hier zum Tragen kommen. Glückwunsch.«

»Die rauche ich zurzeit am liebsten«, fügte er hinzu. Caulati lächelte. »Das verstehe ich gut.«

55

Akebono

»Wohin soll ich fliegen?«, fragte Manka und wischte sich mit einem Handtuch den Schweiß von der Glatze.

»Meine Meinung ist, er fährt mit dem Boot schnurstracks Richtung Norden«, sagte Nick.

»Ok. Wann ist er ungefähr los?«

»Das ist locker vierzig Minuten her«, sprach der Major.

»Fliege am besten erst mal knapp an der Küste entlang. Wutinga hatte es eilig«, meinte Nick. Der Pilot hörte zu und zeigte den Daumen.

»Das passt. So können wir die Mündungen der vielen Bäche im Auge behalten«, regte er noch an.

»Der Wind kommt aus Nordwesten und spielt uns zur Abwechslung mal in die Hände«, schob er nach.

»Ja, und der Wellengang ist auch nicht zu verachten«, meinte Nick und sah wehmütig zum Meer.

In der Tat rüttelte der Wind hier draußen über dem Ozean ordentlich. Eine Weile sagte keiner etwas.

Der Major sah in Gedanken auf das Wasser. »*Warum hat Wutinga nach dem Mord auf uns im Gebüsch gewartet? Wollte er gestellt werden? War er einfach nur begierig darauf zu sehen, wer ihn immerzu jagte? Hat er etwa geglaubt, mit uns fertig zu werden?*« Er hoffte, dass dies nicht der Fall war. Das würde ihn am Ende unberechenbarer machen.

Durch Augenschlitze spähten die drei umher. Manka sah durch die schwarze Sonnenbrille. Sie lag eng am Kopf an. Er ähnelte einem Insekt.

»Da ist er«, schrie Akebono. »Da vorne links, parallel zur Küste. Ist es das Boot, Nick?«

Der Pilot zog den Heli nach unten und flog einen weiten Bogen, um sich von rechts zu nähern.

»Das ist er nicht. Da stehen drei Leute am und um das Steuer herum«, entfuhr es Nick. Der Major sackte in sich zusammen. »Mist. Zu früh gefreut.« Das Boot hatte einen Bügel, zwei Motoren und je zwei Fenster auf der Seite, die zu einer Kabine gehörten.

»Wutingas Boot hat nur ein Fenster auf jeder Seite. Es ist etwas kleiner als das da unten«, schob der Leutnant nach.

»Da hätte ich auch selbst drauf kommen können«, meinte John. »Wutinga hat Vorsprung. Er ist schon weiter im Norden, viel weiter«, fügte er hinzu.

Manka sah nach vorn. Je weiter sie nach Norden flogen, umso dunstiger wurde es die ersten 80 bis 100 Meter über dem Meer. Der Wind ebbte ab. Sie flogen oberhalb der diesigen Suppe unter ihnen. Ab und zu ließ sie einen Blick aufs Wasser zu, gefolgt von dichtem Grau, das alles zu verschlucken schien.

»Das Wetter wird weiter im Norden nicht besser«, meinte Manka. »Und es wird rasch dunkler. Das erleichtert die Sache nicht«, knurrte er.

Rechts erhob sich das dichte Grün des »*Kohala-Forest-Reserves*«, das fast schwarz wirkte. Für einen Moment ließ sich John von den Umrissen ablenken. Weiter im Norden ragte *Paokalani* aus dem Meer. Zu sehen war nur die Spitze der etwa 70 Meter hohen Insel, die wie ein Zahn aus dem Ozean ragte. Der untere Teil verschmolz mit dem Dunst, der sich zäh über dem Wasser hielt.

Manka zog die Maschine nach rechts aufs offene Meer. »Die Felsinsel liegt nahe der Küste. Wir müssen weiter raus«, erklärte er das Manöver.

»Es wird schwer werden, ihn jetzt noch zu orten. Die Nacht ist heute nicht unser Freund«, schloss der Major. Er klang frustriert. Nick sah aufs Meer und hoffte, Wutinga zu erspähen. Es gelang ihm aber nicht. Die Stille breitete sich in der Kabine aus. Dunkelheit umgab sie mehr und mehr.

56

Wutinga

Er konnte sein Glück kaum fassen. Dr. Steve Quinn und Roberto Caulati, die Herren Pest und Cholera, keine fünfzig Meter von ihm entfernt. Mit dem Ratsmitglied hatte er gerechnet. Dass aber die treibende Kraft der Gentechnik-Invasion Hawaiis sich die Ehre geben würde, überraschte und freute ihn.

Wutinga wusste, dass Caulati politisch den Boden bereitete. Quinn musste nur noch seine Truppen anrücken lassen, um die Früchte zu ernten. Freilich, nachdem der Boden zuvor vergiftet worden wäre. »Deine giftigen Saaten sollen dir im Hals stecken bleiben«, knurrte er. So eine Chance würde er nie wieder bekommen.

Er tastete nach der Tasche. Ohne die beiden aus den Augen zu lassen, zog er den Reißverschluss der Länge nach auf. Er musste sich beeilen. Wer weiß, wie lange die zwei noch auf dem Balkon stehen würden. Der Heli würde auch nicht mehr lange brauchen. Er lauschte, konnte aber kein

Knattern hören.

Das Nachtsichtgerät würde er nicht brauchen. Die Männer standen auf dem Balkon, der vor dem hellen Raum im Hintergrund verbaut war.

Er zog den 1,5 Meter langen Bogen aus der Tasche. Seine Hand schmiegte sich um den Griff. Mit geübten Griffen fixierte er die Sehne. Prüfte die Spannung. Er schien zufrieden. Im Nu war er eins mit dem Bogen. Er stand mittig auf dem Boot. Mit leicht gespreizten Beinen suchte er nach dem perfekten Stand.

Er wollte versuchen, sie beide zu erwischen. Schnell musste er sein. Er griff nach einem Pfeil. Strich mit den Händen sanft über die Befiederung.

Beide Männer sahen aufs Meer, zogen an ihren Zigarren. Die Glut leuchtete kurz hell auf. Wutinga streckte den linken Arm. »Ruhig atmen«, sprach er sich zu. »Du hast nur diese eine Chance.« Er fixierte Quinn und spannte die Sehne.

57

KANANI

Dr. Quinn genoss die Wärme der Zigarre. Die Aromen vermengten sich mit dem Rauch zu einer Symphonie, wie sie nur der Tabak aus Kuba bewirken konnte.

Er dachte an Kauai. An all die Testfelder im Süden. Es mussten noch mehr werden, keine Frage. Er verstand die Leute vor Ort nicht. Sie mussten doch verstehen, dass man bei vier Ernten pro Jahr nicht um Hawaii herumkam.

Auf einer Pressekonferenz vor ein paar Wochen fragte ihn ein Journalist doch glatt, ob ihm die kranken Leute in den Dörfern keine Sorgen bereiteten. »Welche kranken Leute?«, fragte er zurück. »Ich sehe nur Menschen, die froh sind, einen gut bezahlten Job zu haben. Kommen Sie mir nicht mit kranken Leuten«, wies er den Mann zurecht. »Die gibt es schließlich überall. Daher gibt es ja auch über den ganzen Globus verteilt Kliniken«, schob er nach.

Der Journalist schüttelte mit dem Kopf und wollte etwas erwidern. Quinn aber ignorierte ihn und richtete sich an alle anderen. »Gibt es weitere Fragen?« Er hasste die freie Presse. Sie konnten einem alles verderben.

Ein Lächeln umspielte seine Lippen. Er sah nach rechts zu Caulati, der gerade einen tiefen Zug genoss.

Als er nach vorn sah, konnte er außer dem dichten Nebel nichts sehen. Die Luft war klar und recht frisch. Er nahm einen weiteren Zug. Die Glut leuchtete vor seinen Augen auf.

Der Pfeil traf ihn direkt unterhalb des linken Kieferknochens. Er bohrte sich durch den Halsmuskel und die eingebettete Arterie. Das Letzte, was er fühlte, waren die Beine, die unter ihm nachgaben. Zuvor sackte er allerdings nach vorn auf das Geländer. Er kippte langsam über die Brüstung. Die Schreie von Roberto Caulati drangen nicht zu ihm durch. Es gelang ihm nicht, Dr. Quinn zu halten. Er fiel über Bord und knallte mit dem Kopf an den Rumpf, bevor er ins Wasser tauchte. Kurz darauf war er wie vom Erdboden verschluckt.

Roberto Caulati stand einen Moment ruhig da. Panik überkam ihn. Er fing an, zu brüllen. Der Pfeil traf ihn durch den geöffneten Mund. Er schlug durch den Knochen des Oberkiefers, bohrte sich durch die Nasenhöhle ins Gehirn.

Er war auf der Stelle tot und kippte vornüber.

Eine Etage tiefer war die Meute am Feiern. Ein DJ legte House-Musik auf. Alle tobten, hüpften auf und ab. Jim Caulati stand am Fenster und sah hinaus. In der linken Hand eine Lachsschnitte, in der rechten ein Glas Champagner. So konnte es weitergehen. Wo nur sein Bruder blieb, fragte er sich.

In dem Moment tippte ihm jemand auf die Schulter. Es war der Kapitän. Er sah alles andere als entspannt aus.

»Herr Caulati, wo sind Herr Quinn und Ihr Bruder?«

»Keine Ahnung. Sie waren auf dem Balkon, eine Etage höher. Sie wollten noch eine Zigarre rauchen und dann nachkommen. Was gibt es denn?«

Der Mann sah sich um. »Wir haben eben einen Notruf erhalten. Von der Küstenwache.« Er tippte sich an die Mütze und sah ihn streng an.

»Was! Ich verstehe nicht. Was wollen die denn?«, protestierte Jim.

»Sie teilten mit, dass die Polizei gerade mit dem Heli einen Mann verfolgt. Er nähert sich der KANANI mit Tempo. In einem Schnellboot. Er hat eine Waffe.«

»Was hat das zu bedeuten?«, fragte Jim. Er sah leicht panisch aus.

»Dass wir in einer Gefahrenlage sind. Wir starten gleich die Maschinen und brechen auf. Die Crew bereitet das Anlassen vor. Es tut mir leid. Ich mache gleich eine Durchsage. Alle Gäste müssen sich sofort in die Kabinen aufteilen. Das ist ein Notfall.«

Jim sah ihn entgeistert an.

»Glotzen Sie nicht so. Das ist ein Befehl«, gab der Kapitän die Marschroute vor.

In dem Moment klatschte draußen etwas an die Scheibe. Es war Roberto Caulati. Er musste beim Fallen vom Balkon mit den Schuhen an einem Vorsprung hängen geblieben sein. Kopfüber und mit hängenden Armen wischte er leicht von links nach rechts am Glas entlang. Aus dem Rachen ragte der Rest eines abgebrochenen Pfeils, der an der Scheibe kratzend, ein hässliches Geräusch erzeugte. Überall war Blut. Das ganze Glas war mit roten Schlieren verschmiert.

Jim fing laut zu schreien an. »Robertoooo ...«. Er schlug die Hände vors Gesicht und packte den Kapitän an den Schultern. »Tun Sie doch was. Was stehen Sie hier herum? Bergen Sie meinen Bruder.« Jim Caulati drehte sich zu seinem Bruder, der ihn aus toten Augen durch die Scheibe ansah. Es war, als versuchte er, ihn zu berühren.

Inzwischen waren die Motoren zu hören. Das Schiff setzte sich in Bewegung. Der Rumpf hob und senkte sich wie in Zeitlupe. Robertos Gesicht draußen entfernte sich in Zeitlupe vom Glas, um direkt danach mit Wucht gegen die Scheibe zu schlagen. Die Arme links und rechts bewegten sich umher. Das geschah zweimal, dann lösten sich seine Schuhe vom Vorsprung und die Leiche schoss kopfüber ins Meer. Einzig die roten Schlieren blieben zurück.

Jim Caulati brüllte nur noch »Roberto, Robertoooo, nein... .« Aber es half alles nichts. Sein Bruder war tot und weg. Der Kapitän legte seine Hand auf Jims Schulter. »Es tut mir leid, Herr Caulati. Wir müssen die Leben aller Menschen hier an Bord schützen und daher aufbrechen. Wir können jetzt nicht anhalten.«

Der DJ hatte aufgehört, zu spielen. Einige Leute kreischten und rannten umher. Die meisten Gäste strömten in Panik aus dem Raum. Jim Caulati rutschte mit dem Rücken an der Scheibe zu Boden. Er begrub das Gesicht unter seinen Armen.

Der Kapitän erreichte zeitgleich die Brücke, die bis auf einen Kollegen verlassen schien. Er wählte mit einer hohen Frequenz den Kanal 16.

»Mayday, Mayday. Ist dort die Küstenwache?«, brüllte er ins Mikro.

»Hier Coast-Gard Hilo 2, was ist passiert?«

»Wir haben eine Gefahr im Verzug. Das Schiff wurde attackiert. Mindestens ein Passagier ist über Bord gegangen. Wir starten die Turbine, um Tempo zu gewinnen.«

»Wir hatten Sie ja gewarnt. Sehen Sie schon den Heli der Polizei?«, forschte der Beamte.

»Nein, aber der müsste bald hier sein. Sie können das Boot aber nicht aufhalten«, schloss er resigniert.

»Geben Sie Vollgas aufs offene Meer hinaus. Wie ist Ihre Position?«

»Wir liegen noch fast vor Ort: Niuli'i, Breitengrad 20.22, Längengrad -155.71. Wir fahren im Gewässer der Küste, 3 Meilen bis Hawi. Wir fahren aufs offene Meer, drehen dort nach Süden ab und steuern Hilo an.«

»Alles klar, danke«, sagte die Stimme.

Wenig später sprach der Kapitän über die Boxen zu den Gästen. »Meine Damen und Herren, die Feier ist wegen einer akuten Gefahr hiermit beendet. Bitte begeben Sie sich auf die Kabinen. Wir halten Sie weiter informiert. Unsere Route führt in einem Bogen nach Süden. Wir steuern Hilo an.«

58

Akebono

Akebonos Smartphone brummte. Er griff danach und las Brians Text. Zig Gedanken rasten durch seinen Kopf. Er fühlte sich machtlos und hielt inne, zumal das Handy die Info zwölf Minuten zuvor bereits avisiert hatte. »Wutinga hat ein anderes Ziel. Er fährt an den Inseln vorbei.«

»Auch eine Variante«, sagte Nick.

»Hinten im Garten ist eine Hütte. Da drin hat er eine Art Abhörstation gebaut. Sie haben einen Hinweis auf einer Karte gefunden.«

»Was für eine Karte?«, fragte Nick.

»Auf einer Landkarte von Kohala mit dem Gebiet vor den Küsten. Eine Jacht mit dem Namen KANANI muss nördlich der drei Felsen auf Anker liegen. In Küstennähe. Manuel, kannst du das Schiff per Funk erreichen?«

»Eine Jacht?«, rief der Leutnant.

»Ja, Brian meint, das Ding ist mindestens 35 Meter lang. Scheinen eine Menge Leute dort zu sein. Sie haben den

Kapitän gewarnt. Gardner hat versucht, die Crew zu erreichen. Das hat anfangs wohl nicht geklappt. Sie müssten jetzt mit Vollgas fliehen.«

Der Major hielt kurz inne. »Wutinga muss etwas entdeckt haben. Das dürften VIPs auf dem Schiff sein. Die Frage ist nur, was er genau vorhat?«

Manka hob die Hand. Er lauschte. In dem Moment meldete sich die Küstenwache.

»Wir haben« einen Notruf von der KANANI«, brüllte ein Beamter. »Mindestens ein Toter. Das Schiff wurde angegriffen.«

»Gib mir die Position durch«, rief Manuel.

Der Mann teilte die Daten mit.

»Wir sind bald da. Die Jacht liegt wenige Meilen vor uns.«

Die drei sahen gebannt aus der Kuppel. Der Nebel lichtete sich etwas. Doch es war kaum etwas zu erkennen. Die Umgebung schien nahezu schwarz zu sein.

»Da ist es.« Der Pilot zeigte nach vorn auf eine Silhouette auf dem Wasser.

Das Schiff wirkte üppig. Der Kapitän hatte es ins Dunkel getaucht. Fast alle Lichter waren ausgeschaltet. Manka nahm es nur anhand der Silhouette wahr, die durch wenige Leuchten zu ahnen war. Die Motoren liefen mit Vollgas. Das Meer spritzte hinter dem Boot auf.

»Wutinga muss in der Nähe sein«, sagte John. »Manuel, hast du einen Suchscheinwerfer an dem Heli?«

»Ja, ich schalte ihn ein und gehe runter. Festhalten.«

Der Heli rauschte nach unten. Die Strahler hüllten kegelförmig rund 150 Meter vor dem Heli in weißes Licht. Kurz darauf kam das Wasser zum Vorschein. Der Nebel gab an einigen Stellen die Sicht frei.

»Wir sind jetzt knapp 60 Meter über dem Ozean. Ich fliege im Kreis und ziehe die Maschine stetig nach außen. So entgeht uns keine Stelle«, schrie Manka. Dem Major zog sich alles zusammen. Wenn es etwas gab, was er hasste, dann mit einem Heli im Kreis zu fliegen. Nick sah wie gebannt aus dem Fenster auf seiner Seite. Sie flogen einige Minuten im Kreis, der stetig größer wurde. Auf einmal schrie Nick auf. »Da unten ist ein Boot. Rechts vorn von uns.«

»Wie hast du das sehen können?«, fragte John.

»Ich habe nur die Gischt hinter den Motoren gesehen. Das Boot ist schwarz und fährt ohne Licht. Er will nach Kohala oder weiter nach Süden in Richtung Kona, schätze ich.«

Manka zog die Maschine in die Richtung und ging noch etwas weiter runter. Entfernt waren links vom Heli die Lichter von Hawi zu sehen. »Da ist er«, brüllte Manka. »Ich bleibe dran und versuche, ihn im Lichtkegel zu halten.«

»Gibt es eine Klappe in der Flugrichtung, die sich öffnen lässt?«, fragte Nick.

»Ja, hier vorn. Rechts unten an der Kuppel. Da ist ein Glasfenster, das sich zur Wartung der Kabel hinter der Steuersäule öffnen lässt. Das fliegt bei dem Speed aber weg.«

»Was hast du vor?«, fragte John.

»Ich versuche, mit der Glock den Motor zu treffen. Das könnte aus 35 Metern Entfernung klappen. Kannst du so weit heruntergehen, Manuel?«

Manka sah in gequält an. »Ich versuche es. Sag Bescheid, wenn es losgehen kann.« Nick schnallte sich ab und

490

quetschte sich auf den Boden. John wich auf die rechte Seite aus. Der Leutnant lag quer auf dem Boden. Er klappte das Fenster auf. Es maß etwa 30 x 20 Zentimeter. Wie von Manka vorhergesagt, flog es kurz nach dem Öffnen weg. Salzige Luft strömte nach innen.

Wutinga unter ihm begann, das Boot von links nach rechts und wieder zurück, zu lenken. Das Boot fuhr aber stets im Lichtkegel, weil Manka sanft mitschwang.

»So, auf geht's«, meinte Nick. »Zwölf Schuss, zwölf Chancen.« Fünf Schuss hatte er bereits auf Wutinga im Garten abgegeben.

»Ich habe auch noch mein Magazin, falls du nicht treffen solltest«, meinte John. Nick lächelte. Das nahm ihm den Druck. Er zielte eine Weile, um ein Gefühl für die Situation zu bekommen. In einem ruhigen Moment schoss er. Die ersten drei Versuche schlugen fehl. Er hatte immer zweimal kurz hintereinander geschossen.

Wutinga unter ihnen schien die Steuerung arretiert zu haben. Er hantierte herum. »Er zieht sich Flossen an und bereitet sich auf den Absprung vor«, brüllte John.

Jetzt sah auch Nick genauer hin. »Ja, und er hievt sich gerade Flaschen auf die Schultern.« Ich versuche es noch einmal. Da das Boot jetzt geradeaus fuhr, hatte er bessere Chancen. In kurzen Abständen erfolgten die Schüsse. Nach den letzten beiden Schüssen fing einer der beiden Motoren zu qualmen an. In dem Moment ließ sich Wutinga hinterrücks aus dem Boot fallen. Er war weg. Wenig später explodierte der hintere Teil des Bootes unter ihnen.

Manka sah nach vorn. »Hawi ist von hier rund 3 Meilen entfernt. Lasst uns abbrechen.« Er sah auf die Kerosin-Anzeige,
hielt inne und rechnete nach. »Der Sprit geht langsam zur
Neige.« Er schaltete den Suchscheinwerfer aus und drehte
nach Süden ab.

59

Wutinga

Wutinga ließ den Bogen sinken. Er hatte beide erwischt. Den Boss von Pacific Seed und den Vorsitz des Kauai-Rats. »Zwei korrupte Gangster weniger«, flüsterte er. Rasch verstaute er den Bogen in der Tasche und verschloss sie. In wenigen Minuten musste der Heli hier auftauchen. Er hatte keine Zeit zu verlieren. Nichts wie weg von hier. Er sah sich um. Hawi war zu weit entfernt. Die Lichter waren bisher nicht zu sehen.

Er startete die Motoren. Ohne Licht zu fahren, war riskant. Er ging volles Risiko und beschleunigte auf 28 Knoten. Mehr gaben die Motoren nicht her.

Kurz darauf war ein Knattern zu hören. Der Heli hatte den Suchscheinwerfer an und flog im Kreis. Wutinga beachtete ihn nicht weiter, was ein Fehler war. Mit einem Mal tauchte sein Boot im gleißenden Licht auf. Sie hatten ihn. Keine 40 Meter über ihm knatterte der Heli, laut und bedrohlich. Er fing an, von links nach rechts zu fahren und wieder zurück.

Dann schossen sie. Wutinga duckte sich. Rasch merkte er, dass sie nicht auf ihn schossen. Die Kugeln schlugen hinter ihm nahe den Motoren ein. Holz splitterte. Wenig später roch er Benzin. »Zeit zu gehen«, beschloss er. Er arretierte die Steuerung, zog sich die Flossen an, schwang die Flaschen auf den Rücken. Wenig später war alles befestigt. Er setzte sich auf die Seitenkante und sprang rückwärts.

Wutinga schwebte. Stille. Die Kräfte rüttelten sanft an ihm. Er tauchte weit genug in der Tiefe. Um ihn herum war alles friedlich. Die Bleigewichte hielten ihn in der Schwebe.

Er sah das Boot erst, als es explodierte. Ein kurzes Aufflammen in Gelb. Rasch erlosch das Feuer, als das Boot sank. Der Heli war weg.

Er hoffte, dass die Beamten die Stelle des Absprungs nicht orten konnten. Das sollte ihm Vorsprung verschaffen. Mit vollem Einsatz der Flossen bahnte sich der Mann den Weg.

Drei Meilen bis nach Kohala, doch die Strömung war stark. Er kämpfte. Beim Auftauchen sah er einzig die Lichter des kleinen Ortes Hawi im Norden der Halbinsel. Sie kamen kaum näher. Die Nacht umschloss ihn. Dunkelheit überall.

60

Am nächsten Morgen erreichte Gardner samt Team das
Gebiet gegen 10 Uhr. Der Major und Nick standen müde am
Geländer. Der Dunst hatte sich fast aufgelöst. Die Stelle, an
der die Jacht ankerte, kannten sie durch die Koordinaten.
Schweres Gerät zum Bergen stand an Deck. Säcke für Leichen gab es auch. Das Team hatte vor allem die Aufgabe, die
beiden Toten zu finden. Hoffnung gab es kaum. Die Strömung war stetig am Wirken.

Gardner drückte Knöpfe und seilte ein Schlauchboot ab.
Mit zwei Beamten fuhr er langsam über das seichte Wasser.
Nach einer halben Stunde fanden sie kleine Teile, die sie
bargen.

»Hallo John, hier draußen ist bis auf ein paar Kleinteile
nichts mehr von Wutingas Boot. Das Meiste dürfte gesunken
oder von der Strömung entsorgt worden sein.«

»Was ist mit den Toten?«, fragte Nick.

»Puh, ich denke, sie dürften von Fischen oder Vögeln
gefressen worden sein«, führte er aus. »Mit etwas Glück
finden wir Überreste im Meer oder an der Küste«, schob er

nach.

»Hm, was schlägst du vor?«, sagte ein ratloser Akebono.

»Dass wir abwarten, was an die Küste gespült wird. Es kann aber auch sein, dass der Ozean nichts preisgibt«, mutmaßte er.

»Und wir nie erfahren, was mit Wutinga passiert ist«, schloss der Major. »Die Trümmer, die ihr gefunden habt, müssen ins Labor.«

»Ja«, sagte er nur. »Die Teile sind frisch in Folie verpackt. Deine Vermutung könnte den Täter betreffend sein. Er ist ja ein Kind des Meeres. Wer weiß, womöglich hat er es so geplant«, sinnierte er weiter.

John hatte bereits Hilfe aus der Luft angefordert. Die Kollegen von Maui halfen mit einem Heli aus. Das Geknatter kündigte sich früh an. Manka setzte seinen sanft auf die Plattform am Heck. Er blieb sitzen und winkte John und Nick zu. Geduckt rannten sie herbei. Rasch stiegen sie ein. Der Pilot drehte auf und zog die Maschine steil in die Höhe. Zusammen flogen sie die Küste der Halbinsel »Kohala« ab. Der Major wollte alles versucht haben. Zumal die Presse in diese Richtung fragen würde. Sie drängten Brian, endlich Infos zu geben. »Die Leute haben ein Recht auf Information«, wetterte einer. »Die Familien der zwei Toten warten auf Fakten«, polterte ein anderer.

Motonga indes verlor die Nerven. »Sieh zu, dass du bald lieferst«, legte er John nahe. Doch Zaubern gehörte nicht zum Repertoire eines Majors. Zudem eignete er sich nicht zum Bauernopfer. »Was erwartest du?«, gab er zurück. »Dass wir ihn und die Opfer aus dem Meer fischen? Es war dunkel. Hätten wir aus dem Heli in den Ozean springen sollen? Keiner von uns trägt eine Mitschuld. Weder heute noch bei dem Inferno auf Oahu. Jeder Tote ist einer zu viel, völlig klar. Aber weder ich noch meine Leute haben einen kapitalen Fehler gemacht, Brian«, wehrte er sich. Einen Disput in der Art gab es mit dem Chief bisher nie, überlegte er. An so viele Opfer konnte er sich auch nicht erinnern, zumindest nicht auf Hawaii.

Gardner und sein Team hielten sich in der Nähe auf. Sollte etwas aus der Luft geortet werden, kämen sie bei Bedarf zu Hilfe. Bis zum Abend geschah nichts.

Leif Gardner rief noch einmal an. Er erzählte von einer Sammelaktion an Kohalas Küste. »Der Ozean hat zwei Tage zuvor bei frischem Wind aus Norden eine Menge Plastikmüll an die Ostküste gespült. Riesig, was?«, teilte er zynisch mit, ohne auf eine Antwort zu warten. Die Beamten wirkten ratlos. John fragte nach einem Moment: »Was bedeutet das im Detail. Von wie viel Müll reden wir diesmal?«

»Ich sprach eben mit dem Leiter vor Ort. Sie haben zwei Tonnen aus dem Meer gefischt. Einiges davon stammt aus Kanada. Es gab Stempel auf dem Plastik.«

»Die sollen sich sofort melden, wenn Teile an Land gespült werden, die neu aussehen. Also wie von einem Schiff«, bat John. Er kam sich hilflos vor.

»Ich kümmere mich drum. Das ist ja nicht weit von hier.«

Nach einem Hin und Her mit Brian kamen sie zu dem Schluss, Wutinga primär an Land zu suchen. Im Radio und TV gab es kurze Hinweise mit Steckbrief. Die Leute sollten keine Anhalter mitnehmen. An den zwei Zufahrten zur Kohala-Halbinsel gab es je eine Straßensperre. Von dem

Gesuchten fehlte jede Spur. Nur die Fahnder hatten ihren Spaß. Drei Kisten voll Drogen konnten die Beamten sichern. Beim Abgleich der Daten des Fahrers fiel auf, dass es gegen ihn einen Haftbefehl in Texas gab.

Am späten Mittag schlug das Wetter um. Es regnete in Kohala fast eine Stunde lang. Den Rest des Tages hingen dichte Wolken knapp über dem Wald. Sie zogen aufs Meer hinaus. Für den Einsatz der Helis gab es keine Chance.

In der Nähe von Hawi fand ein Wanderer am Abend Teile von Fässern aus Plastik. Er meldete dies zeitnah. Die Trümmer kamen mit den anderen ins Labor. Von Wutinga fehlte jede Spur.

Akebono ließ sich ein paar Tage krank schreiben. Er besuchte brav die Arztpraxis zur Nachsorge der Wunde.

Wutingas Halbschwester, Frau Jennifer Sullivan, fiel den Behörden auf Guam ins Netz. Sie hatte Mut gefasst und wollte nach Hause reisen. Ihre Papiere lauteten auf einen anderen Namen. Der Beamte prüfte das Dokument und scannte ihr Foto ein. Der Computer prüfte lange, was den Mann stutzig werden ließ. Die halbe Seite blinkte rot. Er landete am Ende bei der Fahndung. Sah sich das Gesicht genau an. Winkte Kollegen herbei. Es stellte sich heraus, dass sie in Asien mit dem Pass mehrere Male ohne Probleme ein- und ausreisen konnte. Die Stempel belegten dies. Die Polizei nahm sie direkt fest. Wenige Tage später flog sie Hawaiian Airlines nach Oahu aus. Zwei Beamte kamen mit.

Auf Big Island sind ihre Konten der »O & O-Realty« eingefroren worden. Satte 3.900.000 US$ schwer. Die Ermittler sahen hierin das Motiv der Frau, den Trip zu wagen. Offenbar glaubte sie, Zugang zu dem Geld zu bekommen. Sie wartet jetzt auf ihren Prozess.

Eine Woche später. Motonga saß mit John und Nick im Büro.

»Wenn sich einer von der Giftküche meldet, stelle ihn gleich zu mir durch«, gab er die Richtung vor. Damit meinte er die Manager der Firma, die jetzt das Ruder hielten. Er schien davon überzeugt, dass Wutinga das Mark von »Pacific Seed« treffen wollte. Der Major sah das ähnlich. Seiner Ansicht nach sollte die Firma mit einem Schlag getroffen werden, von dem sie sich nicht erholen könnte. Im Stillen nahm sich John vor, das Thema an einem anderen Ort zu klären. Auf Oahu.

Der Major nutzte die Präsenz des Chiefs für eine Aussprache mit ihm. Dem schien sein Ausbruch peinlich. »Ich habe mich durch die Presse unter Druck setzen lassen, John«, gestand er. »Mir ging es extrem nahe, dass euer erster Fall mit derart vielen Toten gepflastert worden ist. Wohl wissend, dass du und Nick gar nichts dafür könnt.« Er warf die Hände in die Luft und seufzte. Um Tonnen leichter stürzte sich der Boss in die Arbeit.

Er schlug sich einige Wochen mit den Medien herum. Trat mehrfach in Talkshows auf. Einmal musste er nach Phoenix, Arizona, fliegen. Dort traute er seinen Ohren nicht. Ein paar Gäste vertraten die Meinung, dass der Täter nie so weit gekommen wäre, ...»Wenn was?«, warf Brian forsch ein. »... wenn alle Opfer zuvor eine Waffe getragen hätten.« Der Chief lachte lauthals auf. Er verwies auf tausende Opfer, die jedes Jahr in den USA durch Waffengewalt ums Leben kamen. »Wir sind froh, dass bei uns auf Hawaii nicht jeder mit einer Knarre herumläuft«, schloss er. »Bleiben Sie daher bitte auf dem Festland«, bat er den Lobbyisten, der die Ansicht äußerte. Er ließ es sich nicht nehmen, den Mann mit einem »Motonga-Blick« zu zermürben.

In der öffentlichen Debatte rückten Firmen wie »Pacific-Seed« in den Fokus. Medien, Öko-Landwirte und die Politik suchten nach Wegen, deren Geschäft zu erschweren. Das Geld dafür aber war und ist kaum vorhanden. Jeder kochte zudem seine eigene Suppe. Einzig die Leute auf den Inseln wirkten einig. Es gab nach wie vor Demos gegen die Versuche auf den Feldern. Die Krebsrate blieb vorerst hoch. Die Zeit aber, in der diese Firma und ihre Wettbewerber machen konnten, was sie wollten, schien vorbei.

Eine Erste und zugleich die Größte baute ihre Basis ab. Die Rede ist von »Pacific-Seed«. Ein rasch neu ernannter Boss teilte der Presse live mit, dass es nicht zu tolerieren sei, wenn Manager auf Todeslisten militanter Insulaner standen. »Wir haben durch den Akt eines Irren unseren CEO und Visonär verloren. Stellen Sie sich das vor. Wir sind aktuell kaum in der Lage, das Geschäft zu leiten. Wir sind de facto hirnlos und müssen uns komplett neu aufstellen. Daher werden wir alle Pläne zum Ausbau auf Eis legen. Unser Fokus gilt Kauai. Nur dort fühlen wir uns noch Herr der Lage.« Er polterte munter weiter und übertrieb maßlos. Was sich die Behörden dabei dächten, den Schutz der Areale zu verweigern. Die hohen Auflagen seien eine Schande, zumal das Motiv der Firma edel sei. Er hob den Zeigefinger: Es geht um den Kampf gegen den Hunger auf dem Planeten. Das raube ihm den Schlaf.

John rieb sich die Nasenwurzel. Er verstand den Unmut und die Trauer über den Tod des CEO. Das Geschwätz danach aber setzte ihm zu. Der Major und Nick saßen unter den Zuhörern. Privat. Akebono kochte vor Wut. In der Fragerunde ließ er sich das Mikro reichen. Er kam gleich zur Sache:

»Herr Zero, ich war leitender Ermittler in dem Fall. Ich habe Dinge gesehen, die ich nicht mal Ihnen wünsche. Viele Leute mussten in den letzten Wochen, Monaten und Jahren sterben. Am Ende durch den Täter, aber auch durch gierige Manager, zu denen ich Leute wie Sie zähle. Ich bedauere, dass Sie hier versuchen, aus der Tragödie Kapital zu schlagen. Hören Sie auf, sich als Opfer zu geben. Ihr geheucheltes Leid ist zynisch.«

Der Manager wirkte nervös. Er rieb sich die Schläfen. Der Major machte nach einer kurzen Pause weiter.

»Die Opfer sind nicht nur jene zwei, die bei dem Angriff auf dem Meer starben. Dazu zählen allen voran jene, die an Krebs starben oder tapfer um ihr Leben kämpfen. Frauen, Männer, Kinder, Alte. Ebenso all die Mitarbeiter Ihrer Firma, die auf Oahu ihr Leben ließen. Die haben Sie indes nicht erwähnt, nur den Tod Ihres CEO. Sie sollten Ihr Menschenbild überdenken.«

Hier hielt er kurz inne und sah auf den Boden. Er brodelte vor Wut, hob den Kopf und sprach weiter ins Mikro. Es musste einfach raus.

»Zu der Lage hier auf den Inseln möchte ich Ihnen noch einiges mitgeben. Die Kliniken sind voll, obwohl sich nur wenige eine Therapie leisten können. Das alles haben Sie hierher gebracht. Sie haben das Leben in manchen Orten für lange Zeit zerstört. Immer versucht, einen Keil zwischen die Leute zu treiben. Sie mit Geld geködert, um sie für ihre Zwecke zu gewinnen. Das Grundwasser verseucht. Menschen in die Armut getrieben. Mit Klagen überzogen. Sie bedroht. Ich bete zu Gott, dass Sie eines Tages dafür haften. Keiner weint Ihnen hier eine Träne nach. Lassen Sie Kauai in Ruhe. Nehmen Sie den direkten Weg. Fahren Sie zur Hölle.«

Herr Zero stand mit offenem Mund da, griff zu dem Glas Wasser vor ihm. Er nahm einen Schluck, stellte es ab und ergriff die Flucht. Raunen in der Menge. Applaus. Erst vereinzelt, dann stetig zunehmend. Am Ende stürmisch. Der Major begriff es, nachdem er sich erhoben hatte, um zu gehen. Da brandete es auf. Nick schlug ihm auf die Schulter. »Gut gemacht, mein Freund«. Er lachte.

Im Norden Kohalas, ganz in der Nähe von Hawi, fanden zwei Muschelsucher eine Leiche. Es handelte sich um einen Taucher. Er trug eine Atemmaske. Die Schläuche indes waren abgerissen. Von der Flasche fehlte jede Spur. Ein Arm schien verletzt. Er dürfte den Ballast abgestreift haben, um

Gewicht zu sparen. Dadurch bedingt musste er auftauchen, um Luft zu holen. Da er drei Meilen von der Küste entfernt war, verließen ihn mutmaßlich die Kräfte. Die Beamten vor Ort machten mehrere Fotos. Als der Major sie später im Netz sah, schwieg er. Er sah sie sich an, erkannte Wutinga und legte seine Stirn auf den Tisch. Er konnte einfach nicht mehr. Nick sah mit leerem Blick aus dem Fenster. Ihr erster Fall war damit gelöst und vorbei.

63

Eine Woche später

Volcano

Nick Toronga hatte sich für zehn Tage in den Urlaub verabschiedet. Er saß im roten Mustang. Auf dem Sitz neben ihm lag ein Strauß frischer Blumen, den er auf dem Markt gekauft hatte. Er musste allen Mut aufbringen, sich ins Auto zu setzen. Auf dem Weg hielt er zweimal an. Jetzt stand er hier und traute sich nicht.

»*Komm schon, Nick, auf jetzt. Die Frau geht dir nicht mehr aus dem Kopf,*« sprach er sich in Gedanken Mut zu.

»*Sie ist derart nett. Wie liebevoll sie mit ihrem Kind umgegangen ist*«*,* fuhr sein höheres Selbst unbeirrt fort. Er sah sein Antlitz neben sich, transparent und mit einem breiten Grinsen auf dem Gesicht. Auf einmal war es weg. Oder hatte er sich das nur eingebildet? »Atmen«, hörte er sich leise sagen.

Er gab sich einen Ruck und stieg aus. Am Gartenzaun

blieb er einen Moment stehen. Die Zweifel waren wieder da.

»Auf jetzt«, schob ihn eine innere Stimme an.

Samantha und Karina Lewis standen auf dem Schild, das von Plumeria-Blüten eingerahmt über dem Zaun hing. Er klingelte. Erst war nichts zu hören. Dann von weitem: »Bin gleich da.«

Eine gefühlte Ewigkeit später öffnete sich die Tür. Frau Lewis stand vor ihm. Sie trug ihr Haar hochgesteckt. Einzelne Locken rahmten ihr Gesicht. Ihre luftige Bluse stand im Kontrast zu ihrer Jeans. Die betonte mit ihrem Stretchanteil ihre hübsche Figur.

»Guten Tag, Herr Toronga. Was führt Sie denn zu mir? Haben Sie den Fall gelöst?« Er atmete auf. Sie kannte noch seinen Namen.

»Im Grunde ja. Wir haben den Täter ermittelt. Allerdings ist er nicht mehr am Leben. Wir haben die Nachricht gestern publik gemacht«, erklärte er.

»Aber wegen der Sache sind Sie doch nicht hier, oder?« Keck sah sie ihn durch Augenschlitze an. Sie lächelte. Nick hatte permanent den Strauß hinter dem Rücken gehalten.

»Nein. Ich bin hier, weil ich Sie wiedersehen wollte. Ich dachte mir, dass Sie sich über frische Blumen vom Markt freuen. Hier, bitte.«

Sie strahlte. »Für mich? Sind die schön. Wow, so viele. Danke.« Er bemerkte, dass sie leicht errötete und lächelte. Sie kam vorsichtig näher und gab ihm einen Kuss auf die Wange. Ihre linke Hand ruhte auf seiner Schulter. Ein wohliges Gefühl machte sich in ihm breit.

»Wollen Sie nicht hereinkommen? Ich habe gestern Kuchen gebacken. Mit Bananen und Nüssen. Es ist noch etwas da.«

»Ja, gerne«, brachte Nick hervor.

»Aber schauen Sie sich nicht um. Das ist ein Frauenhaushalt. Karina ist gerade bei einer Freundin in der Nähe.«

»Bei mir sieht es ähnlich aus. Reiner Männerhaushalt. Also, ich und ich, wenn man es genau nimmt.«

Sie lachte und zeigte ihre Grübchen, in die er sich von Anfang an so verguckt hatte.

64

Oahu

John Akebono stand auf Oahu vor einer Tür im noblen Vorort »*Waimanalo*«. Die Tür gehörte zum Haus von Miriam
Omaha. Es lag, Grün umrankt, in der Manana Street unweit
des Strandes *Waimanalo Beach*. Er drehte sich um. Das
Panorama raubte ihm den Atem. Türkis leuchtete das Meer
bis an den Horizont. Es wehte eine frische Brise. Die Palmwipfel rauschten im Wind. Ein herrlicher Tag.

Sie hatte auf seine Anfrage hin angeregt, zu ihr nach
Oahu zu reisen. »Meine Nerven sind etwas angespannt«, gab
sie zu Bedenken. Er verstand das. Ihr war klar, warum er um
den Termin gebeten hatte. Er versprach, nicht lange zu bleiben.

Nach drei Mal klingeln öffnete sie die Tür. Sie trug einen
legeren Hausanzug. Die Frau führte den Polizisten durch ein
helles Atrium in den Garten, der sich als Urwald in Mini-
Format entpuppte.

Im Zentrum stand ein Baum, der geschätzt dreißig Meter

hoch war. Er breitete die Äste über das gesamte Haus und Teile des Gartens aus. Von ein paar hingen Lianen herunter. Neben dem Stamm hatte der Riese im Laufe der Zeit rund ein Dutzend Ableger gebildet, die aus dem Boden wuchsen.

»Bitte nehmen Sie Platz, Herr Akebono.« Sie wies auf eine Sitzgruppe, die auf einer Holzterrasse platziert war.

»Nett haben Sie es hier, Frau Omaha. Sie haben Geschmack. Das Gehölz hier ist ein Traum.«

Sie strahlte wie die Sonne. »Nicht wahr. Das ist ein Ficus. Wenn man sie lässt, werden sie bis zu vierzig Meter hoch. Der hier ist etwa hundert Jahre alt und stand nach Aussage des Maklers von Anfang an dort. Möchten Sie etwas trinken?«

»Ja, gerne.« Er atmete die salzige Luft und sah nach oben in die Baumkrone.

»Bitte bedienen Sie sich.« Sie wies auf drei Karaffen, von denen zwei je mit frischem Saft gefüllt waren. Eine weitere enthielt stilles Wasser. Er nahm sich ein Glas und goss ihr auch eines ein.

Der Polizist machte es sich in dem Sessel bequem. Seine Miene wirkte nun etwas ernster.

»Sie wissen, warum ich hier bin?«, fragte er.

»Ich denke ja«, sagte sie zaghaft.

»Ich möchte Ihnen mein Beileid aussprechen. Wir haben die Leiche von James Wutinga gefunden. Sie lag zwischen Felsen an der Küste bei Hawi.«

»Ich danke Ihnen«, flüsterte sie und fing zu weinen an.

»Ich habe das Foto in der Presse gesehen«, sagte sie eine Weile später.

»Ich verstehe. Wieso haben Sie uns nicht gesagt, dass er Ihr Sohn aus erster Ehe ist?«

Sie deutete ein Lächeln an, ließ es aber bei einer Andeutung und blieb auf der Lauer. »Zuerst einmal haben Sie nicht nach ihm gefragt. Ihr Fokus lag anfangs auf Jennifer und später auf Arthur.«

»Ok, wir hatten keine Ahnung, dass er existiert«, sagte er lächelnd. Und weiter …?«

»Ich steckte in einem Dilemma. Ihnen ist klar, was ich von der Arbeit hielt, der die beiden frönten. Das hat sich im Übrigen nicht geändert.« Sie sah ihn streng an. »Ich habe Ihnen erzählt, dass ich die Seiten gewechselt habe. Das ich mich jetzt dem Erhalt von Flora und Fauna widme. Ich empfinde tiefe Demut für Hawaii und möchte etwas zurückgeben. Meine Familie hat genug Schaden angerichtet, finden Sie nicht?«

»Dem will ich nicht widersprechen«, wiegelte er ab. »Ja, Sie haben mir von Ihrem Einsatz für die Inseln berichtet, als wir uns getroffen haben. Das ist edel.«

»Dann wissen Sie auch, dass mein Sohn seine Familie innerhalb kurzer Zeit verloren hat. Seine Frau starb Anfang dreißig an Leukämie. Man stirbt hier nicht einfach an dieser Art von Krebs. Auf dem Archipel gibt es die Krankheit normal nicht.«

»Das ist mir bekannt. Ein Geschäftsmann in der Nähe der Tauchschule wies uns auf den mysteriösen Tod von Frau Karen Wutinga hin. So hieß Sie doch?«

»Ja, genau.« Sie holte Luft und sammelte sich. »Haben Sie vom Tod meines geliebten Enkels gehört? Francis starb mit sieben Jahren in der Schule. Kurz nach dem Tod seiner

Mutter. Dass er toxische Luft atmen musste, ist für mich völlig klar. Haben Sie mit Dr. Waika gesprochen?«

»Ja, wir haben ihn besucht«, sagte der Major. »Er erzählte uns von Francis' Tod. Der Fall hat ihn belastet.«

»Gut. Hat er erwähnt, dass Karen ein Jahr vor ihrem Tod ein Baby kurz nach der Geburt verloren hat?

»Das hat er uns wissen lassen, Frau Omaha.«

»Sie haben Kenntnis von der Fehlbildung bei dem Säugling?«, bohrte sie weiter.

»Ja. Der Kleine litt an einer Gastroschisis.«

»Genau. Dann sage ich Ihnen etwas, auch wenn es strafbar ist.« Miriam Omaha setzte sich aufrecht hin. Sie atmete tief ein. Ihre Anspannung war sicht- und spürbar.

»Hätte ich von den Plänen meines Sohnes gewusst, würde ich jetzt schweigen wie ein Grab. Er musste drei Verluste hinnehmen. Den Tod eines Babys, den seiner Frau und später den des einzigen Kindes.« Sie zählte an ihren Fingern ab. »Halten Sie sich vor Augen, was er durchlebt hat. In ihm ist etwas zerbrochen. Der Glaube an Gerechtigkeit.« Sie ließ ihren Tränen freien Lauf. Nach einer Minute wischte sie sich mit einem Tuch über die Wangen. Aufgewühlt und mit fester Stimme, fuhr sie fort. »Nennen Sie mir eine Mutter, die ihr Kind unter den Umständen verraten hätte!«

Sie war außer sich. »Schauen Sie sich an, wen er getötet hat.« Sie hielt einen Moment inne. »Wenn er sie denn alle umgebracht hat. Nicht wahllos fremde Leute, sondern skrupellose, gierige Menschen, die eine Mitschuld am Tod seiner Familie trugen. Hunderte starben in den letzten Jahren auf Hawaii an Krebs. Das ist den Firmen und Managern egal.« Sie schnaufte durch und putzte ihre Nase.

Szenen wie diese mochte der Major an dem Job am wenigsten. Moral und Recht passten nicht immer zusammen, so auch hier. Da konnte er ihr zustimmen oder auch nicht.

»Frau Omaha, bei allem Mitgefühl. Ich verstehe Ihre Wut wegen des brutalen Schicksals. Aus meiner Sicht macht es einen Unterschied, ob jemand in Selbstjustiz die Dinge regelt oder die Polizei anruft. Niemand ist befugt, sich über das Gesetz zu stellen. Aber ich fühle mit, was Sie durchmachen. Wie sehr Sie gelitten haben und nach wie vor leiden.« Das Gespräch strengte ihn an. »Ich möchte mir nicht ausmalen, wie sich Ihr Sohn all die Jahre gefühlt hat. Welcher Ohnmacht er sich ausgesetzt sah. Ich hätte vermutlich genauso gehandelt wie Sie. Wer weiß, womöglich sogar wie er selbst. Ich kann das gar nicht bewerten«, schloss er erschöpft.

Sie lächelte durch ihre Tränen. »Sie haben schon recht, Herr Akebono. Ich habe nur vor, zu erklären, wie es am Ende dazu kam. Ich wünschte, dass er lebte und eine zweite Chance bekäme.«

»Er ist uns entkommen. Wir sahen, wie er von seinem Boot sprang. Das Meer war ihm vertraut. Auf dem Weg zur Küste gingen ihm wohl die Kräfte aus.«

Ein Lächeln umspielte ihren Mund. Sie hatte es in der Presse gelesen. Der Fall war seit einigen Tagen das Thema. Selbst auf dem Festland kannten sie das letzte Attentat.

Dann fiel es ihm wie Schuppen von den Augen. Der Einbruch in der Apotheke. Er brauchte Medikamente. Für wen? Für sich, für seine Frau Karen, die zu dem Zeitpunkt ihren Kampf gegen den Krebs führte? Es war jenes Ereignis, das ihn letztlich verraten hatte. Es schauderte ihn.

Sein Verharren in Patakkas Garten. Er hatte sich seit dem

Schuss auf ihn gefragt, warum er in den Büschen gewartet hatte. Er wollte zwar nicht getötet werden, nahm es aber in Kauf.

Nachdem er mit der Wunde am Arm sein Boot erreicht hatte, reifte in ihm womöglich der Wunsch, aufzugeben. Der Major hielt Wutinga für einen Mann, der nicht einfach aufgab. Das hatten sie alle aus dem Heli gesehen.

»Verhaften Sie mich jetzt, nach allem, was ich gesagt habe?«

Er sah ihr in die Augen. Als er sicher war, ihre volle Aufmerksamkeit zu haben, lächelte er sie an.

»Nein, Frau Omaha. Ich werde Sie nicht festnehmen, auch wenn ich es könnte.«

Das Ergebnis seiner Worte sah er ihr sofort an. Sie wirkte befreit. Sie atmete tief durch und schüttelte sich. Ihm war klar, dass er ihr nicht beweisen konnte, von James' Plänen gewusst zu haben. Es gab dafür schlicht keine Hinweise.

Er sah in die Luft und grübelte. Der Major schien sich nicht sicher, ob er es vermocht hätte, sie in Haft zu nehmen. Nicht nach allem, was er in den letzten Wochen erfahren hatte.

Sie schritten zur Tür. Beide gaben sich freundschaftlich die Hand. »Falls Sie in Zukunft jemals Beratung in Bezug auf Botanik brauchen, rufen Sie gerne an.«

»Botanik?«, fragte er verdutzt. Er zog die Stirn kraus.

»Ich habe mich an der Uni eingeschrieben. Ich studiere jetzt das Fach«, erklärte sie. »Mit siebzig Jahren«, schob sie nach.

»Na, da haben Sie ja noch was vor. Sie könnten die Studenten zu sich in den Garten einladen. Ich werde in jedem

Fall auf Ihr Angebot zurückkommen. Das verspreche ich.«

»Bitte, machen Sie das. Wenn Sie mit Ihrer Familie mal in der Nähe sind, kommen Sie bitte. Sie haben das Herz am rechten Fleck. Meine Tür steht Ihnen daher immer offen.«

Er errötete. »Das ist nett, vielen Dank«, sagte der Major. Sie winkte ihm nach. Er warf einen letzten Blick zurück. Dann schloss sie die Tür.

Akebono schlenderte hinunter zum Strand und setzte sich in den Sand. Er streckte die Beine aus. Alle Knochen schmerzten. Eine angenehme Erschöpfung machte sich in ihm breit. Endlich war er in der Lage, den Fall loszulassen.

Miriam Omaha würde ihren Frieden finden, dessen war er sicher. Sie liebte das Leben. Sie hatte ein starkes Herz.

Er holte tief Luft und sog die frische Pazifikluft in die Lungen. Feiner Sand rieselte zwischen den Zehen hindurch. Der Wind strich über seine Haut. Mit jeder Welle wehte eine Prise Salz herüber. Er wollte nie mehr aufstehen, tat es eine halbe Stunde später aber doch und spazierte los.

Direkt am Strand hielt er vor einem Steinhaus. An der Wand hing ein Schild: »*Zimmer frei*«, stand da in blauer Schrift. Akebono reservierte spontan für vier Tage und rief Tatjana an. Sie sollte mit Sofia den nächsten Flieger nehmen und seine Badesachen einpacken. »Bringe bitte mein Buch mit, das auf dem Nachttisch liegt«, schob er per WhatsApp nach. Heute war schließlich Freitag. Er hatte das Gefühl, sie könnten es hier länger als ein paar Tage aushalten.